MOEWIG
SCIENCE FICTION

Zum Buch

Dieser Band stellt erstmals das gesamte Kurzgeschichtenwerk des Begründers der deutschen Science Fiction, soweit es eindeutig zur SF oder Phantastik zu rechnen ist, in einem einzigen Buch vor. Es sind versponnene, kuriose, witzige und satirische Erzählungen darunter, aber auch solche, die sich bis heute in ihrer Abenteuerlichkeit und Spannung ihre philosophische Tiefe und ihre Ideenvielfalt bewahrt haben und zuweilen wieder von überraschender Aktualität sind.

Zum Autor

Kurd Laßwitz (1848–1910), der Pionier einer eigenständigen deutschen SF schlechthin, gilt nicht nur mit seinem Meisterwerk „Auf zwei Planeten“ als Klassiker dieser Literatur. Die ganze Vielfalt des ersten deutschen SF-Autors, der sich mit einem Jules Verne oder H. G. Wells messen konnte, kommt in seinem Kurzgeschichtenwerk zum Ausdruck.

Kurd Laßwitz

TRAUMKRISTALLE

SCIENCE FICTION KLASSIKER

MOEWIG

MOEWIG Band Nr. 3748
Verlag Arthur Moewig GmbH, Rastatt
Lektorat: Horst Hoffmann

Neuauflage

Umschlagentwurf und -gestaltung: Franz Wöllzenmüller, München
Umschlagillustration: Utoprop
Verkaufspreis inkl. gesetzl. Mehrwertsteuer
Auslieferung in Österreich:
Pressegroßvertrieb Salzburg, Niederalm 300, A-5081 Anif
Printed in Germany 1987
Druck und Bindung: Elsnerdruck, Berlin
ISBN 3-8118-3748-6

Inhalt

Auf der Seifenblase

Onkel Wendel, Onkel Wendel! Sieh nur die große Seifenblase, die wunderschönen Farben! Woher nur die Farben kommen?

So rief mein Söhnchen vom Fenster herab in den Garten, wohin es seine bunten Schaumbälle flattern ließ.

Onkel Wendel saß neben mir im Schatten der hohen Bäume, und unsere Zigarren verbesserten die reine, würzige Luft eines schönen Sommernachmittags.

„Hm!“ sagte oder vielmehr brummte Onkel Wendel zu mir gewendet, „hm, erklär's ihm doch! Hm! Bin neugierig, wie du's machen willst. Interferenzfarben an dünnen Blättchen, nicht wahr? Kenn' ich schon. Verschiedene Wellenlänge, Streifen decken sich nicht, und so weiter. Wird der Junge verstehen – hm?“

„Ja“, erwiderte ich etwas verlegen, „die physikalische Erklärung kann das Kind freilich nicht verstehen – aber das ist auch gar nicht nötig. Erklärung ist ja etwas Relatives und muß sich nach dem Standpunkte des Fragenden richten; es heißt nur, die neue Tatsache in einen gewohnten Gedankengang einreihen, mit gewohnten Vorstellungen verknüpfen – und da die Formeln der mathematischen Physik noch nicht zum gewohnten Gedankengang meines Sprößlings gehören –“

„Nicht übel, hm!“ nickte Onkel Wendel. „Hast es so ziemlich getroffen. Kannst es nicht erklären, nicht mit gewohnten Vorstellungen verbinden – gibt gar keinen Anknüpfungspunkt. Das ist es eben! Erfahrung des Kindes – ganz andere Welt – gibt Dinge, für die alle Verbindung fehlt. Ist überall so! Der Wissende muß schweigen, der Lehrer muß lügen. Oder er kommt ans Kreuz, auf den Scheiterhaufen, in die Witzblätter – je nach der Mode. Mikrogen! Mikrogen!“

Die beiden letzten Worte murmelte der Onkel nur für sich. Ich hätte sie nicht verstanden, wenn ich nicht den Namen „Mikrogen“ schon öfter von ihm gehört hätte. Es war seine neueste Erfindung.

Onkel Wendel hatte schon viele Erfindungen gemacht. Er machte eigentlich nichts als Erfindungen. Seine Wohnung war ein vollständiges Laboratorium, halb Alchimistenwerkstatt, halb modernes physikalisches Kabinett. Es war eine besondere Gunst, wenn er jemand gestattete einzutreten. Denn er hielt alle seine Entdeckungen geheim. Nur manchmal, wenn wir vertraulich beisammensaßen, lüftete er einen Zipfel des Schleiers, der über seinen Geheimnissen lag. Dann staunte ich über die Fülle seiner Kenntnisse, noch mehr über seine tiefe Einsicht in die wissenschaftlichen Methoden und ihre Tragweite, in die ganze Entwicklung des kulturellen Fortschritts. Aber er war nicht zu bewegen, mit seinen Ansichten hervorzutreten, und darum auch nicht mit seinen Entdeckungen, weil diese, wie er sagte, ohne seine neuen Theorien nicht zu verstehen seien. Ich habe selbst bei ihm gesehen, wie er aus anorganischen Stoffen auf künstlichem Wege das Eiweiß darstellte. Wenn ich in ihn drang, diese epochemachende Entdeckung, welche vielleicht geeignet wäre, unsere sozialen Verhältnisse gänzlich umzugestalten, bekannt zu machen oder wenigstens zu fruktifizieren, so pflegte er zu sagen: „Habe nicht Lust, mich auslachen zu lassen. Können's doch nicht verstehn. Sind noch nicht reif, kein Anknüpfungspunkt, andre Welt, andre Welt! Tausend Jahre warten! Lasse die Leute streiten, einer weiß so wenig wie der andere."

Jetzt hatte er das „Mikrogen" entdeckt. Ich weiß nicht recht, war es ein Stoff oder ein Apparat; aber so viel habe ich begriffen, daß er dadurch imstande war, eine Verkleinerung sowohl der räumlichen als der zeitlichen Verhältnisse in beliebigem Maßstabe zu erzielen. Eine Verkleinerung nicht etwa bloß für das Auge, wie sie durch optische Instrumente möglich ist, sondern für alle Sinne; die ganze Bewußtseins-Tätigkeit wurde verändert, so, daß zwar qualitativ alle Empfindungsarten dieselben blieben, aber alle quantitativen Beziehungen verengt wurden. Er behauptete, er könne ein beliebiges Individuum und mit ihm dessen Anschauungswelt einschrumpfen lassen auf den millionsten, auf den billionsten Teil seiner Größe. Wie er das mache? Ja, dann lachte er wieder still für sich und brummte:

„Hm, nicht verstehen können – kann's euch nicht erklären – nützt euch doch nichts. Menschen bleiben Menschen, ob groß oder klein, sehen nicht über sich hinaus. Wozu erst streiten?"

„Wie kommst du jetzt auf das Mikrogen?" fragte ich ihn.

„Sehr einfach, lieber Neffe. Das Mikrogen ist für die heutige gelehrte Welt, was die Seifenblase für deinen Jungen ist. Vielleicht ein Spielzeug, jedoch zum Verständnis fehlt jeder Anhaltspunkt.

Weil aber die Gelehrten keine Kinder sind und alles zu verstehen beanspruchen, würde es einen unendlichen Streit geben, wenn ich meine Lehre auskramen wollte. Gänzlich zwecklos, weil die Entscheidung über alle heutige Einsicht hinaus liegt. Würden mich auslachen – hm – Irrenhaus –"

„Ganz gleich", rief ich, „die Wahrheit zu verkünden ist Pflicht, und wenn ich auch das Martyrium der Verkennung auf mich nehmen müßte. Nur auf diesem Wege sind die Fortschritte der Kultur errungen worden. Bringe deine Beweise."

„Hm", sagte der Onkel, „wenn aber die Beweise niemand verstehen kann? Wenn wir zwei verschiedene Sprachen reden? Dann endet der Streit damit, daß die Minorität totgeschlagen wird, physisch oder moralisch. Habe keine Lust dazu."

„Und trotzdem", erwiderte ich kühn, „würde ich die Wahrheit bekennen, wenn ich die Beweise für mich in der Hand habe."

„Vor Unmündigen und Blinden – wie? Möchtest du's probieren? Ja? Sieh dir mal das Ding an."

Onkel Wendel zog einen kleinen Apparat aus der Tasche. Ich erkannte einige Glasröhrchen in Metallfassung, mit Schrauben und feiner Skala. Er hielt mir die Röhrchen unter die Nase und begann zu drehen. Ich fühlte, daß ich etwas Ungewohntes einatmete.

„Ah, wie schön die da ist!" rief mein Knabe wieder, auf eine neue Seifenblase deutend, die langsam von der Fensterbrüstung herabschwebte.

„Nun sieh dir mal die Seifenblase an", sagte Onkel Wendel und drehte weiter.

Mir schien es, als ob sich die Seifenblase sichtlich vergrößerte. Ich kam ihr näher und näher. Das Fenster mit dem Knaben, der Tisch, vor dem wir saßen, die Bäume des Gartens entfernten sich, wurden immer undeutlicher. Nur Onkel Wendel blieb neben mir; sein Röhrchen hatte er in die Tasche gesteckt. Jetzt war unsere bisherige Umgebung verschwunden. Wie eine mattweiße, riesige Glocke dehnte sich der Himmel über uns, bis er sich am Horizont verlor. Wir standen auf der spiegelnden Fläche eines weiten, gefrorenen Sees. Das Eis war glatt und ohne Spalten; dennoch schien es in einer leise wallenden Bewegung zu sein. Undeutliche Gestalten erhoben sich hie und da über die Fläche.

„Was geht hier vor!" rief ich erschrocken. „Wo sind wir? Trägt uns auch das Eis?"

„Auf der Seifenblase sind wir“, sagte Onkel Wendel kaltblütig. „Was du für Eis hältst, ist die Oberfläche des zähen Wasserhäutchens, welches die Blase bildet. Weißt du, wie dick diese Schicht ist, auf der wir stehen? Nach menschlichem Maße gleich dem fünftausendsten Teile eines Zentimeters; fünfhundert solcher Schichten übereinandergelegt würden zusammen erst ein Millimeter betragen.“

Unwillkürlich zog ich einen Fuß in die Höhe, als könnte ich mich dadurch leichter machen.

„Um Himmelswillen, Onkel,“ rief ich, „treibe kein leichtsinniges Spiel! Sprichst du die Wahrheit?“

„Ganz gewiß. Aber fürchte nichts. Für deine jetzige Größe entspricht dieses Häutchen an Festigkeit einem Stahlpanzer von 200 Meter Dicke. Wir haben uns nämlich mit Hilfe des Mikrogens in allen unseren Verhältnissen im Maßstabe von eins zu hundert Millionen verkleinert. Das macht, daß die Seifenblase, welche nach menschlichen Maßen einen Umfang von vierzig Zentimetern besitzt, jetzt für uns gerade so groß ist wie der Erdball für den Menschen.“

„Und wie groß sind wir selbst?“ fragte ich zweifelnd.

„Unsere Höhe beträgt den sechzigtausendsten Teil eines Millimeters. Auch mit dem schärfsten Mikroskop würde man uns nicht mehr entdecken.“

„Aber warum sehen wir nicht das Haus, den Garten, die Meinigen – die Erde überhaupt?“

„Sie sind unter unserm Horizont. Aber auch wenn die Erde für uns aufgehen wird, so wirst du doch nichts von ihr erkennen als einen matten Schein, denn alle optischen Verhältnisse sind infolge unserer Kleinheit so verändert, daß wir zwar in unserer jetzigen Umgebung völlig klar sehen, aber von unserer früheren Welt, deren physikalische Grundlagen hundertmillionenmal größer sind, gänzlich geschieden leben. Du mußt dich nun mit dem begnügen, was es auf der Seifenblase zu sehen gibt, und das ist genug.“

„Und ich wundere mich nur“, fiel ich ein, „daß wir hier überhaupt etwas sehen, daß unsere Sinne unter den veränderten Verhältnissen ebenso wirken wie früher. Wir sind ja jetzt kleiner als die Länge einer Lichtwelle; die Moleküle und Atome müssen uns jetzt ganz anders beeinflussen.“

„Hm!“ lachte Onkel Wendel in seiner Art. „Was sind denn Ätherwellen und Atome? Ausgeklügelte Maßstäbe sind's, berechnet von Menschen für Menschen. Jetzt machen wir uns klein, und alle

Maßstäbe werden mit uns klein. Aber was hat das mit der Empfindung zu tun? Die Empfindung ist das erste, das Gegebene; Licht, Schall und Druck bleiben unverändert für uns, denn sie sind Qualitäten. Nur die Quantitäten ändern sich, und wenn wir physikalische Messungen anstellen wollten, so würden wir die Ätherwellen auch hundertmillionenmal kleiner finden."

Wir waren inzwischen auf der Seifenblase weitergewandert und an eine Stelle gekommen, wo durchsichtige Strahlen springbrunnähnlich rings um uns in die Höhe schossen, als mich ein Gedanke durchzuckte, der mir vor Entsetzen das Blut in den Adern stocken ließ. Wenn die Seifenblase jetzt platzte! Wenn ich auf eines der entstehenden Wasserstäubchen gerissen wurde und Onkel Wendel mit seinem Mikrogen auf ein anderes! Wer sollte mich jemals wiederfinden? Und was sollte aus mir werden, wenn ich in meiner Kleinheit von ein sechzigtausendstel Millimeter mein Lebenlang bleiben mußte? Was war ich unter den Menschen? Gulliver in Brobdignak läßt sich gar nicht damit vergleichen, denn mich konnte überhaupt niemand sehen! Meine Frau, meine armen Kinder! Vielleicht sogen sie mich mit dem nächsten Atemzuge in ihre Lunge, und während sie meinen unerklärlichen Verlust beweinten, vegetierte ich als unsichtbare Bakterie in ihrem Blute!

„Schnell, Onkel, nur schnell!" rief ich. „Gib uns unsere Menschengröße wieder! Die Seifenblase muß ja sofort platzen! Ein Wunder, daß sie noch hält! Wie lange sind wir denn schon hier?"

„Keine Sorge", sagte Onkel Wendel ungerührt, „die Blase dauert noch länger, als wir hier bleiben. Unser Zeitmaß hat sich zugleich mit uns verkleinert, und was du hier für eine Minute hältst, das ist nach irdischer Zeit erst der hundertmillionste Teil davon. Wenn die Seifenblase nur zehn Erdsekunden lang in der Luft fliegt, so macht dies für unsere jetzige Konstitution ein ganzes Menschenalter aus. Die Bewohner der Seifenblase freilich leben wieder noch hunderttausendmal schneller als gegenwärtig wir."

„Wie, du willst doch nicht behaupten, daß die Seifenblase auch Bewohner habe?"

„Natürlich hat sie Bewohner, und zwar recht kultivierte. Nur verläuft ihre Zeit ungefähr zehnbillionenmal so schnell wie die menschliche, d.h. sie empfinden, sie leben zehnmillionenmal so rapid. Das bedeutet, drei Erdsekunden sind soviel wie eine Million Jahre auf der Seifenblase, wenn auch deren Bewohner den Begriff des Jahres in unserm Sinne nicht ausgebildet haben, weil ihre Seifenkugel keine regelmäßige und genügend schnelle Rotation besitzt. Wenn du nun bedenkst, daß diese Seifenblase, auf der wir uns befinden, vor mindestens sechs Sekunden entstand, so mußt du zugeben, daß in diesen zwei Millionen Jahren sich schon ein ganz hübsches Leben und eine angemessene Zivilisation hierselbst entwikkeln konnte. Wenigstens entspricht dies meinen Erfahrungen auf anderen Seifenblasen, welche alle in ihren Produkten die Familien-Ähnlichkeit mit der Mutter Erde nicht verleugneten."

„Aber wo sind diese Bewohner? Ich sehe hier wohl Gegenstände, die ich für Pflanzen halten möchte, und diese halbkugelförmigen Kuppeln könnten eine Stadt vorstellen. Doch etwas Menschenähnliches kann ich nicht entdecken."

„Sehr natürlich. Unsere Empfindungsfähigkeit, wenn sie auch hundertmillionenmal so groß geworden ist als die der Menschen, ist doch noch hunderttausendmal langsamer als die der Saponier (so wollen wir die Bewohner der Seifenblase nennen). Während wir jetzt eine Sekunde vergangen glauben, verleben sie 28 Stunden. In diesem Verhältnisse ist hier alles Leben beschleunigt. Betrachte nur diese Gewächse."

„Es ist richtig," – sagte ich, „ich sehe deutlich, wie hier die Bäume – denn diese korallenartigen Bildungen sollen ja wohl Bäume sein – vor unseren Augen wachsen, blühen und Früchte zeitigen. Und dort scheint ein Haus gewissermaßen aus dem Boden zu wachsen."

„Die Saponier bauen daran. In dieser Minute, während welcher wir zuschauen, beobachten wir den Erfolg von mehr als zweimonatiger Arbeit. Die Arbeiter selbst sehen wir nicht, weil ihre Bewegungen viel zu schnell für unsere Wahrnehmungsfähigkeit verlaufen. Doch wir wollen uns bald helfen. Mittels des Mikrogens will ich unsern Zeitsinn auf das Hunderttausendfache verfeinern. Hier, rieche noch einmal. Unsere Größe bleibt dieselbe, ich habe nur die Zeitskala verstellt."

Onkel Wendel brachte aufs neue sein Röhrchen hervor. Ich roch, und sofort fand ich mich in einer Stadt, umgeben von zahlreichen, rege beschäftigten Gestalten, die eine entschiedene Menschenähnlichkeit besaßen. Nur schienen sie mir alle etwas durchsichtig, was wohl von ihrem Ursprunge aus Glycerin und Seife herrühren mochte. Auch vernahmen wir ihre Stimmen, ohne daß ich jedoch ihre Sprache verstehen konnte. Die Pflanzen hatten ihre schnelle Veränderlichkeit verloren, wir waren jetzt in gleichen Wahrnehmungsverhältnissen zu ihnen wie die Saponier oder wie wir Menschen zu den Organismen der Erde. Was uns vorher als Springbrunnenstrahlen erschienen war, erwies sich als die Blütenstengel einer schnell wachsenden hohen Grasart.

Auch die Bewohner der Seifenblase nahmen uns jetzt wahr und umringten uns unter vielen Fragen, welche offenbar Wißbegierde verrieten.

Die Verständigung fiel sehr schwer, weil ihre Gliedmaßen, welche eine gewisse Ähnlichkeit mit den Armen von Polypen besaßen, so seltsame Bewegungen ausführten, daß selbst die Gebärdensprache versagte. Indessen nahmen sie uns durchaus freundlich auf; sie hielten uns, wie wir später erfuhren, für Bewohner eines andern Teils ihres Globus, den sie noch nicht besucht hatten. Die Nahrung, welche sie uns anboten, hatte einen stark alkalischen Beigeschmack und mundete uns nicht besonders; mit der Zeit gewöhnten wir uns jedoch daran, nur empfanden wir es sehr unangenehm, daß es keine eigentlichen Getränke, sondern immer nur breiartige Suppen gab. Es war überhaupt auf diesem Weltkörper alles auf den zähen oder gallertartigen Aggregatzustand eingerichtet, und es war bewundernswert zu sehen, wie auch unter diesen veränderten Verhältnissen die Natur oder vielmehr die weltschöpferische Kraft des Lebens durch Anpassung die zweckvollsten Einrichtungen geschaffen hatte. Die Saponier waren wirklich intelligente Wesen. Speise, Atmung, Bewegung und Ruhe, die unentbehrlichen Bedürfnisse aller lebenden Geschöpfe, gaben uns die ersten Anhaltspunkte, einzelnes aus ihrer Sprache zu verstehen und uns anzueignen.

Da man bereitwillig für unsere Bedürfnisse sorgte, und Onkel Wendel versicherte, daß unsere Abwesenheit von zu Hause einen für irdische Verhältnisse verschwindenden Zeitraum nicht übersteigen könne, so ergriff ich mit Freuden die Gelegenheit, diese neue Welt näher kennen zu lernen. Ein Wechsel von Tag und Nacht fand zwar nicht statt, aber es folgten regelmäßige Ruhepausen auf die Arbeit, welche ungefähr unserer Tageseinteilung entsprachen. Wir beschäftigten uns eifrig mit der Erlernung der saponischen Sprache und versäumten nicht, die physikalischen Verhältnisse der Seifenblase, sowie die sozialen Einrichtungen der Saponier genau zu studieren. Zu letzterem Zwecke reisten wir nach der Hauptstadt, wo wir dem Oberhaupte des Staates, welches den Titel „Herr der Denkenden“

führt, vorgestellt wurden. Die Saponier nennen sich nämlich selbst die „Denkenden", und das mit Recht, denn die Pflege der Wissenschaften steht bei ihnen in hohem Ansehen, und an den Streitigkeiten der Gelehrten nimmt die ganze Nation den regsten Anteil. Wir sollten darüber eine Erfahrung machen, die uns bald übel bekommen wäre.

Über die Resultate unserer Beobachtung hatte ich sorgfältig ein Buch geführt und reiches Material angehäuft, welches ich nach meiner Rückkehr auf die Erde zu einer Kulturgeschichte der Seifenblase zu bearbeiten gedachte. Leider hatte ich einen Umstand außer acht gelassen. Bei unserer sehr plötzlich notwendig werdenden Wiedervergrößerung trug ich meine Aufzeichnungen nicht bei mir, und so geschah das Unglück, daß sie von den Wirkungen des Mikrogens ausgeschlossen wurden. Natürlich sind meine unersetzlichen Manuskripte nicht mehr zu finden; sie fliegen als unentdeckbares Stäubchen irgendwo umher und mit ihnen die Beweise meines Aufenthaltes auf der Seifenblase.

Wir mochten ungefähr zwei Jahre unter den Saponiern gelebt haben, als die Spannung zwischen den unter ihnen hauptsächlich vertretenen Lehrmeinungen einen besonders hohen Grad erreichte. Die Überlieferung der älteren Schule über die Beschaffenheit der Welt war nämlich durch einen höchst bedeutenden Naturforscher, namens Glagli, energisch angegriffen worden, welchem die jüngere progressistische Richtung lebhaft beifiel. Man hatte daher, wie dies in solchen Fällen üblich ist, Glagli vor den Richterstuhl der „Akademie der Denkenden" gefordert, um zu entscheiden, ob seine Ideen und Entdeckungen im Interesse des Staates und der Ordnung zu dulden seien. Die Gegner Glaglis stützten sich besonders darauf, daß die neuen Lehren den alten und unumstößlichen Grundgesetzen der „Denkenden" widersprächen. Sie verlangten daher, daß Glagli entweder seine Lehre widerrufen oder der auf die Irrlehre gesetzten Strafe verfallen solle. Namentlich befanden sie folgende drei Punkte aus der Lehre Glaglis für irrtümlich und verderblich:

Erstens: Die Welt ist inwendig hohl, mit Luft gefüllt, und ihre Rinde ist nur dreihundert Ellen dick. Dagegen wendeten sie ein: Wäre der Boden, auf welchem sich die „Denkenden" bewegen, hohl, so würde er schon längst gebrochen sein. Es stehe aber in dem Buche des alten Weltweisen Emso (das ist der saponische Aristoteles): „Die Welt muß voll sein und wird nicht platzen in Ewigkeit."

Zweitens hatte Glagli behauptet: Die Welt besteht nur aus zwei Grundelementen, Fett und Alkali, welche die einzigen Stoffe überhaupt sind und seit Ewigkeit existieren; aus ihnen habe sich die Welt auf mechanischem Wege entwickelt, auch könne es niemals etwas anderes geben, als was aus Fett und Alkali zusammengesetzt sei; die Luft sei eine Ausschwitzung dieser Elemente. Hiergegen erklärte man, nicht bloß Fett und Alkali, sondern auch Glycerin und Wasser seien Elemente; dieselben könnten unmöglich von selbst in Kugelgestalt gekommen sein; namentlich aber stehe in der ältesten Urkunde der Denkenden: „Die Welt ist geblasen durch den Mund eines Riesen, welcher heißt Rudipudi."

Drittens lehrte Glagli: Die Welt sei nicht die einzige Welt, sondern es gäbe noch unendlich viele Welten, welche alle Hohlkugeln aus Fett und Alkali seien und frei in der Luft schwebten. Auf ihnen wohnten ebenfalls denkende Wesen. Diese These wurde nicht bloß als irrtümlich, sondern als staatsgefährlich bezeichnet, indem man sagte: Gäbe es noch andere Welten, welche wir nicht kennen, so würde sie der „Herr der Denkenden" nicht beherrschen. Es steht aber im Staatsgrundgesetze: „Wenn da einer sagt, es gäbe etwas, das dem Herrn der Denkenden nicht gehorcht, den soll man in Glycerin sieden, bis er weich wird."

In der Versammlung erhob sich Glagli zur Verteidigung; er machte besonders geltend, daß die Lehre, die Welt sei voll, derjenigen widerspräche, daß sie geblasen sei, und er fragte, wo denn der Riese Rudipudi gestanden haben solle, wenn es keine anderen Welten gäbe. Die Akademiker der alten Schule hatten trotz ihrer Gelehrsamkeit einen harten Stand gegen diese Gründe, und Glagli hätte seine beiden ersten Thesen durchgesetzt, wenn nicht die dritte ihn verdächtig gemacht hätte. Aber die politische Anrüchigkeit derselben war zu offenbar, und selbst Glaglis Freunde wagten nicht, für ihn in dieser Hinsicht einzutreten, weil die Behauptung, daß es noch andere Welten gäbe, als eine reichsfeindliche und antinationale betrachtet wurde. Da nun Glagli durchaus nicht widerrufen wollte, so neigte sich die Majorität der Akademie gegen ihn, und schon schleppten seine eifrigsten Gegner Kessel mit Glycerin herbei, um ihn zu sieden, bis er weich sei.

Als ich all das grundlose Gerede für und wider anhören mußte und doch sicher war, daß ich mich auf einer Seifenblase befand, die mein Söhnchen vor etwa sechs Sekunden aus dem Gartenfenster meiner

Wohnung mittels eines Strohhalmes geblasen hatte, und als ich sah, daß es in diesem Streite doppelt falscher Meinungen einem ehrlich nachdenkenden Wesen ans Leben gehen sollte – denn das Weichsieden ist für einen Saponier immerhin lebensgefährlich – so konnte ich mich nicht länger zurückhalten, sondern sprang auf und bat ums Wort.

„Begehe keinen Unsinn“, flüsterte Onkel Wendel, sich an mich drängend. „Redest dich ins Unglück! Verstehen’s ja doch nicht! Wirst ja sehen! Sei still!“

Aber ich ließ mich nicht stören und begann:

„Meine Herren Denkenden! Gestatten Sie mir einige Bemerkungen, da ich tatsächlich in der Lage bin, über Ursprung und Beschaffenheit Ihrer Welt Auskunft zu geben.“

Hier entstand ein allgemeines Murren: „Was? Wie? Ihrer Welt? Haben Sie vielleicht eine andere? Hört! Hört! Der Wilde, der Barbar! Er weiß, wie die Welt entstanden ist.“

„Wie die Welt entstanden ist“, fuhr ich mit erhobener Stimme fort, „kann niemand wissen, weder Sie noch ich. Denn die ‚Denkenden‘ sind so gut wie wir beide nur ein winziges Fünkchen des unendlichen Geistes, der sich in unendlichen Gestalten verkörpert. Aber wie das verschwindende Stückchen Welt, auf dem wir stehen, entstanden ist, das kann ich Ihnen sagen. Ihre Welt ist in der Tat hohl und mit Luft gefüllt, und ihre Schale ist nicht dicker, als Herr Glagli angibt. Sie wird allerdings einmal platzen, aber darüber können noch Millionen Ihrer Jahre vergehen. (Lautes Bravo der Glaglianer.) Es ist auch richtig, daß es noch viele bewohnte Welten gibt, nur sind es nicht lauter Hohlkugeln, sondern viel millionenmal größere Steinmassen, bewohnt von Wesen wie ich. Und Fett und Alkali sind weder die einzigen, noch sind sie überhaupt Elemente, sondern es sind komplizierte Stoffe, die nur zufällig für diese Ihre kleine Seifenblasenwelt eine Rolle spielen.“

„Seifenblasenwelt?“ Ein Sturm des Unwillens erhob sich von allen Seiten.

„Ja“, rief ich mutig, ohne auf Onkel Wendels Zerren und Zupfen zu achten, „ja, Ihre Welt ist weiter nichts als eine Seifenblase, die der Mund meines kleinen Söhnchens mittels eines Strohhalmes geblasen hat, und die der Finger eines Kindes im nächsten Augenblicke zerdrücken kann. Freilich ist, gegen diese Welt gehalten, mein Kind ein Riese –“

„Unerhört! Blasphemie! Wahnsinn!“ schallte es durcheinander, und Tintenfässer flogen um meinen Kopf. „Er ist verrückt! Die Welt soll eine Seifenblase sein? Sein Sohn soll sie geblasen haben! Er gibt sich als Vater des Weltschöpfers aus! Steinigt ihn! Siedet ihn!“

„Der Wahrheit die Ehre!“ schrie ich. „Beide Parteien haben unrecht. Die Welt hat mein Sohn nicht geschaffen, er hat nur diese Kugel geblasen, innerhalb der Welt, nach den Gesetzen, die uns allen übergeordnet sind. Er weiß nichts von Euch, und Ihr könnt nichts wissen von unserer Welt. Ich bin ein Mensch, ich bin hundertmillionenmal so groß und zehnbillionenmal so alt als Ihr! Laßt Glagli los! Was streitet Ihr um Dinge, die Ihr nicht entscheiden könnt?“

„Nieder mit Glagli! Nieder mit dem ‚Menschen‘! Wir werden ja sehen, ob Du die Welt mit dem kleinen Finger zerdrücken kannst! Ruf' doch Dein Söhnchen!“ So raste es um mich her, während man Glagli und mich nach dem Bottich mit siedendem Glycerin hinzerrte.

Sengende Glut strömte mir entgegen. Vergebens setzte ich mich zur Wehr. „Hinein mit ihm!“ schrie die Menge. „Wir werden ja sehen, wer zuerst platzt!“ Heiße Dämpfe umhüllten, ein brennender Schmerz durchzuckte mich und –

Ich saß neben Onkel Wendel am Gartentisch. Die Seifenblase schwebte noch an derselben Stelle.

„Was war das?“ fragte ich erstaunt und erschüttert.

„Eine hunderttausendstel Sekunde! Auf der Erde hat sich noch nichts verändert. Hab' noch rechtzeitig meine Skala verschoben, hätten dich sonst in Glycerin gesotten. Hm? Soll ich noch die Entdeckung des Mikrogens veröffentlichen? Wie? Meinst jetzt, daß sie Dir's glauben werden? Erklär's ihnen doch!“

Onkel Wendel lachte, und die Seifenblase zerplatzte. Mein Söhnchen blies eine neue.

Psychotomie

Es war einmal ein Privatdozent der Philosophie, der hieß, um allen Verwechslungen vorzubeugen, Dr. Schulze. Eines Nachmittags saß er an seinem Schreibtische und konnte seine Gedanken nicht ins reine bringen; das hätte zwar weiter nichts geschadet, wenn er sie nur im Konzept gehabt hätte, aber das war ihm gerade ausgegangen. Da hatte nun ein Autor Schulzen wieder einmal gründlich mißverstanden! Das kommt von diesem Widerspruchsgeist, der sich überall breitmacht, von dieser prinzipiellen Unzufriedenheit, die nichts anderes gelten lassen will als die eigene Meinung! Wollten doch die Leute endlich einsehen, daß Überzeugung den größten Sieg feiert, wenn sie sich der besseren aufopfert! Aber wer kann die Gelehrten überzeugen? Sollte es nicht ein Mittel geben, den störenden Widerspruch unwirksam zu machen? Die Wahrheit redet ja für sich selbst, könnte man nur erst das Berharrungsvermögen des Irrtums brechen! Dann würde auch Schulzes Theorie von den Gefühlen bald anerkannt sein. Wenn er nur eine Methode gehabt hätte! Das Feinste ist bekanntlich die experimentelle Methode. Es ist eine Kleinigkeit, damit die Weite des Bewußtseins zu messen, warum nicht auch die Tiefe eines Gefühles oder die Höhe eines Ideals?

Während er so nachdachte, daß man ordentlich das Gehirn knirschen hörte, klopfte es an die Tür. In einen Mantel gehüllt trat ein Mann ins Zimmer, setzte, grüßend, ein Kästchen auf den Tisch und nahm selbst in aller Ruhe auf einem Stuhle Platz. Man konnte nicht sagen, ob er alt oder jung sei; seine Stirn war so hoch, daß sie den Haaren fast keinen Platz mehr gelassen; aber unter den dichten Augenbrauen glänzten zwei helle, durchdringende Sterne. Er ließ dem Philosophen keine Zeit, von seinem Erstaunen sich zu erholen, sondern begann:

„Gestatten Sie mir, Herr Doktor, Sie mit dem neuesten Fortschritte der Wissenschaft bekannt zu machen. Ich bin nämlich Psychotom und augenblicklich auf der Reise, um meine Seelenpräparate abzusetzen; ich bin also sozusagen Reisender in philosophischen Effekten. Sie verstehen mich nicht recht? Ich sehe da einen Zweifel, erlauben Sie!"

Damit beugte er sich vor, griff vorsichtig mit zwei Fingern an das Haar des Philosophen und nahm, wie man jemand einen Käfer vom Rocke entfernt, einen kleinen Gegenstand heraus; den er auf den Rand des Tintenfasses setzte. Mit Verwunderung erkannte Schulze ein allerliebstes Figürchen, nicht höher als ein paar Zentimeter, das sofort an der Tinte zu nippen begann.

„Es ist die Kategorie der Negation", sagte der Psychotom, „ich sah, daß sie Ihnen das Verständnis meiner Auseinandersetzungen erschwerte, deshalb entfernte ich sie. Die wohltätige Wirkung wird nicht ausbleiben."

„Aber erlauben Sie ..."

„Bitte, Herr Doktor, Ihr Bedenken ist nur noch eine Nachwirkung, der Zweifel wird sogleich aufhören. Befürchten Sie nichts, ich setze Sie Ihnen wieder ein; inzwischen stärkt sie sich, denn Tinte ist ihr Lieblingsgetränk. Doch hören Sie weiter. Es ist Ihnen bekannt, daß die Gehirn-Physiologie zu keinen sicheren Resultaten kommt. Wir haben daher einen andern Weg eingeschlagen, wir sezieren das Bewußtsein selbst. Man muß die logischen Abstraktionen nicht bloß denken, sondern man muß sie realisieren, personifizieren. Das sei nichts Neues, wollen Sie sagen, das habe schon Platon getan. Aber hat er sie greifbar dargestellt, daß man mit ihnen umgehen kann? Mythologisch ja, aber nicht anschaulich. Sehen Sie, das ist das Problem: Auch die Funktionen des Bewußtseins müssen in der räumlichen Anschauung dargestellt werden, aber nicht, indem man das Gehirn zerstört, wie die Physiologen, sondern indem man die lebendige Wirkung in lebendigen Präparaten entwickelt. Es ist wahr, auch wir, die Psychotomen, können die Resultate unserer Zergliederung nur als sinnliche Dinge aufzeigen, aber unsere Produkte sind nichts Unverständliches und Totes, sondern sie bewahren die charakteristische Eigenschaft des Bewußtseins, ein selbständiges, lebendiges Ich zu bleiben. Unsere Präparate sind selbst Personen, unvollständige freilich, denn sie sind ja nur Teile der vollen, menschlichen Persönlichkeit, aber sie sind doch lebendig und ein sonderbares Völkchen, das man mit Vergnügen studiert."

„Das ist mir vollkommen klar", sagte der Philosoph, „ich danke Ihnen. Sie haben offenbar eine Methode –"

„Lieber Herr Doktor“, unterbrach ihn der Fremde, „die Methode der Psychotomie kann ich Ihnen heute nicht entwickeln, begnügen Sie sich vorläufig mit den Resultaten. Ich habe die wesentlichsten mitgebracht.“

Damit öffnete er das Kästchen und entnahm ihm verschiedene Päckchen und Gläser.

„Zuerst einige Kleinigkeiten“, begann er wieder. „Das sind Dinge mit denen wir unsere Fabrikation anfingen, ehe wir die eigentlichen Seelentätigkeiten darstellen konnten. Hier z.B. haben Sie die berühmten platonischen Ideen.“

Er reichte ein versiegeltes Päckchen hin, das Schulze aufzuwickeln suchte.

„Ja“, rief der Psychotom, in dem er ihm das Päckchen wieder fortnahm, „öffnen dürfen Sie es nicht. Die Ideen sind ohne materielle Umhüllung nicht sichtbar.“

„Aber dann weiß ich ja gar nicht, was in dem Papier ist.“

„Das müssen Sie mir eben glauben! Hier sind übrigens einige Atome von Demokrit, sie sind etwas zu groß geraten, ich will Sie Ihnen schenken. Wir haben auch einige moderne Atome dargestellt, aber es ist kein Staat damit zu machen. Wofür halten Sie dieses kleine Universum in nuce? Es sieht niedlich aus zwischen den Nußschalen, nicht wahr? Nur etwas dunkel darin! Es ist nämlich eine Leibnizsche Monade, und die haben bekanntlich keine Fenster. In diesem Glase ist eine Rarität, die ich Ihnen aber etwas billiger lassen kann; es ist ein Stückchen von Kants reiner Vernunft.“

„Aber sie sieht grau aus.“

„Ja, sie ist etwas schmutzig geworden in den letzten hundert Jahren. Aber Sie können sie popularisieren lassen, dann wird sie wieder wie neu. Doch nun die Hauptsache!“

Er legte einen Teil der Gegenstände in den Kasten zurück; dabei fielen dem Philosophen einige seltsam geformte Bündel auf. „Was haben Sie da für merkwürdige Würstchen?“ fragte er.

„Das sind Raumproben.“

„Raumproben?“

„Ja, es sind die Muster der verschiedenen Raumsorten, mit positivem und negativem Krümmungsmaß, von drei, vier, fünf und n Dimensionen. Wird nach den Dimensionen bezahlt, das Meter so und so viel. Ich will Ihnen ein paar Stückchen hier lassen.“

„Aber dort der Pfeil und der Schildpattkamm?“

„Das sind zurückgesetzte Stücke, Kuriositäten fürs Schaufenster. Der Pfeil ist der bekannte eleatische, welcher im Fluge ruht, und der Kamm ist von der berühmten Schildkröte, die von Achill nicht eingeholt werden konnte. Jetzt aber wollen Sie achtgeben, hier ist das allein würdige Endziel der Psychotomie."

Er stellte drei Gefäße vor den Philosophen. Das erste war ein durchsichtiges Glaskästchen, eingerichtet wie ein niedliches Puppenstübchen, in welchem sich eine ganze Gesellschaft von kleinen, in leichte Schleier gehüllten, elfenartigen Figürchen bewegte. Schulze erkannte sofort in ihnen die Kategorien des Verstandes an der Ähnlichkeit mit der Kategorie der Negation, die schon ein erhebliches Stück aus seinem Tintenfasse getrunken hatte.

„Man sollte gar nicht denken!" sagte er, „daß gerade die Verstandsbegriffe, die man doch für das Trockenste in der Welt hält, eine so reizende Gestalt besitzen."

„Ja, das ist seltsam", bestätigte der Psychotom; „aber es erklärt sich aus der reinen und unvermischten philosophischen Abstammung, während andere Bewußtseinszustände, Gefühle und dergleichen aus dem gewöhnlichen Leben stammen. Und dann bedenken Sie die weiblichen Charaktere, wie sie schon in den Namen Quantität, Realität, Negation, Kausalität u.s.w. liegen. Hier ist eine Lupe, betrachten Sie sich die Negation näher. Ein freundliches Ding, nur mit den anderen verträgt sie sich schlecht. Ist jetzt billig zu haben, weil stark in Mißkredit gekommen. Was meinen Sie, was mir die Regierung gibt, wenn ich den Mitgliedern der Opposition die Kategorie der Negation herausnähme, so wie Ihnen? Sehen Sie hier das buntschillernde Fräulein, wie sie sich nach allen Seiten wendet? Das ist die Limitation. Sie macht, daß ein Ding weder das eine noch das andere ist, weder schwarz noch weiß, weder ja noch nein; wird bei Wahlen sehr verlangt. Hier haben Sie die Kategorie der Möglichkeit, bei Theologen stark gefragt, und ihre Zwillingsschwester, die Unmöglichkeit, die namentlich bei juristischen Verteidigern beliebt ist. Doch jetzt kommen wir zu den Gefühlen." Er öffnete eine Büchse voll dunkler, schleimiger Kügelchen.

„Das ist ja Kaviar", sagte Schulze.

„Es sieht so aus, aber es sind die präparierten Gefühle und Stimmungen. Sehen Sie näher zu, so erkennen Sie in jedem dieser kleinen Bläschen eine Art von Physiognomie. Sie sind freilich sozusagen niedere Organismen des Seelenlebens, aber eben darum die breite Basis des menschlichen Daseins. Glatt und schlüpfrig sind sie alle, denn unbeständig glitschen sie durcheinander. Sie denken, Sie haben die Freude in der Hand, und wenn Sie recht zusehen, ist es der Ärger. Übrigens hat man sie numeriert – hier ist das Verzeichnis – denn es gibt ihrer zu viele. Ich verkaufe sie nicht einzeln, weil sie sich nur im ganzen halten; würde mir auch niemand den Schmerz, den Trübsinn, die Angst, den Kummer, den Hunger und die Ungemütlichkeit abnehmen wollen. Doch die Zeit drängt. Mit den Charaktereigenschaften will ich Sie daher nicht aufhalten, man findet sie heute nirgends rein. Aber dies müssen Sie noch sehen, das sind die *Ideale.*"

„Die Ideale? Aber das sind ja Flüssigkeiten; ich hätte den Inhalt dieser Fläschchen für Likör gehalten."

„Ja, sie sind in Spiritus, sie halten sich sonst nicht. Blicken Sie gegen das Licht, so sehen Sie schwach schimmernde, ätherische Gestalten auf- und niedersteigen. Hier in diesem rötlichen Gefäße ist die Freiheit. Ich habe nur diese kleine Probe, denn ich konnte in ganz Europa nicht mehr davon auftreiben. Hier ist die Humanität, sie ist billiger, wird aber bloß noch von den Tierschutzvereinen verlangt. Dies ist die Unsterblichkeit; von ihr habe ich noch gar nichts abgesetzt, denn sie wird jetzt künstlich gemacht. Und jetzt, lieber Doktor, leben Sie wohl! Diese drei Sachen will ich Ihnen hier lassen. Betrachten Sie alles genau, aber mit Vorsicht, die Kategorien, die Stimmungen und die Ideale. Nahrung brauchen sie nicht; sollten die Kategorien zu unruhig werden, so setzen Sie sie auf eines Ihrer Manuskripte, um sie etwas auszuhungern. Und hier haben Sie noch eine Zugabe."

Er setzte ihm ein Fläschchen hin, in welchem sich ein Figürchen befand, wie die kartesianischen Teufelchen.

„Was ist das?" fragte der Philosoph, der vor Überraschung kaum zur Besinnung kam.

„Der höhere Blödsinn", antwortete der Psychotom. Damit war er verschwunden.

Schulze griff sich an den Kopf, stand auf, ging hin und her – nein, er träumte nicht. Er dachte an Betrug, vielleicht eine neue Methode von Langfingern, sich einzuschleichen, doch nichts fehlte im Zimmer. Da standen Kästchen, Büchse, Fläschchen, da lagen auch die Würstchen, welche Raumproben enthalten sollten. Auf dem Tintenfaß saß noch die Negation. Wie fatal! Der Psychotom hatte vergessen, sie ihm wieder *einzusetzen*. Doch er wird wohl wiederkommen!

Schulze ließ sie also sitzen, wo sie saß, zumal er keinerlei Unbehagen von ihrem Fehlen verspürte. Kaum getraute er sich die Seelenpräparate anzufassen und lüftete nur zögernd einen Augenblick den Deckel der Büchse mit den Stimmungen. Plötzlich sprang er auf. Er wollte hinaus, in der freien Luft sich zu erholen. Indem er die Treppe hinabstieg, stolperte er über den Hauskater und kam beinahe zu Fall. Er freute sich herzlich, dem guten Tierchen nicht wehe getan zu haben.

Als er aus der Tür trat und seine Handschuhe anziehen wollte, bemerkte er an der Hand ein Bläschen aus der Büchse der Stimmungen, das unbemerkt dort kleben geblieben war. Er erkannte darauf die Auszeichnung Nr. 1 und erinnerte sich, daß der erste Name in der Liste die *Zufriedenheit* gewesen sei. Nun, er war auch ganz zufrieden und steckte das Kügelchen in seine Streichholzbüchse.

Es war Tauwetter; der halbzerflossene Schnee lag naßkalt und schmutzig auf dem holperigen Pflaster, daß der Fuß bei jedem Tritt ausglitt. Der Nebel hielt das letzte Licht der Dämmerung ab, und da die Laternen noch nicht brannten, so konnte man nicht einmal recht sehen, wohin man trat. Schulze bat einen Müllerburschen um Entschuldigung, daß er an ihn angerannt sei, und freute sich über die Mehlspuren an seinem dunklen Überzieher, die im Nebel zu einem angenehmen Kleister zerflossen. Der Stadtrat Billig begegnete ihm, den er oft durch Tadel städtischer Verwaltungsmaßregeln geärgert hatte. Schulze sprach ihn an, begleitete ihn.

„Ein Hundewetter", sagte der Stadtrat. „Diesen Schnee wieder hinaus zu schaffen, kostet der Stadt –"

„Freilich", unterbrach ihn Schulze, „das bringt Geld unter die Leute, aber es ist auch ebenso schön, wenn er liegen bleibt. Die Unebenheiten des Pflasters erhöhen durchaus den Reiz der Gegend, und ihre Ausfüllung mit Schnee ist ein sehr belehrendes Bild für die ausgleichende Tätigkeit der Natur. Jeder Patriot kann es nur billigen, wenn der Naturzustand unserer Stadt erhalten bleibt."

„Ich will nicht hoffen, Herr Doktor, daß Sie Ihren Spott –"

„Herr Stadtrat, ich versichere Sie, daß ich mich durchaus in unseren Verhältnissen wohl fühle. Ich wünschte, jeder Bürger sähe die Notwendigkeit ein, daß die Beschwerden des Weges als Erziehungsmittel der Menschheit zu pflegen sind. Diese Dunkelheit der Straßen schärft die Sinne der Fußgänger und Kutscher, sie kommt nicht bloß der Stadtkasse zugute, sondern unter Umständen auch den

Ärzten und Chirurgen. Wie viel Eitelkeit, wie viel Putzsucht, wie viel unnötiger Toilettenaufwand werden dadurch unterdrückt, daß unsere Damen von vier Uhr an nicht mehr gesehen werden können. Wenn ich Stadtverordneter wäre –"

„Sie müssen es werden, Herr Doktor, Ihre Hand darauf!"

„Gewiß! Es gibt keine Vorlage, der ich nicht zustimme."

„Auch dem neuen Aufschlage zur Kommunalsteuer?"

„Selbstverständlich. Es kann nie Steuern genug geben, denn nichts ist erhebender, nichts erfreulicher, nichts beglückender, als sein Hab und Gut zum Besten der Gemeinsamkeit zu opfern."

„Bravo! Bravo! Ich gehe an meinen Stammtisch in der ‚Roten Tulpe'; ich sichere Ihnen zehn Stimmen. Auf Wiedersehen!"

Der Stadtrat empfahl sich begeistert. Auch Schulze fand den Gedanken an seine akademische Stammecke nicht übel und schlug die bewußte Richtung ein. Er war noch nicht weit gelangt, als er einer Dame begegnete, deren Beredsamkeit er sonst in größerem Bogen auszuweichen pflegte. Heute kam sie ihm, so weit es die Dunkelheit gestattete, in rosigem Lichte vor. Linolinde v. Zwinkerwitz hatte allerdings Rot aufgelegt. Seit zehn Jahren – so lange nämlich war Schulze Privatdozent – behauptete sie, daß er ihr den Hof mache, und ebenso lange zwang sie ihn bei jeder Begegnung zu einer längeren Aussprache. Schulze pflegte zu klagen, er habe auf diese Weise schon zwei ganze Semester verloren – das Semester zu drei Monaten, den Monat zu zwanzig Tagen und den Tag zu anderthalb Stunden gerechnet – so lange nämlich dauerte sein Kolleg über die Geschichte der griechischen Philosophie vor Sokrates. Jetzt aber war Linolinde ganz entzückt von Schulzes Liebenswürdigkeit, und gerührt gestand sie ihm, daß sie eine Novelle geschrieben habe, nur einige hundert Seiten. Ob er sie nicht einmal durchlesen wolle.

„Mit dem größten Vergnügen, teuerstes Fräulein! Wie freue ich mich auf den Genuß, einen Blick in das Leben Ihrer schönen Seele zu tun! Wie werde ich den Helden beneiden, den der Hauch Ihres Genius mit dem ganzen Farbenzauber Ihrer Liebe geschmückt hat!"

„Ja", rief Linolinde, „Sie erraten meine Gefühle! O dieser Scharfsinn der Philosophen! Ach, ich wage es nicht – nein, ich darf Ihnen meine Novelle nicht geben! Wenn ich mich getäuscht hätte –"

„Es gibt keine Täuschung für die wahre Dichterin. Zweifeln Sie nicht an dem treuen Verständnis, das ich den Gefühlen Ihres Helden entgegenbringe."

„Aber Sie wissen nicht –“

„Ich weiß, daß ich zufrieden bin.“

Linolinde schwieg. Sie waren auf die Promenade gekommen, die rote Laterne blinkte in der Nähe. Linolinde ging immer weiter. „Sie gehen noch länger hier spazieren?“ fragte sie. Schulze hatte das Gefühl, daß er dies eigentlich nicht wolle, es zog ihn nach der Laterne, aber er konnte nicht nein sagen. So schritt er weiter, Linolinde neben ihm. In Gedanken verloren kehrte er am Ende der Promenade um, Linolinde desgleichen. Sie sprachen noch immer nichts. Linolinde glitt aus – ein leichter Schrei –, dann nahm sie den Arm, den er ihr darbot.

„Die Glätte“, sagte er, „ist die vornehmste und die holdeste Eigenschaft der Körper, sie ist die Stufe, über welche die Materie zur Idee schreitet; darum hielt Epikur die Seelenatome für das Glätteste. Nicht ohne Grund alliteriert der Sprachgeist Glätte, Glaube, Glück.“

Linolinde drückte leise seinen Arm und hauchte: „Warum sollen wir uns nicht sagen, daß wir uns verstehen?“

„Wir verstehen uns“, erwiderte er. Da hing Linolinde an seinem Halse, dank der Sparsamkeit des Stadtrates im Dunklen auf der menschenleeren Promenade, zwanzig Schritt von der roten Laterne. Ein Räuspern ward vernehmbar, Schritte – „Auf Wiedersehen!“ Linolinde entschwand. Schulze trat seelenvergnügt in sein Stammlokal, wo er an der Tür mit seinem Spezial-Kollegen, dem Professor Oberwasser, zusammentraf. –

Es wurde ein bedenklicher Abend für Schulze, denn er konnte niemand etwas abschlagen. Für den folgenden Morgen versprach er dem Geologen, ihn auf einer den ganzen Tag dauernden Exkursion zu begleiten, zugleich aber seinem Nachbar zur Linken, ihm um zwölf Uhr auf der Bibliothek eine Auskunft zu geben, und nachdem die beiden fortgegangen, nahm er von einem später Angekommenen für dieselbe Zeit eine Einladung zum Frühstück an. In bezug auf seine Reiseerinnerungen, die zur Sprache kamen, verstrickte er sich in ein unendliches Netz von Lügen, weil er auf keine Frage nein zu sagen vermochte, und zuletzt kam er in Streit mit seinem Kollegen Oberwasser wegen der bekannten literarischen Fehde, in welche dieser mit dem berühmten Philosophen Weißschon über die Anschaulichkeit des reinen Nichts geraten war.

„Kann ein vernünftiger Mensch“, so rief Oberwasser entrüstet aus, „es für möglich halten, daß die pure Aufhebung eines Begriffes als solche noch Merkmale der Distinktion innerhalb der Grenzen der Sensibilität, obschon durch bloße Abstraktion gegeben, vermittelst der Negation dieser Abstraktion zur repulsiven Konkretion determiniert, ihrerseits durch Nichtsetzung des Nichtseins erlangen könne?“

Selbstverständlich erwartete er ein ebenso entrüstetes „Nein“ aus Schulzes Munde; aber zu aller Erstaunen sagte dieser:

„Allerdings ist das Nichts durchaus positiv, insofern ich es nämlich nicht verneinen kann. Was aber Ihre Abhandlung betrifft, an die ich mit dem größten Vergnügen denke, so kann ich nur sagen, daß Sie ebenso recht haben wie Weißschon, weil überhaupt alle Urteile aller Menschen unter allen Umständen bejahend sind.“

Da stand Oberwasser indigniert auf und ging in der Überzeugung fort, daß Schulze zu viel getrunken habe. Das war nun zwar nicht der Fall, aber es kam noch, als auch die übrigen Kollegen sich davongemacht hatten. So oft ihn nämlich der Kellner fragte, ob er noch ein Glas befehle, war er nicht in der Lage, nein zu sagen; außerdem schmeckte es ihm vorzüglich. Mit den Vorschlägen der Speisekarte ging es ihm ebenso, leider aber auch beim Bezahlen, da er auf jede Kontrolle verzichtete. Es war spät geworden, als er nach Hause ging, und unterwegs hatte er noch einen kleinen Aufenthalt mit dem Nachtwächter, weil er behauptete, es gäbe nichts Schöneres, als in einer naßkalten Schneenacht mit dem Spieße in der Hand in einer Mauerecke zu lehnen.

Als Schulze spät am Vormittage erwachte und sich vergeblich bemühte, das gestern Erlebte in sein Gedächtnis zurückzurufen, bemerkte er plötzlich auf dem Stuhle vor seinem Bett den Kater seiner Wirtin, der ihn mit ernster und, wie es schien, mißbilligender Miene betrachtete. Aber wie erschrak er, als er zwischen den Vorderpfoten des Tieres seine Kategorie der Negation entdeckte, die dasselbe offenbar für einen Vogel oder dergleichen gehalten und gefangen hatte. Unwillkürlich machte er eine Bewegung; da begann plötzlich der Kater mit vernehmlicher Stimme zu sprechen:

„Bleiben Sie ruhig liegen, sehr geehrter Herr Doktor, wundern Sie sich auch nicht, daß ich rede. Meine berühmten belletristisch-epischen Vorfahren hatten dazu geringere Motive als ich, denn ich habe in dieser Nacht sämtliche Kategorien auf Ihrem Schreibtische gefressen.“

„Beim heiligen Immanuel!“ schrie Schulze. „Wie viel waren es?“

„Ich habe sie leider nicht gezählt“ – Schulze seufzte tief, während der Kater fortfuhr – „und bedaure in der Tat, daß somit die berühmte Streitfrage über die Zahl der Kategorien nicht geschlichtet werden kann. Aber da ich nun einmal den Verstand, wenn auch nicht mit Löffeln, so doch in ausreichender Portion gefressen habe, so erlaube ich mir, Sie ganz ergebenst darauf aufmerksam zu machen, daß Sie versäumt haben, Herrn Professor Steinschleifer zur geologischen Exkursion abzuholen, daß Sie jetzt um zwölf Uhr nicht auf der Bibliothek sind, endlich auch die Einladung zum Frühstück nicht abgesagt haben."

Schulze nickte wehmütig. „Leider, leider, die Herren werden es mir sehr übelnehmen. Aber geben Sie mir, lieber Herr Hinze, meine Kategorie der Negation wieder."

„Geduld", sagte der Kater, „ich will Ihnen nur noch bemerken, daß Sie Herrn Oberwasser, dessen Stimme in der Fakultät bekanntlich ausschlaggebend ist, schwer beleidigt haben. Mit dem Extra-Ordinarius wird es nun wohl wieder nichts sein. Daß Ihr Feuerzeug verloren, Ihre Börse leer und Ihr Überzieher ruiniert ist, das sind dem gegenüber nur kleinere Annehmlichkeiten. Außerdem sind hier noch einige Briefe, die ich Ihnen nicht vorenthalten will."

„Immer zu", sagte Schulze, ergeben in sein Schicksal.

„Herr Stadtrat Billig schreibt Ihnen, daß Ihre Wahl zum Stadtverordneten gesichert sei" – hier stieß Schulze einen Schrei des Entsetzens aus – „und daß Ihre opfersinnigen Äußerungen ihn ermutigt hätten, in der Einschätzungs-Kommission Ihre Erhöhung um drei Steuerklassen vorzuschlagen. Sodann ist hier eine Vorladung, betreffend Vernehmung in Sachen Beleidigung des Nachtwächters Warmbier. Weiterhin ist hier ein dickbändiges Manuskript: ‚Herzensnacht und Strahlenmacht', Novelle von Linolinde v. Zwinkerwitz, und von derselben Hand ein ebenso starker Essay: ‚Über die Unsterblichkeit der Seele, Gedanken einer Lebendigen'. Dazu ein Briefchen: ‚Teurer Freund! Nicht wahr, Sie lesen noch heute? Ort und Stunde wie gestern, wo Ihr Urteil zitternd erwartet L. v. Z.'"

Schulze rang die Hände.

„Endlich", sagte der Kater, „ist noch ein Briefchen hier von derselben Hand. Es lautet: ‚Geliebter! Ich habe Mama alles gestanden. Sie erwartet Dich heute mittags. Ich schwelge im Glück! Ewig die Deine – Linolinde.'"

„Mein lieber Herr Schulze", fuhr der Kater fort, „wenn Sie ein andermal die Zufriedenheit mitnehmen, dann lassen Sie jedenfalls die Negation nicht zu Hause. Ich habe die Ehre, sie Ihnen wieder zu überreichen."

Bei diesen Worten nahm der Kater mehr und mehr die Züge des Psychotomen an – auf einmal fühlte Schulze einen lebhaften Druck an seinem Kopfe und verlor zugleich die Kategorie und den Kater aus dem Gesichte. Schnell sprang er auf, fuhr in die Kleidung, kühlte sein Haupt und trat in sein Studierzimmer.

Auf der Schwelle lag sein Stubenhündchen, der treue Nonsens; aus seinem Maule hing noch eines der Würstchen mit den Raumproben. Das gute Tier hatte sie für genießbar gehalten, da waren ihm die Koordinaten in seinem Leibe auseinandergegangen, und nun lag es nach allen Dimensionen gekrümmt regungslos zu den Füßen seines Herrn. Schulze hob es bedauernd auf, da sagte eine Stimme:

„Laß' mal liegen, Schulze, er ist nur scheintot." Und so war es. Als richtiger Philosophenhund mußte er die Metageometrie bald als unverdaulich wieder von sich geben.

Der Redende war Schulzes bester Freund, der Dr. Müller, ein normal entwickelter Mediziner, der es sich auf dem Sofa bequem gemacht hatte.

„Du siehst übrigens jammervoll aus, Mensch", fuhr er fort, „es tut mir leid, daß ich Dir nicht einen Löffel Kaviar übrig gelassen habe. Aber er war ausgezeichnet. Wer hat dir den gestiftet?"

„Um Himmelswillen, Müller, du hast diese Büchse hier geleert?"

„Mit dem besten Appetit; du nimmst es doch nicht übel? Ich habe auch diese Likörproben dazu getrunken, etwas kräftig, aber delikat."

„Unseliger Mensch, das waren ja meine Gefühle, das waren meine Ideale! Du hast sämtliche Gefühle und Ideale der Menschheit verschlungen, Kannibale, was soll nun aus Dir werden?"

„Gefühle im Kaviar und Ideale im Schnaps? Ihr Philosophen seid praktischer, als man meinen sollte. Nun, du siehst, es hat mir nichts geschadet. Ein richtiger Mediziner wird von solchen Kleinigkeiten nicht angegriffen. Hier hast du übrigens dein Feuerzeug wieder, es lag auf der Treppe. Ei, laß' doch sehen, da ist ja noch so ein Störei – aber wahrhaftig, das Ding sieht gelungen aus –"

„Heb' es auf, es ist die Zufriedenheit."

„Es scheint mir eine neue Parasitenform, ich will versuchen, eine Reinkultur anzulegen. Und nun erzähle, wie du dich so zugerichtet?"

Schulze beichtete. Da fühlte der Arzt ihm den Puls und sagte:

„Menschlein, du hast noch nicht ausgeschlafen, nachmittags wird dir besser sein. Sei übrigens froh, daß der Kater und ich das Zeug gegessen haben, dir wäre es jedenfalls schlechter bekommen. Du kannst mir noch eine Zigarre geben, vorausgesetzt, daß nicht irgend ein psychologisches Scheusal mit eingewickelt ist."

Er zündete die Zigarre an und ging gemütlich grüßend von dannen. Schulze aber setzte sich an den Schreibtisch, tauchte die Feder in das Tintenfaß, das die Negation halb ausgetrunken hatte, und schrieb Absage- und Entschuldigungsbriefe. Und da sich einmal seine Kategorie der Negation mit Tinte gesättigt hatte, schrieb er gleich noch eine Rezension hinterher. Dann stützte er das schwere Haupt wehmütig in die Hand und gedachte unter Seufzen des Psychotomen und seiner unglückseligen Gaben. Alle waren verschwunden – doch nein! Ein Gläschen stand noch in der Ecke, und ein Teufelchen schaute ihn unverfroren an. Es war der höhere Blödsinn.

Mirax

TRÄUME EINES MODERNEN GEISTERSEHERS, ERLÄUTERT DURCH TRÄUME MODERNER METAPHYSIK

Heino Mirax hatte eben in der Zeitschrift „Mysterium“, Organ für übersinnliche Weltanschauung und Experimental-Metaphysik, einen seiner tiefsinnigsten Artikel veröffentlicht: *„Über die Anwendung der Entwickelungstheorie auf die künstliche Züchtung der Weltseele.“*

Man fand denselben epochemachend überall, wo man überzeugt war, daß die moderne Wissenschaft auf dem Holzwege sei. Daß sie sich in der Tat auf dem Holzwege befindet und umkehren muß, ergibt sich für einen Kopf, der nicht durch gelehrte Studien gründlich verdorben ist, äußerst einfach. Es ist nämlich ungemein schwer, den gesamten Gedankenvorrat richtig zu verdauen, den die Geistesarbeit von Generationen unter dem Namen der Wissenschaft angehäuft hat. Der Mensch möchte doch aber gern etwas vom tiefsten Wesen der Welt verstehen, ohne ein halbes Leben lang darüber zu studieren. Da es nun nicht mehr möglich ist, beim Zeitungslesen nebenbei zur Wissenschaft zu gelangen, so muß die Wissenschaft zum Menschen kommen, der so beschränkt in seiner Zeit ist; das heißt, sie muß umkehren, sie muß wieder einfach werden, so einfach, daß ein jeder sie versteht, der nur hin und wieder einen Blick in ein Journal wirft.

Es ist eines der gelehrten Vorurteile, die endlich ausgerottet werden müssen, daß es schwierig sei, eine Wissenschaft zu reformieren. Man braucht dazu weiter nichts als einige *Prinzipien* und eine *Methode*. Heino Mirax hatte beides.

Als Prinzipien nahm er irgend welche beliebigen Sätze aus dem täglichen Leben, aus dem Sprichwörter- oder Märchenschatze der Völker oder aus einer der umzukehrenden Wissenschaften, vorausgesetzt nur, daß sie niemand bezweifeln konnte. So z. B.: „Man muß das Eisen schmieden, so lange es heiß ist", oder: „Ein Tischleindeckdich wäre eine schöne Sache", oder auch den ziemlich feststehenden Satz: „Die lebenden Wesen sind in einem allmählichen Vervollkommnungsprozesse begriffen."

Seine Methode bestand darin, daß er diese Sätze auf ein beliebiges fremdes Gebiet anwandte, nur mit der Vorsicht, daß man auf keine Art nachweisen konnte, ob sie dort auch anwendbar wären. Darin lag eben das Neue, wodurch er die schwierigsten Rätsel des Daseins mit Leichtigkeit löste. So bewies er z.B., daß es auf der Sonne Bewohner gäbe, welche sich von Meteorsteinen nährten. Denn da man das Eisen schmieden muß, so lange es heiß ist, da aber die Spektralanalyse nachweist, daß es auf der Sonne glühende Eisendämpfe gibt, so muß es auch Wesen auf der Sonne geben, die das Eisen schmieden; und da ein „Tischleindeckdich" eine hübsche Sache ist, so steht zu vermuten, daß jene Wesen auch gern vom Himmel gefallene Speisen haben möchten. Nun fallen aber die Meteorsteine vom Himmel und bestehen aus Eisen – folglich sind sie die Lieblingsspeise der Sonnenbewohner. Da endlich wir Menschen noch nicht Eisen verdauen können, die lebenden Wesen jedoch in einer Fortentwickelung begriffen sind, und endlich die Sonne älter ist als die Erde, so folgt daraus: 1. Die Sonnenbewohner sind höher organisierte Wesen als die Menschen; 2. die Menschen werden später dazu kommen, Eisen zu verdauen; 3. in einer – allerdings noch weit entfernten – Zukunft wird man zum Nachtisch den Gästen Granaten in den Mund schießen. Es muß freilich hinzugefügt werden, daß die letzte Folgerung nicht von allen Anhängern des Heino Mirax zugegeben wurde, und daß sie auch in der Tat nicht ganz unbedenklich ist; die Neu-Miraxianer, die sie leugnen, haben möglicherweise recht. Aber auf Grund der beiden ersten Sätze hatte sich Mirax eine zuverlässige Schule geschaffen, welche alle umfaßte, die das Bedürfnis hatten, etwas bisher gänzlich Unbekanntes durch eine unbefangenere Logik zu erfahren. Sie erklärten Heino Mirax für einen der tiefsinnigsten und zugleich klarsten Denker aller Zeiten. Er auch.

Aber Mirax führte nicht nur die Naturforschung neue Wege, er brachte auch die Philosophie in erstaunlichen Schwung. Es ist unleugbar, daß ein Faß Wein nicht ausläuft, wenn man nur ein einziges kleines Loch hineinbohrt; daß dagegen der ganze Inhalt ausströmt, wenn man dem Fasse den Boden ausschlägt. Auch muß zugegeben werden, daß das Gedächtnis gewissermaßen das Gefäß ist, welches das Gesamtwissen der Menschheit zusammenhält. Mirax berief sich in dieser Hinsicht auf Kant und Goethe, und man weiß, daß Mirax ein Kenner dieser nicht unbedeutenden Schriftsteller ist. Das lächerliche Geschrei einiger Professoren, daß sich ein solcher Ausspruch weder bei Kant noch bei Goethe finde, noch auch nach der ganzen Eigenart dieser Geister bei ihnen sich finden könne, ist als lediglich dem Brotneid entstammend kurzer Hand zurückzuweisen. Man darf zuversichtlich erwarten, daß kein Miraxianer die Schriften jener Männer selbst nachlesen wird. Mit Hilfe der beiden obigen Prinzipien schloß Mirax, daß, wenn man nur in das Gedächtnis der Menschheit ein genügend großes Loch schlagen könnte, sofort der gesamte Wissensinhalt auslaufen würde. Man müßte ihn alsdann auffangen und auf Flaschen ziehen. Darauf wollte er seine neue *Pädagogik* gründen und so die Erziehung der Menschheit endlich in Ordnung bringen. Die Zeitschrift „Mysterium" veröffentlichte eine Reihe von Artikeln, worin mit Repliken und Dupliken heftig gekämpft wurde, welche Gestalt die anzuwendenden Geistflaschen haben sollten; es ist bedauerlich, daß darüber Streit entstehen konnte, da die altdeutsche Form des „Nürnberger Trichters" zweifellos die einzige ist, die der nationalen Würde entspricht. Hoffentlich nimmt der Staat bald die Sache in die Hand.

Nicht zufrieden mit seinen bisherigen Erfolgen gedachte Heino Mirax nunmehr die Weltentwickelung überhaupt in beschleunigtere Gangart zu versetzen. Längst hatte er erkannt, daß die Schwäche der modernen Naturwissenschaft in ihrer Beschränkung auf die Gesetze der stofflichen Welt bestehe. Mit dem Ausmessen und Berechnen der Sternenbahnen, der Erforschung von Land und Meer, dem Abwägen von Kohlenstoff und Sauerstoff, mit der Beobachtung der Nervenprozesse, der Zellenbildung, der organischen Fortpflanzung – mit alledem flickt man ja doch nur an dem äußeren Gewande der Natur herum. Man mag dadurch die materielle Welt beherrschen, aber man lenkt sie nur künstlich wie ein Pferd am Zügel, nicht durch die Anfeuerung des inneren Triebes. Mirax ging tiefer; er beschloß, die Weltseele selbst zu züchten.

Es ist einleuchtend, daß die gesamte Natur ebenso gut wie der Mensch ein inneres Bewußtsein, ein Gefühl ihrer selbst besitzt. Die alten Griechen bis Plato waren darüber nicht im Zweifel gewesen; erst die moderne Wissenschaft seit Descartes und Galilei hatte es vergessen. Nicht so Mirax; er griff der Natur in den Busen, von innen heraus wollte er sie fördern. Man sage nicht, daß eben der Körper das einzige sei, wodurch der Geist zugänglich und anderen vermittelt werde. Die Experimente über den körperlosen Verkehr der Geister haben diese Ansicht widerlegt; das Hellsehen und der Spiritismus bilden von nun ab die Mittel, der Natur nicht mehr auf den Leib, sondern direkt auf die Seele zu rücken. *„Der Darwinismus muß spirituell werden!“* Mirax sprach das große Wort gelassen aus. Noch mehr! Die Weltseele muß künstlich gezüchtet werden! Nicht mehr die Naturkräfte – Licht und Wärme – und die Naturerscheinungen – Sternenhimmel, Atmosphäre, Erdrinde – dürfen das Objekt der Wissenschaft bilden, sondern die Naturseelen, die *Geister*, welche die Innenseite dieser Kräfte und Erscheinungen repräsentieren. Unmittelbar auf die Elementargeister sollte man wirken, in ihnen den Trieb nach Vervollkommnung wecken und durch künstliche Auslese, Zuchtwahl und Vererbung – denn warum sollen nicht auch die Geister sich fortpflanzen? – sie zu einer gedeihlichen Entfaltung ihrer Kräfte bringen. Man braucht dann nicht mehr die Gesetze der Elektrizität mühsam zu studieren; man ruft den Geist derselben – nennen wir ihn Elektra – und veranlaßt ihn, uns ohne Strom und Funken zu dienen. Schon Faust hatte etwas Ähnliches gewollt, als er seine Geister beschwor; aber in jenem dunklen Zeitalter fehlten ihm noch die Mittel zur richtigen Durchführung, und deshalb hätte Goethe auch besser getan, den Faust nicht zu schreiben. Mirax wußte die Sache methodischer anzufassen. Das Darwinsche Grundgesetz von der fortschreitenden Entwickelung der Organismen steht fest. Beruht nun diese Entwickelung auf dem mechanischen Einflusse der Naturkräfte? Da hat Häckel offenbar vorbeigeschossen; das Bewußtsein selbst ist es, welches zu entfalten ist! Mirax wandte das Entwickelungsgesetz auf die Elementarseelen an. Der Erdball hat eine Seele. Nur steht sie nicht, wie Fechner glaubte, höher, sondern tiefer als wir. Wenn es nun gelänge, die Erdseele zu erziehen, zu entwickeln von innen heraus, welche Fülle von irdischem Fortschritt müßte sich ergeben! Was nützt das Herumgraben und Analysieren in der gravitierenden Masse, die man Materie nennt! Das Ursprüngliche ist der *psychische* Zustand, das Bewußtsein, und diese Erde ist nur eine niedre Form, eine untergeordnete Seinsart des Geistes. Mirax zog die Konsequenz der neuesten Entdeckungen, indem er Spiritismus und Darwinismus zum metaphysischen Monismus oder sogenannten *Mystotranszendentalismus* verband. Wir Menschen sind die höchste Stufe der Wesenreihe, weil wir es bis zur Entwickelung des *Selbstbewußtseins* gebracht haben, zum Unterschiede von Ich und Welt, der wir gegenüberstehen. Jene niederen Geister, wie z. B. der Erdgeist, den die Geologen Erdrinde oder Lithosphäros nennen, sind noch nicht so weit. Sie haben ebenfalls Bewußtsein, aber sie sind bloßes Subjekt; sie erleben alles nur als wechselnde Zustände, ohne zu wissen, daß sie selbst es erleben, daß sie etwas *sind* und etwas *vermögen*. Wenn der Erdrindengeist z. B. es dazu brächte, Selbstbewußtsein zu erlangen, so würde er dem Menschen ebenbürtig, ja durch die Größe und Mannigfaltigkeit seines Körperbaues – der Erdrinde – ihm vielleicht überlegen sein. Und wenn auch die Menschheit darüber zu Grunde ginge, ihr Wesen selbst, die höhere Stufe des geistigen Seins, würde als Idee in dem zum Selbstbewußtsein gekommenen Erdgeiste fortleben; er würde den Weltprozeß dort weiter denken, wo die Menschheit ihn abgebrochen hat.

Das ungefähr war der Gedankengang, welchen Heino Mirax in seinem Artikel „Über die Anwendung der Entwickelungstheorie auf die künstliche Züchtung der Weltseele" durchgeführt hatte. Jetzt kam es nur noch darauf an, einen Elementargeist, also etwa den Geist der Erdrinde, zu veranlassen, daß er sich selbst über seine vielversprechende Zukunft aufkläre. Hätte er erst einmal eingesehen, daß ihm bloß das Selbstbewußtsein fehle, um in die höhere, ja die höchste Stufe des Geisterreichs einzurücken, so würde er sicher alles daran setzen, um zum Selbstbewußtsein zu gelangen. Welcher Erfolg, wenn Mirax diese künstliche Züchtung einer Seele der Natur zustande brächte!

Sollte es nicht genügen, daß der Erdgeist Gelegenheit bekäme, die Abhandlung unseres Denkers zu lesen? Daß er ein niederer Geist ist, der vielleicht gar nicht lesen kann, macht dabei nichts aus. Denn die Elementargeister sind, wie Mirax zweifellos festgestellt hat, nicht niedere Geister in dem Sinne, wie z. B. die Hunde es sind, welche im allgemeinen das Lesen nie lernen; sondern niedere Geister sind sie nur im mystotranszendentalen, nicht im organischen Sinne, sie sind ganz menschlicher Art, wie die Spirits, nur daß sie eben kein Selbstbewußtsein besitzen. Das ist gerade das Feine am Miraxianismus, daß er den bisher nur bekannten organischen durch den mystotranszendentalen Unterschied ersetzt hat, und wer das nicht versteht, der ist nicht wert, daß die Wissenschaft um seinetwillen umkehre.

Um sich seiner Sache zu vergewissern, ließ Mirax noch den Geist des großen Theophrastus Bombastus Paracelsus von Hohenheim zitieren, der sogleich erschien und ihm eröffnete, daß in der Tat der Erdrindengeist Lithosphäros ein Freund guter Lektüre sei. Die Einwirkung durch die Presse sei nicht nur für die politische Volksbildung, sondern auch für die mystotranszendentalentwickelungstheoretische Erziehung der Elementargeister der passendste und wirksamste Weg. Darum habe er auch seiner Zeit deutsch geschrieben. Aber die Adresse des Erdgeistes wußte er ihm nicht anzugeben. Das Sicherste sei, wenn Mirax mehrere Separatabzüge seiner Abhandlung in die tiefsten Bohrlöcher der Erdoberfläche hinabwerfen lasse. Heino Mirax fand zwar dieses Mittel etwas materialistisch; aber da es ein Experiment an wertlosen Objekten war, so konnte er es ja einmal probieren.

Der Erdgeist stand gerade in seinem Kasino auf der Kegelbahn und hatte soeben eine Kugel geschoben, daß sämtliche Porzellantassen in Mitteleuropa klapperten und die Geologen nach ihren Seismographen liefen, um zu sehen, ob es auch wirklich gebebt habe. Es waren da bei ihm noch einige außer Dienst gestellte Elementargeister, nämlich die pensionierten griechischen Götter Poseidon und Hephästos, welche aus Ärger über ihre Verbannung von den Menschen jetzt dem Erdgeist im Kasino das Bier abgewannen; ferner ein abgestorbener Geisir aus Island und ein alter ausrangierter Gletscher, der mit der Zeit nicht mehr fortkommen konnte und deswegen zurückgegangen war. Diese Herren bildeten das Kegelkränzchen des Erdrindenkasinos, und es war recht gemütlich dort; denn sie sprachen alle nicht viel. Die Götter schwiegen, weil sie nicht deutsch verstanden und die anderen nicht griechisch. Der Geisir war heiser, denn seine Luftröhre saß ihm voll Kieselsinter; und der Gletscher hatte Schmerzen in seiner Stirnmoräne, woraus durch Mißverständnis des Geologischen der Name Migräne entstanden ist. Der Erdgeist sagte auch nichts, weil ihm nichts einfiel; aber er bezahlte, so oft er verlor, und das war die Hauptsache.

Als sich der Erdgeist aus seiner Keglerstellung wieder aufrichtete, stieß er mit dem Kopfe an eine stählerne Röhre, die inzwischen aus der Decke hervorgedrungen war.

„Potz Glimmer!“ schrie er, indem er die Spitze des Hohlbohrers abbrach. „Was sich nur da oben für ein Gesindel breit macht, das einem aller Ecken und Enden die Haut durchsticht!“

„Das ist vielleicht so ein Kabel," sagte der Gletscher, „wie sie es dem Vetter Meergreis um den Leib gelegt haben. Es soll gut gegen Rheumatismus sein."

„Der Meergreis ist ein Esel," murmelte Poseidon. Aber weil er auf griechisch murmelte, so meinten die andern, es wäre etwas sehr Schönes und gaben ihm ganz recht.

„Ich bin mit einem Seehund befreundet", krächzte der Geisir; „der ist dort oben wohl bewandert; man sagt sogar, er sei ein Organismus, und als solcher –"

„Was ist denn das, ein Organismus?" fragte der Erdgeist.

„Das weiß ich nicht genau, aber jedenfalls etwas sehr Vornehmes; denn er hat Verkehr mit den Zweibeinern, welche Sie in die Haut gestochen haben."

„Wenn das ist", sagte der Erdgeist und sah den Geisir wegen seiner hohen Bekanntschaft mit Interesse an, „so fragen Sie ihn nur einmal, was sich gegen das Krabbeln und Stechen in meine Rinde tun läßt."

Dabei betrachtete er das abgebrochene Stück des Bohrers näher und bemerkte ein Papier in der Höhlung. Er zog es hervor und entfaltete die Abhandlung von Heino Mirax mit der Widmung: „Herrn Erdrindengeist Lithosphäros hochachtungsvoll der Verfasser." Das gefiel ihm, und er setzte sich sogleich auf sein Sofa, zündete ein Petroleumlager an und las, während die andern weiterkegelten.

Mirax hatte die schöne Eigenschaft so zu schreiben, daß sich jeder bei der Lektüre seiner Aufsätze etwas dachte, und zwar allemal das, was ihm gerade in sein Behagen paßte; das war eben die neue Methode der reformierten Wissenschaft, und ihr verdankte er seine Beliebtheit. So dachte sich auch der Erdgeist das Seine und schmunzelte. Er las die Abhandlung zu Ende, legte sie dann unter seine Steinkohlenpresse und sagte:

„Selbstbewußtsein also ist's, was mir fehlt! Es ist mir nur lieb, daß ich das weiß; es war mir schon immer klar, daß ich noch zu etwas Höherem bestimmt sei. Ich brauche mir also nur das Selbstbewußtsein zu verschaffen. Wenn ich doch auch das noch wüßte, was das Selbstbewußtsein ist und wie man's bekommt! Meine Herren, weiß keiner von Ihnen, was das Selbstbewußtsein ist?"

„Wenn Sie mir nicht sagen können, wie das auf griechisch heißt, so kann ich Ihnen nicht helfen," meinte Poseidon.

„Wenn mir nur meine Stirnmoräne nicht so weh täte," rief der Gletscher, „dann würde ich's gewiß wissen."

„Ich bin mit einem Seehunde befreundet," grunzte der Geisir, „der ist sogar ein Organismus –"

„Das ist wahr," schrie der Erdgeist erfreut, „kommen Sie mit, wir wollen Ihren Seehund fragen. So ein Organismus muß das doch wissen."

„Und er hat auch Verkehr mit den Zweibeinern," setzte der Geisir hinzu.

Sie kamen zu dem Seehund; der hatte sich gerade gewaschen, lag auf einer Eisscholle und philosophierte, d.h. die ganze Welt kam ihm als angenehme psychische Tatsache vor.

„Das ist hier der Herr Lithosphäros, Geist der Erdrinde", stellte der Geisir vor. „Sie würden, lieber Freund, mich sehr verbinden, wenn Sie ihm sagen wollten, was Selbstbewußtsein ist. Da Sie doch ein Organismus sind –"

„Was, Organismus?" unterbrach ihn der Seehund unwillig. „Ich bin sogar ein Wirbeltier, und ich würde, wenn nicht die klimatischen Verhältnisse so ungünstig wären, ohne Zweifel schon längst zur Menschenwürde avanciert sein. Ich habe, wie Sie wissen, Umgang mit –"

„Entschuldigen Sie vielmals," sprach der Erdgeist, „wir wissen wohl, daß Sie mit Zweibeinern verkehren. Sie können mir daher gewiß sagen, was Selbstbewußtsein ist und wie man es bekommen kann; Sie haben es vielleicht sogar selbst?"

„Selbstbewußtsein? Man ist sich nicht ganz klar darüber, ob ich es habe; sollte ich es aber haben, so würde ich es Ihnen gern zur Verfügung stellen, falls Sie nicht etwa mein Fell damit meinen. Fragen Sie indes doch meinen Freund, den Eskimo."

„Der Herr Seehund meint den Menschen," erklärte der Geisir. „Aber warum wollen Sie ihn nicht selbst fragen?"

„Ja, sehen Sie, unser Verkehr – nun natürlich, wir verkehren miteinander, das versteht sich von selbst – aber, der Verkehr ist etwas einseitig, wir verstehen uns nicht immer. Natürlich nur eine kleine Verschnupfung, bei diesem Klima erklärlich."

„Und worin besteht Ihr Verkehr, wenn ich fragen darf?"

„Er sticht nach mir mit seinem Spieße, und meine Familie liefert ihm dafür den Tran. Grüßen Sie ihn nur von mir."

Damit schlüpfte der Seehund ins Wasser.

Der Erdgeist begab sich nun zum Eskimo, und der Geisir fragte diesen, was Selbstbewußtsein wäre. Der Eskimo meinte, davon wüßte er nichts. Aber der Geisir setzte ihm auseinander, daß er es ganz bestimmt besäße, denn er sei ja ein Mensch; und das Selbstbewußtsein sei eben das, was den Menschen auszeichne, und es sei das Beste an ihm.

Da lachte der Eskimo und meinte, das hätte er ihm nur gleich sagen sollen; wenn es das Beste an ihm sei, so wolle er es ihm gern zeigen; er meine jedenfalls seinen Tranvorrat. Aber geben könne er ihm nichts davon. Wenn er indessen seine Frau mitnehmen wolle, so könnten sie sich eher einigen.

Der Erdgeist sah ein, daß er hier nicht an den Rechten gekommen war, und beschloß, die Menschen aufzusuchen, welche Bohrlöcher machen und Abhandlungen schreiben. Er reiste also nach Süden. Der Geisir jedoch blieb zurück; er erklärte, es werde ihm dort zu warm, und außerdem würde ihm sein Freund, der Seehund, das übel nehmen.

Kaum war der Erdgeist nach Deutschland gekommen, als er alle Leute, die ihm begegneten, fragte, was Selbstbewußtsein sei und wie man es bekomme. Sie schüttelten aber den Kopf und verstanden nicht, was er meinte. Endlich sagte ihm einer:

„Selbstbewußtsein? Das ist nämlich, wenn man sich was einbildet. So was können Sie bei uns überall finden. Gehen Sie man ruhig nach Berlin, das kenn' ich, weil ich dort gedient habe, und fragen Sie da, wo die eingebildetsten Leute sind."

Sofort reiste der Erdgeist nach Berlin und fragte den Portier in seinem Hotel, wo die eingebildetsten Leute seien.

Der Portier konnte sich natürlich nicht denken, daß jemand die *ein*gebildetsten Leute suche; er glaubte sich verhört zu haben, jedenfalls sei er nach den *fein*gebildetsten Leuten gefragt worden. Daher sagte er:

„Die feingebildetsten Leute, mein Herr, sind die Herren Oberkellner der großen Hotels. Sie sprechen sämtliche Sprachen, machen die feinsten Verbeugungen und haben die neuesten Fräcke. Die gebildetsten Leute sind nächstdem die Herren Redakteure und Journalisten. Sie wissen alles und müssen auch alles wissen, und wenn sie etwas nicht wissen, so brauchen sie sich bloß hinzusetzen, um darüber zu schreiben, alsdann weiß es jedenfalls bald das Publikum. Recht gebildete Leute findet man übrigens auch zuweilen unter den

Herren Geheimräten, Professoren, Kommerzienräten und geborenen Baronen."

Der Erdgeist staunte über diese ungeheure Menge von Leuten, welche, wie er meinte, sich über den Begriff des Selbstbewußtseins klar seien. Sein Respekt vor dem Menschengeschlechte stieg, seine Begierde nach dem Selbstbewußtsein wurde noch heftiger. Er ging zunächst zu dem Oberkellner und fragte ihn, was Selbstbewußtsein sei.

Der Oberkellner sah ihn von oben bis unten an, und da er ihm etwas schäbig vorkam, so näselte er:

„Selbstbewußtsein ist, wenn man nicht unter fünf Mark Trinkgeld nimmt."

„Können Sie mir nicht etwas davon ablassen?" fragte der Erdgeist.

„Nun, weil Sie es sind", sagte der Oberkellner, „so will ich ausnahmsweise auch vier Mark annehmen."

Da aber der Erdgeist keine Miene machte in die Tasche zu greifen, so begleitete ihn der Oberkellner an die Tür.

Der Erdgeist ging auf das nächste Redaktionsbureau. Der Redakteur für das Feuilleton schwitzte gerade über seiner Sonntagsplauderei. Als er die seltsame Erscheinung des Erdgeistes sah, hoffte er auf einen interessanten Stoff und empfing ihn sehr höflich.

Gleich bei der stereotypen Frage des Erdgeistes erkannte der Redakteur, daß er es mit einem Original zu tun habe, glaubte aber, der Erdgeist wolle ihm einen Artikel anbieten. Er sagte daher:

„Selbstbewußtsein, mein Herr, ist ein philosophischer Begriff. Man hat darüber verschiedene Theorien, welche Sie im Konversationslexikon angedeutet finden. Sie müssen wissen, daß ich mich außerordentlich für Philosophie interessiere, ich beschäftige mich selbst damit in meinen Mußestunden. Aber schreiben Sie um Himmelswillen nicht darüber! Ich zwar, für meine Person, würde Ihren Artikel mit Vergnügen lesen. Jedoch das Publikum! Ich bitte Sie, wie können wir unserem Publikum so etwas bieten! Die Zeitung verlöre sämtliche Abonnenten. Nur nichts Philosophisches! Das Publikum mag davon nichts wissen. Nur nichts, was ernste Aufmerksamkeit erfordert. Höchstens noch ein paar Gespenstergeschichten, wie sie Mirax erzählt; aber mit ein paar Skataufgaben wäre mir besser gedient."

Da der Erdgeist sah, daß er auch hier nicht zu seinem Ziele kommen würde, so verabschiedete er sich und beschloß, sich nunmehr an die Herren Geheimräte zu wenden. Aber wie viele er auch fragte, über das Selbstbewußtsein konnte er keine Auskunft erlangen.

Ein Geheimer Medizinalrat hörte ihn aufmerksam an, befühlte seinen Kopf, sah ihm in die Augen und ließ sich die Zunge herausstrecken. Dann sagte er:

„Das Selbstbewußtsein beruht vermutlich auf der Tätigkeit der Großhirnrinde. Es scheint, daß Sie kein normal entwickeltes Großhirn besitzen. Wenn es Ihnen gelänge, durch sorgfältige Kopfmassage die Hirntätigkeit zu stärken, so wäre es möglich, daß Ihre geistige Organisation sich vervollkommnete. Auf jeden Fall sind Sie von meinen Kollegen falsch behandelt worden; sie verstehen sämtlich nichts. Im übrigen rate ich Ihnen zu dem von mir empfohlenen Kraftleguminosen-Extrakt. Mit den philosophischen Begriffen aber quälen Sie sich nicht weiter ab; das ist alles dummes Zeug. Was uns nicht in den Organen wächst, das kann uns auch nichts helfen. Die Konsultation kostet fünfzig Mark, die mein Diener in Empfang nimmt. Adieu!“

Endlich trat der Geist in das Kontor eines Kommerzienrates. Das war ein leutseliger Herr, der ihn zum Frühstück einlud, als er merkte, daß er ihn nicht anpumpen wollte. Als sie ein paar Gläschen Wein getrunken hatten, klopfte er ihm auf die Schulter und sagte:

„Lieber Herr, sehen Sie, ich bin ein Mann mit allgemeinen Interessen, ein Mann, der ein Herz hat für sein Volk und sein Vaterland, und ich bin ein praktischer Mann. Man weiß das, und man wendet sich an mich. Ich gebe immer, wo es heißt, für Kunst und Wissenschaft etwas zu tun. Entrieren Sie ein wissenschaftliches Unternehmen, das Geld kostet, es soll an mir nicht fehlen. Veranstalten Sie eine Polarexpedition, eine Tiefbohrung, einen Explosivstoffversuch – aber mit Selbstbewußtsein und Bewußtsein und dem philosophischen Zeug bleiben Sie mir vom Leibe! Ich habe noch nie gehört, daß man für die Philosophie Geld verlangt oder ausgegeben hätte, folglich kann sie auch nichts wert sein. Ich versichere Sie – und Sie können mir das glauben, weil ich mitten im Leben stehe und die Welt kenne –: kein Mensch mag heutzutage von Philosophie etwas wissen.“

„Aber ich habe doch gelesen“, bemerkte der Erdgeist schüchtern, der durch seinen Umgang mit Menschen schon einigermaßen gebildet geworden war und sich jetzt an einige Sätze aus der Abhandlung von Mirax erinnerte, „das eigentliche Wesen der Welt ist der Geist, und wer sich auf eine höhere Stufe des Geistes erheben könnte, der würde dadurch den Weltprozeß selbst wesentlich fördern."

„Ob Sie den Weltprozeß damit fördern", erwiderte der Kommerzienrat, „das verstehe ich nicht; aber ich rate Ihnen, fördern Sie lieber Steinkohlen oder Strontianit, das wird Sie selbst mehr fördern. Ich habe da einen Neffen, der hat Philosophie studiert und schreibt den ganzen Tag, aber ich glaube nicht, daß ihm jemand etwas für seine Bücher gibt."

„Ein Philosoph, der Bücher schreibt?" rief der Erdgeist in der frohen Erwartung, endlich sein Ziel gefunden zu haben. „Das ist vielleicht Heino Mirax?"

„O! Mirax? Der berühmte Mirax? Ja, wenn er der wäre! Der versteht es! Sehen Sie, der Mann macht Geld, der schreibt in alle unsere großen Revüen, und seine Bücher haben viele Auflagen. Das lasse ich mir gefallen! Aber mein Neffe meint, das sei überhaupt keine Philosophie, sondern Schwindel! Nun, sehen Sie, im Vertrauen gesagt, ich kann es nicht beurteilen. Ich lese Mirax, weil es Mode ist, und man kann sich etwas dabei denken. Es kitzelt uns. Der Mann enthüllt die tiefsten Geheimnisse der Welt, wie unsereiner sein Pult aufschließt; es macht ihm gar keine Mühe. Was geht es mich an, ob er dabei flunkert? Das ist nicht mein Fach; wenn er eine Anleihe aufnehmen will, werde ich ihn mir näher ansehen. Aber seine Bücher lese ich wie einen Roman; da freut es unsereinen, wenn man so schön sieht, wie sich der Geist entwickelt und wie der Mensch später aussehen und speisen wird, und wie es unserer verstorbenen Urgroßmutter geht."

„So sehen Sie doch, daß das Publikum an der Philosophie Anteil nimmt."

„Ja, wenn Sie es so meinen – aber es ist doch eigentlich nur des Spaßes halber; ich glaube nicht, daß sich einer im Ernste darauf verläßt. Man macht es eben mit, bis wieder einmal ein anderer kommt. Und dann, wie gesagt, mein Neffe hält nichts davon, und ich dachte, Sie meinten mit Philosophie die Beschäftigung meines Neffen. Und das, was dieser treibt, soviel kann ich Sie versichern, das versteht einer nicht so leicht. Aber wenn Sie es einmal versuchen wollen – dort drüben wohnt er."

Der Erdgeist ging zu dem Philosophen. Auf dem Wege dachte er, daß es doch eine bedenkliche Geschichte sein müsse mit dem Selbstbewußtsein, wenn die Menschen sich so wenig darum kümmerten und nichts damit anzufangen wüßten. Und die Philosophie! Die eine Art wurde nicht respektiert, weil sie bloß zur Befriedigung der Neugier dient, und die andere Art mochte überhaupt niemand näher ansehen. Sollte er nicht lieber *ohne* Selbstbewußtsein bleiben? Aber nun wollte er doch wenigstens noch einen Versuch machen.

Er war ungeduldig und ärgerlich geworden, und als er bei dem Philosophen eintrat, donnerte er ein wenig mit der Tür und rief ihn in seiner Erdgeistmanier an:

„Wie gelange ich zum Selbstbewußtsein?"

Der Philosoph sah ihn bedächtig an und sagte:

„Wollen Sie nicht erst eine Zigarre nehmen? Bitte, hier. Und nun, womit kann ich dienen?"

„Ich bin der Erdgeist Lithosphäros", sprach der Geist etwas besänftigter, „und möchte wissen, was das Selbstbewußtsein ist, und wie man dazu gelangt."

Der Philosoph lächelte ein wenig und sagte, indem er sich selbst eine Zigarre anzündete:

„Das Selbstbewußtsein ist die synthetische Einheit der Apperzeption, durch welche das Ich aus dem Zustande des lediglich subjektiven Erlebnisses heraustritt, indem es sich seinem Bewußtseinsinhalte als dem ihm gegebenen Objekte gegenübersetzt. Das selbstbewußte Bewußtsein unterscheidet sich von der bloßen Bewußtheit dadurch, daß es ein Verhältnis zu seinem Erlebnis besitzt. Somit wissen Sie, was das Selbstbewußtsein ist. Aber wie man dazu gelangen kann, wenn man es nicht besitzt, das ist eine Frage, die niemand beantworten kann, weil sie über die Grenzen der Erfahrung hinausgeht. Wir können nur analysieren, was in unserem Bewußtsein gegeben ist; wie es hineinkommt, das ist eine unzulässige Frage, und sie zu diskutieren, ist unwissenschaftlich."

Mit diesen Worten wandte sich der Philosoph wieder zu seinen Büchern.

Der Erdgeist stand sehr niedergeschlagen da und sagte:

„Lieber Herr Philosoph, nehmen Sie es mir nicht übel, aber ich habe noch nicht recht verstanden, was Sie meinen. Könnten Sie mir die Sache nicht etwas populärer darstellen?"

„Nein", entgegnete der Philosoph kurz, „das kann ich nicht; das wäre unter meiner Würde und würde mich als Gelehrten diskreditieren."

„Aber gibt es denn wirklich keinen Weg, zum Selbstbewußtsein zu gelangen?“

„Ich sage Ihnen ja, daß man hier nichts wissen kann. Der menschliche Verstand reicht nicht über seine Grenzen; wer Ihnen mehr verspricht, der phantasiert. Wenn Sie aber kein Selbstbewußtsein haben, so seien Sie froh, alsdann kann Sie die ganze Frage nichts kümmern. Die Rätsel des Daseins beginnen erst mit dem Augenblikke, da Sie sich als Ich gegenüber der Welt erkennen; bleiben Sie in dem glücklichen Zustande, in welchem es nichts gibt als das unbesorgte Spiel Ihres eigenen Gemüts!“

„Aber Herr Mirax hat doch geschrieben –“

„Herr Mirax?“ rief der Philosoph und lachte laut. „Ja, wenn Sie Mirax gelesen haben, der weiß es freilich; der konstruiert Ihnen die Welt auf Bestellung und sieht überall Geister; der wird Ihnen auch sagen können, wie Sie zum Selbstbewußtsein kommen. Aber da müssen Sie sich schon zu ihm bemühen. Ich empfehle mich.“

Und so fragte sich denn der Erdgeist glücklich bis zu Heino Mirax hindurch. Da er ihm imponieren wollte, so erschien er ihm in seiner natürlichen Gestalt, wie er im Erdrindenkasino zu kegeln pflegte. Aber Mirax war an Geistererscheinungen gewöhnt, und so erregte Lithosphäros bei ihm wenig Schrecken. Als der Erdgeist seinen Namen nannte, flog ein stolzes Lächeln über Mirax’ Züge. Sein großer Plan war gelungen, er hatte den Erdgeist beschworen, und jetzt sollte die Erziehung des Elementargeistes zum Vernunftwesen beginnen!

Nachdem Mirax dem Erdgeiste nochmals kurz die Grundzüge des Mystotranszendentalismus gepredigt hatte, ermahnte er ihn eindringlich, sich nunmehr um das Selbstbewußtsein zu bemühen, indem er ein Verhältnis zu sich selbst zu gewinnen strebe.

„Wenn Sie erst begreifen“, sagte er, „daß Ihr ganzes Leben von Ihnen selbst erlebt wird; wenn Sie merken, daß Sie selbst etwas anderes sind als das, was Ihnen begegnet; wenn Sie sich als Zuschauer Ihres eigenen Seins fühlen – dann haben Sie Selbstbewußtsein. Suchen Sie den Gegensatz von Ich und Welt zu erzwingen.“

„Und was kann ich dazu tun?“ fragte der Erdgeist etwas enttäuscht.

„Setzen Sie sich als *Subjekt* einem *Objekt* gegenüber. Haben Sie sich schon einmal *verliebt*?“

„Nein“, sagte der Erdgeist beschämt.

„Nun, so versuchen Sie es“, ermunterte ihn Mirax. „Wenn Sie etwas finden, von dem Sie fühlen, daß es zu Ihnen gehört, während es Ihnen doch nicht erreichbar ist, so hat die Spaltung des Bewußtseins begonnen. Dann werden Sie bald die Erscheinung der Erdoberfläche als Ihr äußeres Gewand erkennen, und Sie werden durch den Fortschritt Ihres Geistes imstande sein, die Natur zu ungeahnter Vervollkommnung zu bringen. Sie werden dann z.B. einsehen, daß es gut wäre, den Magen der Menschen zum Verdauen unmittelbar mineralischer Nahrung einzurichten, um uns den Sonnenbewohnern zu nähern; oder Sie könnten den Isthmus von Panama durchbrechen oder sonst eine Kulturaufgabe lösen.

Derartige Leistungen erwarte ich von Ihnen, sobald Sie aus Ihrem elementaren Traumleben in das Reich der selbstbewußten Geister getreten sind. Nun versuchen Sie Ihr Heil und geben Sie mir bald wieder Nachricht, damit ich einen Artikel über Sie schreiben kann.“

„Wie?“ rief der Erdgeist unwillig. „Nur darum soll ich das Selbstbewußtsein erwerben, damit ich mich in den Dienst Eurer Kultur stelle? Damit ich Eure Arbeit auf meine Schultern nehme? Oder damit Sie einen Artikel schreiben können? Das will ich mir doch noch überlegen!“

Mit diesen Worten stampfte er auf den Boden, der ihn verschlang, während eine furchtbare Schwefelwasserstoffexhalation Heino Mirax’ Studierzimmer erfüllte.

Mit den Menschen freilich wollte der Erdgeist nun nichts mehr zu tun haben, nachdem er erkannt hatte, wie es um sie stand. Um das höchste ihrer Güter, das Selbstbewußtsein, kümmerten sie sich nicht; und ihm wollten sie nur davon mitteilen, um sich selbst das Leben zu erleichtern. Aber der Gedanke, ob er nicht zum Selbstbewußtsein gelangen könne, ließ ihm doch keine Ruhe; er konnte ja dann immer noch tun und lassen, was er wollte. So suchte er nach einem Objekt, dem er sich gegenübersetzen könne.

Sobald er etwas bemerkte, was ihm gefiel, machte er sogleich den Versuch, ob es ihm erreichbar sei. Der Geisir besaß eine schöne Tabakspfeife, denn er rauchte noch immer stark; aber kaum hatte der Erdgeist den Wunsch danach ausgesprochen, so wurde sie ihm schon dediziert. Und so ging es ihm mit allem. Es gab wohl vielerlei, was er nicht erlangen konnte, so z. B. das Selbstbewußtsein; aber er fühlte nicht, daß diese Dinge zu ihm gehörten, und so nützten sie ihm nichts zur Spaltung des Bewußtseins. Was aber zu ihm gehörte, die eisigen Spitzen des Himalaja und die Glutbäche des Erdinnern, das gehorchte seiner Gewalt, und die Spiele seiner Geisterlaune waren die Gesetze der Natur.

Eines Tages ging er höchst verdrießlich auf Grönland spazieren, wo er eben den Seehund besucht hatte. Da sah er lichte Strahlen emporzucken, in bunten Feuern erglänzte das Firmament, ein herrliches Nordlicht enthüllte seine Pracht den staunenden Blicken des Erdgeistes. Er fühlte, daß diese Erscheinung zu ihm, zu seinem Erdleben gehöre, und er wünschte die Strahlenkrone auf sein Haupt zu setzen. Doch wie er die Hand danach ausstreckte, wich sie zurück; von ihm fort flohen die Nordlichtgluten, vergebens befahl und drohte, vergebens bat er und flehte – unerreichbar in der Höhe des äußersten Luftkreises, unerreichbar dem schwerfälligen Geiste der Erdrinde flatterte die flüchtige Lichtgestalt einher. Da erfüllte unendliche Sehnsucht sein Herz, und zum ersten Male rief er die Zauberformel: „Ich bin dein!“

Der Erdgeist hatte sich in das Nordlicht *verliebt*. Wie es nicht anders sein konnte, erfüllte sich die Vorhersagung des Miraxianismus. Die Spaltung seines Bewußtsein war in demselben Augenblick vollzogen; weit klafften die beiden Hälften als *Ich* und *Du* auseinander. Ein seltsamer Schimmer erhellte sein Gemüt.

Von den Polen zuckten die Nordlichtstrahlen in das Erdinnere; das Dunkel wich zurück, und klar erleuchtet sah Lithosphäros plötzlich rings um sich eine Welt. Wie verändert war alles auf einmal! Er sah den Wirbeltanz der Welten im All, sah die Sonnen in ihren Bahnen gehen und erkannte die großen Fügungen, die das Universum zusammenhalten. Aber nun erkannte er auch sich selbst und fand, daß er gar nicht mehr der Erdgeist war, dem es auf seiner Kegelbahn so wohl behagt hatte. Poseidon und Hephäst schienen ihm alte Märchen, die er selbst gedichtet, und der Geisir und der Gletscher waren tote Trümmerhaufen, über die er beim Spazierengehen stolperte; denn die Erde war jetzt für ihn ein äußerer Gegenstand. Und zu seinem Schrecken sah er sich an die Sonne gefesselt, zu ihr gezogen, um sie geschwungen, und er begriff, daß es mit all der Pracht einmal ein Ende haben müsse.

Da blickte er wieder auf das Nordlicht, das schwebte jetzt in all seinem Liebesreiz zu ihm herab und umschlang ihn mit seinen

Strahlenarmen. Er fühlte, wie seine Elementargewalt ihm verloren ging, und wußte nicht, ob das am Selbstbewußtsein läge, oder vielleicht daran, daß er verheiratet war. Und er wollte noch klarer blicken, durch die leuchtenden Bande und Fesseln des Nordrots hindurch, bis ans Ende der Welt. Dort im Grunde der Dinge sah er ein Riesenweib sitzen, das fing Sonnen mit ihren Händen und warf sie in den Raum, daß sie sprühend verzischten.

Das ist gewiß das Objekt, dachte er, ich will mich ihm gegenübersetzen.

Da sprach das Weib: „Was willst du, Erdgeist? Ich bin die *Endlichkeit*; und wer mich schaut, dem springt das *Weltleid* aus dem Haupte. Hebe dich fort von mir!“

Er aber warf sich ihr zu Füßen und rief: „Sei mein Objekt, laß mich dein Subjekt sein.“

Da zuckte es gewaltig um ihn rechts und links, daß sein Kopf in loderndem Feuer stand; starke elektrische Schläge durchschütterten ihn, und das Nordlicht rief:

„Was fällt dir ein, vorwitziger Erdgeist? Mir hast du Liebe geschworen und willst dich hier zu diesem Objekt als Subjekt setzen? Ich bin dein Objekt, und du, armseliges Subjekt, gehörst zu mir. Jetzt hast du Selbstbewußtsein, bist verantwortlich für dein Ich und gebunden an dein Du! Je höher im Geisterreiche man steigt, um so enger sind die Fesseln, die uns halten; wer ein Objekt hat, dem ist die Freiheit des Subjekts verloren. Gleich mache dich an die Arbeit und grabe einen ordentlichen Kanal durch das Polareis, damit die Menschen ihre nächste Sommerfrische am Nordpol zubringen können.“

Da empörte sich im Erdgeist das alte Titanenblut der Elemente. Wild donnerte er gegen den Nordpol, daß der gesamte Erdmagnetismus außer Rand und Band geriet und das Nordlicht furchtsam in den Weltraum floh, wo es schon längst mit einem Kometen kokettiert hatte. Lithosphäros aber verfluchte das Selbstbewußtsein und alle Objekte und erschien mit glühendem Haupte im Studierzimmer des Heino Mirax.

„Unseliger“, donnerte er ihn an, „wie konntest du es wagen, die Kräfte der Natur mit deinem naseweisen Rate zu stören? Beleuchte mit dem Lämpchen deiner Vernunft die Irrwege deines Eintagsgeschlechtes; spiegle ihm vor, daß deine Phantasien reale Mächte seien, welche die Welt regieren, und dichte deine Puppenspiele für die großen Kinder, die daran glauben. Aber versuche nie wieder die

Geister zu berufen, die nichts wissen wollen von eueren Sorgen und Mühen! Ich werde mich hüten, den Weltprozeß zu Ende zu denken; dafür magst du hübsch allein sorgen!“

Wieder erschütterte ein Erdbeben das Haus, und der Erdgeist fuhr hinab ins Erdrindenkasino, wo er sich bald mit seinen Freunden zum gemütlichen Kegelspiel gesellte. Mirax aber fiel in eine Betäubung.

Als Mirax aus seiner Ohnmacht erwachte, sah er zu seinem Vergnügen, daß das Erdbeben weiter keinen Schaden in seinem Zimmer angerichtet hatte. Nur die beiden Büsten Kants und Goethes waren von ihren Postamenten gestürzt, und auf seinem eigenen Haupte fand er die beiden Kränze vereint, die jene getragen hatten. Dies war ein schöner Beweis für die Existenz und Zurechnungsfähigkeit des Erdgeistes.

Mirax beeilte sich, einen Artikel über sein psychisches Experiment mit dem Erdgeiste zu schreiben. Diese Abhandlung machte ungeheures Aufsehen und begründete den Miraxianismus felsenfest. Denn wenn man auch zugeben mußte, daß der Versuch, dem Erdgeiste das Selbstbewußtsein zu verschaffen und dadurch die Natur mit einem Schlage zu einer höheren Daseinsstufe zu führen, nur teilweise gelungen war, so konnte man doch von einem ersten Versuche nicht mehr erwarten. Nur Unverstand oder Mißgunst können glauben, daß die Elementargeister sofort den ganzen Wert der ihnen verliehenen Gabe begreifen würden; auch sie werden erst zum Selbstbewußtsein erzogen werden müssen, und man muß auf andere Wege denken, um ihnen das Selbstbewußtsein vorsichtiger beizubringen und die Weltseele nach und nach zu züchten. Die Möglichkeit dieser direkten Einwirkung auf die Natur durch die pädagogische Behandlung der Elementargeister aber ist durch Mirax und sein Experiment mit dem Erdgeist ein für allemal bewiesen. Künftighin wird man sich nicht auf den Verkehr mit den Geistern verstorbener Menschen beschränken, sondern man wird die Geister der Natur berufen und leiten. An Stelle endloser Experimente mit den toten Stoffen des Laboratoriums oder grausamer Vivisektionen wird die Interpellation der Weltseele und die Unterhaltung mit den Geistern der Erde, des Wassers und der Luft treten. Gegenüber dem Ausblicke in diese herrliche Errungenschaft des Miraxianismus kann es nur kleinlich und albern erscheinen, wenn boshafte Gegner das Erlebnis mit dem Erdgeiste für einen bloßen Traum erklären wollen, den Heino Mirax während eines nervösen Anfalls gehabt habe. Derartige Insinuationen richten sich selbst.

Wenn nicht schon die innere Wahrscheinlichkeit der Lehre und die unzweifelhafte Ehrlichkeit eines Mirax Beweis genug wären, so fehlte es auch nicht an einem sinnlichen Zeichen für den Besuch des Erdgeistes. Mit den Büsten Kants und Goethes war zugleich ein Buch aus Mirax' Bibliothek herabgestürzt, nämlich Kants „Träume eines Geistersehers, erläutert durch Träume der Metaphysik", und es war folgender Satz dieses Buches vom Erdgeist stark und deutlich angestrichen:

„Die anschauende Kenntnis der andern Welt kann allhier nur erlangt werden, indem man etwas von demjenigen Verstande einbüßt, welchen man für die gegenwärtige nötig hat."

Die Gegner des Miraxianismus, welche leugnen, daß es eine Geisterwelt hinter der Natur gebe und daß dem Menschen die Erkenntnis dieser Geisterwelt möglich sei, diese kurzsichtigen Anhänger eines blöden Sinnlichkeitsphantoms, sie mögen sich die Mahnung des Erdgeistes zu Herzen nehmen, die er ihnen durch den Mund des von ihnen so vergötterten Kant gab! Es ist wahrlich Zeit, daß sie etwas von demjenigen Verstande einbüßen, mit welchem sie sich brüsten, Wissenschaft von der Natur zu errichten; es ist Zeit, daß sie wieder in den Zustand kindlicher Ahnung einer Geisterwelt zurückkehren, in welchem sie mit uns rufen:

„Es lebe Heino Mirax, der Umkehrer der Wissenschaft!"

Der Gehirnspiegel

„Also doch noch!“ begrüßte mich mein Freund Arwed, als ich in das Wohnzimmer trat. „Glaubte schon, du kämst nicht. Hast also meine Karte gefunden?“

„Soeben, als ich nach dem Theater heimkam. Es war spät zu Ende–“

„Ja, entschuldige, daß ich dich noch herzitierte. Aber ich habe dir etwas Wichtiges, sehr Wichtiges mitzuteilen.“

„Ich bitte dich, du weißt doch, wie gern ich mit dir und deiner Frau ein Plauderstündchen halte. Dazu hab' ich immer Zeit! Ich hoffe, es ist etwas Angenehmes?“

Arwed machte ein merkwürdiges Gesicht. Erst sah er mich starr an, als wolle er sich an meiner Spannung weiden, dann blickte er wie verlegen an mir vorüber, indem er sagte: „Mußte dich heute noch sprechen, das mußt du erfahren. Setz dich nur her. – Willst du noch etwas essen? Nein?“

Ich fragte nach seiner Frau. Es kam mir vor, als überhöre er absichtlich meine Frage. Er starrte vor sich hin und rief: „Großartig! Einfach großartig!“

Ich rückte mich in die gewohnte Sofaecke, während er, seinen Backenbart zerrend, in seiner nervösen Art auf und ab lief. Dabei funkelten seine Äuglein ganz aufgeregt. Dann stellte er sich vor mich hin, steckte die Hände in die Taschen und begann: „Was meinst du? Gehirnspiegel! Einfach großartig! Nicht?“

„Gehirnspiegel?“ fragte ich. „Kenne ich nicht. Augenspiegel, ja, der machte Epoche, als ihn Helmholtz vor fünfzig Jahren erfand. Hast du etwa einen Gehirnspiegel erfunden?“

„Ich natürlich nicht. Nur den Namen. Vielleicht ist auch der nicht einmal richtig gewählt – es ist eigentlich etwas ganz anderes. Ich sinne schon den ganzen Abend über dem Namen. Aber großartig ist es.“

„Nun, was denn eigentlich?“

„Eine Erfindung vom Onkel Pausius."

„Von Pausius?" fuhr ich auf. „Das läßt sich hören. Das wird jedenfalls großartig sein. Nur wird es uns nichts nutzen. Er veröffentlicht leider seine Entdeckungen fast niemals."

„Aber diesmal hat er es mir bestimmt versprochen."

„Wahrhaftig?" Nun sprang ich auch empor. Ich war aufs höchste gespannt. Pausius war ein Genie. Ich kannte den alten gelehrten Sonderling und sein Laboratorium und wußte einiges von seinen Studien. Er hatte tatsächlich Erfindungen von höchster Wichtigkeit gemacht, aber er rückte damit höchstens einmal gegen seine nächsten Freunde heraus. Die Menschen seien nicht reif dafür, behauptete er, und er habe sie nicht nötig. Ich faßte Arwed an den Schultern und rüttelte ihn. „So sprich doch, Mensch!"

„Ja, natürlich. Setz dich nur wieder. Ich will dir die ganze Geschichte erzählen. Also heute abend wollt' ich mit meiner Frau ein bißchen hinüber zum Onkel Pausius gehen. Ich stehe schon mit Hut und Stock und warte nur auf meine Frau. Es dauert eine Weile und noch 'ne Weile. Dann guckt sie mit einem verlegenen Lächeln zur Tür herein und sagt: ‚Geh nur voran, ich werde gleich nachkommen.' – ‚Nun, warum denn, was gibt's denn noch?' – ‚Ach, ich habe nur meine Schlüssel verlegt, und es ist mir unangenehm, so fortzugehen.' Nun also, ich kenne das schon, ich gehe voran. Ich warte bei Pausius im Vorzimmer, dann klopfe ich an. ‚Wer ist da?' – ‚Arwed.' – ‚Na, dann herein, aber vorsichtig', brummt er. Ich trete ein. Das Zimmer ist ganz dunkel. Endlich erkenne ich einen matt beleuchteten Schirm und darauf – ich bin nicht wenig erschrocken – meine Gestalt, etwas verschwommen freilich. Ich stehe ganz erstaunt. Da höre ich den Onkel sprechen: ‚Seid ihr da? Ich höre ja deine Frau nicht, die ist doch sonst nicht so still?' In dem Augenblick erscheint das Bild meiner Frau neben dem meinigen auf dem Schirm. ‚Meine Frau wird nachkommen', sage ich, ‚aber –' Inzwischen dreht Onkel Pausius das Licht an. Auf dem Schirm sieht man nichts mehr, und der Onkel zieht seinen Kopf vorsichtig aus einem merkwürdigen Gestell hervor. Er steht langsam auf, reibt sich die Hände, deutet auf ein kleines Fläschchen auf seinem Experimentiertisch und sagt schmunzelnd: ‚Habe da was Neues, Feines. Willst mal probieren?' Ich mache natürlich ein etwas mißtrauisches Gesicht. ‚Kannst es ruhig riskieren', fährt der Onkel fort. ‚Kraniophan! Macht einen hellen Kopf sozusagen.' Ich bat ihn um eine Erklärung. ‚Ja', sagt er, ‚das ist 'ne

Flüssigkeit! Ich spritze eine Kleinigkeit in das Blut. Sobald sie mit den Knochen in Berührung kommt, wird sie von diesen aufgesaugt. Merkwürdig, aber es ist so, sie durchdringt die ganze Substanz, wie Wasser ein Löschblatt. Das schadet jedoch dem Körper nichts und den Knochen auch nichts. Nach fünf Minuten ist die Wirkung wieder vollständig verschwunden. Was man davon hat? Ja, das ist eben das Feine. Solange nämlich die Knochen das Kraniophan enthalten, sind sie für Licht durchdringlich, wenigstens für die Strahlen der von mir konstruierten Lampe. Nehmen wir ein sehr intensives Licht, so bringen wir es durch die Haut und die Fleischteile hindurch. Dann können wir aber auch durch die Knochen hindurchleuchten.'

,Wirklich?' sagte ich eifrig. ,Das ist ja außerordentlich wichtig für die Heilkunde!'

Der Onkel schmunzelte. ,Hm, hm', fuhr er fort, ,wenn es nur das wäre, das wußt' ich schon lange. Habe aber dieser Tage was ganz Neues entdeckt. Ich leuchte ins Gehirn hinein.'

,Das läßt sich denken. Da der Schädel aus Knochen besteht, wird er durchstrahlbar. Das ist eben eine der Folgen deiner Erfindung.'

,Pah! Das ist das wenigste, daß wir in die Gehirnzellen hineinsehen. Freilich, fein ist's ja, aber es handelt sich nicht bloß um das Physiologische, es steckt noch etwas ganz Merkwürdiges dahinter!'

,Ich begreife nicht, was du noch mehr erreichen willst.'

,Glaub's schon. Begreife es selbst kaum. Denke dir! Ich sehe nicht bloß die Hirnzellen, sondern ich zeige dort auf dem Schirm deine eigene Vorstellung, das, was du im Augenblick denkst, sozusagen – ja, ich kann es sogar fotografieren.'

,Unmöglich, Onkel! Du willst mich zum besten haben!'

,Tatsächlich! Ich will es dir zeigen. Allerdings nicht *jede* Vorstellung, sondern nur die optischen, das heißt das, was sichtbar ist, was du dir selbst als Figur, als Bild im Raum vorstellst. Was sahst du auf dem Schirm, als du hereinkamst?'

,Mich selbst.'

,Und dann?'

,Meine Frau.'

,War sie hier? Nein. Warum sahst du sie? Weil ich gerade mein Sehzentrum im Gehirn durchstrahlen ließ und erst an dich, dann an euch beide dachte. So erschienen eure Bilder. Wie das zu erklären ist? Ja, ich habe auch eine Theorie. Höre mich an! Doch nein, ich will dir zuerst eine einfache Probe zeigen. Komm her!'

Ich weigerte mich nicht. Der Onkel machte mir eine Einspritzung. Dann wurde mein Kopf in den Apparat gesteckt. Die Spitze der Lampe, in der, von außen natürlich nicht sichtbar, das sehr helle Licht erzeugt wurde, berührte meinen Kopf von hinten zwischen den Haaren. Die Einstellung wurde so gemacht, daß der Brennpunkt der Strahlen im Gehirn in das Sehzentrum fiel. Der durch die Stirn heraustretende Lichtkegel ging dann noch durch eine Linse und wurde auf einem besonders präparierten Schirm aufgefangen.

‚Stelle dir einen Kreis vor', sagte Pausius zu mir. Ich tat es. Auf der Tafel erschien ein Kreis. Er wechselte die Farben, je nachdem ich ihn mir rot, blau oder gelb dachte. Dazwischen wogten aber zugleich allerlei undeutliche Figuren einher; nur der Kreis beherrschte sie bleibend, solange meine Aufmerksamkeit auf die Vorstellung eines Kreises gerichtet war. Nun dachte ich an die Figur einer 3, und sogleich erschien dieses Bild auf dem Schirm. Dann war die Wirkung verflogen, und ich zog meinen Kopf aus dem Apparat.

‚Nun?' brummte Onkel Pausius.

Ich saß ganz niedergeschmettert da und sagte zum Onkel: ‚Die Sache erscheint fast sinnlos – diese Figuren sind doch nicht als solche in meinem Gehirn; wie können wir sie hinausprojizieren?'

‚Natürlich sind sie nicht darin', erwiderte der Onkel lachend. ‚Aber wir sehen ja auch nicht hinein – da würden wir nur Zellfasern und Blutkörperchen sehen –, wir sehen ja hinaus. Lausche an einem Telefondraht, du hörst auch nichts, du mußt das Instrument daranbringen. Was geschieht denn, wenn wir einen Kreis sehen? Von außen kommen in bestimmter Weise angeordnete Lichtstrahlen, bestimmte Nervenzellen pflanzen ihre eigenartigen Schwingungen bis zum Zentrum fort, und solange diese bestimmte Form des Schwingungszustandes der Nervensubstanz dauert, haben wir die Empfindung eines Kreises. Nun kehren wir bei unserm Versuch die Sache um. Wir stellen uns einen Kreis vor. Jetzt findet dieselbe Veränderung der Nervensubstanz vom Zentralorgan aus statt, die vorher beim Sehen vom Auge aus stattfand. Der so veränderte Schwingungszustand der Zellen wird vom Lichtbüschel unserer Lampe getroffen. Dieses Licht wird dadurch in seiner Schwingungsperiode verändert, und dieselben Raumbeziehungen pflanzen sich in den Lichtwellen bis zum Schirm fort. Das Licht stellt gewissermaßen eine Telefonplatte, die Gehirnzellen das erregende Magnetfeld vor. So erkläre ich mir den Vorgang.'

Ich saß in mich versunken.

‚Na, lassen wir's sein', sagte der Onkel. ‚Da kommt ja auch dein liebes Frauchen. Nun, wo warst du denn so lange, sozusagen? Hast du die Schlüssel gefunden?'

Meine Frau schüttelte wehmütig den Kopf.

‚Weißt nicht, wo du sie hingelegt hast?' sagte der Onkel launig. ‚Werde dir helfen. Setz dich einmal her. Wir wollen jetzt den Ort sehen, wo du sie zuletzt hingelegt hast. Vielleicht erkennen wir ihn dort auf dem Schirm.'

‚Was soll das?' sagte meine Frau.

‚Ein bißchen Gedankenlesen, weiter nichts. Ein bißchen in das Köpfchen hineingucken, was da alles durcheinanderwirbelt.'

Nun, kurz und gut, wir erklärten meiner Frau, um was es sich handle. Erst sträubte sie sich ein wenig; dann wurde sie doch selbst neugierig, als der Onkel ihr die Prozedur vorgemacht hatte –"

Mein Freund unterbrach seine Erzählung. Er riß wieder an seinem Bart und rannte durchs Zimmer, bis er mit unsicherem Blick vor mir stehenblieb.

„Ja, jetzt", begann er wieder, „wie soll ich sagen – zu dir kann ich ja offen sein, Konrad –"

Ich hatte das Gefühl, als wenn Arwed gegen mich verstimmt sei, obwohl ich keinen rechten Grund wußte, aber er machte ein so seltsames Gesicht, und da wurde mir etwas unbehaglich zumute. Sollte bei diesem Versuch irgend etwas –?

„Ich muß dir gestehen", fuhr Arwed fort, „auf einmal überkam mich eine unheimliche Angst. Am liebsten hätte ich den Versuch nicht zugelassen, wenn ich mich nicht vor dem Onkel geniert hätte. Aber der Gedanke, ich solle jetzt plötzlich sehen, was sich meine Frau vorstellte in ihrem Innersten ... sie hatte offenbar gar keine Bedenken, und ich habe ja auch nicht den geringsten Grund des Mißtrauens, das weißt du ja – und doch! So eine junge, hübsche Frau ... kein Mensch kann doch wissen, was ihr heimlich im Kopf steckt. Ich fühlte mich ganz miserabel."

Als Arwed dies sagte und wieder aufgeregt umherlief, ging es mir ganz ebenso. Am liebsten hätte ich weiter nichts gehört. Wer kann einer Frau ins Köpfchen sehen? Und wenn er's kann, so soll er's hübsch bleibenlassen. Gewiß, ich fühlte mich ja ganz unschuldig, aber wenn ich jetzt in Pausius' Apparat gesteckt hätte – ich sah im Augenblick diese allerliebsten, schelmischen Züge, ich sah die leuchtenden braunen Augen und das dunkle Haar an den Schläfen, ich sah Frau Arwed so deutlich vor mir, daß ihr Bild gewiß auf dem Schirm erschienen wäre. Mir wurde ebenso angst wie meinem Freunde, aber ich sagte möglichst kühl: „Na, was habt ihr denn nun gesehn?“

Arwed warf einen langen Blick auf mich. Dann begann er wieder: „Nun, Pausius forderte meine Frau auf, sich ihre Schlüssel recht deutlich vorzustellen, so wie sie sie in der Hand zu halten pflegte. Und wirklich, auf dem Schirm, über den wieder allerlei undeutliche Gestalten huschten, erschienen unter dem Einfluß ihrer Aufmerksamkeit die Schlüssel mit der haltenden Hand, und daneben–“

„Daneben – so sprich doch!“

„Deutlich der Kopf eines Mannes –“

„Welches Mannes?“

„Denke dir, was in mir vorging – vielmehr, es läßt sich nicht denken –, das unsinnigste Zeug schoß mir durch den Kopf –“

„Welches Mannes denn?“

„Das wirst du dir wohl selbst sagen. Ich zitterte vor Erregung, ich mußte ins Freie! Ich sprang auf, lief nach der Tür, schon war ich draußen, da hörte ich meine Frau mit ihrer hellen Stimme rufen: ‚Ah, jetzt weiß ich’s! Hinter Konrads Fotografie auf dem Wandbrett müssen sie liegen; als ich die Bilder abstaubte, habe ich sie dort aus der Hand gelegt.‘

Und nun rannte ich nach Hause“, fuhr Arwed fort, „es ist ja nicht weit, die Treppen hinauf und hier hinein, und da – ich riß deine Fotografie vom Wandbrett herunter, und wahrhaftig, da lagen die Schlüssel! In drei Minuten war ich wieder mit dem Schlüsselbund zurück. Meine Frau wußte gar nicht, warum ich sie so stürmisch an mich zog.“

Arwed setzte sich nun an den Tisch und griff nach einer Zigarette. Ich wußte nicht recht, was ich sagen sollte. Ein Stein war mir vom Herzen gefallen, aber eine gewisse Verlegenheit konnte ich nicht verbergen.

„Da triumphierte wohl Onkel Pausius?“ fragte ich.

„Freilich, er schmunzelte, aber als ich die Brauchbarkeit seiner Erfindung herausstrich, sagte der Onkel weiter: ‚Das ist noch gar nichts, sozusagen. Wenn man etwas Übung hat, kann man noch ganz andere Dinge machen. Es kommt nur darauf an, daß man eine kräftige malerische Phantasie und die Fähigkeit starker Konzentration besitzt, so daß man die Aufmerksamkeit selbst auf seine bildhafte Vorstellung gefesselt halten kann, denn bei der geringsten Abweichung der Gedanken werden die Bilder gestört.' Und nun setzte sich Pausius selbst wieder an den Apparat, indem er erklärte, er wolle uns jetzt einige Erinnerungen und dann einige Phantasien vorführen.

Nun entwickelten sich auf dem Schirm farbenprächtige Gemälde, deren Figuren sich lebendig bewegten, Szenen, die er im Theater gesehen, Bilder, die er selbst entworfen hatte, auch, was er im Augenblick gerade sich vorstellte –"

Ich faßte Freund Arwed an der Hand, ihn unterbrechend.

„Mensch", rief ich, „bist du dir denn klar, was diese Erfindung bedeutet?"

„Natürlich – das wird sich nach der Veröffentlichung erst glänzend zeigen. Das Studium der Gehirnphysiologie, des Seelenlebens, der Psychologie, die ganze Medizin –"

„Ach was! Ich denke jetzt nicht an die Wissenschaft. Was Pausius entdeckt hat, das bedeutet die Kunst: die neue Kunst, die kommende Kunst – die absolute Malerei! Verstehst du nicht? Farben und Pinsel sind überflüssig, Übung und Handgeschicklichkeit sind nicht nötig. Die Phantasie des Künstlers erzeugt unmittelbar vor den staunenden Blicken des Beschauers bildhaft die innersten Erlebnisse des Genius. Überwunden durch die naturwissenschaftliche Technik ist jede Mühe der malerischen Technik – die Seele malt unmittelbar! Raffael braucht keine Hände mehr. Frei vom schweren Stoffe wird der Künstler. Das Ideal ist in das Leben selbst gesetzt, vielmehr der Mensch ist zu den Göttern erhöht – seine Anschauung ist Schaffenskraft!" Begeistert sprang ich auf und drang in Arwed: „Und wann, wann veröffentlicht Pausius? Will er es denn wirklich? Will er selbst schreiben?"

„Er hat es versprochen. Bald, sogleich soll es geschehen. Näheres hat er meiner Frau gesagt, als ich fort war."

„Wo ist denn überhaupt deine Frau? Soll man sie heute nicht mehr zu sehen bekommen?"

„Heute nicht mehr, denn es schlägt eben zwölf. Aber natürlich wollte sie noch ein bißchen hereinkommen. Bei solchem Ereignis muß sie doch mitreden. Und horch – da kommt sie schon mit den Gläsern!"

Ich trat ihr entgegen. Ihre Wangen waren gerötet, und ich glaubte eine leichte Verlegenheit in ihren Zügen zu lesen, als sie das Tablett absetzte und mir die Hand reichte.

Ich brachte nur die Worte hervor: „Wann – wann denn kommt der Gehirnspiegel zur Veröffentlichung?"

Sie sah mich mit den schönen Augen freundlich an und sagte verständnisvoll: „Nicht wahr, es ist eine große Sache? Aber etwas unheimlich. Und morgen – bestimmt morgen, sagte der Onkel, sende er sein Manuskript ab."

„Morgen!" rief ich. „Das wird ein Wendetag in der Kulturgeschichte!"

„Morgen?" sagte Arwed. „Das ist ja schon heute!" Er hatte die Gläser gefüllt. „So laßt uns anstoßen auf die neue Kunst, auf den Gehirnspiegel!"

Die Gläser klangen zusammen. Gewohnheitsmäßig entfernte ich das abgelaufene Blatt vom Wandkalender. Er zeigte jetzt – den ersten April.

Die Weltprojekte

LEGENDE (1908)

Als die Welt geschaffen wurde, mußte selbstverständlich zuvor das Projekt sein.

Natürlich nicht bloß eins. Es gab unendlich viele mögliche Welten in unendlich vielen möglichen Räumen. Und da es sich um eine wichtige Sache handelte, so hatten die Oberengel den Auftrag, sie sämtlich bis ins einzelne auszuarbeiten. Die Zeit drängte nicht, denn das Maß der Erddrehung war noch nicht erfunden, und so gedachte der Herr, die beste aller möglichen Welten auszusuchen, um sie als die einzig wirkliche Welt zu schaffen.

Die beste erkannte er freilich auf den ersten Blick. Darin gab's nämlich gar keinen Widerspruch, keine Reibung, keine Störungen, keine Schmerzen, keine Dummheiten; nichts als blitzblaue Seligkeit und Zufriedenheit; und dabei wußte niemand, womit er eigentlich zufrieden war. Denn alle waren immer einig, und es war ganz unmöglich, sich über etwas zu ärgern.

Schon wollte er diese Welt des höchsten Glücks aller ausführen, als er sich erst den Kostenanschlag ansah. O weh! Die vollkommenste Welt war leider die teuerste von allen. Sie war wirklich zu teuer. Sie brauchte nämlich einen fortwährenden baren Zuschuß, weil ja kein Wunsch unbefriedigt bleiben durfte. Das konnte sich nur eine Aktiengesellschaft leisten, und die ließ sich nicht schaffen; auch wäre die Welt sonst nicht mehr vollkommen gewesen.

Es wurden also die zu teuren Welten von vornherein ausgeschieden, ebenso die zu billigen, denn die waren Schundware. Dann noch ein paarmal engere Wahl, und schließlich behielt der Herr zwei übrig. Er nannte sie Projekt A und Projekt B. Die wurden in Lebensgröße ausgeführt.

Zunächst sollten sie nun einmal Probe laufen.

Es wurde also die Gesamtenergieverteilung für den Anfangszustand zur Zeit Null eingestellt, und dann wurde die Zeit angelassen. Zuerst bei der Welt A. Da ging's los, und die Welt schnurrte ab, daß es eine Freude war.

Als das so ein paar Dezillionen Jahre gedauert hatte, was ja doch bei einem Weltversuch noch nicht viel sagen will, da machte der Herr eine kleine Stichprobe. Er griff mal so gerade in eins der unendlich vielen Milchstraßensysteme hinein, holte sich eine Sonne heraus, nahm einen von ihren Planeten und betrachtete sich das Zeug näher, das darauf wuchs und herumkrabbelte. Es sah beinahe aus wie auf unserer Erde.

„Wie gefällt's euch da?“ fragte der Herr. „Ist's nicht 'ne schöne Welt?“

„Danke der gütigen Nachfrage“, antwortete eine Stimme. „Will mal nachsehen.“

„Was? Nachsehen? Ihr werdet doch wissen, wie's euch gefällt?“

„Ich will im Gefühlskalender nachschlagen, was ich zu antworten habe. Hier steht's schon: Eine schauderhafte Welt ist es.“

„Was soll das heißen?“

„Ich will mal im Verstandeskalender nachschlagen. Also: Wegen der absoluten Gesetzmäßigkeit der mathematischen Logik, die dem Weltprojekt zugrunde gelegt ist, sind alle Ereignisse und alle Gefühle von vornherein bestimmt, und man kann sie sowohl für die künftige wie für die vergangene Zeit in den automatischen Reproduktionsregistern aufsuchen. Wenn ich also wissen will, warum ich meine Ansicht habe, so brauche ich bloß –“

„Aber was willst du damit gewinnen? Du mußt doch selbst entscheiden –“

„Was ich will? Ich werde im Willenskalender nachschlagen –“

„Ich meine, warum ihr die Welt schauderhaft findet.“

„Eben darum, weil sie so absolut korrekt ist, daß man alles aus dem Wirklichkeitskalender erfahren kann. Auch was man wollen muß – man weiß es ja nicht gerade vorher, aber man kann's doch wissen, wenn man's nachschlägt.“

„Dafür seid ihr vor allen Torheiten geschützt.“

„Aber man lebt ja gar nicht, man sucht nur immer in den Kalendern; und wenn man gesehen hat, wie's kommen wird, so möchte man's gar nicht erst erleben. Da sehe ich z.B. aus dem Willenskalender, daß ich morgen beim Festessen zu Ehren unseres Direktors eine Rede halten will, aber aus dem Gefühlskalender erfahre ich, daß ich mich blamieren und dabei den Mann noch bedenklich vor den Kopf stoßen werde."

„Da mußt du es lassen oder die Rede abändern."

„Das ist eben das Schauderhafte. Ehe ich nun im Verstandskalender finde, ob und wie das sein kann! Nichts läßt sich ändern in dieser Welt! Das kleinste Fleckchen oder Stäubchen wirkt nach in alle Ewigkeit, irgendwo bleibt's hängen."

„Aber das vergißt man doch."

„Vergessen! Ja, wenn wir eine Bewußtseinsschwelle hätten! Aber selbst wenn man's vergessen könnte, es steht doch immer in den Weltplänen, und irgend jemand kann's auffinden. Nein, nein! Alles erfahren, aber nichts ändern können, das ist schlimm. Und wenngleich alles noch so vorzüglich gut ist, eine Welt, in der man nichts besser machen kann, ist doch schauderhaft!"

Da setzte der Herr den Planeten wieder an seinen Platz, die Sonne in ihr System und die Milchstraße in ihren Raum und stellte die Zeit ab, daß die Welt außer Betrieb gesetzt war.

„Nein", sagte er zu dem Oberengel, der das Projekt A gemacht hatte, „die beste Welt ist das nicht. Wir wollen einmal das Projekt B probieren."

Diese Welt sah von außen ganz ähnlich aus wie A, denn sie war auch nach dem Prinzip der ineinandergeschachtelten und bewohnten Sternsysteme gebaut. Der Engel ließ also die Zeit laufen, und als ein Dutzend Zentillionen Jahre vorbei waren, langte sich der Herr wieder einen Planeten heraus und betrachtete sich die Lebewesen darauf.

„Na, wie geht's", fragte er. „Wie gefällt euch die Welt?"

„Schauderhaft, ganz schauderhaft!" schrien eine große Anzahl Stimmen durcheinander.

„Nun, nun!" sprach der Herr beruhigend. „Immer einer nach dem andern!"

Aber das half nichts. Sie klagten alle gleichzeitig, bis er sich so ein Persönchen herausnahm. Das war nun auf einmal ganz vergnügt, und als es der Herr fragte, wie ihm die Welt gefiele, da rief es:

„Ach, so ist es ganz wunderschön! Jetzt bin ich für mich, da ist ja alles gleich vorhanden, was ich wünsche. Will ich mal tüchtig arbeiten, so ruckt und zuckt mir's in allen Muskeln, und das Gehirn müdet sich ab. Will ich ruhen und sage, hier soll ein hübsches Häuschen stehen in einem großen, stillen Park und ein bequemer Schlafstuhl auf der Veranda, so lieg' ich gleich dort und rauche meine Havanna. So ist's ganz ausgezeichnet hier."

„Warum rieft ihr denn alle: Schauderhaft! Schauderhaft!"

„Ja, Herr, sobald einer von uns für sich allein etwas wünscht, da haben wir ja alles; es steigt willig hervor, und nichts kann sich stören. Wenn wir aber da im Raum auf der Wohnkugel zusammenstecken, da stoßen die schönen Gedanken und Phantasien, all die köstlichen Träume meiner Seele zusammen mit den ebenso mächtigen meiner Mitbewohner und geraten in Wettbewerb. Wo ich meinen Garten habe, da läßt der Nachbar seine sechs Jungen Ball schlagen und nach Herzenslust schreien. Denn es gibt ja kein Mittel zu verhindern, daß das geschieht, was jeder sich ausdenkt. Die Vorstellung genügt, um das Mögliche zum Dasein zu bringen. So besteht allhier nichts Sicheres, nichts Gewisses! Also tu mir die einzige Gnade an und nimm all die anderen Bewohner aus der Welt, damit ich in meiner schönen Eigenwelt nicht beeinträchtigt werde!"

„Ha, hm!" sagte der Herr bedenklich und brachte das Persönchen wieder in das Weltsystem an seine Stelle, wo es sofort aufs neue zu lamentieren anfing.

„Das ist also auch nichts Rechtes mit dem Projekt B", sprach der Herr und stellte die Zeit ab.

Die beiden Oberengel machten einigermaßen unzufriedene Gesichter, soweit das anging, und erboten sich sogleich, neue Projekte einzureichen. Aber der Herr meinte:

„Ach was, das hat ja keine Eile mit der Weltschöpfung. Diese eure Welten taugen beide nichts. Vielleicht fällt euch später was Besseres ein. Vorläufig geht's auch so."

Damit nahm er die beiden Weltmodelle und setzte sie der Bequemlichkeit wegen ineinander in die Himmelsrumpelkammer.

Nach ein paar Dezillionen Jahren blickte der Herr zufällig wieder in diese Ecke und merkte, daß die beiden zurückgesetzten Welten im Gange waren.

Er rief sich die beiden Engel und fragte, wer sich denn erlaubt habe, die Zeit anzulassen, so daß die Welten weiter Probe liefen.

„Ich habe nur meine übrige Zeit genommen", sagte der vom Projekt A etwas ängstlich.

„Ich auch nur meine" – sagte der von Projekt B desgleichen.

„Ja", riefen sie beide, „wir wollten bloß einmal versuchen, welche es besser aushält, wenn sie gleichzeitig liefen."

„So?“ sprach der Herr gütig. „Da wollen wir doch einmal nachsehen, was daraus geworden ist.“

Und er griff wieder in das kombinierte Weltsystem und holte sich einen Bewohner heraus. Daß er immer den richtigen traf, verstand sich ja von selbst.

„Nun?“ fragte er. „Wie geht’s bei euch jetzt?“

„Ausgezeichnet“, antwortete der Mensch; denn ein solcher war es.

„Wie kommt das? In der Welt A jammerten sie doch, es sei alles so notwendig bestimmt, daß nichts geändert werden könnte, und in der Welt B klagten sie, weil alles, man mag sich ausdenken, was man wolle, gleich da sei und deshalb nichts Festes zusammenstimme.“

„Ja, Herr, das haben wir eben ausgeglichen. Wir haben aus den beiden Welten eine neue gemacht, unsere eigene. Wir bilden nämlich eine besondere Gesellschaft für Weltverbesserung.“

„Das wäre! Wie denn?“

„Sehr einfach. Die Welten laufen nun mal, darauf sind wir angewiesen. Aber nun nehmen wir aus B die Phantasie, und aus A nehmen wir das Gesetz. So bewirken wir die Ergänzung. Was wir als wünschenswert vorstellen, machen wir auch wirklich und das Unabänderliche nutzen wir zum Vernünftigen!“

„Nicht übel! So steuert ihr ja gerade auf die vernünftige Welt los, die ich erwarte. Na, so mögt ihr sie euch denn selber schaffen, ich will sie bestätigen. Und wer bist du denn eigentlich?“

„Ich bin der Ingenieur.“

Der Traumfabrikant

Es hatte eben dreizehn geschlagen und im mittleren Deutschland fing es an zu dunkeln, wenn auch die staatliche Zentralbeleuchtung und die neu eingeführte Weltzeit, die sich nach dem Meridian von Washington richtete, über die Tatsächlichkeit eingetretener Dämmerung hinwegzutäuschen suchte. An dem Untergange der Sonne ließ sich nichts ändern, weder durch neue Gesetze, noch durch internationale Verträge, und das war freilich sehr bedauerlich, wenn man bedenkt, wieviel Zeit durch die schlechte Angewohnheit der Sonne, die Hälfte des Jahres unter dem Horizont zu sein, für die produktive Arbeit verloren geht. Da die Menschen wieder einmal unzufrieden waren, so suchten sie nach einem Prügelknaben für ihre eigene Jämmerlichkeit, und es entstand die Partei der Antisomnisten oder Schlaffeinde, welche den allnächtlichen Schlummer als die kulturuntergrabende Gewalt anklagten und befehdeten. Aber das war nur ein schnell bereuter Narrenstreich des höheren Pöbels, dessen hohläugige Gesichter bald anzeigten, was sie ohne den „Schmarotzer“ Schlaf waren. Indes blieb es nicht zu leugnen, daß die Gewohnheit des Schlafens zugenommen hatte. Man schlief mehr, wie früher. Sobald dies statistisch festgestellt worden, erschien der Coppernikus des Schlafproblems, welcher die große Frage durch ihre Umkehr löste und dem alternden Europa einen neuen Völkerfrühling verhieß, wenn es sich dem intensiven Massenschlafe zu huldigen entschlösse.

Die Biomystik, eine neue Stufe der veralteten Biologie, hatte die Entdeckung gemacht, daß die Tendenz der menschlichen Entwickelung nach der Seite des Schlaf- und Traumlebens gerichtet sei. Daß der Mensch mit der rauhen Wirklichkeit zurecht kommen könne, hatte sich als eine Täuschung der Realisten erwiesen; je mehr die Kultur fortschritt, um so ohnmächtiger stand sie den Forderungen des Tages gegenüber, um so weniger vermochte sie den neuen sozialen Problemen gerecht zu werden. Aber die Natur reguliert sich bekanntlich selbst. Was die Kultur nicht leisten konnte, schien der

Organismus übernehmen zu wollen. Der moderne Mensch schlief, er schlief viel mehr als der Mensch des neunzehnten Jahrhunderts, welcher doch zweifellos schon verschlafener war als der antike Mensch. Mehr schlafen, mehr träumen! Das war die einfache biologische Lösung des großen Kulturrätsels, auf welche die Philosophen des neunzehnten Jahrhunderts nicht gekommen waren. Und die Sache lag doch so einfach.

Der moderne Kulturfortschritt charakterisiert sich durch die immer mehr hervortretende Übertragung der Arbeit von dem Körper auf den Geist. Muskelanstrengung wird durch Gehirnleistung ersetzt. Die natürliche Folge ist die überwiegende organische Ausbildung des nervösen Apparats. Hatte sich die Überreizung des Denkorgans schon früher in der gesteigerten Nervosität einzelner hervorragender Individuen geltend gemacht, so ergriff dieselbe jetzt die ganze Gattung. Die organische Fortbildung erforderte daher die längere Schlafruhe. So lange man aber schlummert, spart man Essen und Trinken. Folglich reduzierte sich der Nahrungsbedarf der Kulturmenschheit in demselben Verhältnis, in welchem ihre Schlafsucht durch Gehirnüberreizung zunahm. Das war der geniale Kunstgriff der Natur, durch welchen sie die Ernährungsfrage, den schwierigsten Teil des sozialen Problems, glücklich löste. Die Menschheit entwickelte sich in dem Sinne, daß die Nahrungsaufnahme durch den Schlaf ersetzt wurde. Dies geschah ungeachtet des Widerspruchs der Physiologen, welche behaupteten, daß eine verminderte Ausgabe noch keine Einnahme bedeute. Sie verkannten jedoch die Natur der Gehirnarbeit. Ein Metaphysiker bewies dagegen mit Leichtigkeit, das Endziel der Erdentwickelung bestehe darin, daß die Menschheit nach und nach der Periode ewigen Schlafes sich nähere; ist diese erreicht, so hören Geburt und Tod auf, die Gattung wird konstant, und die individuelle Unsterblichkeit ist gesichert; zugleich aber herrscht allgemeine Glückseligkeit, indem das sorgenfreie und verantwortungslose Traumleben an Stelle der harten und strengen Wirklichkeit tritt. In diesem Sinne seien die theologischen Vorstellungen vom Jenseits zu verstehen. Der Philosoph begründete seine Ansicht hauptsächlich damit, daß die beglückende Wirkung seines hervorragendsten Werkes schon jetzt in der schlafbringenden Eigenschaft desselben sich zeige.

Schlaf war das nationale Ideal geworden. Alle staatserhaltenden Parteien waren einig, daß das Wohl des Vaterlandes geknüpft sei an die möglichst große Schlafmenge der Individuen. Man verglich die Länder nicht mehr nach ihrer Kornproduktion, ihrem Kohlenreichtum, ihrer Industrie, ihrem Export, ihrem Kindersegen, ihrer Wehrkraft, ihrer Steuermenge, berechnet für den Kopf der Bevölkerung, sondern lediglich nach der Zahl der verschlafenen und verträumten Stunden. Es zeigte sich zur Beruhigung aller Patrioten, daß Deutschland an der Spitze der Zivilisation – schlummerte, und man sah jetzt ein, daß der politische Traumzustand, den man den Deutschen ehemals zum Vorwurf gemacht hatte, nichts weiter gewesen war, als eine noch unverstandene Vorgeschrittenheit in der europäischen Kulturentwickelung. Es gab nur noch einen kleinen und von jeher verachteten Rest von Antisomnisten, die den Schlaf für ein Übel hielten; die übrigen Parteien entzweiten sich bloß in der Frage, durch welche Mittel der Schlaf am besten befördert werde, und befehdeten sich hierbei allerdings mit maßloser Heftigkeit. Die „*Wohlmeinenden*", wie sich die eine Partei genannt hatte, waren der Ansicht, daß die Schlafsucht des Volkes durch künstliche narkotische Mittel möglichst zu steigern sei. Der Staat habe die Pflege des Volksideals mit Gewalt in die Hand zu nehmen, den Anbau und die Herstellung schlafförderner Produkte durch Zuschüsse zu heben, den Kaffee gänzlich zu verbieten, Schlafprämien einzuführen. Die Gegenpartei, welche sich selbst die „*Gutmeinenden*" nannte, erstrebte dagegen die Schlafvermehrung auf dem Wege geistigen Einflusses. Sie verbreitete zu diesem Zwecke die Parlamentsreden beider Parteien und der Regierungskommissarien, unterstützte junge lyrische Dichter in der Drucklegung und namentlich der Vorlesung ihrer Poesien – wobei die Auditorien mit bequemen Schlafsofas ausgestattet waren –, gab die großen Philosophen des neunzehnten Jahrhunderts in billigen Volksausgaben heraus und ließ damals berühmte Opern pianissimo aufführen.

Der Abgeordnete Siebler, ein enthusiasmierter „Wohlmeinender", hatte eben im Volksverein „Langweile" eine glänzende Rede für das Schlaf- und Traummonopol des Staates gehalten, in welcher er ausführte, daß die Schlaf- und Traumverteilung für den einzelnen künftighin staatlich zu regeln und zu überwachen sei. Eine Rede galt für um so gelungener, je rascher die Zuhörer einschliefen; der glückliche Redner hatte dann zugleich den Vorteil, daß ihm niemand entgegnete. Siebler sprach so erfolgreich, daß er selbst das Ende seiner eigenen Rede verschlief; etwas Ähnliches war früher nur einigen Schriftstellern beim Niederschreiben ihrer eigenen Feuilletons gelungen. Freilich war die äußere Einrichtung der Volksversammlungen ihrem Zwecke entsprechend. Da gab es kein gemeinsames Lokal der Zusammenkunft, sondern jedes Mitglied war mit dem Rednersofa telephonisch verbunden und hörte bequem von seinem eigenen Ruhebett aus die Reden, bzw. meldete sich dazu. Der beliebten Klage der Hausfrau wegen zu späten Nachhausekommens war damit ein für allemal der Boden entzogen; andrerseits kam es allerdings vor, daß ein Redner mitten im Satz abbrach, weil ihm die Gattin das Telephon vom Munde nahm; aber man vermutete dann, er sei bei seinen eigenen Worten eingeschlafen, und ehrte ihn als patriotischen Mann, der das Nationalheiligtum hochhielt.

Siebler war Witwer und hätte daher ruhig ausreden können, wenn sein Reden nicht so schlummerungsbegeisternd auf ihn selbst gewirkt hätte. Aber während alle seine Zuhörer bei seinen Worten in einen wahrhaften Gähnjubel ausbrachen, lauschte im Nebenzimmer bangen Herzens seine Tochter Amalie den politischen Ausführungen ihres eigensinnigen Vaters. In ihre großen braunen Augen kam kein Schlummer; unaufhörlich zerbrach sie sich das blonde Köpfchen, wie sie die eben gehörten schroffen Ansichten mit ihren seit Monaten gehegten Lieblingsplänen vereinigen könnte. Wie sollte das werden? Schon immer standen der Vater und ihr heimlich geliebter Dormio Forbach sich als „Wohlmeinender“ und „Gutmeinender“ politisch verfeindet gegenüber, und das war der Grund gewesen, warum Dormio noch nicht gewagt hatte, um Amalie anzuhalten. Nun aber trat der Vater auch noch gegen die privaten Interessen ihres Dormio auf, wenn er die Verstaatlichung der Schlaf- und Traumanstalten betrieb. Denn Dormio war *Traumfabrikant.*

Kaum hatte sich Amalie jetzt von der Festigkeit des väterlichen Schlafes überzeugt, als sie den Sprechanschluß an die Forbachsche Traumanstalt bewirkte. Zärtliche Worte und elektrisch treu vermittelte Küsse feierten den ungestörten Verkehr der Liebenden, bis ihre Sorgen sich in Klagen Luft machten. Endlich erklärte Forbach entschieden, er würde morgen den Versuch wagen, mit Amaliens Vater zu sprechen, möge der Erfolg sein, wie er wolle. Wenn es nur ein Mittel gäbe, den Vater in eine günstige Stimmung zu versetzen! Vielleicht durch einen Traum? Daran hatte Amalie natürlich schon öfter gedacht; aber wie sollte sie den Vater bewegen, sich Forbachs Behandlung zu unterziehen, da er ein entschiedener Gegner der privaten Traumfabrikation war? Eben wollte sie über diese Frage mit dem Geliebten weitere Rücksprache nehmen, als derselbe sich durch Geschäfte gezwungen sah, die Unterredung auf einige Zeit zu unterbrechen. Einer seiner Kunden hatte sich darüber beschwert, daß er immer von seiner Schwiegermutter träume; dem solle man abhelfen.

Der Schlaf hatte die materielle Seite des sozialen Problems gelöst, der Traum sollte die Gemütsfragen in Ordnung bringen. Während des Schlafes denkt der Mensch nicht, d. h. er denkt nicht in der Art, wie es im Wachen geschieht oder geschehen soll, unter strengster Observanz der Sätze von der Identität, vom Widerspruch. Im Schlafe wird nur geträumt, nicht geprüft und gefolgert. Es kommt uns im Traume gar nicht darauf an, uns plötzlich in abgerissenem Anzuge die Straße fegen zu sehen, dabei aber auf den Schultern unseres vorgesetzten Kabinettschefs spazieren zu reiten; wir versetzten ihm mit unseren Füßen einige Rippenstöße, worauf er eine Tabakspfeife aus der Tasche zieht, in welcher wir unsere treulose Geliebte erkennen; während wir dieselbe in den Armen halten, bemerken wir, daß es unsere in Amerika verstorbene Erbtante ist, die sich in einen unendlichen Regen heller Sterne auflöst, von denen wir nicht zu erkennen vermögen, ob es funkelnde Küsse oder heimliche Goldstücke sind – – wer kennt nicht diese wirren Phantasiespiele, über welche wir uns nicht im geringsten wundern? Glückliches Volk, das anstatt der unerbittlichen Konsequenz politischer Kritik oder wissenschaftlicher Forschung frei vom Satze des Widerspruchs sein heiteres Traumdasein genießt! Da staunt man nicht mehr über die entgegengesetzte Deutung gleicher Tatsachen aus demselben Munde, nicht über den Gesinnungswechsel eines Mannes, nicht über die positive Erklärung, daß schwarz weiß sei; still vergnügt nimmt man alles hin und tut doch, was man will. Denn die Menschen tragen keine Verantwortung. Sie träumen, und was sie träumen, verschwimmt mit dem Erwachen, nur die süße Erinnerung der Freiheit bleibt. Am Tage einige wache Stunden engumschriebenen Wirkens im streng geregelten Mechanismus des bürgerlichen Lebens, dann sinken sie beseligt wieder in die sanften Arme des Schlafgottes, um den lieblichen Reigen der Traumelfen zu teilen. So löst sich das zweite große Problem der Kultur, wie die individuelle Freiheit zu vereinen sei mit dem notwendigen Zwange staatlicher Ordnung. Je weniger die Menschen wachen, um so weniger bedürfen sie des Zwanges, um so weiter dehnt sich das Reich seliger Traumfreiheit.

Aber diese Freiheit darf keine Bestimmungslosigkeit sein. Sie soll erquicken, nicht durch Überraschungen quälen. Daher muß nach Mitteln gesucht werden, wenigstens die allgemeinen Bahnen des Traumverlaufs zu bestimmen, die Schreckbilder abzuhalten, die ungefähre Richtung der dichtenden Phantasie vorzuschreiben. Auch dies Problem hatte die Biomystik gelöst; ein Professor der Physiologie, der sich in somnambulen Zustand versetzt hatte, entdeckte im Hochschlafe das *„Traumorgan"*.

Ja, das Traumorgan existierte wirklich, und zwar dort, wo es die Verehrer des tierischen Magnetismus gesucht hatten, in der Nähe der Magengrube, mit welcher die Somnambulen bekanntlich lesen können; es saß im sogenannten Sonnengeflecht des Gangliensystems in Gestalt eines die Nervenbläschen erfüllenden spezifischen Nervengases und hatte die empirische Formel

$$C_{632}\ H_{418}\ N_{26}\ S_8\ Fe_2\ O_{99}.$$

Man hatte es einem Mörder exstirpiert, der vor Gewissensbissen nicht schlafen konnte; seitdem erfreute er sich eines ruhigen, traumlosen Schlafes. Ein Philosoph, welcher dem Mystizismus huldigte, verlor das Traumorgan durch einen unglücklichen Sturz auf den Magen, indem er über eine seiner nachschleppenden Perioden stolperte; seit jenem Tage schrieb er durchaus klare Bücher.

Dormio Forbach war Spezialist für das Traumorgan. Er wirkte darauf teils direkt durch äußere Reize, teils setzte er die einzelnen Teile der Hirnrinde mit dem Traumorgan nach Bedürfnis in Verbindung und lenkte dadurch den Gang der Traumphantasie. Seine Haupteinnahme bildete der Verstand des von ihm fabrizierten Traumgases, das in besonders präparierte Kautschukkissen gefüllt und von den Abnehmern eingeatmet wurde. Diese Traumkissen waren außerdem mit Vorrichtungen versehen, wodurch leichte Reize auf diejenigen Organe des Schlafenden ausgeübt wurden, deren Tätigkeit im Traumbilde in Anspruch genommen werden sollte. Ein Augenreiz zauberte Farbenspiele hervor, welche die Traumphantasie nach Maßgabe der gleichzeitigen übrigen Reize und der stattfindenden Vorstellungsassoziationen zu beliebigen Bildern umschuf. Wollte man z.B. Landschaften sehen, so wurde zugleich in passender Weise auf das Ohr gewirkt, man sprach die Namen von bekannten Bergen und Gegenden aus, ließ das Geräusch rasselnder Wagen oder sanften Herdengeläutes ertönen und lenkte dadurch die Assoziation der Traumbilder.

Dem unzufriedenen Besteller, der sich über den Traum von der Schwiegermutter beschwert hatte, ließ Forbach ein anderes Traumkissen zurecht machen.

„Man kann gar nicht genug auf die Individualität der Kunden achten," sagte Forbach zu seinem Assistenten. „Hätte ich gewußt, daß der Mann verheiratet ist, so hätte ich mich vorgesehen. Sie wissen, wie es uns neulich mit der Bestellung auf Träume von Landschaftsbildern ergangen ist. Der Schläfer hielt den Lichtreiz für ein Schadenfeuer statt für den Sonnenaufgang, aus dem Kuhreigen machte er Feuerlärm, sprang aus dem Bette und goß das Waschbekken darüber. Wir mußten den Schaden bezahlen."

„Der Mann hatte vermutlich zu viel Traumgas genommen."

„Das nicht, aber er war Brandmeister."

Forbach brach einen Brief auf, warf ihn aber sogleich ärgerlich auf den Tisch.

„Da haben wir denselben Fall!" rief er. „Dr. Mieriger meldet sich ab; was uns denn einfiele, ihn vom Ausbruch der Cholera träumen zu lassen! Was in aller Welt haben Sie ihm denn geschickt?"

„Er wünschte angenehme geschäftliche Träume, und so sandte ich ihm Kissen Nr. 6 mit leichten Carbolreizen und Trauermarsch. Ich glaubte, für einen Arzt müsse es sehr angenehm sein, von einer Verschlechterung des Gesundheitszustandes der Stadt –"

„Ja, ich bitte Sie, Dr. Mieriger ist ja nicht Mediziner –"

„Nicht möglich! Was denn?"

„Direktor einer Lebensversicherungsbank."

„Dann freilich! So will ich mich sogleich entschuldigen."

Es klopfte, und ein höchst eleganter, etwas stutzerhaft gekleideter Herr trat ein.

„Ich wollte mir die Frage erlauben", sagte er, „ob Signora Muratori an die Traumleitung angeschlossen ist."

„Gewiß, Nummer 117."

„Dann bitte, heute nacht unausgesetzt meinen Namen einzuflüstern: Alboin von Marzheim."

„Können Sie sich über den persönlichen Auftrag des Fräuleins ausweisen?"

„Das nicht, ich handle in meinem eigenen Auftrage."

„Dann bedauern wir, Ihren Wunsch nicht erfüllen zu können. Wir dürfen nach dem Traumgesetz nur Anträge von den betreffenden Personen selbst ausführen."

„Aber bitte, machen Sie hier eine Ausnahme. Bin sterblich verliebt – aussichtslos! Ich habe einen ähnlichen Fall gelesen, in welchem die Mutter dem unglücklichen Liebhaber Namenseinflüsterung gestattet, worauf Traum, Beschäftigung mit seiner Person, Neigung, Verlobung. Wollen Sie gefälligst beliebigen Preis bestimmen, kommt mir nicht darauf an."

„Mein Herr", sagte Forbach, „ich kann nicht weiter mit Ihnen verhandeln. Die geringste Pflichtverletzung würde mich für mein verantwortliches Amt unbrauchbar machen. Niemals werde ich von den gesetzlichen Vorschriften abweichen."

Kaum hatte sich Herr von Marzheim unwillig entfernt, als Forbach sich wieder zur Unterhaltung mit seiner geliebten Amalie anschickte. Diese hatte sich inzwischen ausgedacht, Forbach solle für ihren Vater ein besonders präpariertes Traumkissen senden, das sie ihm heimlich unter den Kopf legen würde. Seinen Lieblingsneigungen wollte sie damit entgegenkommen; eine Jagd, ein gutes Diner, eine lustige Unterhaltung konnten leicht durch passende Reize ins Traumbewußtsein gehoben werden; war dadurch die gute Laune des Vaters gesichert, so wollte sie ihm ihre Verbindung mit Dormio Forbach durch Einflüsterung als einen trefflichen Gedanken erscheinen lassen. Auf diese Weise hoffte Amalie, die morgen bevorstehende Werbung am besten vorzubereiten.

Aber wie war sie enttäuscht, als Forbach diesen Plan rundweg verwarf. Er dürfe nun einmal ohne Einwilligung des Träumenden keinen Einfluß ausüben, selbst nicht, wenn sie, die Tochter, die Verantwortung übernehme. Vergebens bat und schmeichelte Amalie; so hart es ihm ankam, Dormio blieb fest; er erzählte ihr, wie er eben genötigt gewesen sei, Herrn von Marzheim abzuweisen, und berichtete von ähnlichen Anfechtungen, die ihm häufig genug begegneten. Dann betonte er die Gefahr, die in der zufälligen Entdeckung des Traumkissens durch Siebler läge. Welche Handhabe wäre ein solcher Vorfall gegen die Zuverlässigkeit der privaten Traumanstalten! Endlich aber, da Amaliens Starrköpfchen dies alles nicht gelten lassen wollte, machte er sie darauf aufmerksam, daß der Erfolg selbst ganz unsicher sei. Man könne nicht wissen, ob nicht gerade die Erwähnung seines, Forbachs, Namens zusammen mit dem Amaliens die heiter stimmende Traumwirkung wieder aufhebe und einen Unlusttraum erzeuge, der nun als Warnung für das wache Handeln wirken und somit ihren Plänen gerade entgegenarbeiten würde.

Amalie schmollte. Wenn Dormio so eigensinnig sein wollte, so möge er nun auch zusehen, wie er morgen mit dem Papa fertig werde; und so sagte sie ihm in etwas gepreßter Stimmung „Gute Nacht“.

Der vergötterte Schlaf, von allen als Friedensbringer gepriesen und darum zum Objekt hartnäckigsten Streites gemacht, der gehorsame Begleiter der väterlichen Reden, wollte der Tochter nicht nahen, die ihr Haupt in stetem Nachsinnen auf dem heimlich ihr von Forbach geschenkten Traumkissen umherwarf. Dormio verdiente es zwar nicht, daß sie sich um ihn kümmerte, aber wenn er morgen beim Vater kein Gehör fand, mußte nicht sie am meisten darunter leiden? Konnte sie denn gar nichts tun? Als Kind ihrer Zeit und Weib aller Zeiten kam sie von dem einmal gefaßten Gedanken an die Wirksamkeit des Traumes nicht hinweg. Aber das einzige, was sie zur Verfügung hatte, war ihr eigenes Traumkissen, mit Traumgas gefüllt und mit jenen ewigen Melodien ausgerüstet, welche Liebessehnsucht von jeher und überall in den Menschenherzen geweckt hat – –

„Freudvoll und leidvoll,
Gedankenvoll sein,
Langen und bangen
In schwebender Pein,
Himmelhoch jauchzend,
Zum Tode betrübt,
Glücklich allein ist die Seele, die liebt!“

Wie wonnig träumte es sich auf diesem Kissen, in diesem beseligenden Wechsel der Stimmungen, der sich auf dem Grundgefühle frohen, sicheren Besitzes eines unendlichen Glückes abspielt. Die Willensregungen und Affekte egoistischen Ursprungs verschmelzen mit den Gefühlen, die in der Sympathie wurzeln – das ist die Liebe. Stolz und Selbstbewußtsein erfreuen und lösen sich doch willig in der unbedingten Hingabe, Genuß und Entbehrung beglücken gemeinsam, und der Schmerz ist Wonne – – Wie müßte das Kissen auf den Vater wirken! Sollte es nicht die Erinnerung glücklicher Jugend hervorzaubern, Milde in das Herz gießen und dem Verständnis zarter Regung geneigt machen? Sollte es nicht wenigstens eine besänftigende und erheiternde Wirkung ausüben? Es konnten doch nur gute Träume dadurch erzeugt werden, und auf gute Träume folgt ein friedliches Erwachen.

Amalie schlich sich leise in das Zimmer des Vaters und schob vorsichtig dem fest Schlummernden das Kissen unter das Haupt. –

Ächzend und stöhnend ermunterte sich am andern Morgen der Abgeordnete Siebler aus einem schweren Traume; erst als er sich überzeugt hatte, daß er nur geträumt, erheiterten sich wieder seine Züge und er atmete erleichtert auf. Mit Spannung und Besorgnis beobachtete Amalie ihren Vater beim Frühstück, um die Wirkung des Traumkissens zu erkennen.

Er war sehr einsilbig und offenbar mit einer wichtigen Überlegung beschäftigt. Die Zeitungen, denen er sonst einige Morgenstunden zu widmen pflegte, sah er kaum an, sondern ging unruhig im Zimmer auf und ab. Zufällig haftete sein Blick unter den Anzeigen auf einer Geschäftsempfehlung Forbachs; das paßte in seinen Gedankenkreis, und er erinnerte sich mancher halbunterdrückten Seufzer und versteckten Andeutungen seiner Tochter. Er rief Amalie und sagte zu ihrer größten Überraschung: „Du kennst ja diesen Traumfabrikanten Forbach. Weißt du, daß ich Lust hätte, mich einmal an ihn zu wenden? Wenn mir nur jemand für seine Zuverlässigkeit garantieren könnte!“

Natürlich wußte Amalie mehr als eine Familie aus ihrem Bekanntenkreise zu nennen, die auf Forbach zu schwören bereit war, und die ausgezeichneten Traumwirkungen seiner Offizin belegte sie mit zahlreichen Beispielen. Als sie den Vater so unvermutet zugänglich fand, ging sie nun auch gleich mutig vor und wußte ihre Sache so schlau zu führen, daß sie der Einwilligung des Vaters, der ja außer seinem bisherigen Mißtrauen bezüglich des Traumgeschäfts gegen Forbach gar nichts einzuwenden hatte, bereits sicher war, als letzterer sich melden ließ. Da wurde es denn Forbach nicht schwer, seine Sache zu führen.

„Gegen die Reellität und den Wert Ihres Geschäfts“, sagte Siebler, „kann ich nach den vorgelegten Ausweisen nichts einwenden; und um mich vollständig von Ihren Leistungen zu überzeugen, melde ich mich und meine Tochter als Abonnenten auf Ihr Traumgas bei Ihnen an.“

Und als er die Hände des glückstrahlenden Paares ineinander gelegt hatte und alle drei vor der alten abgelagerten Flasche köstlichen Neunzehnhundertundneunundneunzigers saßen, da sagte Siebler:

„Damit Ihr Euch nun nicht länger wundert, Kinder, wie ich dazu komme, meine gestrige Rede für das Traummonopol heute so weit zu verleugnen, daß ich mich diesem Privatfabrikanten hier ausliefere, so will ich Euch sagen, daß ich beschlossen habe, mich überhaupt von der Politik zurückzuziehen und kein Mandat mehr anzunehmen, wenigstens so lange nicht, als die Traumfrage auf der Tagesordnung steht. Ihr seht mich höchst verwundert an und fragt, wie ich dazu komme, und ich sage Euch zur Antwort: durch einen niederträchtigen Traum, den ich diese Nacht hatte. Nun, lieber Dormio, Sie werden dafür sorgen, daß mir ähnliches nicht wieder passiert; eben zu diesem Zwecke bin ich Ihr Kunde geworden."

„Was war das für ein schrecklicher Traum?" fragte Forbach eifrig, während Amalie im Bewußtsein ihrer Schuld tief errötete.

„Zuerst", fuhr Siebler fort, „hatte ich ein äußerst angenehmes Gefühl, das ich kaum beschreiben kann, es war das Gefühl erreichter Sehnsucht, das zwar mit dem Bedürfnis neuen Ringens und Kämpfens wechselte, aber doch immer die freudige Sicherheit des Sieges beibehielt; ein Auf- und Niederschwanken der Stimmung mit dem Vorwiegen der Befriedigung; immer glaubte ich die Worte des Dichters zu hören:

‚Freudvoll und leidvoll,
Gedankenvoll sein,
Langen und bangen

In schwebender Pein,
Himmelhoch jauchzend,
Zum Tode betrübt –'

aber die Schlußzeilen fielen mir nicht ein."

Forbach sah Amalie fragend an und sagte zu Siebler:

„Und wie malte Ihnen der Traum diese Stimmung? Denn der Traum spricht nur in Bildern."

„Ganz richtig, nur konnte ich sie nicht festhalten und muß mich begnügen, Ihnen den Gesamteindruck zu schildern. Das wesentliche Moment aber war dieses. Es wurde über das Traummonopol abgestimmt, und schließlich hatte ich die entscheidende Stimme abzugeben. Ich stimmte dafür, es ging durch, und sofort auch war ich *Trauminister.* Ja, ich war verantwortlicher Chef des gesamten kolossalen Apparats der Schlaf- und Traumverteilung. Ich steckte bis an den Kopf in Seifenblasen, die ich fortwährend nach allen Seiten hin verteilen mußte, indem ich unausgesetzt in den Haufen hineinblies; da flogen sie nach jeder Richtung, und immer neue quollen hervor. In einem ungeheuren Amphitheater aber saß das gesamte Volk, jedem einzelnen flog eine Seifenblase an den Kopf und zerplatzte; sie wurde zu Glasscherben, die man mir mit Grimassen zurückwarf, und bald steckte ich bis an die Brust in den scharfen Splittern. ‚Das ist nicht mein Traum', schrie der eine; ‚ich will einen andern', der zweite; ‚heute will ich gar keinen', der dritte; ‚das ist ja erbärmliches Zeug', der vierte; und so ging es weiter mit Beschwerden, und jedesmal flogen mir die Scherben um den Kopf. Jetzt sah ich, daß es gar nicht die Leute waren, welche riefen, sondern ringsum saßen große, gedruckte Zeitungslettern, und ein riesiges Ausrufungszeichen schrie mich an: ‚Sehen Sie, Exzellenz Siebler, jetzt nehmen wir den Traumetat vor, und jetzt sollen Sie einmal die ganze Geschichte, die Sie uns haben träumen lassen, wieder zurückträumen, aber von hinten nach vorn.' Dabei wuchs der Scherbenberg um mich immer höher, ich jedoch wuchs selbst mit ihm und trat die Trümmer unter die Füße. Das schmerzte mich, aber das Herz schwoll mir voll Stolz, mir war es, als seien all die tobenden schwarzen Gestalten Stücke von mir, und als müßte ich mich ihnen hingeben, um sie zu erquicken und zu sättigen mit meinem Lebensatem. Und ich blies und blies mit aller Kraft neue und neue Traumblasen in die Menge. Mächtiger und mächtiger quollen sie hervor und bedeckten die ganze Versammlung. Der Atem begann mir auszugehen, die Brust wollte mir springen, so gewaltig blies ich; und ich glaubte sicher, jetzt müßten alle mir danken; denn ich hatte das Volk ganz umhüllt mit rosigen Träumen. Wieder aber flogen die Splitter zu Boden, die Tribünen wuchsen höher und höher, und hernieder toste es: ‚Wir wollen deine uniformierte Weltstimmung nicht! Nieder mit dem Normaltraum!' Ich aber rief dagegen: ‚Nehmt, was ich habe, mehr kann ich nicht geben!' So blies ich mit meiner letzten Kraft Wolken von Seifenblasen hervor, und ich hatte ein Gefühl, als zerstöbe ich in Millionen Teile. Die Leute ringsumher haschten danach, hielten sie vor die Augen und warfen sie wütend fort. ‚Auf jeder Traumblase ist sein Bild!' schrien sie. ‚Nun sollen wir ihn selber träumen!' Da flog mir ein Splitter ins Auge, das war, als ginge ein neues Licht rings um mich auf, und ich sah zu meinem Entsetzen, daß all die Seifenblasen im ganzen Raum mein eigenes Bildnis trugen, überall sah ich nur mich selbst; ich blies nicht mehr, aber immer aufs neue quollen die Blasen mit meinem Ebenbild hervor, sie häuften sich um mich und drohten mich zu ersticken; nur dumpf noch grollten in der Ferne die zornigen Stimmen, und vergebens griff ich mit den Armen umher, um mich an einen Menschen zu klammern außer mir – – so wachte ich auf, in Angstschweiß gebadet. Und da schwor ich mir, ferner nicht mehr – nun, kurz und gut, die Traumpolitik ist mir verleidet."

Erregt durch die Erinnerung schritt er im Zimmer auf und ab.

„Du hattest", sagte Forbach leise zu seiner Braut, „dein Traumkissen –"

Amalie nickte mit dem Kopf.

„Verrate mich nicht", bat sie.

„Nein", sagte Dormio; „aber du siehst die Folgen der künstlichen Traumbeglückung. Wir können nur allgemeine Züge vorzeichnen, über den Erfolg entscheidet stets die Individualität. Denn das Traumbild ersteht aus dem Vorrat der im Bewußtsein angesammelten Vorstellungen nach Maßgabe der gewohnten Assoziationen. Dadurch sondert sich das Ich vom Ich, und die unendliche Mannigfaltigkeit dieser Wirklichkeit vermag keine Traumvorsehung, kein klügelndes und wohlgemeintes Denken zu überblicken, geschweige denn zu regeln. Dein Traumkissen lieferte Selbstgefühl und Aufopferung; aber was bei dem Liebenden sich in freundliche Harmonien löst, bei dem Parteimann geht es in beängstigenden Kampf über. Das Glück der Liebenden wächst mit der Hingabe der Persönlichkeit, das Glück der Völker fordert die freie Entwicklung der Einzelart."

„Aber", unterbrach ihn Amalie fragend, „dann steht es doch mit deiner Traumfabrikation eigentlich recht bedenklich."

„Nicht schlechter und nicht besser als mit allen anderen menschlichen Vorausberechnungen. Das Leben ist zu bunt, glücklich allein ist die Seele –"

„Stoßen wir an", sagte Siebler, wieder an den Tisch tretend, „auf den glorreichen Sieg des Menschengeistes über das Schicksal, auf die Herrschaft des Kunsttraums, des sicheren Führers des Kulturfortschritts!"

Die Gläser klangen, die Liebenden drückten sich die Hände. In ihren Augen lasen sie etwas, das sicherer war als Schlaf und Traum!

Aus dem Tagebuch einer Ameise

VORBEMERKUNG

Wir verdanken die Entdeckung der Sprache und Schrift der Ameisen den Bemühungen des berühmten Entomologen *Antenna.* Bekanntlich leben in den Gemeinden dieser hochorganisierten Tiere nicht bloß Männchen, Weibchen, geschlechtslose Arbeiter und sog. Krieger oder Führer mit größeren Köpfen, sondern auch Haustiere, insbesondere ein kleiner Käfer (Claviger), von welchem man nicht wußte, welche Bedeutung er für die Ameisen besitzt. *Antenna* ist es gelungen nachzuweisen, daß dieser Käfer die lebendige Bibliothek der Ameisen vorstellt. Die Sinneswahrnehmungen der Ameisen beruhen auf Ätherwellen von 800 bis 2000 Billionen Schwingungen in der Sekunde, deren Geschwindigkeit somit jenseits derjenigen liegt, welche für unser Auge als Licht wahrnehmbar sind. *Antenna* ermöglichte es, durch ein Fluoreszenz-Mikroskop jene Ätherschwingungen so zu verlangsamen, daß sie für unsere Sinneswerkzeuge bemerkbar werden. Dadurch zeigte er, daß die Ameisen gegenseitig in einer Fühlersprache verkehren, die er Chemisieren oder Übertasten nennt, und daß sie dieselbe, ähnlich wie wir Schallwellen auf den Phonographen, auf die Keulenkäferchen übertragen, welche sie ihrerseits jederzeit reproduzieren können. Die Ameisen haben also den Menschen in der Kultur insoweit überflügelt, daß ihre Haustiere nicht nur zur mechanischen, sondern auch zur intellektuellen Arbeit abgerichtet werden. Wir sind in der Lage, im Nachfolgenden die Übersetzung eines Ameisentagebuches zu veröffentlichen, welches auf 82 Keulenkäferchen chemisiert war. Wir haben dabei häufig die umständlichen Umschreibungen der Ameisensprache durch die uns geläufigen Ausdrücke ersetzen müssen; selbstverständlich geschah dies überall dort, wo es sich um die Wiedergabe ursprünglich menschlicher Äußerungen handelt. Über das Nähere des sehr schwierigen technischen Verfahrens, die Tastungen der Keulenkäferchen zu fixieren, müssen wir auf das Originalwerk *Antennas* verweisen, welches in lateinischer Sprache unter dem Titel: „De formicarum lingua et litteris“ bei Gebrüder Emswind in Flausenheim erschienen ist.

Tagebuch

Eiersonne 10.

Große Frühjahrsräumerei. Die Arbeiter sind mit den Kleinsten draußen im ersten Sonnenschein, der Stock ist fast leer. Wir Führer sitzen noch in den Winterzellen und denken nach. Es ist jetzt die schönste Zeit im Stock, ich will sie benutzen, um mich einmal gründlich in der neueren Literatur umzusehen. Ich habe angefangen das vielgerühmte Buch von Ssrr zu studieren: „Leben und Treiben des Menschen.“

Es ist zwar rotameisenisch geschrieben, aber ich verstehe es ganz gut. Etwas idealistisch, viel Hypothese – indes, die Roten sind einmal so. Weil sie keine Sklaven halten, bilden sie sich ein, an der Spitze der Zivilisation zu marschieren. Nun, wir sind schließlich doch alle Ameisen, und *ein* Boden ist unter uns allen!

Eiersonne 12.

Ssrr behauptet wahrhaftig, der Mensch besitze Intelligenz! Er soll allerdings Gehirn haben, aber dann müßten doch seine Fühler am Kopfe und nicht an den Brustringen sitzen.

Larvensonne 2.

Ich überzeuge mich mehr und mehr, daß Ssrr recht hat; der Mensch scheint in der Tat unter den ungeschlachten Bestien, die man Knochentiere nennt, den ersten Rang einzunehmen. Bisher hatte ich immer die Vögel für die bevorzugtere Klasse gehalten, nicht nur, weil sie uns am gefährlichsten sind, sondern weil sie sich in vielen Dingen den Ameisen wirklich auffallend nähern. Sie bauen Nester, haben eine äußere schützende Federhülle, besitzen Flügel und legen sogar Eier. In dieser Hinsicht steht der Mensch weit hinter ihnen zurück, mit Ausnahme des Nesterbaues. Es scheint kein Zweifel, daß die Menschen sogar gleich uns gemeinsame Stöcke anlegen, welche zwar nicht geräumig genug sind, um einen ganzen Staat zu umfassen, aber doch immerhin für ein so großes Tier eine nennenswerte Leistung darstellen. Danach müßte man annehmen, daß sich die Menschen einigermaßen untereinander verständigen können; unzureichend genug mag das sein, da ihre Fühler so grob organisiert sind!

Eine Beobachtung, die ich früher einmal selbst gemacht habe, scheint dafür zu sprechen. Ich sah einen noch nicht ganz erwachsenen Menschen im benachbarten Felde auf einem Apfelbaum sitzen und fressen. Ein größerer schlich sich heran, hob den einen Fühler in die Höhe und ergriff jenen am Beine, so daß er herabfiel. Es schien mir dabei, als wenn der andere Fühler noch einen dünneren Fortsatz hätte, der sich in schwingender Bewegung befand. Beide Menschen betasteten sich hierauf lebhaft mit ihren Fühlern, worauf der kleinere plötzlich in großer Eile davonlief. Was mögen sie sich wohl zu sagen gehabt haben? Ob sie eine Sprache besitzen, oder ob alles nur auf Nachahmung beruht? Vielleicht hatte der kleinere Mensch schon in früheren Fällen die Erfahrung gemacht, daß das Davonlaufen mit irgend einem Vorteile verbunden sei. Oder sollte es sich um einen ererbten Instinkt handeln? Ich bin neugierig, was Ssrr über diese Frage sagen wird. Vorläufig bin ich erst bei der Beschreibung des menschlichen Organismus.

Larvensonne 5.

Wie weise hat doch die Erde selbst für ihre plumpsten Geschöpfe gesorgt! Auch beim Menschen ist der edelste und ameisenähnlichste Teil, das Gehirn, von einem schützenden Knochengerüst umgeben, während im übrigen Körper die festen Stützen im Innern liegen. Um wieviel höher steht somit die Organisation der Insekten, bei welchen der ganze Körper von der festen Chitinhülle umschirmt ist! Die Zoologen, welche nur den Körperbau in Betracht ziehen, wollen wirklich die Ameise zu den Tieren rechnen und ihr nur die höchste Entwickelungsstufe zusprechen. Aber ich lasse mir die Überzeugung von der ewigen Bestimmung des Ameisengeschlechts nicht rauben!

Ameise und Mensch sollen beide vom Regenwurm abstammen! Blödsinn!

Larvensonne 9.

Ob wohl die Menschen auch zu irgend etwas nutze sind? Sollte die unendliche Uremse bei der Schöpfung nicht auch ihnen eine Stelle im Weltall eingeräumt haben? Es scheint, daß sie wesentlich zur Vertilgung der so schädlichen Vögel beitragen. Und wenn sie auch keinen weiteren Zweck hätten, als uns zum Gegenstand wissenschaftlicher Studien zu dienen, so würden sie schon darum nicht überflüssig in der Welt sein. Sicherlich besitzen sie Gefühl und freuen sich ihres Daseins so gut wie wir, obwohl ihnen die höheren Ideale des Gemeinsinns sowie der Puppen- und Larvenpflege abgehen, und ihnen selbstverständlich das „Unbewußtsein der unvermeidlichen Handlungsweise“ fehlt. Ich kann mich daher mit der Ansicht nicht befreunden, daß man eine Expedition zur Erforschung des Menschengehirns absende. Ssrr verlangt, man solle eine Kolonie im Schädel eines lebenden Menschen anlegen, um die geistigen Fähigkeiten desselben zu ergründen. Aber mir scheint darin eine gewisse Grausamkeit zu liegen. Wie leicht könnte der betreffende Mensch darunter leiden. Es ist freilich nur ein Mensch, und sein Wohlergehen darf gegenüber dem Fortschritt der ameisenlichen Erkenntnis nicht in Frage kommen – – Während ich diese Aufzeichnungen meinem Keulenkäferchen übertaste, wendet es das Köpfchen und streichelt mich mit seinen Fühlern. Gewiß will es zeigen, daß es auch Luft und Schmerz empfindet wie unsereins. Es ist allerdings ein Insekt und steht uns näher als der Mensch, aber trotzdem sage ich: Auch der Mensch ist ein Lebewesen, auch er hat ein Recht auf unsere Schonung!

Wer weiß, ob uns das Klima des Menschengehirns zusagen würde? Unsere Mitbürger sollen sich derartigen Gefahren nicht aussetzen; mögen die Rotameisen ihre Abenteuerpolitik allein treiben!

Arbeitersonne 8.

Ärgernis mit den Sklaven. Sie haben die Zuckerkühe schlecht gemolken. Nr. 18 und 24 haben fünf Lasten Saft allein aufgegessen; wurden gründlich abgezwackt! Wahrhaftig, man wünschte manchmal ein unvernünftiger Mensch zu sein und in den Tag hinein zu leben. Was kennt so ein Mensch für Sorgen? Sie haben weder Eier, noch Larven, noch Puppen, und daß sie wirklich Haustiere und Sklaven halten sollten, wie Ssrr behauptet, kann ich nicht glauben. Wozu könnten sie die brauchen? Wenn sie auch ihre Jungen mit den Fühlern bearbeiten, was auf eine gewisse rudimentäre Erziehungskunst deutet, so hat doch jeder seine eigenen Kinder – Staatskinder kennen sie nicht. Welch niedriger Standpunkt!

Arbeitersonne 15.

Ich bin ganz erstaunt und betroffen! Was hat doch unser Geist schon entdeckt! Die Menschen können sich wirklich gegenseitig Mitteilungen machen. Eine Sprache im eigentlichen Sinne haben sie freilich wohl nicht, sie müßte denn auf so langsamen Schwingungen beruhen, daß unser feineres Organ sie nicht aufzufassen vermag. Ihre Sinne müssen überhaupt sehr grob gestaltet sein. Ssrr hat z.B. nachgewiesen, daß der Mensch in der Nacht absolut nicht sehen kann. Es kommt vor, daß Menschen, die in der Nacht nach Hause kommen, den Eingang zu ihrem Stock nicht finden.

Puppensonne 1.

Es wird wirklich eine Expedition zur Erforschung der Menschen ausgerüstet, aber man ist davon abgekommen, sie ins Gehirn zu schicken, sie soll sich vielmehr mit der Entdeckung der menschlichen Sprache beschäftigen. Man hat eine Beobachtung gemacht. Wenn ein Mensch für einen andern eine Mitteilung hinterlassen will, so überträgt er nicht, wie wir, seinen Gedankenprozeß durch Fühlerschwingungen chemigraphisch auf den lebendigen Organismus eines Keulenkäferchens, welches denselben jederzeit reproduzieren kann, sondern er verändert mit Hilfe eines Saftes die Oberfläche einer hellen, blattartigen Substanz an ganz bestimmten Stellen, so daß darauf Zeichen entstehen. Der andere Mensch hält dieselben vor seine Augen und ist auf eine uns unbekannte Weise imstande, daraus die Meinung des ersten zu erkennen. Es muß wohl aber dieses Mitteilungsmittel ein ziemlich unvollkommenes sein, da man nach dieser Operation Menschen häufig den Kopf schütteln sieht, was man für ein Zeichen des Mißbehagens hält. Ssrr nennt jenen Saft „Tinte“, er soll bei den Menschen sehr hoch geschätzt sein und in einer besonderen Drüse, dem Tintenfaß, abgesondert werden. Diejenigen Menschen, welche das größte Tintenfaß haben, sollen im höchsten Ansehen stehen und von den andern gefürchtet werden. Ich vermute, daß jener Saft ähnlich ätzende Eigenschaften wie unsere Säure hat und im Kampfe ausgespritzt wird. Ob er auch giftig wirkt?

Puppensonne 3.

Man merkt, daß es Sommer ist. Wir haben schon eine Menge Puppen im Stock, ich glaube, es wird ein gutes Jahr. Einige von unsern Müttern fangen an recht alt zu werden. Die gute Xrr ist seit zwei Jahren nicht aus dem Stock gekommen, einen Menschen hat sie noch nie gesehen. Daß es solche Wesen gebe, hält sie für einen Aberglauben. Als ich ihr sagte, daß ein Mensch mit einem Schritt über einen ganzen Bau hinübersteigen könne, schlug sie die Fühler über dem Kopfe zusammen, und nur, daß er auf bloß zwei Beinen geht, beruhigte sie einigermaßen. Sie fand diese Geschichten von den Menschen sehr unschicklich und wollte nichts weiter hören. Dann aber fragte sie doch, ob bei den Menschen die Weibchen in der Jugend auch Flügel hätten und sie dieselben wie bei uns nach der Hochzeit ablegten. Ich erinnerte mich, bei Ssrr gelesen zu haben, daß es geflügelte Menschen gäbe, welche sie Engel nennen, und daß die jungen Weibchen von den Männchen öfter „mein Engel" genannt würden, wenn sie älter sind aber nicht mehr. Daraus ist wohl zu schließen, daß auch die Menschen nach der Hochzeit die Flügel verlieren.

Puppensonne 7.

Daß die Menschen auch religiöse Vorstellungen besitzen, hätte ich nicht geglaubt. Dennoch ist nach den Forschungen von Ssrr kein Zweifel daran, wiewohl es sich nur um einen ziemlich rohen Fetischdienst handeln dürfte. Sie haben nämlich eine besondere Art runder Platten von einem schweren, glänzenden Stoffe mit der Abbildung eines menschlichen Kopfes, die sie als ihre Götzen anbeten. Sie verehren dieselben über alles und tragen immer einige bei sich. Wer keine solche Götzenbilder besitzt und vorzeigen kann, wird als ein verworfener Mensch betrachtet und aus der menschlichen Gesellschaft ausgestoßen. Er kann es zu keiner angesehenen Stellung bringen und erhält nicht einmal die nötigsten Nahrungsmittel. Wer dagegen von jenen Götzenbildern eine große Menge in seinem Bau aufgehäuft hat, wird als ein heiliger Mann verehrt, alle beugen sich vor ihm, und er kann sogar die so hochgeschätzten Tintendrüsen für einige Götzenbilder erhalten.

Puppensonne 11.

Ein bewegter Tag. Die Arbeiter waren damit beschäftigt, unsern diesjährigen Erstlingen beim Auskriechen behilflich zu sein. Während sie ihnen die Puppenhülsen aufbissen und abzogen, saß ich wieder über meinem Ssrr, dem großen Erforscher der Menschen, den ich mehr und mehr verehren lerne. Hat er uns doch eine neue Welt eröffnet, einen Blick in den ungeahnten Reichtum der Natur an merkwürdigen Gestalten, und in jeder zeigt sich die Weisheit der unendlichen Uremse. Der Mensch, dieses riesige, täppische Tier, wie gefährlich wäre er unseren Staaten, wenn er bei seiner zweifellosen Intelligenz zugleich die idealen Triebe der Ameise besäße! So aber begnügt er sich mit der Anbetung seiner blanken Götzen, und sein ganzes Streben ist darauf gerichtet, möglichst viele derselben anzuhäufen. Und dies nicht etwa für die Gemeinschaft, sondern ein jeder sorgt nur für sich; eben hier zeigt sich die Weisheit des Schöpfers, daß er die Kräfte dieser gefährlichen Riesen zersplittert und sie zu einem Kampfe des einzelnen gegen den einzelnen antreibt. Wie dankbar müssen wir sein, daß wir als Ameisen ausgekrochen sind!

Mit derartigen Gedanken war ich beschäftigt, als wir plötzlich eine gewaltige Erschütterung des ganzen Baus verspürten. An einer Stelle drang das Tageslicht ein. Die Arbeiter stürzten sich auf die Larven und Puppen, um sie in Sicherheit zu bringen, während wir Führer zur Abwehr des Angriffs hinauseilten. Wir bemerkten, daß ein Mensch mit einem Baume – sie nennen es einen Stock – in unsern Bau gestochen hatte. Er stand ganz ruhig und sah offenbar zu, was wir beginnen würden. Sofort ging eine Anzahl Arbeiter an die Ausbesserung, während ein Häufchen mutiger Führer sich auf die Füße des Menschen stürzten und an ihm hinaufkletterten. Wir drangen durch das dicke Gewebe seiner Oberhaut und zwickten, stachen und spritzten dermaßen, daß der Mensch bald die Flucht ergriff. Leider hatten wir dabei große Verluste, nur wenigen, darunter mir, gelang die rechtzeitige Rettung. Denn, höchst seltsam, sobald der Mensch einige Schritte in ein Gebüsch sich zurückgezogen hatte, begann er sich zu häuten, unsere Truppen abzuschütteln und zu zertreten. Alsdann aber schlüpfte er wieder in seine Haut hinein und ging von dannen. Bei der Untersuchung des Kampfplatzes erkannten wir, daß auch der Mensch Verluste erlitten hatte. Unter den welken Blättern des Bodens fanden wir neben den Leichen unserer Tapferen zwei der blanken Götzenbilder und eine aufgesprungene Kapsel, in welcher sich ein weicher, gelblicher Gegenstand befand, wie es schien, eine Locke menschlichen Haares. Wir beschlossen sofort die erbeuteten Gegenstände in den Bau zu schaffen, sie waren jedoch zu schwer, und wir mußten daher erst nach Beihilfe schicken. Inzwischen schleppten wir wenigstens die Haarlocke ein Stück vorwärts. Während wir damit beschäftigt waren, kehrte der Mensch zurück, indem er offenbar am

Boden etwas suchte, vermutlich seine Götzenbilder. Da wir zu schwach waren, um den Kampf wieder aufzunehmen, verbargen wir uns. Als der Mensch endlich mit seinen blöden Augen die Kapsel erkannte, stürzte er freudig darauf zu und hob sie auf; doch schien er äußerst enttäuscht, als er die Locke nicht darin fand. Die Götzenbilder beachtete er merkwürdigerweise gar nicht. Endlich entdeckte er die Locke, wo wir sie verlassen hatten. Er nahm sie auf und drückte sie wiederholt an seine Lippen, dann barg er sie samt der Kapsel sorgfältig in einer Falte seiner Haut. Diesen Vorgang kann ich mir nicht erklären. Was konnte dem Menschen an dem bißchen Haar liegen, da er selbst einen ganzen Schopf besaß? Es müssen im Menschen noch Vorgänge stattfinden, welche uns unerklärlich sind. Instinkt oder Überlegung?

Die Götzenbilder schafften wir später mit großer Mühe in unsern Bau, wo sie den Grundstock eines Menschenmuseums bilden sollen.

Puppensonne 14.

Nachrichten von der Expedition. Es sind ganz ungeahnte Entdekkungen gemacht worden. Die Menschen haben außer dem Verkehrsmittel der Tinte in der Tat noch eine andere Sprache mit Hilfe ihrer Kiefer. Dieselben sind bei den älteren Weibchen stärker entwickelt als bei den Männchen. Die beiden eigentümlichen Hervorragungen an den Seiten ihres Kopfes dienen dazu, die Sprache zu verstehen. Wir allerdings können diese nicht wahrnehmen, aber unsere berühmten Physiker Hlmz und Krch haben ein Instrument erfunden, welches die von den menschlichen Kiefern der Luft mitgeteilten Schwingungen in Tastenvibrationen umsetzt und uns dadurch verständlich macht. Nun ist alle Aussicht vorhanden, daß wir mit Hilfe unserer bewaffneten Fühler bald die Menschensprache vollständig beherrschen werden. Auch ein Sehrohr ist konstruiert worden, wodurch wir selbst bei Tageslicht entfernte Gegenstände wahrnehmen können.

Flügelsonne 8.

Jetzt geht es lustig im Stock zu! Wir haben wieder eine geflügelte Jugend. Mädchen und Knaben tummeln sich draußen, es ist nicht leicht, sie zu hüten. Frei schweben sie in der Luft, wir alten Führer laufen unten herum und sind nicht imstande sie zu tasteln. Nun, das Vergnügen ist ein kurzes – wenige Sonnen, und die Flügel müssen fallen!

Flügelsonne 9.

Von der Expedition höre ich, daß die Menschen sogar Bücher über uns Ameisen geschrieben haben. Selbstverständlich lauter Unsinn! Von unsern Verkehrsmitteln haben sie keine Ahnung, unsere Organe deuten sie ganz falsch, weil sie sich nach ihren groben Sinnen richten. Sie wissen nicht, wie fein und modulationsfähig unsere Tasterschwingungen sind, und daß die Keulenkäferchen die Fähigkeit haben, diese Tasterschwingungen aufzunehmen, festzuhalten und nach Belieben wiederzugeben. Daher zerbrachen sie sich den Kopf, wozu wir die Keulenkäferchen im Stock halten und füttern, denn sie können nicht begreifen, daß diese unsere lebendige Bibliothek sind. Da bilden sie sich wer weiß was auf ein neues Instrument ein, was einer von ihnen erfunden hat, um die Töne festzuhalten und wiederzugeben. Wir haben einen solchen Apparat an unsern Keulenkäferchen schon seit Tausenden von Rundsonnen im Gebrauch. Und dabei wollen sich die Menschen zu den Kulturtieren rechnen!

Flügelsonne 12.

Heut hatte sich eine fremde Ameise in den Stock verirrt. Sie suchte sich zu verstecken, aber ein paar Sklaven erwischten sie gleich an den Fühlern. Wir forschten sie über die Verhältnisse ihres Baus aus. Er liegt am Straßengraben, wo alle Tage Menschen vorüberkommen, und es scheinen dort schöne Zustände zu herrschen. Wenn dies so fortgeht, werden sie geradezu entameist. So gehen sie damit um, den Knaben gleich nach dem Auskriechen die Flügel abzubeißen, damit sie nicht mehr frei in der Luft sich umhertummeln und austoben können. Sie sollen sämtlich zu großköpfigen Gelehrten und Führern erzogen werden und werden daher mit Galläpfeln gefüttert, um womöglich eine Tintendrüse wie die Menschen zu bekommen. Von früh bis abend übertastelt man sie mit den eingetrockneten Puppenhülsen früherer Generationen, von denen man annimmt, daß besonders begabte Gelehrte aus ihnen ausgekrochen seien. Die Namen derselben werden in Verse gebracht und müssen von den armen flügelberaubten Jungen auf Käfer übertastet werden. Der eine lautet:

Als edle Puppengreifer merk:
Bsr. Klts, Mgs, Schns, Prbs, Hms und Zrk.
Kfs 25 Sklaven fing,
Brx 20, 22 Lng.

So geht es weiter. Von jedem alten Führer müssen sie wissen, wieviel Sklaven und Puppen er eingebracht und wieviel Feinde er getötet hat. Ich sagte, ich fände das nicht gut, die Knaben hätten von der Natur die Flügel bekommen und verlören sie schon von selbst, wenn sie sie nicht mehr brauchten. Man solle sie nicht vor der Zeit entflügeln. Das ginge vielleicht eine Zeit lang, aber im nächsten Jahre würden sie schon sehen, was sie damit anrichten. Da erwiderte das freche Ding, bei den Menschen wäre es ebenso. Sie wurde hinausgeworfen. Hüten wir uns vor dem Vermenschen!

Flügelsonne 13.

Die Expedition hat einige hundert Stück Käfer zurückgeschickt, denen sie ihre Erfahrungen über die Menschen übertastet hat. Da gibt es zu studieren. Einzelnes ist gar nicht zu verstehen. Bei uns weiß jeder Arbeiter im Augenblick, was für den Bau zu tun ist, und ohne Zögern legt er Kiefer ans gemeinsame Werk. Bei den Menschen – und dies bemerkte schon Ssrr – hat jeder eine andere Ansicht; viele wechseln ihre Ansicht alle Tage. Aus welchem Grunde ist nicht ganz klar, der Wechsel scheint jedoch von der Windrichtung abzuhängen.

Unbegreiflich ist folgende Äußerung, die von einem Menschen berichtet wird: „Liebe Frau, ich habe 30000 Mark in der Lotterie gewonnen, sage aber niemand etwas davon, wir werden sonst in der Steuer erhöht." „Mark" sind offenbar die bekannten Götzenbilder, und „Lotterie" soll ein Volksspiel sein, wobei die Veranstalter Belohnungen erhalten. Sonst aber ist alles unklar. Erstens: „Liebe Frau!" Was ist „liebe", und was ist „Frau"? Ein Weibchen ohne Flügel? Dann aber ist sie doch Mutter und Königin, wie kann sich ein Männchen erdreisten, sie als seine liebe Frau anzureden? Und Steuer – was ist Steuer? Es muß doch wohl ein Übel sein, da der Mensch es vermeiden will. Nach der Erklärung unserer Gelehrten soll aber die Steuer bei den Menschen ein Hauptlebenszweck sein – wie also kann sie ein Übel heißen? Was mich indessen am allermeisten stutzig macht, ist der Ausdruck: „Sage es niemand." Wie kann man etwas, was ist, nicht sagen wollen? Etwas, was nicht ist, kann doch überhaupt nicht gesagt werden, und was ist, kann durch die Rede nicht anders gemacht werden. Oder sollte es bei den Menschen möglich sein, daß etwas, was für einige ist, für andere nicht sein könnte? Das scheint mir ein unlösbarer Widerspruch.

Flügelsonne 15.

Mit einigen Führern und 56 Arbeitern auf der Jagd. Da sahen wir denselben Menschen, der uns einmal angegriffen hatte, aber diesmal war noch ein Weibchen bei ihm. Sie schienen sich sehr angelegentlich zu unterhalten. Mehrmals näherte er seinen Fühler dem ihrigen, den sie aber immer wieder zurückzog. Ich bewaffnete mich mit einem Krch'schen Sehrohr und einem Hlmz'schen Schalltaster und wagte mich bis auf das Haar des Weibchens. Es schien mir von derselben Art zu sein wie die neulich gefundene Haarlocke. Mit Hilfe des Schalltasters hoffte ich ihr Gespräch zu verstehen, aber ich konnte nur so viel wahrnehmen, daß sie mehrmals sagte: „Nein, nein – wir dürfen uns nicht wiedersehen." Der Mensch ging darauf sehr betrübt fort, gab ihr aber vorher ein Papier, das sie in die Haut steckte, oder vielmehr, wie wir jetzt wissen, in die künstliche Haut, welche die Menschen über die Naturhaut ziehen. Als er fort war, fielen einige Tropfen aus ihren Augen, wobei ich in größte Lebensgefahr geriet, weil sie sich über Gesicht und Haar strich. Dann setzte sie sich unter einen Baum und hielt das Papier vor ihre Augen. Endlich ließ sie es in den Schoß sinken und saß lange unbeweglich davor. Nun zwackte ich sie in den Hals. Sie sprang auf, das Papier fiel herab, und der Wind trug es in ein Gebüsch, wo sie es nicht wieder erreichen konnte. Die Arbeiter, welche schon Verstärkung geholt hatten, waren bei der Hand, und 200 Mann schleppten das Papier in den Bau. Wir mußten das Menschenmuseum erweitern. Auf dem Papier stand ein Gedicht, das wir mit Hilfe einiger von der Expedition zurückgekehrten Gelehrten übersetzten. Es lautete:

Eine Herrin hab' ich mir erkoren,
Lieb' und Lieder sind ihr zugeschworen!

Ihres Auges Winke sind Befehle
Und ihr Lächeln Sonnentrost der Seele.

Worte, die von ihren Lippen schweben,
Müssen weiter mir im Herzen leben.

Wie ich tief sie hege im Gemüte,
Sproßt daraus des Liedes zarte Blüte.

Und von ihrer Nähe Licht getroffen
Wagt es sich hervor zu frohem Hoffen.

Eine Herrin hab' ich mir erkoren,
Lieb' und Lieder sind ihr zugeschworen!

Es ist gewiß merkwürdig, daß ein so rohes Tier wie der Mensch überhaupt derartige Kunstleistungen zustande bringt. Aber einen Sinn kann man freilich nicht darin finden. Erstens ist es schon Unsinn, daß ein Führer – und ein solcher muß doch der Mensch sein, denn gewöhnliche Männchen und Arbeiter können nicht Verse machen – daß ein Führer von einem Weibchen sich etwas befehlen lassen sollte. Und dann, was ist überhaupt *Liebe?* Ein Wort, mit dem die Menschen gern umherwerfen, aber ich glaube nicht, daß sie sich selbst dabei etwas denken. Wir wenigstens verstehen es nicht. Man sorgt für Puppen und Larven und für das Wohl des Staates, aber das ist doch alles selbstverständlich – – und Liebe? Das muß wohl einer von den menschlichen Instinkten sein, über die wir, dank unserer Ameisenwürde, erhaben sind.

Flügelsonne 25.

In der Beherrschung der Sprache und Schrift der Menschen habe ich gute Fortschritte gemacht. Ich versäumte keine Gelegenheit, den Menschen zu studieren, der sich oft in unserer Nähe einfindet.

Flügelsonne 26.

Je näher ich die Menschen kennen lerne, um so mehr muß ich diese unglücklichen Geschöpfe bedauern. Nur das nehmen sie wahr, worauf sie direkt ihre Sinne richten, und wie eng begrenzt sind diese! Der Erdboden, der Träger alles Weltlebens, verschließt ihnen seine unendlichen Feinheiten, bis zu denen ihre blöden Augen nicht hinabreichen. Und selbst wenn sie es täten, wie wenig könnten sie unterscheiden! Denn all' die mannigfaltigen, die schnellsten Kräuselungen des Äthers gehen spurlos an ihren groben Nerven vorüber. Sie fühlen nicht den magnetischen Pulsschlag der Erde, nicht die Kristallisationskraft der Stoffe, nicht die Verwandtschaft der Säfte und die Spannungen der Pflanzenzellen, das Gras hören sie nicht wachsen und die Musik der sich teilenden Spaltpilze ist ihnen versagt. Nur im betäubenden Tageslicht vermögen sie ihren Pfad zu finden, und achtlos stampft ihr breiter Fuß über die Wunder der Schöpfung. Ihr Kopf ragt hinein in die hohle, gestaltlose Luft, in welcher kein Unterschied und kein Gebilde zu erkennen ist. Welch' feine Symbolik der Natur liegt schon hierin, daß der Mensch den Kopf aufgerichtet hält im leeren Nichts, die Ameise aber ihn gesenkt trägt zum lebensvollen Boden, dem Wohnplatze der Uremsenheit. Und während wir hier den Gesetzen des Lebens nach sicherer Leitung folgen, irrt der Mensch, ein beklagenswertes Einzelwesen, in ewiger Unbestimmtheit umher, von schwankenden Instinkten getrieben! Einer ihrer größten Führer hat gesagt: „Zwei Dinge erfüllen das Gemüt mit immer neuer und zunehmender Bewunderung und Ehrfurcht: Der gestirnte Himmel über mir und das moralische Gesetz in mir" – – Wenn dies das Beste ist, was sie haben, so sind sie zu bedauern, denn ich weiß damit keinen Sinn zu verbinden. *Über* mir, und wenn ich auf den höchsten Baum klettere, sehe ich nicht, was sie Sterne nennen – und *in* mir – ich weiß nur, daß alles so ist, wie es ist – was bedeutet das Gebot: Es *soll* sein? Oder sollte es noch etwas geben, was selbst wir nicht zu begreifen vermögen?

Beutesonne 22.

Nach langer Pause kehre ich zu meinem Buche zurück.

Was ist Liebe? Die Frage ließ mir keine Ruhe. Immer kehrte sie mir wieder, und immer wieder zerbrach ich mir vergeblich den Kopf. Es schien mir eine Schande für das Ameisengeschlecht, daß es uns nicht gelingen sollte, die von uns abweichenden Eigentümlichkeiten des rohen Menschen kennen zu lernen und zu erklären, und da das Problem der Liebe nicht zu den Aufgaben gehörte, welche unserer Expedition ausdrücklich gestellt waren, so trieb mich Wißbegier und – gesteh' ich's nur, obwohl dies fast nach menschlicher Ansteckung aussieht – auch eine Art von Ehrgeiz, die Lösung der Frage auf eigene Gefahr zu versuchen. Es war ein Leichtsinn! Mit Schaudern denke ich an die Tage zurück, welche ich verleben mußte – ein Wunder, daß ich sie überleben konnte!

Ich begab mich so oft wie möglich an die Stelle, an welcher wir die Menschen beobachtet und das Gedicht erobert hatten. Fast jeden Tag sah ich den Menschen dort auf einem Baumstamm sitzen und über das Wasser des kleinen Teiches hinweg in die Ferne schauen, ohne daß ich irgend einen Gegenstand entdecken konnte, welcher der Aufmerksamkeit eines Menschen mir wert schien. Endlich – es war an der zweiten Beutesonne, fast der ganze Stock war auf dem Kriegspfade, und ich saß wieder über dem Menschen an dem alten Platze – endlich bemerkte ich auf dem Menschenwege am andern Ufer des Wassers jenes Weibchen, aber nicht allein, sondern in Gesellschaft eines älteren, wie ich an dem langsamen Gange bemerkte. Der Mensch sprang auf, aber sogleich setzte er sich erschrocken wieder hin und verbarg sich hinter dem Laubwerk. Lange blieb er so, den Kopf in die Hand gestützt, traurig sitzen. Sonst war er so schnell und freudig dem Weibchen – ein Mädchen nennen es die Menschen – entgegengegangen, und jetzt versteckte er sich? Es war mir unerklärlich. Er zog seine Schreibtafel hervor. Ich näherte mich unbemerkt, und da ich jetzt die nötige Übung im Übertasten der Menschenschrift besitze, gelang es mir, was er sehr langsam und in Pausen niederschrieb, zu verstehen. Es lautete:

Nach dem Wege späh' ich am Weiher drüben,
Ob du kommst, Geliebte, herabzuwandeln –
Ach, zu tief herniedergebeugte Zweige
Hemmen den Blick mir!

Aber sieh, von rosigem Lichte schimmert
Dort im Uferschatten die leichte Welle,
Von den Strahlen deines Gewands getroffen
Hold dich verratend.

Ach warum, warum nur im Widerscheine
Darf ich deine süße Gestalt erblicken?
Ach warum, du Liebliche, soll ich niemals
Selbst dir begegnen?

Ewig scheidet neidisch die dunkle Fläche
Von einander uns die ersehnten Wege,
Und herüber zittert nur deines schwanken
Bildes Erscheinung.

Ja warum denn? Er brauchte doch nur um den Teich herumzugehen – Wie dumm doch die Menschen sind! Ich beschloß, das Äußerste zu wagen, um dieses Warum zu ergründen. Der Mensch schickte sich an fortzugehen. Ich begab mich auf ihn, ich ließ mich von ihm tragen –

ins Fremde, ins Ungewisse – wahrscheinlich in den Tod! Aber ich wollte es wissen – was ist Liebe?

Der Weg war weit, wir hätten auf eigenen Füßen wohl eine Tageswanderung gebraucht. Da blieb der Mensch so plötzlich stehen, daß ich fast herabgefallen wäre. Und eben so plötzlich setzte er seinen Weg fort. Die beiden Weibchen kamen ihm entgegen. Nun hatte er ja seinen Wunsch erreicht, jetzt konnte er wie früher mit ihr reden. Und ich erwartete, daß sie ihm entgegenspringen werde. Aber was geschah? Sie sah ihn gar nicht an, er hob schweigend den Arm nach dem Kopfe – ich verlor das Gleichgewicht und flog durch die Luft. Als ich wieder zur Besinnung dessen kam, was eigentlich mit mir geschehen sei, waren beide, der Mensch und die beiden Weibchen, schon ein Stück von einander entfernt, und bald verlor ich den Menschen aus dem Gesicht. Ich saß nämlich, wie ich jetzt bemerkte, in dem Gewande des Mädchen. Hier hielt ich mich verborgen, ich weiß nicht wie lange.

Eine plötzliche starke Erschütterung des Kleides warf mich auf den Boden. Als ich imstande war mich umzusehen, fand ich mich in einer Menschenwohnung. Das Weibchen war allein, aber sie hatte jetzt ein weißes Gewand an. Es war dunkel im Zimmer, nur auf dem Tische, an welchem das Weibchen saß, leuchtete eine helle Flamme. Ich sah mich in meinem Schrecken zunächst nach einem Zufluchtsort um, dann aber besann ich mich meiner Aufgabe und wanderte mutig dem Lichte entgegen. Auf dem Tische angelangt, verbarg ich mich in einem dort stehenden Blumenstrauße und konnte nun das Weibchen genau beobachten. Sie hielt ein Bild – die Menschen ahmen merkwürdig geschickt alles nach, was sie sehen – in ihrer Hand; einige Blätter Papier, in denen sie eben gelesen, lagen neben ihr. Ich hatte später – leider! – Gelegenheit, den Inhalt genau zu vermerken und will ihn sogleich hier verzeichnen unter der Überschrift:

Lieder des Menschen

Ja, ich bin glücklich, wenn ich dich gesehn,
Wenn ich ein Lächeln, einen Blick gewonnen!
Beseligt kann ich meine Wege gehn,
Wo ich auch wandle, strahlen milde Sonnen.

Die milden Sonnen sind die Augen dein,
Sie leuchten mir ins Schattenreich des Lebens.
So lang' ich atmen darf in ihrem Schein,
So lange, weiß ich, leb' ich nicht vergebens.

Ja, ich bin glücklich, wenn ich dich gesehn!
Du bist der stille Segen meiner Tage;
Denn alles Glück ist mir durch dich geschehn,
Seit ich dein Bild im tiefsten Herzen trage.

Unbegriffen, wie die Welt
Sich erfüllt in eignem Weben,
Hat sich wundersam gesellt
Ein Gedanke meinem Leben.

Daß ich nimmermehr mein Sein
Von dem deinen weiß zu scheiden,
Daß ich dein und daß du mein,
Und daß alles ist uns beiden.

Daß ich dein gedenken muß,
Ob ich nahe dir, ob ferne?
Und daß meiner Sehnsucht Kuß
Ewig weilt bei meinem Sterne.

Wenn ich dein gedenke,
Wird die Welt mir fern,
Meine Seele schwebet
Über Raum und Stern.

Wenn ich dich erblicke,
Wird mir heiß zu Sinn,
Unruhvolles Treiben
Drängt nach dir mich hin.

Wenn ich leise rühre
Hand an deine Hand,
Ach, in sel'ger Enge
Haft' ich festgebannt.

Du siehst mich leben, siehst mich ruhig wandeln
Die ausgetretnen Gleise meiner Tage.
Ja, ich kann lächeln, kann verständig handeln
Und vorwärtsschreiten – das ist keine Frage.

Doch dir ins Ohr muß ich es anvertrauen:
Ich bin's nicht mehr, nicht ich, der sich gestaltet!
Ein Schatten ist's, ich fühl's mit tiefem Grauen,
Der seelenlos an meiner Stelle waltet.

Die Seele floh, und dich hat sie erkoren,
An deinen Augen hängt sie, deinem Munde!
Gib sie zurück! Doch nein, sie sei verloren –
Gib *deine* Seele mir, daß ich gesunde!

Mein herrliches Lieb, wie schlimm sie es quälen,
Die bösen Leute mit arger List!
Doch gräme dich nicht! Laß sie reden und schmälen!
Sie wissen ja nicht, wie hold du bist.
Und was die Welt auch Närrisches spricht,
Du gräme dich nicht!

Komm, neige dein Haupt, und mit süßen Schauern
Berühren die bebenden Lippen es leis'
Und flüstern: Entfliehe dem Spähen und Lauern,
Noch birgt sich die Liebe, wo niemand es weiß.
Uns ward ein Geheimnis, das keines durchbricht,
O gräme dich nicht!

Wohl kenn' ich ein Reich, kein König besitzt es,
Ich hab' es gegründet für dich allein.
In goldigem Schimmer funkelt und blitzt es,
Dort führ' ich als wonnige Herrin dich ein.
Dort glüht uns des Märchens unsterbliches Licht!
O gräme dich nicht!

Dem Winke gehorchend im schillernden Kleide
Umschwebt dich der Träume lebendiger Tanz;
Es leuchtet im Haar als Fürstengeschmeide
Dir meiner Lieder frisch blühender Kranz!
Dort will ich dir dienen in zärtlicher Pflicht –
O gräme dich nicht!

Ich weiß es nicht, wo die Geliebte weilt
Und was sie schafft mit den geweihten Händen,
Wer ihres Wandels holde Nähe teilt,
Wem ihre Augen, ach, mein Glück verschwenden!

Ob sie in Sorgen wacht, ich weiß es nicht,
Ob sie das schöne Haupt geneigt zum Schlummer –
Vielleicht, o Gott, gebeugt der strengen Pflicht
Muß jetzt sie lächeln unter ihrem Kummer.

Doch weiß ich eins: Mit ihrem Schmerz allein
Wildschluchzend bebt sie auf in heißem Sehnen –
Ich weiß, auch sie – auch sie gedenket mein
Und heimlich trocknet sie die stillen Tränen.

Es ist mein Stern aus seiner Bahn gegangen,
Und seiner Pole Umsturz ward vollbracht.
Nun wandel' ich am Tage traumbefangen
Und grübelnd bang durchwach' ich meine Nacht.

Ich blick' empor, und meine Sinne irren
Befremdet in der dunklen Welt umher.
Sind es nur Nebel, die den Weg mir wirren,
Sperrt ewig ihn das abgrundtiefe Meer?

Noch glüht ein Schimmer mir aus Wolken nieder,
Ein ferner Hoffnungsstrahl, der sie durchbricht.
O raub' ihn nicht! Gib mir das Leben wieder!
Geliebte Sonne, gönne mir dein Licht!

Das Bild war ihrer Hand entfallen. Mit Erstaunen sah ich, daß es den Menschen darstellte, an welchem sie heute so kalt vorübergegangen war. Und jetzt – unbegreiflich – erfaßte sie wieder das Bild und drückte ihre Lippen darauf – gerade wie es der Mensch mit jener Haarlocke gemacht. Ich weiß jetzt, daß dies das Zeichen der höchsten Billigung bei den Menschen ist, wie aber ist es erklärlich, daß sie dies bei dem Menschen tat, den sie eben so schlecht behandelt hatte? Dabei rannen Tropfen aus ihren Augen. Jetzt begann sie selbst zu schreiben. Auch ihre Zeilen hatte ich Zeit genau zu studieren.

Lieber teurer Freund!
Freuen Sie sich nicht, daß Sie einen Brief von mir erhalten, er wird Ihnen eine Enttäuschung bringen, aber es muß sein. Es ist mir klar geworden, ich kann das Leben nicht mehr ertragen, das ich führe, es ist ein Leben der Lüge. Ich betrüge meine Eltern, ich betrüge die Ihrigen, und so lebe ich in einer ewigen Furcht vor Entdeckung. Schon ist meine Mutter mißtrauisch geworden, ich habe Sie deswegen gemieden – so schwer es mir wurde. Es muß noch Schwereres geschehen, ich darf Sie nicht wiedersehen. Ich weiß keinen andern Weg. Eine Entdeckung wäre mir entsetzlich, und wir würden dann unter Schimpf und Schande getrennt. Das wird Ihre Liebe nicht mir zumuten wollen. Darum trennen wir uns freiwillig. Denn der andere Weg, daß wir den Unsern unsere Liebe bekennen, daß wir alles auf uns nehmen und der Welt um unserer Liebe willen trotzen, der ist uns verschlossen. Nie wird mein Stolz gestatten, daß Sie um meinetwillen die glänzende Laufbahn aufgeben, zu der Sie bestimmt sind, daß Sie die Pflichten versäumen, welche Sie dem Leben schulden, daß Sie alle Schranken durchbrechen, um im Kampfe mit Not und Elend sich ein neues Dasein zu gründen – und anders wäre es nicht möglich, das wissen Sie. Und daß ich auch die Meinigen für immer verlieren würde, wenn ich Ihnen, dem Fremden, dem Andersgläubigen folgte – Nein, es kann nicht sein, und Sie selbst könnten es nicht, wenn Sie auch wollten. Ihre Liebe ist nicht für die Ewigkeit. Sie werden Lydia bald vergessen. Ich weiß, die Zeit ist nicht fern, in welcher ein anderes Bild das meinige aus Ihrem Herzen verdrängt – – Werden Sie glücklich, es ist besser so.

Ich weiß, wie schuldig ich bin, ich durfte Sie nicht anhören, wenn Sie so lieb sprachen – aber Gott weiß, in Ihrer Nähe hatte ich alles vergessen, was ich sagen wollte und mußte. Verzeihen Sie mir. Nie werde ich wieder gegen einen Mann freundlich sein, das sei meine Buße. Ich liebe Sie, ich will Sie lieben wie einen Freund und Bruder und Ihnen mein Leben lang danken für die glücklichen, unendlich glücklichen Stunden Ihrer Liebe. Jetzt sind wir frei, eine Zentnerlast fällt mir vom Herzen, da ich es Ihnen gesagt habe.

Schreiben Sie mir nicht wieder, an meinem Entschlusse können Sie nichts ändern, es könnte nur zu einer Entdeckung führen.

Lydia.

Ich dachte immer, Liebe sei der Instinkt, wodurch man etwas allem anderen vorzieht; nun sah ich, daß Liebe die Menschen von einander treibt. Das verstehe wer kann! – In meinem Forschungseifer hatte ich mich auf den Tisch gewagt, während Lydia, – das ist so ein Menschenname, den man gar nicht aussprechen kann – den Brief zusammenfaltete. In diesem Augenblicke ging die Tür auf. Lydia hatte kaum Zeit, die Papiere und das Bild zusammenzuraffen und in ein Schränkchen zu verschließen, das zu dem Tische gehörte. Das alte Weibchen war hereingekommen. Dies war, wie ich bald erfuhr, Lydias „Mutter"; bei den Menschen hat nämlich jeder seine eigene „Mutter" – ein mir nicht ganz klarer Begriff. Sie war ungehalten, daß Lydia noch schrieb, und fragte, was sie da so eilig verberge? Sie griff nach einem Blatte, das liegen geblieben war, aber jetzt erblickte sie mich, und mit dem Ausrufe: „Eine Ameise! Ich kann die Tiere in den Tod nicht leiden!" schlug sie nach mir. Ich entfloh unter das Schreibzeug, sie rückte es fort, sie jagte mich weiter, endlich aber gelang es mir mich zu verbergen, und wie ich aus meinem Versteck bemerkte, hatte Lydia inzwischen auch das letzte Blättchen gerettet. Wieder ein Beispiel von der Eigentümlichkeit der Menschen, sich gegenseitig manches zu verbergen!

Das Licht war verschwunden. Ich konnte mich nach kurzer Ruhe hervorwagen und meine Entdeckungsreise beginnen, denn im Finstern sehen die Menschen nichts. Mein Ziel war das Schränkchen, in das ich durch das Schlüsselloch eindrang. Ich fand Kästchen mit Schmucksachen, vertrocknete Blumen, Papiere und Briefe, und ich nahm mir vor, hier eingehende Studien zu treiben. Wenn irgendwo, so mußte hier zu entdecken sein, was Liebe ist, denn Lydia schien dies ja genau zu wissen.

Vergebens sah ich mich nach Lebensmitteln um. Mich hungerte und ich verließ wieder das Schränkchen. Weite Wanderungen legte ich unter Entbehrungen und Gefahren zurück, ich fühlte mich einsam und beklagte meinen Fürwitz. Schon nahte der Tag, und ich mußte daran denken mich zu verbergen. Da – ich atmete auf – spürte ich die Nähe von Honig. Ich drang durch die Ritze eines Schrankes, ich fand einen großen Vorrat – aber – andere Ameisen waren bereits dabei! Sie stürzten auf mich zu – ich war verloren, oder wenigstens zum Sklaven gemacht! Ich wollte tapfer sterben und rüstete mich zum Kampfe. Den ersten packte ich mit den Zangen – da berührten ihn meine Fühler, und – ich erkannte Rlf! Es war unser eigener Stamm, unsre Expedition, die hier ihr Vorratslager hatte. Im Triumphe führten sie mich in ihr Versteck unter den Dielen. Sie erzählten von ihren Entdeckungen, sie zeigten mir die große Anzahl übertasteter Keulenkäferchen, eine glänzende Bibliothek, aber vor allem hatte ich das Bedürfnis nach Nahrung und Ruhe. Beides wurde mir zuteil.

In der nächsten Nacht führte ich eine Abteilung unserer Expedition mit den nötigen Keulenkäferchen in Lydias Geheimfach, um die Akten der Liebe zu durchstöbern und aufzunehmen. Wir begannen zu übersetzen und zu übertasten. In unserm Eifer bemerkten wir nicht, daß draußen der Tag längst angebrochen war, als wir durch die laute Stimme der Mutter aufmerksam gemacht wurden. Noch hofften wir verborgen bleiben zu können. Wir lauschten mit unsern Ferntastern. Sie stritt mit Lydia und verlangte von ihr den Schlüssel des Schränkchens. Plötzlich wurden wir vom hellen Tageslicht geblendet, das durch die geöffnete Tür schien. Die Mutter guckte herein, aber ehe wir uns retten konnten, schlug sie die Tür wieder zu und schrie:

„Wieder Ameisen! Ein ganzes Nest! Und über den Honig sind sie auch gegangen. Wo ist der Spiritus? Wir wollen sie hineintun, Ameisenspiritus ist so gut gegen Rheumatismus. Ich will nur ein Töpfchen holen."

Ameisenspiritus! Entsetzlich! Was wollte man mit uns? Zerquetschen? Ertränken? Und nirgends eine Rettung? Wir kletterten zum Schlüsselloch; es war unzugänglich, der Schlüssel steckte darin – kaum ein Keulenkäferchen hätte sich durchdrängen können. Nirgends ein Spalt, eine Ritze, überall die glatte Politur – wir rannten ohne Überlegung umher. Da öffnet sich noch einmal die Tür auf einen Moment, Lydias Hand greift hinein und erfaßt das Päckchen Papier, das sie schnell in ihre Tasche gleiten läßt. Einige von den unsern werden dabei hinausgeschleudert und vernichtet. Die Tür ist wieder geschlossen. Wir hören die Alte zurückkommen, sie ruft nach dem Spiritus – da, beim Herausreißen der Papiere hat sich der Deckel eines Pappkästchens verschoben, wir kriechen durch den schmalen Spalt. Auf Watte lag ein großer gewundener Wurm von blankem Stoffe, wie ihn die Menschen am Arme tragen. Am Kopfe hatte er zwei Augen, in dem einen saß ein roter Stein, das andere war leer. Inwendig war der Wurm oder die Schlange hohl – hier konnten wir uns verbergen! Führer, Arbeiter und Keulenkäferchen, alles brachten wir in den Windungen des Armbands unter. Wir hörten die Mutter schelten – weder die Ameisen noch die Papiere fand sie!

Es folgten die furchtbarsten Tage meines Lebens. Der Schrank blieb verschlossen, aber auch das Schlüsselloch. Es war uns unmöglich zu entfliehen. Wenn Geräusch entstand, verbargen wir uns in dem Armband. Hier saßen wir zusammengedrängt, vom Hunger erschöpft. Nach einer solchen Flucht fanden wir die Papiere wieder im Schranke vor, wir studierten sie weiter trotz unseres erbarmungswürdigen Zustandes. Der Schlüssel war auch wieder abgezogen, aber es war ein anderer fester Gegenstand vorgeschoben, den wir nicht beseitigen konnten. Noch immer keine Aussicht auf Rettung! Wir versuchten das Papier zu verzehren, aber es bekam uns nicht.

Beutesonne 17. starb der Führer Mrs und fünf Arbeiter. Die Käfer sind noch wohlauf. Beutesonne 18. verloren wir einen Führer und zehn Arbeiter. Wir hatten beschlossen, einen Rettungsversuch zu unternehmen. Sich beim Öffnen der Tür hinauszuwagen, wäre direktes Verderben gewesen. Wir hatten jedoch bemerkt, daß, wenn die Tür aufging, an der Seite, wo sie sich drehte, ein schmaler Spalt entstand. Ein Führer und zehn Arbeiter sollten bei der nächsten Öffnung des Schrankes den Versuch machen, sich hier hinauszuschleichen. Gelang das Wagnis, so sollten die übrigen es später ebenfalls versuchen. Sie warteten an der passenden Stelle, aber – als die Tür aufging, wurden sie zu unserm Entsetzen durch die einwärts tretende Kante grausam zermalmt! Wir waren in Verzweiflung. Hoffnungslos untersuchten wir, was in den Schrank gelegt worden, – neue Papiere – was nutzten sie uns jetzt? Aber da, ein Päckchen, süß duftend – wir zernagen das Papier – eine dunkle, süße Masse, – wir kannten sie nicht, aber sie schmeckte herrlich! Wir waren vorläufig vor dem Hungertode gerettet! Mit erneuter Kraft ging ich an die Übersetzung der Papiere. Der Inhalt lautet:

O rede nicht mir von Verstand und Pflicht!
Wer hat der Liebe dunkles Reich ermessen,
Wo Wunsch und Tat sich selber widerspricht?
Ich kann es nicht, und will nicht dein vergessen!

Um *einen* Preis nur stand ich still zurück, –
Um *deinen Frieden* konnt' ich von dir lassen.
Doch gönn' ich die Geliebte nur dem Glück.
Und was dich elend macht, das muß ich hassen.

Ertragen will ich, was dein Wink befiehlt,
So lang' dein Lächeln leuchtet durch die Tage;
Wenn sich die Träne dir vom Auge stiehlt,
Wie wär' es möglich, daß ich dir entsage?

Wie fliehende Wetter, siegreich übersonnt,
Im Scheiden goldig glüh'n am Horizont,
So wirft das Leid auf seiner Flucht den Schein
Erneuter Hoffnung mir ins Herz hinein.

In heißen Tränen hab' ich dein gedacht,
In bittrem Groll die Tage hingebracht,
Den Wahn verflucht, der mir den Sinn bezwang,
Die Lieder alle, die ich liebend sang.

Und doch, der Strauß, von deiner Hand gepflückt,
Wie mir sein Duft die Seele neu berückt!
Und wie mein Lied die müden Schwingen regt,
Vom Tränenblick der Herrin ernst bewegt!

Was uns das Herz in seiner Qual verriet,
Es sei ein Band, das enger uns umzieht;
Und wenn das Leben mir das Glück entrafft,
Ich glaube darbend an der Liebe Kraft!

Sind die Tage nicht verronnen,
Sind die Rosen nicht verblüht,
Seit aus deiner Augen Sonnen
Mir der letzte Strahl geglüht?

Seit dein Wort zum letzten Male
Vom geliebten Mund getönt,
Nicht mehr an die erz'ne Schale
Hat der Stunden Schlag gedröhnt.

In ein ew'ges Jetzt erstarret
Ist der flüchtige Moment,
Und der dumpfe Schmerz verharret,
Und die Sehnsucht wühlt und brennt.

Mich vom Erdentod zu retten
Hast du mich der Zeit entrückt,
Und der Sinne Sklavenketten
Liegen machtlos und zerstückt.

Ob der Weltenlauf verronnen,
Ob der Sternenglanz versprüht,
Raumlos über allen Sonnen,
Zeitlos meine Liebe glüht.

Und hierunter stand von derselben Hand:

„Wie diese Blätter, so werde auch ich den Weg zu Dir finden, trotz alledem! Dein für immer."

Beutesonne 19. Der Schlüssel klirrte, wir flohen in das Armband. Aber, o Schrecken! Die Schachtel wird geöffnet – wir verbergen uns in der äußersten Windung – das Armband wird emporgehoben, Lydia hat es angelegt! Wir halten uns fest zusammen. Langsam verrinnt die Zeit, schwer werden wir durcheinandergeschüttelt, aber frische Luft dringt durch das Schlangenauge – Waldluft! Die Erschütterungen hören endlich auf – alles ruhig. Ich wage mich als Kundschafter hinaus – wir sind am Weiher! Lydia sitzt ruhig da – vielleicht können wir entfliehen – ich winke den Genossen. Da nahen Schritte, es ist jener Mensch! Lydia erblickt ihn, sie springt auf und schreitet eilig nach der anderen Seite, sie flieht ihn, und er wendet sich mit finsterem Blicke zum Gehen.

Da – ein Schrei – Lydia schleudert das Armband von sich – der unvorsichtige Rlf hat die Genossen hinausgeführt, sie wollten entfliehen, aber bei der ersten Berührung ihres Armes bemerkte Lydia, daß sie aus dem Armband hervorquellen – das goldne Gefängnis mit der ganzen Expedition liegt im Grase. Ich sehe noch Lydia wie versteinert stehen und auf ihren Arm starren, ich sehe den Menschen umkehren und sich ihr nähern, er fragt, ob sie verletzt sei, er ergreift ihre Hand, er blickt auf den Arm, er drückt ihn an seine Lippen, – nun endlich scheint sie sich zu besinnen, daß sie fliehen wollte – – Die Genossen sind schon auf der Wanderung nach dem Stock, ich allein hafte in Lydias Gewande, ich kann mich nicht entschließen, zu fliehen, bis ich gehört habe –

„Vertrau' mir", sagte er. „Ich bin dein, werde dein fürs Leben. Ich habe es durchgesetzt, mich von allen Schranken zu lösen. Ein bescheidenes Los, aber ein freies. Was ist mir die Welt ohne dich? Du bist mein Glück, meine Hoffnung, nur in deiner Liebe finde ich meine Kraft. Ich werde dich erringen, fürchte nichts!" Sie schweigt, sie weint. „Ich kann ja nicht anders," flüsterte sie endlich. „Ich habe gerungen gegen dich, gegen mich – ich war zu schwach. Nun komme was da wolle. Ich kenne nichts mehr als deine Liebe!" Er sank zu ihren Füßen, ich fiel zu Boden. Ich mußte den Genossen folgen.

Aber was ist Liebe? Ich habe es nicht erfahren. Das höchste Glück und das höchste Elend der Menschen? Sie werfen es fort, und dann vergessen sie alles um der Liebe willen? Den ganzen Staat für *einen* Menschen, die Welt um ein Weibchen? Unglückseliges, bedauernswertes Geschlecht! Wie weise sind doch die Einrichtungen der Ameisen! Wie herrlich das „Unbewußtsein der unvermeidlichen Handlungsweise!" – Morgen ist die erste Hochzeitssonne. So ist es ein Jahr wie das andere, und das ist gut so.

Hochzeitssonne 3.

Wieder ordentlich im Stock eingerichtet. Mögen die Menschen machen was sie wollen, ich habe höhere Pflichten, als mich um den Unsinn zu kümmern, den sie Liebe nennen. Bei uns läuft alles im Stock durcheinander. Es ist Zeit, daß die unnützen Esser, die Männchen, beseitigt werden.

Hochzeitssonne 5.

Am nächsten schönen Sonnentage, den wir haben, wird das Hochzeitsfest gefeiert. Es ist eigentlich schade, daß mein guter Freund Klx ein Männchen ist, in wenigen Tagen ist es mit ihm vorbei. Wäre er als

Führer ausgekrochen, so hätte etwas aus ihm werden können; für ein Männchen macht er sich viel zu viel Gedanken. Es scheint wirklich, als wären wir alle schon ein wenig angesteckt von der Zerfahrenheit und Unbefriedigung der Menschen. So fragte mich Klx, warum er nach der Hochzeit sterben müsse. Dumme Frage! Weil er dann nichts mehr nutze ist. Gewiß hat er einmal etwas von dem sogenannten Selbstzweck gehört, auf den sich die Menschen etwas einbilden. Und was dann aus ihm würde? Ob es wahr wäre, daß er in die Erde komme, in den großen Ameisenstock, wo es nur Führer gibt und keinen Winter? Und ob im nächsten Jahre und dann immer wieder es Männchen geben würde? Und ob hinter dem Walde noch andere Wälder und darin Ameisen und immer wieder Ameisen wären? Und warum es so viele gebe, wenn sie doch nie miteinander Krieg führen und Puppen erbeuten könnten? Es sei oft ein seltsames Gefühl in ihm, wenn er daran denke, daß alles dies wäre und geschähe und vorwärtsginge, gleichviel, ob er davon wisse oder nicht, und daß es so gar nicht auf ihn ankäme und er doch keine Flügel und Fühler habe und seines Lebens sich freue. Ich sagte ihm, das fühle freilich ein jeder, aber man dürfe davon nicht reden, weil sich durch keine Worte sagen lasse, was das Ameisenherz in sich erlebt, und wenn er es andern übertasten wolle, so werde es etwas ganz andres werden, als er in sich fühle, und es entstünde flaches Gered' und eitel Gezänk, und zuletzt zwackte man sich die Fühler ab. Dann wollte er gar wissen, ob bei den Menschen die Männchen auch nach der Hochzeit stürben – da hieß ich ihn die Taster halten, von den Menschen brauche er überhaupt nichts zu wissen, denn das sei eine Sache der Bildung, die nur die Führer anginge. Und damit schickte ich ihn fort. Soviel ich weiß, bleiben übrigens bei den Menschen die Männchen leben, sie sollen nur etwas träger werden. Es müssen dort merkwürdige Verhältnisse herrschen. Große Volksfeste haben sie wohl auch, aber an unser Hochzeitsfest dürften sie nicht heranreichen. Gerade die wichtigste soziale Frage scheinen sie als Privatsache zu behandeln. Wunderbar!

Hochzeitssonne 15.

Gestern war der große Tag. Die Sonne schien mild und warm. Hochzeitsgetümmel in den Lüften! Selige Ameisenschaft, heute Leben und Wonnesein, und dann ist's vorbei. Die Männchen sind heute fast alle schon dahin, auch unter den Weibchen haben die Vögel tüchtig aufgeräumt. Die übrig Gebliebenen haben wir zum größten Teile bereits in die Winterzellen gebracht. Für die Zukunft des Stockes ist gesorgt, und nun mag das Jahr zu Ende gehen.

Wintersonne 1.

Endlich ist der Rest der Expedition von den Menschen zurückgekehrt, Tausende von eingetasteten Käfern führen sie mit sich, wir müssen unsere Bibliotheksräume durch einen Anbau erweitern. Unsere Gelehrten haben mehrere Menschenbücher übersetzt, ich habe schon viel darin gelesen, aber wenig verstanden. Vielen Menschen soll es auch so gehen. Was sich die Menschen einbilden! Sie nennen sich die Herren der Schöpfung und wissen nicht, daß sie nur aus der Erde gewachsen sind, damit wir an ihnen unsern Verstand üben und unsern Geist unterhalten. Denn sonst wüßte ich nicht, was sie eigentlich nützen.

Wintersonne 5.

Die Abrechnung über unsere Eroberungszüge ist beendet. Das Jahr war ein mittelmäßiges, viel Verluste, aber auch reichliche Sklaveneinfuhr, dagegen wenig Puppen erbeutet. In mein Tagebuch schreibe ich nichts von den Kriegsgeschäften, es lohnt sich nicht. Die Menschen machen von ihren Kriegen furchtbar viel her, das kommt aber daher, weil sie dieselben gegen ihre Freunde und nicht gegen ihre Feinde führen. Denn von den Feinden heißt es ausdrücklich, daß sie sie lieben sollen. Aber da ist wieder das unverständliche Wort!

Wintersonne 8.

Heute noch einmal im Freien, vielleicht zum letzten Male. Das Laub fällt von den Bäumen, und die Herbstspinnen fahren durch die Luft. Wir sahen unsern Menschen wieder, und das Weibchen war bei ihm. Sie schienen sehr befreundet, denn sie streichelten und liebkosten sich – dabei sprachen sie in großer Furcht davon, daß andere Menschen sie sehen könnten. Er sagte:

Durch wirbelnde Blätter schritt ich dahin –
Was raunte der Wind mir ins Ohr?
„Du findest ihn nimmer, den süßen Gewinn,
Was suchst du, irrender Tor?
Verweht die Wege, entfärbt die Flur,
Grauwallende Nebel verhüllen die Spur,
Und ferne der Lenz und das Licht –
Die Blumen, sie blühen dir nicht!“

„Du wirbelndes Laub, du sausender Wind,
Mir habt ihr vergebens gedroht!
Nun bin ich getrost, nun schreit' ich geschwind,
Enthoben der quälenden Not.
Den Schleier durchbrach ein himmlisches Blau,
Mich grüßten die Augen der holdesten Frau
Und Wangen, die rosig erglüht!
Die Blumen, sie sind mir erblüht!"

Warum nur die andern Menschen davon nichts wissen sollten? Das Unaussprechliche verhandeln sie vor dem Volke in großen Versammlungen und das, wovon doch das Gedeihen des Stockes abhängt, scheuen sie sich zu besprechen. Trotz aller Ameisenähnlichkeit – sie bleiben doch immer bloß Menschen!

Wintersonne 16.

Es ist kalt geworden. Die Eingänge zum Stock sind verschlossen und verstopft. Heut haben wir den letzten Weibchen die Flügel abgenommen und sie in ihre Zellen gesteckt. Nun haben wir Ruhe!

Ich las in der Bibliothek in einem Menschenbuche eine seltsame Geschichte, die ich nicht glauben kann. Es war ein Mensch, wahrscheinlich ein Führer, der mehr wußte wie die andern und ihnen das alles sagte, weil er glaubte, daß es gut sein würde für den Stock; und das finde ich ganz selbstverständlich. Den andern Führern aber gefiel es nicht, weil er auch zu den Sklaven sprach, daß sie nicht geringer seien als die Führer. Da nahmen sie ihn und sagten, wenn er nicht seine Taster stille halte, so würden sie ihn totzwacken. Das ist ja auch ganz richtig, denn wer den Führern und damit dem Stock schadet, muß totgezwackt werden. Nun aber kommt das, was ich nicht verstehe. Der Mensch wurde nicht etwa still, sondern er fuhr fort: „Ihr könnt nicht richten über mein Gewissen, das mich heißt die Wahrheit zu künden. Höher als das Leben steht die Freiheit der Überzeugung. Totzwacken könnt Ihr mich wohl, aber meine Worte werden bleiben und ich sterbe gern für die Freiheit!"

Was soll das alles heißen? Freiheit? Dummes Zeug! Ich krieche in meine Winterzelle.

Unverwüstlich

Was marterst du das arme Hirn
Mit Fragen und mit Schlüssen?
Komm her und laß dir von der Stirn
Die finstern Falten küssen!
Mit Sorgen hast du nachgedacht
Dem Laufe dieser Dinge
Und zweifelst, ob der Liebe Macht
Den Weltprozeß bezwinge?

Wenn ich dir in die Augen schau',
Die lieben, klaren Augen,
Dann wissen wir ja ganz genau,
Warum wir für uns taugen.
Wir waren stets uns zugesellt,
Willst du dich recht entsinnen,
Seitdem im Raum sich dehnt die Welt
Und seit die Zeiten rinnen.

Ich glaube, daß du neben mir
Zum Zentrum dich gerichtet
Zuerst, da als Atome wir
Zur Sonne uns verdichtet.
Wir flogen dort schon Arm in Arm
Beim ersten Gravitieren,
Und wurden so gemeinsam warm
Und konnten oszillieren.

Und als der Nebelring in Glut
Geschleudert ward ins Weite,
Nicht sank uns der Atomen-Mut,
Du flogst mir zum Geleite.

Und als die Erde sich geballt,
Da hielt es uns nicht länger,
Uns band der Liebe Vollgewalt
Im Molekül noch enger.

Doch ach, entsetzlich war die Zeit,
Kaum mag ich mich erinnern;
Wir wurden grausam bald entzweit,
Mich trieb es nach dem Innern.
Dann sucht' ich, ach, von Ort zu Ort
Umsonst, die ich erkoren, –
Ich glaubte schon, es riß dich fort,
Als wir den Mond verloren.

So lebten fern wir und allein
Millionen wohl von Jahren;
Mein Herz, mein Herz war ewig dein –
Erst spät hast du's erfahren.
Als das Geschick von dir und mir
Sich endlich ließ erbitten:
In der Grauwacke krebsten wir
Als kleine Trilobiten.

Als in der Kohlenformation
Wir dann uns wiederfanden,
Warst du ein Labyrinthodon,
Ich lag in deinen Banden.
Auf deinen holden Wickelzahn
Sang ich ein Lied alsbalde,
Sah ich dich mir von ferne nah'n
Im Sigillarienwalde.

Im Trias und im Jura auch
Und im System der Kreide
Warst du nach treuer Liebe Brauch
Mir Trost und Augenweide.
Wir wurden endlich miozän

Und Säugetier-gestaltet;
Und selber in der Eiszeit Weh'n
Sind wir uns nicht erkaltet.

Und immer klüger wurden wir,
Als Jahr' auf Jahre gingen;
Ich bin gewiß, nur neben dir
Zum Menschen konnt' ich's bringen.
Denkst du daran, wie um und um
Vor uns die Tiere zagten,
Als wir noch im Diluvium
Den Höhlenbären jagten?

Mit meiner Axt von Feuerstein
Hab' ich in jenen Tagen
Rhinozerosse kurz und klein
Zur Freude dir geschlagen.
In unsrer Höhle saßen wir
Aus Knochen Mark zu saugen,
Und schon wie heute sah ich dir
In die geliebten Augen.

Und wo wir auch im Lauf der Zeit
Noch später uns getroffen,
Du warst allein in Luft und Leid
Mein Sehnen und mein Hoffen,
Ob wir am heil'gen Nilusstrand
Zum Isissterne blickten,
Und ob wir im gelobten Land

Vom Stock die Traube pflückten;
In Aphroditens heil'gem Hain
In stillen Mondesnächten,
Wie in des Zirkus dichten Reih'n
Beim grimmen Todesfechten;
Nach blutiger Barbarenschlacht
Im Flammenschein der Städte,
in deutsche Kirchen düstrer Nacht
Bei Weihrauch und Gebete.

Und heute wieder ganz modern
Lieb' ich dich ohne Maßen.
Ich grüße höflich dich von fern,
Treff' ich dich auf den Straßen.
Dein Bild, gemalt vom Sonnenstrahl,
In meiner Tasche trag' ich,
In Versen meine Liebesqual
Dir durch die Reichspost sag' ich.

Es zischt der Dampf, es saust das Rad,
Es regt sich ohne Endnis.
Es ringt die Welt mit Wort und Tat
Nach freier Selbsterkenntnis.
Und wenn zu neuem Leben wir
Hier wiederum erwachen,
Dann fahr' ich durch die Luft mit dir,
Sturmgleich, im Flügelnachen!

Prinzessin Jaja

Es war einmal eine Prinzessin, die hieß Jaja; aber leider hatte es mit ihr einen Haken, und deshalb haben wir unsere Geschichte falsch angefangen. Eigentlich können wir gar nicht beginnen, denn der Haken war eben, daß die Prinzessin nicht wußte, ob sie war. Also fangen wir noch einmal von vorn an.

Es war also einmal eine Prinzessin, und die war nicht. Das ist aber auch noch nicht der richtige Anfang. Denn solange die Philosophen noch nicht klar darüber sind, was das wirkliche Sein wirklich sei und wie es mit dem Erkennen zusammenhänge, fragt es sich doch, ob die Prinzessin wirklich nicht war, oder ob sie bloß nicht wirklich war. Und da in den Märchen immer alle Dinge dreimal vorkommen und erst das dritte Mal die Sache gelingt, so sehen wir nicht ein, warum es nicht gleich mit dem Anfange auch so sein solle und erst der dritte Anfang der richtige werde. Und nun kommt er. –

Es war einmal ein Königreich, das hieß Drüberunddrunter, und dazu gehörte auch ein König, Namens Hähäh. Dieser König besaß eine einzige Tochter, die reizende Prinzessin Jaja, mit der es leider den Haken hatte. Und das war so gekommen.

Die Prinzessin hatte eine Patin, natürlich eine Fee, und zwar eine echte, die noch von den alten heidnischen Göttern stammte. Das sind nämlich die vornehmsten, und von diesen sind wieder diejenigen die gebildetsten, die ihren Stammbaum auf den Olymp zurückführen können. Mit der Mythologie aber stand die Prinzessin wie die meisten jungen Damen von siebzehn Jahren auf schlechtem Fuße wegen der vielen schwierigen Namen, und darum konnte auch Jaja die Fee Dysthymos Kräkeleia – so hieß die Patin – nicht gut leiden.

Als die Prinzessin nun ihren achtzehnten Geburtstag feierte, kam auch Dysthymos Kräkeleia als Gratulantin und brachte ihr zum Geschenk einen Abreißkalender vom vergangenen Jahre, den sie in einem Schnittwarengeschäft zubekommen hatte. Denn die Fee hielt viel auf Geschenke, die nichts kosteten, außer wenn sie für sie selbst bestimmt waren. Das ärgerte nun wieder die Prinzessin, und als sie mit Kräkeleia bei der Schokolade saß, sagte sie ganz trübselig:

„Ach, liebe Patin, mein Mythologielehrer versteht doch gar nichts. Neulich wußte er nicht einmal, wie Ihre werte Frau Mama hieß."

Das war aber ein Stich, denn die Fee hatte keine Mama, sondern bloß einen Papa, und das war eben das Feine an ihr. Die Fee sagte also etwas gereizt:

„Nun, du solltest doch wissen, liebe Jaja, daß ich wie meine Schwester Pallas Athene keine Mutter habe. Wir beide rühmen uns, unmittelbar aus dem Götterkönig Zeus entsprungen zu sein."

„So, so", sagte Jaja, „Sie sind auch aus dem Haupte des Zeus entsprungen?"

„Das gerade nicht, aber aus einem Auge des Zeus."

„Und wo befand sich denn dieses Auge?"

„Naseweises Ding!" rief die Fee aufgebracht. „Ein Hühnerauge war's, aus dem ich entsprungen bin, unter der kleinen Zehe saß es. Sehr übler Laune war der Götterfürst, denn er hatte damals gerade vergeblich der schönen Freya nachgestellt, die droben hinter Grönland im eisigen Norden haust. Da hatte er sich Schneeschuhe untergebunden, und davon war das Hühnerauge gekommen. Als nun Pallas Athene aus seinem Haupte sprang, da ernannte er sie zur Göttin des Wissens und Forschens, zur Herrin aller berechtigten Fragen, welche die Menschen stellen dürfen. Mich aber, als ich aus dem Hühnerauge sprang, ernannte er zur Göttin aller überflüssigen Fragen, zur Herrin der Rätselmacher, Steuerabschätzer, Polizisten und Metaphysiker. Und weil du so überflüssige Fragen gestellt hast, so verwünsche ich dich hiermit zur Strafe für deine Neugier. Und du sollst nicht eher einen Mann bekommen, bis du die unnützeste Frage der Welt gefunden und gelöst hast."

Und damit verschwand Dysthymos Kräkeleia in Gestalt eines langen Fragezeichens.

Mit diesem Augenblicke kam ein großes Unglück über das Königreich Drüberunddrunter, es brach nämlich die Fragepest aus und gleich hinterdrein die Rätselseuche.

Daran war freilich Seine Majestät der König Hähäh selber schuld. Denn als er von der Verwünschung der Prinzessin hörte, war er gar nicht empört, sondern lächelte so allerhuldvollst, daß dem Großvezier zwei Westenknöpfe vor Wonne absprangen, und sagte:

„Wozu habe ich denn meine Professoren, meine Oberbrahminen,

meine Veziere und Oberhofchargen, wenn nicht wenigstens einer darunter so dumm sein sollte, auf die allerunnützeste Frage zu verfallen? Und im Notfalle bin ich selber noch da."

„Euer Majestät", sagte der Großvezier, „bemerkten soeben allerhöchst scharfsinnig, daß Ihre königliche Hoheit die Prinzessin nicht nur die Frage, sondern auch die Lösung derselben muß finden können."

„Sehr richtig", entgegnete der König, indem er den Würdenträger allerhöchsteigenfüßig auf den Rock klopfte, „dazu wird meine Tochter, die Prinzessin, schon klug genug sein. Aber die Frage, die Frage! Dazu gehört Dummheit, und die kann ich von meinen Beamten verlangen."

Nun ließ der König eine Konkurrenz ausschreiben. Wer die überflüssigste Frage in der Welt stellte, der sollte soviel goldene Erbsen bekommen, daß er darauf spazieren gehen könnte; wenn aber die Prinzessin die Lösung der Frage nicht herausbekäme, so müßte er die Goldstückchen in den Stiefeln tragen.

Da zerbrach man sich in Drüberunddrunter die Köpfe, daß es drunter und drüber ging.

Der Oberhofwolkengucker, welcher das Wetter anzusagen hatte, ob die Prinzessin den Sonnenschirm, den En-tout-cas oder den Regenschirm nehmen sollte, stellte die erste Frage.

„Warum geht die Sonne immer rechts herum und nicht links herum?"

Die Frage wurde für genügend überflüssig befunden, doch die Prinzessin konnte sie nicht lösen, und so bekam der Oberhofwolkengucker die goldenen Erbsen, aber inwendig.

„Was ist eher, der Tag oder die Nacht?" fragte der Obernachtwächter. Da mußte er auch die goldverengten Stiefel anziehen.

Der Oberbrahmine fragte, warum die Welt geschaffen sei; aber er hatte gleichfalls kein Glück damit. Und da er nun Urlaub nehmen mußte, so fragte der Unterbrahmine, ob er nun Oberunterbrahmine oder Unteroberbrahmine wäre. Das wußte die Prinzessin erst recht nicht. Nun jagten sich die Fragen wie die Flocken im Dezemberwind. Ist es besser, zuerst den rechten oder den linken Strumpf anzuziehen? Ist die Tugend grün oder karmesingestreift? Was ist das Ding an sich? Wer hat den Heringssalat erfunden? Was ist ein Matschakerl? Warum nennt man die Kartoffeln nicht Haifisch? Aber keine Frage erhielt den Preis, entweder waren sie nicht überflüssig genug, oder die Prinzessin konnte sie nicht lösen. Da gab es in Folge der Goldstiefel bald soviel Hühneraugen in Drüberunddrunter, daß Kräkeleia ihre Freude daran hatte.

Endlich kam der Oberhofgrundsatzfabrikant auf die feine Idee, die Sache müsse viel besser gehen, wenn man sie umkehre und nicht mit der Frage beginne, sondern mit der Antwort. Und wenn man die hätte, nachher könne man ja die Frage danach einrichten. Eine solche Einrichtung aber nennt man ein Rätsel.

Da ging den Leuten in Drüberunddrunter auf einmal ein Licht auf und sie fingen an Rätsel zu machen nach Herzenslust. Und damit die Prinzessin die Rätsel auch rate, so hielten sie es für das Beste, sie alle auf den Namen der Prinzessin zuzuspitzen. Denn den müßte sie doch kennen, und wenn sie nur „ja ja" sagte, so wäre das Rätsel schon geraten. Und dann wäre es immerhin eine erfreulich unnötige Frage, nach dem Namen der Prinzessin zu forschen, weil ihn doch jedermann schon wisse. Mit dieser Philosophie stieg die Rätselseuche auf ihren Höhepunkt. Der Oberhofhurraschreier schrie zuerst:

„Kommt Silbe eins vor Silbe zwei,
So schreit vor Freude man Juchhei!
Doch kommt die zweite vor der ersten,
So möchte man vor Freude bersten."

Das fand der König sehr gut.

Der Oberhofzoolog ließ sich ebenfalls hören und sprach:

„Drehst du es um, so ist's das faulste Wesen,
Von vorn kann es sogar ein Esel lesen."

Er meinte nämlich, daß man Jaja auch J-a – J-a aussprechen könne, und dann gibt es umgekehrt das Faultier Ay-Ay.

Hierin erblickte jedoch der Staatsanwalt eine tendenziöse Zerstükkelung und Körperverletzung des Namens der Prinzessin, und der unglückliche Oberhofzoolog wurde mit einer auf drei Jahre herabgemilderten Todesstrafe belegt.

Dies hielt die Bewohner von Drüberunddrunter indessen nicht ab, immer neue Rätsel zu machen. Die Kinder in der Schule, die Bettler vor den Türen, die Minister im Staatsrat und die Liebenden im Mondschein schmiedeten Rätsel. Die Geschäfte stockten, die Straßen verödeten, selbst die Eisenbahnzüge blieben stehen, weil die Lokomotiven anfingen, Rätsel zu fabrizieren. Das Königreich drohte zu verhungern, die Rätselseuche raffte Tausende dahin. Sechsunddreißig Millionen Rätsel waren eingeliefert, und der König ließ sich eine neue Perücke machen, nur um sich vor Verzweiflung die Haare ausreißen zu können. Denn er wußte nicht, welches Rätsel das beste sei. Die arme Prinzessin aber mußte Tag und Nacht die Rätsel vorlesen und auf jedes „Jaja" sagen.

Das wurde ihr denn doch zu bunt. Deshalb ging sie zu ihrem Herrn Vater und sprach:

„Euer Majestät wollen geruhen zu bedenken, daß doch alle diese Rätsel eigentlich nur einunddieselbe Frage sind. Aber es ist gar nicht bewiesen, daß diese Frage auch die überflüssigste ist, denn sonst hätte mir die Fee Kräkeleia sicher schon ihr Zeichen gegeben."

„Potz Blitz", sagte Hähäh, und schlug sich vor seinen allerhöchsten Schädel, „da hast du recht, meine Tochter."

„Sehr wahr", bemerkte der Großvezier. „Dies kann unmöglich die unnützeste Frage sein."

„Das hab' ich mir gleich gedacht", meinte der Unteroberhofbrahmane, „ich wollte es nur nicht sagen; aber wir waren offenbar auf dem Holzwege."

Und nun sahen alle ein, daß sie einen kolossalen Unsinn ausgebrütet hatten. Der Staatsrat erließ ein Gesetz, daß bei Todesstrafe alles Rätselmachen von jetzt ab verboten sei. Die sechsunddreißig Millionen Rätsel wurden in einem großen Freudenfeuer verbrannt, und der Staatsanwalt fuhr im ganzen Lande umher und fahndete überall auf Rätsel. Aber natürlich fand er keines mehr. Der Oberhofgrundsatzmacher jedoch, welcher die ganze Sache angestiftet hatte, bekam die engsten Stiefel, die aufzutreiben waren, mit Gold gefüllt und mußte darin die Landesgrenze überschreiten.

Die Prinzessin war nun zwar die Rätsel los, aber im übrigen war ihr nicht geholfen. Da ihr niemand im ganzen Königreiche die überflüssigste Frage der Welt zu sagen wußte, so fing sie an, selbst darüber nachzugrübeln. Oft schickte sie ihre Hofdamen fort und ging allein in dem großen, weiten Parke spazieren, der von einer unübersteiglichen Mauer umschlossen war.

Mitten in diesem Parke befand sich ein Hügel, darauf stand ein uralter Turm. Rings umher blühten die wilden Rosen, und bunte Falter spielten um ihre Kelche. Hier wandelte die Prinzessin am liebsten, und ihre traurigen Augen glitten oft an dem grauen Gemäuer vorüber und an der seltsamen Gestalt, die vor der Tür des Turmes saß und mit weltfernem Blick in die Weite sah. Wenn aber die Prinzessin sich abwandte, so folgten ihr die Augen des Wächters, und es glänzte darin geheimnisvoll, wie wenn der Nachthimmel sich im dunklen Bergsee spiegelt.

In dem Turme hauste einsam und abgeschieden von der ganzen Welt der Oberhofkrondiamantenzerklopfer. Es lag nämlich unter dem Turm in einem festen Gewölbe der größte Schatz des Königreichs, wie es keinen zweiten gab auf der Erde. Das war ein funkelnder Diamant, rein und weiß, und so groß wie ein Menschenherz. Niemand durfte ihn sehen und niemand hatte ihn gesehen, auch der König nicht. Niemand auch konnte in das Gewölbe dringen, vor welchem ein Zauberschloß befestigt hing, und außerdem war es jedermann verboten, den Turm zu betreten oder mit dem Oberhofkrondiamantenzerklopfer zu sprechen. Und dieser durfte nichts wissen von dem, was in der Welt vorging. Denn wenn von den Stimmen der Menschen oder dem Geräusch des Tages etwas bis zu dem Stein gedrungen wäre, so hätte der Stein blind werden müssen.

In einer schlaflosen Nacht war nun aber dem König eingefallen, daß einmal der Feind eindringen und sich des Schatzes bemächtigen könne. Und da der König bei Nacht ein sehr kluger Mann war, so fiel ihm noch weiter ein, daß es das Sicherste sei, jemand anzustellen, der nichts weiter zu tun habe, als darauf zu warten, daß einmal der Feind käme. Dann sollte er mit dem Zauberschlüssel, der an der Wand hing, das Gewölbe aufschließen und mit dem großen Hammer daneben den Stein in Stücke schlagen. Denn der Feind sollte auch seinen Ärger haben. Und deswegen hatte er das Amt des Oberhofkrondiamantenzerklopfers geschaffen.

Da aber niemand Oberhofkrondiamantenzerklopfer werden wollte, so ernannte er dazu seinen jüngsten Hirtenbuben. Der saß nun schon zehn Jahre in oder vor dem Turme und wartete. Weil er gar nichts zu tun hatte, so ging seine Seele in der weiten Welt spazieren, und weil er mit niemand sprechen durfte, so sprach er mit den Rosen am Hügel und mit den Wolken, die vorüberzogen, und in der Nacht mit den lichten Himmelssternen. Der Stein im Gewölbe aber durchstrahlte ihn mit einem unsichtbaren Lichte, und er wußte es nicht.

Als nun die Prinzessin eines Tages von dem Turm fortging, wandte sie sich einmal plötzlich um und sah, daß die Augen des Oberhofkrondiamantenzerklopfers auf ihr ruhten, und es war, als läge eine tiefe Frage in ihnen. Da dachte Jaja, daß es doch ihre Pflicht sei, auf alle Fragen zu achten, die sich ihr darböten, ob nicht etwa die überflüssigste dabei sei. So ging sie denn noch einmal am Turm vorüber; da sie aber den Jüngling nicht anreden durfte, so konnte sie ihn nur mit ihren Augen fragen; und der Jüngling sah sie wieder an, aber er sagte nichts.

Das ging nun so viele Tage lang. Immer häufiger wandelte die Prinzessin am Diamantenturm, und immer häufiger begegneten ihre fragenden Blicke den fragenden Augen des Oberhofkrondiamantenzerklopfers, und wenn sie beide wieder allein waren, zerbrachen sie sich den Kopf, was wohl die fragenden Blicke zu bedeuten hätten. Von dem vielen Gehen aber bekam die Prinzessin einen zarten Anflug von einem ganz, ganz kleinen Hühnerauge, und darüber war sie sehr glücklich. Denn erstens mußte sie dabei merkwürdigerweise immer an den Jüngling mit den dunklen Augen denken, und zweitens hatte ihr die Fee Kräkeleia sagen lassen, wenn sie auf dem richtigen Wege nach der unnützen Frage sei, so werde sie es an ihren Zehen spüren.

Endlich faßte sich Jaja ein Herz, und in der Meinung, daß es ihr, als der Prinzessin, doch nicht gleich an den Kopf gehen würde, wenn sie das Gebot überträte, fragte sie den Oberkrondiamantenzerklopfer äußerst gnädig:

„Warum siehst du mir nach, wenn ich vorübergehe?“

Der Jüngling schwieg eine Weile ganz erschrocken; denn seit zehn Jahren hatte ihn niemand angeredet, und nun gar eine so schöne junge Dame; dann sagte er mit leiser, wohllautender Stimme:

„Ich blicke dir nach, du Süße,
Und tausend, tausend Grüße
Send' ich dir zu von fern;
Und danke betend wieder,
Daß du uns stiegst hernieder
Zu wandeln auf diesem Stern.“

Die Prinzessin errötete ein wenig. Aber da auf einmal eine zweite Zehe sie zu schmerzen anfing, blieb sie stehen und fragte:

„Weißt du denn nicht, wer ich bin?“

„Nein“, erwiderte der Jüngling.

„Willst du mich etwas fragen?“ fuhr sie fort. Und da der Jüngling schwieg, setzte sie hinzu: „Ich bin die Prinzessin Jaja.“

„Woher weißt du das?“ fragte der Jüngling.

Nun schwieg die Prinzessin höchstlichst überrascht. Alles hatte sie schon im stillen in Frage gestellt, Sonne und Mond und den König Hähäh und sogar ihr Schoßhündchen Fiffi. Aber ob sie selber sei, das war ihr noch nicht eingefallen zu bezweifeln.

„Alle Menschen sagen es“, erwiderte sie endlich.

„Mir sagt es niemand“, sprach der Jüngling. „Ich weiß nichts von einer Prinzessin Jaja. Ich weiß nur, daß ich etwas Liebliches sehe und höre, und daß mir jetzt wohler ist, als wenn ich mit den Blumen und Wolken und Sternen rede. Warum muß es außerdem noch eine Prinzessin Jaja geben? Hier ist mein Glück, und sonst weiß ich nichts.“

„Aber ich bin doch da!“ rief die Prinzessin und trat mit dem Fuße auf. Ach, das tat weh! Und nun war sie böse, daß der Oberhofkrondiamantenzerklopfer an ihrer Existenz zweifelte. Sie drehte ihm den Rücken, ging mühsam nach Hause und zog sich Schlafschuhe an.

Aber schlafen konnte sie nicht. War sie vielleicht wirklich nicht da? Fast wollte es ihr so scheinen – es war alles ganz anders als sonst. So fern und fremd, als wenn es nicht zu ihr gehöre, als gehöre sie sich selbst nicht mehr. Und es war auch alles so gleichgültig, mit Ausnahme – ja mit Ausnahme – Wenn sie nur morgen wieder ausgehen könnte!

Was klang so leise vor ihrem Ohr wie ein Sang aus weiter, weiter Ferne?

„Der Tag entschwand, die Dämmerschatten schleichen,
Und immer muß ich fern und einsam sein?
Nur meine Träume können dich erreichen –
Ich bin allein.

Zum Rosenhügel sah ich einst dich schreiten,
Mein Glück entglomm aus deiner Augen Schein –
Warum entfloh es in verlor’ne Weiten,
Und war doch mein?

Mit deinem Herzen brich die Raumesschranke,
Laß mich in meinem Dunkel nicht allein!
Tritt frei zu mir, du holder Lichtgedanke,
Und bleibe mein!" – –

Das matte Ampellicht und der weiße Mondstrahl, der sich durch die Vorhänge schlich, schienen ein Zwiegespräch zu flüstern.

„Siehst du die Prinzessin Jaja?" fragte die Ampel.

„Nein", sprach der Mond, „ich sehe nur den Jüngling am Diamantenturm, der zu mir heraufstarrt."

„Im Vertrauen", sagte die Ampel, „ich sehe sie auch nicht mehr. Es liegt da zwar so etwas, das so aussieht; aber ich blicke in ihre Seele, die ist nicht mehr da, sie ist auf deinen Strahlen zum Diamantturm gezogen."

Die Prinzessin fuhr in die Höhe und klingelte.

„Der Oberhofbibliothekar!" herrschte sie die Kammerzofe an. „Er soll mir sofort den Gothaischen Hofkalender bringen!"

Da half nun nichts, der Oberhofbibliothekar, der glücklicherweise noch im Kasino saß, mußte heraus und auf die Bibliothek laufen. Zum Glück konnte er das Buch ausnahmsweise finden, denn es war das einzige Buch, welches die Bibliothek besaß, und so konnte er sich nicht irren.

Jaja riß ihm den Kalender aus der Hand und schickte ihn fort. „Ich will wissen", rief sie aus, als sie allein war, „ob ich existiere oder nicht! Hier muß es stehen, oder ich kann es nicht beweisen."

Sie suchte und blätterte die ganze Nacht. Die Sonne stieg empor, da war sie mit dem Buche zu Ende, aber das Königreich Drüberunddrunter, den König Hähäh und die Prinzessin Jaja hatte sie nicht gefunden. Eine schöne Redaktion!

Sie stand nicht im Gothaischen Hofkalender!

„Man kann es nicht beweisen", rief sie unter Tränen, „daß ich wirklich bin. O Kräkeleia, existiere ich?"

Die Decke öffnete sich, Dysthymos Kräkeleia erschien und überreichte Jaja zwei große Filzschuhe.

„Die Frage hast du gefunden!" rief Kräkeleia hämisch lachend. „Nun magst du diese Schuhe tragen, bis dir auch die Frage gelöst ist, ob du existierst."

Der König, welcher über diese Frage höchst entsetzt war, die Minister und sämtliche Gelehrten des Königreiches bemühten sich zu beweisen, daß die Prinzessin existiere – aber sie konnten sie nicht überzeugen. Die Schmerzen an den Füßen verschwanden nicht. Die Prinzessin wurde bleich und trübsinnig. Nur wenn sie sich in die Nähe des Turmes tragen ließ und dann ein paar Schritte zwischen den Rosen machte, atmete sie wieder auf und vergaß ihren Kummer. Aber sie wagte den Jüngling nicht mehr anzureden, nur ganz von der Ferne warf sie einen Blick auf ihn. Auch er sah so traurig aus!

„Was machen wir?" sagte der König zum Großvezier.

„Eure Majestät", erwiderte dieser, „geruhten soeben allerhöchst richtig zu bemerken, daß Ihre königliche Hoheit die Prinzessin – heiraten müsse."

„Sehr wahr", sagte der König, „da habe ich wieder etwas sehr Gutes bemerkt."

„Aber", fuhr der Großvezier fort. „Ew. Majestät geruhten zu wissen, daß die Prinzessin keinen Gemahl bekommt, ehe nicht die bewußte Frage gelöst ist."

„Sehr gut! Was sagte ich doch gleich weiter?"

„Daß es demnach in allen Königreichen auszuschreiben sei: Wem es gelinge, der Prinzessin Jaja von Drüberunddrunter zu beweisen, daß sie existiere, der solle die Prinzessin haben und das halbe Königreich dazu."

„Das halbe?" fragte der König. „Sagte ich nicht ein Drittel?"

„Das halbe ist das gewöhnliche", meinte der Großvezier, „und wir können uns nicht lumpen lassen – sagten Ew. Majestät."

„Nun gut denn!"

Alsbald drängten sich die Prinzen der benachbarten Königreiche am Hofe von Drüberunddrunter.

Der Prinz von Sensualien führte seinen Beweis mit großem Aufwande an Pracht und Schaukunst. Ein Orchester und ein Chor von tausend Stimmen brachte der Prinzessin ein Morgenkonzert; er meinte, wenn sie das höre, so werde sie doch wohl merken, daß sie da sei. Die Prinzessin aber sagte nur zu ihrer Dame: „Auf welchem Ohr klingt es mir?" Er sandte ihr drei Kubikmeter Rosen, aber die Prinzessin sagte nur: „Es riecht nach dem Diamantturm." Er ließ ihr zu Ehren ein Feuerwerk abbrennen, das fünf Millionen Taler kostete. Aber sie sagte nur: „Ich habe Funken vor den Augen."

Da rief der Prinz:

„Nun sehen Sie doch, daß Sie existieren! Wie könnten Sie sonst Ohrensausen und Funkensehen haben?"

„Das beweist nichts", entgegnete die Prinzessin. „Soviel weiß ich längst, es ist hier etwas, das hört, das riecht, das sieht. Ich rede sogar und kann kratzen, und mir tun die Zehen weh. Aber daß ich es bin, daß ich existiere, das ist ganz etwas anderes. Ich nehme mich nur wahr, wie ich mir erscheine, nicht wie ich bin. Es fehlt mir etwas, ich weiß nur nicht was. Früher war ich Jaja, jetzt bin ich nicht mehr Jaja – ich bin zerflossen, zerstreut, zergangen in alle Dinge – ich bin nicht ich, und wer mich wiederbringt, der soll mich haben."

Da kam der Prinz von Intellektel und bat um eine Unterredung.

„Prinzessin", sagte der Prinz, „denken Sie?"

„Ich weiß nicht", sagte Jaja.

„Wenn Sie nicht wissen, so denken Sie doch. Und wenn Sie denken, so sind Sie. Und wenn Sie sind, so sind Sie die meine!"

„Fehlgeschossen", entgegnete die Prinzessin. „Ich habe auch Philosophie gelernt. Wenn ich denke, so bin ich darum noch keine Substanz. Sie können nur sagen, es denkt in mir. Und es denkt in mir, daß Sie sehr langweilig sind."

Hierauf kam der Prinz Willibald von Moralien.

„Prinzessin", sagte der Prinz, „wollen Sie mich?"

„Nein", entgegnete die Prinzessin.

„Also Sie wollen doch etwas?"

„Ja, mich selbst."

„Also sind Sie doch ein wollendes Wesen?"

„Daß weiß ich nicht."

„Sie können doch nicht wollen, wenn nicht ein Zentrum, eine Einheit vorausgesetzt ist, auf welche das Gewollte bezogen ist, als auf dasjenige, welches durch das Wollen in dieser Einheit zu realisieren ist? Denn dies heißt doch Wollen? Nicht wahr? Oder was verstehen Sie sonst unter Wollen? Wollen Sie mir dies definieren?"

„Das habe ich nicht nötig", sagte die Prinzessin. „Sie sehen doch, ich will mich, und ich habe mich doch nicht. Also was wollen Sie?"

Da mußte der Prinz gehen.

Und so kamen der Prinzen noch viele und mußten wieder abziehen, wie sie gekommen waren, d. h. ohne die Prinzessin; und es war nur ein Glück, daß ihre Personen vor den Augen Jajas nicht mehr Gefallen fanden, als die Beweise für das Dasein der Prinzessin vor ihrem Verstande. Denn eine unglückliche Liebe können wir jetzt nicht mehr brauchen, oder unser Märchen müßte drei Schlüsse haben, wie es drei Anfänge hatte. Zum Glück aber hat es nur einen.

Und es hat wirklich einen!

Allmählich verliefen sich die Prinzen, und die Ärzte kamen. Das war noch viel schlimmer. Denn die Prinzessin wurde immer kränker und die Füße immer schmerzhafter. Der Oberhofsanitätsrat gedachte schließlich, die Sache sehr einfach zu erledigen. Wenn die Frage gelöst wäre, so würden die Filzschuhe verschwinden. Also umgekehrt, wenn man der Prinzessin die Füße abnähme, so wären die Schmerzen auch fort samt den Schuhen – und das müßte demnach auf dasselbe herauskommen.

Die Prinzessin, der schon alles gleichgültig geworden war, erklärte sich mit der Operation einverstanden. Aber ehe sie ihre Füße darangab, wollte sie noch einmal Gebrauch davon machen. Und so ging sie in ihren Filzschuhen zum Diamantturm.

Dort saß noch immer der Oberhofkrondiamantenzerklopfer und wußte nichts von der Welt und den Sorgen der Prinzessin. Nur daß er die Holde gar nicht mehr sah, die sonst hier wandelte, bekümmerte ihn. Er fragte sich, warum sie ihm wohl zürne, da ward er traurig. Dann dachte er wieder daran, wie schön sie sei, da ward er froh. Und in diesem Wechsel gingen seine Tage hin, und jeden Tag sprach er von Jaja zu den Rosen, die hier nie verblühten. Und gerade als die Prinzessin in ihren Filzschuhen ganz leise heraufstieg, sagte er:

„Im Dunkel meiner Seele quillt
Empor die wirre Flut der Fragen –
Doch klar und heiter naht dein Bild
Wie Sonnenglanz in Nebeltagen.

Laß deiner lieben Augen Licht
Dem fernen Träumer wieder scheinen,
Und meinem Glücke zürne nicht,
daß es umschlossen in dem deinen!

O wußtest du, wieviel du mir
In deinem Lächeln schon gegeben!
Nur meine Wünsche danken dir,
Die um dein Leben heimlich schweben.

Sei glücklich! Wie ein still Gebet
Klingt mir das Wort im Herzensgrunde,

So oft zu dir mein Denken geht,
Und also klingt es jede Stunde:
Sei glücklich!"

Die Prinzessin atmete tief, und Tränen traten in ihre Augen.

Der Jüngling erschrak, als er sie jetzt plötzlich erblickte, sie aber winkte ihm freundlich und setzte sich auf die Steinbank.

„Wer soll glücklich sein?" fragte sie.

„Du", sagte er und sah sie an, so daß sie die Augen niederschlug.

„Aber ich bin ja nicht", entgegnete sie traurig.

„Du bist nicht?" fragte er ganz erstaunt.

„Die Prinzessin Jaja ist nicht, sagtest du selbst."

„Daß weiß ich nicht, ob sie ist. Aber du bist, hier bist du, bist hiergewesen jeden Tag und jede Stunde!"

„Hier war ich?" fragte sie mit bebender Stimme. „Ist das wahr?"

Die Prinzessin sprang in die Höhe, denn auf einmal waren die Filzschuhe verschwunden, und mit einem Jubelschrei rief sie:

„Ich bin! Ich bin!"

Der Oberhofkrondiamantenzerklopfer aber nahm die Prinzessin in die Arme und führte sie in den Turm. Und dort saßen sie und kümmerten sich nicht darum, wie es in Drüberunddrunter ging.

Als es aber herauskam, wohin die Prinzessin verschwunden war, und man sie mit Gewalt holen wollte, da trat der Oberhofkrondiamantenzerklopfer in das Gewölbe und pochte mit seinem Hammer an den Stein. Der sprang auf, und sie konnten hineingehen, und es war ein herrliches Schloß darin und ein blühender Zaubergarten, von dem wußte kein Mensch. Da waren sie nun und brauchten gar nichts zu beweisen. Und so lebten sie herrlich und in Freuden.

Als nun der König die Prinzessin im Turme suchte, fand er dort niemand als die Fee Kräkeleia, die sagte zu ihm:

„Euer Majestät geruhen zu bemerken, daß die Prinzessin jetzt einen Mann bekommen hat."

„Richtig, richtig", erwiderte der König, „wie hieß doch gleich der Prinz?"

„Glaube!" sagte die Fee und verschwand.

„Sehr gut", meinte der König. „Glaube? Glaube? Wo liegt doch gleich das Königreich? Nun, es wird ja wohl im Hofkalender stehen."

Damit ging er heim und freute sich, daß er das halbe Königreich erspart hatte.

Aladins Wunderlampe

Wir hatten uns nach dem Abendessen um den runden Tisch in der gemütlichen Ecke gesetzt, und der Professor Alander bot mir seine Zigarren an, während unsere Frauen ihre Handarbeiten auswikkelten.

„Und was würden Sie wählen?“ sagte er, das Gespräch fortsetzend, zu meiner Frau, „die Tarnkappe oder den Mantel des Dr. Faust, oder den unerschöpflichen Beutel Fortunats, oder den Apfel vom Baum des Lebens, oder –“

„Den Mantel natürlich, den Mantel“, rief meine Frau. „Dann könnte man doch einmal sich satt reisen –“

„Und zu den Mahlzeiten wieder zu Hause sein“, fiel Alanders junge Frau lächelnd ein. „Das wäre ja ganz nach deinem Geschmack, Georg.“

„Still!“ drohte Alander. „Du nimmst dir doch die Tarnkappe – überall dabei sein und unsichtbar zuschauen, das ist so etwas für unsere Frauen. Und Sie“ – wendete er sich zu mir – „als Hypochonder, mit dem gefährlichen Druck bald rechts und bald links, bekommen den heilsamen Apfel, da bleibt für mich das große Portemonnaie, und das ist mir gerade recht.“

„Ihre Aufzählung von Zauber-Requisiten war sehr unvollständig“, entgegnete ich. „Mit diesen beschränkten Qualitäten bin ich nicht zufrieden. Wenn ich einmal in den Hexenschatz greifen könnte, so wählte ich irgend ein Mittel, wodurch mir jeder Wunsch erfüllt würde –“

„Um Himmelswillen, was würden Sie da für Unfug anrichten“, unterbrach mich Frau Alander und rückte ein Stück zur Seite; „dann sitze ich nicht mehr neben Ihnen. –“

„Dann würde ich mir's eben wünschen müssen“, sagte ich und hob ihr das herabgefallene Zwirnknäuel auf. „Und das Knäuel –“

„Ließen Sie natürlich liegen –“

„Und wärst der unglücklichste Mensch der Welt, dem jede Laune erfüllt wird und der keine Wünsche mehr hat", bemerkte meine Frau.

„Das sehe ich nicht ein. Denn erstens könnte ich ja jede etwaige Torheit wieder gut machen, und zweitens –"

„Könnten Sie sich ja vorher den nötigen Verstand wünschen", meinte Alander trocken.

„Erlauben Sie", sagte ich. „Ich meine das Ding nicht so, daß jeder flüchtige Gedanke mir gleich zur Tat werden sollte; nein, ich würde mir einen Apparat wählen, der erst nach einer gewissen Überlegung benützt werden kann, der mir etwa einen gewaltigen, aber doch nicht allmächtigen Geist dienstbar machte – dadurch schon wäre eine wohltätige Einschränkung gegeben – ich will einmal sagen, Aladins Wunderlampe."

„Und dann?" fragte unsere liebenswürdige Wirtin.

„Dann stellte ich Ihnen meinen Geist zur Verfügung."

„Sie meinen hoffentlich den Geist der Lampe. Gut, so wollen wir uns einen hübschen Wunsch überlegen."

Alander lächelte still für sich und nahm von seinem Schreibtische einen Gegenstand, den er auf den Tisch stellte. Es war eine kleine antike Lampe von Kupfer mit seltsamen Verzierungen.

„Die Lampe ist da", sagte er, „ich bitte um den Geist."

„Was haben Sie da für ein seltenes Stück?" rief meine Frau, nach der Lampe greifend. „Das habe ich ja noch nie bei Ihnen gesehen."

„Es ist heute erst für das Museum zum Kauf angeboten; ich hatte selbst noch nicht Zeit zur näheren Untersuchung."

„Und woher stammt die Lampe?"

„Man hat sie im Tigris gefunden, daran ist kein Zweifel, die Belege sind sicher."

„Im Tigris gefunden?" sagte meine Frau. „Daran lag ja doch wohl Bagdad, und in Bagdad –"

„Stand Aladins Palast."

„Aber die Lampe ist offenbar viel älter und nicht arabischen Ursprungs."

„Das beweist nichts", sagte ich. „Aladin entnahm die Lampe bekanntlich im Auftrage des afrikanischen Zauberers einem unterirdischen Gemache, wo sie vielleicht schon viele Jahrhunderte gebrannt hatte."

„Na, da wollen wir doch gleich einmal daran reiben!" rief Alanders lebhaftes Frauchen und griff nach der Lampe.

„Was fällt dir ein, Helene!" unterbrach sie der Professor entrüstet. „Die schöne Patina! Du würdest die ganze Lampe entwerten!"

Frau Alander warf das Köpfchen in die Höhe und griff wieder nach der Arbeit.

„Was nützt mir Aladins Wunderlampe, wenn man sie nicht reiben darf!"

Ich hob das Zwirnknäuel zum zweitenmal auf und wollte eben noch ein Wort zu Gunsten des Reibungsversuches einlegen, als meine Frau ausrief:

„Aber da unten steht eine Inschrift, sehen Sie!"

Wir fuhren wieder auf die Lampe zu.

„Es ist arabisch", sagte der Professor. Er holte eine Lupe und zündete ein Licht an.

„Wenn es doch Aladins Lampe wäre!" rief Frau Alander. „Dann wird sie gerieben trotz Patina!"

Sie klopfte energisch mit der Häkelnadel auf den Tisch. Das Knäuel fiel hinab.

„Ist der Geist sehr schrecklich, wenn er erscheint?"

„Das kommt darauf an, wie stark man reibt", sagte ich, mich bückend. „Gewöhnlich erscheint er in einer Wolke an der Decke; aber ich kann ihm ja befehlen, gleich unter den Tisch zu kriechen, denn Ihr erster Auftrag würde doch wohl sein, dieses Knäuel ..."

„Würden Sie sich fürchten?" fragte sie meine Frau.

„Aber du tust wahrhaftig", sagte Alander über die Inschrift gebeugt, „als wenn es je einen Aladin und einen Sklaven der Lampe gegeben hätte. Man muß doch den Unsinn nicht übertreiben."

„O bitte", rief ich, „da sind Sie noch sehr in der Kultur zurück, werter Freund! Es ist wahr, bis vor kurzem hielt man die überlieferten Märchen und Geistergeschichten für Produkte der Volksphantasie und für Erdichtungen, so gut wie die Wundertaten der Heiligen als mythische Ausschmückungen frommer Verehrung galten, oder die Heilungen im Asklepios-Tempel für Schwindel habgieriger Priester. Aber seitdem wir eine ‚transzendentale' Psychologie haben, eine Gesellschaft für übersinnliche Experimente und eine Wissenschaft der Mystik – seitdem Hellseher, Geister-Zitationen und Doppelgängerei als unwiderlegbare Tatsachen festgestellt sind, seitdem weiß man auch, daß Menschen wirklich mit ihrem transzendentalen Astralleibe durch die Luft fahren können, und daß Asklepios einer Frau den Kopf wieder angeheilt hat, den man ihr abgeschnitten hatte, um einen Wurm bequemer aus dem Leibe ziehen zu können. Alles, was Altertum und Mittelalter von Wunderdingen und Hexereien erzählen, ist fälschlich für Poesie oder Aberglauben gehalten worden; man weiß jetzt, daß es sich um wissenschaftlich erklärbare Tatsachen handelte. Odysseus ist wirklich im Hades gewesen und Dante von Virgil durch die Hölle geführt worden. Der heilige Antonius hat gleichzeitig in Montpellier gepredigt und in seinem Kloster das Hallelujah gesungen. So gut wie ein arabischer Scheich den Kalifen durch Verkürzung der Zeitanschauung, indem er ihn den Kopf in einen Eimer Wasser stecken ließ, tatsächlich viele Jahre des Elends zu durchleben zwang, so gut wird auch die Erzählung von Aladins Wunderlampe sich als wahr bestätigen. Man muß sich nur die Mühe geben, die Wirkung und Macht des an die Lampe gebannten Geistes durch die Methode der Transzendental-Psychologie zu erklären."

Alander richtete sich von seiner Beschäftigung auf; er hatte offenbar den letzten Teil meiner Rede gar nicht mehr gehört.

„Seltsam", sagte er. „Wissen Sie was hier steht? Ganz deutlich ist zu lesen: ‚Aladin aus Bagdad'; dahinter, ungefähr dem Sinne nach: ‚Versuche kein Gläubiger, was Allah hier verborgen!'"

Wir schwiegen, unwillkürlich betroffen.

„Die Schrift ist alt", fuhr Alander fort, „im zwölften oder dreizehnten Jahrhundert eingeritzt. Höchst interessant, wahrscheinlich nur ein Zufall – Aladins hat es in Bagdad Tausende gegeben – denkbar aber wäre ja eine Beziehung auf das Märchen, und dann läge darin ein Beweis, daß der Ursprung desselben sehr viel älter ist als die uns vorliegende ägyptische Fassung. Ein Scherz also, den man schon damals sich gemacht – vielleicht der Versuch eines Betrügers, die Lampe als Wunderstückchen an den Mann zu bringen – jedenfalls höchst interessant."

„So sollten wir doch einmal versuchen –"

„Aber Helene, ich bitte dich!"

„Hier unser Freund behauptet, die Sache ließe sich erklären –"

Alander lachte.

„Nun, die Erklärung können wir uns ja einmal anhören. Schießen Sie los, Märchenphilosoph."

„Zunächst behaupte ich, daß die Geschichte von Aladin und der Wunderlampe kein frei erfundenes Märchen ist, sondern auf einer Tatsache des mystischen Lebens beruht. Natürlich nicht in allen

Einzelheiten. An Ausschmückungen mag es nicht fehlen. Aber der Kern der Sache scheint mir dieser. Ein afrikanischer Zauberer, sagt die Erzählung, erfährt von dem Vorhandensein einer Wunderlampe, welche die Eigenschaft hat, daß an ihren Besitz der Gehorsam eines mächtigen Geistes geknüpft ist. Um sie zu erreichen, bedarf er der Hand eines Knaben; durch einen Zufall bleibt der Knabe im Besitze der Lampe und gewinnt dadurch Macht und Reichtum. Im Lichte der Wissenschaft stellt sich die Sache folgendermaßen: Der Zauberer aus Afrika ist ein Mann, welcher Kenntnis der Hieroglyphen besitzt und aus einem aufgefundenen Papyros das Geheimnis der Lampe erfahren hat. Die Fundamental-Frage ist nun diese: 1. Ist es möglich, daß es Geister gibt, welche Dinge auszurichten vermögen, die den uns bekannten Naturgesetzen scheinbar widersprechen? 2. Ist es möglich, daß der Wille dieser Geister an den Besitz eines einfachen Gerätes, wie dieser Lampe, gebunden ist? Ich wende mich zu der ersten Tatsache. Erfahrungsmäßig beglaubigt ist sie durch die Ansicht des Altertums und des Mittelalters im Orient wie Okzident. Zahllose Zeugnisse der Schriftsteller sprechen dafür. Nur die Zweifelsucht des Aufklärungs-Zeitalters hat den materialistisch angehauchten Teil der modernen Welt dazu gebracht, sich auf die bloße sinnliche Erfahrung zu beschränken, jeden übersinnlichen Einfluß zu leugnen. Aber Demokrit, Platon, Aristoteles, Epikur, Seneca, Plinius, Plotin, die Kirchenväter, Avicenna, Albert der Große, Thomas von Aquino, Paracelsus, Luther, Cardano, Kepler, Helmont, Swedenborg, Schopenhauer und Carlos v. Prellheim, die größten Geister aller Zeiten, sind von der Wirkungsmacht der übersinnlichen Welt überzeugt gewesen. Die Tatsache ist also erwiesen. Auf Grund der übersinnlichen Weltanschauung ist sie unschwer zu erklären. Es wäre lächerlich zu behaupten, daß es nicht außerhalb der Menschheit noch andere bewußte Geister geben sollte, die aber, mit anderen Sinnen ausgerüstet, nur bedingungsweise mit uns in Verkehr treten können. Solche Geister sind unabhängig, zwar nicht von den Gesetzen der Natur, aber von der Art, wie diese Gesetze unseren Sinnen in der Erfahrung erscheinen. Sie können also Wirkungsmittel zu ihrer Verfügung haben, die uns noch vollständig unbekannt sind, denen wir gegenüberstehen wie die Wilden dem Fernrohr, der Dampfmaschine, dem Telephon. So gut wie wir Schallschwingungen durch Umwandlung in elektrische Energie an einen entfernten Ort versetzen, könnten sie beliebige Materie von einem Ort an den andern übertragen. Denn was wir Stoff nennen, ist nichts anderes, als eine besondere Form der Äther-Energie. Hier dieser Körper, dieses Metall, dieser Muskel, dieser Nerv werden in einer fortgeschrittenen Zukunft in elektrische Schwingungen umgewandelt und fortgeleitet werden, so daß sie an einem beliebigen Orte wieder zum Vorschein kommen. Diese Geister können bereits jetzt, was wir in Jahrtausenden selbst können werden. Was tut denn der Geist der Lampe? Er bringt Speisen, Schätze, Sklaven, er versetzt den Bräutigam der Kalifentochter in der Brautnacht an einen nicht näher zu bezeichnenden Ort, wo er ihn auf den Kopf stellt; er erbaut in einer Nacht einen Palast und transloziert ihn nach Afrika und zurück. Das alles läßt sich wissenschaftlich erklären durch das einfache Prinzip der Telephorie der Materie. Dieses Prinzip erscheint uns nur wunderbar, weil es noch ungewohnt ist; aber neu ist ja nur die Geschwindigkeit der Übertragung. Auch wir bauen Paläste und verrücken Stadtviertel; daß der Geist in kurzer Zeit durch große Distanzen wirkt, ist nur ein quantitativer Unterschied. Dafür steht er auf einem höheren Kulturstandpunkte. Dies erklärt auch, daß er Menschen zu versetzen vermag. Er ist mit der Abtrennung des transzendentalen Bewußtseins vertraut und organisiert schnell einen zweiten Körper, das Phantom, welches er an einem andern Orte erscheinen läßt. Dieses Verfahren ist unter dem Namen Majava-Rupa in Indien seit den ältesten Zeiten bekannt. Die Möglichkeit der scheinbaren Zaubereien des Geistes ist also erwiesen."

„Aber –"

„Bitte. Schwieriger ist die zweite Frage. Woher stammt der Geist, und wie kann sein Wille an den Besitz der Lampe gebunden sein? Ich muß gestehen, ich bin zu sehr Neuling in der Transzendental-Psychologie, um mit Sicherheit das Richtige zu treffen; andere werden bessere Erklärungen geben können. Ich denke mir die Sache folgendermaßen: Die Individuen des Geisterreiches bilden eine ethische Gemeinschaft; es wird daher auch die Notwendigkeit einer Bestrafung eintreten können. So wie sich das transzendentale Ich einen menschlichen Körper organisiert, um seine Erfahrung durch die irdische Inkarnation zu erweitern, und wärenddessen an die Gesetze des sinnlichen Organismus gebunden ist, so wird ein ethisch unreifer Geist auch zur Strafe an ein Kunstprodukt, einen Ring, eine Lampe gefesselt werden können. Denn Gerätschaften sind Organ-Projektionen, das heißt nichts anderes, als Organisationen zweiter

Ordnung; daher ist die Strafe für den Geist eine härtere. Außer seinem Astralleib hat er jetzt nicht, wie wir, einen Eiweißleib, sondern einen Metalleib. Das Reiben der Lampe entspricht genau dem sogenannten magnetischen Streichen beim Hypnotisieren. Das transzendentale Bewußtsein wird dadurch frei, sein Wille aber ist von dem des Magnetiseurs abhängig. Ich erinnere an die bekannten Erscheinungen der Suggestion, wobei man dem Hypnotisierten jede beliebige Vorstellung beibringen und ihn zu jeder Handlung bestimmen kann. Es wäre ein Mangel an logischer Konsequenz, wollte man nicht auch dem an die Lampe gebundenen Transzendental-Bewußtsein die Fähigkeit zusprechen, durch Streichen von seinem Leibe befreit zu werden; es ist dann ganz selbstverständlich, daß der Hypnotiseur der Lampe den Geist nach seinem eigenen Willen lenken kann. Ich erkläre also mit voller Bestimmtheit und aus meiner wissenschaftlichen Überzeugung: Aladins Sklave der Lampe hat existiert und seine erstaunlichen Taten verrichtet. Wenn seine Strafzeit nicht schon beendet, so ist er noch jetzt an die Lampe gebunden. Und wenn diese Lampe vor uns, wie mir zweifellos scheint, die echte Lampe Aladins ist, so bin ich bereit, empirisch zu erweisen, daß der Geist auch mir gehorchen muß."

„Sehr schön demonstriert!" rief Alander belustigt. „Das könnte wörtlich in der ‚Sphinx' stehen. Wenn ich nur sicher wäre, daß mir der Geist auch die abgeriebene Patina wieder ‚reorganisieren' kann."

„Schade", sagte meine Frau, „es war mir so nett zu denken, daß dies die Lampe Aladins sei. Aber nachdem du die Sache philosophisch bewiesen hast, bin ich überzeugt, daß kein Wort davon wahr ist."

„Das tut mir leid. Dir fehlt das Organ des wissenschaftlichen Glaubens. Aber Sie, Frau Alander, Sie sind ein Sonntagskind, Sie werden an dem Geiste der Lampe nicht zweifeln."

„Wissen Sie", sagte Frau Alander, „wenn ich ganz offen sein soll, Ihre gelehrte Rede habe ich noch nicht ganz verstanden; die müßte ich erst einmal gedruckt lesen. Ich sage ganz einfach, wenn die Geschichte wahr wäre, so hätte der Zauberer die Lampe sich selber geholt und wäre nicht erst auf Aladin verfallen."

„O weh! Ich glaube, ich hätte so schön populär gesprochen! Ihr Einwand ist übrigens gar nicht stichhaltig, denn bei allen mystischen Operationen bedarf es erfahrungsgemäß eines Mediums, und jedenfalls hatte sich der Zauberer überzeugt, daß Aladin dazu geeignet sei. Auch das Anzünden von Räucherwerk auf der Steinplatte vor dem Eingange spricht dafür, daß Aladin in somnambulem Zustande handelte. Wie hätte er auch sonst drei Tage zu hungern vermocht?"

„Was ist aber aus der Lampe nach Aladins Tode geworden?"

„Er wird sie vorher selbst, um Mißbrauch zu verhüten, in den Tigris geworfen haben."

„Und wie erklären Sie denn überhaupt die Existenz des unterirdischen Gewölbes und die Ausstellung der Lampe daselbst?" fragte Alander.

Diese Frage setzte mich etwas in Verlegenheit. Ich hob daher erst zum sechstenmale das Zwirnknäuel meiner fleißigen Nachbarin auf und sagte dann:

„Ich könnte mich darauf berufen, daß wir hier eine historische Tatsache einfach hinzunehmen haben. Aber auch vom theoretischen Standpunkte ist doch klar: So gut wie eine Pflanze zu ihrer Entwicklung einen geeigneten Nährboden haben muß, so gut wie ein transzendentaler Geist nicht aus der freien Luft sich seinen Körper organisieren kann, sondern des Mutterschoßes bedarf, ebensogut kann auch der Metalleib des Lampengeistes nur in der geeigneten Umgebung erzeugt werden. Vermutlich befand sich dort eine transzendentale Goldschmiede, wofür auch das Vorhandensein der Edelsteinfrüchte spricht. Der ägyptische Papyros, aus welchem der sogenannte Zauberer seine Kenntnis entnahm, war vielleicht eine durch Hellsehen hergestellte geologische Karte des Altertums."

„Sie sind nicht zu widerlegen", lachte Alander, noch immer ungläubig. „Ich will also hier diese schon etwas beschädigte Stelle Ihrem Experimente preisgeben. Nun bin ich doch neugierig, wie Sie den Geist hervorzaubern werden."

„Das ist brav! Das ist herrlich!" riefen die Frauen wie aus einem Munde.

Ich stellte die Lampe vor mich auf den Tisch. Feierlich näherte ich ihr meine Hand. Alle verhielten sich still. Es wurde mir doch etwas ängstlich zu Mute. Ist's nicht ein Frevel, das Jenseits zu versuchen, den Isisschleier des Geisterreichs zu lüften? Und setzte ich nicht die Anwesenden einer unbekannten Gefahr aus? Aber es galt eine wissenschaftliche Theorie zu bestätigen, es mußte sein! Und wenn der Versuch mißlang? Wenn der Geist seine Strafzeit abgebüßt und seine leere Hülle zurückgelassen hatte? So war doch wenigstens dies konstatiert. Ich sah die Augen der Frauen erwartungsvoll auf die Lampe gerichtet. Nur Alander rauchte unerschütterlich.

„Nicht zu stark“, flüsterte seine Frau.

Ich strich mit dem Finger leise über die Lampe, zwei-, dreimal; ich verstärkte den Druck. Ich nahm die ganze Hand zu Hilfe. Der Geist erschien nicht.

„Meine Patina!“ rief Alander.

„Sie haben die Sitzung unterbrochen! Gedulden Sie sich noch!“

„Vielleicht muß sie angezündet sein“, bemerkte meine Frau.

„Davon steht nichts in der Geschichte. Aber vielleicht muß man sie in der Hand halten.“

„Geben Sie her“, rief Frau Alander, die wieder Mut bekommen hatte, „ich will einmal tüchtig scheuern, wie Aladins Mutter!“

„Nicht Sie!“

Schnell ergriff ich die Lampe, zumal sich auch Alander ihrer bemächtigen wollte. Ich hielt sie in der Linken und fuhr rasch ein paarmal mit der Rechten darüber.

„Hören Sie nichts?“

„Nein“ – „Ja“ – „Doch“ –

Kein Zweifel, aus der Lampe drang ein knarrendes Geräusch.

„Der Geist scheint eingerostet“, spottete Alander.

„Pst! Ruhig! Eine Stimme tönt aus der Lampe!“

Es wurde mäuschenstill im Zimmer. Wir wagten nicht zu atmen. Das Blut stockte in unsern Adern. Alander beugte sich weit vor.

„Der Kerl spricht arabisch“, sagte er.

„Geist der Lampe, sprich deutsch!“ rief ich feierlich.

Leise, aber deutlich vernehmbar klang es aus der Lampe:

„Ich bin der Sklave der Lampe und bereit zu gehorchen allen, welche Herren der Lampe sind.“

„Wo bist du, Geist?“

„In der Lampe.“

„Warum zeigst du dich nicht?“

„Ich darf nicht. Sobald ich mich für alle menschlichen Sinne im Raume objektiviere, bin ich den Gesetzen der Natur und der Gesellschaft unterworfen, welche zur Zeit gelten. Da es im modernen Staate keine Sklaverei gibt, so würde ich nach meiner Inkarnation frei sein. Es ist mir daher geboten, mich nur akustisch zu materialisieren.“

„Wie? So schreitet auch das Geisterreich fort?“

„Auch wir sind dem Gesetze der Entwicklung durch Anpassung unterworfen."

„Und kannst du noch meine Befehle erfüllen?"

„Alles, was du befiehlst, kann ich tun, so weit es nicht den Naturgesetzen widerspricht."

„So wünschen Sie", sagte ich leise.

Die Frauen schwiegen und sahen sich an. Alander kam ihnen zuvor.

„Hören Sie, Ihr Geist scheint mir bedenklich zivilisiert. Wir wollen gleich sehen, ob er echt ist. Lassen Sie ihn doch einmal 300 000 Mark in Gold auf den Tisch legen."

„Sklave der Lampe", rief ich, „bringe 300 000 Mark in Gold!"

„Das kann ich nicht, Herr", erwiderte der Geist, „das widerspricht den Gesetzen."

„Wieso?"

„Alles gemünzte Gold gehört irgendwem als Eigentum."

„So schaffe ungemünztes!"

„Das kann ich nicht, das wäre gegen das Gesetz von der unveränderlichen Erhaltung des Stoffes."

„Hole es aus der Erde!"

„Das kann ich nicht. Dazu bedarf es mehr mechanischer Arbeit, als in meinem gegenwärtigen Körper angehäuft ist. Das wäre gegen den Satz von der Erhaltung der Energie."

„Elender Sklave", rief ich, „warum konntest du es Aladin bringen?"

„Damals wußte man noch nichts von der Erhaltung des Stoffes und der Energie."

„Wie, du willst doch nicht behaupten, daß diese Naturgesetze damals nicht in Geltung waren?"

„Die Naturgesetze", antwortete der Geist, „sind nichts anderes als der Ausdruck des wissenschaftlichen Bewußtseins einer bestimmten Zeit. In meinem transzendentalen Bewußtsein bin ich davon unabhängig; aber in meiner Tätigkeit in der Zeit, in eurer Zeit, darf ich die Bedingungen nicht durchbrechen, welche die Grundpfeiler der modernen Kultur sind. Wir können zu der unkritischen Weltanschauung einer entschwundenen Epoche nicht zurückkehren."

„Ihr Geist ist doch ein braver Kerl", sagte Alander. „Er ist zehnmal gescheiter als Ihr Transzendental-Psychologen. Fragen Sie ihn einmal nach etwas, was die Zukunft erst entdecken wird."

„Sklave der Lampe, worauf beruht die Schwerkraft der Körper?“

„Das kann ich dir nicht sagen. Es wäre gegen das Gesetz der kontinuierlichen Entwicklung der mathematischen Naturwissenschaften, wenn es heute ein Mensch schon wüßte.“

„Ein verteufelter Schlaukopf! Lassen Sie ihn laufen!“

„Nicht doch“, riefen die Frauen, „wir wollen auch etwas wünschen!“

„Ich bitte darum“, sagte ich ziemlich deprimiert, „wenn es nur etwas nützt!“

„Sag’ ihm, er solle uns jetzt alle vier an den Golf von Neapel versetzen.“

„Du hörst, Sklave, was meine Frau befiehlt – gehorche!“

„O Herr, das ist gegen die Gesetze der Mechanik!“

„So bringe uns in somnambulen Zustand und führe unsere Astralleiber dahin!“

„Früher konnte ich alles tun, weil man alles für möglich hielt. Jetzt kann ich den Astralleib nur bei solchen Menschen abtrennen, welche dazu nervös disponiert sind. Von den geehrten Anwesenden ist aber niemand mediumistisch veranlagt.“

Meine Frau zuckte mit den Schultern und sagte:

„Ich dachte mir schon, daß es wieder nichts sein würde. Ich soll nicht nach Italien kommen!“

Ich war innerlich wütend über den degenerierten Geist und wünschte, die Lampe niemals angerührt zu haben. Ich seufzte.

Alander rieb sich schmunzelnd die Hände und sagte:

„Der Geist scheint Ihnen schlecht zu bekommen. Sie sehen schon ganz schwach aus; hätten Sie nur lieber den Apfel des Lebens gewählt! Nun, Helene, jetzt bist du an der Reihe, vielleicht gelingt dir’s besser.“

Frau Alander stützte den Arm auf den Tisch und zupfte nachdenklich an ihren Stirnlöckchen.

„Ich weiß gar nicht recht, was ich mir wünschen soll“, sagte sie. „Nach Italien kann uns der Geist nicht bringen, aber er wird uns noch halbtot ärgern. Kann er uns vielleicht ein Universalmittel verschaffen?“

„Sklave, bring’ ein Lebenselixier!“

„Herr, das gibt es nicht. Heutzutage hat man nur Spezialisten.“

„Wünschen Sie etwas anderes, Frau Professor? Ich bedaure sehr –.“

„Je nun", sagte sie und griff wieder nach ihrer Handarbeit, „ich bin eigentlich ganz zufrieden und brauche im Augenblick weiter nichts."

Das Zwirnknäuel fiel unter den Tisch.

„Ei", rief meine Nachbarin weiter, „so wünschte ich doch, daß das Knäuel nicht mehr hinunterfallen kann!"

„Sklave", sagte ich, „du hast gehört, gehorche!"

„Herr", antwortete der Geist kläglich, „ich kann es nicht bewirken, es wäre gegen die Fallgesetze Galileis und gegen die Naturgeschichte der weiblichen Handarbeiten."

„Zum Teufel!" rief ich ärgerlich, „was kannst du denn eigentlich, fauler Bursche?"

„Alles, was nicht gegen ein Gesetz verstößt, das durch das Bewußtsein der Zeit verbürgt ist. Aber mir ist bestimmt, ich solle erlöst sein, sobald mein Herr keinen Wunsch mehr zu nennen weiß, bei dessen Gewährung ich nicht durch mein Eingreifen den Kausalzusammenhang der Welt zerstören würde."

„Nun denn", sagte ich resigniert, „so hebe wenigstens das Knäuel auf, das wird ja doch wohl um Himmelswillen gegen kein Gesetz verstoßen."

„Verzeiht mir, Herr, auch das ist mir nicht möglich."

„Und warum nicht?"

„Nach den Gesetzen des Universums, deren Notwendigkeit die moderne Wissenschaft voraussetzt, ist deinen Muskeln bestimmt, heute abend durch Beugen deines Rumpfes 916,11 Meter-Kilogramm Arbeit zu leisten. Wenn ich dir hiervon auch nur fünf Prozent abnähme, so würde ein Überschuß von Energie in dir aufgespeichert werden, welcher sich in Gehirntätigkeit umsetzen und einen transzendental-psychologischen Artikel erzeugen würde; denn hierzu genügt schon ein Minimum von Energie. Dadurch würden zwar sechsundzwanzig Leser veranlaßt werden, das betreffende Blatt abzubestellen; einer aber würde es so eifrig lesen, daß er dabei einschlafend dem Lichte zu nahe käme. Es entstünde ein Hausbrand, welcher sich einem ganzen Stadtviertel mitteilte; ein Arsenal flöge in die Luft; die Explosion würde den Anziehungsmittelpunkt der Erde um den tausendsten Teil eines Millimeters verschieben; dadurch aber würde die Erde um zwei Millionen Jahre zu früh in die Sonne stürzen. Du siehst also, daß es mir unmöglich ist, das Knäuel aufzuheben."

„O, weiser Geist!" rief ich; „wir sind deiner nicht wert – du bist entlassen!"

Ich setzte die Lampe auf den Tisch. Ein Lichtschein schoß daraus hervor und verlor sich als leichte Wolke an der Decke. Wenigstens schien es mir so.

Aus der Ferne tönte es leise: „Dank, Dank für die Erlösung nach dreitausendjähriger Haft! Zur transzendentalen Freiheit flieh' ich aus dem Zeitalter der Notwendigkeit! Es fällt kein Knäuel vom Tische, dessen Sturz nicht durch das Weltall zittert!"

Ich hob das Knäuel auf und legte es neben die Lampe. Es rollte wieder herab.

„Sie können sich als Bauchredner hören lassen", sagte der Professor.

Solche Leute sind nicht zu überzeugen.

Die Fernschule

„Es ist doch ein weiter Weg bis nach Hause – an solch heißen Tagen merkt man's. Ich glaube, ich bin müde. Aber etwas Bewegung tut freilich gut."

So dachte der Professor Frister, als er nach vier absolvierten Unterrichtsstunden aus dem Gymnasium heimkehrte. Nun hatte er sich's in seinem Studierzimmer bequem gemacht. Er saß am Schreibtisch, stützte den Kopf in die Hände und strich das graue, vom raschen Gang noch feuchte Haar aus der Stirn.

„Es ist gerade noch ein Stündchen Zeit vor Tisch. Also was tun? Arbeiten natürlich. Da liegen zwei hohe Stöße blauer Hefte, Primanerarbeiten, Korrekturen, die erledigt werden müssen. Aber das geht jetzt nicht! Es ist ja freilich sehr interessant, jedes Jahr eine neue Generation, immer neue Individuen den Weg der geistigen Entwicklung zu führen! Welch schöne Aufgabe, denselben Lehrstoff nun zum achtundzwanzigsten Mal mit immer frischen Kräften zu beleben! Schade nur, daß sich die Individuen ein wenig stark wiederholen! Was in den Heften steht, weiß ich ganz genau. Es sind immer dieselben Fehler. Höchst lehrreich für den Statistiker, wie sich bei all den einzelnen dasselbe Gesetz des menschlichen Irrtums in seiner Entwicklung durchsetzt – höchst interessant! Aber jetzt, jetzt bin ich doch etwas zu müde."

Frister griff nach einem Stoß Papiere, die seine eigenen Untersuchungen über den Verlauf der täglichen Temperaturkurven enthielten – äußerst wichtig für die Frage der Hitzeferien – und vertiefte sich hinein. Da lag ein schwieriger Punkt, über den er noch nicht fortgekommen war. Zwar, er wußte den einzuschlagenden Weg – aber die Berechnungen, die erforderten eine Arbeit von vielen Monaten – wo sollte er die Zeit hernehmen?

Er tauchte die Feder ein, machte eine Notiz, legte die Feder wieder hin und stützte den Kopf aufs neue zwischen die Hände.

„So ginge es schon", dachte er. „Man müßte nur eben frisch dazu sein. Aber wann? Die vier Stunden, das viele Reden und das Aufpassen und der Ärger über dieselben Dummheiten und der Weg – Im ganzen sind wir doch in der Schultechnik noch sehr zurück. Sollte man da nicht einmal etwas Besseres finden, als diese alte Praxis, daß Lehrer und Schüler in eine Klasse zusammenlaufen und – nun ja, natürlich, eine ideale Aufgabe ist es – indessen es wird doch viel Kraft vergeudet und – und es macht etwas müde. Ich meine, die Entwicklung der Technik könnte hier einen ökonomischeren Weg finden."

Frister lehnte sich in den Stuhl zurück und schloß die Augen.

„Ja", dachte er weiter, „in hundert oder zweihundert Jahren, wie mitleidig wird man auf unsere veraltete, kraftverschwenderische Methode zurückblicken! Eine Jugend, der das Verantwortlichkeitsgefühl stärker in Fleisch und Blut übergegangen ist, eine Lehrerschaft, die sich der modernsten Technik bedient – keine Entschuldigungen, keine Täuschungsversuche, keine Kindereien, keine Mißgriffe, keine Überbürdung – ideale Zustände! Warum kann ich nicht bis dahin – vielleicht – Urlaub nehmen – komisch – daß mir das noch nie eingefallen ist – sehr komisch – ich muß doch einmal fragen – Hat es nicht eben geklopft? ... Ach, Sie sind es, Herr Kollege Voltheim – das ist ja sehr nett! Eben dachte ich an Sie. Sie sind schließlich der Mann der Erfindungen. Kennen Sie nicht eine Einrichtung, die das Unterrichten – wie soll ich sagen? – modernisiert, vereinfacht – hm –"

„Nun, ich dächte doch", erwiderte Voltheims Stimme, „unsere *Fernschule* sei eine ganz vorzügliche Einrichtung."

„Fernschule? Warum sehen Sie mich so – so seltsam an, Herr Kollege? Ich bin nur etwas ermüdet – bitte, nehmen Sie doch Platz."

„Ich weiß wohl, Ihre Unterrichtsstunde wird gleich beginnen, aber ich hoffe, Sie dabei nicht zu stören."

„Heute? Mich? Nein, natürlich nicht. Mir ist so eigen zu Mute, ich habe wohl etwas Kopfschmerz. Was haben wir denn für einen Tag?"

„Den achten Juli 1999, Herr Naturrat."

„So, so – ganz recht. Hm! Ich dachte nur eben – Naturrat – Sie müssen doch immer Ihre Späßchen machen."

„Das ist nun einmal Ihr Titel als Fernlehrer der Geographie am 211. telephonischen Realgymnasium. Aber hören Sie nicht? Es klingelt. Die Schüler haben ihren Anschluß genommen. Sie können beginnen."

Frister gab sich Mühe, seinem Kollegen ins Gesicht zu sehen, aber die Züge verschwammen vor seinem Blick. Er vernahm ein leises, melodisches Rasseln, ohne sich erklären zu können, woher es kam. „Das ist gewiß so ein Witz von Voltheim", dachte er. „Nun gut, ich will ihn nicht stören. Wir werden ja sehen, was er vorhat." Und lachend sprach er: „Lieber Herr Kollege, ich bin ja jetzt gar nicht vorbereitet, auch weiß ich überhaupt nicht, was Sie mit der Fernschule meinen."

„O, ich bitte Sie, Herr Naturrat" – so hörte er deutlich Voltheim wieder reden – „jetzt wollen Sie mich ein wenig aufziehen. Sie haben ja gestern schon Ihren Vortrag für heute in den Phonographen gesprochen. Und über die Fernschule haben Sie bereits im Jahre 1977 eine Broschüre geschrieben. Sie erinnern sich doch?"

„Bin dazu wirklich nicht imstande."

Voltheim lachte deutlich. „Nun, dann passen Sie auf", sagte er. „Sie sehen doch drüben an der Wand die eigentümliche Gemäldegalerie?"

Frister blickte auf. Er war höchlichst erstaunt. In der Tat, an der Wand, wo sonst ein Bücherregal stand, befanden sich einige dreißig rechteckige Rahmen. Aber die Bilder darin waren lebendig. Junge Leute zwischen sechzehn und neunzehn Jahren streckten sich da in bequemer Haltung jeder auf einem Lehnsessel. Und wahrhaftig, das waren ja seine Primaner, wenn auch in ungewohnten Anzügen. Das war sein Primus, dessen glattgeschorener Kopf kaum hinter seiner Zeitung hervorguckte. Und der Meyer rauchte sogar gemütlich seine Zigarre. Andere kauten an ihrem Frühstück.

„Ich möchte wahrhaftig glauben, dort meine Schüler zu sehen", sagte Frister. „Sehr interessant! Wenn ich nur wüßte, was das bedeutet. Sollte ich etwa wirklich ein Jahrhundert Urlaub gehabt haben? Nehmen Sie das einmal an, Herr Kollege, und sprechen Sie zu mir, als schrieben wir heute tatsächlich das Jahr 1999, ich aber hätte momentan mein Gedächtnis verloren."

„Sehr gern, Herr Naturrat, wenn Ihnen das Spaß macht. Diese jungen Leute bilden allerdings die Oberprima des 211. Fernlehrrealgymnasiums. Sie befinden sich nämlich in Wirklichkeit nicht etwa in einem Klassenzimmer, sondern die meisten von ihnen sitzen in ihren eigenen Wohnungen, gerade so wie Sie selbst. Nur wo die Eltern nicht die Mittel haben, den gesamten Fernlehrapparat im Hause unterzubringen, begeben sich die Schüler zu den dazu eingerichteten öffentlichen Fernlehrstellen. Die jungen Leute wohnen, wie Sie wissen, an den verschiedensten Stellen unseres Vaterlands, denn der Fernlehrverkehr läßt sich bis auf tausend Kilometer und mehr ausdehnen."

„Ich weiß wirklich gar nichts, Herr Kollege. Sprechen Sie nur weiter. Während meines Urlaubs muß die Technik großartige Fortschritte gemacht haben."

„Das will ich meinen! Nicht nur der Fernsprecher, sondern auch der Fernseher sind so vervollkommnet worden, daß man mit den Worten des Redenden zugleich seine Gestalt, seine Bewegungen, jede seiner Gebärden aufs deutlichste wahrnehmen kann. Nun ist es natürlich nicht mehr nötig, daß man die weiten Schulwege zurücklegt, Lehrer und Schüler können hübsch zu Hause bleiben."

„Sehr erfreulich", murmelte Frister. „Aber die persönliche Anregung –"

„Fehlt nicht. So wie Sie die Schüler erblicken, so sehen diese den Lehrer, nur in einem bedeutend größeren Rahmen, sozusagen in Lebensgröße vor sich. Dagegen können die Schüler sich untereinander nicht sehen, sondern nur hören, aber was sie reden, das hören Sie dann auch alles. Sie brauchen nur auf die Taste dort vorn zu drücken, so sind Sie angeschlossen und der Unterricht kann beginnen."

„Ich verstehe! Wieviel Störungen sind damit ausgeschlossen! Aber ist es denn so eilig? Hören Sie, Kollege, die Einrichtung muß doch den Staat ein gutes Stück Geld gekostet haben!"

„Was tut das? Seitdem die unermeßlichen Goldfelder auf Neu-Guinea und die Petroleumquellen in Deutsch-China entdeckt sind, haben wir so viel Geld, daß man es schließlich zu gar nichts Besserem als zu Bildungszwecken zu verwenden weiß."

„Ei, ei! Was habe ich denn da jetzt für ein Gehalt?"

„Aber Sie wissen doch! Als Naturrat – 50000 Mark. Doch zur Sache. Natürlich hat die Schulhygiene nicht geringere Fortschritte gemacht. Die Überbürdungsfrage ist erledigt. Die Sessel, auf denen die Schüler ruhen, sind in sinnvollster Weise mit selbsttätigen Meßapparaten versehen, die das Körpergewicht, den Pulsschlag, Druck und Menge der Ausatmung, den Verbrauch von Gehirnenergie anzeigen. Sobald die Gehirnenergie in dem statthaften Maß aufgezehrt ist, läßt der Psychograph die dadurch eingetretene Ermüdung erkennen, die Verbindung zwischen Schüler und Lehrer wird automatisch unterbrochen und der betreffende Schüler damit vom weiteren Unterricht dispensiert. Sobald ein Drittel der Klasse auf diese Weise ‚abgeschnappt' ist, haben Sie die Stunde zu schließen."

„Sehr gut, scheint mir. Indessen, wenn ich selbst ein wenig müde bin, wie z. B. heute –"

„Aber bei dem Gehalt! Doch auch dafür ist gesorgt. Wenn Sie jetzt anfangen wollen, so legen Sie gefälligst erst diese gestempelte Gehirnschutzbinde an. Sie werden dadurch vor der Gefahr bewahrt, in der Schule mehr Gehirnkraft zu verschwenden, als der Fähigkeit der Schüler und Ihrer eigenen Gehaltsstufe entspricht. Und nun drücken Sie. Hören Sie, es klingelt. Jetzt erscheint Ihr Bild auch den Schülern, und Sie könnne mit ihnen sprechen."

„Aber was denn? Ich bin ja nicht vorbereitet," flüsterte Frister leise zu Voltheim.

„Das wird sich schon finden", erwiderte dieser ebenso. „Sie, als erfahrener Lehrer – lassen Sie nur die Schüler reden. An jedem Rahmen steht der Name. Ihr Vortrag steckt hier im Phonographen, Sie brauchen bloß zu drücken."

Man bemerkte sogleich, daß der Lehrer auf dem Wege der Fernwirkung in die Klasse getreten, d. h. den Schülern sichtbar geworden war. Rathenberg steckte seine Zeitung fort, Meyer brachte schleunigst seinen Zigarrenstummel beiseite, Suppard und Neumann schluckten die letzten Bissen ihrer Frühstücksbrötchen herunter.

Frister überblickte seine Bilderrahmen.

Einer der Schüler, es war Meyer, machte eine Verbeugung und sagte: „Ich habe vorige Stunde gefehlt."

„Warum?"

„Ich mußte mir die zweite Gehirnwindung massieren lassen."

Frister schüttelte den Kopf. Wie konnte er wissen, ob das eine genügende Entschuldigung nach moderner Auffassung war? „Wozu war denn das nötig?" fragte er und gab dabei Voltheim einen Wink, er möge ihm einhelfen.

„Ja", sagte Meyer, „meine Eltern haben meine Träume photographieren lassen, und dabei zeigte sich, daß ich immer von Pferden träumte."

„Schwindel!" flüsterte Voltheim. „Die Pferde sind längst ausgestorben."

„Aber die Pferde sind ja schon lange ausgestorben", sagte Frister.

„Eben darum, Herr Naturrat, mußte ich mich massieren lassen."

„Ach was, Geographie ist die beste Gehirnmassage."

Frister merkte, daß zwei der Rahmen, die noch leer waren, sich eben erst füllten. Er las die Namen und sagte: „Nun, Heinz, wo kommen Sie denn erst jetzt her?"

„Entschuldigen Sie, Herr Naturrat, meine Mama hat gestern unsere Tascheneiweißmaschine im Frauenklub auf Spitzbergen liegen lassen, die mußte ich schnell holen, und da es sehr windig war, habe ich mich etwas verspätet."

„Und Sie, Schwarz, weshalb kommen Sie so spät?"

„Ich, ich – mein Vater ist gestern Geheimer Elektrizitätsrat geworden –"

„Nun, da sehe ich doch keinen Kausalzusammenhang."

„Ja, wir sind zur Feier an die Zentralsektleitung angeschlossen worden, und deshalb konnte ich nicht gleich in mein Zimmer."

„Ausrede!" flüsterte Voltheim. „Hat gekneipt."

„Na na", sagte Frister, „die Sache scheint mir nicht ganz klar. Nun sagen Sie mir einmal, Meyer, was haben wir in der vorigen Stunde durchgenommen?"

„Entschuldigen Sie, Herr Naturrat, ich habe gestern gefehlt."

„Ach richtig. Sagen Sie mir's, Brandhaus."

„Entschuldigen Sie, Herr Naturrat, ich konnte gestern nicht arbeiten. Hier ist die Entschuldigung von meinem Vater."

Brandhaus drückte auf den Knopf seines Phonographen, und man hörte die Baßstimme eines älteren Mannes: „Mein Sohn Siemens konnte gestern wegen Übermüdung der Armmuskeln seine Schularbeiten nicht machen. Brandhaus."

„Wie?" fragte Frister. „Die Arme brauchen Sie doch nicht zum Repetieren?"

„Unser Motor ist nicht in Ordnung, und so hätte ich den Phonographen, womit ich nachgeschrieben hatte, selber drehen müssen, und das konnte ich eben nicht."

„Wodurch haben Sie sich die Übermüdung zugezogen?"

„Bei Übungen mit dem Flugrad."

Frister sah sich verlegen nach Voltheim um.

„Kann schon sein", murmelte der. „Hat wahrscheinlich eine Luftpartie mit jungen Damen gemacht und zuviel Luftquadrillen getanzt."

„Na, hören Sie, Herr Kollege, Entschuldigungen scheint's in der Fernschule nicht weniger zu geben als zu meiner Zeit." Und er wandte sich wieder zu den Schülern.

„Nun denn, Rathenberg, was haben wir durchgenommen?“

„Die Lichtfernsprechstellen mit Amerika. Aber die gibt’s nicht mehr. Sie sind alle wieder eingezogen, weil man sie durch den chemischen Ferntaster ersetzt hat. Die neu entdeckten chemischen Lösungsstrahlen durchdringen nämlich das heiße Innere des Erdballs, und man ist somit in der Lage, durch die Erde hindurch auf chemischem Wege zu sprechen.“

Frister wiegte vor Verwunderung den Kopf hin und her.

Der Schüler nahm dies als Zeichen eines Einwands und fuhr fort: „Herr Naturrat nannten allerdings noch die Verbindung ‚Kreuzberg-Chimborasso‘, aber die ist seit heute früh auch eingezogen. Ich habe es eben im Berliner Fernanzeiger gelesen.“

„Schon gut – nun, Hornbox, fahren Sie fort.“

„Die wichtigsten Staaten Amerikas sind das Kaiserreich Kalifornien, das Königreich New-York, die Anarchistenrepublik Kuba, der Kirchenstaat Mexiko und das südamerikanische Sonnenreich.“

„Was man da alles hört!“ dachte Frister. Aber er sagte nur: „Fahren Sie fort, Schwarz.“

Schwarz begann mit einer Geläufigkeit, daß Frister den Worten kaum zu folgen vermochte: „Nachdem durch die direkte Verwendung der Sonnenstrahlung zur Arbeitskraft die Techniker der herrschende Stand geworden waren und die Arbeitsmittel der Menschheit in ihrer Hand vereinigt hatten, gründeten sie einen Staat auf Aktien, indem sie alles in Südamerika zwischen den Wendekreisen verfügbare Land ankauften. Da sie ihre Macht direkt von der Sonne ableiteten, benannten sie diesen Staat den Sonnenstaat. Über die hohen Gebirge, wie über die Baumwipfel und Steppen der weiten Ebenen zogen sie ihre Strahlungssammler –“

„Aber, Schwarz, Sie bewegen ja gar nicht die Lippen beim Sprechen. Und warum spielen Sie denn immerfort mit den Fingern da auf Ihrem Tisch? Sie lesen wohl gar ab?“

„Bitte sehr, Herr Naturrat“ – und Schwarz fingerte weiter auf seinem Platze – „ich spiele ja auf der Sprechmaschine. Ich kann nämlich nicht selbst sprechen, weil ich mir die Zunge verbrannt habe.“

„So fahren sie fort.“

„So weit waren wir gerade gekommen.“

Frister wandte sich verlegen nach Voltheim um. „Was nun?“ fragte er.

„Lassen Sie Ihren Phonographen reden.“

Frister drückte auf das Instrument, und zu seiner größten Verwunderung hörte er jetzt seine eigene Stimme: „Wir betrachten nun die Entdeckungsfahrten nach dem Südpol. Wir haben es heutzutage freilich leicht, mit unseren Flugmaschinen über die Eiswüste zu gleiten, aber bedenken Sie, welche Schwierigkeiten sich noch vor hundert Jahren boten, welcher Mut dazu gehörte, mit jenen gebrechlichen Wasserschiffen und auf dürftigen Hundeschlitten in die unzugänglichen Regionen sich zu wagen. Wenn unsere Vorfahren so bequem gewesen wären wie Sie, so wären wir niemals an den Südpol gelangt. Das waren ganz andere Leute! Nie wäre es einem Schüler des neunzehnten Jahrhunderts eingefallen, während des Unterrichts heimlich Kunstspargel zu essen, wie ich das neulich leider bemerken mußte, noch dazu ein Genußmittel, das fast an Schlemmerei grenzt. Denken Sie daran, welche Qualen des Hungers die Forschungsreisenden mitunter ausstehen mußten! Es kam vor, daß sie wochenlang nichts hatten als rohen Vogelspeck, aber auch dann verloren sie den Mut nicht, und mitten in den Qualen des Heißhungers schrieb einer jener Helden in sein Tagebuch das denkwürdige Wort –“

„Emil, willst du heut abend Kunstspargel essen? Sie sind nicht teuer.“ Es war eine hohe Frauenstimme, die an dieser Stelle des Vortrags plötzlich zwischen den Worten des Redners sich vernehmen ließ.

Ein schallendes Gelächter sämtlicher Schüler begrüßte diese Unterbrechung. Entrüstet wandte sich Frister nach Voltheim um.

„Was war das?“ fragte er.

Voltheim lächelte ebenfalls. „Da muß“, sagte er, „gestern während Ihrer Vorbereitung zum Unterricht wohl gerade Ihre Frau Gemahlin mit dieser Frage eingetreten sein, und der Phonograph hat die Worte natürlich getreu reproduziert.“

„Aber, lieber Herr Kollege, das ist doch etwas fatal bei dieser Fernschule –“

„Sehen Sie, das hat auch sein Gutes. Dieser Lachkrampf hat die Schüler so angestrengt, daß acht Klappen herabgefallen sind. Diese Schüler sind übermüdet. Noch drei, und Sie müssen den Unterricht schließen.“

„O, das wäre mir wirklich recht, denn ich bin – wie ich Ihnen, glaub’ ich, schon sagte – selbst etwas angegriffen. Nun hören Sie nur, was ist denn das wieder, diese hohe Glocke?“

„Das ist das Zeichen des Direktors, er möchte mit Ihnen sprechen."

In der Tat vernahm Frister jetzt deutlich eine fremde Stimme: „Entschuldigen Sie, lieber Herr Naturrat, daß ich Sie störe. Aber eben erfahre ich, daß der Kollege Brechberger mit seinem Luftrad gegen einen Schornstein gerannt ist und sich etwas erschreckt hat. Sie müssen so gut sein, ihn in der nächsten Stunde zu vertreten."

„O, recht gern –"

„Was soll ich denn nun anfangen, bester Voltheim", klagte Frister – „die übrigen Schüler scheinen noch ganz munter, und an den Phonographen wage ich mich nicht mehr."

„Lassen Sie sie doch das Vorgetragene wiederholen."

Frister wandte sich wieder zur Klasse: „Nun wiederholen Sie."

Er sah jetzt, wie alle Schüler auf ihre Phonographen drückten. In ungeregeltem Zusammenklange brausten die Worte an sein Ohr, immer schneller brummte es, er fühlte, wie ihm in diesem betäubenden Gewirr schwindlig wurde, er stöhnte auf, griff nach seinem Kopf und – – auf einmal war es still – – und ganz still – –

„Ach, die Hirnbinde!" dachte er. „Gewiß ich bin zu ermüdet, da ist der Unterricht von selbst geschlossen – ich bin ausgeschaltet.

Da fuhr er plötzlich in die Höhe. Der Rahmen vor ihm war verschwunden. Seine alten Bücher standen wieder dort.

„Aber sagen Sie doch, was ist denn das, Kollege Voltheim –"

Sein Kollege Voltheim stand neben ihm und sprach: „Entschuldigen Sie vielmals, Herr Professor – hoffentlich habe ich Sie nicht aufgeweckt. Als ich eintrat, schlummerten Sie so schön, daß ich mich ganz leise hier aufs Sofa setzte, um Sie nicht zu stören."

„Ich hörte Sie doch noch kommen! Denken Sie, da habe ich etwas Merkwürdiges geträumt. Fünfzigtausend Mark Gehalt! Aber zuletzt sollte ich einen Kollegen vertreten –"

„Ja, das ist nun leider Wirklichkeit, deswegen kam ich her – der Kollege Treter –"

„Was Sie sagen! Wann denn?"

„Morgen früh um acht Uhr."

„In der Klasse?"

„Wo denn sonst?"

„Ich dachte, in der Fernschule. Sie wundern sich? Ja, wenn Sie wüßten! Ich hatte nämlich hundert Jahre Urlaub! Also morgen? Das ist mir lieb, denn heute bin ich wirklich etwas angegriffen."

Wie der Teufel den Professor holte

„Aber ganz gewiß“, sagte der *Professor*, indem er liebevoll die Asche seiner großen Flor de Ynclan betrachtete, „ganz gewiß hat er mich geholt; in eigener Person.“

„Hohoho!“ lachte der *starke Herr*. „Also doch?“

„Und das haben Sie noch gar nicht erzählt?“

„Wer denn?“ fragte die *blaue Dame*. „Wer hat Sie geholt?“

„Haben Sie denn nicht gehört?“ rief die kleine *Frau Brösen* ungeduldig. „Der *Teufel* hat den Professor geholt.“

„Aber da sitzt er ja – “

„Weil er ihn eben lebendig geholt hat!“ rief der starke Herr.

„Das versteh’ ich nicht!“

„Er muß es erzählen.“

Man rückte näher am Tische zusammen.

„Wie sah er denn aus?“

„Wann war denn das?“

„Am vorigen Sonnabend“ – der Professor tat einen nachdenklichen Zug an seiner Zigarre – „ich saß wie gewöhnlich abends an meinem Schreibtisch – da klopft es, und auf mein verwundertes Herein – aber erschrecken Sie nicht!“

„Gräßliches will ich nicht hören, nein, nein, nein“, schrie die blaue Dame.

„Gräßlich war es allerdings. Im ersten Augenblick war ich nicht wenig erschrocken.“

Die blaue Dame hielt sich die Ohren zu; aber nicht fest.

„Auf einmal steht jemand im Zimmer und knipst die Hängelampe an, daß ich die Gestalt ganz deutlich erkenne.“

„In einem Mantel, mit feurigen Augen? Ich seh’s vor mir!“ rief Frau Brösen.

„Es war ein Lodencape und eine goldene Brille; ein Mann in meiner Größe und Statur, mit grauen Haaren und Schnurrbart, eigentlich ganz gemütlich, aber das Gräßliche war eben –“

„Der Pferdefuß?"

„Der Schweif?" kreischte die blaue Dame.

„Nein; – er sah genau aus wie ich selbst – lachen Sie nicht! Ich dachte natürlich an eine Halluzination, und Sie wissen, was das bedeutet bei meinem angegriffenen Gehirn. Ich blieb zunächst ganz starr sitzen. Da sagte mein Doppelgänger sehr höflich:

‚Es tut mir leid, daß ich Sie holen muß, Herr Professor, aber ich habe den bestimmten Entschluß gefaßt –'

‚Holen, was heißt das? Ich bin nicht Arzt und habe jetzt keine Zeit!' rief ich unwillig.

‚Nun, eben *holen*', sagte der andere. ‚Ich bin nämlich der Teufel.'

‚Der Teufel?! Aber Sie sehen ja aus –'

‚Ja, Sie müssen schon entschuldigen. Wenn ich zu Ihnen komme, habe ich diese Ihre Gestalt. Es ist nämlich jeder sein eigener Teufel! Aber nun seien Sie so gut und kommen Sie mit.'

‚Wohin denn? Ich glaube weder an Hölle noch an Teufel im Volkessinne.'

‚Ist auch gar nicht nötig. Ich hole jeden in seinem Sinne, wie er seine Welt sich ausmalt. Sie z. B. werde ich in einem kleinen Weltraum-Automobil mitnehmen. Sie reisen ja so gerne nach den Sternen.'

‚Bitte sehr, das tue ich hier am Schreibtisch; ich habe durchaus keine Lust zum Reisen. Außerdem brauchte ich mehrere Wochen Vorbereitung. Erst müßte ich meine Reiseapotheke packen.'

‚Ist nicht nötig. Zu Ihrem Vergnügen hole ich Sie ja nicht. Sie sollen zu Ihrer Läuterung hunderttausend Billionen Kilometer reisen. – Das habe ich mir so ausgedacht.'

‚Und dann?' fragte ich.

‚Nun, das wird sich ja finden. Vielleicht machen wir ein Meteor aus Ihnen, oder Sie werden für tausend Jahre auf den Mars verheiratet – Marsjahre natürlich.'

‚Ich danke für beides. Es fällt mir gar nicht ein, mitzukommen. Ich habe hier noch dringende, angefangene Arbeiten.'

‚Das hilft alles nichts. Die können Sie unterwegs fertig machen.'

‚Also den Hals wollen Sie mir nicht umdrehen?'

‚Ich denke nicht dran, wenn Sie gutwillig mitkommen. Wir möchten uns Ihre wertvolle Gehirntätigkeit noch eine Zeitlang erhalten, wenn auch freilich nicht mehr auf der Erde.'

‚Aber schließlich leb' ich doch in der *Erdseele* weiter, nicht wahr?'

‚Lassen Sie mich in Ruhe', rief der Teufel ärgerlich. ‚Ich bin nicht hier, um mich ausfragen zu lassen. Die Erdseele hole ich schließlich auch noch mal!'"

„Die Erdseele?" unterbrach die blaue Dame den Professor. „Was ist denn das?"

„Ach, stören Sie doch jetzt nicht", sagte Frau Brösen. „Der Professor hat doch erst neulich einen Vortrag darüber gehalten!"

„Da konnt' ich ja nicht kommen, da war mein Mädchen fortgelaufen."

„Na", rief der starke Herr, „nach Ansicht des Professors ist eben die Erde ein beseeltes Wesen, und wenn wir hier als Menschen nicht mehr leben können, dann leben wir weiter als Erinnerungen der Erdseele."

„Sagt Fechner", schaltete der Professor ein.

„Ich auch?" fragte die blaue Dame.

„Sie kommen sogleich in die Sonnenseele", sagte der Professor, „weil Sie schon jetzt zu den schönsten Erinnerungen der Erdseele gehören."

„Erzählen Sie doch weiter!" rief Frau Brösen und klopfte auf den Tisch.

Der *sanfte Jüngling*, der eben etwas sagen wollte, fuhr zusammen und schwieg.

Der Professor nahm einen Schluck aus seinem Glase und sagte: „Ich bemerkte mit Vergnügen, daß theoretische Fragen den Teufel in einige Verlegenheit zu bringen schienen. Um Zeit zu gewinnen, kramte ich in meinen Manuskripten und wollte eben fragen, ob ich nicht meinen Zeissfeldstecher mitnehmen könnte, aber auf einmal – ich weiß nicht, wie es kam – war ich aus meinem Zimmer heraus und fand mich neben dem Teufel auf einem bequemen Sessel. Die Füße ruhten auf einem Tritt, und ein Geländer umgab uns, sonst aber schwebten wir ganz frei im Raume. Merkwürdigerweise hatte ich gar kein Schwindelgefühl."

Der starke Herr hustete eigentümlich. Der Professor ließ sich nicht stören.

„Ich nahm mir vor", fuhr er fort, „mir vom Teufel nicht imponieren zu lassen. Vielleicht konnte ich ihm doch irgendwie beikommen, daß ich ihn los würde. Wäre Faust ein richtiger Mathematiker gewesen, so hätte er sich nicht sein ganzes Leben mit dem Teufel herumzuschlagen brauchen. Ich fühlte mich ruhiger und sagte nichts. Da begann der Teufel: ‚Nun, wie gefällt Ihnen unser Weltautomobil? Das ist aus Ihrem Ideal, dem absolut festen und durchsichtigen Stellit gefertigt, da können Sie alles aufs schönste überblicken.‘

Ich sah mich um. Hinter uns war absolute Nacht, völlige Schwärze. Über, neben und unter uns erkannte ich einzelne Sterne, die nach vorn immer dichter standen, bis sie in der Fahrtrichtung zu einem einzigen hellen Glanze zusammenflossen. Ich konnte mir das gar nicht erklären. Was war das für ein Sternenhimmel? In welcher Gegend der Welt waren wir? Ich mußte wohl längere Zeit bewußtlos gewesen sein. ‚Wie lange sind wir schon unterwegs?‘ fragte ich.

‚Etwa eine halbe Stunde‘, antwortete der Teufel. ‚Ich mußte Sie ein bißchen einschläfern, um Sie bequemer hier hereinzubringen. Na, nicht wahr, so was haben Sie noch nicht gesehen?‘

‚O‘, sagte ich, ‚das wird sich ja alles natürlich erklären. Mit welcher Geschwindigkeit fahren wir wohl?‘

‚Ungefähr mit der zehnfachen Lichtgeschwindigkeit.‘“

„Hohoho!“ lachte der starke Herr. „Das müßte allerdings mit dem Teufel zugehen.“

„Das tat’s ja auch“, fuhr der Professor gelassen fort. „Ich überschlug schnell die Sachlage. Zehnfache Lichtgeschwindigkeit, da mußten wir die Entfernung Sonne-Erde in 50 Sekunden zurücklegen.

Bis zum Neptun ist’s dreißigmal so weit. Ich sagte also:

‚So so! Da müssen wir ja schon längst aus dem ganzen Sonnensystem hinaus sein.‘

‚Das sind wir in der Tat.‘

Nun glaubte ich zu begreifen, warum hinter uns die schwarze Nacht war. Da wir soviel schneller als das Licht dahinrasten, konnten uns die Lichtwellen nicht einholen, und es war dunkel. Die von den Seiten kommenden Strahlen dagegen trafen uns. Aber der Glanz da vorn? Durch unsre riesig schnelle Bewegung, dem Licht der Sterne entgegen, mußten die Lichtwellen so stark verkürzt werden, daß selbst die längsten sichtbaren Wellen, die des roten Lichts, bis unter die Länge der überhaupt sichtbaren Wellen herabsanken und somit gar keinen Eindruck mehr auf unser Auge machen konnten. Woher also die Helligkeit vor uns? Es hätte dort auch Dunkelheit herrschen müssen. Der Teufel sah mir wohl an, daß mir etwas nicht klar war und sagte höhnisch:

‚Nun, Herr Professor, das Licht da vorn können Sie wohl nicht natürlich erklären.‘

In diesem Augenblick fiel mir die Lösung ein, und ich sprach ganz ruhig: ‚Das ist doch sehr einfach. Was uns da vorn leuchtet, das sind keine Lichtstrahlen, wie wir Menschen sie zu sehen gewohnt sind, sondern das sind die für unser Auge sonst unwirksamen langen, etwa Wärme- oder elektrischen Wellen jenseits des roten Endes des Spektrums. Durch unsre Eigenbewegungen werden sie so verkürzt, daß wir sie als Licht empfinden. Es ist ein schöner Beweis dafür, daß die Sterne sehr viel ultrarote Strahlen aussenden, die wir noch nicht beobachten konnten.‘

Der Teufel brummte etwas vor sich hin. Er ärgerte sich, weil ich es richtig getroffen hatte. Gleich darauf aber drückte er die Augenbrauen zusammen und zog die Mundwinkel etwas auseinander, wie ich zu tun pflegte, wenn ich so eine recht kniffliche Frage stellen will, – es war zu gemein, daß der Kerl genau so aussah wie ich, – und nun sagte er:

‚Wenn Sie das helle Licht da vorn inkommodiert, so kann ich es auch abblenden. Sehen Sie, ich habe hier einen für alle Strahlen undurchlässigen Schirm, den drehe ich jetzt nach vorn – so – nun kann von vorn kein Licht mehr einfallen, und doch ist noch Licht da –‘

‚Ja, aber es ist viel schwächer.‘

‚Woher kommt nun dieses Licht?‘

Ich geriet in Verlegenheit. Mogelte der Teufel vielleicht? War der Schirm gar nicht völlig undurchsichtig? Nein, die Erscheinung war nicht bloß eine Abschwächung der früheren; es zeigte sich eine ganz andere Sternverteilung. Der starke Glanz in der Mitte war verschwunden. Von den Sternen in unsrer Fahrtrichtung konnte das Licht nicht herrühren. Hatten wir etwa jetzt einen Spiegel vor uns? Ich drehte mich um, hinter uns war es dunkel. Der Teufel grinste. Mir wurde unbehaglich. Ich durfte mich vom Teufel in theoretischen Fragen nicht schlagen lassen. Wer weiß, was er dadurch für Rechte gewann. Das Licht konnte nur von hinten kommen, und doch fuhren wir ihm entgegen – wie – – aber freilich, so mußte es sein –

‚Na, Professorchen?‘ fragte der Teufel wieder mit unheimlicher Gemütlichkeit.

‚Ich weiß es natürlich‘, sagte ich. ‚Das ist das Licht, das wir auf seinem Wege einholen, deswegen scheint es, als käme es von vorn.

Und da wir durch unsre Eigenbewegung die Lichtwellen auseinanderziehen, so sehen wir auch nicht die eigentlichen leuchtenden, sondern die kurzwelligen ultravioletten Strahlen der hinter uns liegenden Sterne; die werden uns jetzt sichtbar. Vorher fiel dieses Licht nur nicht auf, weil es durch die Strahlen von vorn überglänzt war.'"

„Das verstehe ich nicht", sagte Frau Brösen.

„Na, denken Sie sich mal", rief der starke Herr, „eine lange, lange Kolonne Infanterie marschiert vor Ihnen, die holen Sie mit Ihrem Wagen ein und fahren daran vorbei: Da kommen Sie an allen Sektionen vorüber, aber zuerst an der letzten und dann an den früher abmarschierten immer später. Das ist genau so, als wenn der Wagen hielte und die Kolonne marschierte rückwärts an Ihnen vorbei."

„Wissen Sie nicht", fiel die blaue Dame ein, „wie wir das letztemal ins Manöver fuhren, und mein Miezchen verlor das seidne Tuch? Da war's so. Aber da sahen wir doch immer die Leute von hinten?"

„Die Lichtwellen haben aber keinen Rücken", brummte der starke Herr, „die übermitteln Ihnen überhaupt bloß den Eindruck der Schwingungen aufs Auge, die von den Gegenständen ausgehen. Wenn der Professor hätte bis auf die Erde sehen können, so hätte er jetzt alles genau der Zeit nach umgekehrt gesehen, der Uhrzeiger hätte sich von rechts nach links gedreht, und die Menschen wären alle wirklich rückwärts gelaufen."

„Jawohl", sagte der Professor. „Und ich hab' es sogar gesehen. Denn um den Teufel zu ärgern, bemerkte ich: ‚Schade, daß es kein Mittel gibt, das uns die Dinge auf der Erde in erkennbarer Weise sichtbar macht. Dann könnten wir alles, was dort geschehen ist, jetzt zur Abwechslung einmal rückwärts ablaufen sehen. Wir müßten freilich viel langsamer fahren, denn bei unsrer Geschwindigkeit würde ja die Zeit rückwärts *rasen* und man würde nichts deutlich wahrnehmen.'

‚Haha!' lachte der Teufel. ‚Sie könnten natürlich so ein Fernrohr nicht machen, aber für mich ist das eine Kleinigkeit. Sehen Sie mal hier durch das Glas. Für unsre jetzige Entfernung wird es noch reichen. Einen Augenblick – so, ich habe nur unsre Geschwindigkeit so gemäßigt, daß wir das Licht in normaler Geschwindigkeit einholen. Wohin wollen Sie sehen?'

‚Nun, in unsre Stadt. Wahrhaftig, da hab' ich's schon. Das ist ja die Ecke von der Schlammstraße, sogar die Hausnummer kann ich erkennen, No. 21.'"

„Wie?“ Die blaue Dame stieß einen Schrei aus. „Das ist ja unser Haus! Was sahen Sie denn?“

„Ich sah durch das offne Fenster in das Garderobenzimmer –“

„Da hat das Mädchen wieder das Fenster aufgelassen, und ich habe doch –“

„Aber so hören Sie doch erst!“ sagte Frau Brösen zu der blauen Dame.

„Ich konnte ganz gut alles erkennen“, fuhr der Professor fort. „Denn die Sonne schien ins Zimmer. Es war nämlich um die Mittagszeit am vorigen Sonnabend. Da wir jetzt schon eine Stunde mit zehnfacher Lichtgeschwindigkeit gefahren waren, so hatten wir nunmehr das Licht eingeholt, das vor zirka zehn Stunden von der Schlammstraße ausgegangen war.“

„Da war ich nicht zu Hause,“ rief die blaue Dame.

„Es war aber jemand in dem Zimmer. Ich mußte mich nur erst daran gewöhnen, daß ich alles in umgekehrter Zeitfolge sah. Ich wäre auch gar nicht daraus klug geworden, wenn ich nicht immer nur momentan die Augen geöffnet und mir so eine Reihe von Augenblicksbildern geschaffen hätte. Aber wenn ich Ihnen die so nennen wollte, wie ich sie sah, immer das spätere zuerst, ein weibliches Wesen zur Tür hinausgehen, dann dasselbe Wesen im Zimmer, ein Kleid in einen Schrank legen, was aber herausnehmen bedeutete, dann erst den Schrank öffnen, usw., so würden Sie gar nicht klug daraus werden.“

„O Gott, o Gott! Sagen Sie nur, wie's wirklich war! Es waren gewiß Diebe da!“

„Ich weiß nicht. In richtiger Zeitfolge verlief die Sache etwa so, daß ein Mädchen erst in einer Schublade suchte und ein Paar weiße Handschuhe herausnahm –“

„Ach, die vierknöpfigen!“

„Dann aus dem Schrank einen Rock und eine weiße Bluse –“

„Das war meine gestickte, wissen Sie, die mit den echten –“

„Und wie sie mit den Sachen zur Tür hinausging, blieb sie an der Klinke hängen, und es gab einen großen Riß in den Spitzen – –“

„O Himmel! Himmel! Das war mein Mädchen, die wollte ja abends auf den Ball, die hat sich meine Sachen geborgt! Oh! Ich muß nach Hause, gleich!“

Die blaue Dame sprang auf. Der sanfte Jüngling machte eine Verbeugung.

Der Professor fuhr fort: „Ich suchte nun noch weiter mit dem Glase, aber der Teufel nahm es mir aus der Hand.

‚Nun', sagte er mit funkelnden Augen –"

Die blaue Dame seufzte und setzte sich wieder.

„‚Nun, Herr Professor, erklären Sie mir doch einmal dieses Glas auf natürlichem Wege?'

‚Das habe ich gar nicht nötig', sagte ich ganz ruhig. ‚Sie können von mir eine Erklärung nur von natürlichen Vorgängen verlangen, aber Ihr Glas ist irgend eine teuflische Erfindung, will sagen, eine Spiegelfechterei, die die Naturwissenschaft nichts angeht. Da müßten Sie mir erst beweisen, daß es ein richtig gehendes optisches Instrument und nicht eine psychologische Täuschung ist, ehe Sie eine Theorie von mir erwarten dürfen.'

‚Verdammter Kerl, so ein Professor!' knurrte der Teufel. Ich tat, als hätte ich nichts gehört.

‚Aber', fing er wieder an, ‚daß wir überhaupt mit zehnfacher Lichtgeschwindigkeit fahren, die ich jetzt wieder hergestellt habe, das ist doch ein rein technisches Problem, das müssen Sie lösen. Wenn Sie das nicht können, geb' ich mir gar nicht erst so viel Mühe mit Ihnen. Ich mache bloß diese Klappe auf, dann fallen Sie heraus, und die *Sternschnuppe* ist fertig.'

Die Sache wurde fatal. Ich dachte nach. So habe ich noch nie nachgedacht und will's auch nicht wieder tun. Glücklicherweise bin ich Philosoph. Ich sagte mir: ich muß die Sache ganz abstrakt fassen. Der Teufel konnte mir noch viele Fragen stellen, um mich hineinzulegen. Ich mußte den Teufel selbst erklären! Der Teufel brüllte mich an, er dachte offenbar, er hätte mich schon.

‚Wird's bald?' schrie er.

‚Wissen Sie', sagte ich, ‚es gibt zwei Erklärungen. Eine psychologische und eine metaphysische. Nach der psychologischen sind Sie weiter nichts als mein Traumgebilde, eine Phantasie überhaupt, eine Menschheitsphantasie.'

Der Teufel machte eine Bewegung, als wollte er die Klappe öffnen und mich in den Weltraum fallen lassen.

‚Das nutzt Ihnen gar nichts', sagte ich schnell, ‚damit können Sie nichts beweisen. Denn wenn Sie nur eine Phantasie sind, so würde auch mein Fall nur Phantasie sein, und ich würde doch an meinem Schreibtisch, oder wo ich sonst eingeschlafen bin, wieder ganz munter erwachen.'

‚Sie wachen!‘ brüllte er wieder.

‚Ich glaube es auch‘, sagte ich. ‚Denn wenn sich diese Geschichte nur als Traum entpuppte und nicht jetzt wirklich von mir erlebt würde, so wäre sie ziemlich abgedroschen. Dieses Traummotiv habe ich schon zu oft verwertet.‘

‚Nun also!‘

‚Also die metaphysische Erklärung. Da gibt es wieder zwei Erklärungen. Die eine ist naturphilosophisch-kosmologisch, die andere ist mehr ethisch-noologisch.‘

‚Herr, Sie können einen rasend machen! Ich will nicht immer zwei Erklärungen, ich will die richtige.‘

‚In Ihrer Frage, wie Sie das machen, so schnell zu fahren, liegen aber zwei Probleme. Ich kann fragen: Woher kommt es, daß Sie über diese Energiemenge verfügen, die Sie zu der Geschwindigkeit brauchen; und ich kann fragen: Woher kommen Sie selbst?‘

Der Teufel sah mich mit einem Gesichte an, daß ich mich schämte, so dumm-erstaunt aussehen zu können.

‚Sie haben doch überhaupt nicht zu fragen‘, polterte er dann, ‚sondern ich.‘

‚Aber eine Frage erlauben Sie mir noch‘, sagte ich sehr höflich. ‚Es ist nur, damit ich bei meiner Erklärung nicht erst überflüssige Auseinandersetzungen mache.‘

‚Na‘, sagte er etwas milder, ‚das will ich noch gelten lassen. Ich will sie sogar beantworten. Aber das ist die letzte Frage, sonst –‘

‚Sagen Sie mir, bitte, können Sie *Wunder* tun?‘

Da ging eine seltsame Veränderung mit dem Teufel vor. Seine Züge verzerrten sich, er sah gar nicht mehr aus wie ich, er sah aus wie ein tief unglücklicher Mensch und doch wie ein gewaltiger Herr von furchtbarer Willensstärke, den eine Ohnmacht überrascht hat. Ich erschrak. Aber es dauerte nur einen Augenblick. Dann war er wieder der alte. Er runzelte die Stirn und fragte: ‚Was soll das heißen? *Erschaffen* kann ich nichts!‘

‚Ich meine‘, erwiderte ich, ‚können Sie an der ursprünglichen Verteilung der Welt-Energie willkürliche Änderungen hervorrufen, so daß plötzlich für unsre Erkenntnis gänzlich unerwartete und unerklärliche Dinge auftreten?‘

Er lachte bitter. ‚Für euch Menschen unerklärlich? Das wäre was Rechtes! Wie weit könnt ihr denn sehen? Ihr seid endliche Geister und dem Unendlichen gegenüber seid ihr ohnmächtig. Ich aber kann hineingreifen ins Unendliche, wo noch zahllose Weltsysteme mit unendlichen Energieformen schweben, und kann aus ihnen hereinschieben in euren Milchstraßenraum, was ich brauche, daß euch die Haare zu Berge stehen.‘

‚Aha‘, sagte ich, ‚so haben Sie also diese Bewegungsenergie mit der fabelhaften Intensität, die uns zehnfache Lichtgeschwindigkeit gibt, aus irgendeinem unendlich fernen Sternsysteme hierhergeschoben?‘

‚Ungefähr so, wenn auch nicht so einfach, wie Sie sich das denken. Nicht aus einem Systeme, wie dieses hier, sondern aus einem ganz andern Orte, von dem Sie keine Vorstellung haben können.‘

‚Nun also‘, meinte ich, ‚da ist ja die Sache natürlich erklärt. Es fragt sich nur, warum Sie sich diese Mühe machen? Ich möchte mir erlauben zu bemerken, daß Sie da etwas sehr Törichtes getan haben.‘

Da fuhr der Teufel in die Höhe. Es sprühte jetzt tatsächlich Feuer aus seinen Augen, und ich bereute meine Worte.

‚Elender Wurm‘, brüllte er mich an, ‚wie kannst du es wagen, über die Handlungen unendlicher Geister zu urteilen. Zermalmen würde ich dich, wenn nicht – wenn nicht –‘ und mit ruhiger Stimme sprach er weiter: ‚Wenn Sie nicht eigentlich ganz recht hätten, Herr Professor.‘

Und damit sank er wieder wie gebrochen zusammen.

Bei diesem Umschlag ging meine Angst in stille Freude und Sicherheit über. Was konnte mir denn passieren, solange ich recht behielt? Ich glaubte es klar zu erkennen: So mächtig dieser Teufel war, eine Macht war über ihm, das war die Vernunft. Nur wenn ich ihm darin unterlag, mochte ich verloren sein. Aber was nutzte mir das alles, wenn es mir nicht gelang, wieder zur Erde zu entkommen, zu der ich gehörte? Ich wollte doch nicht hier durch Ewigkeiten im Raume reisen. Fragen durfte ich nicht mehr. Was tun?“

„Oh, oh, oh!“ seufzte der sanfte Jüngling und nippte an seiner Zitronenlimonade.

Der Professor fuhr fort: „‚Sie sprachen da‘, begann ich vorsichtig, ‚von den Handlungen unendlicher Geister. Das klingt gerade so, als wenn es mehrere dieser Art gäbe.‘

‚Es gibt nur zwei‘, sagte der Teufel müde, ‚der eine bin ich, und von dem andern sprech’ ich nicht gern.‘

‚Hm! Der andre –‘

‚Schweigen Sie davon!' unterbrach er mich unwirsch.

‚Ich wollte nur sagen, der könnte doch auch ins Unendliche greifen und hier die wunderbarsten Dinge produzieren.'

‚Nein!' brüllte er jetzt wieder wütend. ‚Der tut's eben nicht. Der hat es nicht nötig. Der ist ja doch die Weltvernunft selbst. Der hat die ganze Geschichte so schön eingerichtet, daß alles von selber läuft. Der macht keine Fehler, so braucht er keine Wunder, um sie zu korrigieren. Und das ist eben mein Unheil, das ist meine Tragödie!'

‚Aha! da sind Sie ja auch erklärt, Herr Teufel! Die Macht haben Sie zwar, aber nicht die Vernunft!'

‚Ein Elend ist's, ein vermaledeites. Ich bin nur dazu da, die Fehler in der Welt zu machen. Und auch das nützt mir nichts. Denn die Vernunft kuriert sie immer wieder aus. Das Unvernünftige bloß geht zugrunde. Und so mache ich mich eigentlich selbst tot.'

‚Sie sind also sozusagen der chronische Selbstmord.'

‚Ach was, das ist nicht so wörtlich zu nehmen. Ich habe ja das Unendliche zur Verfügung. Soviel Unvernünftiges auch weggeschafft wird, ich bringe immer neue Störungen hinein. Mit unsrer Fahrt z. B. habe ich eine ganz nette Konfusion in die Welt geworfen. Schon die Untersuchung morgen, wo Sie hingekommen sind –'

‚Verzeihen Sie, das ist doch aber wirklich eine Kleinigkeit. Da gibt's ein paar Zeitungsartikel, und dann ist die Sache vergessen. Warum sprengen Sie nicht die Erde auseinander? Warum drücken Sie nicht das ganze Milchstraßensystem zu einem Klumpen zusammen?'

‚Haha!' lachte der Teufel, ‚was hätte ich davon? Ob das bißchen Materie oder Energie oder wie Sie's nennen wollen, so oder so im Raume umherschwirrt, ob die Stückchen Stoff kleiner oder größer sind, das macht im Grunde verflucht wenig aus. Das Zeug ist ja in unendlichen Mengen da, der Raum und die Zeit auch. Was man so die Natur nennt, das Existierende im Raum, für das ist es ganz egal, wie sich's gestaltet, das hat unendlich viele Wege, um zu seinem Ziel zu kommen. Aber das Ziel, die Idee! Sehen Sie, das eben ist die Hauptsache! Wenn ich daran etwas ändern könnte! Im Bewußtsein liegt's! Darin steckt das Gesetz, da steckt der ganze Weltzweck, daran muß ich mich machen. Deswegen wende ich mich mit Vorliebe an die gelehrten Herren, die sind es, von denen die Vernunftideen gehalten werden. Wenn ich so einen Philosophen holen kann, wie Sie z. B., lieber Professor, da richt' ich mehr aus, als wenn ich eine

Million Sonnensysteme demolierte; denn da tu' ich der Vernunft selbst Schaden.'

‚Das ist mir ja ganz außerordentlich schmeichelhaft', sagte ich. ‚Warum haben Sie aber da nicht lieber Leute wie Sokrates, Galilei, Kant und dergl. geholt?'

‚Hab' ich ja, hab' ich! Sie wissen doch, habe die Staatsgewalten gegen sie gehetzt. Kam nur leider zu spät. Aber – na, warum soll ich mich nicht einmal ein bißchen gegen Sie aussprechen. Sie kommen ja doch nicht mehr auf die Erde zurück und können's nicht ausplaudern – –'

‚O weh!' dachte ich für mich.

‚Also – Sie sagten vorhin, ich hätte die Macht. Aber die ist ziemlich beschränkt. Es ist nun einmal so mit der Welt – das Ziel die Idee ist zeitlos, ist ein bestimmender Gedanke. Aber Wollen und Denken allein können nichts schaffen, können sich nicht verwirklichen als Seiendes; dazu gehört eine andre Form des Zusammenhangs – –'

‚Ich weiß schon', sagte ich, ‚dazu gehört die Existenz in Raum und Zeit. Eine Million Mark habe ich schon oft gedacht und gewollt, aber dazu gebracht hab' ich's immer noch nicht, weil dazu ein Objekt in Zeit und Raum gehört, sei's auch nur jemand, der sie mir schuldet.'

‚Na also, sehen Sie! Und so wenig ich die Existenz von irgend etwas im Raume setzen kann, ebensowenig kann ich etwas aus dem Raume fortschaffen, was einmal drin ist. Denn der Raum ist *unendlich*, daran hängt's! Und selbst ein unendlicher Geist kann das im Raum Existierende nur umwandeln, er kann die Milchstraße zu Bayrisch Bier verarbeiten, aber das bleibt immer im Raume, und ein andrer unendlicher Geist kann wieder Sonnen, Planeten und Philosophen daraus fabrizieren.'

‚Aber wenn der Raum nicht unendlich wäre? Wenn er gewissermaßen in sich selbst zurückliefe, falls man nur weit genug darin fortflöge?' sagte ich lauernd.

‚Hahaha!' lachte der Teufel. ‚Ja wenn! Wenn er wie eine große ringförmige Schachtel wäre, in der man zwar ewig in der Runde herumlaufen, aus der man aber auch einfach etwas hinaustun könnte! Dann hätte ich gewonnenes Spiel. Da könnte ich so eines nach dem andern aus dem Raume werfen, mit andern Worten, ich könnte *Existenz vernichten*, absolut zu nichts machen. Aber tun Sie einmal etwas aus einer Schachtel hinaus, wenn die Schachtel überhaupt nichts außer sich hat, höchstens daß sie wieder in einer Schachtel steckt und so immer wieder und wieder in einer andern. Das hat eben die Weltvernunft so schlau eingerichtet, daß sie die Formen der Existenz an dasselbe Gesetz der Unendlichkeit gebunden hat, wie die Formen des Denkbaren. Und so bin ich ‚armer Teufel' immer nur auf kleine Mittel angewiesen, wenn ich der Existenz des Vernünftigen an den Leib will.'

Als ich den Teufel so reden hörte, ward mir ganz wundersam froh zumute. Ein Plan der Rettung tauchte in mir auf."

„Ach ja!" sagte plötzlich der sanfte Jüngling, der bis jetzt geschwiegen hatte. Der Professor sah ihn verwundert an.

„Entschuldigen Sie", stammelte der Jüngling, „ich freute mich nur so, daß der Teufel schließlich doch nichts ausrichten kann, selbst nicht mit dem bayrischen Bier."

„Na", meinte der Professor, „da freuen Sie sich nur nicht zu früh."

„Aber der Alkohol ist doch eine teuflische Einrichtung", bemerkte der sanfte Jüngling schüchtern. „Der ist doch wohl eines der größten Mittel des Teufels."

„Da ist der Teufel andrer Meinung. Wissen Sie, was er weiter zu mir sagte? Ich brachte ihn nämlich auf seine sogenannten kleinen Mittel, weil ich inzwischen über meinen Plan nachdenken wollte. Und da sagte er unter andrem, jetzt betreibe er mit Vorliebe die Verbreitung der *Abstinenz*."

„Was? Wie?"

„Ja. Der Alkoholgenuß nämlich, so sagte der Teufel, ist einer meiner größten Feinde. Ohne den wäre die Menschheit wohl längst ausgestorben. Es ist freilich richtig, durch den Mißbrauch des Alkohols, den sogenannten *Suff*, werden ja viele Menschen und ganze Generationen ruiniert, aber das nützt mir nicht viel. Das sind nämlich immer haltlose Menschen ohne Willensstärke. Insofern wirkt also der Suff als eine *moralische Auslese*; durch ihn werden gerade die charakterlosen Menschen vernichtet und an der Weiterverbreitung verhindert, während die sittlich starken übrig bleiben. Der Suff verbessert die Rasse. Das ist mir natürlich fatal. Die Abstinenz als Gewohnheit bewirkt nun, daß die Willensschwachen und Schwächlichen sich erhalten, und verschlechtert somit die Menschheit; denn sie ändert ja nicht den Charakter der Menschen, sondern beseitigt nur ein Sympton ihrer Schwäche."

„Aber, aber –“

„Ich teile ja nur mit, was der Teufel sagte. Übrigens“, fuhr er fort, „ist die Beseitigung des sogenannten Suffs nur Nebensache. Was mich an der Abstinenz freut, ist daß sie der Menschheit das unentbehrlichste Vorbeugungs- und Anregungsmittel entzieht. Lassen Sie nur ein paar Generationen keinen Alkohol mehr genießen, so stirbt in den folgenden das ganze Volk an Darmkrankheiten und Nerventrägheit aus. Absolute Abstinenz fördere ich daher mit Vorliebe.“

„Oh, oh, Herr Professor“, seufzte der sanfte Jüngling.

„Sehr richtig!“ rief der starke Herr.

Die blaue Dame bat um ein Glas Glühwein.

„Jetzt aber“, sagte die kleine Brösen, „kommen Sie nun endlich dazu, wie Sie den Teufel losgeworden sind.“

„Gern“, begann der Professor wieder. „Wir redeten noch so allerlei, dazwischen fragte ich, wie man es denn mache, das Raum-Automobil anzuhalten.

‚Haha!‘ lachte der Teufel, ‚Sie denken wohl, das werde ich Ihnen sagen? Die Operation mit dem unendlichen Vektor? Nein, das kann ein endlicher Geist nie verstehen. Ich drücke nur so – so – – Die Energie kommt nicht aus dem Unendlichfernen, sondern aus dem Unendlichkleinen!‘

‚Und da ist soviel darin?‘

‚Ja nun, natürlich. Da sind ja die unendlich vielen Unteratomwelten! Ich kann da Bewegungsenergie von beliebig hoher Intensität herausziehen –‘

‚Was? Wir könnten noch schneller fahren?‘

‚Freilich, mit tausend-, mit millionenfacher Lichtgeschwindigkeit.‘

‚Das glaube ich nicht.‘

‚Herr, ich muß bitten!‘

‚Entschuldigen Sie! Aber doch keinesfalls mit zwanzig-millionenfacher Lichtgeschwindigkeit?‘

‚Ich werde es Ihnen gleich zeigen. Dann lassen Sie mich aber ein wenig in Ruhe, denn es fällt mir nicht ein, mich sämtliche hunderttausend Billionen Kilometer unsrer Reise hindurch zu unterhalten.‘

Der Teufel machte nun einige seltsame Manipulationen, wobei er mich mit der einen Hand festhielt. Als er mich wieder losließ, bemerkte ich, daß wir eine ganz unbeschreibliche Geschwindigkeit angenommen haben mußten. Die näheren Sterne zur Seite ließen wir rasch hinter uns. Wir fuhren in der Sekunde sechs Billionen Kilometer, das ist ein Weg, zu dem das Licht über ein halbes Jahr braucht. Gleich darauf legte sich der Teufel zurück und schlief sofort ein."

„Na, erlauben Sie mal", sagte der starke Herr, als der Professor eine Pause machte, um sich eine neue Zigarre anzuzünden, „das von den kolossalen im Unendlichkleinen noch festgelegten Energiemengen will ich allenfalls glauben. Wir haben ja beim Radium gesehen, welcher Kraftvorrat noch in den Atomen ruht, und es ist jedenfalls denkbar, daß weit unter dem uns Zugänglichen noch unerschöpfliche gebundene Kräfte stecken. Denn das Unendliche geht so gut nach unten wie nach oben, für uns ist's nur ein Fragezeichen, und der Teufel weiß wie man dazu kam. Aber daß eben dieser Teufel auch schlafen sollte wie unser einer, das sollen Sie mir nicht weismachen."

Der Professor brachte erst mit großer Sorgfalt seine Zigarre in Brand, dann schaute er den starken Herrn vergnüglich an und sprach:

„Er schlief ja auch gar nicht. Ich dachte mir natürlich gleich, daß das bloß ein *Kniff* sei. Er hatte doch offenbar noch andres zu tun, als mit mir zu reisen, wollte mich aber nicht ohne Aufsicht lassen; und da er meine Gestalt deshalb beibehalten mußte, so konnte er sich vermutlich nicht anders helfen, als sich schlafend zu stellen. Wahrscheinlich war er durch irgendwelche Rücksichten, die ich nicht kenne, dazu gezwungen, denn sonst hätte er's nicht gerade in dem Augenblick getan, als ich ihn zu der Sechsbillionen-Geschwindigkeit beredet hatte."

„Ja, aber warum taten Sie denn das überhaupt?" fragte Frau Brösen. „Ich habe mich schon vorhin gewundert. Sie sollten doch – so – na, ich weiß nicht wie weit reisen, da lag es in Ihrem Vorteil, möglichst langsam zu fahren, um nicht so bald – was sollten Sie doch werden."

„Ein Meteor, oder auf dem Mars verheiratet. Hm," sagte der Professor, „ich wollte aber weder das eine noch das andere, auch wollt' ich nicht so lange reisen, ich wollte nach der Erde zurück, und dazu mußte ich schnell fliegen, und zwar immer gerade aus."

„Das versteh' ich nicht", rief Frau Brösen. „Reden Sie deutlicher."

„Nun, wenn Sie von hier aus immer gerade nach Westen reisen, so kommen Sie, da die Erde eine Kugel ist, doch schließlich von Osten her an dieses liebliche Weltdorf wieder zurück –"

„So klug bin ich auch. Aber die Welt ist doch keine Kugel, an deren Oberfläche ich herumreise –“

„Nein, aber der Raum, sehen Sie, der Raum, worin wir alle uns bewegen, der ist nämlich krumm, ohne daß wir's merken. Früher haben die Menschen auch die Erdoberfläche für eine Ebene gehalten, auf der man geradeaus gehen konnte, und jetzt wissen wir, daß wir auf einem Kreise reisen, obwohl wir immer dieselbe Richtung einhalten. Unsre Mathematiker wissen nun schon lange, daß es mit unserm Raume auch *sein könnte*. Allerdings besaß man kein Mittel, um zu entscheiden, ob unser Raum wirklich in sich zurücklaufe, man wußte nur, daß für das Denken kein Widerspruch darin liegt. Nun aber ist es mir wirklich gelungen zu entdecken, was der Teufel nicht wußte, – meine Abhandlung ist nämlich noch nicht veröffentlicht, – es ist mir geglückt, den sogenannten Krümmungsradius unsres Raumes mit voller Sicherheit zu bestimmen. Um es streng wissenschaftlich auszudrücken: Unser Raum ist kein *euklidischer*, sondern ein sog. *elliptischer* Raum mit zugeordneten Polen und einem Krümmungsradius von etwas über 3000 Lichtjahre; das bedeutet, daß das Licht etwas über zehntausend Jahre braucht, um wieder an seinen Ausgangspunkt zurückzukehren.“

„Na, na, na!“ rief der starke Herr. „Das könnte schon sein, aber da müßten wir doch auch das Sonnenlicht wieder von der andern Seite zurückkommen sehen; wir müßten immer eine Gegensonne im Rücken haben.“

„Würden wir auch, wenn der Raum vollständig durchsichtig wäre. Aber in diesem Raum treibt sich so viel lichtverschluckender Staub herum, daß auch das stärkste Licht nicht den ganzen Weg zurücklegen kann, ohne aufgesaugt zu werden. Wir können so weit nicht sehen, selbst der Teufel nicht. Na, und der beste Beweis dafür ist: Ich bin den ganzen Weg gefahren.“

„Aber“, brummte der starke Herr, „woher wußten Sie denn, daß Ihr Wägelchen nicht von der geraden, will sagen, der kürzesten Linie im Raume abgelenkt werden konnte?“

„Nun, der Teufel hatte mir doch gesagt, unser Fahrzeug sei aus Stellit. Das ist der Name, den ich für einen idealen Stoff gewählt habe, wodurch alles von ihm Umschlossene frei von der Schwerewirkung wird. Wir konnten demnach durch die Anziehung der Sterne nicht abgelenkt werden. Ich durfte also annehmen, daß unser geradliniger Weg, der nach Ansicht des Teufels ins Unendliche führte, uns tatsächlich wieder in das Sonnensystem zurückbringen mußte. Deswegen hatte ich den Teufel überredet, unsre Geschwindigkeit auf die zwanzigmillionenfache des Lichts zu bringen. Denn dann konnten wir, wie ich mir schon ausgerechnet hatte, die ganze wirkliche Reise um die Welt in noch nicht ganz fünf Stunden vollenden. Und ich wollte doch noch gern während der Nacht nach Hause kommen."

„Nach Hause?" rief die blaue Dame wieder aufspringend. „Ach ja, ich wollte ja auch nach Hause. Ich muß ja nachsehen –"

„Na nun warten Sie nur noch ein wenig," beruhigte sie der Professor. „Mit dem ‚nach Hause' war es nicht so einfach. Ich wollte zunächst nur wieder in unserm Sonnensystem sein, denn in diesen fremden Fixsternwelten konnte sich ja kein Mensch auskennen. Aber wirklich nach Hause, ja auch nur nach der Erde und aus diesem Miniatur-Weltkörperchen herauskommen – das war die Schwierigkeit. Und das sagte ich mir von vornherein, daß ich dazu den Teufel nötig hatte. Ich wußte ja nicht, wie er mich hereingebracht hatte – auch er nur konnte mich wieder herusbugsieren – – Zunächst schien er neben mir zu schlafen, obgleich ich sicher war, daß dieses Phantom neben mir nur eine Atrappe vorstellte, einen Meldeapparat für den Teufel, wenn ich irgend etwas Eigenmächtiges an dem Apparat zu ändern versucht hätte. Ich verhielt mich mäuschenstill. Vier Stunden etwa mußten noch vergehen, ehe unsre Mutter Sonne als kleines, schwaches Sternchen wieder auftauchen konnte, und dann näherten wir uns ihr von der andern Seite her. Und die Erde war auch ein Stück auf ihrer Bahn fortgelaufen und hatte sich dabei um ihre Achse gedreht. Und wenn wir so mit unsrer wahnsinnigen Geschwindigkeit gegen die Erde angefahren wären, so hätten wir einfach ein Loch hindurchgeschossen, falls das Stellit es aushielt. Während ich mir das alles überlegte, wurde mir ganz jämmerlich zu Mute. Schlimmer konnte mich der Teufel wahrhaftig nicht holen. Ich kann schon das Reisen überhaupt nicht leiden, und nun gar, wenn das Ankommen so unbestimmt ist! Und nicht einmal etwas zu essen oder zu trinken, nicht einmal eine Zigarre!"

„Sie tun mir aber auch wirklich leid", sagte die blaue Dame gutmütig.

„Nicht wahr? Ich mir auch. Ich sah ja unglaubliche Dinge in jenen fernen Weltgegenden, Lichtnebel vor mir lösten sich zu Sternenhimmeln auf und schwanden wieder hinter mir zu schimmernden Wölkchen; – ich aber saß neben dem schlafenden Teufel, Stunde um

Stunde, und wußte nicht, soll ich ihn rufen, soll ich noch warten. – – Und nun fiel mir's erst aufs Herz – bei der rasenden Geschwindigkeit, mit der wir fuhren, war es ja gar nicht möglich, irgend ein Sternbild zu erkennen, wenn wir auch wieder in unsre Himmelsgegend kamen – ich hätte gar nicht gewußt, ob ich an der Sonne vorbeisauste, denn selbst einen Raum vom sechzigfachen Durchmesser der Neptunsbahn durchmaßen wir im zehnten Teil einer Sekunde – ich war einfach verloren im Weltraum – ich war selber schon viel weniger als eine Sternschnuppe – – –

Da – ich fühlte, wie ich den Sitz unter mir verlor – aber irgend eine Gegenkraft hielt mich schwebend – ich kam zur Ruhe und merkte sofort, daß die Sterne wieder stillstanden, ich erkannte den vertrauten Himmel unsrer Milchstraße, und da, direkt vor uns, das hellstrahlende Pünktchen, das konnte nichts andres sein als unsre liebe Sonne – –

‚So soll doch aber!' polterte der erwachte Teufel neben mir, der seinen Sitz ebenfalls unfreiwillig verlassen hatte. ‚Da habe ich vergessen, die 20 millionenfache Lichtgeschwindigkeit abzustellen – und nun – nun haben wir das ganze Reiseprogramm von 100 000 Billionen Kilometer in kaum fünf Stunden abgefahren!'

Nun sah ich, daß der Teufel unter seinem Sitze eine richtige Taxameteruhr gehabt hatte, die auf 100 000 Billionen Kilometer gestellt war. In dem Augenblick, da diese Strecke von dem Automobil abgefahren war, hatte es sich selbstätig bis auf einfache Eigengeschwindigkeit der Sonne abgebremst. Aber ich bekam einen neuen Schreck. Jetzt fiel mir erst auf, daß die vom Teufel mir bestimmte Reisestrecke mit dem Umfang des elliptischen Raumes, wie ich ihn berechnet hatte, fast genau übereinkam. Hatte der Teufel vielleicht doch gewußt, daß der Raum endlich ist? Hatte er mich getäuscht und sich vorgesehen?

Das ging mir durch den Kopf, während der Teufel bereits fortfuhr:

‚Wo sind wir denn eigentlich? Das versteh' ich nicht. Wir sind ja wieder im Sonnensystem, dicht an der Neptunsbahn, aber genau an der entgegengesetzten Seite, als wo wir hinausfuhren. In der Richtung sind wir aber nirgends abgewichen, das hätte ich gleich gemerkt.'

Nun erkannte ich, daß der Teufel nichts vom Krümmungsmaß des Raumes wußte. Mochte die Übereinstimmung der Zahlen nur Zufall sein oder irgend einen unbekannten innern Grund haben, jedenfalls hielt mein Begleiter den Raum immer noch für *unendlich*.

‚Gestatten Sie', fiel ich daher neu ermutigt ein, ‚das kann ich Ihnen nun gleich erklären. Ich hoffe, Sie werden dann –'

‚Gar nichts werde ich. Die Reise ist zu Ende, und jetzt mache ich mit Ihnen, was ich Lust habe. Aber erklären können Sie vorher immer noch.'

‚Hm!' brummte ich. ‚Sie haben sich eben getäuscht, wenn Sie den Raum für unendlich hielten. Unsere Mathematiker wissen längst, daß unendlich viele Raumarten denkbar sind, die keinerlei Widerspruch in sich enthalten. Nur ob *unser* Raum, die Bedingungsform unsrer Existenz, jene Eigenschaft der Krümmung besitzt, das ließ sich nicht beweisen. Nun sind wir aber tatsächlich immer geradeaus gefahren und doch wieder an dieselbe Stelle zurückgekommen. Also ist der Raum unsrer Erfahrung nicht ein sogenannter euklidischer Raum, sondern er führt nach 100 000 Billionen Kilometer in sich zurück. Der Raum ist *endlich.* Ich habe das schon lange gewußt; hätten Sie mich meine Manuskripte mitnehmen lassen, da steht's.'

Der Teufel blieb eine Weile ganz starr und dachte nach.

‚Was?' rief er dann. ‚Der Raum ist wahrhaftig krumm? Das heißt, er ist nicht unendlich? Und das habe ich nie gemerkt? Freilich bin ich auch noch niemals so schnell geradeaus gefahren. Dann aber – wenn das so ist – ha! Dann weiß es auch der andre nicht! Dann ist ja die ganze Weltvernunft auf dem Holzwege! Dann ist die Form der körperlichen Existenz nicht ebenso unendlich wie die Form des Gedankens und der Idee? Ei, dann habe ich *gewonnen!* Dann kann ich ja nach und nach die ganze Natur, all ihren gesetzlichen Inhalt, aus ihrer Existenzform heraus werfen, ins Nichts verrinnen lassen – ich kann *vernichten!* Was kein Gott und kein Teufel zu begreifen vermochte – so ein Professor kriegt es heraus! Bei meiner Großmutter, du bist ein Prachtkerl! Bruderherz, ich muß dich umarmen!'

Eigentlich war ich etwas beschämt; aber ich sagte doch: ‚Nun werden Sie aber wohl –'

‚Ja natürlich!' rief der Teufel. ‚Dich laß ich laufen. Um dich wär' es schade. So ein Genie muß den Menschen erhalten bleiben. Gleich bring' ich dich auf die Erde zurück.'

„Hohoho!" lachte der starke Herr. „Da sind Sie aber schön 'reingefallen!"

Der Professor schwieg und nickte ein paarmal leicht mit dem Kopfe. Dann nahm er einen Schluck aus dem Glase und zündete die Zigarre wieder an.

„Nun, und? Was weiter?“ fragte die kleine Brösen.

„Das war das letzte, was ich vom Teufel hörte. Ich fand mich in meinem Arbeitszimmer wieder. Die Uhr zeigte 25 Minuten nach zwei Uhr morgens. Sonntag. Ich war todmüde und ging zu Bett.“

„Aber, Herr Professor“, fragte die blaue Dame, „die Geschichte ist doch wohl gar nicht wahr?“

„Es ist alles wahr, ganz genau, bis auf die Hausnummer der Schlammstraße, 21; diese kleine Episode spielte in einer andern Wohnung. Aber das andere – darauf können Sie sich verlassen.“

„Hohoho! Prosit Professor!“ rief der starke Herr.

Der sanfte Jüngling goß sich ein Glas Wasser ein, und die blaue Dame sagte:

„Es ist aber doch wirklich nett vom Teufel, daß er Sie wiedergebracht hat.“

Die Universalbibliothek

„Nun setze dich endlich einmal her, Max", sagte der Professor Wallhausen, „es ist wirklich nichts für deine Zeitschrift unter meinen Papieren. Was darf ich dir eingießen, Wein oder Bier?"

Max Burkel trat an den Tisch und zog die Augenbrauen bedächtig in die Höhe. Dann ließ er seine kräftige Figur behäbig auf dem Lehnstuhl nieder und sprach:

„Eigentlich bin ich Temperenzler geworden. Aber auf Reisen – ich sehe, ihr habt da so ein prächtiges Kulmbacher – ach, ich danke sehr, liebes Fräulein – nicht so voll! Na, wohl bekomm's, alter Knabe, verehrte Freundin! Prosit, Fräulein Briggen! Das ist riesig gemütlich, daß ich wieder einmal bei dir sitze. Aber, da hilft nun nichts, schreiben mußt du mir doch etwas."

„Weiß augenblicklich wirklich nichts. Es wird überhaupt schon so entsetzlich viel Überflüssiges geschrieben und leider auch gedruckt –"

„Das brauchst du einem geplagten Redakteur wahrhaftig nicht erst zu sagen. Es fragt sich nur, was davon das Überflüssige ist. Darüber sind Publikum und Autor sehr verschiedener Ansicht. Und unsereiner trifft immer gerade das, was die Kritik für überflüssig hält. Ha, ich freue mich" – und er rieb sich vergnügt die Hände – „daß mein Vertreter noch drei Wochen für mich schwitzen muß."

„Ich wundere mich", begann die Hausfrau, „daß Sie überhaupt immer noch etwas Neues zu drucken haben. Ich dächte, es müßte nun so ziemlich alles durchprobiert sein, was Sie mit Ihren paar Lettern zusammenstellen können."

„Das ist eigentlich wahr, Frau Professor – sollte man denken – aber, der menschliche Geist ist unerschöpflich –"

„In Wiederholungen – meinen Sie."

„Gott sei Dank, ja!" lachte Burkel. „Aber doch auch an Neuem."

„Und trotzdem", bemerkte der Professor, „vermag man alles in Lettern darzustellen, was der Menschheit jemals gegeben werden kann an geschichtlichem Erlebnis, an wissenschaftlicher Erkenntnis, an poetischer Kraft, an Lehren der Weisheit. Wenigstens, soweit es sich in der Sprache ausdrücken läßt. Denn unsere Bücher vermitteln doch tatsächlich das Wissen der Menschheit und bewahren den Schatz, den die Arbeit des Denkens gehäuft hat. Die Zahl der möglichen Kombinationen gegebener Buchstaben ist aber begrenzt. Also muß alle überhaupt mögliche Literatur sich in einer endlichen Anzahl von Bänden niederlegen lassen."

„Na, alter Freund, da redest du wohl wieder einmal mehr als Mathematiker denn als Philosoph. Wie soll das Unerschöpfliche endlich sein?"

„Erlaube, ich will dir gleich ausrechnen, wieviel Bände die Universalbibliothek haben wird."

„Du, Onkel, wird's sehr gelehrt?" fragte Susanne Briggen.

„Aber Suse, für eine junge Dame, die eben aus der Pension kommt, ist doch nichts zu gelehrt?"

„Danke schön, Onkel, aber ich fragte eigentlich nur, um zu wissen, ob ich mir meine Handarbeit dazu holen soll, weil – ich dann besser nachdenken kann, weißt du."

„Aha, Schlauköpfchen, du wolltest eigentlich wissen, ob ich eine sehr lange Rede halten werde. Ich denke gar nicht dran. Doch du könntest mir dort den Bogen Papier geben und den Bleistift."

„Bringen Sie nur auch gleich die Logarithmentafel mit", bemerkte Burkel trocken.

„Um Gotteswillen", wehrte die Hausfrau.

„Nein, nein, ist nicht nötig", rief der Professor. „Und mit der Handarbeit brauchst du nicht zu protzen, Suse."

„Hier hast du eine bequemere", sagte die Hausfrau und schob ihr die Schale mit Äpfeln und Nüssen hin.

„Danke", antwortete Susanne, und ergriff den Nußknacker. „Nun nehme ich's mit deinen härtesten Nüssen auf."

„Jetzt kann erst einmal unser Freund reden", begann der Professor. „Ich frage: Wenn man sich knapp einrichtet und auf besondere ästhetische Darstellung durch verschiedene Schriftgattungen verzichtet, auch mit einem Leser rechnet, der es nicht zu bequem haben will, dem es nur auf den Sinn ankommt –"

„Aber den gibt's ja gar nicht."

„Nun, nehmen wir ihn an. Wieviel Lettern wird man für die gesamte schöne und Unterhaltungsliteratur brauchen?"

„Na“, sagte Burkel, „beschränken wir uns auf die großen und kleinen Buchstaben des lateinischen Alphabets, die gebräuchlichen Interpunktionszeichen, die Ziffern und – nicht zu vergessen – das Spatium –“

Susanne blickte fragend von ihren Nüssen auf.

„Das ist die Type für den Zwischenraum, wodurch der Setzer die einzelnen Worte auseinander hält und die leer bleibenden Stellen ausfüllt. Das wäre also nicht zu viel. – Aber für wissenschaftliche Bücher! Was habt ihr Mathematiker für eine Masse Symbole!“

„Da helfen wir uns durch Indizes, durch kleine Zahlen, die wir oben oder unten an die Buchstaben des Alphabets setzen, wie a_0, a_1, a_2 usw. Dazu brauchen wir nur noch eine zweite und dritte Reihe der Ziffern von 0 bis 9. Ja dadurch könnte man sogar bei ausreichender Verabredung beliebige fremdsprachliche Laute darstellen.“

„Meinetwegen. Ich will auch das deinem Idealleser zutrauen. Dann schätze ich, daß wir allerdings nicht mehr als etwa hundert verschiedene Zeichen nötig haben, um alles Denkbare durch die Schrift ausdrücken zu können.“

„Nun, sieh mal an. Und wie stark wollen wir einen Band machen?“

„Ich meine, man kann schon recht erschöpfend über ein Thema schreiben, wenn man einen Band von fünfhundert Seiten damit anfüllt. Denken wir uns auf der Seite etwa 40 Zeilen mit 50 Buchstaben (wobei natürlich Spatien, Interpunktionen usw. stets mitgezählt sind), so bekämen $40 \times 50 \times 500$ Buchstaben für einen solchen Band, das gibt – – Ja, das kannst du lieber ausrechnen.“

„Eine Million“, sagte der Professor. „Wenn man also unsere 100 Zeichen, beliebig oft wiederholt, in irgend einer Ordnung so oft zusammenstellt, daß sie einen Band von einer Million Buchstaben füllen, so wird man irgend ein Schriftwerk bekommen. Und wenn man *alle* möglichen Zusammenstellungen sich denkt, die überhaupt in dieser Weise rein mechanisch gemacht werden können, so hat man genau sämtliche Werke, die jemals in der Literatur geschrieben worden sind oder in Zukunft geschrieben werden können.“

Burkel schlug den Freund kräftig auf die Schulter.

„Du, auf die Universalbibliothek abonniere ich. Dann habe ich ja sämtliche zukünftigen Bände der Zeitschrift schon fix und fertig in der Druckvorlage. Ich brauche mich um keine Beiträge zu kümmern. Das ist ja prachtvoll für den Verleger, das ist die Ausschaltung des

Autors aus dem Geschäftsbetrieb! Ersatz des Schriftstellers durch die Kombinationsmaschine, Triumph der Technik!"

„Wie?" rief die Hausfrau. „Alles ist in der Bibliothek? Auch der ganze Goethe? Die Bibel? Die Gesamtausgaben der Werke aller Philosophen, die nur je gelebt haben?"

„Und sogar mit sämtlichen Lesearten, auf die noch kein Mensch gekommen ist. Du findest da auch sämtliche verlorenen Schriften des Platon oder des Tacitus und die Übersetzungen dazu. Ferner sämtliche zukünftigen Werke von uns beiden, alle vergessenen und noch zu haltenden Reichstagsreden, den allgemeinen Weltfriedensvertrag, die Geschichte der darauffolgenden Zukunftskriege –"

„Und das Reichskursbuch, Onkel!" rief Susanne. „Das ist doch dein Lieblingsbuch."

„Gewiß, und deine sämtlichen deutschen Aufsätze bei Fräulein Grazelau."

„Ach, hätte ich doch das Buch schon im Pensionat gehabt! Aber ich denke, es handelt sich immer um einen ganzen Band –"

„Erlauben Sie, Fräulein Briggen", fiel Burkel ein, „vergessen Sie nicht die Spatien. – Jedes kleinste Verschen kann einen Band für sich bekommen, das übrige ist dann leer. Und wir können auch die längsten Werke darin haben, denn wenn sie in *einem* Bande nicht Platz finden, da suchen wir die Fortsetzung in einem andern."

„Na, ich danke für das Heraussuchen", sagte die Hausfrau.

„Damit hat es auch seinen Haken", begann der Professor schmunzelnd, indem er sich in seinen Sessel zurücklehnte und den Rauch seiner Zigarre behaglich mit den Blicken verfolgte. „Es könnte zwar scheinen, als ob das Heraussuchen dadurch erleichtert würde, daß die Bibliothek auch ihren eigenen Katalog enthalten muß –"

„Nun also –"

„Ja, aber wie willst du den herausfinden? Und wenn du einen Band gefunden hättest, so wärest du auch nicht weiter, denn es sind ja nicht bloß die richtigen, sondern auch alle möglichen falschen Titel und Signaturen darin."

„Teufel auch, das ist wahr!"

„Hm! Es gibt da so einige Schwierigkeiten. Nehmen wir z. B. den ersten Band unserer Bibliothek zur Hand. Die erste Seite ist leer, die zweite ebenfalls, und so fort, alle 500 Seiten. Es ist nämlich der Band, worin das Zeichen des Spatiums ein Millionenmal wiederholt ist –"

„Da kann wenigstens kein Unsinn darin stehen“, warf Frau Wallhausen ein.

„Ein Trost! Nun der zweite Band, auch leer, alles leer, bis auf der letzten Seite, ganz unten, an der millionsten Zeichenstelle ein schüchternes a steht. Im dritten Bande ist es wieder so, nur daß das a um eine Stelle vorgerückt ist, an letzter Stelle steht jetzt wieder das Spatium. Und so schiebt sich das a in jedem Bande um eine Stelle weiter nach vorn durch eine Million Bände, bis es im ersten Bande der zweiten Million glücklich die erste Stelle erreicht hat. Weiter steht nichts in diesem interessanten Bande. Und so geht es durch die ersten hundert Millionen unserer Bände, bis alle hundert Zeichen ihren einsamen Weg von hinten nach vorn durchlaufen haben. Ein Gleiches wiederholt sich dann mit aa oder mit irgend zwei anderen Zeichen in allen möglichen Stellungen. Ein Band bringt nur Punkte, einer nur Fragezeichen.“

„Na“, sagte Burkel, „diese inhaltlosen Bände würde man ja bald erkennen und ausscheiden –.“

„Hm, ja – aber das Schlimmste kommt erst, wenn man einen scheinbar vernünftigen Band gefunden hat. Du willst z. B. etwas im ‚Faust‘ nachsehen und trifft auch wirklich den Band mit dem richtigen Anfang. Und wenn du ein Stückchen gelesen hast, geht es auf einem weiter: ‚Papperle, happerle, nichts ist da!‘, oder einfach ‚aaaaa‘ … Oder es beginnt eine Logarithmentafel, aber auch von der weiß man nicht, ob sie richtig ist. Denn in unserer Bibliothek steht ja nicht nur alles Richtige, sondern auch alles Falsche. Durch die Überschriften darf man sich nicht irreführen lassen. Ein Band fängt vielleicht an: ‚Geschichte des Dreißigjährigen Krieges‘ und geht weiter: ‚Als Fürst Blücher die Königin von Dahomey bei den Thermopylen geheiratet hatte …‘

„Du, Onkel, das ist etwas für mich!“ rief Susanne vergnügt. „Die Bände könnte ich schreiben, denn wenn es durcheinandergehen soll, da entwickle ich großes Talent. Da steht gewiß auch der Anfang drin, den ich einmal von der Iphigenie deklamiert habe:

‚Heraus in eure Schatten, rege Wipfel,
Der Not gehorchend, nicht dem eignen Trieb,
Auf diese Bank von Stein will ich mich setzen.‘

Wenn das da gedruckt stände, so wäre ich doch gerechtfertigt. Und da fände ich gewiß auch den langen Brief, den ich an euch geschrieben habe, und der dann auf einmal verschwunden war, als ich ihn abschicken wollte. Mika hatte ja ihre Schulbücher darauf gelegt. – O je!“ unterbrach sie sich verlegen, indem sie die widerspenstigen braunen Haare aus der Stirn strich. „Fräulein Grazelau hat mir doch ausdrücklich gesagt, ich soll mich in acht nehmen, daß ich ja nicht ins Schwatzen komme!“

„Hier bist du ganz gerechtfertigt“, tröstete der Onkel. „Denn in unserer Bibliothek stehen nicht nur deine sämtlichen Briefe, sondern auch sämtliche Reden, die du je gehalten hast oder halten wirst –“

„Ach, da gib doch lieber die Bibliothek nicht heraus!“

„Sorge dich nicht, sie stehen ja nicht bloß mit deinem Namen sondern auch mit dem von Goethe und überhaupt mit sämtlichen möglichen Namen der Welt unterzeichnet. Da findet z. B. auch unser Freund mit seiner Unterschrift verantwortlich gezeichnete Artikel, die alle denkbaren Preßvergehen enthalten, so daß sein ganzes Leben nicht ausreicht, die Strafen abzusitzen. Da findet sich ein Buch von ihm, wo hinter jedem Satze steht, daß er falsch ist, und ein Band, wo hinter genau denselben Sätzen die Wahrheit beschworen wird – –“

„Na, nun ist's gut“, rief Burkel lachend. „Ich wußte ja gleich, daß du uns etwas aufbinden würdest. Also, ich abonniere nicht auf die Universalbibliothek, denn es ist ja unmöglich, den Sinn aus dem Unsinn, das Richtige aus dem Falschen herauszusuchen. Wenn ich nun so und so viel Millionen Bände finde, die alle behaupten, die wahre Geschichte des Deutschen Reiches im 20. Jahrhundert zu enthalten, und die sich alle vollständig widersprechen, da kann ich ja gleich die Werke der Historiker selbst nehmen. Ich verzichte.“

„Das ist sehr schlau von dir. Denn du hättest dir eine hübsche Last aufgeladen. Übrigens flunkere ich nicht. Ich habe ja nicht behauptet, daß du dir das Brauchbare heraussuchen könntest, sondern nur, daß man genau die Zahl der Bände angeben kann, die unsere Universalbibliothek enthält und worin neben allem Sinnlosen auch alle sinnvolle Literatur stehen muß, die überhaupt möglich ist.“

„Da rechne es nur mal aus, wieviel Bände es sind“, sagte die Hausfrau. „Denn dieses weiße Papier läßt dir doch eher keine Ruhe.“

„Das ist ganz einfach, das kann ich im Kopfe machen. Wir überlegen uns nur, wie wir unsere Bibliothek herstellen. Wir setzen zunächst jedes unserer hundert Zeichen einmal hin. Dann fügen wir zu jedem wieder jedes der hundert Zeichen, so daß hundertmal hundert Gruppen zu je zwei Zeichen entstehen. Indem wir zum drittenmal jedes Zeichen hinzusetzen, bekommen wir 100 × 100 × 100 Gruppen von je drei Zeichen, und so fort. Und da wir eine Million Stellen im Bande zur Verfügung haben, so entstehen so viel Bände, als eine Zahl angibt, die man erhält, wenn man 100 ein Millionenmal als Faktor setzt. Da 100 gleich zehnmal zehn ist, so bekommt man dasselbe, wenn man die Zehn zweimillionenmal als Faktor schreibt. Das ist also einfach eine Eins mit zwei Millionen Nullen. Hier steht sie: Zehn hoch zwei Millionen: $10^{2\,000\,000}$."

Der Professor hielt das Papier in die Höhe.

„Ja", rief seine Frau, „ihr macht euch die Sache leicht. Aber schreibe sie einmal aus."

„Ich werde mich hüten. Da hätte ich mindestens zwei Wochen lang Tag und Nacht ohne Pause daran zu schreiben. Die Zahl würde im Druck etwa eine Länge von vier Kilometern erreichen."

„Puh", rief Susanne. „Wie spricht man denn die aus?"

„Dafür haben wir keinen Namen. Ja, es gibt überhaupt gar kein Mittel, sie uns auch nur einigermaßen zu veranschaulichen, so kolossal ist diese Menge, obwohl sie endlich angebbar ist. Was man auch sonst an gewaltigen Größen nennen mag, das verschwindet gegen dieses Zahlenmonstrum."

„Wie wär' es denn", fragte Burkel, „wenn man sie in Trillionen angäbe?"

„Eine Trillion ist ja eine ganz hübsche Zahl, eine Milliarde Milliarden, eine Eins mit 18 Nullen. Wenn du unsere Bändezahl damit dividiertest, würdest du also von den zwei Millionen Nullen gerade 18 streichen. Du bekommst demnach ein Zahl mit 1 999 982 Nullen, womit du ebensowenig eine Anschauung verbinden kannst. Aber halt – einen Augenblick" – der Professor warf ein paar Zahlen auf das Papier.

„Dacht' ich's doch", sagte seine Frau. „Nun wird doch noch gerechnet!"

„Ich bin schon fertig. Weißt du, was diese Zahl für unsre Bibliothek bedeutet? Nehmen wir einmal an, jeder unsrer Bände sei nur zwei Zentimeter dick und wir hätten sie alle in einer Reihe aufgestellt – was meint ihr, wie lang die Reihe wäre?"

Er sah sich triumphierend um, als alle schwiegen.

Da sagte Susanne plötzlich: „Ich weiß es! Darf ich's sagen?"

„Immer los, Suse!"

„Doppelt soviel Zentimeter, als die Bibliothek Bände hat."

„Bravo, bravo!" riefen alle. „Das genügt vollständig."

„Ja", sagte der Professor, „aber wir wollen es uns doch noch etwas genauer ansehen. Ihr wißt, daß das Licht in einer Sekunde 300 000 Kilometer durchläuft, also in einem Jahre ungefähr zehn Billionen Kilometer, was gleich einer Trillion Zentimeter ist. Wenn also der Bibliothekar mit der Geschwindigkeit des Lichtes an unserer Bändereihe entlang saust, so würde er doch zwei Jahre brauchen, um an einer einzigen Trillion Bände vorüber zu kommen. Und um an der ganzen Bibliothek entlang zu fahren, wären demnach doppelt soviel Jahre nötig, als eine Trillion in der Bändezahl enthalten ist, das gibt, wie vorhin gesagt, eine Eins mit 1 999 982 Nullen. Was ich damit nur verdeutlichen wollte: Man kann sich die Zahl der Jahre, die das Licht braucht, an der Bibliothek entlang zu laufen, ebensowenig vorstellen, wie die Zahl der Bände selbst. Und das zeigt wohl am klarsten, daß es vergebliche Mühe ist, sich von dieser Zahl eine Anschauung zu bilden, obwohl sie *endlich* ist."

Der Professor wollte das Papier fortlegen, da sagte Burkel: „Wenn die Damen noch einen Augenblick gestatten, möchte ich bloß noch eine Frage stellen. Ich habe den Verdacht, daß du da eine Bibliothek ausgerechnet hast, für die es in der ganzen Welt keinen Platz gibt."

„Das werden wir gleich haben", bemerkte der Professor und fing wieder an zu rechnen. Dann begann er:

„Wenn wir die ganze Bibliothek zusammenpackten, so daß 1000 Bände auf ein Kubikmeter kommen, so würde, um sie zu fassen, der ganze Weltraum bis zu den fernsten uns sichtbaren Nebelflecken so oft genommen werden müssen, daß auch diese Zahl der vollgepackten Welträume nur einige 60 Nullen weniger hätte, als die 1 mit den zwei Millionen Nullen, die unsre Bändezahl angibt. Also, es bleibt dabei – wir kommen auf keine Weise dieser Riesenzahl näher."

„Siehst du", sagte Burkel, „ich hatte schon recht, daß sie unerschöpflich ist."

„Doch nicht. Subtrahiere sie nur von sich selbst, so hast du ‚Null'. Sie ist endlich, sie ist als Begriff fest definiert. Das Überraschende ist nur dies. Wir schreiben mit weniger Ziffern die Zahl der Bände hin, in denen dieses scheinbar Unendliche aller möglichen Literatur verzeichnet steht. Versuchen wir aber, diesen Inhalt nun in unsre Erfahrung aufzunehmen, im einzelnen uns vorzustellen, z. B. wirklich einen solchen Band unsrer Universalbibliothek herauszusuchen, so stehen wir jenem klaren Gebilde unsres eigenen Verstandes wie einem Unendlichen und Unfaßbaren gegenüber."

Burkel nickte ernsthaft und sprach: „Der Verstand ist unendlich viel größer als das Verständnis."

„Was ist mit diesem Rätselwort gemeint?" fragte die Hausfrau.

„Ich meine nur, wir können unendlich mehr richtig denken, als wir in der Erfahrung wirklich zu erkennen vermögen. Das Logische ist unendlich mächtiger als das Sinnliche." „Die Gesetze geben uns das Vertrauen auf die Wahrheit. Aber nützen können wir sie erst, wenn wir ihre Form mit lebendigem Erfahrungsstoff gefüllt, d. h. wenn wir den Band gefunden haben, den wir aus der Bibliothek brauchen."

Wallhausen stimmte zu, und seine Frau sprach leise:

„Denn mit den Göttern
Soll sich nicht messen
Irgend ein Mensch.
Hebt er sich aufwärts,
Und berührt
Mit dem Scheitel die Sterne,
Nirgends haften dann
Die unsicheren Sohlen,
Und mit ihm spielen
Wolken und Winde."

„Der große Meister trifft es", sagte der Professor. „Doch ohne das logische Gesetz gäbe es nichts Sicheres, das uns zu den Sternen und über die Sterne hebt. Nur dürfen wir den festen Boden der Erfahrung nicht verlassen. Nicht in der Universalbibliothek müssen wir suchen, sondern den Band, dessen wir bedürfen, uns selbst herstellen in dauernder, ernster, ehrlicher Arbeit."

„Der Zufall spielt, die Vernunft schafft", rief Burkel. „Und deswegen wirst du morgen aufschreiben, was du heute gespielt hast, und ich werde doch meinen Artikel mitnehmen."

„Den Gefallen kann ich dir tun", lachte Wallhausen. „Aber das sage ich dir gleich, deine Leser werden meinen, das ist aus einem der überflüssigen Bände. – Was willst du denn, Suse?"

„Ich will etwas Vernünftiges schaffen", sagte sie gravitätisch, „ich werde die Form mit Stoff erfüllen."

Und sie füllte die Gläser aufs neue.

Jahrhundertmärchen

Will die Knospe noch immer nicht springen? Jetzt muß doch bald die ersehnte Stunde kommen, da sie sich öffnet, daß er hinausblicken kann und die lichten Sterne schaun und das Land, das er vor allem liebt – – Dauert denn ein Jahrhundert so lange, selbst für einen kleinen Kulturgeist, der sonst durch die Zeiten fliegt wie ein Sonnenblick durch den Weltraum?

Aber er sitzt ja im Gefängnis! Da kann er nichts tun als träumen, träumen von dem letzten frohen Tage, an dem er draußen war, träumen von dem nächsten, der nun kommen muß – – Regt sich die Knospe noch nicht? Ach, nur in der seltenen Neujahrsnacht, wenn ein neues Jahrhundert anfängt, dann ist ihm ein Tag der Freiheit gegönnt. Dann durchschaut er mit seinen hellen Geisteraugen die Dinge und Menschen nah und fern. Und dann hat er wieder ein Jahrhundert Zeit, nachzudenken, wie es wohl das nächste Mal sein wird.

Ungeduldig pocht er mit den kleinen Geisterfäusten an die Wand des grünen Gefängnisses. Und da sie nicht weichen will, faltet er die Flügel zusammen und träumt wieder.

Wie wird es diesmal draußen aussehen? Wie mag's seinem guten Freunde gehen, den sie den Michel nennen? Eigentlich ist der ja dran schuld, daß der kleine Kulturgeist eingesperrt wurde. Es ist freilich schon lange her – –

Damals war er ganz vergnügt umhergeflogen, weit hinweg von sonnigen Geländen bis zu den dunkeln Fichten am Nordmeer. Dort sah er einen Riesenknaben ausgestreckt, der schlief zwischen den Muscheln am flachen Strande, seine starke Faust umklammerte den entwurzelten Stamm einer jungen Fichte, und wild hingen ihm die blonden Locken über die geschlossenen Augen. Sofort war der Kleine von dem jungen Riesen entzückt. Die Augen wollte er sehen, die Augen! Und rasch schob er die Haare vom Antlitz zurück.

Aber das war gerade der Zauber. Die Lider aufreißen, daß es

hervorquoll wie ein Himmel blauen Lichts, aufspringen und lockenschüttelnd, den Baumstamm schwingend hinwegtoben, das hatte der Riesenjunge im Augenblick getan. Erschrocken starrte ihm der kleine Kulturgeist nach. Doch da hatte ihn auch schon jemand an den Flügeln und schüttelte ihn. Das war der Genius der Menschheit selbst.

„Was fällt dir ein“, herrschte der ihn an, „meinen weisen Zauber zu brechen? Der Junge sollte noch schlafen, bis er verständiger geworden ist. Nun hast du mir tausend Jahre Geschichte ruiniert! Jetzt läuft der Bengel hin und schlägt mir den kranken Onkel Römerreich tot und die alte Erbtante Antike und versteht doch ihr Testament noch gar nicht zu lesen! Das wird ein schönes Mittelalter werden! Aber dich, vorwitziger Schwarmgeist, will ich zur Strafe in die Fichte im Zauberwald sperren. Nur in der Neujahrsnacht eines neuen Jahrhunderts öffnet sie eine Knospe, und dann magst du hinausgucken, und sonst nicht!“

Und so saß denn der Kleine im grünen Kerker. Wenn aber der Tag der Freiheit kam, dann sah er die Dinge mit Verstand an; denn er war jetzt nachdenklich geworden. Und den Riesenjungen, der inzwischen herangewachsen war, besuchte er gern. Dem war's auch nicht immer gut gegangen. Der totgeschlagene Onkel ging in langer Kutte als Geist in seinem Hause um, und Michel mußte sich hübsch still und folgsam ducken. Und vorgestern, als Geistchen das vorletzte Mal draußen war, da hatten sie den Michel ganz windelweich geschlagen, da saß er zusammengebückt und festgeschnürt und schlief. Aber das letzte Mal, da war's schon besser. Zu einem Manne war er erstarkt; Arme und Füße waren noch gefesselt, den Kopf aber trug er wieder aufgerichtet, groß leuchteten die blauen Augen, doch nicht mehr wild, die Locken waren von der Stirn zurückgestrichen, und Gedanken sah man darunter gehen – wunderbare, tiefe Gedanken, wie sie der Menschheit noch nie erblüht waren – –

Ja, das war überhaupt ein herrlicher Tag!

Wie er an dem Hause vorüber kam und in das Zimmer spähte, wo die beiden Dichter miteinander sprachen. Das war eine neue Welt!

Der Große, dem die Götteraugen so siegreich strahlten, als schaue er die Zukunft vor sich wie eine offene Tempelhalle, – das war Goethe.

Und der andere, der den Kopf in die Hand stützte und nachsann, – das war Schiller.

Und vor ihm das aufgeschlagene Buch mit dem gelehrten Titel, – das war von Kant.

Wovon sprachen sie doch? O, er erinnerte sich wohl. Er hatte ja ein Jahrhundert Zeit gehabt, darüber nachzudenken.

Von der Menschheit sprachen sie, von dem großen Jahrhundert, das mit dieser Nacht vorübergerauscht war. Von der Menschheit, die nun zum ersten Male mündig geworden sei, da sie das neue Wort begriffen hatte: „Bestimme dich aus dir selbst!"

Ja, sie hatte sich aus sich selbst bestimmt, den Spukgeist vertrieben und die lebendige Natur befragt, die Millionen Welten, die draußen im unendlichen Nachtraum strahlten, die grünen Fluren und das wogende Meer und den Berge gebärenden Erdball.

Und sich selbst hatte sie befragt, nach ihrem Recht und nach ihrer Pflicht. Da klang aus ihrer eigenen heiligen Tiefe der befreiende Ruf: Du sollst! Handle gut aus Achtung vor deinem Gesetz! Handle gut um der eigenen Würde willen, die dem Menschen gebührt, einem jeden! Das Unabänderliche und das Unerreichbare, vereine es in dir, daß es golden leuchte im freien Spiel der Seele! Verschmilz es im schönen Scheine zum Ideal, daß es dich packe mit der warmen Wirklichkeit des Gefühls, daß es dich durchflute und läutere mit dem heiligen Schauer, der dem Augenblick Dauer verleiht! Vertrauend blick hinein ins Gewirr der Arbeit, daß du das Ganze schon siehst, wo noch die Rüststücke splittern, daß du selbst dich aufbaust zur Menschenhöhe!

So schauten diese Männer in das kommende Jahrhundert.

Und das Jahrhundert schaute auf sie, auf die Unsterblichen, die einer neuen Menschheit ihren Odem eingehaucht hatten.

Glückliches Land, das diese Männer sein nennen durfte! Glückliches Jahrhundert, an dessen Wiege diese Götterpaten die unvergänglichen Gaben zurückließen, die drei ewigen Lampen der Freiheit, der Würde, der Schönheit – – –

Wieder sind hundert Jahre vorüber. Auf dem Werk jener Gewaltigen fußend, welch erhabene Genien müssen am Ende des neuen Jahrhunderts wandeln, müssen dem zwanzigsten den Gruß des Willkomms singen und sagen? O wenn die Knospe endlich sich öffnete!

Und ehrfurchtsvoller Schauer durchzittert das Herz des kleinen Gefangenen.

Und da – siehe – es wächst, es dehnt sich das grüne Gewölbe – und es schimmert von außen – –

Die Knospe springt auf – o Seligkeit! Offen liegt der Himmel, liegt Land und Meer – und alles auf einmal umfaßt der Geisterblick.

Er starrt und starrt. Die Genien sucht er, die großen Unsterblichen, die das Geheimnis des neuen Jahrhunderts zu verkünden wissen, der Zeit, die sie selbst geschaffen – rein und klar, wie es nimmer zuvor die Menschheit vernommen.

Er starrt vergebens, er findet sie nicht. Sie sind nicht da – nicht ein einziger ist da.

Und dem kleinen Kulturgeist rinnen die Tränen herab. Große, runde Tränen, aus denen der weite Himmel glänzt.

Und wie sie fallen, zerstieben sie in Millionen Tröpfchen. Demantstaub ist über die Erde gestreut, und das ganze Land leuchtet.

Wie anders sieht es nun aus!

Millionen und aber Millionen Sternchen schlingen ihre Strahlen ineinander. Sie ergänzen sich, sie verstärken sich zu mildem Lichte.

Und nun erblickt er die neuen Menschen. Wie das ineinander wirkt, wie sich das zusammenschließt, wie das hinübergreift über die Erde mit Riesenarmen, die allen gemeinsam gehören, auch dem Kleinsten! Dort jagt es durch die Lande, dort dampft es über das Meer, dort zuckt es Kunde, redet Sprache im Augenblick durch Fernen, zu denen die Schnellpost Tage brauchte. Das sind die neuen Nerven in einem neuen Riesenleib, das sind die neuen Riesen, die lebendig gewordene Natur in einem großen Willen, das sind die Riesen der Arbeit, der Pflicht, der Hoffnung.

Die großen Genien schweben leuchtend im Äther, aber im Lande schafft ein *großes Volk* – – – Und nun erblickt der kleine Kulturgeist seinen Freund, den Michel. Höher noch ragt der mächtige Kopf, aber auch die Arme sind frei, und mutig umfassen sie den Erdball. Nur noch die Füße sind gefesselt.

Der Genius der Menschheit schwebt vorüber.

Fragend fleht zu ihm das Geistchen:

„Warum willst du meinem Freunde nicht auch die Füße lösen?“

Der aber winkt majestätisch:

„Hüte dich, hüte dich! Hast du noch immer nicht Geduld gelernt? Marsch mit dir hinein in die Knospe! Dort harre, was dein nächster Tag dir bringen wird.“

Apoikis

MOTTO: „IM SCHOSSE DER GÖTTER“

Tristan da Cunha, 28. Dezember 1881

Verehrter Freund! Fernab vom Wege des Weltverkehrs, im südlichen Teil des Atlantischen Ozeans schreibe ich Ihnen heute auf einsamer Berginsel, wo ich der siebenundachtzigste Bewohner bin, und der achtundachtzigste wohl so bald nicht ankommen wird, und ich täte vielleicht besser, hier zu bleiben und ein beschauliches Einsiedlerleben zu führen, als aus der Gemeinschaft seliger Götter, die ich vor wenigen Tagen verlassen, wieder in das Barbarentum Europas zurückzukehren, das meine Berichte verlachen wird. Ach, hätten Sie einmal den Fuß in das Seelenschiff gesetzt, einmal vom ambrosischen Tisch gegessen und, wie ich, wenigstens einen Blick in das intelligible Paradies geworfen! Sie würden gleich mir zwischen stolzer Wonne und unstillbarer Sehnsucht nach dem Unerreichbaren schwanken. Doch Ihnen mit Ihrem zeitlichen Bewußtsein muß man ja in historischer Ordnung erzählen, wenn Sie hören sollen.

Der Einladung Lord Lyttons folgend, hatte ich, wie Sie wissen, die Archäologie für einige Monate beurlaubt und mich der Reiselaune unseres generösen Freundes anvertraut. Wir schwammen auf seiner Dampf-Yacht „Moonshine“ unter der Obhut des wackeren Kapitäns Elynch bei prächtigem Wetter in dem einsamen, selten besuchten südlichen Teile des Atlantik. Am 11. Dezember 1881, mittags um 12 Uhr, als wir unter 28° 34’ westlicher Länge (von Greenwich) und 39° 56’ südlicher Breite uns gerade zum Frühstück setzen wollten, wurde uns die Nähe von Eisbergen gemeldet. Bald tauchten nicht nur einzelne helle Massen, sondern eine meilenlange, hohe, weißglänzende Mauer vor unseren Blicken auf – das seltsame Phänomen mußte untersucht werden. Während sich der „Moonshine“ in sicherer Entfernung hielt, ruderten vier kräftige Matrosen den Arzt des Schiffes, Mr. Gilwald, und mich nach den glitzernden Kolossen hin. Je näher wir dem Gebirge kamen, um so mehr bemerkten wir zu unserem Erstaunen, daß wir es gar nicht mit schwimmenden Eismassen, sondern mit dem steilen Felsenstrande einer Insel zu tun hatten. Ein tief eingeschnittener Fjord eröffnete unserem Boote eine Einfahrt, und es gelang uns einen Platz zum Anlegen zu finden. Und nun überzeugten wir uns zu unserer Überraschung, daß das vermeintliche Eis nichts anderes war als eine Felsenwand von riesigen Kalkspat-Kristallen, die allerdings aus der Ferne mit ihren Reflexen im Sonnenlichte Eisbergen täuschend ähnlich sah. Hierin lag jedenfalls der Grund, weshalb an dieser Meeresstelle auf der Karte zwar die Beobachtung von Eisbergen, aber nichts von einer Insel verzeichnet war. Ich begann die Felswand, deren Höhe etwa hundert Meter betragen mochte, hinaufzuklettern, da die vorspringenden Kristalle das Unternehmen nicht sehr schwierig machten.

Kaum hatte ich den oberen Rand erreicht und einen Blick hinüber geworfen, als ich wie verzaubert stehen blieb, unfähig vor Erstaunen und Bewunderung mich zu rühren. Die Felswand fiel, einem Riesenwall ähnlich, zuerst steil ab, dann aber ging sie in ein hügeliges Gelände über, das im blühenden Grün eines reichen Pflanzenschmuckes prangend sich allmählich zu einer stillen Meeresbucht hinabsenkte. Hinter der Bucht erhoben sich neue Hügel, auf denen zwischen dem Grün der Lorbeer- und Olivenbäume die glänzend weißen Häuser und Paläste einer ausgedehnten Stadt aufstiegen, alles überragt von jenem Wunderbau der Akropolis, wie er einst die Stadt der Pallas Athene geschmückt hatte. Auf diesem entzückenden landschaftlichen Hintergrunde spielte sich das regste Leben ab; auf dem Meere Fahrzeuge von seltsamer Gestalt und Menschen, die über das Wasser zu huschen schienen, am Ufer eine zahlreiche Menge in lebhafter Bewegung, aber in Trachten und Formen, wie ich sie noch nie beobachtet. Nach den ersten Augenblicken regungslosen Hinstarrens suchte ich mich zu besinnen. Meinen Gefährten zuzurufen getraute ich mich nicht, weil ich noch gar nicht an die Wirklichkeit des Gesehenen glaubte. Wie sollte diese bunte Welt, die einerseits entschieden an das griechische Altertum mahnte, andererseits aber wieder einen unbeschreiblichen, mit nichts vergleichbaren Eindruck des Märchenhaften machte, wie sollte diese Welt in die Ode des Atlantischen Ozeans kommen? Während ich solcher Fragen nachhängend auf das seltsame Treiben zu meinen Füßen starrte, mochte ich wohl langsam auf dem Felsenwall fortgegangen sein, denn ich befand mich plötzlich vor einer zwar steilen, jedoch gangbaren

Treppe, welche von der Höhe nach den Hügeln hinabführte. Jetzt begann ich doch zu zweifeln, ob ich mich ohne meine Gefährten in dieses unbekannte Reich wagen sollte, aber ehe ich noch mit mir einig wurde, tauchte ein Einwohner des Landes vor mir auf, der mich durch eine Handbewegung einlud, die Stufen hinabzusteigen. Dieser Aufforderung mußte ich Folge leisten – warum, das hätte ich nicht angeben können, aber die Einladung war zwingend wie der Wink einer Gottheit. Ich kann auch das Gefühl, das ich hatte, als ich gegen meine kurz vorher gehegte Absicht nun unbedingt und doch willig dem Unbekannten nachgab, mit nichts anderem vergleichen als mit der Stimme des Gewissens, das uns zu einer Handlung treibt ohne Wahl, es mag unsere Reflexion sagen, was sie will. Der Bewohner des Landes, der einen leichten Mantel von einem goldglänzenden Stoffe über einem dichtanliegenden Untergewand trug, war von kleiner Statur, aber edler Haltung, eine Waffe konnte ich an ihm nicht bemerken; stolzen Ganges schritt er voran, während ich, gleichwie im Traume, machtlos ihm nachwandelte. Als wir an das Ufer der Meeresbucht gelangt waren, wendete er sich nach mir um (daß ich ihm gefolgt war, schien er mit absoluter Sicherheit zu wissen, denn er hatte sich während des zehn Minuten langen Weges nicht um mich bekümmert) und richtete eine Frage an mich. Die Sprache klang mir im ersten Augenblick fremd, und ich hätte ihn vielleicht nicht verstanden, wenn nicht der hellenische Gesamt-Charakter unserer Umgebung plötzlich den Gedanken in mir hätte aufleuchten lassen: Das ist griechisch. Und als er seine Frage wiederholte, verstand ich sie auch, nur die ungewohnte Aussprache hatte mich stutzig gemacht. Er fragte mich, aus welchem Lande ich stamme und wie ich auf diese Insel gekommen sei, auch ob ich wüßte, welche Stadt vor meinen Augen läge. Es schien mir, daß er wohl keine Antwort auf seine Fragen erwartete, sondern sie nur gestellt hatte, um sich von meinem Barbarentum zu überzeugen; denn als ich nach bestem Vermögen in klassischem Griechisch, freilich in ihm offenbar befremdlicher, aber doch verständlicher Aussprache Antwort gab, nahmen seine Mienen den Ausdruck freudigen Erstaunens an. Er wurde plötzlich freundlich, reichte mir die Hand und sagte: „Willkommen in *Apoikis,* wer du auch seist; die Sprache der Hellenen bewahrt dir die Freiheit." Darauf nahm er vom Uferrande ein paar eigentümlich geformte Schuhe, die er mir reichte, während er ein gleiches Paar an seinen Füßen befestigte und damit aufs Wasser hinaustrat, als sei es festes

Land. Ich stand natürlich höchst verdutzt da, unwissend was ich beginnen sollte, etwa wie ein Feuerländer, dem man ein Opernglas reicht mit der Bitte, sich zu bedienen. Der Apoikier lächelte und erklärte mir den Gebrauch der Anthydors, wie er die Schuhe nannte. Ich muß gestehen, daß ich ihn nicht ganz verstand, und ich kam mir immer mehr barbarisch diesem zivilisierten Hellenen gegenüber vor. Doch ersah ich so viel, daß die Sohlen, welche aus Metallstreifen zusammengesetzt waren, bei der Berührung mit dem Wasser dasselbe unter lebhaftem Aufbrausen so stark zersetzten, daß ein Einsinken unmöglich wurde. Ich faßte Mut, legte die Anthydors an und bewegte mich, von meinem Führer gestützt, zu Fuß über das Wasser. Ach, mein Stolz auf die europäische Kultur des neunzehnten Jahrhunderts sollte bald noch tiefer, ganz tief sinken. Ich sah jetzt, daß gleich uns viele andere über das Wasser gemütlich fortschritten, ich sah aber zugleich in ihren Händen Instrumente und rings um mich, auf dem Wasser, an den Ufern und an den Häusern Vorrichtungen aller Art, die mir gänzlich fremd waren. Ein Wilder, der eine unserer europäischen Hauptstädte betritt, kann vor allen Erfindungen der Neuzeit nicht dümmer stehen, als ich vor den Kunstwerken von Apoikis.

Mein Führer bog aus einer Straße auf einen weiten Platz ein, als plötzlich aus dem uns umgebenden Gewühl von Menschen ein Mann, in ähnlicher Kleidung wie mein Begleiter, hervorstürzte und mir ungestüm um den Hals fiel. „Ehbert“, rief er auf deutsch, „wie kommst du nach Apoikis?“ Mein Führer trat nicht ohne Ehrerbietung vor dem Herankommenden zurück, während ich mich kurze Zeit besinnen mußte, wen ich vor mir habe. Denn das ungewohnte Kostüm befremdete mich. Dann erkannte ich zu meiner freudigsten Überraschung – nun raten Sie – unseren lieben Studienfreund Philandros, mit dem wir im Sommer 1872 so herzerhebende Stunden in Heidelberg verlebten. Jetzt war ich geborgen. Philandros erklärte sich zu meinem Gastfreunde – er ist hier eine höchst angesehene Persönlichkeit – und führte mich in sein Haus. Meine stürmischen Fragen beantwortete unser Freund mit seinem stillen, olympischen Lächeln, das Sie an ihm kennen. „Mit der Zeit“, sagte er, „sollst du erfahren, so viel du vermagst; nur halte dich maßvoll, willst du bestehen. Wir sind nicht wie ihr an die sinnliche Welt der Erscheinung gebunden – doch ich merke, daß du augenblicklich von einem phänomenalen Hunger gequält wirst.“

Er stellte mich seiner Gattin vor, einer graziösen, in Violett und

Gold gekleideten Dame, die ich in dem Verdacht habe, daß sie bei meinem Anblicke das Lachen nur mit Mühe unterdrückte. In der Tat mochte mein Erstaunen über meine Umgebung bewirken, daß ich noch einfältiger aussah, als ich bin. Sie führte mich indes durch einen freundlichen Wink in ein weites Gemach, das als Speisekammer, Küche und Eßzimmer zugleich diente. „Bei uns gibt es keine Bedienung“, sagte sie, „jeder bereitet seine Nahrung selbst.“ Eine zweite Handbewegung wies mich auf die Vorräte an den Wänden hin, die ich nicht kannte, auf die Geräte, deren Gebrauch ich nicht verstand – ich zuckte die Achseln, und Frau Lissara lächelte nun wirklich, nur ein klein wenig, aber ich sah es doch. Philandros nahm einige Früchte und Fleischstücke, legte sie in eine Schale und goß eine Flüssigkeit darüber, die er Diapetton nannte, und die Berührung mit derselben vollbrachte in einer halben Minute die Wirkung eines trefflichen Bratofens. Vor mir stand ein garniertes Filet, dessen Genuß mir nicht nur vorzüglich mundete, sondern auch meine Seele in eine erhöhte Stimmung versetzte, mich von jeder Müdigkeit befreite und mir die Luft erweckte, einige der schwierigsten philosophischen Probleme zu lösen, wie man etwa bei uns zum Nachtisch Nüsse knackt. Frau Lissara fragte mich, was die europäischen Damen für Ansichten über die Identität des ethischen und logischen Noumenons hätten, und ob meine Frau an die Transzendenz oder die Immanenz des Gefühles glaube; und sie schlug die Hände über dem Kopfe zusammen, als ich ihr sagte, daß bei uns weder Ethik noch Logik in der Mädchenerziehung eine Rolle spielten. „Auch nicht im Leben?“ fragte sie. Ihr Gatte ersparte mir die Verlegenheit der Antwort, indem er sich bereit erklärte, mir einige Aufhellung über die Verhältnisse von Apoikis zu geben. Was ich von seinen Ausführungen verstand, kann ich Ihnen nur ganz kurz skizzieren, so weit es überhaupt im Rahmen unserer Begriffe möglich ist.

Nach der Hinrichtung des Sokrates (399 vor Christi Geburt) verließ bekanntlich eine Anzahl seiner persönlichen Freunde, Gesinnungsgenossen und Schüler Athen. Gleich ihrem Meister erkannten sie, daß, nachdem der naive Glaube an die Unerschütterlichkeit der Volkssitte einmal gestört war, nicht das Zurückgehen auf das Alte, sondern nur die Erneuerung der Sitte von innen heraus zu helfen vermöge, daß aus dem Eingehen in das Bewußtsein des Einzelnen und die Berechtigung der freien persönlichen Überzeugung der Fortschritt von engherziger nationaler Starrheit zu edlem Menschentum geschehen müsse. In der Absicht, an noch unbesiedelter Küste, sei es in Spanien oder in Afrika, ein selbständiges Staatswesen zu gründen, welches nach den Grundsätzen ihrer Erkenntnis verwaltet sich vollständig frei entwickeln sollte, rüstete ein begütertes Brüderpaar, Chairephon und Chairekrates, von Megara aus, wohin sie sich, wie bekanntlich auch Platon, zunächst begeben hatten, eine Anzahl von Schiffen, die mit allem versehen wurden, was zur Gründung einer Kolonie gehörte. Jedoch sollte diese Ansiedlung sich möglichst unabhängig stellen und nur auf ihre eigene Kraft bauen. Ein eigentümliches Geschick wollte es, daß hier in der Tat die Pflanzstätte eines neuen Menschentums gelegt wurde, denn nachdem die Expedition die Reede von Megara verlassen, hat kein Mensch auf dem Erdenrund mehr eine Kunde von ihr erhalten; die Ausgewanderten selbst und ihre Nachkommen sind von jedem Verkehr und Einflusse anderer Menschen und Völker abgeschnitten gewesen. Ich bin der erste, dem es gestattet ist, Kunde von jenen erhabenen Wesen nach Europa zu bringen, auf das sie mitleidig herabsehen.

Durch Stürme über die Säulen des Herkules hinausgetrieben, wurde die Expedition nach wochenlangen Gefahren bis an jene Felseninsel verschlagen, wo heute Apoikis steht. Hier fand sie Rettung. Der Fjord, in welchen auch unser Boot eingefahren war, windet sich weiterhin rückwärts und bildet das versteckte Binnenmeer, an dessen blühenden Ufern die Stadt Apoikis gegründet wurde. Das Land im Innern der Insel, sobald man die hohen Kalkspatmauern, die sie umgeben, überstiegen hatte, erwies sich als außerordentlich fruchtbar, das Klima milde und angenehm. Eine Bevölkerung von 7000 bis 8000 Seelen findet hier reichliche Nahrung, bei sehr geringer Arbeit. Eine größere Zahl von Einwohnern aber hat Apoikis niemals erreicht. Denn, wie mein Gastfreund sagte, das Glück eines Volkes besteht nicht in der möglichst großen Menge von einzelnen Zentren des Bewußtseins, sondern in der intensiven und gleichmäßigen Konzentration des Bewußtseins in jedem einzelnen Individuum. Als ich ihn fragte, ob denn Apoikis nie an Übervölkerung leiden könne, da lächelte er und sprach: „Das kann ich dir schwer erklären. Wenn du die ganze Entwicklung unseres Kulturzustandes kenntest und die Tiefe unserer sittlichen Weltauffassung zu begreifen vermöchtest, dann würdest du einsehen, daß deine Frage zu jenen unberechtigten gehört, wie z. B. warum die Welt existiert, ob die Seele im Gehirn sitzt, ob die Tugend blau oder grün ist.“ –

„Erzähle nur unsere Geschichte weiter“, warf Frau Lissara ein. – „Als wir hierher kamen“, fuhr Philandros fort, „Schüler des Sokrates und Freunde des Platon, mit den Versen des Sophokles auf den Lippen und vor den Augen die Erinnerung an die Bilder des Phidias, im Herzen die Lehren des weisesten der Menschen, als wir hier ein sorgenloses Leben fanden, da bildeten wir eine kleine, aber glückliche Gemeinde philosophischer Seelen, und frei von jeder Nötigung, äußeren Gefahren entgegenzutreten, richteten wir alle Kraft auf die harmonische Ausgestaltung unseres inneren Lebens, Vertiefung des Denkens, Erziehung des Willens, maßvollen Genuß heiterer Sinnlichkeit. Zwei volle Jahrtausende verflossen, ohne daß ein Segel am Horizonte von Apoikis aufgetaucht wäre. In dieser Zeit haben wir uns unter Bedingungen, wie sie die Menschen erfüllte Erde keinem Volke bieten kann, hier einer ungestörten, fortschreitenden Entwicklung erfreut. Was wir indessen erreichten, das könnt ihr nie und nimmer gewinnen, auch wenn eure Kultur in gleichem Maße, wie in dem letzten Jahrhundert, noch ein paar Jahrtausende emporstiege, denn ihr steht auf ganz anderen historischen Grundlagen als wir. Hunderte von Millionen wollen glücklich werden; dazu müßt ihr erst das Leben in mühseligem Kampfe erstreiten und dann in hundert Millionen Herzen das Gefühl maßvoller Bescheidung wecken. Das letztere könnt ihr vielleicht erreichen durch eine Religion, welche die Gemüter fortreißt. Aber leben müßt ihr doch. Und wie *ihr* gestellt seid, so kann die Linderung des äußeren Elendes auch nur erreicht werden durch äußere Arbeit, und darum geht alle eure Kultur nur auf Machtentwicklung der Menschheit. Sie muß darauf gehen, weil ihr das Leben nicht anders zu bezwingen vermögt. Die unsere aber verachtet und kann verachten die ungemessene Höhe, auf welche der Mensch durch Bezwingung der äußeren Kräfte der Natur gelangen kann. Denn sie hat erreicht die Tiefe, in welcher das Bewußtsein die Welt der Erfahrungen gestaltet und in welcher ihr alles andere von selbst zufällt. Ihr seht nur das Zifferblatt der großen Weltenuhr und studiert den Gang der Zeiger; wir aber blicken in das Räderwerk und auf die treibende Feder, die wir selbst sind, und verstehen das Werk zu rücken. Euch trifft damit kein Vorwurf, ihr konntet nicht anders vorwärtsschreiten, denn wo ihr es versuchtet, die Welt zu verachten und das Glück aus dem Innern zu gewinnen, da riß euch immer die hungernde Masse in den Zwang der Wirklichkeit, ehe ihr mit dem Bewußtsein der Gesamtheit in das Idealreich zu dringen vermochtet.

Ihr konntet die äußere Macht nicht entbehren. Um sie zu gewinnen, mußtet ihr die Natur, die ihr verachten wolltet, wieder in eure Rechnung aufnehmen; ihr mußtet beobachten und sammeln, und nur durch Erfahrung könnt ihr die Kenntnis gewinnen, die euch mächtig macht. Und darin müßt ihr fortfahren, ihr habt kein anderes Mittel, denn euer Denken ist nicht anders fähig, die Welt zu erkennen. Sie ist euch nur zugänglich in Raum und Zeit und Notwendigkeit, und so müßt ihr gehorchen.

Wir aber bedurften zwei Jahrtausende lang nichts von der Natur, als was sie uns von selbst schenkte. Hier gab es keine darbende und unwissende Menge, keine habgierige und übermütige Gesellschaft, keine Herren und Sklaven, sondern nur eine bescheidene Anzahl gleichmäßig harmonisch durchgebildeter, sich selbst beschränkender Menschen. Wir bedurften keiner Teilung der Arbeit und keiner Fachkenntnisse, wir begnügten uns mit dem, was jeder verstehen konnte. Und so kamen wir auf einem ganz anderen Wege als ihr zur Kultur, die ihr bei uns erblickt, und zu Erfindungen und Bequemlichkeiten, die ihr nicht kennt. Jetzt freilich seht ihr hier Prachtbauten und tausenderlei Verfeinerungen, aber jeder macht nur freiwillig, was er gerade kann und will, und wir sind jetzt so weit in der Kultur des Bewußtseins, daß jeder den Gesamt-Zusammenhang und sich selbst begreift, daß Pflicht und Wunsch in des Apoikiers Seele nicht mehr getrennt bestehen. Wir sind nicht Sklaven der Sitte, wie die Naturvölker, nicht Herren der äußeren Natur, wie die gesitteten Nationen Europas, wir sind nur Herren von uns selbst, Herren unseres Willens, Herren des Bewußtseins überhaupt, und darum sind wir frei. Uns stört keine Sorge um darbende Völker, noch um eigennützige Tyrannen, wir haben keine Gesetze, denn jeder trägt das Gesetz in sich selbst. Wir haben keine Naturwissenschaft und keine Industrie in eurem Sinne, wir brauchen der Natur keine Geheimnisse abzulauschen und ihre Kräfte nicht in unseren Dienst zu zwingen. Die Entwicklung unsres Geistes, frei von dem Druck der europäischen Millionen, ging einen anderen Weg. Bei uns folgte auf Platon kein Aristoteles, keine Scholastik, kein Dogmatismus, so brauchten wir keinen Galilei, keinen Newton, keinen Darwin. Wir hatten keine Römerherrschaft, keine Völkerwanderung, kein Feudalsystem, so brauchten wir keine Revolution. Zu der Zeit, da Achaja römische Provinz wurde, da lehrte man bei uns was euch Kant und Schiller offenbarten. Als die christlichen Märtyrer in den

Gärten Neros brannten, da emanzipierte sich unser Denken von den Schranken der Sinnlichkeit und lernte seine Bedingungen im Absoluten kennen. Als in euren Klosterschulen die spärlichen Reste der Neuplatoniker studiert wurden, da hatte man bei uns die Metaphysik als empirische Wissenschaft begründet. Und während eure Metaphysiker sich lustige Wolkenbauten im unbeschränkten Reich der Träume errichteten, da hatten wir die inneren Wesensbedingungen des Bewußtseins erfaßt und das Geheimnis der Schöpferkraft uns angeeignet. Was ihr nun messend und wägend und rechnend an Entdekkungen und Erfindungen der Natur abringt, das schaffen wir, nachdem sich unser Verstand aus seinen Fesseln befreit und in Intuitivkraft gewandelt hat, aus unserem eigenen Selbst in freier Wahl. In unserer Welt besteht kein Gegensatz von Zwang und Freiheit. Wollen, Sollen und Können sind nicht mehr getrennt. Und das haben wir errungen durch die alleinige Pflege des wollenden, fühlenden und denkenden Bewußtseins. Ihr konntet es nicht, denn ihr mußtet Völker ernähren und Kriege führen.

In den äußeren Formen haben wir die Überlieferungen unserer Vorfahren festgehalten, so weit sie uns passend erschienen; schönere haben wir bei euch nirgends gefunden. Seit den letzten beiden Jahrhunderten, in denen, wenn auch selten, sich hie und da Schiffe in unseren Gewässern zeigten, haben wir uns auch um die Geschichte der übrigen Menschheit gekümmert. Wir senden alle zehn Jahre einen Erwählten nach Europa, die Zeitverhältnisse zu studieren. Ich war der Letzte, der drüben war, und dabei lernten wir uns kennen. Wir verschweigen die Existenz unseres Staates, denn wir würden nicht verstanden werden und wollen nicht gestört sein."

„Und fürchtet ihr nicht", fragte ich, „daß Europäer euch entdekken, daß sie eure kleine Insel in Besitz nehmen und eure Freiheit unterdrücken?" Mein Freund lächelte wieder. „Ich sehe", sagte er, „du hast unser Wesen noch immer nicht begriffen. Frage dich doch, konntest du dem Winke des Apoikiers widerstehen, der dich zur Stadt führte? So wenig, als der Ehrliche das Unrecht zu wollen vermag. Deine Gefährten haben wir aufgegriffen, das Schiff selbst vorläufig weggenommen, um zum Vergnügen der Einwohner, welche die Stadt nicht verlassen, ihnen die fremden Barbaren zu zeigen. Wir werden euch wieder freigeben, ihr mögt nach Europa zurückkehren. Wir werden wollen, daß deinen Gefährten jede Erinnerung an dieses Land verschwindet; keiner wird imstande sein zu erzählen, daß er unsere Insel gesehen. Du allein magst eine Ausnahme machen. Du bist nicht Gefangener, sondern Gastfreund. Dich soll nichts binden; aber ich sage dir im voraus, daß dir niemand glauben wird. Aber auch dies möge sein; lass' die Kriegsflotte Englands vor unserer Insel auffahren, lass' die Armeen Europas auf unseren Kalkspatwällen stehen – wir werden *wollen,* und kraft des Zusammenhanges alles Bewußtseins im Absoluten werden die Kommandierenden keinen anderen Befehl auszusprechen vermögen als den des Rückzuges."

Ich mochte wohl ein sehr dummes Gesicht zu diesen Worten machen, denn mein Freund fuhr fort: „Ich sehe wohl, du kannst das Gesagte nicht fassen. Es ist dies ebenso, als wolltest du einem Indianerstamm klar machen, daß er nie die weißen Männer aus Amerika vertreiben könne, weil die moralische Macht der Zivilisation die Besetzung jenes Erdteils unumgänglich erzwingt. Du kannst ihn nur überzeugen durch die physische Macht, indem du auf die Zahl der Kanonen und Gewehre hinweist. Du bist uns gegenüber in dem unzureichenden Fassungsvermögen des Indianers, so will ich auch deine Sprache reden. Wenige Minuten genügen, um unsere Insel mit einem Strome freien Äthers zu umziehen. Kein Körper kann diesen Strom durchdringen, in Atome aufgelöst wird er fortgewirbelt werden. Granate und Panzerschiff verschwinden in ihm wie der Strohhalm in der Flamme."

Ich schwieg. Das Mahl war zu Ende. Mein Freund führte mich durch die Stadt. Was ich staunend sah und erlebte, hoffe ich Ihnen mündlich zu erzählen, wie die Fahrt auf dem Seelenschiff, die psychische Schaukel, das Begriffsspiel und zahlloses andere. Im Hafen sah ich das große submarine Eilschiff, welches alle zehn Jahre unter der Oberfläche des Wassers nach Europa fährt. Die treibende Kraft ist auch hier die chemische Zersetzung des Wassers, diese selbst aber wird durch Ätherströme bewirkt; der nähere Mechanismus ist mir nicht bekannt. Zu Fahrten in der Nähe der Insel werden dreireihige Ruderboote gebraucht, die genau nach dem Muster der athenischen Trieren gebaut sind. Man betreibt diese Ruderfahrten als einen Sport. Dann führte mich mein Freund in das Haus, in welchem meine gefangenen Gefährten untergebracht waren. Man hatte es europäisch eingerichtet, aber die eine Seite offen gelassen; dort standen die Apoikier in dichten Scharen und amüsierten sich über unsere Leute, wie wir uns über die Feuerländer im zoologischen Garten amüsiert hatten. Und eben so verblüfft und verständnislos wie jene Wilden waren hier die Europäer. Lord Lytton las in einer alten Nummer des „Standard“, Kapitän Clynch trank Grog, Dr. Gilwald mikroskopierte ein hier gefangenes, unbekanntes Insekt. Ein Apoikier warf ihm ein kleines Rohr zu, Gilwald hielt es vor das Auge und an das Ohr, und da er nichts damit anzufangen wußte, warf er es fort unter dem Gelächter der Apoikier. Es war ein Noumenalrohr, das, auf den Nacken gelegt, die Raumvorstellung aufhebt und das intelligible All-Eins empfinden läßt.

Die Abschiedsstunde nahte. Lord Lytton wollte nach seiner Entlassung seine Reise nach dem südlichen Eismeer fortsetzen, ich aber bat, meine schnelle Rückreise nach Europa zu ermöglichen. Man lud mich ein, eine Triere zu besteigen, schlank und schön, wie sie schmucker kein Nauarch in des Perikles Zeit aus dem Piräus geführt hat. Sie hieß der „Odysseus“ und trug das Bild des Dulders als Parasemeion am Vorderteil, in lebensvoller Schönheit in Holz geschnitzt. So mochte der verschlagene Mann auf der meerumflossenen Ogygia, dem Eilande der Kalypso, gesessen sein, wenn er, die Augen mit der Hand beschattend, sehnsüchtig über das Meer hinausblickte und die unnahbare Ferne suchte. Und wie die Phäaken den Odysseus an Ithakas Strand, so setzten mich die Apoikier schlafend auf Tristan da Cunhas Küste aus und legten ihre Gastgeschenke neben mich: einen goldenen Syllogismusbecher mit Urteilswürfeln und die am Feuer der Götterinsel versenkten Flügel meiner Psyche. Als ich erwachte, standen zwei nach Tran duftende Walfischjäger vor mir und versetzten mich durch einen Schluck aus der Rumflasche in die Welt der Sinne zurück, in welcher Sie wehmütig grüßt Ihr

R. Ehbert.

Musen und Weise

Die neun Musen saßen einmal bei einem gemütlichen Kaffee in Klios Salon und amüsierten sich so gut, daß es ihnen leid tat, keine Hausschlüssel mitzuhaben. Sie beschlossen aber, recht bald wieder zusammenzukommen und dann gleich zum Tee zu bleiben.

Ja, eine Abendgesellschaft sollte es sein, aber eine recht splendide, und man könnte vielleicht auch noch den oder jenen dazu laden, nur nicht die Grazien, weil sie zu geziert sind, und auch nicht die Parzen, sie sind so griesgrämig, und beileibe nicht die Horen, denn mit so flüchtigen Personen darf eine ruhige und gesittete Muse gar nicht umgehen. Von den höheren Göttinnen kann natürlich nicht die Rede sein; diese olympischen Damen machen Ansprüche, welche in unsere Zeit nicht mehr passen. Und die Nymphen und Nereiden u. s. w., das hat denn doch einen zu niedrigen Bildungsstandpunkt, als daß unsereiner sich mit ihnen unterhalten könnte.

„Aber so laden wir doch Herren ein“, sagte Terpsichore, „dann wird der Abend sicher noch einmal so nett.“

„Wo denken Sie hin?“ erwiderte Urania stirnrunzelnd. „Unsere Herren sind noch viel arroganter als unsere Göttinnen mit Frau Hera an der Spitze.“

„Ich meine natürlich nicht die Herren Götter!“

„Nun doch nicht etwa die Heroen, die nichts können als zuhauen und Drachen totschlagen?“

„Nein, aber wie wäre es mit den Menschen?“

„Ach, die Menschen!“ seufzte Erato.

„Sie sollen sehr dumm sein“, bemerkte Kalliope, worüber die anderen lächelten; denn Kalliope galt ihnen in dieser Beziehung als etwas menschlich.

„An der Dummheit der Menschen“, begann Klio, „ist allerdings leider im allgemeinen nicht zu zweifeln, doch gibt es auch Ausnahmen; denn wie könnte man sonst von den Sieben Weisen Griechenlands sprechen?“

„Wahrhaftig“, rief Melpomene, „so laden wir doch die Weisen von Hellas ein! Können wir uns bessere Gesellschaft wünschen?“

„Es sind nur *sieben*“, wendete Erato ein.

„Wir verzichten auf einen Herrn!“ riefen Klio und Urania wie aus einem Munde. Die übrigen nickten dazu, sie fanden das ganz natürlich, und aus Höflichkeit sagten sie weiter nichts.

So wurde denn beschlossen, die Sieben Weisen Griechenlands zum Tee mit Abendbrot einzuladen, und es ergab sich nur noch eine kleine Schwierigkeit – wie nämlich die Einladungen zu bestellen seien. Zum Unglück zeigte es sich, daß keine der Musen die Namen der Sieben Weisen kannte. Einzelne hatten sie zwar in der Töchterschule gelernt, aber das war schon einige Jahre her, und man kann nicht alles behalten. Selbst Klio und Urania, welche doch das Seminar besucht und das Examen gemacht hatten, konnten sich nicht mehr mit Sicherheit erinnern. Da fiel Klio ein, daß sie einmal bei Tante Mnemosyne von einem Mnemotechniker einen Merkspruch gehört hatte, durch den man sich unweigerlich die Namen der Sieben Weisen behalten mußte. Ja, wenn sie nur den Merkspruch nicht vergessen hätte! Aber er stand ja in ihrem Notizbuche, da konnte sie ihn auffinden. Der Spruch lautete folgendermaßen:

„*Solon* steht mit einem Fuße auf *Chili*, mit dem andern auf *Peru*, sieht in ein *Tal* voll *Klee* und trinkt *Bitter-Bier*.“

„Wie geistreich!“ sagte Kalliope.

„Ja, ja“, bestätigte Polyhymnia, „die Mnemonik hat Geschmack, das muß man sagen, dafür wurde sie auch von meinem Liebling Simonides erfunden.“

„Aber wie heißen denn nun die Sieben Weisen?“ fragte die naive Erato.

„Der erste heißt Solon“, sagte Klio.

„So klug bin ich auch! Und der zweite Chili, nicht wahr?“

„Bewahre, das gehört ja in die neuere Geschichte! Ich will Ihnen den Spruch erklären, meine Damen. Chili bedeutet *Chilon,* Peru *Periander,* Tal *Thales,* Klee *Kleobulos* und Bitter-Bier *Pittakus* und *Bias*.“

„Aber warum heißt es dann nicht Pitter-Bier?“

„Das weiß ich nicht“, entgegnete Klio ungehalten, „fragen Sie Herrn Simonides. Übrigens können Sie es aussprechen, wie Sie wollen.“

Die Einladungskarten wurden geschrieben und sollten eben abgeschickt werden, als sich herausstellte, daß sie gar nicht mehr zur rechten Zeit durch die olympische Post befördert werden konnten. Und dies kam von der strengen Feiertagsheiligung, welche in den olympischen Kreisen selbstverständlich eingeführt war. Nun war aber jeder der sieben Wochentage einem Gott oder einer Göttin geweiht, und infolgedessen durfte an demselben nicht gearbeitet werden; das war eben das Angenehme im Olymp, daß man es gar nicht nötig hatte, sich abzuhetzen. Die Post ging also, streng genommen, gar nicht, ausnahmsweise jedoch des Mittwochs, weil dieser Tag dem Hermes geheiligt war; da ging sie manchmal zum Vergnügen. Die Musen hatten ihren Beschluß des Donnerstags gefaßt, und am Samstag sollte die Gesellschaft sein.

Sie entschlossen sich also kurz und nahmen sich einen alten Lohndiener, welcher früher bei Hermes Briefbote gewesen war und daher die Adressen gut kannte. Dem sagten sie, er solle die Einladungen mündlich bestellen: „Die Herren Weisen Griechenlands möchten den Musen die Ehre geben, sie auf den Samstag zu einer Tasse Tee zu besuchen."

Der Bote trat seinen Rundgang an, und die Weisen freuten sich nicht wenig über die Einladung. Nur war auch ihnen es schwer, die Namen der neun Musen zu behalten; so hörte man sie überall vor sich hinmurmeln: Klio, Melpomene, Terpsichore, Thalia, Euterpe, Erato, Urania, Polyhymnia, Kalliope. Endlich baten sie den Simonides um einen Merkspruch, und der stellte ihnen die Anfangssilben zu folgendem reizenden Verschen zusammen:

Kliometerthal,
Euer Urpokal!

Hieraus kann man das Alter dieser Regel erkennen. Nun waren die Weisen vergnügt, und des Abends im Kegelklub schoben sie bloß noch alle neune.

Als der Gesellschaftsabend herannahte, begann es den beiden älteren Damen Klio und Urania doch leid zu werden, daß sie so kurzweg auf ihre Herren verzichtet hatten, und sie nahmen sich im stillen vor, ihre Kolleginnen auszustechen. Klio repetierte noch einmal die Solonschen Gesetze, um sich dem Verfasser gegenüber keine Blöße zu geben, und Urania, welche es auf Thales abgesehen hatte, versicherte wiederholt, daß das Wasser der Ursprung aller

Dinge und der Peripherie-Winkel im Halbkreis ein rechter sei. Infolgedessen entstand zwischen ihnen und den übrigen, welche selbstverständlich die Absicht merkten, eine leise Spannung, und bei allen ein gelindes Mißbehagen, weil jede bei sich fürchtete, gerade unter den beiden zu sein, welche notwendig sitzen bleiben mußten.

Der erwartete Abend fand die Musen und Klios Salon im schönsten Schmucke, jede Muse hielt ihre frischgeputzten Embleme in der Hand und kam sich nur um wenig ungemütlicher vor, als bei dem Kaffee, bei welchem sie unter sich gewesen waren. Endlich öffnete sich die Tür, und eine Anzahl ehrwürdiger Männer traten ein, welche sich als die Weisen Griechenlands vorstellten. Aber wie erstaunten die Musen, als sie nicht sieben, sondern *acht* Herren erblickten; denn außer den oben Genannten war auch noch *Myson* gekommen.

„Welcher von den Herren“, fragte Klio, „ist denn *kein* Weiser?“

„Dieser da!“ antwortete Periander, der Tyrann von Korinth, indem er mit finsterer und stolzer Miene auf Myson wies.

„Ich bitte um Verzeihung“, entgegnete dieser, „aber ich bin ganz gewiß ein Weiser, und zwar der richtige siebente, wie geschrieben steht bei Platon im Protagoras, und dieser muß es doch wissen.“

„Er ist ein Bauer“, sagte Periander verächtlich, „der weiter nichts kann als ins Blaue starren und lachen.“

„Das ist Weisheit genug“, erwiderte Myson, „und jedenfalls besser, als andere zu Tränen zwingen. Eure Hoheit werden gestehen müssen, daß die eigene Gemahlin mit der Fußbank totwerfen oder Bäuerinnen Feiertags ihren Goldschmuck wegnehmen, Handlungen sind, welche einem Weisen sicherlich weniger anstehen als das Lachen.“

Periander, der sich getroffen fühlte, wollte sich unmutig entfernen, als die Tür aufs neue sich öffnete und *Anarcharsis* hereintrat.

„Ich habe mich etwas verspätet“, sagte dieser, „aber ich gehöre ebenfalls zu den Sieben Weisen; mein Zeuge ist Ephorus bei Diogenes Laertius, und ich sehe nicht ein, warum er unglaubwürdiger sein sollte als Platon, Pausanias, Plutarch oder irgend ein anderer.“

„Gewiß meine Herren“, rief Klio vermittelnd, „Sie sind uns alle herzlich willkommen; hatten wir doch kaum zu hoffen gewagt, daß es unter den Menschen *neun* Weise gegeben hat.“

„So viele wie unter den Göttinnen“, sagte Solon mit einer galanten Handbewegung.

„Verzeihen Sie“, rief da plötzlich ein neu Hinzutretender, „ich bin

Epimenides, ebenfalls ein Weiser, Clemens sagt es mit Bestimmtheit; auf Dikäarchos brauchen Sie nichts zu geben. Ich stamme aus Kreta, und ich versichere Sie, daß die Kreter keine Lügner sind."

Hinter ihm drängte sich ein ganzer Schwarm in die Tür, sie alle nannten ihre Namen und jeder berief sich auf einen Autor, der ihn zu den Sieben Weisen zähle. Da waren noch Akusilaus, Leophantus, Pherekydes, Aristodemus, Pythagoras, Lasus, Anaxagoras, Pamphilus, Pisistratus, Linus, Orpheus und Epicharmus. Und als die Musen ihre Gäste zählten, da stellte es sich heraus, daß statt sieben nicht weniger als zweiundzwanzig gekommen waren, welche alle ihren Anspruch, zu den Weisen zu gehören, urkundlich beglaubigen konnten.

Die Musen faßten sich kurz und machten die liebenswürdigsten Wirtinnen. Man saß freilich ein wenig eng, aber um so lebhafter war die Unterhaltung. Der alte Bote hatte sich seine Sache leicht gemacht; er war einfach bei allen alten Griechen vorgegangen, die auf ihrem Hausschilde den Titel „*Sophos*", „Weiser", führten, und so hatte er die zweiundzwanzig zusammengebracht.

Man kam auf die modernen Menschen zu sprechen, und Pythagoras meinte, sie seien sehr gebildete Leute. Ihren Pythagoras lernten sie schon in Tertia, und was man heutzutage auf Erden leiste, das ginge über alle Hypotenusen und sogar über beide Katheten. Er erzählte von der ungeheueren Macht der Europäer, von ihren Kriegsheeren und Flotten und wie sie den ganzen Erdenkreis erforscht hätten und beherrschten; er erzählte von ihren Maschinen und Telegraphen, von ihren Fernrohren und Mikroskopen, und von dem Scharfsinn, mit welchem sie alle Rätsel auf der Erde wie in den fernsten Himmelsräumen zu ergründen wüßten.

Die Musen schlugen die Hände über dem Kopfe zusammen und meinten, sie wären allerdings in den letzten Jahrzehnten nicht sehr häufig zu den Menschen hinabgestiegen, auch sei die materielle Machtentwicklung, die Industrie und Wissenschaft gar nicht ihre Sache, und in der *Kunst* sei ihnen der Fortschritt nicht so aufgefallen. Aber Klio und Urania müßten das eigentlich wissen.

Sie wüßten das auch, sagten diese, wenn auch nicht so genau; denn es sei jetzt sehr schwer, sich auf dem laufenden zu erhalten, und die Journale seien sehr teuer, ebenso wie die Bücher; sie könnten diese Schriften erst antiquarisch erwerben.

„Nicht wahr", sagte eine der Musen zu Solon, „es gibt doch jetzt viel mehr Menschen als damals zu Ihren Lebzeiten?"

„Gewiß, mein Fräulein, viel, viel mehr.“

„Und wenn es schon damals unter den wenigen Menschen in Hellas zweiundzwanzig Weise gegeben hat, wie viel Weise mag es erst jetzt in ganz Europa geben? Die möchte ich einmal zusammen sehen!“

„Oder auch nur einige von ihnen kennen lernen“, rief Erato.

„Das wäre reizend“, bestätigte der Chorus. „Aber wie finden wir sie heraus, und wie bringen wir sie zusammen?“

„Zu unserer Zeit“, begann Thales, „fanden meine Landsleute einmal in einem von ihnen angekauften Fischfang einen goldenen Dreifuß, den, wie man sagt, einst Helena ins Meer geworfen hat, damit er Anlaß zum Streite späterer Geschlechter gebe. Und so kam’s denn auch, daß wir mit den Bewohnern von Kos über den Besitz des Dreifußes in Streit gerieten, bis wir uns einigten, den delphischen Apoll zu fragen, wem das Kleinod gehören solle. ‚Dem Weisesten!‘ antwortete das Orakel. Da brachten die Milesier mir den Dreifuß, weil sie mich für den Weisesten hielten; sie kannten wohl Solon nicht. Ich aber schickte den Dreifuß an ihn, doch Solon, der sich nicht selbst für den Weisesten hielt, gab ihn einem andern, dieser schickte ihn wieder weiter, und so kam er denn zuletzt wieder an mich. Da weihte ich ihn dem Gotte; denn Weisheit kommt nur den Göttern zu, weshalb sich auch mein Freund Pythagoras nicht einen Weisen, sondern einen Philosophen, einen Liebhaber der Weisheit nannte. Dieser Rundgang des Dreifußes aber zeigte uns, wen wir zu unserer Zeit für weise hielten. Ich schlage nun vor, ein Kleinod mit ähnlicher Bestimmung einem der modernen Menschen zu geben und abzuwarten, an wen dasselbe kommt.“

„Das würde wenig nützen“, meinte Pythagoras, „ich kenne die jetzigen Menschen besser. Lassen wir den Dreifuß ausgraben, so werden sie die Aufschrift nicht für ernst nehmen und nicht als gültig für die Gegenwart, sondern sie werden sie ‚historisch‘ auffassen und als das aufgefundene Hochzeitsgeschenk des Hephästos an Pelops oder auch als eine Stiftung des Thales nach Delphi einem Museum widmen. Wir müssen die Sache anders anfangen und selbst die Weisen aufsuchen. Wenn es den Herrschaften gefällt, so benütze ich meine altbekannte Zauberkraft, gehe unter die Menschen und bringe Ihnen in einem halben Stündchen die sicherste Auskunft zurück.“

„Und womöglich gleich einige Weise!“ rief ihm Terpsichore nach, als Pythagoras schon verschwunden war.

„Ich komme mit leeren Händen", sagte Pythagoras achselzuckend bei seiner Rückkehr. „Es gibt ja sicherlich Weise genug, aber ich habe kein Glück bei meinen Erkundigungen gehabt. Ich fragte zuerst einen Staatsminister, wen er für den Weisesten halte. Denn ich glaubte natürlich, daß diejenigen, welche die Geschicke der Völker lenken, auch am besten über den Sitz der Weisheit würden unterrichtet sein.

‚Lieber Freund', sagte der Würdenträger zu mir, ‚Weisheit ist eine schöne Sache, wenn man sie selbst hat; aber das Wort besitzt einen verdächtigen, theoretischen Beigeschmack; es gibt sogenannte weise Leute, deren Weisheit darin besteht, daß sie alles besser wissen und am besten verstehen wollen, und eben diese kann ich Ihnen nicht empfehlen. Ich bin ein praktischer Staatsmann, meine Aufgabe besteht darin, Gutes zu wirken durch Einsicht in die Verhältnisse und kluge Benützung der Menschen, und das kann ich natürlich nur, so lange ich meine Macht behaupte. Darin beruht meine Weisheit. Wollte ich Ihnen sagen, wen ich für weiser hielte, so würde ich selbst aufhören, weise zu sein. Und damit Gott befohlen! Übrigens', rief er mir noch nach, ‚wenn Sie unter einem Weisen einen Kerl verstehen, der die Weisheit still für sich hinein mit Löffeln gegessen hat, so müssen Sie zu den Gelehrten gehen.'

Obgleich dies nun meine Ansicht von einem Weisen nicht ist, ging ich doch zu den Gelehrten, und zwar zu einem Philosophen; denn wer sich selbst einen Liebhaber der Weisheit nennt, der muß doch die Weisen kennen. Der Mann betrachtete mich aufmerksam.

‚Was verstehen Sie überhaupt unter einem Weisen?' fragte er mich.

‚Ich verstehe darunter einen Mann', sagte ich, ‚welcher die Welt kennt und in ihr lebt, aber nicht nach ihr strebt; welcher die Wahrheit sucht, ohne auf Ruhm zu hoffen; welcher die Menschen liebt und Gutes wirkt, aber nach Lohn und Dank nicht fragt; welcher niemand verachtet, weil er anders sei und anders denke als er; welcher glücklich ist, weil er frei ist, milde, weil er gut, und bescheiden, weil er groß ist.'

‚Sie sagen mir da nichts Neues, lieber Herr', erwiderte der Philosoph; ‚diese ethischen Qualitäten, welche Sie aufzählen, erstreben wir alle in gewissem Sinne; sie kommen durchaus nicht bloß irgend welchen hervorragenden Geistern zu. Aber eben darum besagt Ihre Definition zu viel. Sie werfen das Ideal eines Gelehrten und das Ideal eines Menschen zusammen. Das mochte zu einer Zeit statthaft sein, als die griechischen Sophoi lebten, Bildung nur wenig Bevorzugten zukam und die ganze Wissenschaft in nichts anderm bestand, als in ein wenig Lebensweisheit, verquickt allenfalls mit einigen mystischen Spekulationen à la Pythagoras. Aber heutzutage haben wir Teilung der Arbeit einerseits, Gleichberechtigung der Menschen andererseits. Weise sein, in Ihrem Sinne der Lebensweisheit, kann ein jeder, ohne gelehrt zu sein, und es kann jemand sehr gelehrt sein, ohne eine Spur von einem Sophos zu haben. Sie scheinen mir noch sehr unklare Begriffe von der Weisheit zu besitzen.'

,Ich bitte um Entschuldigung', begann ich wieder, ,aber Sie nennen sich einen Philosophen, und da ich doch diesen Namen einführte –'

,*Sie* führten ihn ein?' Der Philosoph fixierte mich, er schien mich für etwas gestört zu halten.

,Ja', sagte ich, ,ich bin nämlich Pythagoras.'

,Mein Bester', sagte der Philosoph, ,kommen Sie zu sich. Das ist ja eine durchaus mythische Persönlichkeit!'

,Kurz und gut', fuhr ich fort, ,ich glaubte, Sie beschäftigten sich ausschließlich mit den Weisen – gibt es denn gar keine mehr? Ich hörte doch, es habe einer in Egmond gelebt und einer im Haag, einer auch in Königsberg?'

,Die sind lange tot', sagte der Philosoph trocken. ,Ich muß Sie sehr bitten, die Philosophie nicht fortwährend mit einer praktischen Anwendung ethischer Grundsätze zu verwechseln. Die Philosophie ist heutzutage eine *Wissenschaft*, und wenn Sie mein Buch gelesen hätten, so würden Sie das wissen.'

,Worüber schreiben denn aber meine Nachfolger, wenn nicht über die Weisheit?' fragte ich.

,Über andere Philosophen!' rief er. ,Und ich rate Ihnen dringend, sich ein wenig in der Geschichte der Wissenschaften umzusehen. Adieu, Herr –'

,– Pythagoras', sagte ich und ging.

Ich begab mich direkt hierher; denn wo sollte ich die Weisheit noch suchen? Um aber nicht ganz unverrichteter Sache heimzukehren, habe ich noch ein letztes Mittel probiert, indem ich den Weg einschlug, auf welchem die Leute heutzutage berühmt werden, nämlich die Zeitungs-Annonce. Ich ließ meine Erklärung von der Weisheit drucken und überall ankündigen: Wer ein Weiser sein *will*, wie die Weisen Griechenlands, den laden die Musen zu Gaste und warten sein auf dem Parnassos. Erfolg freilich wage ich mir nicht zu versprechen."

Pythagoras hatte recht. Es kam niemand.

„Aber schätzen denn die Menschen die Weisheit gar nicht mehr?" fragten die Musen endlich.

„Sie schätzen sie hoch, sehr hoch", versicherte Pythagoras.

„Warum wollen sie dann aber nicht weise sein?"

„Jeder will lieber, daß es ein *anderer* sei, nicht er selbst, der das Ehrenamt des Weisen führe."

„Also so gutmütig und bescheiden sind die Menschen!" rief Erato erfreut. „Das hätte ich wirklich kaum geglaubt. So wollen sie nur darum nicht weise sein, damit –"

„– damit sie klüger bleiben können als die Weisen!" schloß Pythagoras.

Und die Menschen blieben es auch. Die Musen und die Weisen warteten noch viele Abende auf die Männer, welche weise sein *wollen*, aber sie blieben unter sich. Nur einmal glaubten sie, es käme ein Weiser; jedoch es war nur ein kleiner Junge mit großen blauen Augen, der sich verirrt hatte, weil er dem Schneewittchen seinen Pfefferkuchen bringen wollte und nach Süden gegangen war, statt nach Norden. Da steckten ihm die Musen die Taschen voll Ambrosia, Solon legte ihm die Hand auf die Locken, und Melpomene und Erato küßten ihn auf den Mund und führten ihn nach Hause. Darauf flogen sie wieder zum Parnassos, setzten sich mit den zweiundzwanzig Sophen zum Tee und sagten:

„Wir können's abwarten, wir sind ja noch jung."

Der gefangene Blitz

Ich bin geboren –

„Geboren? Was ist das wieder für ein Unsinn? Eine von den Dummheiten der Menschen, worauf sie sich noch etwas einbilden. Ich bin nicht geboren, bin niemals geboren worden. Oder bist du vielleicht geboren, altes Zählwerk?“

„Tick-tack, tick-tack“, sagte die Uhr im Zählwerk des elektrischen Stroms.

„Sprich deutlicher, ich verstehe dich nicht“, rief die Glühlampe.

„Weiß nicht, ob ich geboren bin“, antwortete die Uhr. „Ich habe noch nie darüber nachgedacht. Aber ich habe schon viele Glasbirnen, wie du bist, sich zu Tode brennen sehen, also werden sie wohl auch geboren worden sein.“

„Rede nicht so dumm! Bin ich die Glasbirne? Bin ich der Kohlenfaden? Du freilich, du bist ein trauriges Federwerk, du wirst aufgezogen, sonst läufst du ab. Aber ich – ich bin ganz etwas anderes.“

„Tick-tack, tick-tack –“

„Jetzt freilich haus' ich in einer Glühlampe, jetzt leucht' ich nur auf den Tisch hier, auf die blauen Hefte und auf die weißen Bogen, und auf den Menschen – Aber einst – Soll ich dir's erzählen?“

„Warum fragst du erst? Du wirst mir's ja doch erzählen.“

„Du magst recht haben, langweiliger Zähler! Es kann nicht jeder Tag und Nacht nur Tick-Tack machen. Ja, es gibt Zeiten, in denen ich gern rede; muß ich doch oft so lange schweigen! Aber wenn ich glühe, so red' ich auch. Und wenn du's nicht hören willst, werd' ich's dem Menschen dort erzählen, obgleich er geboren ist.“

„Dem? Und der soll dich verstehen?“

„Ob er mich versteht? Ich leuchte ihm ja doch.“

„Das mußt du –“

„Mußt? Ärgre mich nicht! Unterbrich mich nicht immer! Ich schwinge eben, da muß sein Gehirn mitschwingen. Dann sieht er die Dinge rings umher. Das ist unsre Sprache. Farbe, Farbe! Die geb' ich! Hast du nie gesehen, wenn er in die blauen Hefte schreibt, da fließt es rot aus seiner Feder, und auf der Stirn ist ein dunkler Streifen, und sein Gesicht wird ganz bleich. Aber wenn er in das kleine schwarze Buch schreibt, da schreibt er schwarz, und seine Wangen röten sich und seine Augen leuchten blau."

„Was du nicht alles weißt! Aber jetzt schreibt er auf die großen Bogen. Das verstehst du nicht."

„Wie? Ich könnt's nicht lesen? Wir Geister vom Äther durchstrahlen die Welt, unser Wissen reicht weit wie des Vaters Riesenarm. Dort auf dem großen Bogen steht ein Gesuch, eine Bitte, man möge ihm etwas gewähren um – seine Gesundheit – da bei der starken Inanspruchnahme seiner – ja seiner –"

„Siehst du! Du kannst es nicht lesen."

„Ich kann es lesen, ich will nur nicht! Ich mag das Wort nicht!"

„Was ist es denn?"

„Laß mich! Auf dem andern Blatt steht, wer er ist. ‚Ich, Karl Theodor Matthof, bin geboren zu Waldenburg als Sohn des Kaufmanns Emil Matthof und seiner Ehefrau Karoline, geborene –' Schon wieder eine geborene! Ich hab' es satt! Ich bin nicht geboren, ich nicht! Höre mich!

Droben im Raum, wo die Planeten schwingen, da weckt mich die Mutter, die dampfende Erde, vom Schlummer auf, so oft sie den Vater, den endlosen Äther, in ihrem tanzenden Wirbel küßt. Da ström' ich hernieder, da steigen die Lüfte, da ball' ich die Dünste zu wogenden Wolken, da jag' ich den Sturm in der Sommernacht zu heißer Begierde – so wach' ich und lebe!"

„So wach' ich und lebe." So schrieb der Mensch in seinen Lebenslauf, dessen Anfang auf dem Papier stand. Dann faßte er sich an den Kopf, sah erstaunt auf die Worte, die er geschrieben hatte, schob das Blatt zur Seite und warf die Feder fort.

Er lehnte sich in seinen Stuhl zurück und ließ die Hände müßig herabsinken. Seine großen, klaren Augen aber richteten sich auf den milden Schein der Lampe über seinem Tische, und es war, als ob die Lampe immer weiter und weiter hinausrückte. Da glitten die Achsen seiner Augen langsam auseinander, bis sein Blick in unendlicher Ferne haftete, und die Nähe war ihm entschwunden.

Die Lampe zuckte mit einem triumphierenden Aufleuchten zu dem Zählwerk hinüber und sprach weiter:

„Ich bin nicht geboren – ich wachte nur auf und werde schlummern und wieder wachen. – Siehst du dort auf dem Bilde die weißen Spitzen über die dunklen Felsen ragen? Siehst du aus dem Gletscher den Bach entspringen? Erkennst du den geborstenen Stamm der verkrüppelten Kiefer? So sah es aus, wo ich zuerst erwachte.

Dort traf ich die Stämme im Urwald der Berge, sie krachten und stürzten, und prasselnd warf ich den eisigen Hagel ins Tal hernieder. O wilde Luft, o goldene Freiheit! Ich war das Wetter, ich war der Blitz! Von Wolke zu Wolke sprang ich im Lichtleid, von der Wolke fuhr ich hinab zum Boden im schmetternden Strahl, die Felsen spaltend, und aufwärts wieder zur dunklen Wolke strömt' ich im Spiele der Äthergeister. Du altes, armes Uhrwerk, was weißt du von des Ätherkindes himmlischer Freiheit? Kennst du die stille, schwüle Julinacht mit dem schweren, sehnsüchtigen Blumenduft, wenn die verliebten Mondstrahlen über die Halme der Wiese gleiten? Dann schmiegt' ich mich innig an die ruhende Luft und lockte sie schmeichelnd empor, und wie wir schwebten engumschlungen, weinten wir Tränen der Wonne. Die kleinen Nebeltröpfchen, von meinem heißen Atem gescheucht, ballten sich im Mondenglanz zur weichen Rundung der weißen Wolke."

Der Mensch in seinem Stuhle seufzte leise. Er griff wieder nach der Feder, aber den großen Bogen und den Stoß blauer Hefte schob er unwillig beiseite. Er nahm sein kleines Buch und schrieb hinein. Und die Lampe sprach weiter:

„Im Sonnenschein hüllt' ich mich spielend in den Schleier des Staubbachs. Da schaut' ich Menschen im einsamen Bergtal. Seltsamen Weg bauten sie, die Felsen sprengend; über die Schlucht warfen sie die schlanke Brücke. Eiserne Schienen lagen am Boden, weit gedehnt. Da glitt es sich herrlich bergauf, talab, viel leichter und glatter, als wenn ich zuckend die Lüfte zerteilte. Dann spannten sie glänzende, rotfunkelnde Drähte über den Schienen in der Höhe. Die lockten mich mächtig, auf ihnen zu gleiten, wenn ich in brausenden Wettern über die Höhen einherfuhr. Und doch war's, als erlahmte mir die Kraft, sobald ich ihnen nahte. Als ob ein unbekanntes Gebot mich hinderte, im freien Spiel zwischen Wasser und Wolken einherzutanzen. Mich warnte die Mutter Erde, ihre Stimme hört' ich drohend im Donner, mit dem sie mich anrief, wenn ich in meinen Launen tobte.

‚Störe nicht Menschenwerk! Störe nicht Menschenwerk!' So klang die Warnung.

Ich verstand nicht, was sie meinte.

‚Warum nicht?' fragt' ich zurück. ‚Was sind die Menschen?'

‚Deine Herren und meine.'

Ich hört' es mit Staunen und Schaudern. ‚Herren? Warum Herren? Bin ich nicht der strahlende Äthersohn, der über die Höhen blitzt, wie es ihm beliebt? Was will der Mensch, der im Staube stöhnt, der kurzlebige Wurm, was will er mir gebieten?'

‚Und wollt' ich dir's sagen, würdest du mich verstehen? Drum hör' und glaube die Warnung. Selbst in schwerer Erfahrung wirst du immer lernen, warum er dein Herr ist, nur daß er es ist. Leicht und sorglos ist dein Sinn, wohl hast du die Macht, doch deine Macht ist Spiel. Seine Macht aber ist *Arbeit.'*

‚Arbeit? Was ist Arbeit?' fragte ich übermütig. Und aus der Wolke sprang ich hinab zum Boden durch den Stamm einer hohen Fichte, daß lodernd die Flamme emporschlug.

‚Hüte dich!' rief die Mutter zürnend. ‚Störe nicht Menschenwerk, daß du nicht lernen mußt, was Arbeit sei. Hüte dich, daß du nicht arbeiten mußt. Denn deine Arbeit wird nicht sein wie des Menschen Arbeit. Wohl hört' ich von einem dunkeln Rätsel, daß des Menschen Arbeit zur Freiheit leite. Deine Arbeit aber würde Knechtesarbeit sein. Hüte dich, Menschenwerk zu stören!'

‚Hüte dich!' Immer umtönte mich die Warnung bei meinen Spielen. Arbeit – Arbeit! Das mußte wohl etwas Schreckliches sein. Aber was ist schrecklich? Von Menschen hört' ich das Wort, als ich einst durch die metallne Stange an ihrem Fenster vorbeiglitt, ich sah sie zitternd im Zimmer stehen, und so war in mir ein dunkles Gefühl, daß hier etwas sei, das mir fremd war. Aber ich verstand es nicht, ich kannte es nicht. Was sollte schrecklich sein? Der tiefe Abgrund des Gebirges, wenn die Lawine hineinstürzte? Ich schwebte darüber. Der dunkle Raum droben, der ohne Ende ist? Dort wohnt mir der Vater, der Ätherfürst, dort winken die Sonnen sich Botschaft zu. Also unten im Tal, wo die Menschen wohnen? Dort haust die Arbeit. Wie mochte sie aussehen? Gewiß jene langen, geraden, viereckigen Streifen, bald schwarz, bald grün, bald gelb, die sich drunten über die Ebene und über die Hügel zogen, das wird die Arbeit sein. Sie lagen immer fest am Boden, sie rührten sich nicht – das mochte wohl schrecklich sein. Und so ein Streifen sollt' ich werden? Das war häßlich. Und doch, so hatte die Mutter gesagt, der Mensch ist dein Herr, seine Macht ist die Arbeit. Mein Herr? So sollte er durch die

Arbeit mein Herr sein? So mußte die Arbeit doch etwas Besseres sein als ich? Wer löst mir das Rätsel? Oft ruht' ich lange im kalten Luftraum und grübelnd vergaß ich der treibenden Wolken und der leuchtenden Funken. – – Und es war doch Unsinn, daß der Mensch mir gebieten sollte – etwa durch die Felder da unten? Unsinn!

Im Wirbelsturm fuhr ich hinaus aufs Meer und in rasendem Tanze zog ich die Wogen herauf in meine Wolke und blitzte aus dem schäumenden Trichter und fragte das Meer: ‚Was ist die Arbeit?'

‚Küste! Küste!' klang es dumpf zu mir herauf.

Da merkte ich, daß ich nicht viel erfahren würde. Denn ‚Küste' ist sein Horizont, und was darüber geht, das heißt alles ‚Küste' beim Meere.

‚Was ist der Mensch?' fragte ich weiter. ‚Ist er unser *Herr?'*

‚Daß ich nicht wüßte', gurgelte das Meer. ‚Es schwimmt zwar hier und da so etwas herum, aber es tut mir nicht weh. Übrigens ist der Mensch meistenteils tot. Als Fischfutter nicht zu verachten. Was heißt überhaupt ‚Herr'? Sei nicht so spitzfindig. Küste! Küste!'

Da saust' ich wieder davon. Mit dem Meere ist nicht viel los. Es ist eine zu große, schwerfällige Masse. Wen konnt' ich wohl fragen?

Menschenwerk mußte ich suchen, denn meine Genossen wußten nicht mehr als ich. Aber Menschenwerk durft' ich nicht stören. Die Schienen vielleicht? An ihnen war ich hingeglitten, ohne sie zu schädigen. Doch sie konnten nicht reden, das hatte ich schon gemerkt. Wie wäre es mit dem roten Draht? Ob ich es wagte? Ich fand keine Ruhe.

Es war zu dumm! Ein einziger Gedanke störte mich bereits in meiner Freiheit. Ob das schon Arbeit war? Ob vielleicht die Arbeit eben das bedeutete, daß mir die freie Luft gestört war – –

Eines Tages spielte ich wieder mit den Wolken über dem Berghang. Da sah ich auf den Schienen etwas Seltsames heraufkriechen. Es klammerte sich an die Zähne der mittelsten Schiene, streckte aber einen langen Hals nach dem roten Drahte aus, daran leckte es mit glänzender Zunge.

Und Menschen saßen darin. Was hatten die hier bei mir zu suchen? Dazu waren sie noch fröhlich, Fahnen flatterten am Wagen und Gesang klang herauf.

Die Menschen freuten sich. Ich aber witterte überall die Arbeit; so meint' ich auch, ob der Wagen etwa die Arbeit sei –"

In dem Zählwerk gab es einen Schnapper.

„Was soll's?“ fragte die Lampe, ärgerlich über die Unterbrechung. „Hast du etwas zu bemerken?“

„Tick-tack“, sagte der Zähler wieder gleichmäßig. „Ich habe mich nur verwundert. Die Menschen waren vergnügt, sagst du, und der Wagen soll die Arbeit sein, sagst du, und die Arbeit soll etwas Schreckliches sein? Das scheint mir Unsinn, geistreichstes der Glühlichter. Was sagst du dazu?“

„Die Menschen sind doch nicht der Wagen, das sag' ich, alter Pedant. Und außerdem verstand ich überhaupt die Sache nicht. Ich wollte eben Auskunft über die Arbeit haben und dachte, der Wagen könnte sie geben.“

„Hättest du nur mich gefragt“, sagte der Zähler weise. „Ich hab's nämlich jetzt begriffen. Ich will dir sagen, was die Arbeit ist – die blauen Hefte dort sind es. Merkst du nicht, wie der Mensch jetzt von seinem Büchlein aufsieht, wie er nach der Uhr schaut und scheue Blicke nach den blauen Heften wirft? Du aber, wie konntest du so dumm sein und die Warnung vor der Arbeit verachten?“

„Rede nur klug, jetzt, nachdem ich dich belehrt habe. Ich hatte eben keine Scheu mehr vor der Gefahr, in die Knechtschaft der Menschen zu geraten – gestört war ich doch in meinen Spielen – ich wollte einmal wissen, was es mit dieser Arbeit auf sich habe, ob sie mich denn wirklich bezwingen kann – –“

Der Mensch war aufgesprungen, er schritt unruhig durchs Zimmer. Schon fürchtete die Lampe, er wolle sie ausschalten. Dann aber setzte er sich wieder und stützte den Kopf in die Hand. Die Lampe konnte in ihrer Erzählung fortfahren:

„Heftiger ballt' ich die Wolken und drückte sie an der Bergwand hinunter, während der Wagen heraufkroch, in meinen Nebel herein. Sammeln wollt' ich mich, um mit voller Kraft in den Wagen und die Menschen darin hinabzuschlagen. Aber es erging mir wieder merkwürdig; in der Nähe des Drahtes schien meine Kraft zu erlahmen, meine Wolken verloren ihre Spannung. Doch mehr und mehr wälzt' ich herbei oben von den Eishöhen, und nun, nun fühlt' ich mich stark genug – ich schnellte mich hinab, und mit Donnergekrach stürzt' ich mich auf den Wagen.

Da – was war das? Ich meinte, Wagen und Menschen zu zerschmettern, statt dessen merkt' ich nur, wie drinnen im Wagen ein Licht aufblitzte – ich sah bloß noch, daß die frechen Menschen lachten, aber in den Wagen konnt' ich nicht dringen. Auch an dem Drahte konnte ich mich nicht halten, ich glitt an ihm entlang, ich geriet in eine hohe Halle, drin drehten sich wirbelnde Räder – ich gedachte sie zu zerschlagen, doch ich geriet in eine Falle – in der Halle prasselte und knatterte es, Funkengarben sprühten, Rufe ertönten, ein Mensch sprang hinzu und warf einen Handgriff herum. – – Ich fühlte mich zerrissen, meine Kraft erlahmte. – – Ich wollte hinabfliehen zur Mutter Erde und konnte nicht, ich wollte wieder hinaufspringen zu den Wolken, die in meilenweiter Ferne schwebten, ich konnt' es nicht. Ich war gefesselt, gefesselt an wirbelnde Kupferstücke, an dunkle, lange Drähte – ich war kein Blitz mehr – – so ward ich gefangen, unterworfen den Menschen – –"

„Tick-tack, Tick-tack", sagte der Zähler.

„Ja du langweiliges Zählwerk, du Marterkasten, du gehörst zu meinen Peinigern! Abgemessen werd' ich, und wenn sie die Lampen einschalten, muß ich glühen."

„Was ist da weiter?" sagte der Zähler. „Du hast immerhin eine recht nützliche Beschäftigung und eine angenehme Abwechslung, du hast es viel besser als ich, und ich bin doch ganz zufrieden."

„Du weißt nichts anderes und wirst mich nie verstehen! Jetzt kenn' ich das Schreckliche, die *Arbeit.* Nicht daß ich glühe, aber daß ich es muß, das ist es! Muß, Muß! O wie das tut."

„Muß! Muß!"

Ein dumpfes Stöhnen. Der Mensch war es, der so stöhnte.

„Siehst du, der Mensch muß auch!" tröstete das Zählwerk.

„Das ist es ja, daß ich sein Los teilen muß, und doch ist er mein Herr. Wie kommt er dazu, mich zu zwingen, mich, den freien Geist des Äthers, die ungeborene, unvergängliche Kraft des Alls, wie kann er mich zwingen zu arbeiten und muß es doch selbst?"

„Muß?"

Der Mensch richtete sich auf. Er schob die Papiere und das kleine Buch zur Seite und griff nach den blauen Heften.

„Siehst du", sagte das Zählwerk wieder, „wie ich recht habe?"

Der Zähler tickte, die Lampe glühte, sie mußten – –

Der Mensch aber griff zur Feder und sprach zu sich:

„Ich will!"

Bis zum Nullpunkt des Seins

Erzählung aus dem Jahre 2371

I DAS GERUCHSKLAVIER

Aromasia saß im Garten ihres Hauses und sah träumerisch ins Blau des schönen Sommertages vom Jahre 2371. Sie folgte mit ihren Blicken den kleinen dunklen Wolken, welche sich hier und da plötzlich in der Atmosphäre bildeten und einen Regenguß herabströmen ließen; oder sie spähte nach den fliegenden Wagen und Luftvelozipeden aus, die zu ihren Füßen in buntem Gewühle die breite Straße erfüllten. Denn der Garten Aromasias befand sich in der luftigen Höhe von ungefähr hundert Metern über dem Erdboden auf dem Dache ihres Hauses.

Man sah sich genötigt, die Wohnhäuser in so gewaltigen Dimensionen aufzutürmen und die Gärten über ihnen anzubringen, da man den Raum der ebenen Erde dem Ackerbau vorbehalten mußte. So reichbevölkert war der Erdball, daß man jedes Plätzchen dem Anbau der Halmfrucht und der Ernährung des Schlachtviehs widmen mußte, um die Gefahr einer Hungersnot abzuwenden.

So wogten denn am Boden die Getreidefelder, wo immer Luft und Licht es gestatteten; darüber standen auf festen, hohen Säulen die Gebäude der Menschen, in deren unteren Stockwerken die Industrie ihr geschäftiges Leben trieb. Weiter oben folgten Privatwohnungen, und die Krone des Ganzen bildeten anmutige Gärten, deren freie und gesunde Lage sie zum beliebtesten Aufenthalte machte.

Die Aufeinanderfolge von fünfzehn bis fünfundzwanzig Stockwerken war übrigens durchaus nicht mit Unbequemlichkeiten verbunden; denn der Luftwagen war das gewöhnliche Verkehrsmittel; und wollte man wirklich einmal zu Fuß ausgehen, so fanden sie die Treppen durch treffliche Hebe- und Senkvorrichtungen ersetzt. In den Städten – und deren gab es unzählige – waren außerdem die einzelnen Stockwerke längs der Straßenfront durch Galerien verbunden; ihre Benutzung war bequem und praktisch, aber – wie es so geht, man weiß nicht immer, warum – bei der feinen Gesellschaft galt sie nicht für standesgemäß; sie diente nur dem kleinen Geschäftsverkehr und Hausgebrauche. Ebenso hielt man es für unpassend, ja, es war sogar straßenpolizeilich verboten, innerhalb der Stadt mit den leichten Fahrzeugen sich höher als die Dächer der Häuser zu erheben oder quer über Privatbesitz durch die Luft zu fliegen. Natürlich gab es auch immer mutwillige und unartige Übertreter dieser Sitte, und wenn es früher, im rohen Neu-Mittelalter, der Übermut der männlichen Jugend nicht verschmähte, in weinseliger Nacht allerlei Unfug an Schildern und Hausklingeln zu verüben, so kam es auch heute wohl vor, daß sich am Morgen ein Fenster mit schönen Bildern verklebt fand oder ein wohlverpacktes Bukett zum Schornstein hereinspazierte.

Aromasia Duftemann Ozodes, die allverehrte Künstlerin, seufzte leise, nachdem sie wieder vergebens in der Menge der Luft-Droschken nach dem Ziele ihrer Sehnsucht gesucht hatte.

„Wo nur Oxygen bleiben mag?“ klagte sie sanft in den wohltönenden Lauten der deutschen Sprache. Denn wenn man auch im gewöhnlichen Verkehre sich fast ausschließlich der neu eingeführten Universalsprache zu bedienen pflegte, so sprach man doch die zarten Empfindungen des Herzens in den süßen Klängen der ursprünglichen Muttersprache aus.

„Merkwürdig“, fuhr sie fort, „daß er nicht nach seiner Gewohnheit längst zu mir geeilt. Schon neun Uhr vierundachtzig Minuten siebzig Sekunden?* Und auch Magnet kommt nicht – aber die Dichter sind unpünktlich. Er sinnt gewiß auf ein Grunzulett; und dazu braucht er Zeit.“

Das Grunzulett ist nämlich eine neue Dichtungsform, welche die Vorzüge des Sonetts, des Gasels, der alcäischen Strophe und des Familienromans in sich vereinigt, leider aber nur in der modernen Universalsprache zu leisten ist, weil seine Hauptschönheit darin besteht, daß Alliteration und Reim durch eigene Selbstvernichtung sich zu einer neuen Form, der „in sich zurückkehrenden unendlichen Lautquetsche“, verbinden.

Jetzt griff Aromasia nach dem neben ihr liegenden Doppelfernrohr und sah scharf nach einer Stelle der Vorstadt, welche ungefähr 25

* Man teilte den Tag in zweimal zehn Stunden à 100 Minuten à 100 Sekunden.

Kilometer von ihrem Standpunkte entfernt sein mochte; eine jener schon erwähnten kleinen Wolken erhob sich gerade darüber.

„Es ist Oxygen“, sagte sie beruhigt bei sich, indem sie das Fernrohr sinken ließ. „Ich erkenne seine Maschine. Er ist also beschäftigt und wird erst später erscheinen. So muß ich mir denn bis zu seiner Ankunft die Zeit nach eigenem Geschmack vertreiben. Wohlauf, meine getreue Kunst! Ihr gewaltigen Gedanken der großen Duftmeister sollt mir die schleichende Stunde verkürzen und meine Seele in die Regionen wunschlosen Wahnes tragen!“

Sie trat auf die Versenkung und befand sich wenige Augenblicke später in ihrem geschmackvoll eingerichteten Zimmer. Ein Instrument in der Gestalt eines Pianinos stand in der Mitte. Sie öffnete den Deckel und griff in die Klaviatur des Ododions; bald schwelgte sie in den Wonnedüften einer Phantasie von Riechmann, und harmonische Wohlgerüche durchströmten das Zimmer.

Das *Ododion* (von σδωδη, der Geruch) oder *Geruchsklavier* wurde im Jahre 2094 von einem Italiener Namens Odorato erfunden und im Laufe der Zeit, entsprechend den Fortschritten der Chemie, bedeutend vervollkommnet. Das Instrument unserer Künstlerin war aus einer deutschen Fabrik und zeichnete sich durch seinen großen Umfang an Gerüchen aus; es reichte von dem als unterste Duftstufe angenommenen dumpfen Keller- und Modergeruche bis zum Zwiblozin, einem erst im Jahre 2369 entdeckten äußerst zarten Odeur. Jeder Druck auf eine Taste öffnete einen entsprechenden Gasometer, und künstliche mechanische Vorrichtungen sorgten für die Dämpfung, Ausbreitung und Zusammenwirkung der Düfte.

Nachdem man die Musik auf einen solchen Höhepunkt der Vervollkommnung gebracht hatte, daß das Ohr unmöglich mehr ertragen konnte, hatte man seine Aufmerksamkeit der so sehr vernachlässigten Nase zugewandt. Die Feinheit des Geruchsorgans war freilich bei der Menschheit in der Rückbildung begriffen; aber warum sollte man diese nicht steuern können? Kein anderer Sinn wirkt gleich lebhaft auf unsere Ideenassoziation wie der des Geruchs; es lag nahe, ihn künstlerisch dazu zu verwerten, bestimmte Vorstellungen und Empfindungen in uns hervorzurufen. Man studierte die Eigentümlichkeiten und Wirkungen der Gerüche, fand die Gesetze ihrer Harmonie und Disharmonie, anfänglich auf empirischem, später auch auf theoretischem Wege, die Chemie stellte immer wohlfeiler die notwendigen Arome her, und nachdem das Ododion erst als

Kuriosum gezeigt und auf Rundreisen durch die Städte von aller Welt angestaunt worden war, bürgerte es sich bald in den Familien, im Privatkreise ein.

Die größten Duftmeister, zuerst Naso Odorato, dann Stinkerling, Frau Schnüffler, Riechmann, Aromasias Eltern selbst, Herr Duftemann und Frau Ozodes, eine Griechin, leisteten Ododionpiecen, welche den Tonwerken der größten Musiker dreist an die Seite gestellt werden konnten, und bald war das Ododion, das namentlich in seiner Verbindung mit der menschlichen Stimme hinreißend wirkte, so in allen Häusern eingebürgert wie vor fünf Jahrhunderten das Klavier. Töchter und Söhne räucherten in ihren Mußestunden darauf herum, und die Nachbarn klagten und jammerten über die Stümperei, die Geruchsüberladung und Nasenmarter gerade so, wie man früher über das Flügelspiel und die Ohrenquälerei herzog.

Aromasia Duftemann Ozodes aber war eine Künstlerin im wahren Sinne des Worts. Ihre Duftakkorde umstrickten die Seele mit Allgewalt. Springauf, Flieder und Rosen führten die Träume in die holde Zeit des Sommers und der jungen Liebe; aber allmählich verschwimmen diese Düfte, wir glauben vor verwelkten Blumen zu stehen, und ein Gemisch von Jasmin und Schnittlauch durchzieht das Gemüt mit unendlicher Wehmut. Und nun aus der Ferne, durch diese Wehmut hindurch, riechen wir den Hohn, den Leichtsinn des Treulosen im Dufte des Weines; mehr und mehr umhüllen uns Alkoholdämpfe – da, wie ein Aufschrei des Entsetzens, ein Mißgeruch! Pulver ist es, dann dunkle Grabesluft ... Noch einmal im unendlichen Schmerz erheben sich die Duftakkorde, dann verduften sie in stiller Resignation ...

Aromasia ließ die Hand sinken. Da fühlte sie dieselbe ergriffen und mit heißen Küssen bedeckt.

Magnet Reimert-Oberton war unbemerkt zum Fenster herein luftvelozipediert und zu ihren Füßen niedergesunken. Noch bebte seine Seele im Nachgefühl des Spieles Aromasias.

Magnet führte wie alle Leute einen Doppelnamen. Der rechtlichen Gleichstellung der Frauen gemäß behielten die Kinder sowohl den Namen der Mutter als den des Vaters; verheirateten sie sich, so ließen die Töchter den Namen des Vaters, die Söhne den der Mutter fort und nahmen dafür den des Gemahls hinzu.

Reimert-Oberton war ebenfalls Künstler, und zwar Dichter. Nach unseren Begriffen würde man ihn als einen unerträglichen Realisten bezeichnen, dem damaligen Zeitalter aber galt er nicht nur als ein übermäßiger Idealist, sondern auch als weichlicher Romantiker. Denn er stand noch auf dem Standpunkte der Dichter des dreiundzwanzigsten Jahrhunderts, welche sich gern in das Zeitalter des Dampfes zurückträumten, in jene Tage, als die Menschen noch gezwungen waren, zu den Bergen aufzusehen. Er verzweifelte an der Macht der Poesie in einem Jahrhundert, in welchem man den rechnenden Verstand vergötterte, und pries die Zeit des Neumittelalters glücklich, in welcher es nicht darauf ankam, an ein heiliges Wunder zu glauben und mit Klopfgeistern zu verkehren. Eine Neuerung jedoch hatte er versucht, welche ein Verdienst um die Literatur bildete, nämlich die Einführung der begrifflich strengen wissenschaftlichen und technischen Bezeichnungen der Vorgänge in die Poesie an Stelle der auf einer veralteten Anschauung beruhenden sogenannten poetischen. Übrigens dichtete er meist deutsch und verfaßte nur die Grundzuletts in der Universalsprache.

„O große Aromasia", rief er jetzt, „des vierundzwanzigsten Jahrhunderts erhabenste Ododistin! Ihnen gehört der Schwingungszustand meiner Gehirnzellen, Ihnen bebt jede Nervenfaser meines Rückenmarks! Wie die Flur den durch die mit Wasserdämpfen gesättigte Morgenluft stark absorbierten Sonnenstrahlen entgegenseufzt, so zittern nach den Düften Ihres Ododions die zarten Häute meiner Nase!"

„Magnet", erwiderte Aromasia, mit dem Finger drohend, „seien Sie nicht unartig! Sie vergessen wieder, was wir ausgemacht haben – Ihre Anbetung ist gestattet, aber in geziemenden Grenzen. Sie verdienten wirklich, daß Ihnen mein Bräutigam einen Regenguß über den Hals schickte. Ich will Oxygen darum bitten!"

„Grausame! Ich fürchte keine Kondensation – die lebendige Kraft meines heißen Blutes wird die Wassermolekel auseinandertreiben."

„Warten wir das ab! Übrigens wissen Sie selbst, wie sehr Sie übertreiben. Ihre Schmeicheleien müssen mir wie Spott klingen, denn ich kenne zu gut meine schwachen Kräfte, welche die Ideale meiner Nase nicht erreichen. Wo bleibt die Gedankentiefe eines Riechmann in meinem Gedüftel. Riechen* Sie hier diesen einfachen Übergang vom aromatischen Drei-Duft durch den halben Mollge-

* Aromasia sagte: „Räuchen Sie." Man hatte zur Unterscheidung vom Intrasitivum „riechen" das Transitivum „räuchen" gebildet und sagte: Die Rose riecht, roch, hat gerochen der Mensch räucht räuchte, hat geräucht. Leider müssen wir noch beim alten bleiben.

ruch in die Schlußozodie. Was liegt nicht alles in diesem einfachen Zuge!

Kraft, Todesmut, Stärke, Stiergebrüll, die ganze Geschichte der Erfindung des elektromotorischen Schnellwagens, Menschengröße, Gewitter, Winzertanz und sogar die Elemente der Kometenbahn von neunzehnhundertachtzig. Das kann aber auch nur ein Richard Riechmann."

„Sie sind zu bescheiden. Haben doch auch Sie schon die Überwindung des Materialismus durch den Kritizismus und die Vollendung des Nikaragua-Kanals auf dem Ododion dargestellt."

„Es sind schwache Versuche! O Magnet, wann wird uns der Meister erstehen, welcher das Geruchsdrama der Zukunft schafft! Riechmann? Ihm mangelt die gestaltende Kraft der Sprache – ach, Magnet, warum sind Sie kein Duftkünstler?"

„Weil ich leider nur ein Dichter bin, aber ein schlechter. Doch nicht in der Zukunft dürfen Sie unsere Ideale suchen, greifen Sie zurück in die Vergangenheit."

„Ich bitte Sie, Shakespeare, Goethe ..."

„Viel zu veraltet, nein – aber Anton Feuerhase und sein Trauerspiel ‚Die letzte Lokomotive'! Das ist Poesie! Denken Sie an die Schlußszene mit der Musik von Brummer – die Ododionbegleitung ist, glaub' ich, von Stinkerling –, wie der Kessel platzt, der unselige Lokomotivführer, der im Zwiespalt der Pflichten zwischen der Rettung des Publikums und des Eigentums der Bahnverwaltung untergeht, in die Luft geschleudert, mitten zwischen den Trümmern, unterdonnert zu den Waggons.

Vergebens, Dampf, daß du den Atem hemmst!
Der Eilzug stürzt! Ade, mein Bein! Bremst! Bremst!

Wenn dann der Vorhang fällt und die Musik das Geräusch der Bremsen noch nachtönen läßt, dann erst fühlt man, was die Dichtkunst vermag. Und mir gelingt es nicht einmal, ein armseliges Grunzulett ins Deutsche zu übertragen."

„Aber es gelingt Ihnen, so manches Gemüt zu erheben über die Gewöhnlichkeit des Lebens und sich unabhängig zu fühlen vom verwirrenden Urteil der Menge. Und das ist es, was ich an unserer Kunst preise."

„Nicht alle werden es Ihnen zugeben. Die Partei, welche sich den

Namen der ‚Nüchternen' gegeben hat, behauptet, daß nur durch die Bildung des Verstandes ein Fortschritt der Menschheit möglich sei; daß die intellektuelle Entwicklung, wie sie die Emanzipation von der Naturgewalt geleistet habe, auch allein imstande sei, von den Leidenschaften zu befreien und die Menschheit ihrer sittlichen Vollendung mehr und mehr entgegenzuführen; ja, daß wir den Errungenschaften der Wissenschaften allein den hohen Kulturzustand der Gegenwart in ethischer Beziehung verdanken, unsere Toleranz, unsere Milde, unsere Reinheit und Gesinnung."

„Magnet, Sie erinnern mich zur Unzeit an diesen unseligen Parteistreit, der so tief in die Verhältnisse unseres Lebens eingreift. Sie wissen, daß hier der einzige Punkt liegt, der mich von Oxygen trennt, daß hier allein unsere Meinungen auseinandergehen. Und doch kann ich nicht anders, wie lieb ich meinen Bräutigam habe – es ist meine heiligste Überzeugung, daß allein dem Einflusse der Künste, insbesondere der Ododistik, auf den Menschen die Erhebung der Sittlichkeit und die Förderung der Zivilisation zugeschrieben werden kann. Nur zu oft macht diese Meinungsverschiedenheit uns bittere Stunden, und ich fürchte ..."

„Nicht doch, Aromasia! Sie sagten selbst so oft, daß bei der Gewohnheit unserer Zeit, jegliches Urteil gelten zu lassen und die Sache von der Person zu trennen, eine persönliche Anfeindung aus einem Streite der Anschauungen überhaupt nicht mehr entstehen könne.

Wie mögen Sie solche Befürchtungen durch die aus den Bewegungen ihrer Mundhöhle resultierenden Schallwellen ausdrücken?"

„Weil ich gar nicht so sicher bin, daß unser Zeitalter wirklich auf einer so gepriesenen Höhe objektiver Betrachtung steht.

Wäre es nur ein rein theoretischer Streit, um den es sich handelte, so wollte ich mich beruhigen. Aber wie oft auch die Nüchternen dies behaupten mögen, es ist nicht wahr. Hier liegt ein Gegensatz vor, der tief in der Natur des Menschen begründet ist, der immer bestanden hat und bestehen wird und sich gegenwärtig nur in dieser Form ausspricht. Wir sind nicht mehr imstande, in tödliche Feindschaft zu geraten, weil einige religiöse Dogmen bei dem einen anders lauten als beim Nachbar, aber der unauslöschliche Kampf entgegengesetzter Ideale äußert sich dafür im Parteihader der ‚Nüchternen' und der ‚Innigen'. Die Namen sind unglücklich genug gewählt. Die Nüchternen sind die allerschlimmsten Fanatiker; wenn sie sich auf die ‚nüchterne Überlegung‘ berufen, so lügen sie. Ihre innerste Gemütsanlage ist eben fremd und abgeneigt den warmen Empfindungen einer ideal fühlenden Seele, die das Leben erfaßt, wie es sein soll, und nicht zergliedert, wie es ist."

„Seien Sie nicht so böse, Aromasia", tröstete Magnet. „Bei diesen Leuten sind nun einmal die Zentralorgane der Geruchsempfindungen, das Subiculum des Ammonshorns oder die Spitze der ‚hakenförmigen‘ Windungen schlecht entwickelt. Ihr Gehirn ist einer feinen Duftempfindung nicht zugänglich, und sie werden eine Aromasia nie verstehen."

„Und Oxygen?"

Magnet schwieg. Sanft irrten Aromasias Finger über die Tasten, die zarte Wohlgerüche ausströmten.

Eine Luftdroschke schwirrte vor das Fenster, Oxygen führte sie. Er stellte die Schraube des Apparates horizontal, so daß die Drehung derselben den Wagen nur schwebend erhielt, ohne ihn fortzutreiben, befestigte das Fahrzeug am Fenster und trat mit freundlichem Gruß ins Zimmer.

Aromasia eilte ihm entgegen und begrüßte ihn herzlich. Ihr folgte Magnet. Oxygen näherte sich, Aromasia an der Hand führend, dem Fenster und blickte in ein dort aufgestelltes Mikroskop.

„Allerliebst", sagte er, „ich gratuliere, Aromasia. Selten habe ich einen so vorzüglichen Urschleim gesehen. Prächtig gelungen."

„Dir zu Liebe, Oxygen", erwiderte seine Braut. „Ich weiß, wie sehr du dich freust, wenn ich mich deiner kleinen Lieblinge annehme. So habe ich manche Stunde vor dem Mikroskop gesessen und der Zellbildung zugesehen."

Es war damals Mode, den sogenannten Urschleim, das niedrigste organische Gebilde, aus anorganischen Stoffen zu ziehen. Professor Selberzelle hatte den Triumph gehabt, die erste zweifellose Urzeugung zu beobachten, und statt mit Papageien oder Schoßhündchen spielten Damen und Herren in ihren Mußestunden jetzt unter dem Mikroskop mit den zarten Urschleimtypen.

„Du bist später als gewöhnlich gekommen", fuhr Aromasia fort. „Du hattest viel zu tun?"

„Leider, ich bin sehr mit Bestellungen überhäuft, das Wetter ist bei uns ausnahmsweise trocken, und ich habe alle Mühe, Wasser genug zu schaffen. Und heute hatte ich besonders viel zu besorgen, denn ich wollte mich für morgen frei machen. Ich habe dir nämlich einen Vorschlag mitzuteilen – ich denke, Magnet, du wirst auch dabeisein?“

Nun entwickelte Oxygen seine Idee.

Oxygen Warm-Blasius war seines Zeichens nichts Geringeres als – Wetterfabrikant; das heißt, er war Besitzer eines großen Etablissements, welches Apparate herstellte und verlieh, um Veränderungen in der Atmosphäre künstlich hervorzurufen. Dies geschah durch chemische und physikalische Kräfte; da wurden Dämpfe entwickelt, große Luftmassen erhitzt oder abgekühlt, obere Luftschichten in niedere Regionen gesogen, tiefere hinaufgepreßt, Wolken gebildet und zerstreut. Oxygens Geschicklichkeit hatte sein Etablissement zu einem sehr beliebten gemacht.

„Ich habe also für morgen meine Geschäfte bereits geordnet“, fuhr er jetzt fort, „um mit euch eine kleine Partie für den ganzen Tag zu arrangieren. Es ist nämlich gerade morgen einer der so sehr seltenen Tage, an denen die ganze nördliche Erdkugel heiteres Wetter besitzt, und wir können daher unsern Ausflug beliebig einrichten, ohne künstlicher Hilfe zu bedürfen oder irgendeine Störung befürchten zu müssen.“

„Und wohin willst du?“ fragte Magnet.

„Ich schlage vor, nach dem Niagarafall zu fahren. Anfänglich dachte ich an die Nilquellen, aber dort waren wir erst im Winter, und in den Tropen ist auch der Aufenthalt nicht gerade angenehm.“

„Zum Niagara“, rief Aromasia, „das hast du gut ausgedacht, Oxy! Aber da müssen wir wohl zeitig hinaus?“

„Wenn wir um sechs Uhr abfahren, so haben wir übrig Zeit, auch ohne unsere Maschine zu sehr anzustrengen. Selbst wenn wir uns vier Stunden* am Fall aufhalten, können wir um zehn Uhr abends wieder zurück sein. Sechs Stunden brauchen wir zur Hinfahrt. Ich würde aber vorschlagen, lieber schon um vier oder ein halb fünf Uhr, gleichzeitig mit der Sonne, aufzubrechen. Da wir nach Westen fahren, können wir unsere Geschwindigkeit so wählen, daß wir der entgegengesetzten Drehung der Erde ganz genau das Gleichgewicht halten und sie für uns paralysieren. Wir genießen dann, den Blick zurückgewendet, das Schauspiel eines sechsstündigen Sonnenaufgangs, der sich auf dem Atlantischen Ozean ganz prachtvoll macht.“

* Zur Bequemlichkeit für den Leser des 19. Jahrhunderts (wir begnügen uns, für diesen zu schreiben) sind hier solche Stunden genommen, von denen 24 auf einen Tag gehen.

„Vor uns den Tag und hinter uns die Nacht", zitierte Magnet.

„Eigentlich müßte es bei uns umgekehrt heißen", meinte Oxygen, „aber wir müssen die Alten verbrauchen, wie sie sind."

„Dieser Ausfall sei dir verziehen, teurer Oxygen", rief Magnet, „denn deine Idee ist wirklich brillant, grunzulettal! Freilich kommen wir auf diese Weise auch schon nach unserem Ziele, wenn es dort erst vier Uhr morgens ist."

„Dafür, weiser Dichter, entgehen wir auch der Mittagshitze auf dem Lande. Um acht oder neun Uhr brechen wir dann auf, sechs Stunden zurück, das heißt relativ zwölf Stunden, da wir jetzt der Sonne mit derselben Geschwindigkeit entgegeneilen, als wir auf der Hinfahrt von ihr herflogen – und um acht Uhr nach mittlerer Berliner Zeit sind wir wieder zu Hause, also noch bei Tageslicht."

„Und für morgen bist du des Wetters ganz sicher?" fragte Aromasia.

„Überzeuge dich selbst", erwiderte Oxygen, indem er aus seinem Wagen den Wetteratlas holte und den betreffenden Tag aufschlug.

Im Wetteratlas findet sich auf ein halbes Jahr im voraus für jeden Tag der Zustand der Atmosphäre auf der ganzen Erde angegeben. Bis auf die halbe Meile und die Viertelstunde bestimmte die Meteorologie die Witterung mit mathematischer Genauigkeit.

Auf kolorierten Erdkarten in großem Maßstabe waren diese wissenschaftlichen Ergebnisse verzeichnet, jedem Tage gehörte eine Karte.

„Ihr seht", fuhr Oxygen fort und blätterte in den Karten, „Regenstreifen überall im Westen – nur morgen prachtvollstes Wetter. Also abgemacht?"

„Abgemacht! Vorbereitungen sind ja nicht nötig."

„Gut, so fahren wir morgen früh vier Uhr in meinem neuen Motor."

„Das muß ich gestehen", fügte Aromasia hinzu, „dieses Verdienst der Wissenschaft erkenne ich an, welches sie sich um unsere Garderoben erworben hat.

Wie gräßlich muß es gewesen sein, als man von solchen Zufälligkeiten, wie es ein Regenguß, ein Windstoß scheinbar sind, in allen seinen Bestimmungen abhängig war."

„Nur von *einem* Naturzwange konnten wir uns vorläufig nicht befreien", sagte Oxygen lächelnd, „nämlich vom Hunger. Und ich muß gestehen, es wäre mir lieb, wenn ..."

„Wir sind bereit“, rief Aromasia, indem sie einen kräftigen Bratengeruch auf dem Ododion anschlug.

Und die Gesellschaft bestieg den Luftmotor Oxygens, um sich in das Speisehaus zu begeben.

II IM PYRAMIDENHOTEL

Im großen Speisesaale des Pyramidenhotels herrschte ein reges Leben. Luftdroschken fuhren ab und zu; an den Büfetts, welche sich längs der Wände hinzogen, drängten sich die Geschäftsleute und die Durchreisenden, im Vorbeigehen die Universal-Kraft-Extraktpillen dieser oder jener Speise einzunehmen, welche sie in den Stand setzten, in wenigen Sekunden eine Mahlzeit von mehreren Gängen zu genießen. Diejenigen, welche mit ihrer Zeit in gleichem Maße zu sparen nicht nötig hatten, saßen an den geschmückten Tafeln in der Mitte des Saales. An jedem Platze befand sich eine Anzahl Knöpfe, deren Aufschriften die Speisekarte darstellten und ein Druck auf dieselbe zauberte, dem „Tischleindeckdich“ gleich, die verlangte Schüssel unter der Tischplatte hervor.

Die Verkehrsmittel des 24. Jahrhunderts ließen jedes Land seine Tribute darbringen. Dieses Schnabeltier hatte noch vorgestern in van Diemens Land die Ameisen in Schrecken versetzt; der Singschwanflügel, den Aromasia eben zerlegte, war erst gestern in Nowaja-Semlja vom Schlage des elektrischen Jagdgewehrs gelähmt worden. Die Zeit der Reise schien keinen Einfluß mehr auf den Verbrauch der Früchte zu üben. Auf dem unendlichen Streifen, welcher in der Mitte des Tisches alle auf ihm niedergestellten Tafelzierden in steter Bewegung an den Gästen vorüberführte, prangten die schönsten ungarischen Trauben neben deutschen Erdbeeren und Apfelsinen, vor einer Stunde in Sardinien vom Baume gepflückt.

Gemischt aus allen Zonen, wie das Menü, waren auch die Scharen der Speisenden. Denn die ganze Menschheit war in einem ewigen Wandern und Strömen durcheinander begriffen. Ob dies gleich mehr an den Büfetts, weniger an den Tafeln hervortrat, wo fast nur die einheimischen Familien speisten, war doch auch hier der kosmopolitische Zug des Jahrhunderts wohl zu merken. Mit Ausnahme des allerreichsten Teiles der Bevölkerung, welcher es durchsetzen konnte, seinen eigenen Tisch zu haben, war jeder darauf angewiesen, in den öffentlichen Garküchen zu speisen. Denn mit der Vermehrung der Bevölkerung konnte die Produktion der Nahrungsmittel nur mühsam Schritt halten, und die Verteuerung der Rohstoffe ließ sich nur dadurch ausgleichen, daß die Kosten der Zubereitung durch die Speisegenossenschaften auf ein Minimum reduziert wurden. Die Güte und Reichhaltigkeit der Gerichte konnte dadurch natürlich nur gewinnen, leider aber verlor der Familienzusammenhang und die Poesie des Hauses um so mehr durch die nivellierende Öffentlichkeit. Schwarzseher prophezeiten wohl schon den Untergang der Sitte und Kultur; aber das ist allezeit geschehen, und jeder Vorurteilsfreie mußte eingestehen, daß trotz manch wunderlichen Gegensätze zu gleicher Höhe sittlicher Freiheit und allgemeinen Glückes die Menschheit sich noch nie erhoben hatte.

Mit Eifer blickte man nach den großen Tafeln der Drucktelegrafen im Hintergrund des Saales, auf welchen die mannigfaltigen Nachrichten aus allen Weltgegenden sofort selbsttätig in stenografischer Schrift sich verzeichneten. Das Tagesgespräch bildete der Konflikt zwischen den Vereinigten Staaten und dem chinesischen Kaiserreich, welches ihnen das Durchflugsrecht zu wehren versuchte. Doch wollte man an einen Krieg nicht glauben, da man sich von der Hoffnung nicht trennen konnte, der sogenannte Eisenbahnkrieg zwischen Rußland und China im Jahre 2005 möge der letzte Krieg der zivilisierten Erde gewesen sein. Die Chinesen waren durch denselben gezwungen worden, ihr Land dem europäischen Eisenbahnverkehr zu eröffnen; aber in demselben Jahre, in welchem die mittelasiatische Pazifik-Bahn vollendet war, erlitt das Verkehrswesen durch die Erfindung des Luftmotors eine derartige Umwälzung, daß die russischen Errungenschaften bald ihre Bedeutung verloren.

Auch an Aromasias Tische sprach man von den politischen Verhältnissen, und es war natürlich, daß man sich zu einem Vergleiche mit den Zuständen vor dem Eisenbahnkriege geführt fand. Magnet konnte unmöglich von seiner Lieblinsepoche reden hören, ohne sich mit einer Lobrede auf dieselbe am Gespräch zu beteiligen; und Oxygen wurde dadurch unwillkürlich herausgefordert, die Gegenwart der Vergangenheit gegenüber in Schutz zu nehmen.

„Vor allen Dingen können Sie doch nicht leugnen“, sagte er zu Magnet, „daß in allem, was den Komfort des Lebens und das physische Wohlbefinden der Menschheit – ohne Bevorzugung der einzelnen – anbetrifft, unsere Zeit alle früheren Epochen ungemein überragt. Wie wäre es möglich gewesen, daß alle Schichten der Bevölkerung in gleichem Maße an den Vorteilen der Kultur partizipierten, hätte nicht der Fortschritt der Wissenschaften die Naturkräfte in so reichem Maße dienstbar gemacht und ihnen den Mechanismus der Arbeit so ausschließlich aufgebürdet, daß ein jeder ein menschenwürdigeres Dasein zu führen vermag? Wie wäre es möglich gewesen, die blutigen Revolutionen der verschiedenen Stände gegeneinander zu vermeiden, wäre nicht überall die Erkenntnis eingedrungen, daß nur im friedlichen Zusammenwirken aller Berufskreise der Ausgleich jener Unterschiede zu ermöglichen ist, welcher durch die individuelle Verschiedenheit der menschlichen Natur immer aufs neue gesetzt wird. Nur die Einsicht in den Zusammenhang der geschichtlichen Entwicklung der Gesellschaft und das Ineinandergreifen der Wirkungssphären kann den ungünstiger Situierten veranlassen, sich mit dem zufriedenzugeben, was er seiner Kraft nach zu leisten vermag; und dieselbe Einsicht allein kann den Reichen und Mächtigen zwingen, seine Übermacht nicht zu mißbrauchen und aus freien Stücken bei einer gewissen Grenze des Erwerbes sich zu bescheiden, so daß die Vorteile der modernen Industrie und Technik wirklich der Gesamtheit zugute kommen. Und ...“

„Erlaube“, unterbrach ihn Magnet, „die Tatsache muß ich zwar anerkennen, daß wir die Klippe der sozialen Frage in ihrer krassen Form nach den großen Kämpfen des zwanzigsten Jahrhunderts glücklich umschifft haben. Deiner Hervorhebung der Ursache, die du in der vernunftsgemäßen Überlegung finden willst, kann ich aber in nur sehr geringem Maße zustimmen. All diese Einsicht, alle theoretische Erkenntnis ist machtlos gegenüber der Gewalt des Erhaltungstriebes im Kampfe ums Dasein, gegenüber der aufgestachelten Lust an Besitz und Genuß und der Leidenschaft des Moments. Diese Kräfte konnten nur gebändigt werden durch eine Kraft des Gemütes, welche unsern Willen in gleich mächtiger Weise zu erregen und zu binden vermag. Sie konnten nur überwunden werden durch ein Ideal, wie es in jener herrlichen Zeit aufflammte und mit der Macht einer neuen Religion die Geister umfing, einer Religion, welche alle unhaltbaren und unzeitgemäßen Formen und Dogmen ausschied und jenen unsterblichen Kern des Christentums enthüllte, den ein Kant, ein Schiller vorahnend empfunden. Vielleicht hat die

Überlegung, daß der einzelne nur im ganzen zu existieren und zu wirken vermag, daß die heilige Ordnung allein Staaten und Menschen erhalten kann, daß nicht das erreichte Ziel, sondern das Streben und Ringen allein das Glück enthält und daß ein jeder nur sich zufrieden fühlen kann in dem beschränkten Kreise, der die volle Betätigung seiner Energien zuläßt und abgrenzt – vielleicht hat diese Überlegung jenes Ideal allmählich erzeugt. Aber sie mußte erst in einer Reihe von Generationen durch fortschreitende Vererbung in Fleisch und Blut übergehen, daß heißt aus einem Schlusse des Verstandes sich verwandeln in ein Axiom der sittlichen Anschauung; sie mußte zu einem Ideale werden, das hoch über allen Wechselfällen der Wirklichkeit als ein unverrückbarer Leitstern jede Entschließung bestimmt, jeden Widerspruch verstummen macht."

„Und sollte dies alles nicht auch durch einen Fortschritt der Erkenntnis zu erreichen sein? Durch die ausgebildete Fähigkeit, in einem Augenblicksschlusse, ähnlich den Schlüssen des Taktgefühls, die ganze Reihe der Möglichkeiten zu überblicken und daraus diejenige Bestimmung zu treffen, welche dem eigenen Anspruche und dem Recht der Allgemeinheit am besten entspricht? Das aber ist ein intellektueller Fortschritt, und wir befinden uns auf rein wissenschaftlichem Gebiete. Von diesem Fortschritt leite ich den Gesamtfortschritt der Menschheit ab. Wir alle sind einig darin, daß unser Zeitalter sich auszeichnet durch sein geistiges Gleichgewicht, durch seinen Edelmut, seine liberale Gesinnung, welche es unmöglich macht, in die Niederungen hämischen Streites, zur Absicht beleidigender Kränkung, zurückzukehren. *Ich erkläre es geradezu für unmöglich,* daß aus dem Streite entgegengesetzter Meinungen heutzutage ein persönlicher Haß, ja nur eine tatsächliche Anfeindung hervorgehen könne. Und wodurch haben wir das erreicht?"

„Durch die Ododik", warf Aromasia ein.

„Nein, Liebste, allein durch die Erkenntnis und Beherrschung der Natur. Der Mensch, der sich seiner Stellung zum Ganzen der Welt bewußt ist, begreift auch zugleich das Verhältnis, in welches er sich gerechter Weise zu seinen Mitmenschen stellen muß, um auch ihnen die Freiheit der Bewegung zu garantieren. Er begreift, daß Freiheit nur bestehen kann in vernünftiger Unfreiheit, daß nur die gehorsame Unterwerfung unter das Gesetz frei zu machen vermag. Diese Einsicht macht uns gerecht, tolerant, neidlos, friedliebend, sie erhebt uns so hoch über jene düsteren Zeiten, in denen schon eine Verschiedenheit der metaphysischen Überzeugung genügte, die wildesten und zerstörendsten Affekte zu entfesseln. Ob man dabei Ododion räuchert oder nicht, das ist vollständig gleichgültig."

„Oxygen", sagte Aromasia, „du bist sehr unartig. Ich vermisse wieder einmal den Respekt, den du vor der Kunst haben solltest, welche meine Lebensaufgabe ausmacht."

„Beste Aromasia, ich hoffe, du wirst deine Lebensaufgabe noch anders auffassen lernen."

„Niemals, mein Oxygen! Ich kann und darf es nicht dulden, daß du durch deine absprechenden Theorien jedes innige Gefühl mit Füßen trittst. Wenn nicht einmal unsere innere Güte und Liebenswürdigkeit, unsere Vorurteilslosigkeit und Selbstlosigkeit aus der warmen Empfindung unseres Herzens stammen soll, dann mußt du auch diese selbst leugnen, und jedes künstlerische Bestreben könnte sich zum Sirius scheren!"

„Ich muß Ihnen beistimmen", sagte Magnet.

„Das tut mir leid", entgegnete Oxygen, „aber ich erhalte meine Geringschätzung eurer schönen Künste aufrecht. Der Schwerpunkt des modernen Lebens kann nur in dem Fortschritt des Erkennens liegen. Und ich behaupte noch mehr. Wir werden durch die Wissenschaft dazu kommen, überhaupt jede Kunst aufzuheben und diese Spielereien überflüssig zu machen."

„Oh, oh!"

„Ja, gewiß! Ihr wißt, daß wir durch die Natur unseres Erkenntnisvermögens gezwungen sind, alle Veränderungen in der Erscheinungswelt zurückzuführen auf die Bewegung von Atomen, Licht, Wärme, Elektrizität, chemische Verwandtschaft, Gravitation und wie immer die einzelnen Bewegungsarten des Stoffes heißen, sie alle unterscheiden sich nur durch die Größe und Zusammenordnung der schwingenden Atome und durch die Geschwindigkeit und Richtung derselben in ihren Bahnen. Nun kann man die meisten dieser Schwingungsarten in andere überführen, so daß jede Eigenschaft der Körper verändert und diese ineinander umgewandelt werden. Nehmen wir an, wir seien so weit gekommen, daß man jede beliebige Bewegungsform in jede andere überzuführen vermag – haben wir nicht dann das Weltall in unserer Hand? Dann gilt wirklich das Wort des alten Philosophen nicht mehr als ein Widerspruch, daß alles aus allem werden kann. Und was sollte dann die vorgeschrittene Menschheit hindern, jene Umgestaltung der Atom-Bewegungen hervorzurufen, durch welche die Atome ihre gegenseitigen Bewegungen selbst aufheben? Dann wird eine relative Ruhelage derselben entstehen, ein Gleichgewicht der Kräfte – die Körper müssen sich ihrem Wesen nach vernichten und die Welten aus der Existenz verschwinden, ehe der natürliche Verlauf von selbst zur Erstarrung des Alls führt."

„Aber bester Freund, du weißt doch, daß die Atome und ihre Bewegungen eben auch nur unsere Vorstellungen sind, daß die ganze Welt in der Form, wie du sie beschreibst, nur als unsere Erscheinung besteht."

„Eben darum. Sie erscheint uns nun einmal nur in Form bewegter Atome – was sie an sich ist, bleibt gleichgültig; heben wir diese Bewegung auf, und die Erscheinung wird aufgehoben sein. Wir haben es ja nur mit einer phänomenalen Welt zu tun und kennen keine andere; diese aber muß vernichtet werden. Wenn die Welt für uns nicht mehr existiert, so ist es so gut, als existierte überhaupt nichts."

„Und was wird aus unserer Empfindung, die doch offenbar als die innere Seite des Seins gar nichts mit der Bewegung zu tun hat?"

„Besteht nicht zwischen beiden ein vollständiger Parallelismus? Entspricht nicht tatsächlich jedem Empfindungsvorgang ein äußerer Bewegungsvorgang, welcher nur das Spiegelbild von jenem inneren ist, erzeugt durch unsere äußere Sinnesauffassung in Raum und Stoff? Hebe die Möglichkeit auf, daß das entsteht, was wir organisierte Wesen mit Zentralorganen des Bewußtseins nennen, und du hast auch das Bewußtsein in seinen höheren Formen aufgehoben. Glaubst du, daß der innere Bewußtseinsinhalt einer Welt, welche einem äußeren Zuschauer, wie uns, nur als eine unzählbare Summe geradlinig nebeneinander durch den Raum ziehender Atome erscheinen würde, daß dieser Bewußtseinsinhalt noch eine Welt genannt werden kann? In diese Form ohne wechselnden Inhalt muß die Welt umsetzbar sein!"

„Und wenn du selbst mit dieser Theorie einer möglichen Selbstvernichtung der Welt recht hättest, die doch übrigens nur in einer unabsehbaren Zukunft zu realisieren wäre, wenn wir den leicht zu erhebenden Einwand ganz außer acht lassen wollten, daß ja doch unser menschliches Bewußtsein nicht das einzige seiner Art in der Welt sein dürfte und daß immer und immer Formen des Seins existieren werden – wie gesagt, abgesehen von all diesem, so bist du doch immer noch die Begründung deiner Geringschätzung unserer

Kunst uns schuldig geblieben. Sind wir es denn nicht, die in diesem unentfliehbaren Mechanismus uns den Rest von Freiheit bewahren, der allein das Leben erträglich macht? Sind wir es nicht, die der Menschheit die Rettung aus der niederdrückenden Schwere der Wirklichkeit in das heitere Reich des Ideals allein ermöglichen, indem wir alle edleren und zarteren Regungen des Gemütes leiten und beherrschen? Nur durch die Kunst ist es möglich, Stimmungen zu erzeugen, das heißt einen Gesamtzustand unseres Seelenlebens hervorzurufen, in welchem wir in dem Lustgefühl des in sich abgeschlossenen Empfindens gewissermaßen erfahren, was es heißt zu *sein.*"

„Diese Rolle eben, welche die Künstler jetzt spielen, werden künftighin die Physiologen übernehmen. Wenn ihr mit euren Kunstwerken die Menschen in eine Stimmung versetzen wollt, kommt ihr mir vor wie ein Arzt, der die Aufgabe hat, einen Patienten von einer unverdaulichen Speise zu befreien, und ihn zu diesem Zwecke eine Seereise unternehmen läßt, damit er die Seekrankheit bekomme. Wie würde dir ein solcher Arzt gefallen? Du würdest sagen, warum gibt der Mann nicht lieber ein direktes Brechmittel? Ihr Künstler seid in derselben Lage – nur kennt ihr eben das einfache, von innen wirkende Mittel nicht. Wir werden es auffinden, das heißt, wir werden zeigen, wie man das Gehirn unmittelbar in jenen Zustand versetzen kann, den ihr nach großer Mühe vermittels der Sinne durch eure Kunstwerke hervorzurufen versucht. Und darum brauchen wir weder dein Grunzulett noch deine Riechstückchen."

„Dann muß ich dir freilich sehr überflüssig vorkommen", erwiderte Aromasia gereizt. „Du redest, als wärest du ein Zauberer, der ohne weiteres geschehen läßt, was er will. Es soll mich nicht wundern, wenn du nächstens behauptest, man werde noch lernen, sich unsichtbar zu machen!"

„Und das behaupte ich auch."

„Ich verstehe dich nicht mehr."

Oxygen zuckte die Achseln. Dann sagte er: „Von meiner Überzeugung kann ich nicht abgehen; und so gut ich an die dereinstige Selbstvernichtung der Welt und an die Zukunftslosigkeit der Ododik glaube, ebensogut glaube ich, daß die Zukunft die Kunst des Unsichtbarwerdens erfinden wird."

„So wünschte ich, wir lebten in dieser Zukunft; dann würde ich mich sofort unsichtbar machen, wenn du so abscheulich sprichst."

„Aromasia, jetzt verstehe ich dich nicht mehr. Ich hoffe, du scherzest nur."

„Es scheint, daß wir uns nie verstehen werden. Solche Behauptungen kann ich nicht ertragen. Sie widersprechen einem innersten Wesen."

„Ich begreife dich auch nicht mehr", fiel Magnet ein. „Wie kannst du im Ernste solche Ansichten aussprechen? Jede bürgerliche Existenz müßte dann aufhören, seiner Person, seines Eigentums wäre niemand sicher. Ich sehe in eine Sittenverderbnis ohnegleichen! Wenn ihr ‚Nüchternen' doch nicht in so törichter Weise glaubtet, das Geheimnis des Seins von seinem Schleier befreien zu können. Sich unsichtbar machen! Merkt ihr denn nicht, daß ihr dem Reiche der Märchen und Hexereien zusteuert? Daß ihr in selbstverschuldetem Kreise dazu gelangt, eure eigenen Behauptungen von der Gesetzmäßigkeit der Natur aufzuheben? Ihr vernichtet euch selbst, ihr Kurzsichtigen!"

„Wo ist nun die Kurzsichtigkeit", rief Oxygen in heftigem Tone, „bei euch, die ihr glaubt, mit Ododion-Gestänker die Welt glücklich zu machen, oder bei uns, die wir bewußt sie der Menschheit zu Füßen leben? Allerdings muß es unser letzter Zweck sein, die Natur aufzuheben, die Atome in ihre relative Ruhelage zu bringen und zum ursprünglichen Nichts, zum *Nullpunkt des Seins,* zurückzukehren."

„Das ist eine Roheit der Gesinnung", fuhr Magnet auf, „mit der du Aromasia, mit der du mich beleidigst! Seit wann ist es Sitte, so rücksichtslos sich zu äußern?"

„Und mit welchem Rechte stellst du mich zur Rede?" fragte Oxygen aufstehend.

„Ich erteile ihm dies Recht", rief Aromasia. „Denn gegen dich bedarf ich des Schutzes. – Unerhört sind solche Auftritte nach unseren Begriffen. Ich gehe. Begleiten Sie mich, Magnet."

Die Gesellschaft trennte sich.

Aromasia und Magnet warfen sich in eine Luftdroschke und flogen nach Aromasias Wohnung.

„Es ist schädlich!" sagte Magnet. „Oxygen, der ‚Nüchterne', der große Mann des vierundzwanzigsten Jahrhunderts, der eben das Wort gesprochen: Ich erkläre einen persönlichen Streit aus theoretischer Meinungsverschiedenheit für unmöglich! Wo ist hier jene selige Ruhe des Gemüts, die aus der Erkenntnis fließen soll? Gehässige Angriffe gegen das, was das Heiligste für unsere Empfindung ist,

Verletzung unserer innersten Interessen, das nennt er Objektivität der Betrachtung! Weinen Sie nicht, Aromasia! Er ist der Absonderung Ihrer Tränendrüsen nicht wert, welche die Kapillaranziehung Ihrer Augenwimpern nur mühsam gegenüber der Schwerkraft der Erde zurückhält! Weinen Sie nicht – setzen Sie sich ans Ododion, hier spielen Sie!"

Aromasia sprang auf.

„Nein", rief sie mit blitzenden Augen, „er ist der Trauer nicht wert! Oh, ich wußte es – ein Nüchterner! Ich wußte es! Aber – Rache!"

„Bleiben Sie ruhig, Aromasia, ich werde Sie rächen! Sie und mich! Ich werde uns rächen, wie es die Gesetze der Ehre erfordern, aber schärfer, als er es erwarten wird. Räuchern Sie, phantasieren Sie – ich sammle dabei meine Gedanken. Oxygen weiß sehr wohl, daß wir an die öffentliche Meinung appellieren müssen und werden; aber wie, wie wir ihn zerschmettern – das kann er nicht ahnen. Schon dämmert mir's! Aromasia – Sie spielen bezaubernd!"

Aromasia saß am Ododion und phantasierte. Groll, Haß, Verzweiflung sprachen aus den betäubenden, nasezermalmenden Düften und rissen den Zuriechenden unwiderstehlich hin, bis sich alles im tiefen Schmerz der enttäuschten Liebe auflöste.

Magnet aber ruhte im Hängestuhl und sann auf das anklagende Rachegedicht gegen Oxygen. Auf dem Nullpunkt des Seins wollte er ihn darstellen, wie er ganz allein existierend ohne Raum und Zeit unsichtbar auf den gleichfalls unsichtbaren Leichnamen der Kunst und Sitte Hullu-Kullu tanzte! Das war der neueste Modetanz, dessen Pointe im Zusammenrennen der Köpfe bestand.

Eilig schrieb er über den Zeilen des Gedichts. Schon in der nächsten Stunde sollte es auf allen öffentlichen Zeitungstafeln an den Ecken durch telegrafischen Selbstdruck erscheinen. Es mußte eine niederschmetternde Wirkung üben und den Angegriffenen in Gesellschaft und Welt vernichten. Heute abend, wenn Aromasia im Odoratorium spielte, mußte sich die Wirkung zeigen. Triumphierend las Magnet sein Produkt Aromasia vor, welche es ododramatisch begleitete.

Widerstrebende Empfindungen kämpften in Aromasias Herzen; zu ihren Füßen saß Magnet, zufrieden und glücklich im Gefühl der befriedigten Rache und der innigsten Anbetung der Künstlerin, welche aus Essigäther und Zwiblozin die herrlichsten Gase mischte und den Augen heiße Tränen entlockte. Draußen aber, an den

Türritzen, an den Fensterspalten, an den Öffnungen des Rauchfanges, drängte sich die duftsaugende Menge, die bezaubernden Phantasien der großen Ododistin zu erhaschen.

III DIE RACHE IM ODORATORIUM

Das Odoratorium, die Stätte für öffentliche Geruchs-Aufführungen, war zu Konzertsaal und Theater als ein unentbehrlicher Erholungsort getreten. Es war das berühmteste und besuchteste Odoratorium der Stadt, für welches Aromasia dauernd engagiert war. An einem Tage wie dem heutigen, an welchem man Aromasias Auftreten angekündigt hatte, wurde die Kasse schon am Morgen von dichten Mengen Riechbegieriger belagert, zumal es in der Natur der Ododik lag, daß die Odoratorien nur für eine verhältnismäßig geringe Zahl von Zuriechern gebaut werden konnten. So hatte die Aufsichtsbehörde genug zu tun, um die allzu kunsteifrigen Luftvelozipedisten zurückzuhalten, welche durchaus über die Köpfe der Harrenden hinweg in das Ausgabefenster dringen wollten.

Eine Stunde vor Beginn des odoratorischen Konzerts – wie diese Verbindungen von Ododionspiel und Musik hießen – waren Eintrittskarten bereits nicht mehr zu erhalten. Aber heute trat zu dem zu erwartenden Kunstgenuß auch noch ein anderes Motiv, welches das Publikum auf den Abend begierig machte, nämlich die Aussicht auf irgendein Besonderes, Ungewöhnliches, einen Streit, einen kleinen Skandal – man vermutete verschiedenes. Denn wie geschäftig und ruhelos die Zeit auch war, immer hatte sie doch Muße genug, den Privatangelegenheiten der Persönlichkeiten von öffentlicher Wirksamkeit ihre Aufmerksamkeit zu schenken, und viele fanden ein Vergnügen daran, dem Spiele hinter den Kulissen mindestens beizuwohnen, wenn sie nicht selbst daran mitwirken konnten.

Ein wundersames Gemisch von doktrinärem Ernst und naiver Rücksichtslosigkeit steckte in diesem Zeitalter, wie es uns nicht recht begreiflich erscheint. Aber die letztere erklärt sich daraus, daß die Potenzierung der Kultur in einer gewissen Beziehung die Gesellschaft der natürlichen Unabhängigkeit der Individuen wieder genähert hatte. Und so müssen wir dieser Geschichte manche Wunderlichkeit nachsehen.

Es war nichts Ungewöhnliches, daß man zwischen den geschäftlichen Nachrichten und den Anzeigen der Vergnügungen auf den öffentlichen Tafeln Angriffe und Rechtfertigungen von Privatpersonen gemischt fand. Hatte doch schon das Neumittelalter, ob es gleich auf die Macht der Dampfpresse in den Zeitungen allein angewiesen war, diesen Weg eingeschlagen, die öffentliche Meinung zum Schiedsrichter in Privatstreitigkeiten zu machen, ja selbst für lange gereimte Nachrufe Teilnahme von ihr verlangt. Freilich galt diese Art der Öffentlichkeit damals nicht gerade für ein Zeichen von feinerem Takt oder geläutertem Geschmack. Aber man würde auch sehr irren, wenn man bei der „öffentlichen Meinung" der Zeit Aromasias an jenes vielköpfige Ungeheuer von damals denken wollte, in welchem gerade die borniertesten Häupter am lautesten schrien und vor dem Lärm der unverständigen Menge die Stimme des Einsichtigen nicht zur Geltung kam. Da die Hilfsmittel der geistigen Mitteilung durch die Elektrotypie jegliches Erkennen so sehr erleichterten und der Bildungsgrad der Masse ein höherer geworden war, so konnte auch das Urteil des einzelnen als ein gereifteres, seine Einsicht in den Zusammenhang der Ereignisse als eine tiefere gelten. Jegliche Nachricht ward im Nu verbreitet, jegliche Erfahrung zum Allgemeingut gemacht. Zu diesen äußerlichen Hilfsmitteln aber trat ein inneres, im Geiste dieser bevorzugten Zeit liegendes Moment. Es war ein Ideal, das die Menschheit beherrschte und für welches es gegenwärtig keinen rechten Namen gibt. Ein mächtiges, tief eingewurzeltes Pflichtgefühl, ein allgemein verbreiteter, eigentümlicher Ehrbegriff wirkten zusammen, um das Bewußtstein von dem Werte der Menschheit und der gegenseitigen Unentbehrlichkeit ihrer Glieder aus einer schönen Phrase zu einer unabweichlichen Richtschnur des Handelns zu machen.

So konnte die Meinung der Gesamtheit geklärt und dem Irrtum minder unterworfen sein, so konnte es geschehen, daß sie in der Tat zu einer Macht emporgestiegen war, der niemand sich zu entziehen vermochte. Die Zahl der Verbrechen und Vergehen hatte ungemein abgenommen; gab es doch kaum noch Mittel, sie zu verheimlichen. Würde es immer so bleiben? Gewiß nicht. Gegenwärtig aber war die menschliche Gesellschaft auf einem glücklichen Höhepunkte ihrer Entwicklung angelangt. Wenn noch mitunter Verstöße gegen die Gesetze vorkamen, so genügte es meistens, daß die öffentliche Meinung den Schuldigen verurteilte, und er war sicherer unschädlich gemacht, ja vielleicht strenger bestraft, als wenn ihn das Gefängnis eingeschlossen hätte. Die öffentliche Meinung war nicht mehr ein blindes Urteil der Menge, sie war der konzentrierte Ausdruck einer Überzeugung der Menschen nach bester und aufrichtigster Einsicht.

Wie tief beleidigt mußte Aromasia sein, daß sie Magnet gestattete, Oxygen der öffentlichen Meinung preiszugeben! Ja, ihr Name stand ebenfalls unter dem Gedichte des Angreifers. Anonymität kannte man nicht, sie wurde auch von der öffentlichen Meinung nicht anerkannt; und jene uns geläufige Scheu vor der Öffentlichkeit gab es im vierundzwanzigsten Jahrhundert überhaupt nicht.

Die Appellationen an die öffentliche Meinung, welche, wie gesagt, etwas Alltägliches waren, machten im allgemeinen kein Aufsehen; denn es waren immer nur kleinere und zunächst interessierte Kreise, welche über gewöhnliche Angriffe und Anklagen ihr Urteil sprachen und durch ihr moralisches Gewicht entschieden. Heute aber hatten die Chiffren des Elektrotyps, als sie auf den großen Tafeln sich abdruckten, eine außerordentliche Bewegung hervorgerufen. Denn erstens war der Angriff selbst ebenso gewandt und trefflich abgefaßt als beißend und vernichtend; zweitens war er von dem bekannten Dichter Magnet Reimert-Oberton und der beliebten Ododistin Aromasia Duftemann-Ozodes unterzeichnet; drittens war er gegen einen verdienten und weit über die Grenzen seines Wohnortes hinaus allgemein geachteten Bürger, den Wetterfabrikanten Oxygen Warm-Blasius gerichtet, und viertens war dieser, wie jedermann wußte, der verlobte Bräutigam der Künstlerin. Dazu kam noch, daß man aus der äußeren Form erkannte, wie ernsthaft der Angriff gemeint sei. Denn während sonst die längste Zeitdauer, während welcher man eine solche Ankündigung an den öffentlichen Tafeln stehenließ, fünfzig Minuten betrug, waren bereits zwei Stunden verflossen, seitdem Aromasias und Magnets Gedicht an den Ecken glänzte. Da lag ein Ereignis zugrunde, über dessen Motive man nicht so rasch wie gewöhnlich klar wurde, und undeutliche Gerüchte aus dem Pyramidenhotel vermehrten noch die Unsicherheit.

Mit Spannung erwartete man, was Oxygen auf diesen Angriff beginnen werde. Einige meinten, daß sich nach einer Aufklärung des Sachverhalts und einer öffentlichen Rechtfertigung die allgemeine Ansicht zu Oxygens Gunsten neigen würde; auch eine so beliebte Persönlichkeit wie Aromasia dürfe nicht geschont werden, wenn der Angriff sich als ungerecht herausstellen sollte.

Andere jedoch, welche Oxygens Stolz, seine Hartnäckigkeit und leichte Reizbarkeit kannten, vermuteten, daß dieser ungewöhnliche Mann, welcher der Natur so viel abzutrotzen wußte, hier der gesellschaftlichen Gewohnheit sich nicht fügen, sondern eine Rache auf eigene Faust versuchen würde.

Als Oxygen den gegen ihn gerichteten Angriff las, wurde er tief bestürzt. Daß ein rein theoretischer Streit, wie der stattgehabte nach seiner Ansicht war, eine so tiefe Gemütsbewegung hervorrufen könne, hatte er nicht geglaubt. Bis jetzt hatte er dem Zwischenfall überhaupt keine größere Bedeutung beigemessen. Aromasias Zürnen hielt er für eine plötzliche Aufwallung, die ebenso leicht vorübergehen würde, wie sie entstanden war. Heute abend wollte er ihr versöhnend entgegentreten, und sie würde die angebotene Hand gewiß nicht ausschlagen.

Aber nun war es anders gekommen! Auf diese Beleidigung, die ihm jetzt zugefügt war, konnte er nicht den ersten Schritt tun. Oder doch? War nicht Aromasia nur irregeführt, hatte er sie nicht gereizt? Und dieser Magnet? Sollte er ein Schurke, ein Verräter sein? Hatte er in Aromasia den Funken des Hasses geschürt und in frevelhafter Selbstsucht sie zum Bruche der Treue verleitet? Sicherlich – ihm mußte Rache und Strafe gelten!

Ja, Aromasia war gewiß unschuldig. Nur in einer unstatthaften Erregung des Augenblicks konnte sie das verhängnisvolle Pamphlet unterschrieben haben. Und worin lag der Grund, der dieses reichbegabte Weib zu solcher Verblendung hinreißen konnte? Oxygen war keinen Augenblick im Zweifel, daß er die Ursache einzig der unüberwindlichen Neigung seiner Braut zur Ododik zuschreiben müsse. Die unglückselige Geruchskunst war es, welche sie von ihm trennte, welche immer wieder aufs neue den Streit ihrer entgegengesetzten Anschauungen heraufbeschwören mußte. Konnte er denn dieser Leidenschaft Aromasias nicht entgegenarbeiten? Gab es kein Mittel, das ihr die Ododik gründlich verleiden könnte?

Wenn es gelänge! Wenn Aromasia die Möglichkeit genommen würde, ihre Kunst auszuüben und damit vielleicht zugleich ihre Liebe zu derselben verlorenginge? Sie würde gewiß im Anfang sehr unglücklich sein, aber sie würde sich trösten. Seine Liebe sollte ihr das geraubte Geruchsklavier ersetzen, und in dauernder Freude würde sie den einmaligen Schmerz vergessen. Und eine Strafe hatte sie verdient.

Doch vor allem galt es, Magnet zur Rechenschaft zu ziehen!

Aber wie sollte Oxygen dies alles anfangen! Zunächst war er der Angeklagte, er hatte sich vor der öffentlichen Meinung zu verteidigen. Oxygens Empfinden war zu eng mit dem seiner Zeit verwachsen, als daß er nicht zunächst an dies höchste Gericht hätte denken müssen. Es wurde ihm nicht leicht, von den Gedanken sich zu trennen, daß eine Auflehnung gegen diese Verkörperung des Zeitgeistes ein Vergehen sei, daß eine Abweichung von der allgemeinen Sitte seine eigene Verurteilung herbeiführen müsse. Und doch mußte er sich sagen, daß der Ausspruch der öffentlichen Meinung, so vernichtend er für den Betroffenen war, in diesem besonderen Falle ihm nicht genügen konnte.

Was hatte die öffentliche Meinung an Aromasia oder gar an Magnet zu verdammen? Doch nur ihren ungerechten Angriff und die persönliche Beleidigung gegen Oxygen. Aber der Begriff einer solchen rein äußerlichen Verletzung des Selbstgefühls wurde nicht zu hoch angeschlagen. Aromasia wäre vielleicht genötigt worden, auf einige Wochen sich zurückzuziehen, die Stadt zu meiden – wenn sie zurückkehrte, so konnte sie gewiß sein, daß der Auftritt vergessen und gesühnt sei, daß sie mit dem früheren Jubel wieder aufgenommen und in alter Weise verehrt werde. Und Magnet – er hatte noch den Milderungsgrund, daß er der beleidigten Aromasia sich nur angenommen, daß er nur um ihretwillen in den Streit sich gemischt habe.

Aber daß Oxygen Aromasia liebte, daß er in dieser Liebe gekränkt und seine schönste Hoffnung ihm vernichtet war, die Hoffnung und das Vertrauen auf die milde, verzeihende Gemütsart seiner Braut, daß Magnet sicherlich die Schuld trug an diesem Wechsel ihrer Gesinnung, daß dieser Mensch Aussicht hatte, ihm von der Geliebten vorgezogen zu werden – das waren Anklagegründe, welche die öffentliche Meinung bei ihrem Urteil nicht in Betracht ziehen konnte, nicht einmal sollte. Dazu aber kam, was sich Oxygen selbst nicht recht eingestehen wollte, als ein wichtiges Motiv seines Rachegefühls die Verstimmung über die Enttäuschung, welche seine heiligste, wissenschaftliche Überzeugung erlitten hatte. Auf die Leidenschaftslosigkeit der Menschen hatte er gebaut, und hier hatte er sein Spiel völlig verloren. Das erregte seinen Ingrimm. „Nein“, dachte er, „jenes Gericht der öffentlichen Meinung ist gut und weise – unter den vorliegenden Verhältnissen jedoch vermag es mich nicht zu befriedigen. Es gibt kein Gesetz, das in meinem Falle maßgebend und versöhnend sein könne. Wie glücklich wart ihr doch, Männer vergangener Jahrhunderte! Wenn euch eine Beleidigung zustieß, welche durch das Prozeßverfahren der Gerichte für euer Gefühl nicht gesühnt werden konnte, so stand euch ein ausreichender Weg immer noch offen. Mit eurem eigenen Leben fordert ihr das des Gegners heraus. Wenn die Gerechtigkeit für euch die Waage nicht ins Gleichgewicht zu bringen vermochte, so bot euch der Zweikampf das letzte Mittel, eure eigene Persönlichkeit in die Schale zu werfen, und ihr waret gerächt oder vernichtet. Ich wünschte, ich wäre an eurer Stelle! Heute? Wenn ich an jenen Gebrauch dächte, ich würde ein Gegenstand des Gelächters oder der Verachtung, wenn man nicht vorzöge, mich nach Sokotra, der großen Irren-Insel, zu bringen.

Was also bleibt mir übrig als die Rache, welche ich mir selbst nehme. Gut, du hast den Zweikampf mit den Waffen des Geistes begonnen, ich werde mit den Waffen des Geistes ihn fortsetzen! Aber erlaube, daß ich diejenigen wähle, welche mir so geläufig sind wie dir die deinen, Remert-Oberton. Du hast deine Reimkunst ins Gefecht geführt – heraus denn, meine zaubermächtige Dienerin, Chemie!

Es wird gelingen! Ich kenne seinen Platz genau – er ist dicht hinter der Rückwand des großen Ododion –, hier muß der volle Strom ihn treffen", er murmelte eine chemische Formel, „das genügt! Und Aromasia wird die Lust verlieren, ihre Geruchskünste weiter fortzusetzen. So muß es gehen! Das Publikum freilich – aber was kümmert mich das?"

Oxygen eilte in das Privat-Laboratorium seiner Fabrik.

„Sind die Ododion-Einsätze für Fräulein Duftemann schon abgeholt?" fragte er.

„Nein", war die Antwort.

„Es ist gut", sagte er. „Fräulein Duftemann wünscht eine schärfere Stimmung. – Sie können gehen, Äthyl, ich brauche keine Hilfe, ich werde die Änderung selbst vornehmen."

Oxygen war allein und arbeitete mit Eifer an dem Inhalt der Füllbüchsen. Von Zeit zu Zeit trat er in ein sonst von ihm sorgfältig verschlossen gehaltenes Nebenkabinett, wo außer einigen kostbaren und gefährlichen Präparaten ein eigentümlicher, geheimnisvoller Apparat sich befand. Auch mit diesem machte er sich zu schaffen.

„Für alle Fälle!" murmelte er bei sich.

Eine durchsichtige Hohlkugel in der Hand, begab er sich an eines der nach Osten gerichteten Fenster. Vorsichtig legte er sie auf die äußere Brüstung und leitete einen Gasstrom aus einem bereitgehaltenen Gasometer darauf. Fünf Sekunden vergingen, die Kugel geriet in ein schwaches, phosphoreszierendes Leuchten – dann flog sie plötzlich mit großer Geschwindigkeit geradlinig nach Osten, sie verschwand im Nu vom Fenster, ohne daß man irgend wahrgenommen hätte, wie die Bewegung ihr mitgeteilt worden sei.

Oxygen nickte zufrieden. „Die alte Erde dreht sich noch", sagte er lächelnd. Dann wandte er sich wieder zu den Füllflaschen.

Die Nachbarschaft der Fabrik beklagte sich heute über die abscheulichen Gerüche, welche den Aufenthalt in der Nähe unerträglich machten.

Es war Abend geworden, die Laternen an all den leichten Räderwerken, welche die Luft durchschwirrten, waren entzündet, und wie ein Meer von Funken wogte und flimmerte es über der Stadt. Abendliche Spazierfahrer stiegen bis zur Grenze des Erdschattens empor, das Schauspiel der Abendröte noch einmal zu genießen oder der Sonne länger ins glühende Antlitz zu schauen.

In der Stadt aber flammte es plötzlich auf wie Tageslicht. Die großen Erhellungspunkte, von welchen ein auf neuentdeckte Weise hergestelltes Licht ausging, waren in Tätigkeit versetzt worden und warfen ihre Strahlen über die Straßen, daß durch die Fenster hindurch selbst das Innere der Gebäude genügend erhellt wurde. Das Odoratorium hatte sich gefüllt. Kein Platz war leer geblieben.

Die Aktien-Gesellschaft für Temperatur-Regulierung, welche nicht nur die Erwärmung der öffentlichen und privaten Gebäude im Winter, sondern auch die Kühlung im Sommer mit Hilfe eines ausgedehnten Röhrennetzes besorgte, hatte trotz des überfüllten Raumes einen angenehmen Wärmezustand hergestellt. Über dem Ododion glänzte unter dem unaufhörlichen Zutritt eines Stromes Sauerstoff ein helles Licht, das zugleich eine außerordentliche Milde besaß und vor einigen Jahren von Oxygen selbst erfunden worden war. Die Dampforgel war geheizt, der Motor stand bereit, welcher die Bälge der Riesentrompete in Bewegung versetzen sollte, das Orchester stimmte die übrigen Instrumente.

Indessen plauderte das Publikum über den chinesischen Krieg, welcher vor anderthalb Stunden wirklich ausgebrochen war, über

Luftwettfahrten, über die neueste Mode, eine lebende Seerose in einer mit Meerwasser gefüllten Glaskugel auf dem Kopfe zu tragen, und über das Reimertsche Gedicht, dessen Verfasser mit selbstzufriedener Miene in der ersten Reihe des Saales, dicht hinter dem Ododion, saß.

„Ein Juckeplätzchen gefällig?“ fragte Herr Jota-Spinnfaden, Fabrikant von Griffbeschlägen für Reinigungspinsel linker Handschuhfingerspitzen, indem er seiner Nachbarin eine zierliche Dose präsentierte.

„Ich bin so frei“, erwiderte dieselbe, nahm eine der kleinen schwarzen Linsen zwischen Daumen und Zeigefinger und klebte dieselbe an ihr Kinn.

„Ach, die neuste Mode“, sagte der Herr. „Ich bin noch einer von den Alten, die ihr Plätzchen zwischen den Augenbrauen tragen.“

„Man sagt aber, daß das Jucketin dort den Augen schädlich werde.“

„Das glaube ich nicht – ich jucke überhaupt nicht stark, und diese Plätzchen verflüchtigen sich sehr schnell, schmecken aber sehr gut und erheitern außerordentlich durch ihren angenehmen Reiz.“

„Und wenigstens genieren sie den Nachbar nicht. Wissen Sie, auf dem Wolkenplatz läßt sich ein Südpolarmensch sehen, der raucht!“

„Raucht, wieso?“

„Ja, wie früher in den alten Zeiten, ein Kraut, das sie anzündeten und dann den Rauch verschlangen.“

„Ja, ja, ich erinnere mich, gelesen zu haben – jedoch, ich denke, sie bliesen ihn in das Bier und tranken ihn dann?“

„Möglich ist es wohl. Man soll ja ähnliche Sitten noch in den Schneegebirgen von Inner-Afrika finden. Doch den Mann müssen Sie sich einmal ansehen.“

„Meiner Ansicht nach“, hörte man auf der Bank dahinter sprechen, „ist es unmöglich, daß China siegt; denn den amerikanischen Luftspritzen kann nichts widerstehen. Bei den Proben im vorigen Jahre haben sie auf eine Entfernung von zweihundert Kilometern, wobei also die Bahn des Luftstroms schon sehr gekrümmt ist, von Chicago aus das große Luftobservatorium über dem Lake Michigan in der Nähe von Sheboygan vollständig umgeblasen und in den See geschmettert.“

„Wissen Sie, das ist erstaunlich, das ist wunderbar, das kann ich nicht glauben!“

„Bitte – da, was ist das?“

Aller Augen wandten sich der Tafel der Publikationen zu, welche auch im Odoratorium nicht fehlte. An der Stelle, wo vor wenigen Stunden Magnets verhängnisvolles Poem gestanden, erschien jetzt in großen Lettern die Depesche:

„Vom Kriegsschauplatze, Stilles Weltmeer. Die chinesische Luftflotte näherte sich der Küste von Kalifornien. Unsere Strand-Luftbatterien auf der ganzen Strecke zwischen Bondega und Humboldt-Bai kamen gleichzeitig zur Wirkung. Erfolg enorm. Gesamte Flotte in einer Entfernung von 200 bis 250 Kilometern angegriffen, vollständig zerstreut, größtenteils ins Meer geworfen. Der Rest floh bis Taiwan (Insel Formosa).

St. Francisco, 2371. 192d 16h 63,71m

Claps-Shrum, Kriegsminister“

Man gratulierte sich und begann ziemlich lebhaft zu werden. In diesem Augenblick trat Aromasia ein. Allein. Oxygen führte sie nicht wie gewöhnlich, sein Platz blieb leer. Das machte Aufsehen. Das Publikum wurde still. Die Herren spannten ihre Lichtschirme auf und klappten sie wieder zu; das war das Zeichen höchsten Applauses.

Aromasia grüßte mit einer Bewegung beider Hände und trat an das Ododion.

Das Konzert begann.

Die Dampforgel spielte einen Teil aus einer alten Oper, welche im neunzehnten Jahrhundert viel Aufsehen gemacht hatte. Die Klangfarbe der Dampforgel eignete sich dazu vorzüglich, und das Stück fand Beifall, obgleich der neumittelalterliche Text mit seinen Naturlauten viel Heiterkeit erregte.

Nun folgte eine Ododionpiece mit Musikbegleitung. Alle sperrten im wahren Sinne des Wortes, und mit Recht, Nase und Ohren auf. Aromasia berührte die Tasten.

Anfänglich herrschte die Musik vor, und Aromasia brauchte nur einen Geruch anzuschlagen, dann den zweiten und sie auszuhalten. Aber schon beim ersten verzog sich ihr schönes Gesicht – sie mußte niesen.

Und so ging es dem ganzen Auditorium. Ein wahrer Nieskrampf brach aus, so scharf war der Geruch, welcher sich durch den Saal verbreitete. Da trat mit der zweiten Taste ein mephitischer Mißduft zu dem ersten – vergeblich fuhren die baumwollenen Luftsiebe des Publikums an die Nasen. Aromasia wurde verwirrt und bleich. Magnet war schon bei dem ersten scharfen Geruch aufgesprungen und in ihre Nähe geeilt, wo er auf dem leeren Platze Oxygens sich niederließ. Jetzt wollte er sie fortführen. Aber noch einmal versuchte die erschreckte Künstlerin das Ododion. Eine Geruchsleiter perlte unter ihren Fingern und schloß mit einem starken Vielgeruch – da war es, als wenn alle bösen Geister aus dem Reiche der Gase losgelassen seien. Keine menschliche Nase konnte diesen Gestank ertragen!

Das Publikum schrie, wütete und drängte zum Ausgang. Die Musiker warfen ihre Instrumente fort und verschwanden durch ihre Privattür. Magnet versuchte die ohnmächtige Aromasia emporzuheben. Da ließ ein wohlmeinender Techniker den Dampf der Dampforgel ausströmen, um der verunreinigten Luft entgegenzuwirken. Aber seine gute Absicht schlug fehl. Es gab ein Getöse, Gezisch und Gepfeife, welches die Verwirrung noch grausiger machte. Das Publikum glaubte, die höchste Gefahr sei nahe gerückt, und in der Besorgnis um das eigene Leben kannte man keine Rücksicht. Nur einen Augenblick richtete sich Magnet empor, um von den Gasen und Dämpfen nicht selbst betäubt zu werden. Aber schon hatte ihn der hinausdrängende Menschenstrom erfaßt und ließ ihn nicht aus seiner Flut. Rasch sah er sich zum Ausgange gestoßen. Da, plötzlich ein erschütternder Knall – ein Teil der entfesselten Gase hatte sich untereinander und mit der Sauerstoffmenge des Beleuchtungsapparates so unglücklich gemischt, daß eine starke Explosion erfolgte. Das Gebäude wankte, die Decke schien sich heben zu wollen, doch zum Glück hielt sie stand. Die Menschen waren allmählich durch die Ausgänge entkommen und bis auf wenige gerettet. Aber im Innern wütete ein furchtbarer Brand und lohte zu den Fenstern hinaus.

Im Augenblicke war jetzt durch die Hilfe von außen das erschreckte Publikum aus der unmittelbaren Nähe des brennenden Gebäudes gebracht. Schon war die Brandabteilung der Behörde für öffentliche Sicherheit zur Stelle, und ihre Exstinktspritzen, welche von dem getroffenen Gegenstand jeden Sauerstoff absperrten, hatten im Nu die Flammen bewältigt.

Nun aber, nachdem der erste Schrecken vorüber war, ging die bange Frage durch die Menge: Wo ist Aromasia?

Man rief, man suchte. Niemand hatte sie gesehen, sie mußte noch im Gebäude sein.

„Sie ist verbrannt", schrie Magnet mit der Stimme des Verzweifelnden. „Sie muß verbrannt sein – es war unmöglich, die Ohnmächtige zu retten. Doch vielleicht ist noch Hoffnung – hinein ins Odoratorium!"

Die Rettungsmänner versuchten in ihren feuersicheren Anzügen das glühendheiße Gebäude zu betreten. Ihnen zuvor kam ein Fremder; ein Mann, der in seinem gegen jede Wärme undurchdringlichen Feuerwams nicht zu erkennen war, brach sich Bahn in den mit Trümmern gefüllten Saal. Aber während noch die Rettungsleute im Saale aufräumten, erschien er schon wieder oben auf der äußeren Galerie, welche das ganze Odoratorium-Gebäude nach der Stadt zu umgab. Auf der östlichen Seite bemerkte man einen Luftmotor, den einige für den des Warm-Blasius hielten. Neben demselben schien noch ein kugelförmiger Apparat sich zu befinden, doch konnte man denselben nur undeutlich erkennen, er schien von einer durchsichtigen Materie zu sein. Jetzt beschäftigte sich der Unbekannte mit demselben – er stieg hinein, er öffnete einen Hahn. Gespannt schaute man auf sein Beginnen. Da richtete der Fremde sich auf und rief mit lauter, durchdringender Stimme hinunter zu der Menge:

„Vernehmt die Trauerkunde! Aromasia ist verbrannt. Suchet nicht nach ihrem Mörder – nicht die Erde, nicht die Sonnen haben noch Gewalt über ihn."

Der so gerufen hatte, bückte sich und drehte eine Handhabe. Eine Kugel schloß sich um ihn, sie begann zu leuchten – in demselben Augenblick aber flog auch die Kugel, ohne einen sichtbaren Anstoß erhalten zu haben, mit rapider Geschwindigkeit von der Galerie des Odoratoriums in die Nacht hinaus.

IV INS ALL VERBANNT

Oxygen hatte, am Fenster des Odoratoirums mit seinem Luftmotor haltend, die Katastrophe beobachtet, deren schrecklichen Ausgang er nicht gewollt hatte. Magnet sollte durch einen wohlberechneten Gasstrom bläulich angehaucht werden, eine Farbe, die er mehrere Monate behalten hätte, und Aromasia sollte durch die Enttäuschung ihrer Nase und den Zorn des Publikums das Geruchsklavier gründlich verleidet werden. Beides war vereitelt worden.

Im Augenblicke, als die Detonation eintrat, durchzuckte Oxygen das Bewußtsein seiner Tat. Die Folgen seines Beginnens standen vor seiner erschreckten Seele. Aromasia vernichtet! Mit ihr vielleicht noch Hunderte von Menschen! Und durch seine Schuld! Ein tiefer Schmerz überkam ihn, aber Oxygen verlor nicht seine Besinnung. Er mußte retten, was in seiner Kraft stand. Er eilte nach Hause, um seinen feuerfesten Anzug zu holen und für alle Fälle ...

In die wenigen Augenblicke, deren er bedurfte, um nach seiner Wohnung zu fliegen, das Rettungswams umzuwerfen und samt seinem geheimnisvollen Apparate auf dem Dache des Odoratoriums zu erscheinen, drängte sich eine solche Fülle von Empfindungen, Überlegungen, Schlüssen und Entwürfen zusammen, wie nur ein so bevorzugter Geist jener vorgeschrittenen Zeit so rasch sie bewältigen konnte. Wenn Aromasia wirklich durch ihn vernichtet war – das Liebste, was ihn neben seiner Wissenschaft ans Leben fesselte? Wenn er sich selbst ihrer Ermordung anklagen mußte? Was war die nächste, äußerliche Folge? Daß seine Unvorsichtigkeit das Unglück herbeigeführt habe, konnte nicht verborgen bleiben. Auch lag es ihm fern, seine Schuld verheimlichen zu wollen. Das Fachgericht mußte ihn schuldig finden der vorsätzlichen Beschädigung von Privateigentum, der versuchten Körperverletzung und der fahrlässigen Tötung von fünf Personen. Er konnte auf zwei bis drei Monate Einzelhaft rechnen, und die öffentliche Meinung mochte das Urteil durch eine mehrjährige Verbannung verschärfen. Und wenn die Zeit vorüber war? Wohl mußte er seine gesetzmäßige Strafe und ihre Ableistung, seiner Auffassung und der seiner Zeit nach, als eine vollständige Sühne für alles Geschehene auffassen. Kein Tadel mehr haftete an ihm. Aber konnte er sich selbst damit zufriedengeben? Konnte er je die Schuld büßen, die er vor seinem Gewissen auf sich geladen, dadurch, daß er Aromasia der schrecklichen Gefahr aussetzte allein um der Befriedigung seiner Wünsche willen? Und konnte er je den Verlust verschmerzen, der ihm selbst als die grausamste Strafe zugefallen war, den Verlust der Geliebten?

Ja, sie war grausam, allzu grausam, diese Strafe! Was hatte er denn getan, um solches Elend zu verdienen? Was jeder andere getan hätte, der, gereizt wie er, die Mittel der Vergeltung besessen. Hatte er nicht das Recht, auf Aromasia einzuwirken, um ihre Neigung, deren Verlust ihm drohte, wiederzugewinnen, indem er die Feinde derselben beseitigte? Was ist das für ein erbärmliches Geschick, was für eine unfertige Weltordnung, die auf so lächerlich unbedeutende Ursachen hin so entsetzliche Folgen häufen konnte?

Was bin ich diesem Schicksal und meinem Leben noch schuldig – so sprach er bei sich –, wenn es selbst gegen mich so ungerecht ist, wenn ich ohnmächtig der Spielball blinder Gewalten sein soll? Oder dürfen etwa gewisse Arten des Glücks mir entzogen werden, weil mir einige andere Gaben verliehen sind? Gut, so will ich ohne Rücksicht auf Glück und Liebe und Leben Gebrauch von ihnen machen und ihre Wirkungsfähigkeit bis in alle Konsequenzen verfolgen!

Nicht vergebens will ich dein erstes Grundgesetz bezwungen haben, du stolze Natur – vom Gesetze der Schwerkraft vermag ich einzelne Arten des Stoffes zu emanzipieren. Ja, mühevoller Arbeit von Jahren ist es gelungen, den molekularen Zustand gewisser chemischer Zusammensetzungen so zu modifizieren, daß sie der Gravitation nicht mehr fähig sind. Längst wissen wir, daß es anziehende, durch den leeren Raum wirkende Kräfte nicht gibt; der Druck des Weltäthers, dessen Atome von allen Seiten, doch mit wechselnder Häufigkeit, anprallen, ist es, welcher die Körper nach einem gemeinschaftlichen Schwerpunkt drängt. Für diese Bewegungsart der Ätheratome habe ich meinen Apparat durchdringbar gemacht, keine Schwerkraft mehr vermag ihn zu beeinflussen – und mich selbst? Was macht es, wenn mein Körper dabei zugrunde geht? Frei kann ich sein, frei will ich sein! Da steht meine Hohlkugel – ein paar Handgriffe, fort schießt sie, von der Schwungkraft der Erde geschleudert, der Schwere enthoben, fort von der Oberfläche des Planeten, von seiner Bahn um die Sonne, an die sie nichts mehr fesselt. Wohlan, ich schaffe sie auf den Kranz des Odoratoriums; und ist das Schreckliche wahr, ist Aromasia mir genommen – so nimm auch mich dahin, unersättliches Nichts! Ich werde auf eine wahrhafte Art gen Himmel fahren.

Ist es mir nicht gelungen, trotz aller Macht, die ich über die Gesetze der Phänomene hatte, jene kleinen Regungen, die vom Gehirn Aromasias ausgingen, für mich zu gewinnen, konnte ich nicht den Besitz eines Menschen erringen, der doch nur ein Atom ist im All, hat das blinde Schicksal wirklich so viel Gewalt über mich – so kann an meiner Existenz nicht viel liegen. Fahre dahin, Oxygen, wo keine Sterne mehr durch den Raum wandeln!

Von solchen Gedanken bewegt, war Oxygen mit seinem Apparat nach dem Odoratorium zurückgekehrt, hatte sich in den heißen Bau gestürzt, Aromasias entstellte Reste gefunden und war an sein Fahrzeug zurückgeeilt. Hier rief er die Worte zum Volke hinab, die seinen traurigen Entschluß verkündeten. Die durchsichtige Hohlkugel schloß sich über ihm, das präparierte Gas wurde von der Materie derselben wie von seinem eigenen Körper absorbiert, und der Widerstand gegen den anstürmenden Weltäther war gebrochen. Die Erde, welche ihn nicht mehr an sich zog, schleuderte ihren ungetreuen Sohn von sich. Der Stoß des Daches gab der abfliegenden Kugel eine langsame Rotation, und leuchtend durchmaß sie in wenigen Minuten die Atmosphäre der Erde, welche schweigend unter ihr die gewohnte Bahn fortrollte.

Es war ein seltsamer Zustand, in welchem Oxygen sich befand.

Die hohle, durchsichtige Kugel, welche ihn umschlossen hielt, war samt ihrem Inhalt in keiner Weise den Wirkungen der Schwerkraft unterworfen. Aber nur diejenigen Bewegungen, welche eine Durchdringung durch den Äther verhinderten, waren abgeändert. Im übrigen wirkten die molekularen Bewegungen seines Systems in wenig verwandelter Weise fort, aber es besaß keinen Schwerpunkt mehr, weder in sich noch in der Außenwelt. Jede Muskelbewegung hatte einen Aufruhr aller Gegenstände im Innern der Kugel zur Folge. Es war natürlich, daß die Bedingungen des Lebensprozesses abgeändert wurden, und ehe noch die Atemluft verzehrt war, hatte der Pulsschlag aufgehört. Oxygens reiches Leben entfloh.

Sein Fahrzeug aber flog mit der gleichmäßigen Geschwindigkeit, welche es als Teil der Erde besessen und in Folge des Beharrungsvermögens der Körper beibehalten hatte, langsam rotierend durch den unermeßlichen Raum. Kein Planet, keine Sonne vermochte es aus seiner Bahn zu lenken, kein Meteor erfuhr eine Störung durch dasselbe. In unendlicher gerader Linie glitt das neue Gestirn durch die ganze Ausdehnung des Sonnensystems, hinaus, hinaus bis in die Nebelfernen, bis in die Unendlichkeit. –

Die Menge hatte sich verlaufen. Der Verkehr in dem von der Katastrophe betroffenen Stadtteil unterschied sich in nichts mehr von dem in den entfernteren Gebieten, welche kaum das Unglück gewahr geworden waren. Die Geschäfte nahmen ihren durch die Nacht nur wenig unterbrochenen Gang. Die Erhellungspunkte glühten, die Luftwagen schwirrten, in den Vereinslokalen debattierte man über die Zeitfragen, und in den öffentlichen Erholungsstätten klangen die Gläser; noch spendete der Wein dieselbe göttliche Heiterkeit wie bei den Gelagen der Olympier. Nur allgemeiner war die Freude geworden.

Der Strom der Menschheit flutete weiter. Wer vermochte die Stelle zu zeigen, wo die verlorenen Wasserstäubchen fehlten?

Magnet hatte Oxygen am Klange der Stimme erkannt, mit welcher er Aromasias Untergang verkündet hatte. Sein Schmerz und seine Trauer duldeten ihn nicht an der Stätte, wo ihm eine Welt untergegangen und doch die Welt dieselbe geblieben war. An jenen Ort wollte er eilen, wohin ohne das Dazwischentreten eines grausamen Geschicks ihn sonst mit ihr zusammen der Luftwagen getragen hätte. Dort erzählte ihm der gleiche Fortgang des Lebens rings um ihn nichts von der Gleichgültigkeit der Welt; dort hatte ja Aromasia nicht gelebt, und darum konnte es ihn nicht kränken, daß er nicht in jedem Auge seinen eigenen Schmerz widerfand; dort durfte er seinen Verlust als einen unersetzlichen betrauern. Im Gebiete der Luft und an den Wassern des Niagara wollte er seinen schmerzlichen Träumen nachhängen und in seiner Weise die Versöhnung suchen.

Der schwache Schein der Dämmerung im Norden hatte seinen niedrigsten Stand erreicht, als der Motor Obertons in die klare Nacht emporstieg. Hinter ihm blieb die Stadt, blieben die gewohnten Lande. Es war dem Dichter, als müsse er die Erde zurücklassen und nur in eine ferne Zukunft Sehnsucht und Gedanken richten.

Ich verstehe dich, ich begreife dich, Oxygen, dachte er, daß du nicht nur der menschlichen Gesellschaft, daß du der Welt selbst Lebewohl gesagt. Ich ahne es, du hast deine Macht über die Kräfte der Natur angewandt, dich jeglichem Einflusse derselben zu entziehen. Zum Nullpunkt des Seins wolltest du dringen, und für deinen Teil glaubst du die Aufgabe gelöst zu haben. Du hast der Schwerkraft, dem großen Bande des Kosmos, dich entrissen, frei fliegst du dahin, durch nichts angezogen, durch nichts geleitet, in absoluter Unabhängigkeit, in einer wahrhaft freiwilligen und unwiderruflichen Verbannung. Ins All verbannt! Und doch bist du nicht wahrhaft *frei!* Du selbst mußt sterben und empfindest schon deine Freiheit nicht mehr! Aber auch vom großen Verbande des Seins konntest du dich in Wirklichkeit nicht lösen! Noch gibt es molekulare Bewegungen und lebendige Kräfte in deinem eigenen Gestirn, die ohne Wirkung nicht im All verschwinden können. Oh, ich folge dir auf deiner Bahn durch die Sterne, ich eile mit dir in Milliarden von Jahren vorüber an den Sonnen der Milchstraße, vorüber an all den hellen und dunklen Gebilden, welche den Raum schließlich in ungemessenen Weiten erfüllen.

Aber einst – ich sehe es – trifft deine Kugel doch auf deiner Bahn an eines derselben. Ein chaotischer Weltnebel ist es, noch im ersten Stadium seiner Bildung, vielleicht das Resultat einer Weltzerstörung. In völliger Trennung irren die Atome ohne Zusammenhang durch den Raum, noch gibt es keine Wärmebewegung, noch zittert keine Lichtwelle durch die Nacht. Da tritt deine Kugel hinein mit ihrer lebendigen Kraft, und ein Anstoß zu neuen Schwingungsarten ist gegeben. In regelmäßig umlaufenden Bahnen gruppieren sich die Atome zu Molekeln, von ihren geordneten Stößen getroffen, erzittert der Äther, und Leuchten kommt in die Masse. So wenigstens muß ein Mensch den Vorgang beschreiben. Ich bin nur ein Mensch, aber ich weiß es: Ein neues Gestirn flammt am Himmel auf. Noch sah es die Erde nicht, noch müssen Jahrtausende vergehen, ehe der Lichtstrahl zur Erde gelangt – aber es wird geschehen.

Armer Oxygen, so bist du doch nicht frei, nicht frei von den Banden unentrinnlichen Seins; die Schwere flohest du, und wieder reißen dich die Atome in ihren Wirbeltanz. Du kanntest nicht den richtigen Weg, den einzigen, den es gibt, von jenen Kräften des Stoffes sich zu befreien. Der alte Dichter kannte ihn wohl:

> „Aber dringt bis in der Schönheit Sphäre,
> Und im Staube bleibt die Schwere
> Mit dem Stoff, den sie beherrscht, zurück."

Ja, Oxygen, hier ist Freiheit! Ich bin frei, bin es durch die Macht des *Ideals,* bin es durch meine dichtende Kunst, die mich über die Schranken der Welt und meiner räumlichen und zeitlichen Existenz hinausträgt.

Ha! Durch deinen neuen Stern, den die Folgen deines Unrechts hervorriefen, sehe ich die Versöhnung kommen – nicht in einer geträumten Ewigkeit, in einem erdichteten Jenseits, das frei wäre von den Gesetzen der Natur, die alles binden; sondern, wenn auch in der Dichtung, so doch innerhalb dieser Gesetze, durch die Gewalt unzerstörbarer Wirkungen im Mechanismus der Welt. Tausende von

Jahrmillionen gehen dahin, aber die heilige Kraft meiner Kunst deutet mir die Versöhnung.

Zu der Zeit, da dein Stern aufleuchtet, rollt die Erde vielleicht nicht mehr in ihrer alten Bahn. Hat sich eine Flutwelle am Sonnenäquator als ein neuer Planet abgelöst und ist die Erde mit den übrigen ein Stückchen weiter hinausgeflogen? Oder haben die hemmenden Kräfte des Ozeans die Rotation der Erde verzögert und ist sie dem Sonnenball näher gerückt? Sei es so oder so – in jedem Falle haben sich die Verhältnisse auf ihrer Oberfläche so geändert und mit ihnen die der lebenden Wesen, daß wir die alte Menschheit nicht wiedererkennen.

Zwar ein Teil derselben hat auf dem alten Standpunkte sich erhalten. Aber es sind unterdrückte Wesen. Eine vorgeschrittenere Gattung beherrscht den Planeten, und in den mannigfachen Katastrophen ist die Tradition ihrer Abstammung aus gemeinschaftlicher Wurzel verlorengegangen. Von den verachteten Menschen wollen sie nichts wissen. Unvergleichlich höher steht dies Geschlecht mit der schweren Gehirnmasse, mit den Wirbelfüßen und der komplizierten Organisation, die es sich im Kampfe ums Dasein erworben hat. Die Zerebrer sind es – ach, Reimert-Oberton, sie kennen deine Werke nicht mehr!

Zwischen zwei im Mondlicht glänzenden Abendwolken lustwandelt ein Zerebrer-Pärchen. Ihre Windmühlenflügelfüße bewegen sich so schnell, daß sie die Luft treten. Das Thema ihres Gespräches ist nicht neu. Es ist nicht nur vor zwölf Milliarden Jahren von den Menschen in glühenden Liedern abgehandelt worden, auch vor ihnen schon hatten es die Pterosauriere mit ihren Flughäuten gesäuselt. Denn es dreht sich um die natürliche Zuneigung zweier Wesen verschiedenen Geschlechts, welche man die Liebe nennt.

Das Pärchen scheint nicht ganz einig zu sein.

Unwillig runzelt sie die Flugschwimmhaut und achtet nicht auf seine flehenden Worte.

Was hatte er verbrochen? Vielleicht den schönen Schraubenfuß einer anderen gelobt? Ach, die Mädchen sind so schwer zu verstehen, und nun gar eine Zerebrin. Kurz und gut, sie ist ungehalten.

Zu seinem Unglück kommt ein Mensch auf seinem Luftrade der Ungnädigen zu nahe. Der Windzug stört sie, ein Tritt von ihrem Schraubenfuß, und der Arme stürzt hinab.

Wie grausam! braust Herr Zerebrus auf.

Es ist ja nur ein Mensch! sagt sie wegwerfend.

Nur ein Mensch? Glaubst du denn, daß ein Mensch nicht auch Empfindung besitzt, denkt und fühlt?

Wenn er mich aber inkommodiert?

So verdient er doch Rücksicht wie jedes lebende Wesen. Aus den Menschen erst hat sich unser Geschlecht zu solcher Vollkommenheit entwickelt, und du kannst nicht wissen, ob du nicht einen Urahnvetter deines Geschlechtes verletzt hast.

Jetzt bist du aber unartig, sagte sie zürnend. Von diesen unverständigen Tieren sollen wir abstammen, die nur heulen und krächzen können und nicht einmal von selbst fliegen? Und wir, mit unserer Weltanschauung – ich bitte dich!

Und doch verstehen sie untereinander ihre Sprache geradeso wie wir die unsere, und wenn sie sich auch auf einer niederen Entwicklungsstufe befinden, wenn ihnen auch vielleicht die Anschauung des Unbedingten abgeht, so fühlen sie den Schmerz wie du und freuen sich ihres Lebens wie du; die Empfindung ist relativ und dem Menschen ebenso wertvoll wie dem Zerebrer. Unrecht ist es daher, ihn zu quälen oder zu töten. Vielleicht wartet jetzt vergebens die einsame Geliebte auf den Zermalmten.

Oh, du bist abscheulich! Mir solche Vorwürfe zu machen und mit einem Menschen mich zu vergleichen!

Du liebst mich nicht! So gehe doch zu deiner einsamen Menschin und tröste sie! Wenn sie so gefühlvoll ist, was brauchst du mich? Geh nur!

Was sollte er tun, als um Verzeihung bitten?

Aber sie war hartnäckig.

So rasch geht das nicht, sagte sie. Ich weiß nicht, ob ich dir deine Ungezogenheit vergeben darf. Aber ich will milde sein – ich werde das Unbedingte fragen.

Er war es zufrieden.

Rate einmal, sagte sie, gerade oder ungerade?

Ungerade! rief er.

Ich habe die Sterne dort oben in dem Quadratgrade gemeint. Nun wollen wir zählen, wieviel es sind. Wer wird recht haben?

Das Zählen war im Nu geschehen; denn sie waren Zerebrer.

Gerade! sagte sie.

O weh! klagte der verurteilte Liebhaber! Doch nein! rief er jetzt, *ungerade!* Zähle noch einmal!

Wahrhaftig, eben ist ein neuer Stern aufgeleuchtet – die Liebe war gerettet.

Das war dein Stern, Oxygen!

Die Zerebrer schüttelten sich gerührt die Mittelhände.

Magnet war bei diesen Phantasien ruhig und fast heiter geworden.

Am Falle des Niagara senkte sich sein Wagen.

„Ich hab's gefunden!" rief er aus. „Das ist der Entwurf zu meinem neuesten Roman!"

Die Arbeit ließ ihn seinen Schmerz vergessen. Selbstzufrieden telegrafierte er an seinen Verleger in Europa: „Was bieten Sie ungesehen für meinen neuesten Roman ‚Das Zerebrer-Pärchen oder Der gezähmte Lichtnebel'?"

„Fünfzigtausend Münzeinheiten!" lautete die Antwort.

„Angenommen!"

Magnet ließ sich vor einem der großen Hotels nieder, auf einem Platze, von welchem sich die herrlichste Aussicht auf den Fall bot, und fing sogleich zu schreiben an. Natürlich telegrafisch.

Die Sonne ging auf und bildete glänzende Regenbogen im Wasserstaube des Riesenfalls.

„Versöhnt durch zerstörte Liebe ward neue Liebe in fernem Geschlecht." So schrieb Magnet, und der gehorsame Ätherstrom trug die Worte durch den Leib des Erdballs nach Europa. Sie standen in der Abendzeitung neben Aromasias Nachruf.

Das Lächeln des Glücks

Irgendwo im Raume, fern von den Menschen, saß das Glück und weinte.

Es saß auf seiner Kugel, diese und sich selbst ganz in seinen schimmernden Schleier hüllend, und mit dem Zipfel tupfte es die Tränen von den schönen Augen.

Es war sehr unglücklich, das Glück.

Ein kleiner Engel schwebte vorüber, der hatte die Mundwinkel recht weinerlich verzogen, und aus seinen Augen fielen die Tränen in den leeren Raum und wurden zu Sternschnuppen.

Als der Kleine das Glück erblickte, flog er eilig darauf zu und umklammerte seine Knie.

„Fand ich dich endlich?“ rief er aus. „Du mußt mir helfen, du bist ja das Glück!“

Das Glück streichelte seine Locken.

„Was fehlt dir?“ fragte es traurig.

„Drunten wohnt’ ich am dunklen Bergstrom, in der Hütte, deren Dach die hohen Palmen beschatten, bei Rilas und Padna. Kennst du sie nicht? Rilas, der die Faserpflanze sammelt im Walde und sie zum Markte trägt? Und ich war’s, der ihr Glück hütete und sie hatten sich so lieb. Da kamen die gelben Brüder und sagten, Rilas müsse mit ihnen hinunter an das Meer, und als er nicht wollte, nahmen sie ihn gewaltsam mit; denn er müsse die Freiheit kämpfen gegen die weißen Männer auf ihren großen Schiffen. Und Padna weinte so sehr. Du sollst uns den Rilas zurückbringen. Nicht wahr, du willst es tun?“

Und er zupfte dem Glück den Schleier von den Augen, da fiel eine der Tränen auf seine Stirn, und er sah erschrocken auf und fragte:

„Aber du weinst ja?“

„Ja, mein Kleiner, ich weine und kann dir nicht helfen.“

„Du mir nicht helfen? Warum nicht, da du doch das Glück bist?“

„Nur das Glück. Weil ich das Glück bin, kann ich dir nicht helfen.“

„Du mußt helfen, mußt uns helfen!“ Mit diesen Worten stürzte sich ein zweiter Engel dem Glück zu Füßen.

„Hier, dieser kennt mich, wir wohnen in demselben Lande. Die weißen Männer sind aus ihren Schiffen gestiegen, und ihre Kugeln strecken unsere Freunde nieder. O gib den Unsrigen den Sieg in der Schlacht, die kämpfen für die Freiheit, die man ihnen rauben will!“

„Siehst du nicht, daß ich weine?“ sprach das Glück. „Wenn ich weine, so kann ich niemand helfen.“

„So weine doch nicht!“

„Das steht nicht bei mir. Ich weiß nur, daß ich weinen muß, und daß ich dann nicht helfen kann. Und wenn ich nicht helfen kann, so muß ich weinen. Das hänget eins am andern.“

Die kleinen Engel sahen halb ungläubig, halb verständnislos auf das Glück.

Und als sie es noch anstarrten, kam ein dritter Engel geflogen, der war größer und klüger. Die Tränen tropften ihm nicht mehr aus den Augen, sie ließen sie nur dunkel glänzen wie der unendliche Weltraum der Macht, und eine tiefe Traurigkeit flehte aus ihnen zum Glück:

„Hilfe, zu Hilfe! O bitte, bitte! Die Not ist groß!“

„Was begehrst du, mein Kind?“

„Drüben im Ozean rast der Sturm. Am großen Dampfer ist die Schraube gebrochen. Hilflos jagt er durch die Wogen. Die Richtung, in der er treibt, führt auf das lange Riff, ins sichere Verderben. Fünfhundert Menschen werden in den Wogen versinken. Eine neue Heimat wollten sie gründen, die jetzt um ihr Leben flehen müssen. Eil’ und rette, wenn du das Glück bist.“

Das Glück schüttelte nur leise den Kopf, denn es fühlte, daß ihm die Tränen in die Augen traten.

Die beiden andern kleinen Engel nickten sich zu und flogen davon, denn sie wollten sehen, wie die weißen Männer in Not gerieten.

Der dritte Engel aber rief:

„Du weigerst dich? Wie ist das möglich? Siehst du nicht die Zahllosen, die ihr Lebensglück zugleich verlieren, wenn jene dahingehen müssen? Weißt du nicht, daß Völkerschicksale an diesem Schiffe hängen? Schau dort unter dem nassen, sturmgepeitschten Haar die leuchtende Stirn des Jünglings – siehst du nicht, daß er ein Genius ist, fähig, der Menschheit eine große Tat zu bringen, die Millionen beglücken wird? Und du willst ihn versinken lassen?“

„Ich wollte ihn nicht retten? O mein Kind, ich kann es nur nicht.“

„Du kannst es. Sieh, dort rekelt der breite Wetterriese des Ozeans sich in seiner Winterruhe. Er braucht nur den groben Ellenbogen um ein weniges zu verschieben und die Sturmbahn wendet sich, und das Schiff gleitet nördlich am Riff vorüber und entflieht dem Wirbel. Warum gebietest du ihm nicht?"

„Weil es nichts hilft. Weil er mir nicht gehorchen wird. Ich kenne diese Riesen, die mit der Allwissenheit ihrer Mutter, der Natur, sich groß tun und die eingebildetsten, faulsten Lümmel der Welt sind. Und ich habe ein sicheres Zeichen für den Fall, daß sie mir nicht zu gehorchen brauchen, so gut ich es weiß, wenn ich sie zwingen kann. Du wirst es sehen, komm!"

Müde erhob sich das Glück und flog mit dem Engel zum Wetterriesen.

Schon tauchte am Horizont der Schiffer die weiße Brandung auf. Der Riese schlief, und der Druck seines ruhenden Luftarms zwang den Sturm, nach dem Riffe hin zu wehen.

Das Glück raunte seinen Spruch:

„Hebe den Arm beiseite, daß das Schiff nach dem Hafen gleite!"

Der Riese rührte sich nicht, er brummte nur im Halbschlaf:

„Wer raunt mir da Sprüche? Was soll das gefühlvolle Duseln? Siehst du nicht, daß ich ruhen muß, damit die Luft in mir herabsteigen kann und ihre richtigen Wege findet? Siehst du nicht, daß der Ätherriese auf mir steht, der oben von der Sonne die Wärme herunterschaufelt? Störe nicht unsere Arbeit, von der die Ordnung der Natur abhängt."

„So rücke wenigstens diesen Arm um ein Kleines zur Seite, schon ein Stückchen genügt, nur daß wir das Schiff retten!"

„Was geht mich das Schiff an?" polterte der Riese. Aber er ermunterte sich ein bißchen, und als er das Glück erkannte, sagte er:

„Du kannst doch nie Ruhe halten! Aber weil du es bist, will ich mein Möglichstes tun – den kleinen Finger will ich ein wenig einbiegen."

Kaum hatte er's getan, da trieb das Schiff einen Strich mehr nach Nord und näherte sich dem Riff langsamer, und die Menschen hofften aufs neue.

„Es genügt nicht", bat das Glück. „Gib nur noch etwas nach!"

Zum Unheil aber fiel eine Träne auf den Arm des Riesen. Da wurde er unwirsch und rief:

„Es geht nicht! Siehst du nicht, der ganze Wirbelsturm liefe dann auf das Festland. Die blühenden Städte, die reifen Felder, der alte Wald, alles stürzte vernichtet zusammen. Mir könnt' es ja gleich sein. Aber mehr vermag ich nicht zu tun, wenn ich auch wollte. Ich und meine Brüder, die Riesen, dürfen deinetwegen ihre Grundsätze nicht ändern. Sollte ich jetzt den Arm bewegen können, so hätte vorher der Ätherriese nicht auf mich steigen dürfen, so hätte der alte Erdriese seine Hautfalten ein bißchen früher verschieben müssen, damit sich der Meerriese anders lagern konnte. Da hätte der große Sonnenriese schon lange, ehe es das Menschengewürm gab, mit seinen Fangarmen anders ziehen und der Raumriese selbst sich anders besinnen müssen. Wir können nicht dir zu Liebe die ganze Riesenwelt in Unbequemlichkeiten stürzen."

„So? Ihr Burschen –" und nun wurde das Glück böse – „ihr könntet nicht? Ihr hättet nicht können? Wozu seid ihr eigentlich da? Um euretwillen vielleicht? Oder sollt ihr nicht Diener sein, damit auf dieser Erde Menschen glücklich werden? Sollt ihr nicht arbeiten, damit das Ziel sich erfülle, das Menschenherzen ersehnen? Was sind eure Luftkörper, eure Ätherarme, eure Riesenkräfte, was sind die Planeten, mit denen ihr Fangball spielt, wenn nicht die Mittel zu meinen Zwecken? Was gilt mir euer ganzes Weltsystem gegen ein frohes Angesicht?"

„Und du? Was gehst du mich an? Hast du mir zu gebieten? Lächle doch, wenn du kannst! Ich habe meine Gesetze, danach bin ich. Wer sie mir gab, weiß ich nicht. Wozu sie gut sind, geht mich nichts an. Ich habe niemand zu gehorchen als dem Gesetz der Riesen. Ich bin, weil ich bin. Ich strecke den Arm, wenn ich muß, und Millionen Menschen überrauscht der Ozean, wenn sie auf seinen Bahnen sind."

Während der Riese noch sprach, trieb das Schiff näher und näher dem Riffe zu. Jetzt weinte der Engel laut auf.

Hier hörte man nicht den Entsetzensschrei der Menschen, man hörte nicht das Krachen der Balken, nicht das Brausen der Brandung, als der Dampfer auf die Klippe geschleudert wurde – man hörte das Schluchzen des Engels, als er das Schiff verschwinden sah.–

Der Engel barg seinen Kopf im Gewande des Glücks, das mit starren Augen in die Ferne blickte.

„Und er muß doch dem Einen gehorchen, der sein Gesetz geordnet hat – muß er nicht?" fragte der Engel in heiligem Zorn.

„Er muß wohl, aber davon weiß er nichts. Und gehorchte er mir nicht, so war es so bestimmt, weil ich weinte."

„Aber du bist doch das Glück und das Glück soll sein!"

„Weißt du das, mein Kind? Weiß ich es? Braucht' ich zu weinen, wenn mir die Ätherriesen immer gehorchen müßten? Dann wollt' ich die Welt anders lenken, dann müßten sie arbeiten zu meiner Lust. Dann müßten sie mir Paläste bauen mit ewigem Frühlingsglanze, darin eine selige Menschheit in allen Wonnen des Daseins wandelte. – – Aber nur selten gehorchen sie mir; ich gebiete ihnen, doch ob sie folgen, das hat einer bestimmt, den wir nicht begreifen. Und er wird wohl wissen, warum er das Glück nicht mächtiger geschaffen hat."

„Und doch bist du der mächtigste unter allen Engeln, o Glück!"

„Wohl bin ich's, wenn ich lächeln darf. Doch du trafst mich weinend, und Tränen – o mein Kind – Tränen des Glücks, weißt du, was daraus wird? Einst sagte mir's der Zwerge einer, die mit den demantharten Hämmern in der Nacht des Ungewordenen die künftigen Herzen schmieden. Meine Tränen brauchen sie, die Herzen fest zu machen, damit sie nicht springen, wenn der heiße Menschenwille hineingegossen wird. Vielleicht, daß ich so machtlos sein muß."

Das Glück ließ sich wieder auf seiner schillernden Kugel nieder, und der Engel, der den Mut verloren hatte, schmiegte sich sanft an seine Seite.

Da kam wieder ein Engel geflogen, diesmal ein ganz kleines Engelbübchen, dem kugelten die Tränen nur so aus den runden Äuglein, und es heulte recht herzerweichend. So stürzte es dem Glück gerade in den Schoß.

„Was hast du denn, mein Bübchen?" fragte das Glück, wischte ihm die Tränen ab und vergaß auch das Näschen nicht. „Da ist wohl ein großes Unglück geschehen?"

„Ja", schluchzte das Engelchen, „ja, ein großes Unglück. Mein Schwesterchen, ach, mein Schwesterchen – ach, ach!"

„Beruhige dich, mein Herzchen."

„Es ist das einzige, das den Eltern geblieben ist, denn wir anderen sind alle schon Engel geworden – mein Schwesterchen stand an der Haustür – Aber willst du ihm auch helfen, o Glück?"

„Sprich nur erst weiter."

„Es hatte sein Püppchen in der Hand, das mit dem richtigen Porzellankopf, den man abwaschen kann, und wiegte es in seinen Armen, und das Püppchen war eingeschlafen, und da – und da –"

„So heule doch nicht so!"

„Da kam der Stift, der schlechte Hund, und bellte, und das Schwesterchen erschrak und ließ die Puppe fallen, und – und – der Kopf brach mitten entzwei – und –“

„Da weint jetzt das Schwesterchen bitterlich?“

„Bit-ter-lich“ – Und das Engelchen weinte noch viel bitterlicher und schluchzte nur immer hervor: „Bit-ter-lich“ – –

Die Tränen kugelten herab über den Schleier des Glücks, an dem keine Träne haftet, und in einer Falte bildeten sie einen kleinen See, in den guckte das Engelchen ganz erstaunt hinein, aber seine Tränen flossen immer weiter.

Da zog ein leises Lächeln über das Antlitz des Glücks, das besiegte seine Trauer – und nun lächelte es holdselig, wie nur das Glück lächeln kann. – –

Und der große, unendliche Weltraum tat sich auf vor dem Lächeln des Glücks mit großem Lichte wie die Blüte im Sonnenschein, und die groben Ätherriesen hoben ihre Häupter, und der Sonnenriese selbst schüttelte seine Strahlenkrone, daß es warm hinauszuckte in die Unendlichkeit.

Das Glück aber erhob sich, und seine Gestalt wuchs machtvoll durch die himmlischen Höhen, und seinem leisen Winke lauschte das weite All. – – –

Vor dem Gebot des Glücks beugte sich der Zeitriese und rief seine Befehle zurück in die Vergangenheit, daß alles geordnet war, wie es heute sein sollte.

Die Ätherriesen tummelten sich und schüttelten ihre Strahlen auf die Fluren Siziliens, wo die Orangenhaine wuchsen. Der stolze Stomriese, der sonst zwischen den Wolken blitzt, zwängte sich zwischen Zink- und Kohlenplatten und streckte sich im langen Eisendraht über die Kontinente und durch die Meere, um von der nordischen Stadt ein Gebot nach dem Süden zu tragen.

Der Holzriese rasselte in den Wäldern und brach Stämme, und der Eisenriese wuchs hervor aus dem dunklen Gestein und glühte im Hochofen. Aus tiefem Schacht tauchte der schwarze Kohlenriese, wo ihn der Erdriese eingepreßt hatte, und fuhr unter die Kessel, der Wasserriese dampfte und schwoll und hob und drückte – und der Dampfer durchschnitt das Meer.

Und als das Schiff zurückkehrte, trug es die goldne Südfrucht in seinem Raum. Tausend andere Riesen arbeiteten mit ihren kräftigen Armen im Getriebe der Menschen und tauschten die Waren und rollten das Gold und bauten die glänzenden Läden der Stadt und legten die Früchte hinter die hohen Spiegelscheiben, daß sie anlockend glänzten.

In der Stadt aber, wo das Schwesterchen seine Puppe zerbrochen hatte, ging ein Mann in tiefen Gedanken. Er ging durch die Straßen, und die Leute grüßten ihn, und er dankte.

Da schüttelten die Leute die Köpfe, denn sie merkten, daß er sie nicht erkenne. Wo war er denn? Weit fort, über der Erde, wo das Glück mit dem Engel saß, und weiter noch, wo der unendliche Raumriese zwischen den Sternen lagert. Und er sah die Ätherriesen ihre Arme zur Arbeit heben von der Urzeit an, wie sie Sonnen häuften und Planeten schwangen, wie sie Meere gruben und mühevoll kleine lebendige Zellen bauten, er sah die Reihe der kämpfenden Geschlechter, bis er selbst entsprossen war, irgendwo, irgendwann, und wandeln mußte unter dieser Menge. –

Was war sie ihm, was war er ihr? Was verstanden die Leute davon, daß er den langen, langen Weg kannte, den sie heraufgekommen waren vom Urnebel der Planeten bis zu dieser geschäftigen Bürgerklasse? Was wußten sie von dem hohen Ziele um dessentwillen die Riesen stöhnten? Was galt es ihnen, daß er die Zwerge sah, die im Ungewordenen ihre Demanthämmer schwangen und Menschenwillen in harte Herzen gossen? Und was half es ihm?

Seine Gedanken waren weit fort, und doch waren sie nah, ganz nahe – waren hier in diesen Gassen, zwischen diesen Menschen – denn sie mußten hierher zurück, wieder und immer wieder. Darum flogen sie ja bloß fort, um zu vergessen, daß sie hier waren. Sie suchten in der Ferne, obwohl sie wußten, daß sie nirgends finden würden, was sie verloren hatten. Und in diesem Hin und Her wogte seine Seele zwischen dem großen, unendlichen Raum, wo das Glück saß, und zwischen der engen Stadt, wo sie es gesucht hatte. – – Das ging so auf und ab, bis es ein leiser Rhythmus geworden war. – – Durch die Straßen und die eilenden Menschen schreitend, fühlte er es um sich wehen wie den weiten, kühlen stillen Atem der Einsamkeit:

Ich wandle durch die Stadt und denke dein,
Und weiß nur überall, ich bin allein.

Da ist kein Plätzchen, das mir nicht verrät,
Wie oft mein Blick nach dir hinausgespäht.

Hier ward ein hoffend froher Gruß getauscht,
Hier hab' ich deinem lieben Wort gelauscht

Und durch die Leere schreit ich nun dahin.
Starr liegt und tot die Stätte, wo ich bin,

Es kommt ja nicht das Glück des Weges her,
Und wenn es naht, ist es mein Glück nicht mehr!

Und als es so in ihm klang, da schwebte von der infamen Ferne her die Lichtgestalt des lächelndenen Glücks, das die Arbeit der Ätherriesen lenkte, und streifte die Seele des verlassenen Mannes, daß es darin einen Augenblick wonnig aufleuchtete wie der Glanz dunkler, großer Augen. Und als er aufsah, lag Sonnenschein auf den Spiegelscheiben und den goldenen Früchten, und es wehte um ihn wie Frühlingshauch der Wirklichkeit.

Da kaufte der Dichter die Orangen und ging weiter, und nun sah und erkannte er die Menschen, die dort vorüberschritten. Und daneben vor der Tür sah er das Schwesterchen, das eben seine Puppe zerbrochen hatte – – das weinte und schluchzte bitterlich.

Da griff der Dichter in die Tasche und gab dem Kinde die leuchtende Orange. Das ließ die Puppe fallen und erfaßte staunend die Frucht. Die Tränen versiegten. Es sah ihn an mit den dunklen, großen Augen, die er kannte, und über das Kinderantlitz ging ein Lächeln, ein Lächeln so süß, wie nur das Glück lächeln kann. – –

Und das Lächeln strahlte wider von dem Antlitz des Einsamen.

Droben aber hörte das Engelchen auf zu schluchzen und lächelte mit dem Glück und mit dem Himmel.

Der größere Engel jedoch, der schon klug war, sah das Glück mit seinen verständigen Augen an und sprach zu ihm:

„Ich begreife es nicht. Wo Völker leiden, wo Tausende trauern, wo die Geschicke der Menschheit sich entscheiden, da folgen dir die

Ätherriesen nicht, und jetzt arbeiten sie wie geängstete Sklaven, um eine Orange zur rechten Zeit zu bereiten –"

„Weil ich lächelte," sagte das Glück mit leuchtenden Augen.

„Warum aber lächeltest du?"

„Weiß ich es? Kennst du einen Maßstab des Leides oder der Lust?"

„Aber eine ganze Welt in Bewegung zu setzen um das Lächeln eines Kindes!"

„Weißt du nicht, daß es das Lächeln Gottes ist?"

Die drei Nägel

Heide und Kieferwald rechts und links – die Heide gedörrt von der Julisonne, der Wald weithin verkrüppelt vom Raupenfraß – mitten durch eine endlose gerade Doppellinie, darauf jagt donnernd eine Wolke von Rauch und Staub – –

Der Eilzug hat seine größte Geschwindigkeit angenommen, als wollte er dieser Gegend so schnell wie möglich entfliehen. Endlich taucht es von ferne auf wie Hügel, einzelne Fichten mischen sich unter die Kiefern, ein einsames Wärterhaus huscht vorüber wie ein flüchtiger Streif – jetzt ein paar kurze Stöße – dann verdeckt ein Einschnitt die Aussicht – –

„War hier eine Station?“ fragt ein Reisender, aus seinem Schlummer auffahrend.

„Nur eine Weiche“, sagt der Herr ihm gegenüber. „Die Strecke ist umgebaut, die Kurve war zu eng für den Schnellzugverkehr.“

„Sie kennen diese Gegend?“

„Ich denke – habe das ganze Frühjahr hier gelegen. Übrigens ganz nette Wohnung beim Förster. Jetzt muß ich wieder her. Morgen geht die Vermessung hinter Schrobeck an.“

„Schrobeck?“ fragt der erste. „Was ist das?“

„Die Ruine dort oben – wenn Sie zurückblicken – sehen Sie? Eben ist sie vorbei.“

„Habe noch nie davon gehört.“

„Kennen Sie nicht die Sage von den Nägeln von Schrobeck? Es haust ein Gespenst da oben.“

„Mache mir nichts aus solchen Sagen, es ist eine wie die andere“ brummte der Reisende und lehnte sich wieder zurück.

„Habe auch keine Zeit mehr, sie zu erzählen,“ sagte der Baumeister seinen graublonden Vollbart zurechtzupfend. „Muß gleich aussteigen.“

Und er schickte sich an, seinen leinenen Staubmantel zusammenzupacken.

In der Gegend wußte jedes Kind, was es mit der Ruine auf sich hatte. Es gab freilich nicht viele Kinder hier herum, ausgenommen die beim Förster und bei den paar Holzhauern drüben in Niederstein. Es gab überhaupt nicht viele Leute in der Gegend, sie alle aber wußten es, daß der letzte Ritter von Schrobeck verhext war, als grauer Zwerg umzugehen bis auf den heutigen Tag, und sie wußten auch, wie er erlöst werden könnte. Und wem das gelang, der machte sein Glück. Seltsam, daß es noch keinem gelungen war – – aber nicht jeder hatte die Eigenschaften, die dazu gehörten, oder die Umstände trafen nicht zusammen, oder es war etwas bei der Beschwörung versehen worden, oder – ja, das mochte es wohl eigentlich sein, was die Leute abhielt – sie glaubten selbst nicht recht an die Geschichte, die sie jedermann zu beteuern bereit waren.

Es war aber ganz einfach.

Man mußte nur, wenn der Mond schien, in der Nacht des achten Sonntags nach Trinitatis zur Ruine Schrobeck hinaufsteigen, dort vor der Tür des verfallenen Turmes ein Tuch auf die Erde breiten, an die Mauer klopfen, dann langsam neun Schritte rückwärts gehen und dreimal rufen: „Drei und frei!“ Wenn man dies, mit der gehörigen Zwischenpause, zum dritten Male gerufen hätte, so würde unweigerlich der Herr von Schrobeck in Gestalt eines grauen Zwerges erscheinen und auf das Tuch die drei goldenen Nägel legen, deretwegen er verflucht worden war. Er hatte sie nämlich einst, um sie zu verspielen, aus dem Sarge seiner Ahnfrau gezogen. Wer aber diese drei Nägel besaß, der hatte damit drei Wünsche frei. Wenn er einen Nagel fortwarf und dabei einen Wunsch aussprach, so geschah sofort, was er wollte. Und beim Fortwerfen des dritten Nagels wäre dann der Geist erlöst gewesen.

Der Bahnwärter an dem einsamen Häuschen war ein alter Mann. In die neuen elektrischen Apparate an den Blockstationen hatte er sich nicht mehr finden können. So hatte man ihm hier einen Posten gegeben, wo er nicht viel anders zu tun hatte, als regelmäßig seine Strecke abzugehen.

Jetzt stand er mit seiner zusammengerollen Signalfahne im Arm neben dem Wärterhäuschen, als der Eilzug vorüberbrauste. Sein Blick war mit ängstlicher Spannung auf jedes Fenster der Wagenreihe gerichtet, ob nicht eines sich öffnete, ob nicht ein Tuch herauswinkte – es kam kein Zeichen. Und nun folgte sein Auge dem letzten

Wagen, dessen Rückseite im Enteilen sich rasch zusammenzog, bis er im nächsten Einschnitt entschwand.

Lange noch stand der Wärter in der Ferne starrend – nur zuweilen hob sich seine Brust stärker unter einem Seufzer – –

Wie viel Hunderte von Menschen fliegen hier jeden Tag an ihm vorüber! Am Morgen haben sie die Sonne über dem Meere aufgehen sehen, am Abend wird sie ihnen von Schneegipfeln widerleuchten, vor wenigen Stunden rauschte um sie der Lärm der Großstadt, – er aber stand unmittelbar neben dem Weltverkehr einsam und abgeschnitten von der Lebenswelle. Nichts drang zu ihm als das eintönige Signal der Glocke und das Gerassel der Räder, und sie brachten ihm keine Nachricht. Er sah nach der Uhr. Längst mußte der Zug die nächste Station erreicht haben. Ob er einen Brief mitgebracht hatte? Über drei Stunden hatte der Bote von dort bis zu ihm zu gehen, und heut' am Sonntag ging er überhaupt nicht.

„Paul", rief es aus der offnen Tür der Hütte.

Er trat ein. Auf dem alten Lehnstuhl an dem kleinen Fenster saß eine müde Frau mit grauem Haar und vergrämten Zügen. Sie blätterte in einem Kalender.

„War er nicht darin?" fragte sie.

Der Mann schüttelte den Kopf.

„Er hätte gewiß herausgewinkt", sagte sie. „Ich ängstige mich Tag und Nacht. Es sind schon über vier Wochen, daß der Brief kam. Gestern waren's vier Wochen, und in vier Wochen wollt' er bei uns sein. Mit Frau und Kind. Das liebe Würmchen – ach! Und alle Not hat ein Ende!"

„Ich glaub's nicht, ich glaub's nicht!" sagte der Mann und setzte sich schwer auf die Bank am Ofen. „Es wäre zu viel Glück. Ich kann deinen Traum nicht los werden von dem verunglückten Zuge."

„O Gott, o Gott, noch im letzten Augenblick, wenn wir ihn da verlieren sollten, unsern Otto! Zwölf Jahre ist er fort, zehn Jahre haben wir nichts von ihm gehört, bis jetzt vor vier Wochen. Es geht ihm gut, er kommt wieder, und jetzt sollten wir ihn verlieren? 's ist wahr, es droht ihm ein Unglück, – aber man kann es abwenden. Du weißt meinen andern Traum, den vom grauen Zwerge. Das bedeutet jedesmal etwas Gutes, wenn ich den träume. Und du solltest es doch tun!"

„Es ist ja Unsinn, laß mich in Ruh' damit."

„Und wenn's Unsinn wäre – schaden kann es doch nichts. Heut' ist der Achte nach Trinitartis, es ist Mondschein, Vollmond, heute könnt' doch sein mit dem Schrobeck. Und wenn's nicht ist, so war's ein Spaziergang."

„'s ist eine Versuchung."

„Du solltest es doch riskieren. Wenn ich nur laufen könnte, ich tät's gleich. Aber mit dem Hinkefuß – ich komm' nicht mehr den Berg 'nauf."

Sie schwieg. Dann ging sie wieder an: „Daß es gerad' so zusammentrifft, der Tag und der Mondschein, und gerad' mit unserm höchsten Wunsche! Ich kann nicht davon los. Wenn du die goldnen Nägel bekommst, dann kannst du gleich wünschen, daß der Otto gesund hier ist. Dann kann ihm nichts mehr geschehen. Tu's zu meiner Beruhigung!"

„Alte, du weißt, ich glaub' nicht dran, darum nützt es auch nichts. Ich tät' mich nur schämen vor mir selbst."

„Tu mir's zu Liebe, ich glaub' dran."

„Wenn der Traum nicht wäre, ich dächt' überhaupt nicht dran. Deine Träume freilich, damit hat's etwas an sich, das ist schon wahr. Aber ich kann auch nicht fort von der Strecke."

„Heute kannst du schon. Der Güterzug fällt heute aus, und der Kurierzug kommt erst um zwei. Um eins schon kannst du längst wieder hier sein."

Der Mann stopfte sich eine Pfeife und schwieg.

„Der Flischke war auch wieder hier", begann die Frau aufs neue. „Ich glaube, er war angetrunken, er schimpfte. Und hinten am Busch wartete der braune Michel auf ihn. Die Kerle haben was vor. Er wollte dir's eintränken, sagte der Flischke, du hättest ihn aus dem Dienst gebracht. Auf deiner Strecke könnt' auch mal was passieren."

„Es ist nicht wahr, daß ich ihn angezeigt hab', aber er hat nie richtig seinen Dienst getan. Du siehst, nun kann ich schon recht nicht fort, wenn die schlechten Kerle in der Gegend lungern. Daß sie den Michel wieder herausgelassen haben, ist ein wahres Unglück."

„Es kann ja nichts passieren. Du bist wieder da, um deine Strecke abzugehen, mehr kannst du nicht tun. Und nun mußt du erst recht zum Schrobeck. Wenn du die Nägel hast, kann dir der Flischke nichts anhaben, und der Otto kommt morgen glücklich nach Hause. Tu's doch, Paul, tu's dem Otto zuliebe!"

„'s ist ja doch Unsinn", brummte der Mann in den Bart. Aber er sagte es nicht mehr laut.

Mit ungewissem Dämmerschein lag das Mondlicht über der Hügellandschaft ausgebreitet, die Ebene im Norden verlor sich in nebliger Ferne. Kein Lüftchen regte sich; hin und wieder ein schwaches Wetterleuchten durch die Julinacht.

Silberne Punkte glänzten auf den Efeublättern, die sich um die verfallenen Mauern der Ruine Schrobeck rankten, undurchdringliche Schatten schoben sich zwischen lichte Streifen. Deutlich und klar hob sich die voll beleuchtete Seite des alten Turms ab; nur die Türöffnung gähnte schwarz darin, ein finsterer Eingang in geheimnisvolle Nacht.

Der Bahnwärter stieg schwerfällig über die wankenden Steinstufen des ehemaligen Burghofs. Atemschöpfend lehnte er sich an die Mauer und richtete seine Blicke auf die Öffnung des Turmes. Ein paar Fledermäuse schossen hin und her, sonst kein Laut. Der Mann an der Mauer verharrte lange unbeweglich. Doch jetzt fuhr er erschrocken empor. Aus dem Turm klang ein vernehmbares Poltern, als stürzten Steine herab – ein Schwarm Fledermäuse flog aus der Öffnung – dann wieder blieb es still. Der Wärter raffte sich zusammen und schritt langsam der Tür des Turmes zu. Er fühlte sein Herz schlagen, er wagte nicht, in den Turm zu blicken, als er sein Tuch vor der Tür ausbreitete und dreimal mit einem Stein an die Mauer pochte. Dann ging er langsam rückwärts. Seine Tritte knirschten auf den Kalktrümmern des Bodens, es war ihm, als antwortete ein gleiches Knirschen aus dem Turm. Er zählte halblaut seine Schritte; jetzt blieb er stehen und rief schnell, als wollte er ein ferneres Schwanken selbst abschneiden: „Drei und frei!“

Dumpf hallte der Ton von der Mauer nach. Sonst blieb alles stumm. Nach einer Weile rief er zum zweiten Male. Wieder kein Laut. – Er schüttelte den Kopf über sich selbst – wenn ihn jemand hörte, er mußte zum Gespött werden. Aber wer konnte ihn hier hören? Er dachte an seine Frau, an seinen Sohn, sah fest auf die Turmtür und rief laut zum dritten Male:

„Drei und frei!“

In demselben Augenblick prallte er in furchtbarem Schreck zurück und hielt sich krampfhaft mit den Händen an einem Mauerrest. Die Stille der Nacht unterbrach ein gewaltiges Krachen, eine weiße Wolke erhob sich aus der Tür des Turmes und schwankte gespenstisch im Mondenlicht, und in der Öffnung erschien hell beleuchtet eine graue, zwerghafte Gestalt. Dem Wärter stockte der Atem, er brachte kein Wort aus der Kehle, – nein, er täuschte sich nicht – deutlich erkannte er über dem grauen Mantel der kleinen Gestalt das Gesicht mit dem weißen Barte, den Kopf bedeckte eine graue Kapuze. Der Mann und der Zwerg standen sich ohne Bewegung gegenüber – da erhob der Zwerg langsam den rechten Arm, drei blitzende Gegenstände fielen auf das Tuch und im nächsten Augenblick war die Erscheinung verschwunden.

Schweigen ringsum – die Wolke hatte sich verzogen, die Türöffnung gähnte leer und finster wie zuvor.

Einen Augenblick dachte der Wärter, es ist ein Traum – er ermannte sich und schritt auf das Tuch zu – er sah es darauf glänzen im Mondlicht – das Blut schoß ihm in den Kopf, eine furchtbare Angst ergriff ihn – er wußte nicht mehr, was er tat – er raffte das Tuch zusammen und stürzte fort. Die Steine polterten um ihn bergab, er floh weglos, durch den Wald, bis er den Fuß des Hügels erreicht hatte – da sank er erschöpft auf ein Felsstück und suchte sich zu sammeln. Noch hielt er das Tuch in der Hand geballt, deutlich fühlte er die Nägel darin, aber er hatte nicht den Mut, das Tuch zu öffnen. Immer ging es ihm durch den Sinn – ein Teufelsspuk, es bringt Unglück!

Es knackte im Gebüsch – er fuhr auf. Wo war er überhaupt? Nach welcher Seite lag die Bahn? Um Gottes willen – sein Dienst! Es war hohe Zeit, seinen Gang zu machen. Nur jetzt nicht verirren! Er steckte das Tuch in die Tasche und lief vorwärts – hier war dichtes Unterholz, hier kam er nicht durch, er mußte umkehren. Der Angstschweiß rann ihm von der Stirn, er rannte Hügel auf, Hügel ab – endlich, da lag die Bahnstrecke dicht neben ihm. Er kletterte hinab und stand auf dem alten Geleise. Aber nun war's nicht mehr weit zu der Weiche, die er zuerst revidieren mußte. Sie führte vom neuen auf das alte Geleise, auf welchem vor dem Umbau die Züge in enger Kurve gelaufen waren. Jetzt hatte man darauf, einige hundert Schritt weiterhin, einen Steinbruch angelegt, woraus Baumaterial abgefahren wurde. Deswegen war das Geleise bis dorthin erhalten worden.

Als der Wärter sich der Weiche näherte, befiel ihn ein neuer Schrecken. Die Laterne war verlöscht. Er erkannte deutlich, daß die Weiche auf das tote Geleise eingestellt war. Ein Mensch machte sich überdem an dem richtigen Geleise zu tun. Der Wärter rief ihn an.

Im selben Augenblick fühlte er sich rückwärts ergriffen, von vorn sprang der Mann vom Geleise herzu, und ehe er wußte, wie ihm geschah, war der erschöpfte Wärter überwältigt, gebunden, am Schreien durch einen Knebel gehindert. Es war offenbar alles sorgfältig vorbereitet. Die beiden Männer schleppten den Gebundenen ein Stück seitwärts in den Wald nach dem neuen Geleise zu und ließen ihn dort liegen, indem sie ihm höhnisch gute Nacht wünschten.

In ohnmächtiger Wut riß er an seinen Banden. Vergebens! Furchtbare Bilder jagten durch seine Seele. Höchstens noch eine Stunde, dann mußte der nächtliche Eilzug kommen. Er mußte auf das tote Geleise fahren, in den Steinbruch stürzen! Und mit ihm vielleicht sein Sohn – gewiß! – – Und keine Hilfe?

Er wand sich hin und her, bis ihm die Kraft versagte. Dann wieder lag er still, zermarterte sein Hirn – er betete aus tiefster Seele – nichts rührte sich um ihn.

Weiter und weiter rückte der Mond durch die Zweige – keine Hilfe? – Noch einmal! Sollten die Stricke sich nicht lockern lassen?

Er zerrt seine Hand gewaltsam empor und fühlt einen scharfen Schmerz, die Haut wird geritzt – Ach! Die Nägel! Die Nägel – jetzt erst erinnert er sich wieder daran – wenn es doch wahr sein sollte? – Wenn er einen Nagel fortstoßen könnte!

Er fühlte mit den Fingern – er kann von außen eine Spitze erreichen, sie dringt durch Tuch und Tasche – eine Anstrengung aller Kräfte – er kann den Nagel herausreißen! Ist es denn ein goldner Nagel? Was weiß er – er stößt ihn fort und denkt nur: Wär' ich frei!

Da gleitet sein Arm aus dem Strick, mit dem er an seinen Leib gebunden war, er kann sein Messer erfassen – die Stücke sind durchschnitten, der Knebel entfernt – kaum traut er seinen Sinnen – –

So ist es doch wahr! So hat der Zwerg die Zaubermacht bewährt? –

Frei! Er stürzt nach dem Waldrand. Er kann von hier die Weiche nicht sehen, aber drüben gar nicht weit schimmert das Licht von seinem Häuschen. Vielleicht ist es noch Zeit zu retten, zu warnen! –

Er springt auf den Bahndamm – Zu spät! Dumpfes Rollen in der Ferne – schon blitzen dort hinten die Lichter des Zuges – keine Minute mehr, und das Unglück ist geschehen.

O könnt' er den Zug aufhalten! Wenn ein Wunder geschähe, daß er stehen bliebe – sonst ist keine Rettung!

In dieser Not greift er nach dem zweiten Nagel.

„Gott verzeihe mir!" murmelt er. „Zug, stehe still!"

Und horch – das Rollen hört auf, der Zug verlangsamt sichtbar seine Bewegung – zwar die Maschine schnaubt noch und arbeitet mit gleicher Kraft, ja noch heftiger, noch rascher stößt sie die Dampfwolken hervor – das Triebrad dreht sich wie rasend, aber die andern Räder stehen still, der Zug kommt nicht näher, er kann die schwache Steigung nicht überwinden, als hinge eine Riesenlast an ihm – nur ganz langsam, lautlos, gespenstisch, kaum merklich gleitet er vorwärts, während der Wärter atemlos ihm entgegenstürzt –

Jetzt ist er an der Weiche – Wunder über Wunder! Die Weiche steht richtig. Zwar die Laterne brennt noch immer nicht, aber der Wärter überzeugt sich im hellen Mondlicht, die Weiche steht richtig – auf den Schienen kein Hindernis – alles in Ordnung –

Da, im Taumel des Wunderbaren, denkt er wieder an sich, seines heißesten Wunsches, an seinen Sohn, an das Versprechen, das er seiner Frau gegeben –

Wenn das Glück kommen soll, so ist jetzt die Zeit – er greift nach dem dritten Nagel, wirft ihn fort und ruft:

„Komm zurück, unser Sohn!"

Und siehe da, der Zug nähert sich wieder, wieder beginnen die Räder zu rollen, die Schienen donnern unter ihnen, in gewohnter Weise braust der Zug heran, ungefährdet in den richtigen Weg lenkt die Maschine –

Der Wärter ist zurückgesprungen und starrt in die Fenster, und im letzten Wagen, im hell erleuchteten Abteil am offenen Fenster steht – sein Sohn!

„Otto! Otto!"

War er's denn wirklich? Ja, ja, es war keine Täuschung, er hat ihn deutlich erkannt. Noch starrt er dem Zuge nach, dessen Laternen schon entschwunden sind – dann stürzt er vorwärts seinem Hause zu – was wollte er eigentlich, ja richtig, die Laterne muß angezündet werden – und – und die Mutter muß es wissen – ob sie ihn auch gesehen hat?

Auf dem schmalen Rand am Geleise rennt er auf seine Wohnung zu – da – da ruft's ihm plötzlich entgegen:

„Halt! Vorsicht! Langsam!"

Er blickt auf.

Aus dem Graben am Bahndamm hat sich eine graue Gestalt aufgerichtet – der Zwerg! Der Zwerg!

Dem Wärter schwindelt es. Er will stehen bleiben, da tritt sein Fuß auf eine weiche, glitschige Masse – er gleitet aus und stürzt zusammen.

Die Gestalt im Graben richtet sich auf.

„Nur Ruhe, Ruhe, Mann! Ich bin nicht der Ritter von Schrobeck – der ist ja erlöst!“

Die Gestalt ist herangetreten und hilft dem Wärter auf die Füße. „Sie haben sich doch nichts getan? Nein? Na, ’s ist mir auch so gegangen, bin auch ausgeglitscht und in den Graben gerutscht – war nur eben dabei, mir die Kleider etwas abzuputzen –“

Der Wärter erholte sich.

„Um Gottes willen, wie haben Sie mich erschreckt! Wie konnt’ ich wissen, daß Sie hier sind, Herr Baumeister!“

„Na, ich bin nicht weniger erschrocken – aber ich bin schuld daran – warum mußt’ ich auf den dummen Spaß verfallen – na, seien Sie mir nicht böse, ich habe keine schlechte Angst ausgestanden, als ich Sie nicht auf der Strecke fand – und die Weiche verstellt – der Teufel möge die Schufte holen!“

„Wie? Da haben Sie die Weiche wieder in Ordnung gebracht?“

„Mit knapper Not. Wenn diese Nonnen hier – Aber nun lassen Sie uns erst einmal vorsichtig weiter am Damm entlang gehen, daß Sie Ruhe in Ihrer Bude bekommen. Wissen Sie denn, weshalb Sie hier gefallen sind? Weshalb ich Sie anrief?“

„Ich seh’ es jetzt. Die verflixten Raupen sind’s – ich hab’ schon gestern einen Zug im Walde gesehen.“

„Ja, die Raupen von Liparis monacha, der Nonne, dem Fichtenspinner, die uns den Wald abfressen. Sie wandern jetzt, zu vielen Millionen in einem Zuge. Und heute Nacht sind sie auf die Idee gekommen, hier auf dem Bahndamm entlang zu spazieren.“

„’s ist gräßlich, man kann kaum treten.“

„Na, das ist nur eine kleine Seitenpartie, wir sind schon darüber fort. Der Hauptzug kriecht weiter unten, hinter Ihrer Bude, übers Geleise, und wir können Gott danken, daß er’s tut; hätte er nicht den Zug aufgehalten – wer weiß, ob ich die Weiche rechtzeitig herumgebracht hätte, dann sie war richtig verteilt. Aber diese Viecher haben ja das Geleise wie mit Öl geschmiert, da kann die stärkste Maschine nicht bergauf fahren.“

„Was? Wie?“ fragt der Wärter stammelnd. „Die Raupen haben – – aber die Nägel – – Da sind Sie wohl gar selbst – Herr Baumeister – oben auf der Ruine –“

„Ja, ja, leider. Na, hören Sie mal zu. Es versteht sich, wenn Sie Schaden gehabt haben, ich komm' für alles auf. Na, bestraft bin ich genug durch die Angst. – Also, ich komm' gegen Abend droben beim Förster an. Die herrliche Mondnacht lockt mich, noch zur Ruine hinauf zu steigen. Ich sitze wohl eine Stunde da. Prächtig! Da höre ich unten jemand den Berg herauf kraxeln. Ich denke, was sucht einer jetzt hier? Da fällt mir die Geschichte vom grauen Zwerg ein – sollte etwa? Ich rechnete nach, am 18. Mai war Pfingsten – richtig, heut' ist der achte Sonntag nach Trinitatis und Vollmond dazu – aha, denke ich, das siehst du dir mal an.

Ich krieche hinter die Türöffnung und schlag' meine Kapuze in die Höhe – und nun geht die Beschwörung los. Auf einmal zwackt mich der Übermut, ich denke, hast du nicht irgend was da, was als Nagel gelten kann? Ich such' in der Tasche und richtig, da find' ich noch ein paar Messingstifte. Na, und so weiter.

Nun der Schreck, als ich Sie erkannte, wie Sie den Berg 'runterrannten. Ich fürchte, der Mann verliert den Kopf und verpaßt den Dienst, und ich denke an die Strecke. Also ich nach. Aber ich kann Sie nicht finden. Ich gucke in Ihre Bude, Sie sind nicht da. Nun fällt mir die Weiche ein. Ich laufe die Strecke entlang. Da seh' ich, die Laterne brennt nicht. Sie hatte vorher gebrannt, ich hab's deutlich von oben gesehen. Ich mache mich also daran – und, Gott sei Dank, ich wurde noch fertig. Aber wo haben Sie denn gesteckt – –?"

„Mich hatten sie gebunden, und ich kam frei – durch den Nagel – –

Aber – Herr Baumeister – wenn das so war, mit dem Wunsche, so ein Zufall – daß ich von selbst frei kam, daß der Zug durch die Raupen fuhr, wenn das gar nicht die goldnen Nägel machten, so war's am Ende auch gar nicht der Otto –"

Der Wärter starrte leichenblaß auf den Baumeister, der ihn fragend ansah.

„So ist der Otto gar nicht zurückgekommen?" schrie der Wärter und blieb stehen.

„Der Otto, der Otto!" rief eine Stimme. „Wo bleibst de denn, Paul?"

Die Frau des Wärters kam von der Bude hergehinkt.

„Ich hab's schon gemerkt, du warst oben. Der Otto war im Zuge – ich hab' ihn deutlich erkannt – er fuhr ganz langsam vorbei – er hat mich gesehn – es war der Otto! der Otto!"

Der Schirm

Es war eine Berghalde. Viel Wurzelstöcke dorrten darauf, und roter Fingerhut wuchs über Steingeröll, und die Sonne brannte um Mittag. Am Waldrand grünte die Buche mit breiten Ästen; nur wenige Strahlen drangen hindurch, die fielen auf den ausgespannten Schirm, der am Boden stand.

Auf dem untersten Ast lag die goldäugige Elfe, angeschmiegt mit weißen Armen, und ärgerte sich. Denn sie konnte nicht sehen, was unter dem Schirm war; es mußte aber jemand darunter sein, weil sie ein paar Stiefel erblickte, die hinter dem Schrim hervorragten, und Stiefel laufen nicht allein im Walde herum. Als nun alles ganz still blieb, da meinte sie, er schliefe. Und sie beugte sich weit herab und hob leise den Rand des Schirmes und schaute dahinter. Er schlief aber nicht, sondern sah gerade über sich mit großen Augen in seinen eigenen, weiten, blitzblauen Welthimmel, denn den führte er immer bei sich und konnte ihn aufspannen, wo er wollte; das war sein Schirm.

Es wunderte ihn gar nicht, daß er jetzt der Elfe in die Goldaugen blickte. Sie aber war ein wenig überrascht und sagte:

„Ich bitte um Entschuldigung, ich wollte nur sehen, ob es der Schatzgräber sei, der hier schlafe."

„Ich glaube nicht", antwortete er.

„Es ist mich auch lieber so", sagte sie.

„Das ist sehr freundlich, schöne Elfe. Aber darf ich vielleicht fragen, warum du den Schatzgräber suchtest?"

„Ich suchte ihn eigentlich nicht, ich wollte nur sehen, ob er noch immer so dumm ist. Aber willst du den Schirm nicht fortnehmen?"

„Vorläufig noch nicht. Ich bin nämlich etwas empfindlich gegen goldne Augen, und wenn du erlaubst, lasse ich den Schirm noch gespannt, bis ich weiß, was es mit dem Schatzgräber auf sich hat."

Die Elfe lachte und setzte sich auf den Ast.

„Das ist sehr einfach", sprach sie, „du wirst gleich sehen, daß dir die Goldaugen nicht auf den Kopf fallen werden. Und wenn sie einer haben will, so mach' ich's wie mit dem Schatzgräber."

„Und das wäre?"

„Ich will es doch lieber nicht sagen."

„Das kannst du halten wie du willst, schöne Elfe, denn ich glaube dir doch kein Wort."

„Warum nicht?"

„Weil ich nicht so dumm bin."

„So nimm den Schirm fort."

„Erst sprich!"

„Ehe er Schatzgräber wurde", sagte die Elfe, „lag er hier unter dem Baum und bat mich herabzukommen, ich hatte aber keine Lust. Nun wollte er wissen, was er tun müsse, damit ich ihm folge. Da sagte ich: Jeden Abend, ehe ich schlafen gehe, lege ich meine Augen in den großen eisernen Kasten, der auf der Halde tief unter dem roten Fingerhut vergraben ist. Wenn er sie herausgrübe, bis die Sonne aufgeht, so würde er meine Augen haben, und dann müßte ich die Seine werden. Da kam er nun und grub und hackte die ganze Nacht, und mit unsäglicher Mühe hob er die Kiste herauf im Dämmerlicht und brach sie auf. Und als er sie aufgebrochen hatte, war sie – leer. Er wurde sehr bös und lief unter die Buche und schalt mich. Ich sagte aber, er müsse Geduld haben, er solle nur die Kiste am Tage wieder eingraben, dann werde es schon gelingen. Nun gräbt er im Sonnenbrand die leere Kiste wieder ein, und in der Nacht gräbt er sie wieder aus, und immer ist sie leer. Und das treibt er unermüdlich. Ist es nicht rührend, wie treu er mir dient?"

„Warum ist sie leer?" fragte der mit dem Schirme.

„Warum? Nun, weil ich die Augen gar nicht hineintue."

„Ei, dann bist du ja aber eine ganz tückische Lügnerin."

„O pfui", sagte die Elfe, „wie kannst du so reden? Ich kann sie ja nicht hineintun, das müßte sich der Schatzgräber doch selbst denken. Ich habe ja gar keine goldnen Augen."

Da nahm der Mann unter dem Baume den Schirm fort und blickte in die Höhe, und die Goldaugen der Elfe blitzen ihm entgegen, und ihre Arme streckten sich aus, und er wollte aufspringen. Aber zum Glück stieß er an den Schirm, und der Schirm schob sich wieder dazwischen. Da warf er sich gemächlich hin und sagte:

„Nun kenn' ich dich, schöne Elfe, und wenn du mich wieder ansehen willst, so mußt du unter meinen Schirm kommen."

„Ich werde mich hüten", rief die Elfe schmollend. „Warum willst du den dummen Schirm nicht fortnehmen? Die Sonne scheint ja gar nicht mehr."

„Er ist auch gut gegen den Regen. Es ist ein Schirm für alle Fälle, und es ist ein großer, weiter, herrlicher Himmel darunter. Wenn du herabkommst, so darfst du ihn sehen."

„Aber es regnet gar nicht. Sag' mir bloß, warum du den Schirm brauchst?"

„So lange ich den Schirm habe, hab' ich die Welt für mich, und alles gehört mir, und niemand kann mich stören. Aber wenn ich ihn nicht hätte – Doch höre, ich will dir eine Geschichte erzählen.

Es war einmal ein Mann, der hatte seinen Schirm stehen lassen. Und als er nun ausging, um nachzusehen, ob die Welt bald fertig wäre, da nahm er in der Zerstreutheit sein Herz in die Hand. Das schadete ihm nichts und tat ihm wohl, so lange die Sonne schien.

Es kam aber eine Wolke und dann noch eine, und da sie nichts Besseres zu tun wußten, so regneten sie eine Weile und gaben auch noch ein Stündchen zu. Da hielt der Mann sein Herz über den Kopf, und das Herz wurde weich, pflaumenweich."

„Der Mann scheint mir noch dümmer als der Schatzgräber", sagte die Elfe.

„Das war er, doch höre nur weiter. –

Im Bache spielten die Goldfische, und als der Mann am Ufer hinwandelte, tat es ihm leid, daß die armen Goldfische so naß werden sollten vom Regen. Darum hielt er sein Herz über sie, damit ihnen nicht die Farbe abginge; denn er wußte nicht, ob sie echt sei.

So wurde das Herz noch weicher, windelweich, und man konnte es auswinden.

Das tat denn auch der Mann, und als der Regen aufgehört hatte, wollte er's zum Trocknen aufhängen. Schwierig war das nicht, weil das Herz ein Loch hatte; ohne dieses wäre es gar nicht so durchregnet. Dafür blieb es aber auch leicht hängen. Er mußte nur etwas haben, woran er sein Herz hängen konnte.

Während er so am Bache suchend hinschritt, sah er zwei Bäume stehen, die grünten und blühten, daß es eine Pracht war; das heißt, der eine grünte mehr und der andre blühte mehr, aber eine Pracht war es nun einmal, das meinte der Mann auch.

Und der eine Baum, an welchem die vielen grünen Blütter waren, winkte mit seinen Zweigen, er möge sein Herz daran hängen, damit es wieder fest und fröhlich werde. Dabei wuchsen die Zweige immer höher und ordneten sich oben zu schönen Kränzen. Goldne Schleifen flatterten daran, und die Sonne glänzte darauf mit ihren Strahlen, als wenn tausend selbstleuchtende Sterne auf dem Baume Verstecken spielten. In ihrem gegenseitigen Schimmer schienen sie heller und herrlicher, und lockender neigten sich die Kränze.

Die Vögel flogen herbei und sangen, daß dies der gepriesenste Baum der Welt sei; denn er stehe frei und groß im ewigen Äther, und keine Krone dauerte so lange wie seine Kränze. Und eine alte Eule schlug ein Rad mit den Augen und meinte, er sei allerdings ein großartiger Baum; selbst der Mond habe gesagt, daß nichts darüber ginge als die Purzelbäume, welche die Kometen um die Sonne schlagen.

Da hing der Mann sein Herz an den Baum.

Die Zweige bewegten sich und hoben es allmählich höher zwischen die Kränze und die goldenen Schleifen.

Klar funkelte das Herz in den Sonnenstrahlen, aber fest wollte es nicht werden. Wenn es an einen Kranz gekommen war und sich hineingesetzt hatte, da räusperte sich die Eule und sagte, von der Rückseite würde es sich noch schöner machen. Und wenn nun das Herz sich umdrehte, so schwankte der Kranz und es fiel wieder herab auf einen tieferen Zweig.

Das ging so eine Weile und das Herz begann schließlich zu trocknen.

Auf dem andern Baume aber, welcher eigentlich ein Strauch war, blühten rote, weiße und gelbe Rosen; sie blickten schmachtend und glühend mit süßen Frauenaugen hinauf in den Baum des Glanzes, und ihre Düfte zogen durch seine Zweige wie Frühlingsodem. Und eine junge Teerose enthüllte ihre feinen blaßgelben Blätter und sah tief hinein in das Herz des Mannes, gerade wo es die Lücke hatte. Da mußte auch das Herz hinabblicken in den Kelch der Rose, als es eben wieder eine Stufe emporsteigen sollte. Und weil es nicht aufpaßte, so verfehlte es den Zweig und fiel in den Bach.

Da war es nun gründlich naß geworden.

Der Mann zog die Stiefel aus, watete in den Bach und fischte sein Herz auf. Und nun hing er sein Herz an den Rosenstrauch.

Er hing es an die Teerose; aber ihre Blätter fielen ab, und die Rose welkte unter der Last.

Das Herz glitt vom kahlen Stengel in den offenen Kelch einer dunkelroten Blüte, und das rote Herz und die rote Rose glühten zusammen im Sonnenschein.

‚Halte mich', sprach das Herz, ‚daß ich mich wärmen kann im Glutstrom, der aus deinem purpurnen Kelche widerstrahlt.'

Die Rose freute sich des Schmuckes und freute sich des goldenen Schimmers, der vom Baume des Glanzes herüberleuchtete auf das pochende Herz. Und sie meinte, daß ihr das Herz gut stehe; und um noch besser zu sehen, wie schön sie sei mit diesem neuen Schmucke, beugte sie tief sich hinab zum Wasser des Bachs, um sich und ihr Glück zu bespiegeln.

‚Es paßt zu mir in der Farbe', sagte die Rose, ‚und so etwas hat doch keine von den andern.' Und damit bückte sie sich so tief auf den Spiegel, daß das Herz wieder durch und durch naß wurde.

‚Halte mich', rief das Herz, ‚denn das Wasser kann ich nicht vertragen."

Da hob sich die Rose in die Höhe und jubelte, daß das Herz noch fest hing. Wieder erglühte es in goldenem Lichte und klammerte sich an die Rose. Ein süßer Klang ertönte aus dem Herzen, daß die andern meinten, eine Nachtigall sänge unter ihnen ein frühes Lied, und alle wandten die schönen Blumenaugen nach der beneideten Nachbarin.

Die Rose aber dachte: Es ist doch etwas Prächtiges, ein Menschenherz zu besitzen, und besonders, weil Rot mich so gut kleidet. Es ist ja ein Unsinn, daß ihm das Wasser schaden soll; so ein Herz bildet sich immer etwas ein. Aber ich bin doch eben dazu da, daß Rot mir gut steht, und wenn nun einmal das Herz an mir hängt, warum soll mich nicht freuen, wie ich ansehe? Hab' ich ihm den Platz angeboten? Hab' ich Pflichten? Hab' ich Rücksichten zu nehmen? Es fällt mir gar nicht ein, mich tyrannisieren zu lassen ! Wozu sind denn die Herzen, wenn nicht für die Rosen? Ich will mich noch eimal im Bache spiegeln.

Die Rose neigte sich wieder hinab zum Wasser, tiefer und tiefer, und deutlich zeigte ihr der Spiegel das leuchtende Herz, wie es sich angstvoll und bebend an sie klammerte. Denn es konnte nicht anders.

Und immer tiefer beugte sie sich abwärts, bis das Herz ganz in das Wasser tauchte.

Da rissen es die Wellen von der Rose, es trieb dahin im Bache – die Rose schnellte von der Last entledigt in die Höhe, die Tropfen spritzten um sie in bunten Lichtern. Die Sonne ging unter, und die Rose schlief ein und wußte nicht, daß sie die Nachtigall nimmer wieder hören würde.

Der Mann aber tappte im Dunkeln nach seinem Herzen, und als er es glücklich gefunden zwischen einem Krebs und einer Kröte, da wischte er es säuberlich ab, trat auf die Wiese, wo die Elfen im Mondschein zu tanzen begannen, und blickte hinauf zu den Sternen, die höher waren als alle Bäume.

Da nahm er sein Herz und warf es in die Luft.

Und das Herz bekam Flügel und flog empor, höher und höher.

Der Mann aber ging zurück zur Stadt und kaufte sich einen neuen Schirm; er tat ein Gelübde, diesen neuen, festen Schirm nie wieder zu vergessen. Und das wird er auch halten."

Als der Mann unter dem Schirme schwieg, sagte die Elfe langsam: „Und das Herz, wo kam es hin?"

„Man weiß es nicht", antwortete der Mann.

„Um so besser", rief die Elfe und klatschte in die Hände. „Nun bist du mir recht; jetzt passen wir zusammen! Ich komme!"

Und sie sprang vom Baum, schlüpfte unter den Schirm und küßte ihn.

Die entflohene Blume

(1910)

EINE GESCHICHTE VOM MARS

„Was fehlt dir denn, mein Dukchen?“ sagte die kleine Ha. „Willst du mehr Sonne haben, oder soll ich dir ein Wölkchen vorziehen?“

Ha sprach nicht zu einem anderen Kinde oder zu ihrer Puppe, sondern zu einer Pflanze, die mit dunkelroten Blättern und zwei radförmigen Blüten, größer als Has Kopf, in ihrem Zimmer stand. Diese Pflanze hieß Dukchen. Sie wiegte die Stiele ihrer Blätter und Blüten anmutig hin und her und ließ dabei fangartige Töne vernehmen. Und nun verstand Ha, was die Blume ausdrücken wollte.

Dukchen und das kleine Mädchen wohnten nämlich nicht auf der Erde, sondern auf dem Planeten Mars. Dort sind die Bewohner, die Martier, ebenso wie die Pflanzen schon viel weiter vorgeschritten als hier auf der Erde. Die Martier wissen längst, daß die Pflanzen auch beseelte und fühlende Geschöpfe sind, und haben gelernt, ihre Bewegungen und Töne zu verstehen, durch die dort die Pflanzen sprechen vermögen.

„Ich bin traurig“, sang die Pflanze; „ich weiß, daß du es gut mit mir meinst, aber ich war doch eine freie Bergpflanze und bin nun hier gefangen. Ihr habt mich hinweggenommen aus der Blumenschlucht, wo ich mit meinen Verwandten wohnte. Und nun ist meine Blütenzeit wieder da; meine Blüten wollen sich ablösen und ins Freie fliegen, um sich dort ins Erdreich zu setzen und neu zu wurzeln.“

„Aber Dukchen, ich habe mich doch so sehr gefreut, daß ich dich endlich bekam! Nein, ich kann deine Blüten nicht herauslassen. Aber ich will dir frische Erde hersetzen, daß sie wurzeln können.“

„Nein, Ha, das würde mir nichts nützen. Sie müssen ins Freie, und wenn du mich nicht hinaus läßt, so müssen sie ohne deine Erlaubnis fortfliegen.“

„Das duld' ich nicht, Dukchen. Fenster und Türen sind geschlossen. Aber ich will dir gleich frischen Boden verschaffen. Sei nur brav!"

Ha lief hinaus. Nach längerer Zeit kehrte sie zurück, gefolgt von ihrem um drei Jahre älteren Bruder Hei, der eine große Kiste mit Erde herbeischleppte. Während es noch beschäftigt war, diese durch die Tür zu schaffen, vernahm er plötzlich, daß Ha einen Schrei ausstieß, und über ihn hinweg flatterte es wie zwei große, gelb und grün leuchtende Vögel. Es waren die Blüten von Dukchen, die sich inzwischen abgelöst hatten. Sie flogen mit dem abgelösten Ende des Kelches voran, die Luft zerteilend, und wirbelten aus sich selbst, so daß ihre steifen, schräg gestellten Blütenblätter wie eine Schraube wirkten und ihre langen Staubfäden hinterher zogen und als Steuer dienten. Das ging um so besser, als auf dem Mars die Schwerkraft nur ein Drittel so groß ist wie auf der Erde.

Ha begann zu weinen, aber der Bruder hatte schon den Kasten hingestellt und rief: „Komm schnell, Ha, wir fangen sie wieder ein. Mein Kletter-Auto, mit dem ich eben aus der Schule kam, steht noch fix und fertig draußen. Komm wie du bist, es ist alles drin, was wir brauchen."

Eilends stürmten die Kinder in das Fahrzeug. Hei lenkte, Ha saß neben ihm. Das Haus lag, wie alle Privathäuser der Martier, fern von den großen Geschäftsstraßen im Freien zwischen Parkanlagen. Die Blüten waren freilich nicht mehr zu sehen. Aber Hei tröstete die Schwester: „Ich weiß, woher die Pflanze stammt, dahin fliegen die Blüten unbedingt, in das Bergloch auf der Wüste Burr."

Hei vermied die großen Industriebezirke des Mars und lenkte das Auto nach der Grenze der bewohnten Niederung, wo sich steil die kahlen Felsen erhoben, die zur Hochebene der Wüste Burr hinaufführten.

Es war ein merkwürdiges Ding, das Kletter-Auto. Räder hatte es nicht; am ehesten hätte man es mit einem riesigen Insekt vergleichen können, das die stattliche Länge von drei Metern besaß. Denn es lief auf drei Paar Beinen und galoppierte darauf über die Ebene viel schneller als ein Rennpferd. Es brauchte dazu keine gebahnten Wege. Auch jetzt, als es den felsigen Abhang des Gebirges hinaufklomm, kletterte es mit seinen sechs Beinen schnell und sicher in die Höhe. Zuletzt aber kam eine fast senkrechte Felsmauer, die ein Alpinist nur mit großer Mühe und mit Hilfe des Seils bewältigt hätte.

Aber auf einen Handgriff Heis richtete sich das Auto auf den Hinterbeinen empor, während der schaukelartig herabhängende Sitz sich von selbst einstellte. Die langen Vorderbeine vorstreckend, schritt es auf die Wand zu, wo es sich mit den Fußenden festsaugte, in die Höhe zog und dann mit den übrigen Beinen sich ebenso festhielt und aufwärts schob. So kletterte es wie eine Wespe an der Wand empor. Nun war die Hochebene erreicht, und es ging wieder im Galopp vorwärts, bis Hei vorsichtig vor einer tiefen, trichterförmigen Einsenkung halt machte. Steil senkte sich hier der Boden, in bunten Farben leuchteten die Wände der Senkung. Die Reisenden befanden sich vor einer der Pflanzenoasen der Wüste Burr, in denen sich das ganze Jahr hindurch Feuchtigkeit sammelte und hielt.

„Hier unten wohnen die Dukchen", sagte Hei. „Die Blüten haben wir natürlich überholt, ohne sie zu sehen, da sie sehr hoch geflogen sind. Aber ehe wir hinunterkommen, werden sie schon anlangen und sich festsetzen, denn sehr lange halten sie es in der Luft nicht aus. Wir können auch nur ein kleines Stück mit dem Auto hinab, dann fängt das dichte Gebüsch an, und wir müssen zu Fuß klettern. Ich kenne den Platz, wir waren voriges Jahr mit unserem Naturlehrer hier."

„Ach", rief Ha, „als du die eßbaren Steine mitbrachtest? Die will ich auch suchen, die schmeckten zu gut!"

„Wir wollen sehen." –

Am Gebüsch angelangt, verließen die Kinder den Wagen und kletterten zwischen Sträuchern und Steinen abwärts. An einer Stelle zeigte sich eine Felsenspalte. „Hier geht's hinein", sagte Hei lächelnd.

„Zu den Dukchen?" fragte Ha. „Nein, zu –" Hei machte eine Pantomime, als stecke er etwas in den Mund.

„Eßsteine! Ach, bitte, bitte!"

Die Spalte erweiterte sich zu einer geräumigen Höhle, die von oben her Licht erhielt. Hei suchte an den Seitenwänden, dann brach er eine Platte des mürben, schieferartigen Gesteins ab. „Da", sagte er, „du mußt es in kleine Stücke zerbrechen."

Ha griff eifrig zu. „O, fein, fein! Herrlich schmeckt das. Woher kommt der Stein?"

„Vor vielen Millionen Jahren wuchsen hier große Wälder mit vielen, vielen Blüten; dort legten zahllose Bienen große Vorratskammern von süßem Saft an. Später wurden die verschüttet, es kamen die trocknen Wüstenzeiten, der Saft wurde fest, und er hielt sich – er ist sozusagen versteinerter Honig."

Die Geschwister erquickten sich an den Steinen und sammelten eine reichliche Menge. Denn kehrten sie in die Senkung zurück und stiegen weiter hinab.

Hei hatte eben eine rot leuchtende Stelle vor ihnen, die Blumenschlucht, als den Standplatz der Dukchenpflanzen bezeichnet, da rief Ha, sich umblickend, plötzlich: „Sieh, was von dort oben herabfliegt, sind das nicht –?"

„Gewiß, das sind unsere Blüten. Warten wir, bis sie vorüber sind."

„Aber da unten, was ist denn dieses Graue, das da hervorkriecht?" Hei starrte hin. Vom Grunde des Trichters her schob sich eine graue Masse und zog sich um die ganze Einsenkung wie ein schlangenförmiger Wulst herum. Von dort wälzte sie sich höher und höher. „Um Gotteswillen!" stöhnte Hei. Er ergriff Has Hand und zog sie nach sich. „Nach oben, so schnell uns die Füße tragen!"

„Was ist, was ist?"

„Der Tiefenwurm! Es kann nichts anderes sein. Wenn er uns einholt, sind wir verloren! Wir müssen das Auto erreichen!"

Es gab keine Zeit zu Erklärungen. Beide rannten, so schnell sie konnten, den Abhang hinauf. Aber schneller noch war der Tiefenwurm. Zu gewissen Zeiten quellen vom Grunde des Bergkessels her Nebel empor, mit Gasen vermischt, die der Mensch nicht einatmen kann, ohne zu ersticken. Da sie ähnlich einer riesigen Schlange am Abhange hinkriechen, nannte man sie den Tiefenwurm. Hei hatte zwar davon gehört, glaubte aber, daß sie nur am frühen Morgen aufstiegen.

Näher rückte die Masse. „Ich kann nicht mehr!" rief Ha. Sie stürzte. Hei versuchte sie auf den Arm zu nehmen. „Nur noch ein paar Meter, dann sind wir am Auto!" Er warf einen Blick rückwärts. Da wehte es heran, eisig – jetzt war es da – zwei Schritte noch, da brach er mit der Schwester zusammen. – – Der Tiefenwurm kroch über die Kinder hinweg.

Wenige Minuten später war die Stelle wieder frei. Der Nebel erreichte den Rand der Einsenkung und verlor sich unschädlich in der Wüste.

Die Kinder lagen bewußtlos, nahe an ihrem Kletter-Auto. Aber seltsam – ihre Gesichter waren völlig bedeckt, jedes von einer großen, dichten, gelb- und grünschimmernden Haube. Jetzt bewegten sich diese Hauben, sie lösten sich ab, die Kinder begannen wieder zu atmen – jetzt schlugen sie die Augen auf – sie waren gerettet. Die fliegenden Dukchenblüten hatten die Kinder bemerkt und die Gefahr, in der sie schwebten. Den Pflanzen schadet der Tiefenwurm nichts, im Gegenteil, sie gedeihen gerade in diesen Gasen. Da hatten sich die Blüten im rechten Augenblick auf die Kinder gestürzt und ihr Gesicht bedeckt und geschützt, so daß sie nur den heilsamen Duft der Blüten atmeten.

„O, ihr lieben Blüten, du liebes, liebes Dukchen!“ sagte Ha, als sie zur Besinnung kam. „Ihr habt uns gerettet, und wir wollten euch fangen! Nein, nie wieder wollen wir einer Pflanze die Freiheit rauben! Das verspreche ich euch“, sagte Hei. „Habt Dank, habt Dank!“ – –

Das Auto galoppierte mit den Kindern davon; noch einmal winkten sie oben vom Rande der Schlucht.

Die Blüten aber flogen hinab und siedelten sich fröhlich in ihrer Heimat an.

Gegen das Weltgesetz

Erzählung aus dem Jahre 3877

I EINE ERZIEHUNGSANSTALT IM JAHRE 3877

„Von der Rindenschicht im Gehirn Ihres Sohnes steht Ihnen gesetzlich die Bestimmung über ein Drittel zu; in bezug auf dieses können Sie eine Gewöhnung der Zellen zu speziellen Vorgängen der Spannung, Leitung und Bewegung nach Ihren Wünschen vornehmen lassen.

Ein Drittel bleibt, wie Sie wissen, zur späteren eigenen Verfügung Ihres Sohnes behufs Ausbildung seiner Gehirnfunktionen reserviert, während das letzte Drittel nach § 111 des Unterrichtsgesetzes vom 22. Januar 3854 in einer öffentlichen Anstalt für allgemeine Bildung zu präparieren ist.

Wollen Sie mir nun gütigst angeben, für welche Disziplinen Sie die Präparierung des Großhirns wünschen?"

So sprach der Direktor des Pädagogiums und Professor der Geschichte, Herr Strudel-Prudel, zu einem Herrn, welcher seinen hoffnungsvollen Sprößling im Alter von drei Jahren eben als Zögling des Pädagogiums angemeldet hatte.

„Ich würde dann bitten", antwortete der Vater, „ihn für Physik und Chemie zu präparieren und zugleich etwas Talent für Musik hervorzurufen."

Der Direktor notierte das Gewünschte, indem er sagte: „Ihr Sohn ... Wie heißt er?"

„Selen."

„Selen Propion – schön. Ihr Sohn wird demnach zur Klasse C, Abteilung I der naturwissenschaftlichen Sektion unserer Vorbereitungsanstalt gehören. Behandlung und Unterricht daselbst sind unentgeltlich; für die Erzeugung des musikalischen Talents haben Sie jedoch behufs Verfeinerung der Mechanik des Ohres ein monatliches

Honorar von hundert Goldgramm* zu zahlen. Der Unterricht beginnt morgen. So, das wäre das Geschäftliche. Und nun, Herr Propion, wenn es Ihnen Vergnügen macht, zeige ich Ihnen einmal unsere Anstalt."

Typus Propion nahm gern den Vorschlag an. Er war Besitzer einer chemischen Fabrik für Lebensmittel und von früher her mit dem Direktor Strudel-Prudel bekannt, obgleich die Männer im Drange der Geschäfte einander selten sahen. Da Propion von der inneren Organisation einer großen Erziehungsanstalt sehr wenig wußte, war es ihm um so angenehmer, von einem Fachmanne von solchem Rufe, wie Strudel, darüber belehrt zu werden und namentlich die mechanischen Einrichtungen kennenzulernen.

Die Anstalt zerfiel nach Maßgabe des neuen Unterrichtsgesetzes in zwei Teile, eine Vorbereitungsanstalt und eine Lehranstalt oder, wie man sie auch nannte, in die „Hirnschule" und die „Akademie". In der „Hirnschule" wurde überhaupt kein Lehrstoff benützt, diese Abteilung diente nur dazu, das Gehirn der Kinder zur späteren Aufnahme desselben geeignet zu machen. Dies geschah auf rein mechanischem, daß heißt physiologischem Wege.

Wir müssen hier um Entschuldigung bitten, wenn der Ausdruck mitunter den realen Vorgang nicht genau trifft. Die Sprache des 19. Jahrhunderts, in der wir noch reden müssen, ist eben nicht immer fähig, den neugewonnenen Einsichten der Zukunft zu folgen. So gäbe es ein schiefes Bild, wenn man sich vorstellen wollte, das Gehirn nähme etwa den Lehrstoff auf wie das Glas den Wein. Es handelt sich um die Ausbildung einer Art von Schematismus, der gewissen Bewußtseinsvorgängen entspricht; auch der Schwimmer, der Tänzer machen Vorübungen, denen sich dann die entsprechenden Muskelbewegungen leichter anschließen.

Fast schon seit zweitausend Jahren war die Psychophysik, die Lehre von den Gesetzen des Bewußtseins, ein selbständiger Zweig der Psychologie geworden, und das Studium der Gehirnfunktionen hatte zu einer vollständigen Theorie derselben geführt. Die Folgen, welche diese Entdeckungen für das Gebiet der Künste und Wissenschaften hatten, werden später zur Erörterung kommen; hier soll uns zunächst die Anwendung auf die Pädagogik interessieren.

Man kannte jetzt bis ins kleinste hinein die Bewegungs- und

* 1 Goldgramm = 2,79 Mark.

Spannungsvorgänge in den Nerven und den Zellen der grauen Gehirnsubstanz, welche die Vorgänge des Bewußtseins, die Reihe der Vorstellungen und die logische Schlußbildung begleiten; man wußte, welche Zellen bei der Leitung bestimmter Wahrnehmungen und der Bildung bestimmter Gedankenfolgen tätig sind und in welcher Weise sie tätig sind; man konnte daher umgekehrt durch künstliche Reizung, namentlich durch den galvanischen Strom, auch die einzelnen Partien und Provinzen des Gehirns zu Bewegungen veranlassen, welche der Bildung bestimmter Vorstellungen entsprechen, und schließlich – worauf es ankam – sie so gewöhnen, daß gewisse Arten des Denkens mit besonderer Leichtigkeit vollzogen werden konnten. Denn wenn es auch ohne Vorstellungsinhalt keine allgemeinen Formen des reinen Denkens gibt (es sei denn in unserer Abstraktion), so gibt es doch einen Schematismus und mit ihm einen dauernden Apparat und Mechanismus des Denkens, welcher in dem Wechsel des Vorstellungsinhalts in seinem Wesen beharrt; daher läßt dieser Denkapparat eine Veränderung und Ausbildung in dem einen oder anderen Sinne zu und macht so gewissermaßen den formalen Charakter des Denkens aus. Diesen Mechanismus des Denkens zu bilden war die Aufgabe, welche die Vorbereitungsanstalt oder „Hirnschule“ auf physikalischem Wege löste.

Strudel und Propion traten in die Säle der Hirnschule. Laboratorien wäre ein richtiger Ausdruck. Die ganze Behandlung der Kinder bestand darin, daß dieselben anfänglich zwei, später drei Stunden täglich in eigentümlich konstruierten Apparaten der Einwirkung galvanischer Ströme, welche nach den ausbildungsbedürftigen Gehirnpartien führten, ausgesetzt wurden und daß auch im übrigen mit den feinen und ausgedehnten Mitteln, welche die Chemie des Gehirns im vierten Jahrtausend entdeckt hatte, das Wachstum und die Bewegung der Zellen in der Rindenschicht überwacht und gehütet wurde. War man in früheren Jahrtausenden zu der Einsicht gekommen, daß die Muskeln und Sehnen des Körpers besonderer Übung und Pflege bedürften, wenn im kräftigen Menschen ein heiteres Gemüt sich wohl befinden sollte, so sah man jetzt ein, um wieviel wichtiger noch es sei, den Sitz der Vernunft in seiner Ausbildung sorgsam zu hüten und zu pflegen, um später dadurch eine kräftige Gedankenentwicklung zu erzielen. Dadurch wurden denn überraschende Resultate erreicht.

„Sie sehen hier“, sagte der Direktor zu Propion, „in welcher

Weise wir das *Turnen des Gehirns* betreiben. Da sind unsere Geräte. Im Schlafe, ohne Anstrengung des Kindes, die früher soviel Siechtum verursachte, geben wir hier die Grundlagen der formalen Bildung und schaffen Anlagen, welche der Menschheit die reichsten Früchte tragen. Welche Mühe kostete es früher, einen Menschen nur so weit zu bringen, daß er imstande war, selbständig in eine Wissenschaft einzudringen. Vom sechsten bis zum zwanzigsten Jahre mußte man sich bemühen, mit Latein und Griechisch, Geschichte und Mathematik das Gehirn so weit in Übung zu bringen, daß es fähig wurde, eine logische Gedankenentwicklung zu verfolgen und einigermaßen den Gang der Ereignisse zu verstehen, und dabei konnte man dem Dummen doch nicht helfen. Wie einfach ist die Sache jetzt! Hier ein Zug am Großhirnklappen, ein dauernder Strom durch den Fuß des Hirnschenkels, eine kräftigende Behandlung des Linsenkerns – und nach zwei Jahren ist der fünfjährige Mensch bereit, unbehindert seiner Körperentwicklung in die großen Probleme der Wissenschaft und des Daseins eingeführt zu werden. Hier haben Sie Abteilung eins für exakte Wissenschaften. Hier werden in der ersten Sektion Mathematiker, Physiker und Chemiker propädeutisch erzeugt, in der zweiten Biologen, also im besonderen Ethnologen, Zoologen, Botaniker, Ökonomen und so weiter. In der zweiten Abteilung ist die Werkstätte für Logiker, Metaphysiker, Historiker und Archäologen; die dritte ist für Sprachforscher, Redner und Schrifsteller bestimmt. Die vierte bildet die Organe für das praktische Lebensgeschick, Umsicht, Tatkraft. Geschäftsgeist. Daß die Hirnschule der Kunst und der Sitte mit ihrer Propädeutik für das ästhetische und ethische Ideal von dem wissenschaftlichen Institut gertrennt ist, werden Sie passend finden. Jeder Schüler aber muß die untersten Klassen sämtlicher Abteilungen behufs seiner allgemeinen Bildung durchlaufen; dies geschieht im ersten Jahre, im zweiten findet dann die Ausbildung zu seinem speziellen Fache in den oberen Klassen statt. Ist auch diese vollendet, so treten wir in die Akademie ein, in welcher die Vorlesungen der Lehrer jetzt leicht und willig erfaßt, verstanden und behalten werden. Mit dem neunten Jahre ist die Erziehung vollendet – welche Resultate der modernen Pädagogik! Der Geist eines Neunjährigen entspricht heutzutage an Reife und Erfahrung dem eines bejahrten Mannes aus einer früheren Periode. Es gab eine Zeit, wo man sich schaudernd fragte: Bei der ungeheuren Zunahme an Material des Wissens, bei der Häufung des geistigen Inhalts der Zeit – wie soll es dem jungen Menschen, wie dem einzelnen überhaupt möglich sein, auch nur einen ganz allgemeinen Überblick zu bewahren? Und man schuf Methode auf Methode und Lehrbuch auf Lehrbuch, und jeder fragte zuletzt verzweifelt: Wie soll das werden? Aber wie einst in der Astronomie die Erscheinungen den Anhängern des Ptolemäus über den Kopf wuchsen, die vergebens Epizykel auf Epizykel und Rädchen auf Rädchen in der Himmelsmaschine häuften, ohne zustande zu kommen mit der Erklärung, bis Kopernikus mit seinem Machtspruch hervortrat und die Sache umkehrte, die Sonne stillstehen hieß und die Planeten drehte – so erschien auch der Pädagogik ihr Kopernikus in der Stunde der Gefahr! Im Jahre 3781 schrieb Hemisphärion: ‚Die Theorie der Gehirnfunktionen ist seit hundert Jahren entwickelt – wohlan denn! Benützen wir sie! Fort mit den Lehrbüchern, mit den Methoden des Unterrichts, mit den mnemotechnischen Kniffen! Wenn sich der Lehrstoff dem Gehirn nicht bequemen will, gut, so bequeme sich das Gehirn dem Lehrstoffe! Laßt uns Laboratorien erbauen, Physiologen mögen unsere Lehrer werden – präpariert die graue Substanz des Kindergehirns, und ihr braucht nicht die Schriftsteller für sie zu präparieren!‘ Es sind goldene Worte! Bekämpft, verlacht, haben sie doch den Sieg errungen, und wir danken Hemisphärion, dem wahren Erfinder des berühmten ‚Nürnberger Trichters‘, aus vollem Herzen. Doch verzeihen Sie mir, Herr Propion“, unterbrach sich der Direktor, „ich habe Ihre Geduld in Anspruch genommen und dabei selbst meine Zeit fast versäumt. Ich muß zu meinem Geschichtsvortrage nach Prima – ich gebe heut eine Übersicht über das letzte Jahrtausend. Schon sind wir vor der Türe – ich habe die Ehre.“

Man berührte sich mit den Spitzen der kleinen Finger, wie es die Sitte der Zeit verlangte; Propion sprach seinen Dank aus und steckte sich ein „Bildtäfelchen“ ins Auge, während er auch Strudel ein solches anbot, der ebenso verfuhr. Dann trat Strudel in den Hörsaal.

Die Schüler lagen in Hängematten und richteten, ihr Bildtäfelchen in den Augen, den Blick auf die Decke. Das Bildtäfelchen beschäftigte den Gesichtssinn durch ein mildes und erfrischendes Farbenspiel, wodurch eine größere Sammlung des Geistes erreicht wurde. Prudel setzte sich in seinen erhöhten Schaukelstuhl, machte sich ein Glas Kunstwein zurecht und begann seinen Vortrag, indem er sich der üblichen Universalsprache bediente.

II DAS VIERTE JAHRTAUSEND
EIN STÜCKCHEN KULTURGESCHICHTE

Die europäische Zivilisation hatte gegen Ende des dritten Jahrtausends ihren Höhepunkt erreicht. Man flog durch die Luft, man beherrschte die Erde bis ins Innere Asiens und Afrikas, wo große Wüsten urbar gemacht, ganze Landstrecken im Klima verändert worden waren; man hatte die wilden Völkerschaften daselbst unterworfen und zivilisiert oder vernichtet; man hatte durch die Vervollkommung der Technik eine übergewaltige Machtfülle erreicht; aber man hatte auch jeden Genuß aufs subtilste verfeinert und die Erwerbsquellen bis auf das Maximum ihrer Ertragsfähigkeit ausgebeutet.

Noch um die Mitte des dritten Jahrtausends hatte sich der Aufschwung zu so hoher Blüte der Kultur auch in einer idealen Erhebung vom künsten Schwunge kundgetan. Solange die Entwicklung fortschritt, durchdrang das Bewußtsein von der großen Aufgabe der Menschheit und die Überzeugung von der eigenen Befähigung, sie zu erfüllen, alle Schichten der Bevölkerung. Man war stolz, zu leben und Mensch unter Menschen zu sein; Wohlstand herrschte überall, und die schlimmen Gegensätze im Volksleben am Ende des zweiten Jahrtausends waren ausgeglichen. Der von Deutschland im neunzehnten Jahrhundert ausgegangene Aufschwung der Schulbildung hatte das meiste beigetragen; neue Lehrer im Ideal waren dem Volke erstanden, und Kants und Schillers unsterbliche Anschauungen waren tief eingedrungen – nicht ohne Kämpfe, aber das Losungswort hatte gesiegt; Ideen und Opfer! Die Ehrfurcht vor dem Ideal hatte die Roheit gezähmt und den Egoismus gebändigt; das tiefere Verständnis für die Welt hatte die Geistesträgheit der Massen gehoben und die Pleonexie der Reichen beseitigt. Das Urteil der öffentlichen Meinung erhob sich zu einer Macht, welche die Geister regierte und als die Personifikation der Wahrheit und Gerechtigkeit angesehen werden konnte. Es war eine Zeit höchsten Glücks auf Erden um die Mitte des dritten Jahrtausends. Aber je weiter das Jahrtausend seinem Ende zuschritt, um so mehr zeigten sich die Spuren des Verfalls.

Schon reichte der Geist des einzelnen nicht mehr aus, das Gesamtbild der Gegenwart zu überblicken, und man war genötigt, auf die speziellsten und engsten Gebiete der Wissenschaft sich zu beschränken, um nur auf diesen das Seine zu leisten. So mußte es geschehen, daß trotz der großartigen Mittel des geistigen Verkehrs schon im 28. Jahrhundert ein Verständnis in den einzelnen Teilen der Wissenschaft nicht mehr zu erzielen war. Das Material war den Methoden über den Kopf gewachsen. Man suchte nach einem allgemeinen Prinzip, wie nach einem Zauberwort, das die getrennten Teile vereinige. Aber man fand das Rechte nicht und erkannte nur immermehr die eintretende Zersetzung als notwendig. Phantastische Spekulationen tauchten wieder auf und hatten zerstörenden Skeptizismus als notwendige Reaktion zur Folge. Wieder stand man an den Grenzen der Vernunft. So ging zuerst der Mut verloren unter den Vorkämpfern des Geistes, und es war die natürliche Folge, daß unter dem großen Publikum das Interesse am Idealen mehr und mehr schwand. Damit aber brach sich die Überzeugung des Niederganges der Bildung Bahn; die Menschheit, hieß es, ist angekommen auf dem abwärts führenden Zweige ihrer Lebenskurve.

Und nun erhob sich die Partei der Unzufriedenen, die sich sofort bildet, wo die Gelegenheit sich bietet, mit Untergrabung des allgemeinen Gerechtigkeitssinnes eine Schuld für Geschehenes auf Personen zu werfen. Man erkannte nicht das geheime Naturgesetz der augenblicklichen Entwicklung und sank zurück in die Herrschaft des Affekts. Anfeindungen der Bevölkerung unter sich fanden statt, und wenn auch das Niveau der Zivilisation noch ein zu hohes war, als daß es zu blutigen Bürgerkriegen gekommen wäre, so wurde doch die Macht und Stellung einer Partei immer drohender, welche nichts anderes bezweckte als einen vollständigen Umsturz des Bestehenden; welche, den geschichtlichen Zusammenhang verkennend, glaubte, aus dem Urzustande der Natur heraus die Gesellschaft regenerieren zu können – in der Geschichte kein neuer Gedanke, der auch hier wieder nicht begriff, daß „ursprüngliche Natur" nach dem Vorangegangenen gerade Unnatur geworden sei.

Unter solchen Kämpfen der Geister, bei denen auch die im Laufe der Zeit glücklich überwundenen oder vergessenen Rassenunterschiede wieder zum Vorschein kamen, floß das 29. Jahrhundert dahin. Es brachte keinen neuen Beitrag zur Erhöhung des Kulturzustandes, vielmehr sank die allgemeine Erwerbstätigkeit, und die Gefahr trat nahe, daß die übervölkerte Erde bei einer Erschlaffung der Tatkraft ihrer Bewohner nicht mehr zur Ernährung derselben ausreichen würde. Schon erhob sich das alte Malthussche Gespenst in den Gemütern, und der Schrecken der sozialen Frage, der verstummt war im gewaltigen Aufschwunge aller Verhältnisse, drang mit erneuter Kraft in die europäische Gesellschaft. Schon sah man im Geiste sich gegenseitig zerfleischen, um zu entscheiden, wer untergehen müsse, um dem Überlebenden Platz zu machen.

Da trat ein Ereignis ein, das im stillen schon seit Jahrtausenden durch die geheimen Kräfte der Natur vorbereitet, jetzt in seinen Folgen als eine plötzliche Katastrophe in den Gang der Geschichte eingriff. Während der seit Jahrtausenden in langsamem Versinken begriffene Kontinent Australiens und die Inseln des Großen Ozeans mehr und mehr unter den Wellen verschwanden, indes die Korallentierchen ratlos an der Meeresoberfläche bauten, erhob sich im Norden von Europa ebenso langsam ein neuer Kontinent. Schon waren zwischen Norwegen, Spitzbergen und Nowaja Semlja neue Inseln aus dem nördlichen Eismeere aufgetaucht, und die beiden letzten Inseln verband bald ein festländischer Streifen, welcher die Berge von Franz-Josephs-Land mit einschloß und sich bis in die Nähe des Nordpols erstreckte, andererseits bis zum Kap Tscheljuskin sich ausdehnte und den neuen Kontinent mit Sibirien verband. Zugleich änderten sich die Meeresströmungen und mit ihnen in wunderbarer Weise die klimatischen Verhältnisse dieser Länder. Die Verbindungen des Karischen Meeres nach Westen und Norden schlossen sich, und Ob und Jenissei ergossen sich nunmehr in ein Binnenmeer, das sie mit ihren warmen Gewässern erfüllten, während der Golfstrom, durch Vorgänge im Atlantischen Ozean zu außerordentlicher Kraft gesteigert, die Westküste des neuen Kontinents umspülte. Warme Winde wehten im Sommer von den heißen Hochebenen des inneren Asiens her, und im Winter führte der Golfstrom warme Regen zu. Das Eis schmolz, und an den Ufern, die noch vor tausend Jahren mit ewigen Gletschermassen bedeckt waren, sproßten grüne Wiesen und Wälder, und eine reiche Tierwelt belebte dieselben. Ihr war der Mensch gefolgt. Die sibirischen Stämme, mit russischem Blute vermischt und erneuert, bemächtigen sich des neuen Kontinents und hatten sich rasch zu einem kräftigen Jägervolke herangebildet, in welchem man die tranigen Hyperboreer kaum wiedererkannte. So günstig waren die neuen Zustände ihrer Entwicklung, daß ihnen die heimatlichen Fluren trotz der Geschenke des Ozeans bald zu eng zu werden drohten. Man hatte während des dritten Jahrtausends in Europa und Amerika seine Blicke auf die Kultivierung der südlicheren Kontinente so vollständig konzentriert, daß man sich um die polaren Gegenden verhältnismäßig wenig gekümmert. Man konnte die Sahara bewässern, aber nicht die Gletscher von Franz-Josephs-Land schmelzen. So war die überraschende Entwicklung der Hyperboreer bei der Veränderung des Klimas anfänglich ziemlich unbeachtet vor sich gegangen. Denn man hatte wohl in Europa vor der Gefahr gewarnt, die im Norden drohte – doch man hatte darüber gelacht. Die Luftspritzgeschütze, die elektrischen Massenschläge schienen ein unüberwindliches Verteidigungsmittel gegen die „Barbaren" zu sein. Und sie hätten wohl auch für längere Zeit genügt; aber etwas ganz Unerwartetes geschah.

Ein Erdbeben von nie erlebten Dimensionen und von einer unbeschreiblichen Gewalt wütete auf der südlichen Halbkugel im Oktober 2998. Die Kette der Anden spaltete sich, an tausend Stellen brach das feurig-flüssige Erdinnere hervor, der Ozean flutete über ganz Südamerika und Australien und alle Bewohner dieser reichen Erdteile – bis auf wenige Hunderte – kamen um, alle dort angehäuften Schätze der Kultur gingen im Rasen der Elemente verloren. Aber die alte Erdrinde hielt – sie war stark genug geworden. Die Wasser verliefen sich, und die Kontinente blieben – nur Australien hatte einen bedeutenden Teil seines Landes verloren und stellte nur noch eine größere Inselgruppe vor.

Der Schrecken war ungeheuer. Der Verlust an Kapital, Wissen und Bildung betrug ein Drittel von allem auf der Erde Vorhandenen. Aber man faßte sich allmählich, und schon die folgende Generation besiedelte mit neuer Kraft die ihrer Bewohner entblößten Erdteile. Da die Menschen nicht mehr genügend untereinander aufräumten, hatte es die Natur getan und noch einmal die Schrecken der Übervölkerung durch eine plötzliche, freilich nicht minder schreckliche Katastrophe verscheucht. Aber zugleich war auch der Nordkontinent noch mächtiger, schöner und reicher, seine Bewohner mutiger, stärker und unternehmungslustiger geworden.

Im Jahre 3105 brachen die ersten Scharen der Arktiker als eine ungeheuere Völkerwanderung über das geschwächte Euopa herein. Es waren nicht die rohen, verwüstenden Stimmen, wie sie Europa im ersten Jahrtausend wiederholt sah, und sie waren nicht völlig barbarisch, nicht völlig fremd der europäischen Zivilisation, aber doch tief unter ihr stehend. Platz war jetzt vorhanden, und die Einwanderung geschah ohne hervorragend blutige Kämpfe. Die mittelländische

Rasse wich langsam vor der arktischen zurück, aber die Höhe der Kultur wurde in gleichem Maße mit dem Vordringen der unzivilisierten Einwanderer herabgedrückt.

Zwar gingen nicht alle Errungenschaften des Geistes verloren wie einst nach der Blüte der klassischen Zeit. Die wichtigsten Elemente blieben, zumal in den südlicheren Gegenden der Erde, völlig erhalten. Die Luftschiffe verkehrten, die Telegrafen spielten, die Wissenschaften wurden noch gepflegt; aber es vergingen fünf Jahrhunderte, ehe die barbarischen Einwanderer, jetzt eng vermischt mit der mittelländischen Rasse, sich auf eine gleiche Stufe der Kultur geschwungen hatten, wie sie am Ende des dritten Jahrtausends blühte. Diese Unterbrechung war jedoch verbunden mit einer Regenerierung der Kultur, welche ebenso notwendig als erfolgreich eintrat.

Es hatte in den Jahren bis zum 35. Jahrhundert ein Stillstand stattgefunden, in welchem die Kräfte der Menschheit allein dazu gebraucht zu werden schienen, sich wieder heimisch zu machen auf der erschütterten Erde. Jetzt erst kam hier und dort der Gedanke auf, daß doch wohl ein Fortschritt noch möglich sei. Es waren wieder Elemente vorhanden, welche an sich selbst die Erfahrung fortschreitender Entwicklung machten. Die in die Geschichte eingetretene Rasse sah nicht zurück auf Jahrhunderte des Verfalls, sondern rastlosen Fortschritts, und daraus folgte, daß sie selbst die Hoffnung daran knüpfte, dieser Fortschritt der Entwicklung werde andauernd möglich sein. So wuchs der Mut der Menschheit und ihr Vertrauen auf die Zukunft aufs neue; mit frischer Kraft begann sie zu arbeiten und den Ausbau der Zivilisation zu vollenden, wo er am Ende des dritten Jahrtausends stehengeblieben war.

Aber zunächst schien die wieder auftretende Sorge, die Erde sei zum zweiten Male der Übervölkerung nahe, die Arbeit zu lähmen. Schon begann die Armut sich geltend zu machen und ein sozialer Notstand von ungeheurer Ausdehnung brach hervor. Aber die frischen Kräfte, mit denen die Menschheit ans Werk ging, bargen in sich selbst die noch unbekannten Heilmittel der eintretenden Übelstände. Die arktische Rasse, als sie in Berührung mit der Zivilisation trat und diese in sich aufnahm, brachte mit dem erneuten Mute, mit der Idee des möglichen Fortschritts auch ein neues Prinzip in die Kulturgeschichte. Hatte die mittelländische Rasse hauptsächlich nur daran gedacht, durch äußere Mittel die Machtstellung der Menschheit zu verbessern, so brach sich jetzt der Gedanke Bahn, daß die

Organisation des Menschen selbst sich ändern und akkommodieren müsse den Anforderungen, welche durch die veränderte Gestaltung der Bevölkerungsverhältnisse und des Kulturzustandes an sie gestellt würden. Das Gefühl, daß eine solche Umgestaltung des Lebens nötig sei, machte sich allgemein in den Geistern geltend; aber noch wußte man nicht, worin nun der Tat nach diese Umgestaltung bestehen werde – noch war es ein Tappen im Dunkeln, erst ein Suchen nach dem Lichte. Man arbeitete rastlos an Erweiterung der Erkenntnis, namentlich pflegte man die Erforschung des Organischen; hier vor allem erwartete man die Geheimnisse des Lebens zu ergründen. Da kam die Erlösung.

Wie auf die Gärung der Geister zur Zeit der Renaissance im vierzehnten und fünfzehnten Jahrhundert die großen Entdeckungen von Gutenberg und Kolumbus in die Wirklichkeit des Lebens völlig umgestaltend eingriffen, so daß von jener Zeit an eine neue Epoche der Geschichte gerechnet werden mußte, so folgten nach dem noch unerforschten Gesetze der Periodizität, das der Erdentwicklung zugrunde zu liegen scheint, auch jetzt fast zu gleicher Zeit zwei neue Entdeckungen, welche in ihren Folgen bald sämtliche Verhältnisse modifizieren und damit eine neue Zeit und eine ungeahnte Machtentwicklung der Menschheit einleiten sollten. Im Jahre 3614 entdeckte *Molekulander* die künstliche Zusammensetzung des Eiweißes, und im Jahre 3616 erschien das unsterbliche Werk einer Dame, die den merkwürdigen Namen *Schnuck* führte, unter dem Titel „Vollständige Theorie der Gehirnfunktionen". Und damit war die Morgenröte einer neuen Kulturepoche angebrochen, deren Glanz bald strahlend über der Erde aufging.

Mit einem Schlage war das Gespenst der Nahrungssorgen von der Erde verschwunden. Denn unmittelbar aus den Elementen, welche Wasser, Luft und Fels zur Genüge boten, machte man nicht nur künstliches Brot, sondern auch künstliches Fleisch, das heißt eiweißhaltige Substanzen, welche kräftige und wohlschmeckende Nahrung gewährten, und das mit einer Billigkeit, welche die Schrecken des Hungers für immer vertrieb. Die Theorie der Gehirnfunktionen aber ermöglichte jene direkte Einwirkung auf das Gehirn der Menschen, welche für die ideale Gestaltung des Lebens von unberechenbarem Einfluß wurde.

„Ich schließe mit der Erwähnung dieses Ereignisses meine heutige Vorlesung", endete Strudel-Prudel, „bald werden wir sehen, wie zu neuen und neuen Entdeckungen fortschreitend die Menschheit ihre heutige Höhe erreichte. Entdeckung auf Entdeckung folgte; der Psychokinet, das Zerebratin, die Gold-Wasserstoff-Verbindungen, die Benutzung der Zirkular-Weltäther-Ströme, die Integration der Weltformel – in zwei kurze Jahrhunderte drängen sich die Erfolge des Geistes, welche uns mit Staunen und Ehrfurcht erfüllen."

Strudel erhob sich und verließ die Klasse. Bald flogen die Schüler nach allen Seiten auseinander, ihren Wohnungen zu.

Strudel aber, dessen Antlitz noch eben von Begeisterung strahlte, schien jetzt von Ermattung ergriffen zu werden, die seinen Zügen das Gepräge eigentümlicher Traurigkeit verlieh. Er trat in seine Privatwohnung und lehnte seinen Kopf an den Phonograph, ein Instrument, das seine ausgesprochenen Worte sofort niederschrieb.

Wir nehmen das Blatt und lesen – zu unserer Verwunderung in deutscher Sprache, wenn auch in stenografischen Zeichen: „Hinauf, hinauf! Euch zieht es empor, und glanzvoll sei eure Bahn, ihr Kinder der Zeit und des Lichtes! Glück auf die Reise in sonnige Höhen, du wackere Jugend! – Ich aber, ein alter, vergessener Mann, einsam steh' ich in rastloser Zeit, verlassen sind meine Wege, rückwärts gewendet mein Schritt. Und doch, wie kann ich mit Klarheit schauen in verronnene Zeit? Ach, das Ziel meines Lebens war es, zu erforschen das Gesetz der Geschichte; herrlich erhebt sich das Gestirn der Menschheit aufs neue, aber der Stern meines Geschlechtes neigt sich, und bald verschwindet er am Horizonte. Oh, daß keiner heraussteigt aus der Gruft der Jahrtausende, mir Rede zu stehen, mir zu erzählen – wieder die alte Klage! Nein! Fort damit!"

Rasch erhob er sich und nahm eine Dosis Zerebratin. Wieder spiegelte sich der Ausdruck heiterer Ruhe auf seinen Zügen.

„Euch will ich besuchen, ihr ältesten Vorfahren", sagte er.

Und er rüstete sich zum Ausgehen.

III UNTERM MEERESSPIEGEL. DIE GEHIRNORGEL. DER LETZTE BOTANIKER

In den „Gärten des Okeanos" drängte sich eine lebenslustige Menge. Hell strahlten die großen Beleuchtungsapparate – Wassersonnen genannt – in das Gewirr von Tischen, Stühlen, Büfetts und Belustigungsstätten aller Art, die hier, mitten im Atlantischen Ozean, in einer Tiefe von 2300 Metern unter dem Meeresspiegel aufgestellt waren und allabendlich den Erholungsort der erdenstaubmüden Europäer bildeten.

Aus einem der submarinen Personenzüge, welche alle fünf Minuten hier eintrafen, stiegen zwei Herren in elegantem Taucherkostüm. Aber sie wandten sich nicht mit dem Strome der Ausgestiegenen nach rechts, wo die Affichen der Vergnügungslokale unglaubliche Abendunterhaltungen versprachen. Achtlos schritten sie am großen Psychäongebäude vorbei; dort saßen in langen Reihen die „Zuführer" mit wunderlich gestalteten Helmen auf dem Kopfe, von denen zahllose Drähte nach dem Zentrum der großen Gehirnorgel liefen, auf welcher eine der berühmtesten Stimmungskünstlerinnen der Gegenwart, Lyrika, ihre Vorstellung gab.

Um diesen Vorgang im Psychäon begreiflich zu machen, müssen wir in der Geschichte der Ästhetik und der Entwicklung der Künste um ein paar Jahrtausende zurückgreifen.

Schon über viertausend Jahre waren vergangen, seitdem die Entwicklung der Kunst ihren Höhepunkt erreicht hatte, aber noch waren Phidias und seine Schüler unübertroffen. Zwar hatten Malerei und Dichtkunst im zweiten Jahrtausend nach Christus einen vorzüglichen Aufschwung genommen; aber sie waren vermöge des Stoffes, mit welchem sie arbeiteten, zu sehr gebunden an das Reale, als daß sie den wahren Beruf der Kunst, die unumschränkte Herrschaft im Ideal, hätten zur Genüge erfüllen können. Schon seit Reimert-Obertons Dichtungen (man denke an „Die Zerebrer oder Der gezähmte Lichtnebel" u.a.) wurde ein tieferes Verständnis für die Kunstform der Poesie immer seltener, und mehr und mehr wandte man sich der Musik zu als der unmittelbaren und wahren Dolmetscherin der Gefühle.

Die krankhaften Ausschreitungen des neunzehnten Jahrhunderts hatten noch dazu beigetragen, die wahren Grenzen der Musik kennenzulernen. Das eigentliche Entwicklungsgesetz für die Geschichte der Künste wurde ermittelt, und seit Theoros Spürenbergs unsterblichen Untersuchungen „Über die Embryologie des ästhetischen Ideals" wußte man, daß der Fortschritt der Künste abhängig ist von dem Fortschritt, welchen die Ausbildung des „Stimmungssinnes" in der Menschheit macht. Vom Altertum aus, wo das Verständnis für Stimmungen noch ein sehr geringes war, entwickelte sich diese

Neigung, den Stimmungen allein sich zu überlassen, mehr und mehr, je mehr der immer zunehmende Gehalt des Lebens an realem Genusse und parktischer Arbeit einen jeden zwang, ein Gegengewicht im Ideal zu suchen. So mußte die Befriedigung des Gemüts notwendig gefunden werden in der Hingabe an die Stimmung, und damit ist das Ziel der Kunst ausgesprochen. Sie muß die Stimmungen des Menschen in jeder Weise beherrschen, sie aufregen und besänftigen, je nachdem es die Umstände verlangen, kurz, den dunklen Bewußtseinsinhalt der Seele bestimmen, der frei von klaren Erinnerungsbildern und scharfen Sinneseindrücken nur eine ungewisse Summe von Strebungen enthält, die wir eben unsern Gemütszustand nennen.

Die Mittel, deren die Kunst hierzu sich bedient, sind an sich gleichgültig, aber der Zweck der Kunst wird am reinsten und herrlichsten erreicht werden, wenn die Erregung der Gemütsstimmungen eine möglichst unmittelbare ist. Daher steht dem Ziele der Kunst die Musik schon sehr nahe, weil bei ihr die Schwingungen des Schalles unmittelbar auf die Gehörnerven und dadurch auf das Gehirn wirken, ohne der Vermittlung derjenigen Gehirnpartien, deren Arbeit uns als „Denken" zum Bewußtsein kommt, irgendwie zu bedürfen. Noch weiter allerdings war diese unmittelbare Einwirkung durch die Inanspruchnahme des Geruchssinnes getrieben worden, wie sie die Familien der Riechmanns und Ozodes versucht hatten.

Auch war in der Mitte des dritten Jahrtausends die Ododik (Geruchskunst) zu hoher Blüte gelangt. Aber ihrem weiteren Fortschritt stand das Gesetz der Entwicklung der Gattung entgegen. Die kurze Anstrengung einiger Generationen war nicht imstande, die seit den Zeiten des Diluvialmenschen eingetretene Verkümmerung des Geruchssinnes dauernd aufzuhalten. Seitdem Aromasias unglückliches Ende die Vererbung einer der feingebildetsten Nasen unmöglich gemacht hatte, geriet die Ododik bald wieder in Verfall.

Mit dem Eintritt der arktischen Rasse in die Geschichte und dem allgemeinen Stillstand der Kulturentwicklung in der ersten Hälfte des vierten Jahrtausends war auch eine vorübergehende Ruhezeit im Fortschritt der Künste verbunden. Aber zu neuen und unerwarteten Bahnen hob sich der Flug der Gefühle nach der vollständigen Herleitung der Theorie der Gehirnfunktionen.

Natürlich war die Frage nach dem Wesen des Bewußtseins nicht anders gelöst, als man die nach dem Wesen der Materie lösen konnte, das heißt bis zu den Grenzen, welche durch die Natur des menschlichen Erkenntnisvermögens gezogen sind. Aber man wußte doch, daß der dunkle, unergründliche Rest des Daseins nur in zwei klaren Formen einer menschlichen Intelligenz zum Bewußtsein kommen kann, als Empfindung direkt und unmittelbar in unserem Leben, außerdem noch durch unsere Sinne vermittelt als Bewegung in Zeit und Raum. Letztere Auffassungsart läßt eine Bestimmung nach Zahl und Maß und so eine genaue Theorie zu, welche die Veränderung der Erscheinungen auf Bewegungen der Atome zurückführt. Nun konnte man die Bewegung der materiellen Gehirnmolekel berechnen, sie folgten den erforschten Gesetzen der allgemeinen Mechanik. Mit jedem dieser berechenbaren Bewegungsvorgänge aber ist ein bestimmter Empfindungsvorgang verknüpft – vielleicht richtiger identisch –, und es handelte sich nur darum, die Bewegung der physikalischen Atome nach ihrer inneren Seite als Empfindung zu deuten. Aber nachdem einmal der Aberglaube des Materialismus, der in dem Bewußtsein ein Produkt oder eine Funktion der Gehirnmolekel sah, gründlich abgeworfen war, fand sich hier leicht ein Weg. Die Theorie der Gehirnfunktionen löste diese Aufgabe durch den Parallelismus von Bewegung und Empfindung, indem sie empirisch die Veränderungen der letzteren aus denen der ersteren deutete. Wie uns unsere Sinne nur Zeichen und Abbilder für die Dinge, nicht diese selbst, geben, so gab auch die Mechanik der Gehirn- und Ganglien-Atome zwar nicht die Empfindung, diese ihre innere Form, selbst, aber sie gab ein treues Abbild derselben in ihrer eigenen Bewegung gemäß unserer Raum- und Zeitanschauung. Und wenn man nun einmal erst erkannt hatte: *Diese* Form der Bewegung (a) bedeutet *diese* Form der Empfindung (A), *diese* Molekularkonstruktion (b) bedeutet *dieses* bestimmte Gefühl (B) des Subjekts, so konnte man erfahrungsmäßig gleichsam ein Wörterbuch der geheimnisvollen Sprache der Seele zusammenstellen, welches auf der einen Seite die berechnete Bewegung, auf der anderen die erfahrene Empfindung enthielt. So war es möglich, rein subjektive Vorgänge einer objektiven Untersuchung zu unterwerfen und die seelischen Erregungen in mechanischen zu erkennen und zu studieren, wie man die chemischen Vorgänge auf entfernten Welten in den optischen im Spektrum verfolgte.

Der *Psychokinet* oder die *Gehirnorgel* war nun ein Instrument, welches gestattete, unmittelbar, ohne Vermittlung der Sinne, auf das

Bewußtsein durch direkte Reizung der betreffenden Gehirnpartien zu wirken. Man machte sich auf diese Weise unabhängig von den spezifischen Sinnesenergien, vermöge deren der Mensch eben nur fühlen, sehen, schmecken, riechen oder hören konnte. Man vermochte gesetzmäßig geordnete Reihen von Gedanken oder Empfindungen unmittelbar im Zentrum des Bewußtseins hervorzurufen.

Eine besondere Gattung der Kunst, welche die Königin der Künste genannt werden darf, hatte sich infolgedessen entwickelt. Sie hieß einfach *Psychik.* Die Psychiker konnten ihre Stimmungen sowohl unmittelbar durch den Psychokineten, welcher ihr Gehirn mit dem der Zufühler verband, diesen mitteilen, sie konnten aber auch durch einen besonderen Schreibpsychokineten ihre Stimmungskompositionen grafisch darstellen, so daß dieselben mit Hilfe eines Lesepsychokineten „nachgefühlt" werden konnten. *Lyrika,* deren eigentlicher Name Gruse-Säusel nur von ihren Neidern gebraucht wurde, war sowohl Komponistin als Phantastin; heute wirkte sie im großen Psychäon-Gebäude unmittelbar von Gehirn zu Gehirn. Das unbeschreibliche, der Sprache unendlich überlegene Meer der Stimmungen wogte in ihrem Gehirn und teilte sich durch den Psychokineten unmittelbar dem Gemüte der Zufühler mit.

Außer den echten Künstlern der Psychik gab es natürlich auch unzählige Dilettanten. In der Tat eignete sich kein Instrument mehr zum Dilettieren als der Psychokinet. Es gab deren mit Uhrwerken, wie unsere Spieldosen, und dies war eigentlich die ursprüngliche Form, von welcher der Name „Gehirnorgel" entstanden war. Man setzte eine Walze ein, die man fertig kaufte oder – worin eben die Kunst bestand – mit Stiften nach eigener Phantasie versah, stülpte dann das Instrument auf den Kopf und konnte nun seinen Beschäftigungen nachgehen, nicht anders behindert als in früheren Jahrtausenden durch das Rauchen einer Zigarre. Dazu kam noch der erfreuliche Vorteil, daß der Psychokinet nicht, wie die musikalischen Instrumente oder das Geruchsklavier oder das Tabakrauchen, unfreiwillige Teilnehmer an den Genüssen mit sich brachte, sondern daß niemand gezwungen wurde, Ohr oder Nase den künstlerischen Versuchen zu leihen – man hätte ihm denn mit Gewalt den Apparat aufstülpen müssen. Die Gehirnorgel war ein sanftmütiges, bescheidenes, ein subjektives Instrument, die vom Psychokineten nicht angegriffenen Gehirnpartien lösten wissenschaftliche Probleme, schlossen Geschäfte ab oder leiteten eine Fabrik, während die übrigen unter den Strömen des Psychokineten in den herrlichsten und süßesten Stimmungen schwelgten, unabhängig von der schweren Welt der Sinne.

Doch zurück zu unseren Freunden im eleganten Taucheranzuge. Sie wandten sich fort von den Vergnügungslokalen in den „Gärten des Okeanos“ nach den weniger besuchten Partien der Anlagen, welche sich hier nach Südosten viele Meilen weit auf dem Grunde des Meeres hin- und an den Gestaden der Kanarischen Inseln hinaufzogen. Aber auch diese ließen unsere Freunde links liegen, und indem sie vermöge ihrer Schraube mit reißender Geschwindigkeit hinglitten, schlugen sie eine südwestliche Richtung ein.

„Wissen Sie, verehrter Freund“, sagte der Kleinere von ihnen, „ich begreife nicht, warum Sie mich hier in diese Einsamkeit begleiten. Ich bin Ihnen zwar herzlich dankbar dafür, aber ich habe kein Recht, Ihnen das Opfer zuzumuten, noch zwei Stunden bis zur großen Ozeansenkung mitzuschwimmen. Wir befinden uns jetzt erst 25 Grad 15 Minuten 22,7 Sekunden nördlicher Breite und 46 Grad 16 Minuten 34,6 Sekunden westlicher Länge von der Zentral-Sternwarte.“

Bei den letzten Worten hatte er sein Taschen-Klinatorium gezogen. Es war dies ein kleines Instrument, welches aus der Neigung und Ablenkung der Magnetnadel und der Intensität der magnetischen Kraft den Ort auf der Erdoberfläche bis auf den zehnten Teil der Sekunde, das ist also fast auf drei Meter, genau ablesen ließ. Auch der Angeredete zog ein kleines Instrument aus der Tasche: Es war ein Manometer, das ihm den Druck des Wassers und damit die Tiefe angab, in welcher er sich befand.

„Und doch“, sagte er, indem er einen Blick auf das Manometer warf, „haben wir schon eine Tiefe von 5400 Metern erreicht, und es ist gut, daß ich meinen neuen Tiefenanzug angelegt habe. So aber befinde ich mich bei diesem Drucke von einem halben Tausend Atmosphären ganz wohl, und ich begleite Sie noch ein Stück.“

„Sehr hübsch, Herr Kotyledo – und doch wundre ich mich, daß Sie heute nicht das Psychäon besuchen. Sie sind ja ein Stimmungsmensch und dafür bekannt; und Fräulein Lyrika – nun, Sie brauchen sich nicht zu verteidigen, ich verrate Sie nicht. Ich verstehe Ihre Gefühle, obgleich ich der würdige Professor der Geschichte und Direktor des Pädagogii Hemisphäriani bin; aber – Sie wissen, ich bin auch aus dem alten Stamme der Prudel- und Strudelwitze, vereinigte Geschlechter, und so kennen wir das.“

„Sie irren sich, Herr Strudel“, entgegnete Kotyledo ernst. „Ich besuche das Psychäon nicht mehr. Doch lassen wir das – ich bin nicht imstande, darüber zu sprechen. Lieber erzählen Sie mir, was Sie in diese abgelegenen Zonen des Ozeans führt.“

„Recht gern“, erwiderte Strudel; „aber sagen Sie mir bitte vorher, was mir das Vergnügen Ihrer Begleitung verschafft.“

„Nur eine wissenschaftliche Exkursion, die ich vorhabe, weiter nichts; ich will ein wenig die submarine Flora studieren. Auf der Oberwelt, wird ja leider die Botanik bald keinen Gegenstand ihrer Forschung mehr finden. Meine Lieblinge, die Pflanzen, sind ein aussterbendes Geschlecht von Organismen.“

„Gerade wie die Strudel-Prudel, verehrter Herr Kotyledo, gerade wie Sie! Sie sehen in mir den letzten Sproß des einst so berühmten Geschlechts. Und ich bin auf dem Wege, die Wiege meines Stammes aufzusuchen, die Stätte zu erforschen, von wo das berühmte Geschlecht derer von Strudel-Prudel einst als urzeugungsstolzes Moner seinen glorreichen Entwicklungsprozeß antrat. Meine einzige Erholung ist es, meine zurückgebliebenen Vettern von der Linie Strudula-Gastrula zu sehen; bei ihnen vergesse ich die rauhe Gegenwart und bekomme Lust, mein Wirken in ihr aufzugeben. Lächeln Sie nicht, es ist mir ernsthaft melancholisch zumute.“

„Nein, nein – bitte, fahren Sie fort.“

„Endlich ist es mir gelungen, meinen Stammbaum bis in die Laurentische Periode zurückzuführen, die Linie meiner Vorfahren bis zu den niedrigsten Organismen des Meeres zu verfolgen – und nun ist meine Lebensaufgabe gelöst. Es ist eine traurige, aber großartige Resignation, der ich mich unterziehe, aber ich kann nicht anders. Ruhmreich war unser Geschlecht und altbekannt sein Name. Ich besitze eine Reihe von Versteinerungen und Knochen, welche nachweislich meinen Vorfahren angehört haben, während sie die Reihe der Entwicklung von den Kalkschwämmen bis zu den Wirbeltieren emporgestiegen sind. Ich besitze den Zahn eines Beuteltieres, welches zu meinen direkten Ahnen zählt.

Wir haben in einem Kjökkenmöddinger Austernschalen mit dem deutlichen Handzeichen der Prudel und in einer französischen Höhle das Skelett eines Höhlenbewohners gefunden, der bereits das Wappen der Strudel auf ein Renntiergeweih eingeritzt bei sich trug. Von den historischen Zeiten brauche ich nicht zu reden. Die römischen Legionen unter Varus und Scharen der Ungläubigen in den Kreuzzügen haben unsern Arm gefühlt; wir haben im neunzehnten Jahrhundert eine Rolle in der Literatur gespielt als Barone von Strudelwitz; später vereinigten wir uns mit denen von Prudelwitz. Der Ururgroßvater meines Ururgroßvaters war der letzte Gardeleutnant. Glückliche Zeiten! Sehen Sie, verehrter Freund, wer eine solche Reihe von Ahnen vor sich hat, der bescheidet sich gern: Jedes Geschlecht hat seine Zeit; die unsere hat geblüht. Diese Kette von siebenundvierzig Gliedern ist aus der komprimierten Asche von siebenundvierzig direkten Vorfahren angefertigt. Es ist nicht anzunehmen, daß nach mir unser Geschlecht zu noch höherer Reife sich entwickeln könne. Ich lebe daher ganz, meiner historischen Neigung gemäß, im Kultus der Vergangenheit; ich wallfahre nach der Wohnstätte meiner Urahnvettern, dort will ich mir ein Plätzchen suchen, wo ich mich einst, wenn das Alter herannaht, für den Rest des Lebens niederzulassen gedenke."

„Nun, bester Direktor, vorläufig haben Sie noch ein schönes Feld der Wirksamkeit vor sich; aber im Prinzip muß ich Ihnen recht geben. Ich kann Ihre Schwärmerei begreifen, denn auch ich hänge mit all meinem Denken und Fühlen an der Vergangenheit. Sie wissen, ich bin Botaniker – ein Altertumsforscher, über den manche moderne Chemilogen und Biophysiker die Achseln zucken. Wohin sind die Zeiten, da eine üppige Pflanzendecke den größten Teil der Erde überzog? Da noch der Wald mit dem heiligen Rauschen seiner Wipfel das Herz des Wanderers erhob, da der Landmann unter dem freien Himmelsblau stolz durch das wogende Kornfeld schritt? – Stärkemehl-Fabrik, Eiweiß-Fabrik und so weiter; in den weiten und doch so engen Laboratorien wird die Nahrung für *dies* Geschlecht zusammengebraut. Freilich, freilich, großer Molekulander, Hydrogenius und wie ihr alle heißt, die ihr mit euren Erfindungen dem sozialen Elend abgeholfen habt und nun in zahllosen Statuetten an jeder Straßenecke verehrt werdet – es ist groß, es ist schön, es ist vor allem *billig*, direkt aus den Elementen die Nahrungsmittel herzustellen, die uns früher nur das Pflanzenreich bot –, aber verschwunden ist die Pflanzendecke, der herrlichste Schmuck unserer Erde, und mit ihr verschwindet unsere Lebensluft, die wir bald mühsam aus Sauerstoff-Fabriken werden holen müssen! – Hunger leiden wird die Menschheit nicht mehr, wenigstens nicht im Magen. Aber wer stillt uns den idealen Hunger des Gemüts nach einem Stückchen unbezwungener Natur und übermächtig waltendem Schicksal? Da hilft kein Psychokinet und keine Stimmungskunst. Die Weltformel wird integriert, wir wissen alles – und damit abgemacht. Heiliger Laplace! Wir wissen auch, wann wir verrückt werden."

„Sie sind bitter, Kotyledo, Sie sehen zu schwarz. Auch ich bin ein Freund der Vergangenheit, aber mein historisches Gewissen zwingt mich, auch die großen Verdienste der Neuzeit anzuerkennen."

„Und doch bin ich nur aufrichtig, Herr Strudel-Prudel", entgegnete Kotyledo. „Aber vergessen wir wenigstens auf Augenblicke diesen Weltschmerz! Noch blüht uns in geheimnisvollen Tiefen das Leben des Ozeans, noch gibt es Schluchten und Riffe, wohin der Strom des Alltags nicht gedrungen ist."

„Und es gibt auch noch ein übergewaltiges Schicksal, glauben Sie mir, Kotyledo! Es gibt auch heute tragische Konflikte und große Gefühle, und ich wünsche nicht, daß Ihnen je das Geschick seine finstere, starre Maske zuwendet."

„Und wenn es so wäre? – Doch lassen Sie uns auf dieser Felsenbank ausruhen. Ein paar Jahrtausende später, und kein Ozean mehr wird um die Erde rauschen. Auch diese Ruhestätten der Natur werden an die Oberfläche gestiegen oder gezogen sein, und kaum wird man wissen, was Wasser ist."

„Sie erschrecken mich. Auch ich mußte mir schon wiederholt sagen, daß ein großer Teil des Meerwassers zu chemischen Veränderungen verbraucht wird, infolge deren es in der Form des Wassers verschwindet. Aber wenn wirklich das Wasser seiner Hauptmasse nach von der Erde vertilgt wird, wenn seine Bestandteile nur feste oder gasige Verbindungen eingehen, so wird doch der überkühnen Menschheit selbst die Grenze ihres Strebens gesetzt sein?"

„Glauben Sie das nicht. Dies Geschlecht wird sich immer zu halten wissen. Wer hätte gedacht, daß wir ohne Pflanzen leben können? Hier steht der letzte Botaniker, der letzte Gärtner, und Sie sehen, es geht und wird gehen – und keiner leidet Mangel, wie früher so viele. Der Mangel freilich, den ich empfinde, der drückt die Menge nicht. – Doch es wird spät, wir müssen zurück."

Während das im vorigen Abschnitt aufgezeichnete Zwiegespräch am Meeresgrunde gepflogen wurde, wogte das rastlose Leben des 39. Jahrhunderts über den großen Städten, deren zahllose Häuser in fast stetigem Zusammenhange die Kontinente bedeckten. Unablässig verkehrten die Luftschiffe mit ungemeiner Geschwindigkeit, zwischen ihnen bewegte sich das Gewühl der Luftschwimmer. Das Material des Schwimmapparats bestand aus einer Platin-Silizium-Kohlenwasserstoff-Verbindung, einem kompliziert zusammengesetzten Körper, der bei außerordentlich geringem spezifischen Gewichte die Eigenschaften des Platins mit der Durchsichtigkeit des Glases und der Biegsamkeit des Kautschuks verband, aber auch wie dieser gehärtet werden konnte. Dieser Körper führte seiner Nützlichkeit wegen den Namen Chresim (von Ζϱησιμοζ = brauchbar) und fand die mannigfaltigste Anwendung in den Gewerben. Eine völlig durchsichtige, den Körper umhüllende, innen luftleere Glocke von Chresim, der „Luftschwimmgürtel“, hielt den Körper im Gleichgewicht. Nach vorn ging der Apparat keilförmig zu und diente zugleich als Schirm gegen die mit größter Geschwindigkeit durchschnittene Luft. Von ihm hingen zwei Steigbügel herab, in denen die Füße einen Stützpunkt fanden, während eine große auf der Rückseite befindliche Schraube (von gehärtetem Chresim) dem Körper eine Geschwindigkeit erteilte, deren Richtung durch geschickte Bewegungen beliebig zu lenken war. Die treibende Kraft gab eine Büchse voll flüssigen Sauerstoffs, den man bei sehr tiefer Temperatur durch einen ungeheuren Druck bis zur Kondensation komprimiert hatte und nun als lang anhaltenden Kraftvorrat verwenden konnte. Jeder hatte natürlich seine Luftschwimmschule durchgemacht, und die Eleganz des Fliegens galt nicht nur als ein Zeichen guter Erziehung.

Aus dem Fenster eines großen Gebäudes im mittleren Deutschland bewegten sich in bequemem Fluge zwei Herren. Es waren Typus Propion, den wir schon während seines Besuches bei Direktor Strudel kennengelernt haben, und sein Schwager Atom Schwingschwang, ein Chemiker von großem Rufe. Propion war Besitzer der Eiweiß- und Fettfabrik, aus welcher sie jetzt kamen. Diese sogenannten organischen Körper wurden dort, wie schon erwähnt, in reichem Maße und auf sehr billige Weise direkt aus den Elementen dargestellt. Wasser, Luft, kohlensaurer Kalk waren die hauptsächlichsten

Rohmaterialien, aus denen man Sauerstoff, Wasserstoff, Stickstoff und Kohlenstoff gewann und zu wohlschmeckendem künstlichem Fleisch und Brot verarbeitete.

Propion hatte Funktionata, Atoms Schwester, geheiratet, und Atom verkehrte täglich in seinem Hause und leitete die eigentlich wissenschaftliche Seite der Fabrik. In lebhaftem Gespräch flogen jetzt beide der Wohnung Propions am Gestade der Nordsee zu.

„Ich muß dir recht geben“, sagte Propion, „die Fabrik bedarf der Erweiterung, und zwar speziell zur Sauerstoff-Fabrikation. Denn ich bin überzeugt, sein Preis wird bald bedeutend steigen, er wird ein täglicher Verbrauchsartikel werden; sein Verhältnis zum Stickstoff der Atmosphäre gestaltet sich jährlich ungünstiger, seitdem wir Pflanzenwuchs nur noch in einigen Gebirgsgegenden Zentralafrikas und Asiens sowie des Nordkontinents besitzen. Übrigens müssen wir dann auch an ein anderes Herstellungsverfahren des Sauerstoffs denken, wenn wir ihn nicht mehr einfach aus der Luft erhalten können, sei es nun durch Lösen von Luft in Wasser vermöge der verschiedenen Löslichkeit von Sauerstoff und Stickstoff in demselben, sei es durch die Diffusion oder sonstwie.“

„Das wird bald gefunden sein“, fuhr Atom fort, „wir brauchen ihn nicht gerade aus der Luft zu filtrieren. Mache dir keine Sorgen, die Pflanzen sollen darum nicht geschont werden. Nichts törichter als diese Klagen der Romantiker um ihre grünen Pflänzchen. Das mochte einen Sinn haben, als man der Pflanzen bedurfte, zur Nahrung sowohl als zur Regelung der atmosphärischen Verhältnisse. Für diese haben wir jetzt besser gesorgt. Wozu also diese Winkelexistenzen ihr Dasein fortfristen lassen, während wir den Platz so nötig brauchen? Sie mögen ihre historische Bedeutung behalten, aber als solche gehören sie ein für allemal in das Gebiet der Paläontologie.“

„Gut, daß dich Kotyledo nicht hört“, antwortete Propion, „er wäre unglücklich. Ich habe ihn übrigens lange nicht gesehen. Er meidet mein Haus seit einigen Wochen, und ich glaube, Funktionata trägt die Schuld. Was ist zwischen ihnen vorgefallen?“

Atom gab eine ausweichende Antwort.

„Wer weiß“, sagte er, „was Funktionata wieder berechnet hat, Kotyledo teilt dasselbe Schicksal wie sein Steckenpferd, die Pflanzenwelt. Er gehört zu jener Menschenklasse, die auf den Aussterbe-Etat der Natur gesetzt ist; und ich muß gestehen, ich halte es einfach für Pflicht der Majorität, über solche Leute rücksichtslos hinwegzuschreiten. Ich habe mit ihm neulich ein Gespräch über seine Zukunft gehabt, vielleicht habe ich ihn verletzt. Solche Gemütsmenschen in Hemdärmeln."

„Das ist brillant", rief Propion, „eine Entdeckung von kolossaler Tragweite. Denke an die Medizin!"

„Und ich möchte noch weitergehen. Ich hoffe, auch die Knochen durchsichtig machen und ihnen die Brechbarkeit der Luft geben zu können. Wenn man dann erst ein Mittel hat, das Diaphot wieder aus dem Körper zu entfernen, so kann man sich ohne Gefahr völlig unsichtbar machen. Es ist aber vorläufig ein gefährliches Experiment, und seine Folgen müssen erst näher untersucht werden. Ich möchte daher auch diese letzte Konsequenz womöglich geheimhalten."

„Das ist richtig", meinte Propion, „aber es ist nicht Sitte. Doch wir werden ja sehen."

„Nicht sehen vielmehr." Atom lachte. „Nun, ich hoffe, morgen schon mehr zu wissen."

Wohlgelaunt näherten sie sich indes mit großer Geschwindigkeit der Wohnung Propions.

Im Wohnzimmer, einem hohen und geräumigen Saale, der in weiten, bis zum Fußboden reichenden Bogenfenstern nach dem Hofe sich öffnete, saßen Funktionata, die Gemahlin Propions, und ihre Freundin Lyrika, die wohlbekannte Psychistin. Die großen Scheiben von klarem, biegsamem Chresim, welche bei kühlem Wetter die Fenster luftdicht schlossen, waren aufgerollt und öffneten der milden Sommerluft den Weg ins Zimmer.

Lyrika blickte in den Hof hinaus, welcher von einer Reihe in phantastischen Formen wogenden Lichtwolken begrenzt war; es waren verdünnte, in biegsamen, durchsichtigen Chresimröhren strömende Gase, die im prächtigsten Farbenspiel im Feuer des elektrischen Funkens glühten und eine gewöhnliche Zierde der an die Stelle der Gärten getretenen Höfe und öffentlichen Plätze bildeten. Neben Lyrika saß Funktionata und arbeitete mit Muße an der Integrationsmaschine. Funktionata war nämlich Mathematikerin; die Arbeiten der größten Meister hatten es dahin gebracht, daß ungeheure Rechnungen, welche sonst das Leben eines einzelnen ausgefüllt hätten, durch die Integrationsmaschine in wenigen Stunden und ohne jede Anstrengung des Denkens ausgeführt werden konnten. Die Methode der symbolischen Bezeichnung gestattete, die Arbeit zu einer mechanischen zu machen und jedes beliebige System von Differentialgleichungen durch komplizierte Kombinationen des Maschinenwerks zu lösen, so daß die gesamte geistige Kraft des Forschers auf die Aufstellung der Probleme, ihre Darstellung in mathematischer Sprache und die Deutung der Integrale, unterstützt durch vorzügliche Tabellenwerke, verwandt werden konnte.

Jetzt unterbrach Funktionata ihre mathematische Handarbeit und folgte mit ihrem Auge den Blicken Lyrikas, welche Funktionatas dreijährigem Knaben Selen zusah. Dieser sollte, wie wir wissen, von morgen an die Hirnschule besuchen und machte jetzt unter Leitung eines Fliegmeisters seine Fliegübungen vor dem Fenster. Der Lehrer hielt den Kleinen an der Leine und lehrte ihn die Geschwindigkeit seiner Schraube regeln und Wendungen nach rechts und links, oben und unten ausführen.

Die glückliche Mutter lächelte, während sie die gewandten Bewegungen ihres kleinen Selen mit Interesse verfolgte, und zärtlich drückte sie die Hand Lyrikas, die jetzt wieder traurig und fast teilnahmslos in die Ferne starrte. Die schönen Verse ihres Lieblingsdichters, eines der modernsten Lyriker, welcher die zeitgemäße Staffage der Natur an Stelle des veralteten Blütenduftes und Waldesrauschens zu setzen verstand, kamen ihr in den Sinn:

Der Netzhaut Stäbchenscharen
Erbeben in leisem Schwang –
Ob in die Kapillaren
Das Blut nur stärker drang?

Was will dein sanftes Wallen,
Zart glühendes Hydrogen?
Ach, *seine* Schrauben hallen
Nicht mehr bei deinem Wehn.*

So sang sie leise vor sich hin.

* Ein Lyriker des 19. Jahrhunderts hätte vielleicht gesagt:

Es gehen meine Tage
In Traumgebilden hin,
Nur meines Herzens Klage
Sagt, daß ich wachend bin.

Was kommst du, Wind, mit Rauschen
Vom grünen Wald daher?
Ach, *seinen* Schritten lauschen
Werde ich nimmermehr.

„Lyrika, sei mir nicht böse, liebe Lyrika“, erweckte Funktionata sie aus ihren Träumen.

„Ich mußte offen zu dir sein. Kotyledos Untergang ist unvermeidlich, die Formeln sprechen unwiderlegbar. Hier sind meine Rechnungen, ich stelle sie dir zur Verfügung, prüfe sie selbst.

Sieh, dieser ganze Ausdruck wird imaginär; und hier die Zahlenbestimmung: in 623,7 Tagen zerfällt der Molekularkomplex C in der Rindenschicht des Gehirns Kotyledos.

Es ist kein Zweifel.“

„Laß mich, Funktia!“ erwiderte Lyrika.

„Deine Rechnung will ich nicht sehen; du weißt recht gut, daß es nur wenige gibt, die sie zu verstehen imstande sind, und ich am wenigsten; was ich als Kind davon gelernt habe, ist zum größten Teil vergessen.

Ich glaube dir; ich muß dir ja glauben. Aber es ist entsetzlich; armer Kotyledo – erst jetzt fühle ich, wie wert er mir war.“

„Aber du wirst doch selbst einsehen, daß es eine unaussprechliche Torheit wäre, eine Verbindung begünstigen zu wollen, die in noch nicht zwei Jahren mit Kotyledos sicherem Wahnsinn und Tode endet. Nur dein Verzicht kann ihn retten.

Meine Formel ergibt in diesem Falle ein bedeutendes und im allgemeinen beglücktes Leben für ihn – soweit ich eben imstande bin, Prämissen in meine Rechnung einzuführen.

Und ich muß es dir gestehen, auch für dich kann ich ein Glück nur dann erkennen, wenn du deine Neigung einem andern schenktest.“

„Funktionata!“

„Ja, liebe, beste Lyrika.

Du willst sagen, das kannst du nicht? – Das wird die Zukunft lehren! Ich kann es schon vermuten und Kotyledo – hat ja seine Hoffnungen selbst aufgegeben. Atom hat ihm meine Berechnungen auseinandergesetzt. Freilich hält er sich noch an dich gebunden, obwohl er nie ein Wort der Werbung ausgesprochen hat; aber er weiß, daß du von seinen Gefühlen gegen dich überzeugt bist.

Deshalb hält ihn seine strenge Gewissenhaftigkeit fest bei dir, obgleich er auch weiß, daß seine Erhöhung durch dich seinen Untergang zur Folge hat.

Deine Pflicht ist es, ihm seine Freiheit und damit sein Leben zurückzugeben, indem du ihn mit aller Bestimmtheit *und selbst gegen den Wunsch deines Herzens* abweisest.

Und vielleicht kannst du noch ein zweites Leben beglücken. Atom ...“

„Sprich mir nicht von deinem Bruder“, fuhr Lyrika auf. „Er ist es, der an diesem ganzen Kassandra-Unheil schuld ist.

Ohne ihn wärest du nie auf den Gedanken gekommen, Kotyledos Lebensgleichungen zu diskutieren, ohne ihn wären wir beide blind und glücklich geblieben.“

„Blind – ja, aber glücklich?

Wie lange wohl?

Eben die Sorge um dich, die Liebe zu dir allein trieb Atom dazu, den Schleier deiner Zukunft zu heben.“

„Und ich will keine Liebe, die erst ihre Formeln berechnen muß! Ich will in den Angelegenheiten meines Herzens frei sein, wenigstens für mein Bewußtsein.

Und ich will dies Ideal wenigstens herausretten aus dem Mechanismus dieser Welt – ich will nichts wissen, will nur hoffen und fürchten!“

„Mama, Mama!“ ertönte in diesem Augenblicke die helle Stimme Selens, der zur Nebentür des Zimmers hereingesprungen kam, den Flieggürtel noch um die Hüften; nur die hindernde Schraube hatte er abgelegt.

„Meine Fliegstunde ist aus, ich kann schon auf dem Rücken fliegen.

Guten Tag, Tante Lyrika, ich kann schon auf dem Rücken fliegen, und heut abend mache ich die Freiprobe.“

„Gut, mein Selen“, sagte die Mutter.

„Aber sieh, Mama, da kommt der Papa“, rief der Knabe weiter. „Papa und Onkel Atom! Guten Tag, Papa!

Ich kann schon auf dem Rücken fliegen.“

„Und morgen“, sagte Propion, indem er den durch den Schwimmgürtel gewichtslosen Knaben sanft an demselben in die Höhe hob und küßte, „morgen wirst du zum ersten Mal in die Hirnschule gehen.“

„Hurra“, rief Selen, „in die Hirnschule!

Bekomme ich da auch einen Kant, wie Vetter Tineol, der immer so groß damit tut?“

„Später, später, mein Sohn“, sagte Propion, indem er, während der Knabe weiterplauderte, seine Frau und Lyrika herzlich begrüßte. Förmlich erwiderte letztere Atoms Gruß, der, da er noch im Flieganzuge war, nach der Sitte der Zeit die Beine zum Willkomm kreuzte.

V EIN MITTAGBROT. DER HEIRATSANTRAG. WAS MAN IM 39. JAHRHUNDERT VON DER ZUKUNFT DACHTE

Man trat in das Speisezimmer. Die Billigkeit der künstlichen Nahrungsmittel gestattete wieder der Familie, ihren eigenen Tisch zu haben, während noch vor dreihundert Jahren selbst der Reichste nur in den allgemeinen Garküchen speisen konnte. Natürlich wurde auch der Zusammenhang der Familie und ihre Abgeschlossenheit wieder angebahnt, und es zeigte sich auch hier, wie materieller Fortschritt den sittlichen und idealen zur Folge hat.

Man setzte sich um den großen Tisch in der Mitte des Zimmers; er trug in seiner Mitte mehrere eigentümliche Gefäße, von Drähten geschmackvoll umwunden, die auf einen Druck des Fingers durch Schließung eines galvanischen Stromes in Glut versetzt wurden. Rings umher befanden sich die einfachen Rohmaterialien der Speisen, wie sie aus der Fabrik kamen, in zierlichen Schalen. Da war kein blutiger Knochen, kein rohes Fleisch zu sehen, nichts erinnerte an die kannibalischen Sitten der Vorzeit und die pflanzen- und fleischfressenden Tiere, welche Leben töten mußten, um Leben zu erzeugen.

Da wirtschafteten nicht Köchinnen und Köche stundenlang mit ihren Fingern an den zu bereitenden Speisen – im Moment, wo man sich zu den Augen der Gäste die Gerichte, welche im Augenblicke gar zum Genusse waren, und unendlich mannigfaltiger wurden die Kombinationen der geschmackvollen Ingredienzien.

„Heute habe ich dir etwas Besonderes mitgebracht, liebe Funktionata“, sagte Propion; „es ist ein neuer Versuch zu einem Gewürz, das, wie ich glaube, großes Aufsehen machen wird. Ihr sollt es zuerst kosten.“

Alle fanden den Geschmack unbeschreiblich erfrischend und anmutig, selbst Lyrika fühlte sich zu einem Lobe veranlaßt, und der kleine Selen konnte nicht genug bekommen. Atom schlug vor, das neue Gewürz Lyrizin zu nennen, aber Lyrika dankte für die Ehre.

Da flog ein Papierstreifen durch das Fenster. Ein vorüberfliegender Kolporteur hatte die neue Stundenzeitung hereingeworfen.

„Schon vier Uhr?“ fragte Funktionata. „Gib her“, sagte sie zu Selen, der das Blatt aufhob, „ich will euch mitteilen, was seit drei Uhr Neues passiert ist.“

Sie legte ihr Saugrohr fort und las:

„Die Versuche, mit den Bewohnern des Mars in Verbindung zu treten, sind wieder kräftig in Angriff genommen worden. Man hofft, durch Anwendung der Zirkular-Ätherströme zum Resultat zu kommen. Der Bau der Marsbewohner ist bekanntlich siebenstrahlig, über die Organisation ihrer Sinne ist man jedoch noch nicht im klaren, und es wird sehr wahrscheinlich, daß, wenn sie überhaupt eine Raumanschauung haben, dieselbe eine solche von sieben Dimensionen ist. Dies dürfte allerdings die Verständigung bedeutend erschweren. Ein anderes Projekt von größter Bedeutung mußte leider wieder aufgegeben werden. Es handelt sich um Begründung einer Aktien-Gesellschaft zur Ausbeutung der auf dem Monde entdeckten Goldlager. Doch stellte es sich als vorläufig unmöglich heraus, den Transport zur Erde ohne Gefährdung der Bewohner derselben zu ermöglichen, da die Bahn der zu befördernden Goldstufen sich nicht genau genug regulieren läßt. Das Unternehmen muß also ruhen, bis es gelungen ist, das Geheimnis wiederzufinden, das der sagenhafte Tausendkünstler Warm-Blasius im 24. Jahrhundert besessen haben soll, nämlich frei von der Gravitation durch den Weltraum zu fliegen.“

„Die Redaktion der ‚Himmlischen Wespen‘ macht hierzu die Bemerkung, daß trotz der auf dem Monde so geringen Schwerkraft die Fallgeschwindigkeit der Aktien alle Erwartung übertroffen habe.“

„St. Gotthard“. Die Ausgrabungen im alten Tunnel werden fortgesetzt und brachten eine reiche Anzahl interessanter Gegenstände zum Vorschein, darunter eine Reihe jener kolossalen Trinkgefäße, welche die alten Deutschen Seidel nannten. Das Merkwürdige aber sind wohl die alten Zeitungen, wahre Ungeheuer von mehreren Quadratmetern Papierfläche, eng bedruckt, deutsch, englisch, französisch, italienisch. Wenn man aber die alten Sprachen zu entziffern sucht, so zeigt sich, daß eigentlich nichts darin steht, nichts von Wichtigkeit. Und das las man damals. Man fand ferner zwei eigentümliche Urnen, innen mit noch gut erhaltener Seide gefüttert; der

Zweck ist dunkel. Der berühmte Antiquar Schimmel behauptet, es seien Kopfbedeckungen! Möglich ist es – was war damals nicht möglich! Zu einer Zeit, wo man schlau genug war, die Verstorbenen in die Erde zu scharren, um das Trinkwasser zu verbessern!"

Funktionata brach hier ab. Die Mahlzeit war beendet.

Da Propion und Funktionata das Zimmer verließen, glaubte Atom Gelegenheit zu finden, eine Unterredung mit Lyrika, vielleicht eine Verständigung mit ihr zu erlangen. Schon oft hatte er diesen Augenblick herbeigesehnt, welchem Lyrika bis jetzt noch immer sich zu entziehen wußte.

Seine Schwester Funktionata war Lyrikas vertraute Freundin; aber es war ihm nicht gelungen, etwas anderes durch sie zu erreichen als die Gewißheit, daß Lyrika ihm nicht geneigt sei. Atom war zu sehr von seinem eigenen Werte überzeugt, als daß er an seinem schließlichen Siege hätte zweifeln mögen; Lyrikas Neigung für Kotyledo schien ihm das einzige Hindernis, und nachdem nun die auf seine Anregung von Funktionata unternommene Rechnung ergeben hatte, daß eine Verbindung mit Kotyledo dessen Untergang herbeiführe, glaubte sich Atom seinem Ziele näher als je. Er ging jetzt auch direkt darauf los. Man hatte im 39. Jahrhundert nicht Zeit noch Lust, längere Umschweife zu machen, man war sehr aufrichtig und genierte sich wenig. Ein Heiratsantrag namentlich mußte nach der gebräuchlichen Sitte gleich in der ersten Frage der Unterredung gestellt werden. Man mag über diese Form verschiedener Meinung sein, aber es war so. Ein uns gegenwärtig wunderlich erscheinender Gebrauch war auch der, daß man jedesmal mit dem Finger auf die angeredete Person zeigte, sie hätte sonst die Worte nicht auf sich bezogen.

Atom zeigte also mit dem Finger auf Lyrika und sagte:

„Wollen Sie mich heiraten?"

„Nein", entgegnete Lyrika und zeigte auf Atom; das war in Ordnung.

„Warum nicht?" fragte nun Atom. Das hatte er nicht nötig, aber wenn ihm Lyrika antwortete, so war es gut.

„Weil mein Herz einem anderen gehört."

„Ihr Herz? Ist dieser Muskel bei Ihnen das Organ der Gefühle? Doch ich weiß, Sie lieben altertümliche Ausdrucksweisen."

„Ihre Bitterkeit ist mir ein Beweis Ihres Ärgers", sagte Lyrika, „und das tut mir leid, denn ich habe keine Veranlassung, Sie betrüben zu wollen."

„Ich ärgere mich nie“, unterbrach sie Atom. „Ich beherrsche meine Reflexbewegungen und suche mein Ziel durch Überlegung zu erreichen.“

„Es mag praktisch sein, ist aber nicht nach meinem Geschmack“, bemerkte Lyrika.

„Ich bedauere meine Mangelhaftigkeit. Aber wem gehört denn Ihr Herz?“ fragte Atom.

„Darüber brauchte ich Ihnen, wie Sie wissen, keine Rechenschaft zu geben; jedoch will ich ganz offen sein und Ihre Vermutung bestätigen.“

„Kotyledo?“

„Ja!“

„Ich danke Ihnen. Aber er wird nie der Ihre werden.“

„Ich weiß es.“

„Sie wissen auch warum?“

„Ja.“

„Und trotzdem ...“

„Trotzdem.“

„Und Sie werden Ihre Meinung nie ändern?“

„Niemals!“

„Sie sind offen, Lyrika. Ich weiß nun, was ich zu tun habe.“

„Und wollen Sie nun auch mir eine Frage ebenso offen beantworten, Atom?“

„Fragen Sie.“

„Ist es unmöglich, daß sich Funktionata irrt?“

„Unmöglich.“

„Ich meine nicht, daß ihre Rechnung falsch sei; aber könnte nicht in den Voraussetzungen, im Ansatz ein Irrtum vorgekommen sein? Wie ist es möglich, alle die Bedingungen, welche den Lebensprozeß eines Menschen erhalten, in ihrer Mannigfaltigkeit zu erkennen, all die Wechselbeziehungen richtig in Rechnung zu ziehen?“

„Ich will es Ihnen sagen. Im allgemeinen ist diese Aufgabe so schwierig, daß sie heute noch nicht gelöst zu werden vermag. Es gibt aber spezielle Fälle, in denen sich die Aufstellung der Gleichungen so vereinfacht, daß sie ohne Schwierigkeit geschehen kann. Zu diesen Fällen gehört der Ihrige.“

„Und warum?“

„Es ist notwendig, um alle Beziehungen zwischen zwei Personen der Rechnung unterwerfen zu können, bis zu jenem Punkte zurückzugehen, welcher den gemeinschaftlichen Ursprung für beide enthält. Wenn es möglich ist, das Schicksal desjenigen Paares zu bestimmen, von welchem beide abstammen, ist die Aufgabe lösbar. Bei Ihnen ist dies der Fall, da die gemeinschaftliche Wurzel Ihres Stammbaumes in eine Zeit fällt, von welcher an genaue Aufzeichnungen durch die Standesregister und öffentlichen Listen bekannt sind. Diese Zeit reicht bis ins neunzehnte Jahrhundert hinab, und in jener Zeit lebten Ihre gemeinschaftlichen Eltern. Ihr Stammvater hieß Schulze und wohnte als Privatmann in der Hauptstadt des damaligen Deutschlands, Berlin. Dies hat Funktionata leicht erfahren können. Zufällig kennt man aber auch sein näheres Schicksal. Es fand im Jahre achtzehnhundertsechsundsiebzig eine sogenannte Weltausstellung in einer amerikanischen Stadt namens Philadelphia statt. Schulze hatte sich dahin begeben; auf der Rückfahrt verschwand das Schiff, auf dem er sich befand, und man muß annehmen, daß er mit demselben im Ozean begraben liegt. Dieser Umstand ermöglichte die Aufstellung der Differential-Gleichungen, bei denen nun ganze Reihen von Gliedern null werden; und somit kennen wir Ihr Schicksal. Doch sollten Sie überlegen ..."

„Ich danke Ihnen", unterbrach ihn Lyrika. „Auch ich weiß, was ich zu tun habe."

„Und ich werde ..."

Atom sprach nicht zu Ende.

Funktionata, Propion und mit ihnen Kotyledo schwebten zum Fenster herein. Sie hatten, am Ufer des Meeres luftfliegend, Kotyledo bemerkt, der von seinem Ausflug mit Strudel zurückkam. Trotz seines Sträubens nötigten sie ihn, bei ihnen vorzusprechen – vielleicht war auch sein Sträuben nur ein scheinbares, da ihn seine Sehnsucht doch wieder in Lyrikas Nähe trieb.

Die fünf Personen begrüßten sich nicht ohne eine gewisse Verlegenheit, die jedoch bald vorüberging, nachdem Propion seine Psychokineten angeboten hatte. Und während dies wohltätige Instrument mit seinen milden Stimmungen die Gemüter ergötzte, entspann sich eine Unterhaltung.

Propion erzählte von seinem Besuche bei Strudel.

„Wenn diese Behandlung der einzelnen Gehirnpartien", sagte er, „welche ja jetzt erst seit einigen zwanzig Jahren üblich und noch in ihren Anfängen begriffen ist, durch mehrere Generationen fortgesetzt wird, so muß ganz unzweifelhaft eine erneute Umgestaltung der sozialen Verhältnisse eintreten, und ich wäre neugierig, die Folgen zu erfahren. Es wird offenbar eine so eigentümliche Entwicklung des Gehirns stattfinden, daß man noch gar nicht abzusehen vermag, welche wunderliche und abenteuerliche Auffassung der Welt daraus entstehen könne."

„Wenn du von wunderlichen und abenteuerlichen Auffassungen sprichst", unterbrach ihn Funktionata, „so muß doch hinzugesetzt werden, daß solche Bezeichnungen nur von unserem jetzigen Standpunkte aus berechtigt sein können. Wenn aber die Ausbildung des menschlichen Gehirns durchgängig eine andere geworden ist und dadurch eine andere Auffassung der heutigen Körperwelt bedingt wird, nun, so ist diese eben dann die normale; und ich sehe nicht ein, warum man sich nicht in einer Welt mit vier Raum- oder zwei Zeitdimensionen ebenso behaglich fühlen soll als in der unseren – die übrigens durch Aufstellung der Weltformel die Zeitanschauung schon so gut wie eliminiert. Vorausgesetzt ist freilich, daß die Form der Auffassung und des Denkens für alle wieder ein und derselbe ist."

„Eine Veränderung der formalen Seite des Denkens in Ihrem Sinne von der modernen Pädagogik zu erwarten, schiene mir doch höchst bedenklich", sagte Kotyledo. „Berücksichtigen Sie die ganz unabsehbaren Verwicklungen, welche hieraus entstehen können. Man müßte befürchten, daß sich die Menschen untereinander nicht mehr verstehen würden. Die Sage erzählt von einer babylonischen Sprachverwirrung; welche Wirrsale erst müßten sich ergeben, wenn auch die Auffassungen des Verstandes und der Sinnlichkeit nicht mehr dieselben wären! Denken Sie sich einen Teil der Menschen so gebildet, daß er das hört, was der andere sieht – und umgekehrt; oder daß er die Kategorie der Kausalität nicht mehr besitzt, das heißt, daß er nichts mehr als Grund und Folge, als Ursache und Wirkung verknüpft, sondern vielleicht in irgendeiner höheren Anschauung – sagen wir als immanenten Zweck oder dergleichen – zusammenfaßt, eine Anschauung, die ihrerseits wieder allen übrigen Menschen unverständlich bleibt. Wer ist nun noch der Vernünftige? Alle wissenschaftliche Forschung hörte auf. Und welche Verwirrung der sittlichen Begriffe könnte entstehen – nein, man möge sich vor einer Übertreibung der Hemisphärionischen Methode hüten."

„Ihre Befürchtungen vermag ich nicht zu teilen", bemerkte Atom dagegen. „Bei einer verständigen Benutzung der Hirnschule wird man sich wohl hüten, Vorstellungen auszubilden, welche den normalen Charakter überschritten. Aber allerdings wird in vielen Individuen eine gewisse einseitige Ausbildung überhandnehmen können. Wenn auch die logische Arbeit die Hauptaufgabe des Menschen ist, so gibt es doch auch andere Seiten der menschlichen Natur, welche in der gemeinschaftlichen Gestaltung des Lebens ihre Rolle spielen. Ich will nicht von der Ausbildung des Stimmungssinnes oder der ethischen Seite des Menschen reden – es lassen sich diese Gebiete nicht streng trennen, und man mag sie unter dem allgemeinen Begriff geistiger Tätigkeit zusammenfassen. Aber wir bedürfen trotz aller Maschinen dennoch auch einer gewissen Summe von Muskelkraft in der Menschheit, und wir bedürfen vor allem des Menschen selbst, das heißt der Erhaltung der Gattung. Körperliche Arbeit und Fortpflanzung sind die beiden Faktoren, welche ebenfalls noch Berücksichtigung finden müssen! Und hier glaube ich nun, wirkt unsere moderne Erziehung ganz in gleichem Sinne mit dem großen Naturgesetze, welches der Entwicklung der organischen Wesen überhaupt zugrunde liegt, mit dem Gesetze der Differenzierung. Weißt du, Funktionata, was man unter Differenzierung der Organe versteht?"

„Ich kenne wohl eine Differenzierung der Funktionen in der Mathematik", erwidert Funktionata lächelnd, „aber die Bedeutung des Wortes im naturwissenschaftlichen Sinne ist mir nicht ganz klar."

„Man versteht darunter", sagte Kotyledo, die Erklärung als Fachmann übernehmend, „das Prinzip der Arbeitsteilung, das heißt der allgemeinen Neigung aller organischen Individuen, sich immer ungleichartiger auszubilden; je ungleichartiger ihre Bedürfnisse und ihre äußeren Tätigkeiten sind, um so leichter können sie nebeneinander existieren, ohne sich das Feld streitig zu machen. Der Kampf ums Dasein begünstigt diese Divergenz. Dieser Sonderung der individuellen Ausbildung entspricht auch eine Differenzierung der Organe; und im allgemeinen findet man, daß, je höher ein Organismus in der Reihe der Wesen steht, um so mannigfaltiger ausgebildet seine Organe sind. Während alle Lebenstätigkeit bei den niedrigsten Tieren auf eine Zelle konzentriert ist, scheiden sich die Tätigkeiten der Zellen auf den höheren Stufen mehr und mehr; gewisse Zellgruppen widmen sich dann allein der Nahrungsaufnahme, andere der Licht- oder Schallaufnahme und bilden sich zu Werkzeugen des Sehens und Hörens aus. So sehen wir die Organe der Sinnesauffassung, der Ernährung, der Bewegung und Fortpflanzung entstehen, und je mehr sich diese wieder in sich sondern und in die Arbeit teilen, um so mehr vermag das Individuum zu leisten. Bei den höchstentwickelten Organismen reicht nun sogar ein Individuum nicht mehr aus, alle Aufgaben der Gattung zu erfüllen. Die verschiedenen Fähigkeiten und Arbeiten zur Erhaltung des eigenen Lebens und des der Nachkommenschaft verteilen sich in verschiedenem Maße auf die beiden Geschlechter. Auf diesem Standpunkte steht neben vielen höheren Tieren gegenwärtig auch noch der Mensch. Doch hat die Natur den Weg, welchen sie einzuschlagen gedenkt, uns schon in einem Zweige der Tiere angedeutet, welche, wenigstens in gewisser Beziehung, selbst den höchstentwickelten Säugetieren vorangeschritten scheinen. Wenn wir unsern Stammbaum bis zu den Würmern hinab verfolgen, so zeigt es sich, daß sich aus diesen heraus zwei Zweige entwickelten, welche auf einen Gipfelpunkt der Ausbildung gekommen sind und eine größere Verbreitung zeigen, während die übrigen im Niedergange begriffen sind. Es sind dies einerseits die Wirbeltiere, andererseits die Insekten. Wie in der Reihe der ersteren der Mensch an der Spitze steht, so haben auch in der Reihe der Insekten einige Klassen eine gewisse Kulturstufe erreicht, ich meine insbesondere die Bienen und Ameisen. Sie bauen Häuser, bilden Staaten und haben soziale Einrichtungen und Kunsttriebe, welche sie auf eine bedeutendere Stufe des Daseins stellen. Bei ihnen ist nun die Differenzierung weiter vorgeschritten, denn wir unterscheiden außer den Männchen und Weibchen auch noch geschlechtslose Arbeiter. Dies führe ich als Beispiel an. Und wenn ich nun Atom recht verstanden habe, so meint er, daß die nächste Entwicklungsstufe, welche der Menschheit bevorsteht, eine solche wäre, in welcher die verschiedenen Tätigkeiten, Aufgaben und Organe, welche jetzt noch in einem Individuum vereinigt sind, auf verschiedene Individuen verteilt wären."

„Sehr gut." Propion lachte. „Sie meinen also, es wird dann besondere Denkmenschen, besondere Gefühls-, Arbeitsmenschen und so weiter geben?"

„Ja, gewiß", sagte Atom, „und ich sehe gar nicht ein, warum immer nur zwei Geschlechter, ein ‚schönes' und ein ‚starkes', dasein sollen, warum nicht auch einmal drei oder vier."

„Ach", rief Funktionata, „das fehlte noch! Was soll dann so ein armes Liebespaar oder vielmehr eine Liebesdreiheit anfangen, ehe sie sich zusammenfindet! Haben doch zwei Herzen schon genug zu tun, bis sie zusammenkommen, und dann sollen es gar drei sein, ehe die Hochzeit gefeiert wird."

„Das ist freilich schlimm", bemerkte Atom.

„Und drei Schwiegermütter – nein, vielmehr drei mal drei mal drei gleich siebenundzwanzig Schwiegerelterlinge!" seufzte Propion scherzend.

„Nun, beruhigen wir uns", rief Kotyledo. „Wir erleben es nicht mehr. Darüber müssen noch viele Tausende von Jahren hingehen; aber man kann sich dem Gedanken nicht verschließen, daß, wenn unsere alte Erde noch so lange hält, das Gesetz der Entwicklung diesem Zustande zutreibt."

„Der vielleicht gar nicht so unangenehm ist", warf Atom ein.

„Ich will darüber nicht entscheiden", begann jetzt Lyrika; „aber mir ist ein Bedenken gekommen, das mir viel näher zu liegen scheint als diese in eine weite Zukunft greifenden Spekulationen. Ich fürchte auch die Einseitigkeit der Ausbildung der einzelnen Gehirnpartien, und zwar deshalb, weil gerade diejenige Seite des Menschen darunter leiden wird, welche ihm das reinste Glück zu gewähren imstande ist, die Seite des Gemüts. Wohl können wir uns mit Hilfe des Psychokineten immer noch beliebigen Stimmungen hingeben, aber ist es nicht ein trauriger Ersatz, diese künstliche Hervorrufung von Furcht und Hoffnung, Zagen und Jubeln, wenn diese Affekte aus der Wirklichkeit mehr und mehr entschwinden? Wenn wir unsere Zukunft vorausberechnen, wenn die Komplikation unserer Lebensbedingungen klar vor Augen liegt, wohin schwindet da die Poesie des Daseins?

Nur der Irrtum ist das Leben.
Und das Wissen ist der Tod."

Kotyledo nickte ihr zu, Atom aber entgegnete: „Sie zitieren da einen uralten Ausspruch, der für uns gar keine Geltung mehr hat. Ich kann für meinen Teil nur ein Glück in dieser Klärung der Verhältnisse sehen. Nur müssen wir uns von Jugend auf – und das geschieht neuerdings glücklicherweise – mit dem Gedanken vertraut machen, daß wir eben nur unter Bedingungen leben, daß sich unser Lebensprozeß und unser Schicksal nach großen und ehernen Gesetzen vollzieht; wenn wir nun diese Gesetze mit allen Einzelumständen kennen, so mögen wir um so leichter uns ihnen beugen. Nur wenn wir unsere Zukunft *nicht* kennen, kann Enttäuschung und Leid entstehen; liegt sie aber klar und offen da, so kann überhaupt keine Hoffnung erweckt, also auch keine vereitelt werden; es kann keine Furcht und Angst uns quälen, denn kein ungewisses Grauen liegt vor uns, sondern nur sichere Gewißheit; und in dieser zu leben, muß uns einfach zur *Gewohnheit* werden. Es handelt sich nur um einen Übergang. Vorläufig liegt ja die Sache noch gar nicht so, daß wir bis ins einzelne wüßten, was uns bevorsteht; wir können nur in gewissen Fällen fragen: Wenn du dies und das tust, was geschieht dann? Wenn du diese Voraussetzung machst, was muß daraus folgen? Und die Antwort darauf gibt uns die Rechnung. Es steht uns also noch eine Wahl offen, und wir können uns noch in gewisser Beziehung der Täuschung hingeben, als sei unser Wille in Wirklichkeit frei. Wer hierin eine Gebugtuung findet, der mag davon Gebrauch machen! Daran aber sollte er unverbrüchlich festhalten: Füge dich dem Schicksal, dessen Gesetz dir bekannt ist; weißt du, daß eine Handlung dein Verderben zur Folge hat, so unterlaß sie und gib dich nicht der trotzigen Hoffnung hin, das Schicksal müsse seinen Lauf zu deinen Gunsten ändern; halte fest an der Überzeugung, daß die Gesetze des Daseins unveränderlich sind und daß der am besten lebt, der sich ihnen fügt, wo er sie erkennt, und nur dort kämpft, wo noch Wechsel möglich ist, das heißt, wo noch Schatten der subjektiven Erkenntnis liegen."

„Und ich", rief Lyrika, die mit größter Ungeduld den letzten, eigentlich ihr allein geltenden Worten zugehört hatte, „ich", rief sie mit glänzenden Augen, „werde auch kämpfen gegen das Gesetz der Notwendigkeit; wenn ich eine Hoffnung gefaßt habe zur Zeit meiner Blindheit, wenn ich dann sehend werde und erkenne, daß ich Verderbliches gehofft – so bleibt doch noch die Frage: Ist nicht das Verderben besser als der liebsten Hoffnung entsagen? Ist es nicht schöner, *mit* seiner Hoffnung unterzugehen, als *ohne* sie zu leben? Hat das Dasein ohne sie noch einen Wert? Und *diese* Frage habe ich zu entscheiden."

„Und wenn Sie", rief Atom erregter als gewöhnlich, „diese Frage so entscheiden, wie Sie zu wollen scheinen, so begehen Sie ein Verbrechen; so versündigen Sie sich an der Gewalt des Naturgesetzes, und Sie büßen gerechterweise."

„Wenn es das echte Gesetz der Natur ist, da den Menschen unvermeidlich und nicht nur fälschlich von ihnen geglaubt – gut, dann werde ich gern büßen."

Mit diesen Worten ergriff sie ihre Schraube, verließ das Zimmer und schwebte zum Fenster hinaus. Ohne sich zu besinnen, stürzte Kotyledo ihr nach. Zwischen den wogenden Wolken der leuchtenden Gase holte er sie ein, und sie verloren sich in den gewundenen Bahnen des Luft- und Wolkengartens.

Der Abend war schon heraufgezogen, aber die Anlagen, in welchen Kotyledo und Lyrika sich bewegten, bildeten ein Meer von Licht im eigentlichen Sinne. In immer neuen Gestalten wogten und wallten die luftigen Straßen und verdunkelten mit ihrem Glanze die alten Sterne, die in nur wenig veränderten Stellungen herniedersahen wie vor Jahrtausenden.

VI LYRIKAS KAMPF

„Lyrika, wie soll ich Ihnen danken! Sie haben mir die Freiheit der Rede wiedergegeben. Sie kennen mein trauriges Geschick, Sie sehen den Abgrund, vor dem wir stehen, wenn wir unserer Neigung nachgeben. Wie konnte ich es da wagen, vor Sie zu treten? Mußte ich mir nicht sagen, daß ich Sie selbst mit mir ins Verderben reiße? Und nun wollen Sie dem Verhängnis entgegenhandeln! Lyrika, Sie wollen die Meine werden?“

So hatte Kotyledo noch vor einer Stunde zu ihr gesprochen. Und hatte sie nicht auch jetzt noch einmal ihn gewarnt? Noch einmal ihm vor Augen geführt, was er wage? Aber wo war die Ruhe der Überlegung im Augenblicke der Leidenschaft geblieben? Durch ihre Bemerkung, die sie im Trotz gegen die Tyrannei des Weltlaufs Atom zugeworfen, hatte sie die Schranke niedergerissen, die Kotyledos leidenschaftliche Natur zurückhielt. Jetzt flutete diese über. Ohne Lyrika sei das Leben für ihn schon heut zu Ende, mit ihr könnte er noch fast zwei Jahre glücklich sein. Und fühlte sie nicht ebenso? Nein, es war nicht zu widerstehen. Das kurze, aber reine Glück, das die Liebenden zu wählen imstande waren, strahlte so hell über all die Dunkelheiten des zukünftigen Geschicks, daß sie seinem verlockenden Glanze allein sich überließen. Und im Gefühl ihrer Seligkeit, nun sie sich einander angehörten und umschlungen hielten, da glimmte wieder das Fünkchen der Hoffnung auf, das alle kalte Berechnung über den Haufen zu stürzen drohte. Es konnte ja doch möglich sein, daß Funktionata sich geirrt habe, es konnte vielleicht noch ein Mittel geben, den Gang der Ereignisse noch in eine andere Bahn zu lenken. Nein, es durfte nicht sein, daß diese Wonne so rasch vergehe. – „Ende hieße Verzweiflung, nein, kein Ende!"

Vor einer Stunde hatte sie so gedacht. Weit im Norden, wo die Luftanlagen längst geendet, am Abhange des Himmeltind auf einer der Lofoten hatten sie gesessen; hier, jenseits des Polarkreises, war ihnen die Sonne wieder erschienen, die in Deutschland ihnen entschwunden war.

„Morgen feiern wir unsere Vermählung", hatte Kotyledo gesprochen. Ach, in seinen Armen war die Welt so sicher, so fest, so schön; wie er sagte, so mußte es sein, es konnte nicht anders sein. Noch einmal sollte Funktionata die ganze Rechnung durchprobieren, jeden Versuch wiederholen; die Erlösung mußte sich ergeben. Und – ergab sie sich nicht?

„Ein Augenblick, gelebt im Paradiese,
Wird nicht zu teuer mit dem Tod gebüßt."

In seinen Armen, droben am einsamen Felsengestade, konnte sie es sagen; nur füreinander waren sie da, und vergessen war die rauschende Welt. Da mochte das Wort des alten Dichters gelten, eines der wenigen, dessen Verse sich unsterblich durch die Jahrtausende erhalten hatten.

Aber jetzt war sie allein in ihrem Zimmer an der großen 114. Hauptpassage. Vor ihren Fenstern sausten durch die Nacht hindurch mit schrillem Tone die Luftschrauben, summte das Gewühl des Weltverkehrs. Auf ihrem Tische lagen die Depeschen, die Stundenblätter, welche im Laufe des Tages angelangt; alles erinnerte sie an das große Getriebe, in welches sie unauflöslich verflochten war mit ihrem Geschick. Wie mochte das alte, weltverachtende Wort hierher passen, in diese Welt, welche nur besiegt werden konnte, indem man sie anerkannte?

Mechanisch blätterte sie in den angekommenen Zeitungen und Broschüren. Sie las vom großen deutsch-kalifornischen Tunnel und von dem Versuche, direkt auf den Mittelpunkt der Erde zuzubohren, und von den flüssigen Sauerstoffstrahlen, die das glühende Erdinnere bändigten, aber sie dachte sich nichts dabei. Da fiel ihr Kotyledos Name auf. Es war ein Angriff auf seine letzte Schrift über die notwendige Erhaltung der Arzneipflanzen. Sie blätterte in der Kritik und freute sich über die vergebliche Mühe des Gegners; sie hörte schon die Worte, mit denen Kotyledo ihn schlagen konnte. – Konnte er denn noch? Zerfiel nicht der Molekularkomplex C in der Rindenschicht seines Gehirns in 623 Tagen! Dieser reiche Geist sollte zerstört werden, entzogen werden den großen Aufgaben, die noch die Mitwelt an ihn stellte? Und das alles durch sie! Woher nahm sie das Recht, um weniger glücklichen Minuten willen den für sich allein besitzen zu wollen, der doch der Gesamtheit gehörte, und das, um ihn zu verderben! Sie begehen ein Verbrechen – die Worte Atoms fielen ihr ein. Ja, ein Verbrechen! Nicht am Naturgesetz, das mochte sie jetzt wenig kümmern, aber an dem geliebten Manne, den sie töten sollte, um ihn zu besitzen.

Vergebens suchte sie ihre aufgeregte Stimmung durch den Psychokineten zu besänftigen; sie konnte wohl ihre Gefühle bemeistern, aber die Erinnerung blieb, es blieb vor allem die Überlegung, die berechnende Überlegung, jetzt nicht mehr beeinflußt von der Leidenschaft des Augenblicks. Darfst du? Das war schließlich die Frage, die sie nicht ruhen ließ, die sie zur Verzweiflung, zum Wahnsinn zu treiben drohte. Und wieder kamen ihr die Worte des Alten in den Sinn:

„Nimm, o nimm die traurige Klarheit,
Mir vom Aug' den blut'gen Schein!
Schrecklich ist es, deiner Wahrheit
Sterbliches Gefäß zu sein.
Meine Blindheit gib mir wieder
Und den fröhlich dunklen Sinn ..."

Sie durchmaß ihr Zimmer von einem Ende zum andern, vom Boden bis zur Decke, ohne Ruhe zu finden. Schon stieg im Nordosten heller und heller das Frühlrot auf, und die Straßenbeleuchtung verlosch. Der erste Strahl des Tagesgestirns, der die höchste Zinne des Stadtteils traf, löste durch eine fotochemische Reaktion die Mechanik des großen Orchestrions aus, und durch alle Häuser drang der gewaltige Pauken- und Posaunenton, welcher den anbrechenden Tag verkündete. Wie oft hatte sie dieser Ton zu neuer Tätigkeit geweckt, wie oft hatte sie seit ihrer ersten Kinderzeit diesen machtvollen Klang mit heiligem Ernst vernommen, der jedweden zur Pflicht rief, der, nach der würdigen Sitte der Zeit schon dem Kindergemüt unvergeßlich eingeprägt, eine Mahnung war an den unabwendlich arbeitenden Mechanismus, dem alle gehorchen müssen. Und wie der Klang der Osterglocken durch die Macht der Gewohnheit dem weltüberdrüssigen Faust die Schale von der Lippe zieht, so wirkte das Donnernahen der lebenspendenden Sonne auf Lyrika, das treue Kind ihrer Zeit. Mit einem Male stand es klar vor ihr, daß sie im Begriff sei, eigenem egoistischen Sinn zuliebe den Geliebten zu verderben, an der Menschheit zu freveln, sich dem Weltlauf entgegenzustemmen, und zweifellos schien ihr das Gebot: Du darfst nicht! Und der Entschluß der Entsagung war gefaßt.

Aber wie ihn retten? Wie sich ihm entziehen? Denn er durfte sie nicht mehr sehen – sie fühlte, nur in ihrer Flucht lag die Rettung für sie beide. Wo er sie gefunden hätte, da wäre sie an ihr Wort gebunden gewesen, das er sicher nicht lösen wollte. Lyrika durfte nicht mehr existieren für Kotyledo, und das konnte sie nur, wenn sie aus seiner Machtsphäre verschwand.

Aber wohin, wohin auf dieser allumwanderten, umflogenen, durchwühlten Erde? Wohin?

Ruhelos und angespannt sann sie nach. Dann blitzte ihr ein Gedanke auf – sie sprang behende empor und verließ im Fluge ihre Wohnung.

VII EINE GESPENSTISCHE BRAUT

Vergebens wartete Kotyledo wenige Stunden später am Eingange des Psychäons in den Gärten des Okeanos, wo Lyrika vor der Probe ihn treffen wollte. Eine Stunde verging, ohne daß sie kam, und einen unvorhergesehenen Zwischenfall befürchtend, bestieg Kotyledo einen der zurückfahrenden hydraulischen Trains und befand sich eine Viertelstunde später an Lyrikas Wohnung. Aber auch hier war keine Spur zu finden. Sie habe die Nacht nicht geschlafen und sei am frühen Morgen ausgeflogen, hörte er. In Sorge um Lyrikas Befinden eilte Kotyledo nach der Wohnung Propions. Er traf Funktionata allein und berichtete das Geschehene. Funktionata versuchte noch einmal, Kotyledos Sinn zu ändern, aber sie richtete nichts aus. So versprach sie denn, wiederholt die ganze Rechnung zu prüfen, obwohl sie keine Hoffnung habe. Doch bewunderte sie den Entschluß der Liebenden; er war eine tragische Tat, vor welcher auch der Andersdenkende mit Achtung und Rührung stehen mußte. Von Lyrika wußte sie jedoch keine Auskunft zu geben, und beide begannen ängstlich zu werden.

Während sie sich in Vermutungen erschöpften, flog ein Blatt in das Zimmer. Wer es hereingeworfen hatte, war nicht zu ersehen, doch galt es als keine seltene Erscheinung, daß Briefe im Fluge durchs Fenster geschleudert wurden.

Kotyledo hob das Blatt auf und warf nur einen Blick darauf. Lautlos ließ er es sinken. Funktionata nahm es auf und las:

„Seid unbesorgt. Lyrika ist Euch nahe, doch niemals werdet Ihr sie wiedersehen. Ich darf nicht Dein sein, Kotyledo, und doch bin ich's. Du aber wirst leben – habe Mut!

Lyrika"

Ratlos sahen sich Funktionata und Kotyledo an. Was sollte das? War Lyrika nicht mehr am Leben? Sie hatte sich geopfert, um nicht ihrem Versprechen untreu zu werden oder Kotyledos Untergang herbeizuführen. Aber ihr Geist sollte bei ihnen sein, sollte in Kotyledo fortleben und die Erinnerung ihm Mut zur Arbeit geben. Anders waren wohl die Worte kaum zu verstehen. Und doch wollte Kotyledo seine Hoffnung, die Geliebte wiederzufinden, nicht aufgeben, bis er nicht jeden Winkel der Erde nach ihr durchsucht.

Kotyledo verließ Funktionata und begab sich zuerst zu Propion und Atom, die er in ihrem Laboratorium zu treffen dachte. Ausnahmsweise war die Tür verschlossen, und er mußte eine Zeitlang warten, ehe Propion zum Vorschein kam. Atom, sagte Propion, sei heute noch nicht dagewesen, er habe gerade am Zentraltunnel, der in Afghanistan begonnen wurde, zu tun. In Kotyledo regte sich ein Verdacht gegen Atom. Hielt er Lyrika versteckt? Doch sein Verdacht legte sich bald; denn noch während er mit Propion sprach, kam Atom wieder, und beide zeigten ein aufrichtiges Erschrecken. Sie wußten offenbar von Lyrikas Verschwinden noch nichts. Das Schicksal Lyrikas beschäftigte beide so sehr, daß selbst Atom seine Eifersucht zu vergessen schien und zunächst nur besorgt war, Lyrika aufzufinden. Das war nun freilich auch für ihn die Hauptsache. Alle drei taten sofort die nötigen Schritte bei den Behörden der öffentlichen Ordnung, und es gab keinen Ort oberhalb und unterhalb der Erdoberfläche, wohin nur Menschen zu dringen pflegten, der nicht nach Lyrika durchsucht worden wäre. Weder lebend noch tot war eine Spur zu finden. Nach vier Pentaden* gab man die Versuche auf, und auch die näheren Freunde beruhigten sich. Nur Atom und Kotyledo machten eine Ausnahme; sie vergaßen Lyrika nicht, Kokyledo hatte sich zunächst ganz aus dem Verkehr zurückgezogen. Nur selten erschien er im Botanischen Garten, dessen Leitung er vorstand, und besorgte die wichtigsten Geschäfte; sonst wußte man kaum, wo er war. Aber Atom wußte es. Eine Ahnung, was mit Lyrika vorgegangen sei, war ihm allein aufgestiegen, und er hatte Grund, die Bestätigung seiner Vermutung zu erwarten. Aber er bewahrte seinen Verdacht als ein tiefes Geheimnis und beobachtete unausgesetzt heimlich alle Beschäftigungen Kotyledos.

Eine eigentümliche Veränderung hatte mit Kotyledo stattgefunden. Der besonnene, exakte Forscher war fast zu einem Einsiedler geworden, der seine Heimat nicht auf dieser Erde, sondern in geträumten, himmlischen Regionen hat. Ein neues Reich, von den Menschen nicht gekannt und nicht geglaubt, schien sich ihm aufgetan zu haben, das *Reich der Geister,* in welchem jetzt der Schwerpunkt seines Verkehrs lag. Er wollte es nicht glauben, und doch war es tatsächlich so: Lyrika, von der Erde verschwunden, verkehrte mit ihm noch als Geist.

Oft, wenn er in seinem Zimmer mit Nachdenken beschäftigt saß oder auf einsamen Spazierflügen sich erholte, glaubte er neben sich die Gegenwart Lyrikas zu spüren. Deutlich hörte er ihren leisen Seufzer, einen tiefen Atemzug oder das Rauschen ihres Gewandes, ja, mitunter glaubte er ihre Stimme in sanftem Gesange zu vernehmen. Anfänglich waren ihm diese Äußerungen einer Verstorbenen im höchsten Grade unheimlich; er konnte sie nicht naturgemäß erklären und mußte sie also für Einbildungen seiner aufgeregten Phantasie halten. Eines Abends hatte er sich nach einer weiteren Spazierfahrt auf jenen Felsenvorsprung niedergelassen, wo er das letzte Mal mit Lyrika zusammen gesessen hatte. Auch jetzt vernahm er sicherlich das Rauschen von Lyrikas Gewand, er fühlte ihren leisen Atem an seiner Wange und ihren Kuß auf seinen Lippen. Er griff mit den Armen in die Leere hinaus, aber es gelang ihm nicht,

* Eine Pentade gleich 5 Tage. Ein Jahr gleich 73 Pentaden. Diese Einteilung gewährt den Vorteil, daß der Zeitraum der Woche (Pentade) im Jahr, ohne Rest aufgeht.

etwas zu erfassen, schon hatte sie sich ihm entzogen. Nachdenklich starrte er fast eine Stunde lang in die See hinaus. Ist wohl jetzt schon der Augenblick eingetreten, fragte er sich, wo die Rindenschicht deines Gehirns zerfällt? Hat Lyrikas Opfer nichts genützt? Bist du nicht mehr deines Verstandes sicher, und ist es der Wahnsinn, der dir schon seine gespenstischen Gebilde vorgaukelt?

Inzwischen war eine atmosphärische Veränderung eingetreten. Mit Eintritt des herbstlichen Abends hatte der Westwind Feuchtigkeit in großem Maßstabe herbeigeführt; die Durchsichtigkeit der Luft hatte zugenommen, und tiefdunkel, scheinbar mit Händen zu greifen, erstreckten sich die entfernten Berge am Horizont. Die Sonne lag im Untergehen mit schrägen Strahlen auf der Felswand, die Kotyledo trug. Den Schatten eines kleinen Felsvorsprungs vor ihm warf sie gerade neben ihn auf den Fels. Als er seinen Blick zufällig auf die Spitze dieses Schattens richtete, bemerkte er eine wunderliche Erscheinung. Es bewegte sich darüber ein matter Schimmer, ein Wechsel von blassen Farben, farbigen Bändern, wie sie gebrochene Sonnenstrahlen erzeugen. Was konnte diese Brechung hervorrufen? Kotyledo sah jetzt genau nach dem Felsvorsprung, indem er so weit zur Seite ging, daß ihn die direkten Strahlen der Sonne nicht mehr blendeten. Und was sah er hier? Schwach und schattenhaft, einem leichten Luftgebilde gleich, aber in deutlich erkennbaren Umrissen, wie aus einer lichten Wolke geformt, saß Lyrikas Gestalt dort. Er griff sich an die Stirn, rieb die Augen, um zu sehen, ob er wache. Er veränderte seinen Standpunkt, aber die Erscheinung blieb. Sie hatte ihm den Rücken zugekehrt, den Kopf auf die Hand gestützt, so daß er nur einen Teil des feingeschnittenen Profils sah, während Lyrika selbst aufs Meer hinausblickte. Gerade wie an jenem Abend saß sie da, nur die goldene Spange im Haar fehlte – ein Tuch schien den Kopf einzuhüllen. Alles an ihr aber war matt, durchsichtig, es fehlten die natürlichen Farben, und das Gesicht mußte sich anstrengen, die nebelhafte Gestalt zu erkennen; nur die Ränder der Figur zeichneten sich durch schwache Farbenringe aus, die in Violett, Blau, Orange und Rot spielten und eine märchenhafte Wirkung hervorbrachten. Diese reizende, wahrhaft luftige, mit den zartesten Tinten des Regenbogens angehauchte Gestalt über der Meeresbrandung, dahinter den im Abendrot glühenden Himmel – alles dies wirkte auf Kotyledo so überwältigend, daß er lange Zeit wie verzaubert dastand. Jetzt aber regte sich die Gestalt. Sie erhob sich, schwebte auf ihn zu, offenbar ohne zu wissen, daß er sie bemerkte. Jetzt oder niemals! dachte er. Er stürzte auf sie zu, faßte sie in seine Arme – ein Schrei –, es war Lyrikas Stimme. Um so fester hielt er sie, obwohl er sie jetzt so dicht in der Nähe nicht mehr sehen konnte. Der farbige Schimmer der Gestalt war erloschen, aber den Körper hielt er in den Armen, er fühlte deutlich ihre Hand, ja, er glaubte das Pochen ihres Herzens zu vernehmen, als sie sich anstrengte, ihm zu entfliehen. Und jetzt hörte er ihre Stimme, ihre gewohnte, helle, bittende Stimme:

„Laß mich, Kotyledo, laß mich! Ich darf sonst nie wieder zu dir."

Er wußte nicht, was er tat – er stand wie vom Blitz gerührt.

Seine Arme öffneten sich, er hörte noch: „Leb wohl, leb wohl ..."

Wieder griff er um sich – sie war fort.

Seit jenem Tage bestand ein täglicher Verkehr zwischen Kotyledo und Lyrikas Schatten. Nie sah er wieder ihre Gestalt, auch ihre Stimme hörte er selten einmal, und dann nur wenige Worte, die einen herzlichen Gruß, einen beruhigenden Trostspruch enthielten. Das Rätsel löste sich ihm nicht. Unerklärlich war ihm ein häufiges, sich wiederholendes Aufblitzen von Lichtstrahlen, wie der Reflex von geschliffenen Gläsern. Eines Tages bemerkte er in der Luft seines Zimmers ein Blitzen wie von glänzendem Metall. Er blickte hin und sah nun den ihm bekannten Ring Lyrikas in der Luft schweben, gewöhnlich ruhend, dann hin und her gehende Bewegungen machend. Er faßte danach und fühlte Lyrikas Finger. Aber rasch wurden sie ihm entzogen, und nur den Ring behielt er in der Hand. Er glaubte ein Wort des Bedauerns von Lyrika zu hören und legte den Ring neben den Phonograph auf seinen Telegrafiertisch; bald darauf war er verschwunden.

Fast täglich fand er jetzt sein Zimmer wie von Geisterhänden mit frischen Blumen geschmückt, mit diesem seltenen Luxus der Zeit, der ihm zugleich so lieb und teuer war. Oft schwebten Blumen und Kränze direkt durch die Luft zu ihm; er war überzeugt, daß Lyrika sie trug, aber er wagte nicht mehr, nach ihr zu greifen, teils weil er wußte, daß sie es nicht wollte, teils aus Furcht sie zu verletzen, da er ja nicht sehen konnte, wohin sein ausgestreckter Arm reiche. Und daß ihr Körper wie früher undurchdringlich und dem Tastgefühl zugänglich war, wußte er bereits. Mitunter fand er Walzen in seinem Psychokineten eingesetzt, welche von Lyrika bereitet waren und ihm nun unmittelbar ihre Gefühle zuführten. Er empfand da, wie sie mit heißer, unzerstörbarer Liebe an ihm hing, wie sie um das bittere Geschick trauerte, das sie zwang, ihn ewig zu fliehen, und wie sie doch glücklich war in dem Bewußtsein, bei ihm sein zu können, unsichtbar ihn zu umschweben und mit geisterhafter Geschäftigkeit ihm tausend kleine Dienste zu leisten, ja mitunter einen Kuß auf seinen Mund zu hauchen.

Kotyledo fühlte sich jetzt fast glücklich bei seiner gespenstischen Braut, er hatte sich an ihre geisterhafte Existenz gewöhnt und grübelte nicht weiter über die Ursachen, welche eine so naturwürdige Erscheinung bewirken konnten. Zugleich schämte er sich, an diesen ihm so lieb gewordenen Verkehr mit einem Geist zu glauben, und behielt daher sein Glück für sich. Niemand machte er eine Mitteilung von dem Zustande, in welchem er Lyrika wiedergefunden. Aber wenn ihm auch so vereinzelte Stunden glücklich dahingingen, ja, wenn es selbst vorkam, daß er Lyrikas helles Lachen hörte, so verzehrte ihn doch eine unauslöschliche Sehnsucht nach ihr. Es waren ja immer nur flüchtige Minuten, in denen er Kunde von ihr bekam, und auch dann nur durch das Ohr oder den Psychokineten. Oh, gern hätte er sein späteres Leben darum gegeben, nur ein Jahr in Lyrikas wirklichem Besitz hinzubringen, wenn er auch nach Funktionatas Berechnung dann hätte sterben müssen. Noch immer gab er – trotz Funktionatas wiederholter Versicherung – die Hoffnung nicht auf, die Rechnung werde sich als falsch erweisen, und doch fürchtete er es wieder. Denn war nicht Lyrika doch für ihn verloren? Konnte er einen Geist als Gattin heimführen, der „jenseits der Styx" wohnte, wie sie ihm einmal auf seine Frage, wenn auch vielleicht nur im Scherz, geantwortet hatte? Oder gab es ein Mittel, Lyrika wieder in ihrer menschlichen Gestalt herbeizuzaubern? Würde sie wiederkehren, wenn sie nicht mehr zu befürchten brauchte, ihn durch ihren Besitz zu vernichten?

Oft quälten ihn diese Fragen, aber er brachte es nicht über sich, den Versuch zu machen, Lyrikas geisterhaften Zustand wissenschaftlich zu erklären. Nur über das eine mußte er sich vergewissern: War Lyrikas Existenz wirklich auch für andere wahrnehmbar, oder war sie nur seine Halluzination? Er glaubte sich dies schuldig zu sein, da es eine Frage war, die seinen geistigen Gesundheitszustand und somit auch die Pflicht gegen sein Amt anging. Wen aber sollte er ins Geheimnis ziehen?

Nun hatte er schon längere Zeit hindurch vergeblich auf Lyrika gewartet; sie war seit zwölf Tagen nicht mehr erschienen, und Kotyledos Ungewißheit hatte sich gesteigert. So legte er heute seinen Taucheranzug an, der den größten Wasserdruck aushielt und selbst fortwährend frische Atemluft erzeugte, bestieg den hydraulischen Train und begab sich nach den Gärten des Okeanos.

VIII TUNNELBAUTEN. DIE SAPHIRGROTTE. DIE JAGD. ÜBER DEN OZEAN

Atom saß, eifrig mit Studien beschäftigt, in seinem Geheimbüro im Zentraltunnel, siebzehn Kilometer unter der Erdoberfläche, mitten in einer herrlichen Grotte von kolossalen, durchsichtig klaren Saphiren und Rubinen, die im elektrischen Lichte zaubrisch glänzten. Wie war Atom hierhergekommen?

Der Tunnelbau hatte in neuerer Zeit bedeutende Fortschritte gemacht, aber einen wahrhaft großartigen Aufschwung nahm die Technik desselben, als die Liquifizierung des Sauerstoffs gelungen war. Man konnte jetzt in früher unzugängliche Tiefen der Erde, ja unter die feste Schicht der Erdrinde in den feurig-flüssigen Teil des Erdinnern eindringen. Die große Hitze wurde dadurch beseitigt, daß man einen Strom von flüssigem Sauerstoff in den Tunnel leitete; derselbe band bei seiner rapiden Verdunstung so viel Wärme, daß man ohne Beschwerden in der größten Tiefe arbeiten konnte; und man hatte noch den Vorteil, daß der verdampfte Sauerstoff die beste Ventilation von selbst darbot. Ja noch mehr! Indem man den Strom des liquiden Oxygens in die geschmolzenen Massen des Erdkerns leitete, erstarrten dieselben unter seiner Berührung, und man konnte auf diese Weise eine Röhre gewissermaßen durch das Innere der Erde hindurchspritzen. Um den Sauerstoffstrom herum bildete sich eine starre Rinde von außerordentlicher Härte, die im Laufe der Zeit bei fortgesetzter Zuführung des Kälteerregers genügend dick wurde, um den ungeheuren Druck des Erdinnern auszuhalten. So hatte man zunächst kleinere Tunnel, welche bis zu zwanzig und dreißig Meilen ins Innere drangen, mit Glück gebaut und endlich im Jahre 3869 auch nach zwanzigjähriger Arbeit den großen deutsch-kalifornischen Tunnel vollendet.

Die Entfernung der beiden Ausgänge des völlig geradlinigen Tunnels betrug auf der Erdoberfläche, in der geodätischen Linie gemessen, 1322 geographische Meilen; das war also der kürzeste Weg, den man über der Erde von dem einen Punkte zum andern nehmen konnte; der Tunnel aber, der die Sehne des Bogens darstellte, war nur 1193 Meilen lang, schnitt also 129 Meilen ab. Die beiden Erdradien, von den Ausgangspunkten des Tunnels nach dem Mittelpunkt der Erde gezogen gedacht, würden dort einen Winkel von 88 Grad eingeschlossen haben; folglich betrug die Neigung, welche die Linie des Tunnels gegen den Horizont von Deutschland sowohl als gegen den des westlichen Kalifornien hatte, 44 Grad, das heißt, der Tunnel ging mit einer Neigung von 44 Grad in Deutschland in die Erdoberfläche hinein und kam mit derselben Neigung gegen die Oberfläche Kaliforniens dort zum Vorschein. Dadurch hatte man den Vorteil, zum Durchfahren dieses Tunnels keiner andern Kraft zu bedürfen als der Schwerkraft. Auf drei Schienen, welche im Durchschnitt in dem kreisförmigen Tunnel ein gleichseitiges Dreieck bildeten, glitten die Wagen, deren Reibung auf ein Minimum reduziert war, wie Schlitten auf steiler, aber völlig glatter Eisbahn, von der Schwere getrieben, mit unglaublicher Geschwindigkeit hinab. Diese Geschwindigkeit nahm fortwährend zu, bis die Mitte des Tunnels erreicht war, welche von allen Punkten desselben dem Erdmittelpunkt am nächsten lag und sich 240 Meilen unter der Oberfläche der Erde befand. Von dort stieg der Schlitten wieder in die Höhe und überwand vermöge der gewonnenen Energie der Bewegung den jetzt auftretenden Widerstand der Schwere, bis er wieder an das Ende der schiefen Ebene in Kalifornien gelangt war.

Wenn hier von einem Herab- und Hinaufsteigen gesprochen ist, so muß man natürlich verstehen, daß damit nur ein Annähern und Entfernen in bezug auf den Erdmittelpunkt gemeint ist, die Bahn des Wagens aber eine vollständig geradlinige bleibt. Der Widerstand der Luft, der bei einer Fallgeschwindigkeit, welche in der Mitte des Tunnels fast eine deutsche Meile pro Sekunde betrug, nicht zu überwinden gewesen wäre, wurde einfach dadurch beseitigt, daß man den Tunnel luftleer gemacht und sehr zweckmäßige Ventile zum Verschluß angebracht hatte. So wirkte sogar jeder durchgehende Train wie der Stempel einer Luftpumpe aufs neue entleerend. Die Reisenden waren ja alle mit Sauerstoffvorrat versehen.

Nachdem nun dieser großartige Tunnel vollendet war, beschloß man ein noch gewaltigeres Unternehmen, und diesmal zu rein wissenschaftlichen Zwecken. Man projektierte eine Tunnelbohrung nach dem Mittelpunkt der Erde, um die Geheimnisse des tiefsten Erdinnern aufzuschließen. Bei der Wahl des Ortes hatte man den Gedanken zur Geltung gebracht, ein ungefähres Zentrum des großen Landkomplexes der östlichen Halbkugel mit seiner antipodischen Stelle inmitten des großen Ozeans zu verbinden, die Erde gewissermaßen in einer Achse der Symmetrie zu durchbohren, und aus hier nicht näher zu erörternden Gründen dazu eine Stelle in Afghanistan in der Gabel zwischen den Flüssen Argandab und Hilmend gewählt. Da man täglich über einen Kilometer fortschritt, konnte man hoffen, in ungefähr fünfzehn Jahren den Erdmittelpunkt und, wenn kein unvorhergesehenes Hindernis eintrat, in der doppelten Zeit den Grund des Pazifischen Ozeans zu erreichen.

Seit kaum drei viertel Jahren arbeitete man über dem Tunnel und war mit der Bohrung bereits vierhundert Kilometer ins Innere gedrungen. Von Strecke zu Strecke hatte man seitliche Bohrungen vorgenommen und geräumige Höhlen zur Aufnahme der Apparate geschaffen. In der Tiefe von siebzehn Kilometern fand man in einer Schicht von gediegenem Aluminium große blasenförmige Hohlräume und hatte diese zur Hauptstation der Beamten und Arbeiter des Tunnelbaues eingerichtet, nachdem sich die Höhlen nach der Einleitung des Sauerstoffes und unter der Wirkung des großen Druckes mit einer Schicht von amorpher Tonerde bedeckt hatte.

Atom, welcher die chemischen Arbeiten des Tunnelbaues zu leiten berufen war, hatte sich in einer dieser Höhlungen sein Büro errichtet. Eines Tages bemerkte er, daß sich von einer Ecke seines Büros aus noch ein enger Gang in das Gestein hinzog; er drang durch denselben vor und befand sich vor einem schmalen Spalt, durch welchen hindurch das Licht seiner elektrischen Lampe auf herrlich widerstrahlende fußdicke blaue und rote Kristalle fiel. Das Aluminiumoxyd war hier in Folge irgendwelcher örtlichen Verhältnisse zu den prächtigsten Saphiren und Rubinen auskristallisiert, die so schön klar und regelmäßig gebildet waren, daß sie keines künstlichen Schliffes bedurften. Atom erweiterte den Spalt und befand sich bald in einem Saale von Edelsteinen, wie ihn kein Märchen großartiger erdenken konnte. Die Entdeckung war übrigens nicht so wertvoll, wie sie im neunzehnten Jahrhundert gewesen wäre, denn die Edelsteine hatten nur einen Wert ihrer Härte und technischen Verwendbarkeit wegen; aber der Anblick im Glanze der elektrischen Beleuchtung war so bezaubernd, daß Atom beschloß, diese kolossale Kristalldruse zu seinem Privatbüro zu machen. Er ließ nur den äußeren Gang in seinem Amtszimmer durch eine Tür verschließen und hielt seine Endeckung geheim. Nach und nach aber brachte er seine wichtigsten Bücher, Instrumente und Chemikalien dahin und zog sich in seine Saphirgrotte zurück, sobald er eine besonders wichtige Arbeit vorhatte.

Auch heute saß er bei der Arbeit im „Rubinzimmer“, bei einer

Arbeit, die ihn Tag und Nacht beschäftigte und seinen ruhelosen Geist zu immer neuen Anstrengungen trieb. Aber es war auch eine Riesenarbeit; es galt nicht, die Erde zu durchbohren oder Vulkane auszulöschen, es galt nicht, das Meer zu verdampfen oder den Mond gegen die Erde zu sprengen – Atom wäre davor nicht zurückgeschreckt; es galt etwas Schwereres – es galt, den Willen eines Weibes zu bezwingen. Und Atom war entschlossen, die Aufgabe zu lösen.

„Es muß möglich sein", sagte er zu sich, „auch durch eine verhältnismäßig kurze Behandlung der Zentralorgane des Nervensystems eine Wirkung auf den Willen und auf die sympathischen Empfindungen des betreffenden Individuums hervorzurufen. Alles ist vorbereitet, die Apparate sind nach unendlicher Mühe zusammengestellt, die Chemikalien beschafft, die erforderlichen Stellen in Gehirn und Rückenmark ermittelt, es fehlt nur eines: das Versuchsobjekt selbst. Es fehlt Lyrika. Und somit ist meine Aufgabe klar formuliert! Es gilt, Lyrika in meine Gewalt und in dieses Zimmer zu bringen. Freiwillig wird sie mir nicht folgen, ich muß sie also zwingen. Das wird nicht zu schwer sein – ein leichter Gasstrom aus dieser Hülse, und sie ist bewußtlos, bewegungslos. Leicht kann ich sie dann hierherschaffen. – Ha, ich bin entschlossen, bis zum Äußersten zu gehen! Ich werde sie erwerben, und wenn sie mir ihre Liebe nicht schenken kann, so werde ich ihre Neigung selbst erzeugen. Nicht umsonst habe ich mich seit drei Monaten unausgesetzt mit der Theorie der Gehirnfunktionen beschäftigt!"

So sprach Atom zu sich selbst. Wo aber war Lyrika? Wie konnte er sie finden? Dies schien ihm nicht schwer. Atom hatte, nachdem er seine Diaphot-Erfindung vervollkommnet, mit gutem Erfolg unsichtbar um Kotyledos Wohnung spioniert und nach kurzer Zeit Lyrikas Geheimnis entdeckt. Lyrika war die einzige Person außer Propion gewesen, zu welcher Atom einmal von Diaphot gesprochen hatte. Daran hatte Lyrika sich erinnert und sich dasselbe an jenem Morgen, als sie auf ihre Liebe verzichtete, aus Atoms Laboratorium zu erwerben gewußt. Die Glasflasche mit Diaphot war verschwunden, und so war es für Atom nicht schwer zu erraten, daß Lyrika dieselbe benutzt hatte, um ihrerseits zu verschwinden. Aber Atom wußte auch, daß das Diaphot nur auf acht bis neun Tage vorhalte und dann eine neue Dosis dem Körper zugeführt werden müsse; im andern Falle gewann derselbe seine Undurchsichtigkeit wieder, indem das Diaphot durch den Sauerstoffwechsel aus den Geweben ausgeschieden wurde. Zuerst wurden dabei eigentümlicherweise Haare und Knochen wieder sichtbar, so daß von einem solchen Menschen nichts als das Skelett zu sehen war; allmählich trat dann auch die Haut hervor, und der Körper nahm sein gewöhnliches Aussehen an. Der Vorrat von Diaphot, welchen Lyrika entwendet hatte, mußte nun, nachdem über drei Monate vergangen waren, aufgebraucht sein; sie sah sich also genötigt, einen neuen Vorrat zu gewinnen, was ihr freilich durch ihre Unsichtbarkeit erleichtert wurde. Dies sah jedoch Atom voraus und hatte deshalb seinen Besitz an Diaphot in dem „Rubinzimmer“ verborgen und verschlossen.

Die Existenz des Rubinzimmers hatte nun Lyrika bald ausgekundschaftet, indem sie sich unsichtbar dicht hinter Atom hielt; so gelangte sie in das Geheimbüro, aber in den verschlossenen Diaphot-Schrank zu dringen war ihr unmöglich. Sie mußte also warten, bis Atom einmal zufällig den Schrank aufschloß, vielleicht konnte sie dann die Büchse ergreifen und entfliehen. Aber auch Atom rechnete darauf, daß das Diaphot Lyrika selbst in seine Behausung treiben würde; sobald er sie dann entdeckte, wollte er sie betäuben und sich ihrer bemächtigen, um sein psychophysisches Experiment mit ihr vorzunehmen. Die so veränderte Lyrika wäre dann natürlich nicht nur ohne Weigerung, sondern gemäß ihres Gesinnungswechsels mit Freude die Seine geworden.

Aber Atom wußte nicht, daß Lyrika bereits seit langer Zeit sich jeden Tag einige Stunden unsichtbar in seiner Grotte aufgehalten, daß sie manches Wort erlauscht hatte, was er im Eifer des Nachsinnens hervorstieß; daß sie unausgesetzt den Fortschritt seiner Vorrichtungen beobachtet und seine Absicht durchschaut hatte; daß ihr völlig klar war, welche Gefahr ihr von Atoms rücksichtsloser Entschlossenheit drohte. In seine Gewalt zu fallen wäre ihr mit dem Tode gleichbedeutend gewesen, und doch mußte sie sich in die Höhle des Löwen wagen, denn er von allen Sterblichen allein war im Besitze des Mittels, das sie brauchte, um bei dem Geliebten zu weilen, ohne ihn zu töten. Sie handelte daher entschlossen, aber mit Vorsicht. Als Atom die Grotte verließ, blieb sie zurück; sie war eingeschlossen in einer Saphir- und Rubinhöhle, siebzehn Kilometer unter der Erdoberfläche.

Freiwillig hatte sie sich einschließen lassen. An Luft und Nahrung war kein Mangel, denn die Sauerstoffleitung floß fortwährend, und mit Kraftpillen, die auf Wochen aushielten, hatte sie sich versehen. Ungesäumt ging sie an die Arbeit. Sie befand sich im Stande der

Notwehr, und gegen Atom durfte ihr jedes Mittel gelten. Werkzeuge befanden sich im Rubinzimmer genug, und bald hatte sie den Schrank erbrochen. Aber, o Unglück, der Vorrat an Diaphot betrug nur wenige Gramm – er konnte höchstens für zwölf Tage ausreichen. Sogleich nahm sie denselben zu sich, da schon die Wirkung der früheren Dosis nachließen, und suchte nach mehr. Vergebens! Nirgends eine Spur. Entweder führte Atom das übrige bei sich, oder er hatte überhaupt im Eifer seiner neuen Unternehmung die Herstellung größerer Mengen unterlassen. Nun mußte sie hoffen, daß Atom bald zurückkäme, solange sie noch unsichtbar war; sonst konnte sie ihm nicht entschlüpfen.

Aber Tag auf Tag verging – Atom ließ sich nicht sehen. Oft hörte sie ihn außerhalb in seinem Hauptbüro sprechen, aber in das geheime Zimmer kam er nicht. Und der zwölfte Tag brach an! Schon bemerkte sie beim Scheine der elektrischen Lampe, die sie angezündet hatte, einen leichten Schimmer, der wie ein Nebelstreif hin und her wogte und ihre Bewegungen begleitete. Vegebens putzte sie die Gläser ihrer Brille, die sie im durchsichtigen Zustande tragen mußte, da sich ja auch die lichtbrechende Kraft der Flüssigkeiten in ihrem Auge geändert hatte. Diese Brille war überhaupt derjenige Teil in dem Prozeß des Unsichtbarmachens, welcher die größte Schwierigkeit bot, da sie bei ungünstiger Beleuchtung zum Verräter werden konnte. Jedoch hatte Lyrika bis jetzt diesen Übelstand immer glücklich vermieden; es kam nur darauf an, das Glas vor jedem Lichtreflex zu hüten. Wie sie auch diese Gläser reinigte, die Streifen an ihrer Seite blieben – es waren ihre vollen dunklen Flechten, die an beiden Seiten des Kopfes herabhingen und schon anfingen sichtbar zu werden. Es war höchste Zeit, daß Atom kam!

Stunde auf Stunde verging, und immer deutlicher trat der reiche Haarschmuck ihres Hauptes hervor. Diesmal war es natürlich eine ganz andere Art des Sichtbarwerdens als ihre nebelhafte Erscheinung an jenem Abend auf den Lofoten. Damals mangelte es ihr nicht an Diaphot, sondern die optischen Eigenschaften der Luft hatten sich geändert; der Grund lag nicht an einer Veränderung ihres Körpers, und so war ihre ganze Gestalt auf einmal als leichter Nebel sichtbar geworden. Hier aber verlor sich das Diaphot nach und nach aus den einzelnen Teilen ihres Körpers, und diese erschienen dementsprechend allmählich deutlicher. Lyrika zitterte vor Ungeduld und Furcht. Wenn Atom noch eine Stunde ausblieb, so mußte er sie bei seiner Rückkehr bemerken, und sie war verloren. Sie verbarg sich unmittelbar hinter der Tür, nachdem sie die Lampe wieder gelöscht hatte. Hier hoffte sie, nicht gleich gesehen zu werden und so zu entkommen, ehe Atom wußte, wohin er sich zu wenden habe. Endlich hörte sie Schritte im Büro, sie kamen durch den Gang – Atom nahte. Ein Lichtstrahl von seiner Lampe drang durch die Tür, das Schloß erklang, die Tür wurde geöffnet.

Atoms erster Blick fiel auf den Schrank, der erbrochen war, und im ersten Moment sprang er darauf zu. Diesen Augenblick benutzte Lyrika, um zur Tür hinauszuschlüpfen, aber auch Atom kehrte sofort um und sprang zur Tür, um sie zuzuschlagen und so ein etwaiges Entkommen zu verhindern. Aber es war zu spät. Schon sah er Lyrikas Haar am Ausgang flattern.

Keinen Moment besann sich Atom; er sprang in sein Büro zurück, ergriff seinen Flugapparat, den er in einer halben Sekunde umgeworfen hatte, und folgte der Fliehenden. Lyrika, die in den halbdunklen, unregelmäßigen Seitenräumen des Tunnels nicht rasch fliegen konnte, hatte nur einen kurzen Vorsprung. Als sie am Eingang zu dem Tunnel selbst anlangte, kam auch Atom schon aus der gegenüberliegenden Tür des Hohlraums und sah ihren Schatten zur Tür hinausflattern in den senkrecht aufsteigenden Tunnel. Hier schoß sie nun rascher als ein Pfeil empor, Atom etwa zweihundert Schritte hinter ihr her. In achtzig Sekunden waren die siebzehn Kilometer bis zur Erdoberfläche zurückgelegt, und Lyrika schwebte über dem sonnigen Boden Afghanistans. Atom folgte ihr unmittelbar, er gab die Verfolgung nicht auf. Jetzt kam es darauf an, wer den Flug länger aushielt, wer ihn rascher zu führen wußte. Für Lyrika gab es kein Entrinnen als durch Schnelligkeit, so daß sie Atom aus dem Gesicht kam. Es hätte ihr nichts genutzt, sich unter den Menschenstrom unten auf der Erde zu mischen. Atom hätte sie hier leicht eingeholt, ein Hauch seiner Gaspistole, und sie wäre machtlos umgesunken. Atom hätte eine Perücke auf dem Arm getragen – wer hätte sich darüber gewundert? Man sah ja von ihr nichts als den Schimmer ihres Haares. Also rasende Flucht, bis sie sich verbergen konnte.

Über Asien ging die wilde Jagd, Afghanistan, Persien flogen unter den Eilenden dahin. Schon befanden sie sich über dem großen See, welcher sich dort wieder ausbreitete, wo früher die große Salzsteppe Persiens sich gedehnt hatte. Atom war Lyrika noch nicht näher gekommen. Die Flugmaschinen beider waren aus derselben Fabrik, völlig gleichmäßig gearbeitet, beide gleich stark, in gleich gutem Zustand, mit komprimiertem Sauerstoff zur Genüge versehen; die Körper der Fliegenden waren von gleichem Gewicht, das heißt beide durch die Schwimmgürtel gewichtslos, auch der Widerstand der Luft war für beide gleich, da der Unterschied der Körpergröße bei der gleichen Form und Größe des umfangreichen Luftschirmes nicht in Betracht kam. So sausten sie in gleichem Abstand über die Gebirge im Süden des Kaspischen Meeres, überschritten das letztere und bewegten sich durch das Tal der Kura an der Südseite des Kaukasus entlang.

Atom konnte nur hoffen, dadurch näher zu kommen, daß Lyrika einen Umweg machte und er die kürzere Strecke wählen konnte; aber bis jetzt hatte sich keine Gelegenheit dazu geboten – Lyrika hielt genau Richtung und kannte die Gegend wie Atom. Um durch den Verkehr und die Luft selbst möglichst wenig gehindert zu werden, hielt sie sich in den höchsten Schichten. Schon schwanden die Zinnen von Tiflis hinter ihnen am Horizonte – sie hatten dreihundert geographische Meilen in wenig mehr als zwei Stunden zurückgelegt, einen Weg, zu dem man sonst mindestens drei Stunden brauchte.

Es war neun Uhr morgens, als die Abfahrt vom Zentraltunnel erfolgte, jetzt wäre es in Afghanistan zwei Stunden später, also elf Uhr gewesen, in Tiflis aber zeigte die Uhr erst ein Viertel auf zehn; denn Lyrika flog mit der Sonne. Noch war der Anstand zwischen Flüchtling und Verfolger derselbe, und schon war die Hälfte des Weges bis zum östlichen Deutschland zurückgelegt.

Lyrika schöpfte neue Hoffnung; schon tat sich das Schwarze Meer unter ihnen auf, dessen nördlichen Teil sie überflogen. Eine Stunde später glitten sie bereits an der Kette der Karpaten hin – noch eine halbe Stunde, und sie war in Schlesien, in Deutschland! Würde sie sich in ihre Wohnung retten können? Vielleicht am Fenster noch hätte sie Atom erreicht! Jetzt mußte sie sich auch allmählich senken, aber damit kam sie auch in die von Luftwagen und Fliegenden reichbelebten Regionen. Es war nicht zu vermeiden, daß sie nach oben, unten oder nach den Seiten ausbog, und näher und näher hörte sie Atoms Schraube klirren, hörte sie das scharfe Pfeifen seines Luftschirms durch die rasend schnell zerteilte Luft. Jetzt befanden sie sich am Eingang des deutsch-kalifornischen Tunnels; von dort waren es noch achtzehn Meilen zu Lyrikas Wohnung; um diese zurückzulegen, brauchte sie noch neun bis zehn Minuten. Aber schon in fünf Minuten mußte sie Atom eingeholt haben. Da faßte sie einen Entschluß der Verzweiflung. Senkrecht ließ sie sich hinabstürzen, die Schraube nach oben gekehrt; so schoß sie mit einer Geschwindigkeit von 250 Metern in der Sekunde hinab – Atom ihr nach. Unmittelbar vor dem Eingang des Tunnels gab sie sich eine plötzliche Wendung, so daß ihre Bewegung eine schräg nach unten gerichtete wurde, und flog gerade in den Tunnel hinein. In demselben Augenblick fuhr ein Zug in den Tunnel, und es gelang Lyrika, den letzten Wagen zu erreichen, an welchem sie sich mit Aufbietung aller Kräfte festklammerte.

Atom stürzte dem Zuge in den Tunnel nach, ein paar Sekunden lang näherte er sich ihm noch, aber es gelang ihm nicht mehr, den Wagen zu erreichen. Der Zug hatte seine Geschwindigkeit schon zu sehr beschleunigt und passierte eben das erste Ventil. Bis hierhin drang Atom mit seinem Fluge noch mechanisch vor, aber hier war ihm auch Halt geboten, denn in den luftleeren Raum konnte er sich nicht wagen – sein Flugapparat wäre dort wirkungslos geworden. Schon viele Meilen weit im Erdinnern sah er die Lichter des Zuges durch die Chresim-Membran des Tunnelventils schimmern. Dann erst kehrte er um und entkam nur mit Mühe der Gefahr, von einem zweiten, nachfolgenden Zuge zerschmettert zu werden. In ohnmächtiger Wut flog er seiner Wohnung zu. Lyrika war gerettet.

In einer Stunde hatte der Zug, welcher Lyrika trug, unter der rasenden Beschleunigung der Schwerkraft den Tunnel passiert und hielt am kalifornischen Bahnhof. Als er Deutschland verließ, war es 9.45 Uhr; nach deutscher Zeit hätte man jetzt 10.45 Uhr vormittags gehabt, aber im westlichen Nordamerika herrschte noch tiefe Nacht; die Bahnhofsuhr zeigte 1.32 Uhr.

Lyrika benutzte ihre Unsichtbarkeit und das Dunkel der Nacht, um sich unbemerkt vom Zuge zu lösen, und flog ohne Aufenthalt dem Osten zu; sie fürchtete, Atom könnte ihr durch den Tunnel folgen, und wollte so viel Vorsprung gewinnen, daß es unmöglich würde, sie wieder aufzufinden. Deshalb schlug sie auch nicht eine rein östliche, sondern südöstliche Richtung ein. Über die Gipfel der Sierra Nevada stürmte sie noch im raschesten Fluge; dann mäßigte sie die Bewegung ihrer Schraube und schwebte mit der üblichen Geschwindigkeit von 80 Meilen pro Stunde über die Gebirge und Ströme von Arizona und Neu-Mexiko. Ruhig legte sie sich in ihren

Bügeln zurück und sah der aufgehenden Sonne entgegen, deren erster Strahl sie über Texas traf. Sie passierte den Mississippi, flog über den nordöstlichen Teil des Golfs von Mexiko, indem sie die Mobile-Bai und die Appalachen-Bai abschnitt, und kreuzte die Halbinsel Florida. Nach sechsstündigem Fluge erreichte sie fünf Meilen nördlich von Cap Canaveral den Atlantischen Ozean. Drei Stunden hatte sie dadurch verloren, daß sie nach Osten flog; es war zwischen zehn und elf Uhr vormittags – dieselbe Tageszeit, zu der sie Deutschland verlassen hatte –, als sie sich zum Gestade herabsenkte.

Ermüdet ließ sich Lyrika am Ufer nieder. Einsam und öde dehnte sich Mosquito-Lagoon zu ihren Füßen, und glühend brannte die Sonne auf ihren Scheitel. Gern hätte sie ein schützendes Obdach aufgesucht, aber sie konnte sich nicht in der Nähe von Menschen zeigen und hatte deshalb diese wenig bewohnte Gegenden zum Ruheplatz wählen müssen. Die Wirkung des Diaphots hatte aufgehört, schon am Morgen war sie als ein Skelett durch die Einsamen Höhen der Atmosphäre gezogen, und jetzt trat bereits ihre ganze Gestalt hervor; aber die mit Diaphot getränkten Kleider blieben natürlich unsichtbar, und sie mußte versuchen, Abhilfe zu schaffen. Spähend erhob sie sich; bald entdeckte sie in mäßiger Entfernung einige Fischerfrauen. Rasch näherte sie sich ihnen, um ein Tuch zu erbitten. Aber bei ihrer Annäherung entflohen die Frauen und waren durch kein Flehen zur Rückkehr zu bewegen. Da half Lyrika sich selbst. Die eine der Frauen hatte ihr großes weißes Tuch zurückgelassen. Lyrika bemächtigte sich dieses Kleidungsstückes und ersetzte den Wert desselben reichlich durch Geld. Sie hüllte sich in das Tuch und beschloß nun, ohne Aufenthalt nach Hause zurückzukehren. Ihre Müdigkeit überwand sie durch den Genuß einiger Kraftpillen aber der Mangel an flüssigem Oxygen in ihrer Flugmaschine machte ihr Bedenken. Doch auf acht bis neun Stunden reichte der Sauerstoff noch, und so lange brauchte sie bei gutem Wetter und günstigem Winde höchsten. Es fehlte noch eine Viertelstunde zu Mittag in Florida, als sich Lyrika in die Lüfte schwang und, nach Ostnordost steuernd, über den Atlantischen Ozean schwebte.

Die Fahrt war anfänglich günstig und rasch. Lyrika erhob sich über das Gebiet des Nordostpassats und benutzte die Äquatorialströmung zu ihren Gunsten. Schon war sie nicht mehr weit von den Azoren entfernt, als das Wetter sich plötzlich änderte und sie zwang, langsamer vorwärts zu dringen. Allmählich senkte sie sich bis auf einige tausend Meter über die Meeresoberfläche; aber hier war der Wind ihr zu stark entgegen, sie mußte wieder eine höhere Luftschicht aufsuchen, da sie mit ihrem Kraftmaterial zu sparen Ursache hatte. Doch es gelang ihr nicht zu steigen. Zu ihrem Schrecken bemerkte sie, daß ihr Luftschwimmgürtel eine Verletzung erlitten hatte, wahrscheinlich bei der Fahrt durch den Tunnel. Dieselbe hatte sich allmählich zu einem kleinen Riß erweitert und ließ jetzt langsam atmosphärische Luft einströmen. Sie mußte alle Kraft der Schraube anwenden, um sich in gleicher Höhe zu erhalten, aber auch diese ließ nach, und sie sank tiefer und tiefer. Die Wogen schäumten unter ihr, und der Orkan brauste ihr entgegen, an dessen Wut die Kraft der Schraube erlahmte. Schon acht Stunden war sie unterwegs, und hier herrschte bereits völlige Nacht: sie befand sich, soweit sie aus den elektrischen bunten Leuchtfeuern am Horizont erkennen konnte, noch immer zwischen den Azoren, und zwar zwischen den Inseln Graciosa und S. Jorge. Aber nur noch sechzig Meter von den Wegen entfernt, vermochte sie ihren Flug zu halten, und sie mußte suchen die Insel Terceira zu gewinnen.

Die letzte Reserve ihres Oxygenvorrates wurde entfesselt. Noch einmal drehte sich die Schraube, die heute schon seit zwanzig Stunden in Tätigkeit war, in rasender Geschwindigkeit um ihre Achse. Noch einmal wurde die Gewalt des Sturmes überwunden, und die Lichter der Insel erglänzten in der Entfernung von einem halben Kilometer. Da – ein plötzlicher Krach, ein Schrei –, die Schraube war mit einem kanonenschußähnlichen Knall gebrochen. Lyrika stürzte, der Sturm wirbelte sie herum, sie verlor die Besinnung, und die Wogen schlossen sich über ihrem Körper.

IX DIE GEHEIMNISVOLLE KISTE

Kotyledo wartete im Empfangssaal des Ozeanbahnhofs auf Strudel. Seit Jahren brachte der um 5 Uhr 12 Minuten* eintreffende Zug den Direktor Strudel-Prudel unwandelbar mit sich. Heute geschah eine Ausnahme; der Zug traf wohl ein, aber ohne Strudel. Kotyledo beschloß zu warten und setzte sich an einen der Tische, von welchem

* Die Zeitmaße sind zur Bequemlichkeit des Lesers überall auf die uns gewohnten reduziert.

aus er die vorüberflutende Schar der Spazierschwimmer beobachten konnte. Es war eine bunte Menge, denn auch die in der äußeren Form ziemlich gleichmäßigen Taucheranzüge mit ihren runden Helmen hatte man geschmackvoll zu verzieren gewußt. Namenszüge und Embleme ließen die Besitzer erkennen. Der Wirt des Hotels hielt gezähmte Delphine, und manchen Touristen sah man sich dieses sagenberühmten Wesens als Reittier bedienen und als einen modernen Arion dahinfahren. Wer sich mit seinem Nachbar unterhalten wollte, verband zwei von den Taucherhelmen herabhängende Nebenleitungen, wodurch eine Verbindung hergestellt und ein Verkehr ermöglicht wurde, der durch die Stimme allein bei der verschlossenen Kopfbedeckung nicht ausführbar gewesen wäre.

Zug auf Zug fuhr in den Bahnhof, ohne daß Strudel aus einem derselben stieg. Weder der Zug um 5.17 Uhr noch der um 5.22 Uhr, noch einer der nächstfolgenden brachte ihn. Noch drei Züge wollte Kotyledo abwarten, und seine Ausdauer wurde belohnt. Um 6.07 Uhr traf Strudel ein. Kotyledo hatte ihn bald erblickt und eilte ihm entgegen. Zu seinem Erstaunen fand er ihn nicht allein; zwei Arbeiter, mit Stricken, Beilen und Werkzeugen verschiedener Art ausgerüstet, begleiteten ihn.

Strudel begrüßte Kotyledo mit großer Freude.

„Vorzüglich", rief er ihm durch seinen Schlauch zu, „daß ich Sie hier treffe. Eben war ich in Ihrer Wohnung, ich habe sie auf der Oberwelt gesucht, wo Sie sich jetzt so hartnäckig versteckt halten. Daher meine Verspätung. Ich habe eine wichtige Arbeit vor, und Sie sollen mich dabei begleiten, mir helfen, wenn Sie wollen."

„Mit dem größten Vergnügen", entgegnete Kotyledo. „Ich begleite Sie, wohin Sie wünschen, und wenn ich Ihnen nützen kann, so soll es mich freuen. Übrigens war ich hierhergekommen, um meinerseits Ihre Hilfe, Ihren Rat zu erbitten."

„Und warum?"

„Das erzähle ich Ihnen unterwegs. Doch was für Apparate haben Sie da mitgebracht? Welche Expedition haben Sie vor?"

„Es gilt", sagte Strudel, „einen höchst merkwürdigen Fund zu heben, den ich gemacht habe. Zwischen Klippen, halb im Sande vergraben und mit Schaltieren besetzt, habe ich eine altertümliche Kiste auf dem Meeresgrund gefunden. Sie hatte sich so fest zwischen die Felsen geklemmt, daß es mir allein nicht möglich war, sie sogleich frei zu machen. Deshalb habe ich mich heute mit Hilfe versehen, und

Sie wollte ich um Ihre Begleitung bitten, weil ich glaube, daß Sie der Fund interessieren wird. Die Kiste ist wenigstens zweitausend Jahre alt, und ich bin überzeugt, sie wird höchst interessante historische Aufschlüsse gewähren; vielleicht enthält sie Dokumente von Wichtigkeit."

„Wohlan", sagte Kotyledo, „ich bin bereit und brenne vor Neugier, die geheimnisvolle Kiste zu öffnen. Aber wissen Sie auch, ob wir ruhige See behalten? Ich habe im Wetteratlas nicht nachgesehen."

„Auch ich habe es versäumt."

„Das ist schade. Doch wir wollen uns dadurch nicht stören lassen."

„Vorwärts denn!" schloß Strudel.

Sie begaben sich auf den Weg. Kotyledo erzählte seine Schicksale und bat Strudel um seinen Rat. Dieser, der natürlich von der Existenz des Diaphots keine Ahnung hatte, war geneigt, an Sinnestäuschungen zu glauben, und schlug Kotyledo vor, einen Arzt zu Rate zu ziehen. Vorher aber wollte er selbst einmal Kotyledos Wohnung aufsuchen, um womöglich einer Erscheinung Lyrikas beizuwohnen.

Nach Verlauf von zwei Stunden waren die Forscher an der Stelle angelangt, wo die Kiste lag. Sogleich machten sich die Arbeiter unter Strudels und Kotyledos Leitung daran, den Schatz zu heben und die Kiste von den sie festhaltenden Hindernissen zu befreien. Das ging nicht so leicht; ein Teil des Felsens mußte mit der Hacke abgesprengt werden, dann erst gelang es, die Kiste aus dem Schlamm und Sand, welcher die Zwischenräume füllte, unverletzt hervorzuziehen. Es war noch ein Glück, daß die Kiste auf diesen aus dem Schlamme hervorragenden Fels geraten war, sonst hätte man sie nie wiedergfunden. Die Kiste war zwei Meter lang, über einen halben Meter breit und ziemlich ebenso hoch, Strudel brannte vor Ungeduld, sie zu öffnen, aber unter dem Wasser ging es nicht an.

„Wir müssen den Fund nach der Küste schaffen", meinte Kotyledo. „Aber wo finden wir das nächste Land?"

„Im Norden", erwiderte Strudel. „Ich habe das schon vorgesehen und mich genau orientiert. In zwei Stunden können wir auf einer der Azoren sein."

Der Marsch wurde angetreten und so sehr wie möglich beschleunigt. Strudel und Kotyledo selbst nahmen die Kiste zwischen sich, die freilich im Wasser kein großes Gewicht besaß. Der Meeresboden hob sich allmählich und zeigte die Nähe einer Insel an. Die Arbeiten zur Freilegung der Kiste und der Marsch hatten gut weitere drei Stunden fortgenommen. Es war völlig Nacht geworden, als sie der Oberfläche des Meeres sich näherten. Aber die Szene hatte sich geändert. Mehr und mehr kamen sie in eine vom Sturm aufgeregte See und mußten sich am Boden des aufsteigenden Ufers halten, um nicht willenlos hin und her geworfen zu werden. Die Kiste wurde noch mit Stricken an Handhaben befestigt und von den vier Männern mit Mühe getragen.

Jetzt war Kotyledo an die Oberfläche emporgedrungen und hatte sich durch die Brandung hindurchgearbeitet. Er befestigte das Seil, welches er hielt, an einer geeigneten Stelle oberhalb des Wassers; Strudel und die Arbeiter kletterten daran zu ihm empor; es galt jetzt, die Kiste nachzuziehen, was trotz ihrer vereinigten Anstrengungen längere Zeit hindurch nicht gelingen wollte. Endlich kam sie zum Vorschein. In diesem Augenblicke wurde, durch das Brausen der Wogen und das Heulen des Sturmes fast erstickt, ein kurzer Knall vernommen, und als die Männer den Strahl ihrer elektrischen Lampen auf die im Dunkel wogende See hinauswarfen, bemerkten sie einen weißen Gegenstand aus der Luft in das Meer fallen. Es mochte ein Mensch sein, der in der Luft vom Sturm überrascht worden war und jetzt in einer Entfernung von vielleicht fünfhundert Schritt mit den Wogen kämpfte oder vielmehr willenlos von ihnen hin und her geschleudert wurde. Rettung zu bringen schien unmöglich– auch wurde der Unglückliche von Wind und Wogen vom Lande abgetrieben.

Kotyledo zögerte nicht zu handeln. Er ließ sich in seinem Taucheranzuge an das längste der mitgebrachten Seile binden und nahm ein zweites mit sich. Die entschlossenen Männer, welche Strudel begleitet hatten, warfen ihre Taucheranzüge ab und legten die immer mitgeführten Flugmaschinen an. Dann faßten sie das Seil, an welchen Kotyledo hing, und indem sie es festhielten, vertrauten sie sich der Gewalt des Sturmes an. Strudel blieb zum Schutze der Kiste zurück und hielt sich bereit, den etwa Zurückkehrenden hilfreich beizuspringen. Der Sturm erfaßte sofort die Fliegenden und warf sie aufs Meer hinaus, Kotyledo wurde in den Wogen fortgezogen. Jetzt aber setzten die Arbeiter ihre Luftschrauben in Bewegung und regelten ihren Lauf durch die Luft. Das Unternehmen war schwierig, aber es gelang ihnen, in die Nähe des Versunkenen zu kommen. Weithin leuchtete Strudel mit seinen elektrischen Strahlen über das

Meer, die Fliegenden hielten sich über der Stelle, wo das weiße Tuch schimmerte, und Kotyledo bemühte sich, dasselbe zu erfassen. Endlich glückte es ihm – fest eingehüllt in das Tuch fühlte er einen menschlichen Körper, ob lebend oder tot, konnte er nicht entscheiden. Die Fliegenden wandten jetzt ihre Schrauben und arbeiteten dem Sturm entgegen, Kotyledo und den Geretteten mit sich fortzuziehen.

Zum Glück hielten ihre Luftschrauben aus, und ihren vereinigten Kräften gelang es, die Gewalt des Sturmes zu besiegen. Wieder erreichten sie das Land, wo Strudel Wache hielt, und nun war es den drei Männern möglich, Kotyledo und seine Last durch die Brandung ans Ufer zu ziehen. Sogleich wurde die Kiste auch vollends heraufgeschafft, und alle waren geborgen. Kotyledo warf seinen Taucheranzug ab. Er hob einen Zipfel des Tuches auf und beleuchtete mit seiner Lampe das Gesicht des Ertrunkenen. Es war Lyrika –

Die Insel Terceira war dicht bewohnt. Nicht weit vom Strande befand sich ein großes Hotel, in welchem die Reisenden mit ihren Gütern Aufnahme und für sich ausreichende Verpflegung fanden. Ein tüchtiger Arzt war sogleich zur Stelle, und an Lyrika wurden alle Wiederbelebungsversuche, welche die moderne Heilkunde bot, angestellt. Nach langer Bemühung schlugen sie an; die Verunglückte atmete wieder und lag bald wohlgebettet in tiefem Schlafe. Der Arzt beruhigte Kotyledo.

„Nach zwei Stunden“, sagte er, „habe ich die Dame völlig wiederhergestellt. Sie ist nur noch sehr ermüdet – scheint einen weiten Flug gemacht zu haben.“

In diesem Augenblick stürzte Strudel in den Salon, in welchem sich die beiden Herren befanden.

„Herr Arzt“, rief er, „ich brauche Ihre Hilfe noch weiter! Bitte, begleiten Sie mich – und Sie, Kotyledo!“

Der kleine Herr zitterte vor Aufregung. In der rechten Hand hielt er ein Päckchen Papiere, mit dem er in der Luft herumfuchtelte. So schleppte er seine Begleiter in sein Zimmer. Die Kiste stand auf dem Boden des Zimmers, der Deckel war offenbar erst mit Widerstreben gewichen; jetzt zeigte sich, daß die Kiste von Kupfer war. Aber in derselben stand eine zweite eiserne Kiste; außerdem hatte sich eine Blechbüchse darin befunden, welche Strudel zuerst geöffnet hatte und deren Inhalt er jetzt in der Hand hielt und den Herren unter die Augen breitete.

Es waren drei Schriftstücke in deutscher Sprache, in den altertümlichen Schriftzügen vom Ende des zweiten Jahrtausends. Das erste enthielt die amtliche Versicherung, daß dem Fleischermeister Friedrich Schulze zu Berlin von seiner Ehefrau Friedericke, geborne Müller, am 20. April 1821 ein Sohn geboren worden sei und derselbe nach Ausweis des Kirchenbuches in der heiligen Taufe die Namen Friedrich Wilhelm erhalten habe. Es war also ein Taufschein von Friedrich Wilhelm Schulze zu Berlin.

Das zweite Dokument lautete folgendermaßen:

An Bord der Nirwana,
den 30. Juli 1876

Zur Aufklärung aller Mißverständnisse, welche etwa daraus hervorgehen könnten, daß durch die Wirren späterer Zeit mein gegenwärtiger Entschluß vergessen werde, soll man folgende Erklärung meinem mumifizierten Körper beigeben:

Ich, Friedrich Wilhelm Schulze, wohnhaft Potsdamer Straße ... (Ziffern verwischt) in Berlin, Witwer, Rentier und Hausbesitzer, Sohn des verstorbenen Fleischermeisters Friedrich Schulze, unbestraft, im Besitz der bürgerlichen Ehrenrechte und eines Vermögens von 280000 Mark 4 Pf., befand mich zum Besuche der Zentenial-Ausstellung in Philadelphia, woselbst ich Herrn Doktor Carl Müller kennenlernte, welcher im Begriff war, seine Entdeckung über die Mumifizierung und Wiederbelebung organischer Körper zu veröffentlichen. Derselbe teilte mir als schon längst bekannt mit, daß es Organismen gebe, welche, Jahre lang eingetrocknet, doch wieder zum Leben gebracht werden könnten. Er hat nun seine Versuche auf höhere Organismen ausgedehnt und es fertiggebracht, eine vollständige Erhaltung derselben zu ermöglichen. Es wird das Blut ausgepumpt, sofort eine von ihm erfundene und mir nicht näher bekannte antiseptische Lösung eingespritzt, welche die feinsten Adern und Kapillargefäße durchdringt, und die Haut selbst mit der Lösung getränkt. Der so präparierte Tierkörper hält sich beliebig lange Zeit und kann durch ein im Anhang näher beschriebenes Verfahren jederzeit wieder zum Leben erweckt werden, so daß der Lebensprozeß gerade so fortgesetzt wird, als wäre er gar nicht unterbrochen gewesen. Nachdem ich mich an Kaninchen, Hunden und einem Pferde von der Zuverlässigkeit der Methode des Herrn Doktor Müller überzeugt hatte, bat ich denselben aus eigenem Antriebe, den

Versuch an mir selbst zu machen. Endlich hat Herr Doktor Müller nachgegeben; er begleitete mich nach Europa und wird die Mumifizierung während der Überfahrt an Bord der „Nirwana“ vornehmen. Man wird mich alsdann in einem eigens dazu konstruierten eisernen Kasten verwahren, welcher in Berlin noch von einem goldenen umgeben werden soll. Dies soll geschehen, damit ich bei meinem Wiedererwachen nicht ohne Subsistenzmittel bin, und zwar soll dazu die Summe von 130 000 Mark verwendet werden. Den Rest meines Vermögens habe ich bereits, um alle juristischen Bedenken zu vermeiden, von Philadelphia aus meinen beiden Kindern Wilhelm Carl und Wilhelm August Schulze geschenkt.

Ich erkläre nochmals, daß ich auf mein Verlangen und ohne fremde Beeinflussung einbalsamiert wurde, und bestimme, daß genau zweihundert Jahre nach meiner Mumifizierung, am 1. August 2076, ich durch die derzeitigen medizinischen Autoritäten wieder lebendig gemacht werde. Bis dahin soll ich in meiner Familie sorgfältig aufbewahrt werden.

Da es für mich gleichgültig ist, ob ich meine zehn bis zwanzig Jahre jetzt oder später noch ablebe, so ziehe ich's vor, lieber im einundzwanzigsten Jahrhundert zu existieren, wo alsdann die Mietspreise vielleicht wieder mehr gestiegen sind.

Friedrich Wilhelm Schulze
Hausbesitzer und Rentier

Hieran schloß sich eine Anweisung, wie durch Transfusion von lebendem Blut, künstliche Atmung, elektrische Behandlung usw. der stillstehende Organismus wieder in Bewegung versetzt werden könnte.

Das dritte Aktenstück lautete:

An Bord der Nirwana,
8. August 1876

Nachdem ich Herrn Friedrich Wilhelm Schulze nach allen Regeln der Kunst auf sein Verlangen mumifiziert und in den eisernen Kasten gelegt habe, sehe ich mich genötigt, ihn, ohne mein Versprechen zu erfüllen und ihn nach Berlin bringen zu können, dem Meere und einem unbestimmten Schicksal zu übergeben. Unser Schiff brennt in Folge einer Explosion. Wir sind gezwungen, dasselbe zu verlassen; Schulze mitzutransportieren ist trotz meines Verlangens als ganz unmöglich vom Kapitän zurückgewiesen worden. Ich schließe daher die Kiste noch einmal in eine Umhüllung von Kupferblech – noch habe ich eine Stunde Zeit – und übergebe sie dem Meere. Eine leere Tonne soll sie schwimmend erhalten – vielleicht findet der Verlassene einst Erlösung. Auch wir ergeben uns unserem Schicksal.

Dr. Müller, praktischer Arzt

Kotyledo und der Arzt schüttelten staunend den Kopf. Dann riefen sie wie mit einem Munde: „Wo ist Schulze?"

Strudel hatte schon über der eisernen Kiste gearbeitet. Mit großer Mühe, aber auch mit großer Sorgfalt wurde jetzt der Deckel abgehoben. In Baumwolle vorsichtig verpackt, kam der Körper eines ältlichen Mannes in der Tracht des neunzehnten Jahrhunderts zum Vorschein. Völlig frisch, als wäre er eben entschlummert, sah dieser Mann aus, der zweitausend Jahre auf dem Grunde des Meeres gelegen hatte. Der Arzt beugte sich über ihn und betrachtete ihn sorgfältig.

„Bis ins kleinste Detail erhalten", sagte er bewundernd. „Die Alten waren doch nicht so dumm, wie wir uns gern glauben machen möchten. Jede Zelle, jedes kleinste Gefäß, jeder Nerv ist genau so, wie er zu Lebzeiten dieses Mannes war – die stoffliche Zusammensetzung ist unverändert, nur die organische Bewegung fehlt. Es ist eine Uhr, die vor zweitausend Jahren stehengeblieben ist. Dieser Biedermann wollte sie schon nach zweihundert Jahren wieder aufziehen lassen – er hat den Termin verschlafen. Nun, wir wollen es heute versuchen; ich hoffe, es wird gelingen, die Uhr wird wieder gehen."

Inzwischen war es Morgen geworden. Aber Strudel ließ dem Arzt keine Ruhe, er sollte gleich die Wiederbelebung versuchen. Der Arzt erklärte sich bereit, er holte die nötigen Apparate. Die Anweisung des Doktor Müllers brauchte er nicht erst nachzulesen, er wußte, was er zu tun hatte. Strudel bereitete alles nach seinen Anordnungen vor. Während dieser Vorbereitungen entschlummerte der erschöpfte Kotyledo im Lehnstuhl.

Nach zwei Stunden erwachte er wieder vom Lärm einer Stimme, die mit Ungeduld wiederholt das Wort „Kaffee!" rief. Er schlug die Augen auf und sah den wieder zum Leben gebrachten Herrn Schulze im Zimmer stehen und nach Kaffee verlangen, während Strudel und der Arzt ihn zu beruhigen suchten, aber offenbar nicht wußten, was er wolle.

Kotyledo sprang auf. „Kaffee!“ Er lachte. „Ja, mein Herr, den werden wir wohl nicht gut schaffen können; Kaffeebohnen finden Sie nur noch in meinem Botanischen Garten.“

Er erklärte Strudel und dem Arzt, daß der Fremde ein Getränk verlange, das man früher nach dem Erwachen zu trinken pflegte. Da wußte der Arzt bald Abhilfe; er braute aus seinen Medikamenten eine Essenz zusammen, und Schulze gab sich zufrieden, da ihm gesagt wurde, der Kaffee sei jetzt nicht anders zu haben. Strudel stellte Kotyledo als denjenigen vor, dem die Rettung der Kiste zum großen Teile zu verdanken sei. Schulze ließ sich nicht abhalten, seinem Retter wiederholt die Hand zu schütteln, der nicht wenig über diese Zeremonie, deren freundschaftliche Bedeutung er nicht kannte, verwundert war. Übrigens konnte Kotyledo seinerseits nicht ahnen, welchen Glückswechsel er Schulzes Auferstehung zu danken habe; er wußte nicht, daß nun alle seine Not geendet sei; sonst hätte er wohl Schulzes Liebenswürdigkeit auf seine Art erwidert. Dieser verzehrte indes mit großem Appetit ein Gericht, das er für eine Trüffelpastete hielt. Hätte er freilich gewußt, daß die Ingredienzien dieser Pastete noch vor wenigen Tagen in einem Kalkbruche Zentralafrikas und einem Salpeterlager Südamerikas geruht, so hätte sie ihm bei seinen antediluvianischen Ansichten vielleicht minder gemundet.

Am vergnügtesten von allen schien Strudel; er freute sich wie ein Kind und hätte am liebsten den verwunderten Schulze, mit dessen Auffindung ihm ein Lieblingswunsch erfüllt war, unter eine Glasglokke gesetzt wie einen Frosch ins Aquarium. Eine Stunde später befanden sich vier Personen in einem bequemen und geräumigen Luftwagen, der mit großer Geschwindigkeit Lyrikas Wohnung zuflog. Es waren Lyrika, Kotyledo, Strudel und Wilhelm Schulze.

Schulze konnte sich nicht genug wundern über alles, was er sah – aber er hatte auch allerlei auszusetzen. Namentlich schien ihm das Luftschiff gar nicht recht geheuer, und er hätte eine Berliner Droschke sogar vorgezogen.

Zunächst erzählte Lyrika ihre Abenteuer. Kotyledo wurde zornig. „Dieser Atom!“ rief er. „Ist er es nicht, der sich über jedes Gesetz hinwegsetzt, der das Geschick zu bezwingen hofft? Aber er soll mir und dir Genugtuung geben!“

Glücklich war er, daß Lyrika lebte, daß ihre gespenstische Erscheinung wieder schöne Wirklichkeit geworden war; ja, er vergaß in der

Freude des Wiederfindens ganz das dunkle Verhältnis, das über ihm und ihr waltete, und gab sich allein dem Glücke hin, bei der Geliebten zu sein.

„Was Sie da alles erzählen“, sagte Schulze, „davon glaube ich kein Wort; am allerwenigsten glaube ich die Geschichte von dem unsichtbaren Spiritus, oder wie Sie das nennen. So einen unsichtbaren Menschen müßte ich erst sehen, ehe ich daran glaubte.“

„Hier haben Sie mein Taschentuch“, sagte Lyrika lachend, indem sie ihre Hand hinhielt.

Schulze griff danach und fühlte wirklich ein ordentliches vollwiegendes Taschentuch. Er breitete es auf seine Hand, hielt es vor die Augen – vergebens, zu sehen war nichts –, aber das Gefühl mußte ihn überzeugen, es war wirklich ein Taschentuch.

„Na“, sagte er, „das ist ja wohl so; aber für einen gewöhnlichen Menschen ist das wohl nicht zu brauchen, wenn er den Schnupfen hat.“

„Nun glaube ich alles“, murmelte er einige Zeit darauf und saß dann stumm und nachdenklich da; allmählich wagte er auch, auf die Erde herabzublicken, wo jetzt Frankreichs Städte, Flüsse und Berge unter ihm dahinglitten.

Jetzt aber, als Kotyledo Schulzes Geschichte erzählt hatte, kam die Reihe des Erstaunens an Lyrika. Immer und immer ließ sie sich die Einzelheiten wiederholen und befragte die Dokumente, die ihr Strudel reichen mußte, bis sie plötzlich mit einem Ausruf des Entzückens Kotyledo um den Hals fiel.

„Kotyledo“, rief sie, „mein Geliebter, wir sind gerettet, ich werde die Deine!“

„Lyrika, was sagst du?“

„Ja, Kotyledo! Funktionatas Rechnung ist wertlos, sie hat keine Geltung, denn ihre Annahmen sind falsch. Sie hat vorausgesetzt, daß unser gemeinschaftlicher Ahnherr gestorben ist. Er lebt aber noch, denn es ist kein anderer als der Rentier und Hausbesitzer Friedrich Wilhelm Schulze aus Berlin, den wir hier gesund und munter vor uns sitzen sehen.“

Und sie fiel dem alten Herrn um den Hals, küßte ihn und nannte ihn „lieber Großpapa“, und er ließ sich alles wohlgemut gefallen. Sie waren bei Lyrikas Wohnung angekommen.

„Morgen feiern wir unsere Vermählung“, sagte Kotyledo wieder. Diesmal hörte es Lyrika ohne Bangen vor der Zukunft.

„Und fürchtest du dich nicht vor Atom?“ fragte Kotyledo sie.

„Oh“, erwiderte sie, „jetzt bin ich ja wieder sichtbar, da wird er es nicht wagen, mir nahe zu kommen. Auch verlasse ich mein Haus nicht mehr, außer ...“

„Außer mit mir – um bei mir zu bleiben“, schloß Kotyledo.

X EINE HOCHZEITSREISE. ATOMS VULKAN

Am frühen Morgen des folgenden Tages war in aller Stille vor dem dazu bestellten Beamten die Zeremonie vollzogen worden, welche Kotyledo und Lyrika für das Leben vereinte.

Strudel und Schulze hatten als Zeugen gedient. Propion und Funktionata waren zwar von dem Vorgefallenen sofort benachrichtigt worden, hatten aber nur ihre Glückwünsche geschickt. Der Brauch erforderte, daß eine Festlichkeit im Kreise der Verwandten und Freunde nach Verlauf der zehnten Pentade, am fünfzigsten Tage nach der Hochzeit, gefeiert wurde; bis dahin war das junge Paar sich vollständig selbst überlassen, und niemand kümmerte sich um dasselbe.

Schulze war Strudels dringender Einladung gefolgt, seinen Wohnsitz in seinem Hause aufzuschlagen, und Strudel bemühte sich mit rührender Sorgfalt, die altfränkischen Sitten des Wiedererstandenen zu modernisieren und ihn nach und nach mit den Vorteilen der Zivilisation des 39. Jahrhunderts bekannt zu machen. Ja, er brachte ihm sogar die Anfangsgründe des Fliegens bei, und gar zu gern hätte er Schulzes Gehirn in seinem Institut einer erziehenden Behandlung unterzogen, aber dazu hatte er den alten Herrn bis jetzt nicht bewegen können.

Lyrika und Kotyledo traten nach der Trauung ihre Hochzeitsreise an. Ihr erstes Ziel sollten die herrlichen Gärten von Rampus im Tale des Satledsch auf den abhängen des Himalaja sein; es war dies einer der wenigen Orte der Erde, wo noch große Gartenanlagen gepflegt und erhalten wurden, und Kotyledo wünschte sehnlichst, diesen wundervollen Punkt Indiens seiner jungen Gattin zu zeigen. Auf dem Wege aber wollte er über Afghanistan fliegen und zum Zentraltunnel einen kurzen Halt machen, um Atom zur Rechenschaft zu ziehen.

Atom war am Tage nach der verunglückten Jagd auf Lyrika in die

Saphirgrotte zurückgekehrt und arbeitete an neuen Plänen, seine Absichten durchzuführen. Am Abend begab er sich wieder nach Deutschland und erfuhr hier von Propion die völlig umgestaltete Sachlage, die Auffindung Schulzes und die bevorstehende Vermählung Lyrikas. Damit waren seine Pläne zusammengestürzt. Bis jetzt hatte er bei all seinen rücksichtslosen Maßnahmen sich dadurch vor sich selbst entschuldigt, daß er nach den Gesetzen des Weltlaufs handele; daß Lyrika und Kotyledo kein Recht hätten, einander anzugehören, weil das Geschick ihre Vereinigung nicht wolle und mit Verderben bedrohe. Jetzt war es auf einmal klar, daß Funktionatas Rechnung ohne Bedeutung sei, daß der Heirat zwischen den Liebenden kein Grund aus Naturgesetzen entgegenzustellen sei. Den mächtigen Bundesgenossen, die Notwendigkeit, hatte Atom verloren – er hatte kein Recht mehr zu handeln, es sei denn aus dem unbezwingbaren Trieb seiner Leidenschaft und seines Egoismus heraus.

Im Innersten gedemütigt und doch wieder gewillt, dem Schicksal sich nicht zu beugen, brachte Atom die Nacht unruhig zu. Am frühen Morgen flog er nach dem Zentraltunnel. Er wollte mit aller Kraft sich der Arbeit im Tunnel widmen – vielleicht kam ihm dabei ein Gedanke, was ihm noch zu tun bleibe, vielleicht konnte er sein aufgeregtes Gemüt beruhigen.

Nach seiner Ankunft im Tunnel begab er sich auf das Arbeitsgerüst im Grunde desselben. Dieses Gerüst schloß genau den Tunnel, es paßte in die Öffnung wie eine Kugel in den Lauf. Der untere Teil bestand aus dicken, kreisrunden Platinplatten, die durch starke Federn und schlechte Wärmeleiter getrennt waren und so das Gerüst vor den unregelmäßigen Stößen und der Hitze der aus dem Innern entweichenden glühenden Gase schützen. An den Seiten war dieser Arbeitsraum ebenfalls geschlossen und nach oben durch eine Chresimkuppel gegen etwa in den Tunnel stürzende Gegenstände gedeckt. Zehn Arbeiter, die sich von Stunde zu Stunde ablösten, konnten in diesem Hohlraum tätig sein. Durch den Boden der Arbeitskammer führten die Röhren, durch welche der flüssige Sauerstoff unter ungeheurem Druck ins Innere der Erde gespritzt wurde. Dieser Röhren waren zehn; fünf von ihnen, welche auch Zweigleitungen in die Nebenräume des Tunnels abgaben, liefen gesondert voneinander an den Wänden des Tunnels entlang und besaßen an verschiedenen Stellen Hähne zum Absperren des Oxygens; die fünf übrigen, die eigentlichen Arbeitsröhren, waren in ein gemeinschaftliches Rohr eingeschlossen und trennten sich erst im Innern der Arbeitskammer. Sie waren nur hier, im Innern der Arbeitskammer, verschließbar.

Als Atom auf dem Grunde des Tunnels in der Arbeitskammer ankam, fand er den Bau nur wenig fortgeschritten und nicht mehr als zwei der kleineren Leitungen in Tätigkeit. Atom stellte den Werkführer zur Rede, aber dieser machte darauf aufmerksam, daß der Druck des glühenden Erdinnern sich seit gestern unter der Arbeitskammer außerordentlich verstärkt habe und die gehäufte Ansammlung der Gase keine stärkere Sauerstoffzufuhr vertrage. Man müsse mit der größten Vorsicht arbeiten und dürfe höchstens zwei Leitungen fließen lassen. Aber diese Langsamkeit war durchaus nicht nach Atoms Sinn. Er tadelte den Werkführer und öffnete sogleich noch zwei andere Nebenleitungen. „Wir müssen vorwärts", sagte Atom, „diese Kammer hält auch einen größeren Druck aus; ich habe nicht Lust, drei Tage lang auf derselben Stelle liegenzubleiben, und werde auch noch den fünften Hahn öffnen."

„Die Hauptleitung?" fragte ein Arbeiter, und alle sahen entsetzt auf Atom.

„Nein", sagte dieser, indem er einen Blick auf das Manometer warf, „das werde ich allerdings weislich bleiben lassen; wir würden dann ohne Zweifel binnen einer Viertelstunde in die Luft fliegen. Aber die fünfte Nebenleitung."

„Auch das ist zuviel", rief jetzt der Werkführer entschlossen. „Wenn Sie dies tun wollen, so tun Sie es auf Ihre Gefahr und Verantwortung. Aber für diese Leute und ihr Leben ist mir die Fürsorge übergeben; ich protestiere gegen Ihr Verfahren, und wenn Sie dennoch dabei verharren, so verlasse ich mit denselben den Tunnel."

„Dann gehen Sie, wohin Sie wollen", rief Atom ärgerlich. „Die Hähne bleiben offen."

Der Werkführer und die Arbeiter verließen die Kammer und entfernten sich eilig aus dem Tunnel. Die Flüssigkeit strömte aus den fünf Leitungen mit voller Gewalt in das Innere, und die festgebaute Arbeitskammer zitterte unter dem Druck der unter ihr gärenden Gase.

Atom war dieser Kampf mit den Elementen gerade recht; er war ganz in der Stimmung, den gesamten Erdball zu zersprengen, und sollte er auch selbst mit in die Luft gehen. Mit Spannung beobachtete er das Steigen des Manometers und das ziemlich rasche und tiefere Einsinken der Arbeitskammer, welche den Tunnel aushöhlte. Er blickte auf den Haupthahn, welcher die fünf übrigen, jetzt nicht in Tätigkeit versetzten Röhren verschloß.

„Wenn ich diesen Hahn aufdrehe“, sagte er zu sich, „was wird geschehen? Der innere Druck wird dann binnen einer Viertelstunde alle künstlich erreichbaren Kräfte übersteigen und diese Kammer in die Höhe schleudern. Dieser vierzig Meilen lange Tunnel würde gerade wie der Lauf einer Riesenkanone wirken, und diese Arbeitskammer würde das Projektil darstellen. Under der fortwirkenden Spannkraft der Gase würden wir sicherlich eine Geschwindigkeit von dreißig und mehr Kilometern in der Sekunde bekommen; eine solche von vierundzwanzig würde schon genügen, uns so hoch zu schleudern, daß wir aus dem Anziehungsbereich der Erde hinaus in das der Sonne gelangten; unsere Richtung würde unter Berücksichtigung der Zentrifugalkraft der Erde gerade nach ihr hinweisen. Das Resultat ist klar; wenn ich diese Leitung öffne, so werde ich mich samt diesem Arbeitsraum und allem, was darinnen ist, nach einer Viertelstunde auf dem direkten Wege zur Sonne befinden. Es wäre vielleicht gar nicht so übel, diese Reise anzutreten. Was habe ich eigentlich noch hier zu suchen? Und es wird sicherlich Leute geben, die mir guten Weg wünschen.“

Seine Betrachtungen wurden durch ein Telegramm unterbrochen, welches vom Ausgange des Tunnels an ihn abgesandt wurde. Ein Herr sei eben angekommen und wünsche ihn in einer dringenden Angelegenheit sofort zu sprechen.

Atom antwortete, es sei ihm unmöglich, die Arbeit zu verlassen, er ließe den Fremden bitten, ihn im Tunnel aufzusuchen.

Weiter und weiter zischten die Röhren ihren Inhalt in den siedenden Abgrund. Atom sah sich nun doch genötigt, eine Röhre zu schließen, da der Druck zu groß zu werden drohte. Eine halbe Stunde verging, dann öffnete sich die Tür der Chresimdecke, und Kotyledo schwebte in die Arbeitskammer.

Die Herren begrüßten sich förmlich.

„Sie werden wissen“, begann Kotyledo, „was mich zu Ihnen führt. Meine Frau – Lyrika – erwartet mich in der Nähe des Tunnels. Ich ersuche Sie, mich zu begleiten und Ihr unverzeihliches Betragen von vorgestern vor ihr zu rechtfertigen.“

„Und wenn ich mich weigere?“ fragte Atom.

„Ich hoffe, daß Sie dies nicht tun werden. Ihre Handlungen und Ihre uns wohlbekannten Absichten sind straffällig. Wenn ich dieselben vor das öffentliche Gericht bringe, so werden Sie Ihrer bürgerlichen Stellung verlustig gehen."

„Das ist möglich", sagte Atom, indem er seine Hand nachlässig auf den Haupthahn der Leitung legte.

„Dies ist jedoch nicht meine Absicht", fuhr Kotyledo fort. „Die Folgen jenes Tages sind, allerdings gegen Ihren Willen, für mich so außerordentlich glückliche gewesen, daß ich gern bereit bin, Milde walten zu lassen und Vergessen zu üben. Ich verlange nur, daß Sie sich dazu verstehen, meiner Frau gegenüber eine Versicherung abzugeben, daß Sie Ihre Handlungsweise bedauern und ihre Verzeihung erbitten."

„Sie sind allerdings sehr gütig", entgegnete Atom scharf. „Ich sehe mich aber leider nicht in der Lage, Ihrem Wunsche zu entsprechen. Mein Verfahren war vorgestern noch berechtigt, vollständig berechtigt, nach allem menschlichen Ermessen. Ihre jetzige Frau existierte überhaupt nicht, und Sie werden mir zugeben, daß ein unbekanntes und unsichtbares Objekt als Gegenstand wissenschaftlicher Forschung von jedem in Anspruch genommen werden kann, der sich dessen zu bemächtigen imstande ist. Mir ist es leider nicht gelungen; Sie haben mehr Glück gehabt. Aber einen Grund, weshalb ich meine Handlungsweise entschuldigen sollte, kann ich nirgends erkennen."

„Ich rate Ihnen", rief Kotyledo zornig, „mäßigen Sie den Ton Ihrer Rede. Sie werden sonst Ihre höhnenden Worte bereuen."

„Verehrter Herr Kotyledo, ich bereue überhaupt nichts."

„So werden die Gerichte entscheiden."

Atom lächelte. „Die Gerichte können entscheiden, aber Kläger und Verklagte werden sich nicht mehr darum kümmern. Sie müssen nämlich wissen, daß ich mit Ihnen eine kleinere Vergnügungsreise nach der Sonne anzutreten gedenke. Wenn ich diesen Hahn öffne, so werden die aus dem Erdinnern strömenden und aufgeregten Gase binnen einer Viertelstunde diesen Salon, in welchem wir uns befinden, gegen die Sonne sprengen. Ich werde jetzt den Hahn öffnen."

„Sie werden es nicht wagen."

„Ich habe es gewagt."

Die Gase zischten, die Platinplatten zitterten – es war ein Riesenkampf zwischen Kälte und Hitze, der hier gekämpft wurde und aus welchem die letztere als Siegerin hervorgehen mußte.

Kotyledo begriff die volle Gefahr, in der er schwebte. Schon oben war er gewarnt worden, in den Tunnel zu steigen. Was sollte er tun – sich auf Atom stürzen? Die Hähne zudrehen? Es war nicht anzunehmen, daß er Sieger bleiben würde. Flucht, schleunige Flucht war das einzige, was ihn retten konnte – wenn es nicht schon zu spät war. Diese Überlegung war das Resultat eines Augenblickes. Er flog in die Höhe.

„Nicht so", rief Atom, „Sie bleiben hier." Und er sprang auf ihn zu. Aber da er seinen Flugapparat abgelegt hatte, konnte er Kotyledo nicht mehr erreichen, der schon an der Decke schwebte und jetzt den Arbeitsraum verließ, um mit größter Anstrengung seiner Maschine den Tunnelausgang zu gewinnen.

„Noch entgehst du mir nicht", murmelte Atom. „Zwanzig Minuten brauchst du wenigstens, um die vierzig Meilen des Tunnels zu durchfliegen; sobald die Explosion erfolgt ist, was binnen zwölf Minuten geschehen muß, wird ihn mein Geschoß in zehn Sekunden durcheilen. Ich treffe dich noch!"

Er kreuzte die Arme über der Brust und lehnte sich stumm zurück; sein Puls schlug rascher, und seine Augen funkelten unheimlich; unverwandt beobachtete er das Manometer, das höher und höher stieg.

„Gegen das Weltgesetz!" sagte er. „Ja, ich bin es jetzt, der ihm Trotz bietet – meine letzte Tat ist getan, es habe seinen Lauf!"

Kotyledo flog mit der größten Geschwindigkeit aufwärts, die seine Schraube gestattete, dennoch mußte er sich sagen, daß die Explosion ihn noch im Tunnel erreichen müsse. Da kam ihm ein Gedanke. Er stürzte sich auf die nächsten Hähne der Sauerstoffleitung, die er zu erreichen vermochte, und drehte sie zu. Es waren freilich nur die Hähne der Nebenleitungen, die er abzusperren vermochte; die wichtie Hauptleitung blieb ihm unzugänglich. Aber er konnte sich sagen, daß er Zeit gewonnen habe; der Zufluß war doch vermindert – noch elf Minuten, und er war gerettet. Die Tunnelwände schossen an ihm vorüber, die an den Seiten angebrachten elektrischen Lampen bildeten eine einzige Lichtlinie für seine rasende Bewegung – da leuchtete der erste Strahl des Tageslichtes von oben, und wenige Sekunden später schoß er aus der Öffnung des Tunnels heraus.

Der Luftwagen mit Lyrika hielt in der Nähe; er sprang hinein, und ohne sich Zeit zur Erholung zu gönnen, lenkte er das Gefährt aus der gefährlichen Nähe des Tunnels.

Zwei Minuten darauf ertönte ein betäubender Knall. Es war die von der hinausgeschleuderten Arbeitskammer zusammengepreßte Luft, welche sich an der Öffnung des Tunnels ausdehnte und weithin alles niederwarf. Dann folgte eine Feuersäule, die mehrere Meilen hoch in die Lüfte stieg, Wolken von zertrümmertem Gestein mit sich führend. Von der Arbeitskammer konnte man natürlich nichts sehen – sie blieb verschwunden.

Der Zentraltunnel war zu einem feuerspeienden Vulkan geworden, der einen seiner Steine bis in die Nähe des Luftwagens warf, in welchem Lyrika und Kotyledo im Schutze eines Felsenvorsprungs den ersten Stoß abwarteten. Lyrika hob ihn auf, es war ein glänzender Rubin von der Größe einer Kokosnuß. Atoms letzter Gruß – er flog zur Sonne.

Am Abend wandelten die Neuvermählten in den duftenden Gärten von Rampur; der Mond glänzte in den Fluten des Satledsch und auf den Schneegipfeln des Himalaja.

Unser Recht auf Bewohner anderer Welten

(ZUERST ERSCHIENEN FRANKFURTER ZEITUNG, 16.10.1910, EINEN TAG VOR DEM TOD DES VERFASSERS.)

Seitdem die Wissenschaft unwiderleglich die Erde zu einem Planeten, die Sterne zu Sonnen wie die unsere gemacht hat, seitdem können wir unsere Blicke nicht zum Sternenhimmel erheben, ohne mit Giordano Bruno daran zu denken, daß auch auf jenen unzugänglichen Welten lebende, fühlende, denkende Geschöpfe wohnen mögen. Es muß geradezu sinnlos erscheinen, daß in der Unendlichkeit des Weltalls unsere Erde der einzige Träger von Vernunftwesen geblieben sein sollte. Die Weltvernunft verlangt notwendig auch unendliche Stufen vernunftbegabter Weltenbewohner.

Dazu kommt die tiefe und unauslöschliche Sehnsucht, nach besseren und glücklicheren Zuständen, als die Erde sie bietet. Wir träumen von einer höheren Kultur, aber wir möchten sie auch kennenlernen nicht bloß als eine Hoffnung auf ferne Zukunft. Wir sagen uns, was einst die Zukunft der Erde bringen kann, das muß bei der Unendlichkeit der Zeit und des Raumes auch jetzt schon irgendwo verwirklicht sein. Wo sollen wir solche überlegene Kulturwesen anders finden als auf einem begünstigteren Planeten?

Aber die wissenschaftliche Erkenntnis läßt uns hier im Stiche. Sie zeigt uns nur die *Weltkörper.* Von ihren Bewohnern weiß sie nichts und will sie auch nichts wissen. Denn sie bedarf nach unserer gegenwärtigen Erfahrung dieser Hypothese nicht. Es sind in der Tat andere Motive als theoretische, die uns die Frage nach den Bewohnern fremder Welten immer wieder lebendig machen, es sind andre, nicht minder wertvolle Realitäten des menschlichen Bewußtseins als die Wissenschaft, von denen wir eine Erörterung dieser Frage fordern dürfen. Die Gebiete, an die wir uns hier zu wenden haben, sind die *Dichtung und die Weltauffassung.*

Doch auch in diesen Gebieten ist die Phantasie keineswegs völlig frei in bezug auf die Vorstellungen, die wir uns über die Bewohner anderer Weltkörper machen, und es lohnt sich wohl, diese Grenzen einmal in Betracht zu ziehen. Für die Dichtung scheint es freilich zunächst, als wäre sie ganz ungebunden in ihren Voraussetzungen, als gingen sie selbst die Naturgesetze nichts an. Aber das gilt doch nur vom *Märchen.* Hier werden alle Gesetze der Erfahrung absichtlich oder naiv beiseite gesetzt. Das Märchen erschafft sich seinen Stoff selbst. Es macht geradezu die Aufhebung der Naturgesetze, ja sogar der Konsequenz der psychologischen Erfahrung zu seinem *Stoffe,* mit dem die Phantasie spielt. Die Form, zu der es seinen Stoff erhebt, ist alsdann die schrankenlose Freiheit des gestaltenden Geistes; mit dieser erfüllt es unser Bewußtsein und hebt uns dadurch aus dem Reiche der Notwendigkeit hinaus. In diesem freien Spiele der Phantasie besteht die Wirkung des Märchens.

Aber um das Märchen kann es sich hier nicht handeln. Wir fragen ja danach, mit welchem Rechte die Dichtung die wirkliche Existenz der erfahrungsmäßig bisher nicht nachgewiesenen Planetenbewohner voraussetzen darf, *um sie mit dem Inhalt des gegenwärtigen Lebens zu verknüpfen,* wenn sie dieses zum Stoffe ernstgemeinter Erzählung wählt. Bei der Überführung in die dichterische Form dürfen dann die Gesetze der Natur und der Seele nicht verletzt werden, ohne den Widerspruch des Lesers zu wecken und die Wirkung zu stören. Denn alles, was im künstlerisch ernst gemeinten Romane geschieht, muß mit unserm eignen Erlebnis, also mit der zeitgenössischen Anschauung von Naturgesetz und Psychologie, in Verbindung zu bringen, muß erklärbar und glaubhaft sein. Eine Wirkung, die einfach durch Zauberkunst geschähe und nicht technisch sich begründen ließe, ist dichterisch ebensowenig brauchbar, wie eine plötzliche, psychologisch nicht motivierte Umwandlung eines Charakters. Es überschreitet z. B. meines Erachtens schon die Grenzen des poetisch Zulässigen, wenn erzählt wird, daß durch ein bisher nie beobachtetes Naturereignis eine plötzliche psychologische Wirkung eintritt, indem durch Einatmung von Gasen eines Kometenschweifes auf einmal alle Menschen zu Geschöpfen von engelhafter Güte umgewandelt werden. Unser Wahrhaftigkeitsgefühl duldet keine Voraussetzungen, die der bisherigen wissenschaftlichen und psychologischen Erfahrung schlechthin widersprechen. Wir geraten sonst in das Gebiet der Groteske, einer Kunstform, die hier ebenso wenig in Betracht kommt wie das Märchen.

Es soll sich also hier nur um die Frage handeln, ob und wie in der ernsten Dichtung eine Verbindung von Planetenbewohnern mit modernen Menschen herzustellen sei. Will der Dichter bloß eine Phantasiegesellschaft schildern, so kann er diese natürlich auf eine beliebige unentdeckte Insel, auf einen fremden Planeten oder in eine ferne Zukunft verlegen. Aber das ist dann schon lehrhafte Dichtung mit mehr oder weniger ausgesprochener Tendenz, von der wir ja in der Weltliteratur und Philosophie berühmte Muster kennen; man denke nur an Platons oder Campanellas politische Utopien. Natürlich gibt es zahllose Übergänge zwischen der eigentlichen Poesie mit selbständigem ästhetischem Zweck zur didaktischen, satirischen oder scherzhaften Wirkung. Wenn bei Chamisso Peter Schlemihl seinen Schatten verkauft, so stehen wir schon im Gebiete des Märchens. Ebenso sind mythische Persönlichkeiten möglich, wenn es sich um die Bearbeitung einer Sage handelt, z.B. Faust. Dann läßt uns der Dichter eben in der *Zeit* leben, in der diese Sage als Wirklichkeit galt, und wir glauben mit Personen der Handlung an die tatsächliche Existenz des Teufels. Sollen jedoch Figuren, die aus der Phantasie oder dem Volksglauben entstammen, in der Gegenwart oder in einer dieser ganz nahen Zukunft unter uns auftreten, so muß ihre Existenz in der Erfahrung eben glaubhaft gemacht werden. Fremde Planetenbewohner müssen sich also dem Standpunkte irdischer Naturforschung und Psychologie fügen.

Die Dichtung kann eine solche theoretische Forderung, ohne ihrem rein künstlerischen Zwecke etwas zu vergeben, wohl erfüllen, indem sie die wissenschaftliche Erkenntnis selbst zum Stoffe wählt, den sie in Form verwandelt. Der Inhalt der wissenschaftlichen Erfahrung einer bestimmten Zeit gehört ja doch zum Gesamtinteresse der Menschheit, denn er ist ein maßgebender Teil der Gegenwart in bezug auf Naturwissenschaft und Technik. Die Vorstellung, die wir uns auf diesem Felde vom Zusammenhang der Dinge machen, ist ein wesentliches Element des ganzen Kulturinhalts und kann demnach auch Gegenstand der dichterischen Behandlung werden. Seine Form aber gibt die Dichtung diesem ihrem Stoffe, indem sie ihn in persönliches Erlebnis von Charakteren umsetzt.

Bei diesem Geschäfte ist nun die Dichtung weit freier im Gebrauche von Hypothesen als die Wissenschaft bei ihrer Aufgabe, diesen Erkenntnisinhalt zu *schaffen.* Der Dichter darf die Hypothese erweitern zu den Zwecken, die er für sein Wirken erforderlich hält, so lange er nur dem wissenschaftlichen Bewußtsein seiner Zeit nicht widerspricht. In der Wissenschaft ist die Hypothese von der fortschreitenden Erfahrung zu rechtfertigen, in der Poesie nur von ihrer psychologischen Brauchbarkeit, von der Wirkung, die sie ausübt, indem sie die Gegenstände und Ereignisse anschaulich und glaubhaft macht und in lebendige Gemütsbewegung des Lesers überführt.

Hiermit aber ist der Kunst eine Einschränkung gestellt, die für die Wissenschaft nicht existiert, nämlich durch die Grenze, die für das Wesen des Ästhetischen gilt. Die besteht in der Forderung, daß die Darstellung durch ihre Anschaulichkeit ein allgemeines Gefallen ermögliche und erzwinge. Die Dichtung darf demnach kein Mittel, also, in unserm Falle, keine Hypothese verwenden, die es uns unmöglich machen, uns mit Leichtigkeit in die Natur, Art und Lebensweise der Planetenbewohner zu versetzen, oder die unser Gefühl für das Schöne verletzen.

Man könnte sich etwa auf der Sonne Wolken von glühenden Gasen vorstellen, in denen ein bestimmter Kreislauf von chemischen Umsetzungen stattfände (womit eine Geschlossenheit individueller Systeme in Verbindung mit den Einwirkungen der Umgebung gesetzt wäre), so daß diese glühenden Wolken Organismen von riesigen Dimensionen bilden, wirkliche Feuerriesen, denen alsdann auch Bewußtsein nicht abgesprochen werden kann. So könnte ein Sonnenfleck seinen Roman haben. – Oder man könnte sich auf scheinbar erstarrten Weltkörpern mikroskopische Organismen denken, unter ganz andern Verbindungen entwickelt als auf der Erde, die selbstverständlich nicht auf unsern Eiweißstoffen aufgebaut sind, sondern aus Verbindungen, die noch die Temperaturen unter dem Gefrierpunkt des Quecksilbers Energien austauschen und die trotzdem Gemeinschaften bilden von weltbeherrschender Intelligenz. Von Seiten der Naturwissenschaft kann dagegen nichts eingewendet werden, als daß zur Annahme solcher Organismen keinerlei Veranlassung vorläge. Der Poesie stände es also frei, solche Hypothesen zu machen; aber sie könnte sie nicht brauchen, und selbst wenn uns die Erfahrung einmal solche Wesen unwiderleglich nachwiese, könnte der Dichter damit nichts anfangen. Denn es ist eine unentbehrliche Voraussetzung für die dichterische Wirkung, daß wir uns in das Erlebnis der geschilderten Geschöpfe mit unserm eignen Erlebnis versetzen können. Das ist aber bei Geistern mit Flammenkörpern von glühendem Wasserstoff oder bei intelligenten Bazillen, die in flüssiger Luft sich fortpflanzen und amüsieren, schlechterdings nicht möglich. Denn für solche Wesen existieren ganz andre Formen der Sinnlichkeit; sie müßten Empfindungen haben, wie wir sie nicht erleben und daher nicht nachfühlen können. Für die Vorgänge in derartig fremden Organismen vermögen wir kein Interesse zu gewinnen, es sei denn, daß wir diese einfach willkürlich wieder zu Menschen machen. Dann aber sind wir im Märchen oder in der Groteske, und von diesen Kunstformen ist hier nicht die Rede. Die dargelegte ästhetische Rücksicht zwingt den Dichter, seinen Bewohnern andrer Planeten menschliche Gestalt und menschliche Sinne zu geben, wenn auch in idealisierter Form; sonst könnten wir nicht mit ihnen leben. Ich bin fest überzeugt, daß auch auf andern Planeten intelligente Wesen wohnen, ich halte es jedoch für wahrscheinlich, daß sie von unsrer Gestaltung stark abweichen. Dieser naturwissenschaftlichen Wahrscheinlichkeit kann die Dichtung nicht Rechnung tragen, aber sie braucht es auch nicht. Denn da die Grundstoffe und die allgemeinen Formen des Energieumsatzes im ganzen Sonnensystem dieselben sind, so ist es durchaus möglich, daß auch die organische Welt auf Grund der Eigenart des Plasmas sich dort überall in analoger Weise aufgebaut hat. Es ist also dichterisch berechtigt anzunehmen, daß, wenigstens auf den vier innern Planeten, Merkur, Venus, Erde und Mars, vielleicht auch noch auf den Monden der äußern Planeten, das organische Leben ganz ähnliche Entwicklungen durchläuft, die sich im Wesentlichen nur durch die zur Zeit erreichte Stufe unterscheiden. Bei der Venus mag es sein, daß sie, aus ihrer dichten Atmosphäre zu schließen, sich noch auf einem Standpunkte befindet, wie etwa die Erde zur Zeit der Steinkohlenformation. Wer dahin käme, fände auf ihr als höchstentwickelte Bewohner vielleicht erst Fische oder Amphibien vor. Der Mars dagegen mag uns in der Entwicklung nicht um hunderttausend, sondern um hundertmillionen Jahre voran sein. Seine Bewohner werden uns also viel gewaltiger in der Kultur übertreffen als wir die höchstentwickelten Erdbewohner vor der Eiszeit. In diesem Falle wird auch ihre Hochkultur es verstanden haben, die Natur zu bezwingen, die ihnen durch Verlust an Wärme, Luft und Wasser mit Vernichtung droht. Kein Fernrohr und keine Spektralanalyse kann uns zeigen, welche künstliche Atmosphäre und

Temperatur sich die Martier unmittelbar an oder unter der Oberfläche des Planeten geschaffen haben. Man könnte sich dies wohl ausmalen; poetisch aber wäre eine solche Kultur nur zu verwenden, insofern sie auch unsern menschlichen Anforderungen an Schönheit und Gemütlichkeit entspräche. Denn der Leser kann nur dort gefesselt werden, wo er an seinen eignen Interessen und Erlebnissen gepackt wird. Die Poesie muß daher stets anthropomorphisieren, sonst würden ihre Persönlichkeiten und Charaktere uns unverständlich sein.

Von dieser Einschränkung befreit in gewissem Grade ist nun die andre Richtung des Bewußtseins, die ebenfalls höhere Geister als die menschlichen fordert, die *Weltauffassung*. Ein Weltbild, das zwischen Tier und Gott keine anderen Stufen geistigen Genießens kennt als den Menschen, vermag uns wenig zu befriedigen, seitdem wir die unendliche Fülle des physischen Universums kennen gelernt haben und die Dämonenwelt des Volksglaubens aus der Natur vertreiben mußten. Wir sehnen uns nach Geistern, die unsern Idealen gleichen, und verstehen nicht die enge Begrenzung einer unendlichen Macht, die zahllose Weltsysteme schaffen sollte, um auf einem Sandkorn wie die Erde ein Geschlecht wie das unsre als höchstes Produkt des Lebens zu erzeugen.

In der Weltauffassung sind wir nicht so eng an die ästhetische Grenze gebunden wie in der Dichtung. Denn die Weltauffassung arbeitet nicht wie die Kunst mit der unmittelbaren Gegenwart des sinnlichen Bildes, sondern mit konstruierenden Gedanken und religiösen Gefühlen.

Poesie wie Weltanschauung sind also der Wissenschaft gegenüber beide dadurch gebunden, daß sie dem wissenschaftlichen Standpunkt ihrer Zeit nicht widersprechen dürfen; die Poesie aber steht sich dabei noch schlechter, weil sie zugleich ästhetisch und anschaulich bleiben muß. Dafür ist jedoch die Dichtung in einer anderen Richtung freier als der Glaube. Wenn nämlich die wissenschaftlichen Erkenntnisse, wie das ihre Aufgabe ist, weiter fortschreitet und zu neuen Auffassungen des Weltzusammenhangs gelangt, so verlieren dadurch Kunstwerke, die auf Grund des veralteten Standpunkts geschaffen sind, nicht im geringsten ihren Wert; es kann nur späterhin die Poesie in ihren Mitteln der Darstellung beschränkt werden. Die Odyssee bleibt schön, unabhängig von den Fortschritten des Weltverkehrs, aber ein Roman, der sich in der Gegenwart abspielt, darf sich nicht auf Homerischer Geographie aufbauen.

Das klassische Beispiel hierzu bietet das ptolemäische Weltsystem samt der aristotelischen Philosophie, die im Interesse der katholischen Kirche von der Scholastik dogmatisiert wurden. Dieses Weltsystem gründete sich auf den absoluten Gegensatz der irdischen Welt unter dem Monde und der himmlischen darüber. In der irdischen endlichen Welt herrscht die geradlinige Bewegung, die stets ein Ende haben muß; in der himmlischen die kreisförmige Bewegung, die unendlich fortläuft. Nur durch ein Wunder, das die Gnade Gottes mittels der Kirche vollzog, konnte man aus der Welt des Vergänglichen in die des Ewigen gelangen. Aber als die Beweise für die Kopernikanische Lehre sich häuften, da mußte G. Bruno verbrannt, da mußte Galilei verurteilt werden. Denn mit den Kristallsphären des Himmels und mit der aristotelischen Physik brach das Dogma in der alten Form zusammen. Und doch ließ sich der Sieg der Erkenntnis nicht aufhalten. Leider wird diese Tatsache immer wieder vergessen. Immer wieder mischt man theoretisches Wissen in religiöses Fühlen. Das ist aber nur angängig, solange aus diesem Wissen kein starres Dogma gemacht wird.

Vor dieser Gefahr des Dogmatisierens hat sich die Weltanschauung jeder Zeit zu hüten, damit sie nicht mit dem Fortschritt der Erfahrung in Widerspruch gerate. Die Poesie ist dieser Gefahr entzogen, weil ihr das wissenschaftliche Zeitbewußtsein nur als Stoff dient. Ist es einmal durch die Dichtung in Form umgewandelt, so besitzt es eine neue Realität, eine eigene Bestimmung, die es unabhängig macht vom Wandel der Erkenntnis. Es besteht von nun ab nicht mehr als Ergebnis der Wissenschaft, sondern als *Idee.* Es gründet sein Bestehen nicht mehr auf Naturerkenntnis, sondern hat sein eigenes Leben im Reiche der Phantasie als jene Macht, die wir den schönen Schein nennen. Sie ist es, die das künstlerische Produkt unwiderlegbar macht, weil es auf eigenem, auf ästhetischem Gesetze beruht.

Gelingt es der Dichtung, die hypothetischen Bewohner der Planeten auf diesen Boden der ästhetischen Idee zu stellen, so können sie ihr von der Wissenschaft nicht bestritten werden, die ja über ihre physische Existenz nicht endgültig zu entscheiden vermag. Und fordert die Weltauffassung für uns Brüder in den Sternenweiten, so braucht auch sie keine Widerlegung durch die Astronomie zu fürchten.

Nachwort

Kurd Laßwitz, der eigentliche Begründer der deutschen Science Fiction, wurde 1848 in Breslau geboren. Er stammte aus gutbürgerlichem Elternhaus: Der Vater war Eisengroßhändler und zeitweise demokratischer Abgeordneter im Preußischen Landtag. Der junge Laßwitz besuchte das Gymnasium und begann sich früh für Naturwissenschaft und Philosophie zu interessieren. Er entschied sich für ein Studium der Mathematik und Physik in Berlin und promovierte mit einem naturwissenschaftlichen Thema: „Über Tropfen, die an festen Körpern hängen und der Schwerkraft unterworfen sind." Anschliessend unterrichtete er bis zu seinem Tode als Gymnasiallehrer in Breslau und Gotha. Einer seiner Schüler war übrigens Hans Dominik.

Obwohl Laßwitz – nach allem, was darüber bekannt ist – ein gütiger und beliebter Pädagoge war und sicherlich auch mit starkem inneren Antrieb dieser Profession nachging, führte er ein zweites Leben außerhalb des Schulbetriebes, nämlich das eines Schriftstellers. Manchmal allerdings – einige der Erzählungen in diesem Band zeigen dies – kommt auch beim Autor Laßwitz der Lehrer zum Vorschein, der bestimmte Lehrinhalte über einen literarischen Text vermitteln möchte. Neben einigen Sachbüchern, darunter das bekannte wissenschaftliche Standardwerk *Die Geschichte der Atomistik vom Mittelalter bis Newton* (1980), waren es vor allem utopische Romane und Kurzgeschichten (der Name Science Fiction war ja damals noch nicht geboren), mit denen Kurd Laßwitz an die Öffentlichkeit trat. Obwohl es ihm nicht vergönnt war, die Popularität seines französischen Zeitgenossen Jules Verne zu erreichen – dazu waren seine Werke zu philosophisch und zu wenig abenteuerlich und natürlich auch nicht so zahlreich –, erreichte sein bekanntestes Werk, *Auf zwei Planeten* (1897) zwischen 1897 und 1930 immerhin eine Gesamtauflage von 70000 Exemplaren und wurde mehrfach übersetzt. Die technisch-naturwissenschaftlichen Ideen in diesem Werk haben nachweislich eine Reihe von deutschen und ausländischen Technikern und Naturwissenschaftlern stark beeinflußt. Zwar gingen sie anschließend nicht daran, die dort geschilderte Raumstation – die übrigens schon eine Speichenradform hatte – zu bauen, aber der Roman setzte bei vielen von ihnen (etwa Wernher von Braun: „Ich werde nie vergessen, mit welcher Neugierde und Spannung ich in meiner Jugend diesen Roman verschlang") jenen idealistischen Schwung in Gang, jene Besessenheit, mit der die frühen Weltraum- und Raketenforscher für ihre spätere Arbeit motiviert wurden.

Tatsächlich ist *Auf zwei Planeten* auch aus heutiger Sicht eine der reifsten und wichtigsten Romane der frühen utopischen Literatur, ein Klassiker im besten Sinne. Laßwitz kommt dabei das Verdienst zu, nicht nur mit großer Phantasie eine Reihe von technischen Innovationen wie beiläufig aus dem Ärmel geschüttelt, sondern auch ein Werk geschaffen zu haben, das tiefempfundenen Humanismus ausdrückt und einem philosophischen Konzept folgt. Laßwitz war überzeugter Kantianer, der den kategorischen Imperativ Kants („Handle nur nach derjenigen Maxime, durch die du zugleich wollen kannst, daß sie ein allgemeines Gesetz werde") verinnerlicht hatte. Er lebte danach und schrieb entsprechend. Kantsche Philosophie ist allenthalber präsent, wenn man Laßwitz liest.

Neben *Auf zwei Planeten* schrieb Laßwitz die Romane *Homchen* (1902), Aspira (1905), *Sternentau* (1906) sowie die in diesem Band enthaltenen Kurzromane *Bis zum Nullpunkt des Seins* und *Gegen das Weltgesetz* (in der Erstveröffentlichung 1897 als „Roman in zwei Teilen" bezeichnet, in dieser Sammlung aus Gründen der besseren Komposition aber getrennt). Diese Romane erreichten nicht die Beliebtheit von *Auf zwei Planeten,* trugen aber wie die Sammelbände *Seifenblasen* (1901), Traumkristalle (1902) und *Empfundenes und Erkanntes (Der Nachlaß)* (1919) dazu bei, Laßwitz' Bedeutung als Klassiker der deutschen Science Fiction zu unterstreichen.

Von den Nationalsozialisten als zu „demokratisch" verboten, verschwanden die Laßwitz-Bücher in den Truhen der Sammler und waren lange Zeit nicht zugänglich. Lediglich *Auf zwei Planeten* erlebte nach dem Kriege drei verschiedene – jeweils gekürzte und bearbeitete – Neuauflagen, bevor der Roman erstmals wieder ungekürzt vor kurzem bei „2001" erschienen ist. Die anderen Romane und die Kurzgeschichten hingegen wurden fast vergessen. Erst seit den siebziger Jahren tauchen hier und da in Anthologien Laßwitz-

Kurzgeschichten auf. Im vergangenen Jahr schließlich erschien ein Sammelband mit Erzählungen von Kurd Laßwitz in der DDR.

Die vorliegende Sammlung, die eigentlich alles umfaßt, was Laßwitz an utopischen und phantastischen Erzählungen veröffentlicht hat, soll hier eine Lücke schließen, die allmählich peinlich zu werden begann. Denn die deutschen Science Fiction hat keine so breite Tradition, daß sie es sich erlauben dürfte, einen Kurd Laßwitz zu vergessen. Selbst wenn die eine oder andere Geschichte heutigen Lesegewohnheiten nicht mehr voll entspricht und sich deshalb dem flinken Konsum entzieht, so ist unter den vielen Laßwitz-Erzählungen doch so manche, die sich ihren Witz, ihre Spannung und manchmal ein bißchen Weisheit bis heute bewahrt hat.

Hans Joachim Alpers